Fantasy

Herausgegeben von Wolfgang Jeschke

Von Michael Scott Rohan erschienen in der Reihe
HEYNE SCIENCE FICTION & FANTASY:

Trilogie ›Der Winter der Welt‹:

1. Roman: Der Amboß aus Eis · 0605091
2. Roman: Die Schmiede im Wald · 0605092
3. Roman: Der Hammer der Sonne · 0605093

MICHAEL SCOTT ROHAN

DER AMBOSS AUS EIS

ERSTER ROMAN
DER TRILOGIE
›Der Winter der Welt‹

Deutsche Erstausgabe

WILHELM HEYNE VERLAG
MÜNCHEN

HEYNE SCIENCE FICTION & FANTASY
Band 0605091

Titel der englischen Originalausgabe
THE ANVIL OF ICE
Deutsche Übersetzung von Irene Bonhorst
Das Umschlagbild malte Michael Hasted
Die Karte auf Seite 6/7 zeichnete Erhard Ringer

Redaktion: Ulrich Petzold

Die Originalausgabe erschien ursprünglich
bei Macdonald & Co. (Publishers) Ltd., London & Sydney

Printed in Germany 1993
Umschlaggestaltung: Atelier Ingrid Schütz, München
Technische Betreuung: Manfred Spinola
Satz: Schaber Satz- und Datentechnik, Wels
Druck und Bindung: Elsnerdruck, Berlin

ISBN 3-453-07252-9

Inhalt

wahrscheinlicher verlauf der duergar-wasserwege
eis
nordenbergen
ekwesh-land
schmiedemeisters turm
harthaby
starken-moor
asenby
kalmajozkhe fluss
taoune 'la arathan
meneth scabas
rasby
saldenborg
thuneborg
tensborg
randeby
dunmarbas
der grosse wald
meneth
lys arvaler
umstrittenes land
hochdamm
die marschen
schutzbruch
offenes land
logh an aithen (waldsee)
aithen
gorlaffros
ilyan
yrmelec
armen
schutzgebirge
weststrom
(tapiau 'la-an-ait
wald (aithennec)
kerbryhaine
logh an othy
ödland
bryhannec
daveth loscaouhen (brennende wüste)
nordeney
bryhaine

n
col an tyrieth
(verlorenes land)
(das frühere reich morvan)
ruinen der stadt kermorvan
kerys
morau haldraeth
meneth ledannen
(breites gebirge)
morvannec
(meer des sonnenaufgangs)
arvor clevhan
(fieberküste)
mor bostyr
(das landumschlossene meer)
gulvor strech (tote meerenge)
daveth holan
salzbänke
salzbänke
ER

Das Schmieden

Es war die Kälte vor dem Morgengrauen, die ihn aufweckte, und das Schnauben und Stampfen des großen Bullen in seinem Stall. Zu jener Zeit war es im Morgengrauen immer kalt, gleich zu welcher Jahreszeit, damals im Langen Winter der Alten Welt, im Reich des Eises. So steht es in den überlieferten Berichten, und obwohl die Stimme eines Dabeigewesenen, der gesehen und gefühlt hat, durch zahllose Kopisten verfälscht und wieder verfälscht worden ist, spricht sie immer noch aus ihren Seiten. Aber heute, an diesem Tag, war ein neuer Frühling erwacht, und die frische Luft machte das große Tier unruhig; es wollte auf der Weide zwischen seinen Kühen frei umherlaufen. Also schwang sich der Junge von seinem Stapel von Fellen, zuckte bei der bissigen Kälte der Luft zusammen und zog sich jene Felle an, die als Kleidung dienten. Wenn er dem Bullen erlauben würde, hier so früh herumzubrüllen, würde das bedeuten, daß er sich geschlagen gab. Er warf sich einen mottenzerfressenen Pelzumhang um die Schultern und griff sich einen langen Viehtreiberstock von der Wand; die seltsamen Formen und Muster des eisigen Metalls zeichneten seine Hände mit unbekanntem Wissen. Der sich herumwerfende Kopf des Bullen mit den Hörnern, die so lang waren wie sein Körper, war nicht mehr als ein hellerer Fleck in der schwarzen Dunkelheit hoch über ihm, doch mit der Lässigkeit langer Erfahrung huschte er an der Stallwand entlang, wobei sich eine Platte von dem Sandstein löste, und schlang geschwind den Stock durch den verzierten Ring in den Nüstern des

Bullen. Unverzüglich hörten die nach außen gerichteten Hörner auf, sich in die Luft zu bohren, der große Kopf sackte herab, und der Bulle stand zahm da, während der Junge ihn losband und aus dem Stall führte. Das Tier wartete ruhig, während jener den Rest der Herde losband und das Großvieh, weiß wie schmutziges Eis, voranschob und mit Rufen antrieb, hinaus in die fahle Luft; ihr Atemhauch bildete Dunstwolken, wenn sie muhten und schnaubten, ihre Hufe zermalmten den halbgefrorenen Schlamm. So begann für ihn jener Tag, der alle zukünftigen Tage verändern sollte, wie jeder andere.

Ansonsten rührte sich nichts in der kleinen Stadt mit dem Namen Asenby. Selbst die Häuser schienen zu schlafen, mit Fenstern, dicht verriegelt gegen die Kälte; sogar die großäugigen Gesichter, die in lebhaftem Rot und Schwarz auf die Holzbalken aufgemalt waren, sahen benommen und nur halb wach aus. Die Miene des Jungen verfinsterte sich, als sie an dem großen Haus des Oberhauptes der Stadt vorbeikamen, mit den gemalten Walen, die den Eingang umrahmten und über vier Stockwerke bis zum Giebel hinaufsprangen. Als er einige Schritte weiter war, ließ er leicht den Stock knallen; der Bulle schnaubte heftig in schmerzhaftem Protest und rief lautes, ängstliches Muhen beim Rest der Herde hervor. Doch als die Fensterläden aufflogen, war er bereits an dem Haus vorbei und bog um die Ecke in Richtung der Landpforte.

Aus dem hohen alten Gebäude an der Ecke fiel ein Lichtschein heraus, warm und rot wie ein Hauch des Sommers, wie geschmolzenes Gold, das sich in die kalten Pfützen ergoß, und das leise Murmeln eines monotonen Sprechgesangs war zu hören. Die Miene des Jungen wurde noch finsterer, und er führte den Bullen näher an das Haus heran, damit er im Vorbeigehen einen Blick durch die offenstehende Tür werfen konnte. Ja, Hervar war da, sein magerer Schatten tanzte vergrößert an der Wand der Schmiede, während er sich über seinen

Amboß beugte und vor sich hin summend ein Stück geschwärztes Metall bearbeitete. Das würde ein neuer Hackenkopf werden, eigens angefertigt für die neu erstandene Jungfräulichkeit der Erde. Die Bearbeitung des Metalls, begleitet vom Herunterleiern des Singsangs, barg Mächte in sich, die sich in der Kraft und dem Geschick des Schmiedes vereinten, um wiederum solchen Hacken eine gewisse Macht zu verleihen — die Eigenschaft der Fruchtbarkeit, für die Felder und vielleicht auch für die Frauen, die sie beackerten. Soviel wußte der Junge, jedoch nicht mehr, so sehr er es sich auch gewünscht hätte, so sehr er sich auch bemüht hatte, die Zeichen auf dem Viehtreiberstock zu deuten. Der verhutzelte alte Schmied hatte ihm dieses Wissen stets vorenthalten, selbst die schlichteste Unterweisung im Schreiben und Lesen von Zeichen, die er sonst jedem Kind in der Stadt angedeihen ließ. Jetzt hob er den Kopf; er blickte durch wirre, schweißverklebte graue Locken und scheuchte den Jungen unwirsch davon, ohne einen Takt des Singsangs auszulassen. Sein plumper Lehrling kam wichtigtuerisch heraus und fuchtelte mit einer langen Eisenzange herum, wobei er rief: »Verschwinde, Alv! Scher dich an deine Arbeit, sonst zwicke ich dich in dein blasses Fell, da wo es juckt! Du elende Kesselflickersbrut!«

Der Junge grinste höhnisch, ließ den Stock herumwirbeln und führte die breiten Hörner haarscharf an der abgeflachten Nase des Lehrlings vorbei. Dieser wich mit einem Aufschrei des Entsetzens zurück, und die Herde, die sich dicht an das Haus heranbewegte, drängte sich gegen die Mauern und gaffte mit runden Augen dümmlich in die Schmiede. Einige der Tiere kratzten sich sogar an den Balken, bis das Haus wackelte und der Singsang im Innern zu einem brüchigen Kreischen anschwoll. Das war vielleicht zuviel. Eilends rief Alv sie zurück und trieb sie wieder in die Mitte der Straße, indem er ihnen mit der flachen Hand auf die schmutzigen Flanken schlug und den Stock zur sicheren Führung im Nasenring des Leitbullen ließ.

Die Stadtmauer war ein massives Gebilde, das rings um das kleine Gewirr von Straßen verlief und sich zu beiden Seiten des kleinen Hafens bis ins Meer hinein erstreckte, wo es als Wellenbrecher diente. Solange sich Alv erinnern konnte, hatte man immer wieder daran herumgebaut und es verstärkt, indem man das breite Fundament aus Quadersteinen noch breiter machte, die Doppelreihen aus gewaltigen Kieferstämmen darüber aufstockte und zusätzliche Türme auf dem dazwischen verlaufenden Schutzwall errichtete, so daß beide Seiten, sowohl landwärts als auch in Richtung Meer, bewacht werden konnten. Der Wachtposten in dem Turm vor ihm gähnte, als Alv ihn grüßte, und beeilte sich nicht sonderlich, die großen Riegel an ihren Gegengewichten in Bewegung zu setzen, um das schmale Tor zu öffnen. Die anderen Herden rührten sich noch nicht einmal, obwohl das keine Entschuldigung für ihn gewesen wäre, wenn er sich verspätet hätte. Das Vieh schob sich paarweise hindurch, nie mehr als zwei auf einmal, und das Tor schwang hinter ihm zu. Alv hatte es von früher her als breit und bei Tag stets geöffnet in Erinnerung, aber jetzt waren die Zeiten unsicher; nur noch wenige Wagen von Händlern rollten noch hindurch. Das Vieh schob sich drängelnd den ansteigenden Weg hinauf, ungeduldig darauf bedacht, zum Weideland zu gelangen, und als sie die Wiesen auf der Hochebene erreicht hatten, brachen sie aus und verteilten sich, wobei einige tolpatschig stolperten und umfielen, als ob sie wieder Kälber wären.

Alv kletterte zu seinem Lieblingssitzplatz auf einem Felsen hinauf und zog den Stock schwungvoll aus dem Ring. Der Bulle starrte ihn einen Augenblick lang in verdutzter Wut an, dann schnaubte er heftig und trottete über die Wiese davon. Alv ließ sich nieder, um den Kanten harten Maisbrotes zu essen, den er am Abend zuvor bekommen hatte, sowie den Streifen gepökelten Fisches, den er sich als Beilage dazu gestohlen hatte. Er blickte hinaus, weit hinaus aufs Meer, bis zum Horizont. Bald würde die Sonne aufgehen und ihm Wärme bescheren; kleine Vögel sangen in den Büschen, und der Himmel überzog sich mit Licht, das die Flanken des Viehs rot färbte, ebenso wie das Rauchgekräusel, das sich über die mit Holzschindeln bedeckten Dächer unter ihm erhob, da die Feuerstellen in den Küchen entzündet wurden. Doch in ihm entzündete dieser Anblick ein anderes Feuer; wie oft hatte er hier gesessen und zu Mächten, die er nicht kannte, gebetet, daß das ruhige graue Meer dort draußen sein sanftes Wogen aufgeben und zu einer Flutwelle anschwellen möge, die jene Dächer wegreißen würde.

Er zitterte. Die vom Meer her wehende Brise wurde immer stärker und trieb Wolkenfetzen landeinwärts; im zunehmenden Licht warfen sie seltsam gekräuselte Schatten auf die Wellen. Einige Minuten lang vertiefte er sich darin, sie zu beobachten — dann sprang er plötzlich auf die Beine. In jenen Schatten unter den Wolken glitt eine andere, tiefere Dunkelheit über die Wogen, lange schlanke Schatten, die der Küste zustrebten. Es waren vier an der Zahl, tief im Wasser, wo sie einem Wachtposten, der auf Meereshöhe Ausschau hielt, in diesem dämmerigen, dunstigen Licht leicht entgehen konnten.

Ohne nachzudenken, wölbte er die Hände und brüllte laut. Nichts geschah. Wenn er sich täuschte, würde man ihn bei lebendigem Leibe häuten. Er brüllte noch einmal und sah, wie der Wachtposten auf der Landpforte daraufhin zu ihm heraufsah und lässig winkte. »Nein!« schrie er so laut, daß sich seine Stimme überschlug. »Dort draußen, du Narr! Dort draußen!« Alv deutete mit ausgestrecktem Arm immer wieder hinaus. Der Wachtposten wandte sich um; es sah aus, als ob er den Kopf neigte und in das schwache Licht blinzelte.

Dann sprang er auf, griff nach dem riesigen Horn, das über dem Tor hing, und ließ ein lautes, blökendes Tuten ertönen. Der Bulle auf der Weide gab das Echo zurück und stampfte herausfordernd. Ein wirres Durcheinander von Schreien schallte von unten herauf, dazu das Trampeln von Füßen auf dem Schutzwall; einen Augenblick später ertönte ein zweites Horn auf der seewärtigen Mauer, und ein Trommelwirbel setzte ein. Überall in der Stadt flogen Fensterläden auf, Stimmen kreischten und plärrten. Männer und Frauen strömten notdürftig bekleidet auf die Straße; sie rempelten einander an und fielen in den Dreck. Helles Gefunkel bewegte sich zielstrebiger durch die Straßen und zum Schutzwall hinauf, die bewaffneten Männer der Stadtwache bezogen ihre Posten und starrten, genau wie Alv, hinaus aufs Meer.

Er konnte die Schiffe jetzt deutlicher erkennen; die Segel waren an den niedrigen Masten eingerollt, Schaum stieg an ihren Seiten hoch, während lange Reihen von Rudern in einem schnellen, abgehackten Rhythmus eintauchten und sich wieder hoben. Einen Augenblick lang ragte ein spitzer Bug, auf einer Wellenkrone reitend, weit hervor, und direkt dahinter war eine breite, flache Plattform. Auf den schwarzen Rumpf unterhalb der Plattform war ein Tierkopf aufgemalt, die langen, mit schwarzen Zähnen versehenen Kiefer weit aufgerissen. Aus dem Tumult dort unten erschallte ein alles übertönender Name, fast wie ein Zeichen. »Die Ekwesh! Ekwesh-Piraten!«

Für eine kurze Weile stand Alv wie gelähmt da und starrte hinunter. Die Ekwesh, so weit unten an der Küste? Doch dann entsann er sich der Gefahr, in der er selbst sich befand. Er rannte mit großen Schritten den Hang hinunter, ohne auf den Weg zu achten, mit wild fuchtelnden Armen, um das Gleichgewicht zu wahren, während er über das Gras rutschte. Doch als er um den Hügel herum in Richtung Landpforte lief, drang der

Schall eines dumpfen Pochens zu ihm herauf, und er sah, wie die Landpforte erbebte und von heftigen Stößen widerhallte, während schwere Holzstämme dagegen aufgestapelt wurden.

»Wartet!« schrie er aus Leibeskräften, wobei er gleichzeitig seine Stimme lächerlich dünn und kindisch im Wind untergehen hörte. »Laßt mich hinein! Öffnet das Tor! Wartet ...«

Auf dem gegenüberliegenden Schutzwall, jetzt nur noch ein geringes Stück unter ihm, wandte sich eine vierschrötige Gestalt in Helm und Kettenpanzer zu ihm um und vollführte wilde Bewegungen. »Zu spät, Junge!« brüllte das Oberhaupt der Stadt. »Du hättest sofort zurückkommen sollen! Verschwinde, verstecke dich irgendwo da draußen — und kümmere dich um das Vieh!«

Aber ich habe doch den Alarm gegeben! Ich habe euch gewarnt! Der Junge stand einen Moment lang mit tränenerfüllten Augen und zu Fäusten geballten Händen da, so sehr erschütterte ihn diese Ungerechtigkeit. Doch er wußte gut genug, daß es keinen Sinn hatte zu flehen; wenn das Oberhaupt schon nicht das Risiko einging, das Tor für sein eigenes wertvolles Vieh zu öffnen, warum sollte er sich dann für einen jungen Leibeigenen auf diese Gefahr einlassen? So würde sich das Oberhaupt rechtfertigen, und seine Stadt würde dieser Logik folgen. Warum nur hatte er sich die Mühe gemacht, sie zu warnen? War das nicht die Zerstörung, um die er gebetet hatte? Sollten sie davon verschont bleiben oder auch nicht. Was ihn selbst betraf — wo sollte er sich wohl verstecken? Vielleicht auf diesen sanft geschwungenen Hügeln? Ein Stück weiter oben am Hang, mit Blickrichtung auf die seewärtige Seite der Stadt, war ein Flecken mit dichtem Gebüsch. Dort war es so gut wie irgendwo sonst; wenigstens hätte er eine gute Aussicht auf das Spektakel.

Die Schiffe waren inzwischen näher herangekommen. Sie mußten den ausgelösten Alarm gehört haben und durchpflügten das Wasser jetzt direkt auf die Küste zu, um anzugreifen, wohl wissend, daß sie nicht hoffen konnten, die Stadt offen und ohne Gegenwehr einzunehmen; es wäre nicht ohne eine lange Belagerung abgegangen, und das entsprach nicht ihrem Stil. Zahlreiche Bogenschützen drängten sich auf dem Schutzwall, doch die anderen befanden sich noch nicht in ihrer Reichweite, noch nicht ganz. Alv starrte mit weit aufgerissenen Augen hinunter; noch nie hatte er eine so mächtige Streitmacht gesehen. Jedes Schiff war mit mindestens dreißig Rudern auf jeder Seite bestückt, und es sah aus, als ob sich nicht nur Ruderer an Bord befänden; er sah, daß hinter den niedrigen Dollborden weitere Gestalten kauerten und prächtige Schilde hielten, um die Ruderer zu schützen. Plötzlich, offensichtlich auf einen Befehl hin, schwang jedes einzelne Ruder mit zappelndem Schwung nach oben, wie das Zucken der Schwanzflosse eines Fisches. Im selben Moment sah Alv drei ungewöhnliche Gestalten auf die Plattformen hinaustreten. Dann sausten die Ruder erneut herunter, der Rhythmus ihres Schlags war noch schneller geworden, und ein durchdringendes Pochen dröhnte über das Wasser, wie von riesigen Trommeln. Grimmige Stimmen erklangen im Takt dazu, die Schiffe glitten mit großer Geschwindigkeit voran, und die Gestalten verfielen in einen wirbelnden Tanz. Alv spürte, wie ihm der Mund trocken wurde. Selbst er hatte von den Schamanen der Ekwesh gehört. Gewandet als die guten Geister ihres Stammes, tanzten sie vor einer Schlacht einen Kriegstanz, um in den Herzen ihrer Männer ein kämpferisches Feuer zu entfachen und dieses in ihren Gegnern zum Erlöschen zu bringen. Und wenn man den Gerüchten glauben durfte, vermochten die mächtigsten unter ihnen noch mehr zu erreichen.

Dann vernahm er aus der Stadt das durchdringende Schlagen einer Trommel. Als er zum Hafen hinunterblickte, sah er Hervar, eingehüllt in seine goldfarbenen Gewänder, den Eisenstab in der Hand, wie er über den Kiesstreifen zu der Stelle humpelte, wo die Schiffe an Land gezogen worden waren. Auch er leierte einen Singsang vor sich hin, schwankend und mit den Armen fuchtelnd. Plötzlich verfiel er in einen grotesken hüpfenden, taumelnden Tanz, den Alv noch nie gesehen hatte, wobei er seinen Stab in den Kies stieß und Wasser in flachen Tümpeln aufspritzen ließ. Hinter ihm, bei der Lücke in der seewärtigen Mauer, schienen die heranrollenden Wogen langsamer zu werden, in sich zusammenzufallen und zu brechen, als prallten sie gegen ein Riff oder einen Felsen unter der Wasseroberfläche. Hervar tanzte schneller; er hüpfte mit kleinen, gezierten Schritten vor und zurück und steigerte sich in den Zustand höchster Konzentration hinein. Das Wasser brodelte, blubberte und brach in einer zischenden Gischt an etwas, das sich aus der Tiefe erhob, verkrustet von seetangartigen Gewächsen, wie der Rücken eines krakenähnlichen Wesens, das seit unzähligen Jahren dort geschlummert hatte. Es war ein riesiger, von Metallstreifen zusammengehaltener Baumstamm, der ähnlich wie eine große Säule in Abschnitte unterteilt war. Sein Kapitell war ein Brocken aus bearbeitetem Metall, von dem ein Netz aus Ketten baumelte und wild im brodelnden Meer schaukelte. Plötzlich zogen sie sich stramm, dann erschlafften sie wieder, als sich links und rechts von ihnen eine weitere Säule erhob — danach eine vierte und eine fünfte. Sie ragten über die Breite der Lücke in der seewärtigen Mauer in die Höhe und füllten sie mit einer vielstrangigen Halskette aus starken Gliedern, besetzt mit feinen Dornen und Haken, die eine tödliche Gefahr für jedes Schiff darstellten, das die Durchfahrt versuchen würde. Alv pfiff vor Aufregung; das war die Seepforte, der Stolz der Stadt, das Werk von Generationen von Schmieden und gegen die langsame Zerstörung durch das Meer dank deren handwerklichen

Könnens geschützt. Er hatte sie nur einmal gesehen, als kleines Kind, als sie mit großer Wirkung gegen eine einzige Korsarengaleere eingesetzt worden war; sie war eingetaucht, um den Schiffsrumpf zu umfassen, ihn aus dem Wasser zu heben und die Besatzung auszuspukken.

Von den Ekwesh-Schiffen begrüßte ein brüllender Chor diese Herausforderung, und zum erstenmal hörte Alv den bedrohlichen scheppernden Aufprall eines Speers auf einem Schild. Nachdem ihnen ein Überraschungsangriff mißlungen war, würden sich die Seeräuber mit der Macht der Seepforte auseinandersetzen müssen oder mit leeren Händen wieder abziehen. Doch das, so wußte er, entsprach nicht ihrem Stil. Ihre Schiffe waren jetzt so nah herangekommen, daß er die Schamanen deutlich sehen konnte; sie tanzten und wirbelten auf der schmalen Plattform herum. Die springende Gestalt war der Bär, in einem Kostüm aus Pelz mit riesigen krallenbewehrten Tatzen und einer Maske mit einem großen Maul, das zuschnappte und bei jedem Sprung der Gestalt in einen unsichtbaren Fisch biß. Auf der rechten Seite schlug die grellbunte, häßliche Nachahmung der Wespe ihre Kapriolen, indem sie ihren Stachel in gefallene Feinde stieß. Doch im Vorderschiff, das mit hoher Geschwindigkeit vor den anderen her fuhr, breitete die seltsamste Gestalt von allen riesige Flügel aus, die um einiges über die Plattform hinausragten; sie trug eine Maske mit einem gebogenen Schnabel und einem hochstehenden Schopf, jeweils von einer Armlänge, ein Ebenbild des auf die Schiffsflanke aufgemalten Wesens — der Donnervogel. Die Bogenschützen verschanzten sich zwischen den immer höher reichenden Baumstämmen, und die Pfeile pfiffen und zischten übers Wasser. Einer blieb zitternd in der Seite der Plattform stecken, doch der Donnervogel tanzte ungerührt weiter, schneller und schneller, bis die Flügel voll ausgebreitet waren und wie die eines Albatros schwebten, sich weiß gegen die grauen Wolken am Himmel abhebend. Ein Ruf schallte von der Mauer herüber, dann war das leise Schnappen von Bogensehnen zu hören, und ein Schwarm von Pfeilen zischte zu den Seeräubern, wo sie wie Regen ins Meer platschten. Alv, der vor Erregung aufgesprungen war, sah eine Wand aus Schilden, die zur Abwehr hochschossen; er sah, wie sich der Bär duckte und der Wespenmann, dessen Rumpf und Kehle durchbohrt waren, taumelte und seitlich ins Meer fiel. Der Donnervogel krümmte sich; die Flügel zuckten nach hinten hoch wie die eines Habichts; die Maske war gespalten und fiel herunter, und darunter kam ein glitzernder, gräßlich zerschmetterter Totenkopf in blauem Stahl zum Vorschein. Ein Blitz zuckte auf, gefolgt von einem ohrenbetäubenden Krachen, und aus den grauen Wolken hämmerte ein Streifen aus grellblauem Licht auf die Stadt herab. Er schoß genau auf den Strand zu, auf die sich windende Gestalt mit dem Eisenstab. Ein Donnergrollen, das die Erde erbeben ließ, übertönte die Trommel. Ein Lichtstrahl huschte über den Strand und war gleich darauf verschwunden. Ein geschwärztes, bartloses Abbild des alten Schmieds stand wie versteinert an seiner Stelle, der Stab schimmerte in der erstarrten Hand. Dann löste sie sich auf, und der Stab fiel zischend in die Brandung. Hervars Körper stürzte rücklings zu Boden, wie ein Blatt, das aus einem Feuer geweht wird, und blieb steif auf dem Kies liegen.

Am Hafeneingang ertönte plötzlich ein unheimliches Quietschen, und Alv sah, daß die Seepforte heftig schwankte, wobei ihre Ketten schaukelten und sich ineinander verhakten. Die Verteidiger auf der Mauer rannten mit ausgestreckten Piken und Speeren hin, mit allem, was als Haken für die Ketten dienen und die Säulen aufrecht halten konnte. Auf einer Seite erwischten sie die Kette der am nächsten stehenden Säule und zogen daran. Bei der Säule auf der anderen Seite hieben sie lange Enterbeile in das Holz. Doch schon rollte eine neue Welle heran und überschlug sich, das ganze Gebilde wackelte wieder, und mit einem gnadenlosen Knirschen von Eisen stürzte die mittlere Säule nach vorn und zog die anderen mit sich. Eine ging unverzüglich unter und tauchte die Männer mit den Beilen in das tobende Wasser; die andere schwenkte mit Wucht in die Richtung, in die sie gezogen wurde, und prallte auf die Mauer herab. Die Baumstämme wurden gespalten, der Schutzwall zerbrach, Körper in Rüstungen fielen platschend in das graue Wasser; die Säule überrollte sie in ihrem Todeskampf und verdeckte die Sicht auf sie. Einen Augenblick lang bäumte sich das tangbewachsene Fundament auf, und gleich darauf war alles verschwunden. Das Schiff an der Spitze glitt über den schäumenden Abgrund, der Donnervogel-Tänzer lag flach auf der Plattform ausgestreckt. Die schwarzen und weißen Pfeile bohrten sich in den Kies des Hafens, nachdem sie zunächst an der Dünung abgeprallt waren, und dann erhoben sich die Ekwesh-Krieger neben den Rudern und ließen sich über Bord in die Untiefen fallen. Doch anstatt voranzustürmen, hielten sie an der Wasserlinie inne und knieten sich im Schutz ihrer Schilde nieder. Dann, als die Verteidiger mit Gebrüll von der Mauer herab und zwischen den Häusern hervor strömten, erhoben sich die Ruderer mit Bogen in der Hand von ihren Bänken, und lange Ekwesh-Pfeile surrten durch die Luft. Die ersten Stadtmänner fielen, die anderen zögerten, und die knienden Krieger sprangen auf und schwärmten aus, während die anderen beiden Schiffe durch die Seepforte hereinfuhren. Die wenigen verbliebenen Bogenschützen auf der seewärtigen Seite der Mauer starben, nachdem sie ihre Pfeile eingebüßt hatten und es zu einem Ringkampf Mann gegen Mann auf dem Kies kam. Die schwarzen Wolken rissen auf und vergossen dunklen Regen über das Schauspiel.

Für Alv, der aus der Höhe zusah, schien alles zu schwinden und hinter den Regenvorhang zurückzuweichen, nur noch als wuselnde Masse von Gestalten wahrnehmbar, die sich in wildem Durcheinander durch die gewundenen Straßen drängten. Gruppen begegneten sich und trugen gewaltsame Auseinandersetzungen miteinander aus, doch wer zu welcher Seite gehörte und wer die Oberhand hatte, blieb ihm unklar. Erst als die Gruppen davongezogen waren und der Tumult abebbte, erkannte er Gestalten, die sich windend oder reglos im Dreck lagen. Doch er bekämpfte das Entsetzen darüber mit einem kalten Lachen und redete sich ein, daß es ihm gleichgültig sei, wer wen abgeschlachtet hatte. Kesselflickerbrut hatte man ihn genannt! Nun, vielleicht; es war in dieser Situation immerhin besser, das Kind eines dieser armen herumziehenden Teufel zu sein, die kein Handwerk und keine Kunst beherrschten, als das irgendeines Bewohners der Stadt Asenby. Warum sollte es ihn scheren, wer von denen dort unten noch lebte und wer umgekommen war? Sie waren nicht seinesgleichen; davor verschonten ihn seine Haut, die braunen Haare und die mageren, harten Gesichtszüge, die sich ganz wesentlich von ihren glatten schwarzen Haaren und den rundlichen Gesichtern mit dem kupferfarbenen Teint unterschieden. Er war noch nie jemandem begegnet, der so aussah wie er, obwohl Händler erzählt hatten, daß es weit im Süden noch blassere Leute gäbe. Dann mochte er also vielleicht ein Südländer sein, und wenn schon; er machte sich wenig Gedanken um seine unbekannten Eltern, da sie ihn hier an der Pforte ausgesetzt hatten — hier, wo man ihn Alv nannte, den Kobold, den Wechselbalg.

Das Oberhaupt der Stadt hatte ihn bei sich aufgenommen und großgezogen, weniger aus Güte als vielmehr im Hinblick auf einen billigen Leibeigenen; seit er zurückdenken konnte, hatte er stets schwer geschuftet, mit den Frauen auf den Feldern oder in der Küche, und seit seinem neunten Sommer mußte er das Vieh hüten, also seit etwa drei oder vier Sommern. Und während all dieser Zeit war er ein Außenseiter geblieben, geneckt und verachtet von anderen Kindern, unfähig zu vergessen, was sein Name bedeutete. *Alv!* Er schlug sich mit dem Stock in die Hand. Er selbst nannte sich nicht bei diesem Namen. Die Boshaftigkeit, die in ihm anklang, entsprach der Wahrheit, denn er hatte gelernt, sich bei ihnen mit Hunderten kleiner Ärgernisse zu rächen, die einzige Verteidigungswaffe, die er besaß. Warum sollte er jetzt ihretwegen leiden oder um sie trauern? Er beobachtete das Gemetzel und bemühte sich nach Kräften zu lachen. Und als der Wolkenbruch aufhörte und das Licht der Sonne in der klaren, sauberen Luft funkelte, war alles vorbei.

Rauch stieg von einigen der Dächer auf, doch nicht durch die Kamine, und kein Mensch machte Anstalten, das Feuer zu löschen. Drei Ekwesh-Schiffe wurden an Land gezogen, und die hochgewachsenen Krieger marschierten ungehindert und ohne Eile hin und her und trugen große Ballen Beuteguts mit sich. Jetzt konnte er die Gemälde auf den schwarzen Schiffsrümpfen deutlich erkennen, und sie ähnelten sehr jenen an den Mauern, die jetzt von der Hitze versengt und geschwärzt waren. Die Ekwesh waren mit den Völkern des Nordens verwandt, mit dem gleichen Gesichtsschnitt und Körperbau, doch mit Ausnahme von einigen wenigen Worten unterschieden sich ihre Sprachen, und sie waren keine einfachen Bauern oder Händler. Sie kamen übers Meer aus dem Westen, niemand wußte, woher; sie unternahmen ihre Raubzüge und verschwanden wieder. Ein Gerücht besagte, daß ihr Land ihren Herzen entspräche — steinhart, gnadenlos, je nach Jahreszeit oder wechselnder Leidenschaft brüllend heiß oder grimmig kalt. Sie waren großartige Seeleute und großartige Krieger, doch sie achteten nichts, das nicht ihr eigen war, kein Land, keinen Besitz, nicht einmal das Leben an sich. Und gerüchteweise wurden auch noch viel schlimmere Dinge geraunt ...

Hinter ihm raschelte etwas im Gebüsch. Er erhob sich halb, drehte sich um und erhaschte einen Blick auf ein schwarzes Panzerhemd und kupferfarbene Haut — dann warf sich ein gewaltiges Gewicht auf ihn und drückte sein Gesicht zu Boden. Unfähig, sich zu bewegen oder etwas zu sehen, wurde ihm nur halbwegs bewußt, daß ihm die Hände im Rücken gefesselt wurden. Dann packte ihn eine Hand mit festem Griff an den Haaren, zerrte ihn hoch und stieß ihn in den Rücken, so daß er auf dem Pfad vorantaumelte, obwohl er kaum etwas sehen konnte. Da fiel ihm ein, daß es vier Schiffe gewesen waren; eins mußte ein Stück weiter unten an der Küste angelandet sein, um Kuriere oder Flüchtlinge abzufangen. Als der Dreck von seinen Augen etwas abgefallen war, befand er sich in der Stadt und stolperte durch die Straßen, die er erst vor kurzem verlassen hatte.

Ein Alptraum hatte sich über den Ort gelegt. Die Luft war warm und erfüllt von stinkendem Rauch, und es war nicht die Sonne, die die Pfützen rot färbte. Die bemalten Mauern waren verkohlt oder eingestürzt, und die Menschen, die dahinter gewohnt hatten, lagen starr und kalt in ihrem Schatten. Beim ersten Haus lag ein Mann in einer Rüstung zusammengekrümmt unter einem Fenster, er hielt den Pfeil umarmt, der ihn durchbohrt hatte; auf den Stufen lag eine Frau mit verdrehten Gliedern ausgestreckt in einer rotbraunen Lache, und im Schlamm in der Mitte der Straße lag ein kleines Kind neben einem Fußabdruck von der Größe seines Körpers und zuckte noch schwach. Alv war gezwungen darüberzusteigen, und fast wäre er gestolpert. Dies waren Menschen, die er gekannt, die er noch tags zuvor gesehen hatte; er erinnerte sich an die Geburt des Kindes, an jenes Fest, das sogar ihm einen Platz inmitten der anderen und einen vollen Magen beschert hatte. Das gleiche Bild bot sich in allen Straßen, und jedes schien schlimmer als das vorige; ein Anblick, der den Jungen über sein Begriffsvermögen hinaus mit Mitleid und Entsetzen erfüllte.

Sie gelangten zum Haus des Oberhaupts, in dessen Haushalt die meisten Mitglieder ums Leben gekommen waren. Der bullige Mann lag unter den eingestürzten Sparren seiner stolzen Eingangsveranda; sein Körper war von breiten Speeren in eine aufgeschlitzte Hülle verwandelt worden, sein Kopf war halb vom Rumpf getrennt. Während Alv die Ruine anstarrte, versuchte er vergebens, den Haß zu empfinden, der früher in ihm gewesen war; er war ihm vergangen. Das Oberhaupt der Stadt war ein strenger, unwirscher Mann gewesen, und es gab nur wenige etwas wärmere Augenblicke, die ihm bei der Erinnerung an ihn in den Sinn kamen, doch er hatte nichts wirklich Böses verbrochen, nichts, wodurch er ein solches Ende verdient hätte. Seine schlechten Eigenschaften verblaßten gegenüber dem, was ihm widerfahren war. Beim Anblick der Ruine empfand Alv den Wunsch nach einer solchen Zerstörung, wie er sie einst so sehnlich auf den Ort herabgefleht hatte, als etwas außerordentlich Niederträchtiges; er verdrängte ihn gewaltsam aus seinem Denken und bereute bitterlich, daß er gelacht hatte.

Die Männer, die ihn gefangengenommen hatten, zerrten ihn zu dem Platz am Hauptbrunnen der Stadt. Zu seiner Überraschung stellte er fest, daß noch andere Stadtbewohner am Leben waren, überwiegend junge Frauen und Kinder. Viele Ekwesh hatten sich dort eingefunden, um sie zu bewachen, und zum erstenmal konnte er sie deutlich sehen. Die meisten von ihnen waren hochgewachsen, ziemlich einheitlich bekleidet mit derben Lederkilts, steifen Lederwämsern und Helmen aus noch schwererem Leder, mit Metallbesätzen und mit der gleichen schwarzen und weißen Bemalung wie ihre Schiffe — Seemannsrüstungen, leicht genug, um sie nicht unter Wasser zu ziehen. Ihre Arme und ihr Haar klirrten vor Schmuck, oft aus Bernstein und wertvollen Metallen, doch ihre Gesichter standen in krassem Gegensatz zu ihrer reichen Ausstattung — verschlossene, mürrische Masken mit kalten Augen, alle von großen Narben übersät, selbst die der jüngsten unter ihnen. In der Mitte, nahe des Brunnens, stand eine gebückte Gestalt in einem langen dunklen Gewand und mit einem breitkrempigen Hut auf dem Kopf, die sich auf einen dicken weißen Stock stützte und bellend Befehle erteilte, woraufhin die Krieger emsig nach links und rechts huschten, gelegentlich von einem kurzen Schlag mit dem Stock auf den unbedeckten Kopf oder die nackte Schulter angetrieben. Zwei Ekwesh zerrten eine Gefangene zu dem Befehlenden hin, eine Frau mittleren Alters, die Alv als die Frau des Zuckerbäckers der Stadt erkannte. Sie warfen sie zu Füßen des Mannes auf die Knie nieder; der Hut beugte sich für einen kurzen Moment über sie, dann vollführte die Hand eine knappe wegschiebende Geste. Einer der Männer, die sie vorgeführt hatten, schlug ihr mit dem Speerknauf auf den Hinterkopf, dort, wo er in den Hals überging, der andere warf sie zur Seite und stieß ihr den Speer in den Körper, wobei die breite Klinge sie ausweidete; das zusammengedrängte Knäuel von Gefangenen brach in lautes Wehklagen aus.

Dann war die Reihe an Alv, vorgeführt zu werden, und die lederumspannte Hand packte ihn am Genick und zwang ihn auf die Knie. Das Gesicht, das sich über ihn beugte, von dem Hut in Schatten getaucht, war mager und hart, vernarbt wie bei den anderen, doch noch furchteinflößender wegen der schrecklichen Augen, die gelb und katzenartig unter gefurchten Brauen alles, was sich ihnen darbot, zu durchbohren und abzuwägen schienen.

Bei diesem Anblick trat er vor Wut mit den Füßen aus; seine größte Angst war, da, wo er kniete, wie ein Geißbock abgeschlachtet zu werden. Er entwand sich dem Griff, riß die Lederfessel an seinem Handgelenk auf, und bevor er wußte, was geschah, stand er japsend auf den Beinen.

Der alte Ekwesh brüllte ein Wort, und ein Speer hielt dicht vor Alvs Kehle inne. Der Mann schob den Kopf nach vorn wie eine Ur-Echse, ließ den Blick an Alv auf und ab schweifen und lächelte, wobei er eine Reihe von sorgsam angespitzten und sägeförmig gezackten Zähnen entblößte. »Kräftiger Bursche«, sagte er mit dunkler Stimme und nickte sich selbst befriedigt zu. »Ein Südländer? Leibeigener hier? So so. Leibeigener ist gut für uns. Du bleibst am Leben.«

Alvs Zorn schäumte auf seine Zunge über. »Amicac soll das schlucken!« schrie er und spuckte Schlamm auf das beschmutzte Gewand. »Spar dir deine Gnade, du Fresser von menschlichen Eingeweiden! Ich weiß, was es heißt, euer Leibeigener zu sein! Lieber will ich tot sein, als ein kurzes Leben als euer Vieh zu verbringen ...«

Er wurde gewaltsam auf den Rücken geworfen und starrte hinauf zu dem Speer, der ihm die Gedärme herausreißen würde. Doch ein strenger Befehl ertönte, und zwar diesmal in einer anderen Stimme, die nicht brüchig vor Alter war.

Alv drehte sich mühsam um, um zu sehen, wer gesprochen hatte. Drüben am Brunnen stand ein weiterer Mann in einem langen Gewand; er war gerade dabei, die Schöpfkelle von den Lippen zu senken. Doch er war kein Ekwesh, obwohl die anderen zurückwichen, während er nach vorn schritt. Zum erstenmal in seinem Leben sah Alv einen Menschen mit einer Hautfarbe, die der seinen nahe kam. Sein Gewand hatte die Farbe von reifem Korn, mit einem eingearbeiteten prächtigen Muster, das im hellen Licht schimmerte. Er blickte einen Augenblick lang zu dem Jungen hinunter, dann sagte er in einem knappen, unpersönlichen Ton: »Steh auf!«

Alv strampelte sich unbeholfen auf die Beine, sich voller Unbehagen des Speers bewußt, der immer noch auf ihn gerichtet war. Der Dazugekommene musterte ihn gründlich von Kopf bis Fuß, prüfte seine Hände, wie man vielleicht die Hufe eines Tieres prüfen mochte, und warf dann den Kopf des Jungen herum, um ihm eindringlich in die Augen zu blicken. Die Augen des Mannes waren dunkel und durchbohrend, obwohl das Sonnenlicht ein kaltes weißes Feuer in ihnen entfacht zu haben schien. »Ein merkwürdiger Leibeigener!« sagte er mit derselben klaren, farblosen Stimme. »Wie lautet dein Name? Wer sind deine Eltern?«

»Alv. Ich war ein Findel ...«

»Ein wortgewandtes Findelkind.« Der Fremde schnaubte verächtlich. »Ein Viehhirte, das ist offensichtlich. Hast du dennoch eine Erziehung genossen? In der Schmiede gearbeitet?«

»Nie! Der alte Schmied, er wollte nie ...«

Der Mann gab ein kaltes Lachen von sich. »Nein. Er hatte nichts übrig für jemanden, bei dem er spürte, daß er ihn bald übertreffen würde. Nun, mein Junge, ich bin kein Menschenfresser, und ich halte keine Leibeigenen. Ich bin ein Mann aus deiner Gegend, ein Meister der Schmiedezunft, einer jener, denen die Regeln erlauben, mit den Ekwesh zu verhandeln, um die Güter zurückzukaufen, die sie geraubt haben. Ich war viele Monate lang weg; jetzt kehre ich in mein neues Heim zurück, und ich werde in den nächsten Jahren Helfer benötigen — solche, die so sind wie ich, ohne Familienanhang oder Menschen, an denen ihr Herz hängt. Du hast das Zeug zu einem Schmied in dir, das erkenne ich — doch wie gut du als solcher sein kannst, das wird die Zeit zeigen.« Er ließ den Blick ungerührt ringsum schweifen. »Hier gibt es nichts mehr für dich, sofern es je etwas gab. Wenn du in meinen Dienst treten willst, werde ich dich als Lehrling aufnehmen, solange du mir vielversprechend erscheinst. Sollte das nicht mehr der Fall sein, kannst du einen Platz in meiner Schmiede einnehmen, oder du gehst deiner eigenen Wege. Oder soll ich diese Geschöpfe hier nach ihrem Willen handeln lassen?«

Alv blinzelte, ihm fehlten die Worte. Er starrte diesen Fremden an, der ihm das Leben anbot, ein neues Leben, und zwar so beiläufig wie einen Schluck aus der Schöpfkelle in seiner Hand. Er war eine eindrucksvolle Erscheinung, wenn auch sein Gesicht von Schweiß glänzte, als ob er soeben ein Rennen gelaufen wäre. Seine Haut war wie die Alvs, nur dunkler; seine langen tiefschwarzen Locken klebten an der Stirn, umrahmten jedoch locker ein regelmäßiges und faltenfreies Gesicht, das kein bestimmtes Alter erkennen ließ, mit einer langen, ausgeprägten Nase über schmalen Lippen und einem kräftigen Kinn. Es war ein Gesicht, das einen für sich einnahm, dem man glauben konnte — und überdies, welche Wahl hatte er angesichts der Klingen, die in seinen Augenwinkeln blinkten? »Ja«, brachte er mit erstickter Stimme hervor. Der Mann zog spöttisch eine Augenbraue hoch, und Alv wurde sich bewußt, was er gesagt hatte. »Ich meine ... ja, ich möchte Euer Lehrling sein. Ich möchte es ... sehr ... gern.«

Der Mann nickte gelassen, versetzte ihm einen sanften Schlag auf die Schulter und richtete einige Worte an den alten Ekwesh. Der alte Mann trat zwei Schritte vor, wobei sein Gewand raschelte, und der weiße Stock schnellte pfeifend vor, bevor Alv sich bewegen konnte, und schlug ihm schmerzhaft über die Wange; die Haut platzte auf. Alv taumelte, fiel jedoch nicht zu Boden; der alte Mann spuckte ihm einen dicken Batzen Speichel ins blutende Gesicht und wandte sich ab, um seinen Soldaten brüllend Befehle zu erteilen.

»Ein nettes Volk«, murmelte der Schmied und deutete auf einen Eimer, der auf dem Rand der Mauer stand. »Wasch dich. Genauso gern möchte ich von einer Klapperschlange angespuckt werden. Wenn du damit fertig bist, begib dich hinunter zum Strand, wo du meinen Gehilfen finden wirst — einen alten Mann, deinesgleichen. Richte ihm aus, meine Sachen sollen in die Schiffe verladen werden, und hilf ihm dabei. Ich fürchte, wir müssen die Gesellschaft der Ekwesh noch einen oder zwei Tage ertragen, da sie laut Vereinbarung das zurückbefördern, was ich von ihnen zurückerworben habe.«

Alv blickte ihn ein wenig verwirrt an, doch er hatte längst gelernt, niemals offen Fragen zu stellen. »Ja ... Herr.«

»Schmiedemeister. Mein Name ist Mylio, aber ich ziehe den Titel vor.« Während Alv sich die Augen mit seinem Umhang abwischte, schweifte sein Blick zu den gefangenen Frauen ab, von denen die meisten reglos im Dreck lagen. Der Schmiedemeister legte ihm die Hand auf die Schulter. »Laß sie. Du kannst nichts für sie tun — und wenn ich deine Gedanken richtig deute, dann schuldest du ihnen auch nichts. Liegt dir vielleicht jemand besonders am Herzen?« Er rieb sich die Hand. »Wohl kaum. Wir müssen dir etwas Ordentlicheres zum Anziehen besorgen. Also, los!«

Alv nickte. »Ja ... Meister.«

Es war ein seltsames Erlebnis, unbehelligt durch diese blutbesudelten Straßen zu wandern, unbeachtet von den Mördern, von denen es um ihn herum wimmelte. Alv hatte das Gefühl, in irgendeiner Weise bereits tot zu sein, ein Geist auf dem Weg zum Fluß — vielleicht nicht, um ihn zu überqueren, sondern auf ihm einer neuen Geburt entgegenzusegeln, einem anderen Schicksal, wie es in den Märchen von einigen großen oder schrecklichen Geistern erzählt wird. Zweifellos wandelte er durch das Reich des Todes, denn rings um ihn war er gegenwärtig, und er mußte die Augen abwenden von den Dingen, in die er unversehens trat. Als er zum Strand gelangte und an den langen Reihen von Leichnamen vorüberkam, jenen Stadtmännern, die beim ersten Angriff gefallen waren, schleuderte er die schmutzigen Sandalen von den Füßen, streifte die Beinlinge ab und ließ sie an Ort und Stelle liegen, obwohl der Kies bitterkalt war. Anfangs sah er nur Ekwesh überall, doch dann bemerkte er einen kleinen Stapel von Kisten, die abseits beim letzten Schiff standen, und eine mit einem Umhang bekleidete Gestalt kauerte an der leeseitigen Reling. Er näherte sich dem Stapel, und ein alter, bleichhäutiger Graubart erhob sich träge und betrachtete den Ankömmling mit stumpfen, übellaunigen Augen.

Alv hatte nur wenig anderes als unfreundliche Blicke erlebt; sie konnten ihm nichts mehr anhaben. »Der Schmiedemeister schickt mich — Meister Mylio. Er hat mich als Lehrling aufgenommen, und er sagt, du sollst seine Sachen ins Schiff laden, und ich soll dir dabei helfen.«

Der Alte überlegte gemächlich, wobei er auf nichts herumkaute und Alvs zerlumpte Kleidung musterte. »Als Lehrling, wie? Und wie könnte dein Name vielleicht lauten?«

»Man nennt mich hier Alv.«

Der Alte sah sich blinzelnd um. »Niemand hier wird dich in Zukunft irgendwie nennen, es sei denn, sie treiben sich in der Nacht als Gespenster herum. Alv, ja? Ich bin Ernan, der einzige Diener des Meisters, abgesehen von meiner Frau und einem Schmiedegehilfen. Es gibt noch einen Lehrling, der älter ist als du und gut ausgebildet. Aber wir alle sind letzten Endes Gesinde, selbst er, und müssen springen, wann und wie der Meister es verlangt. Habe ich mich deutlich ausgedrückt?« Alv nickte mit gespannter Aufmerksamkeit, und der Alte nahm ein in Fell eingeschlagenes Bündel auf. »Also gut. Vergiß das nicht. Nimm eine dieser Kisten und folge mir.«

Alv hob die oberste Kiste des Stapels hoch, eine bemalte Truhe aus Zedernholz; es war die Art, wie sie in vielen Städten hergestellt wurden — einschließlich in dieser Stadt hier. Sie war schwer, und er strauchelte, schaffte es schließlich jedoch, sie sich auf die Schulter zu hieven. Der alte Ernan schritt bereits seitlich am Schiff entlang, das in leichter Schräglage am Strand lag. Er marschierte, ohne zu zögern, in die flache Brandung hinaus, und Alv folgte ihm zu der Stelle, wo das steile, geschwungene Dollbord am niedrigsten war. Dort war eine kurze Laufplanke aus Latten angelegt worden, um das Hinaufsteigen zu erleichtern; sie knarrte und schwankte und bog sich unter Alvs Füßen und hätte ihn beinahe ins Wasser geworfen. Ernan streckte die Hand aus, damit er sich im Gleichgewicht halten konnte, dann nahm er ihm die Truhe ab und stellte sie in einen großen Kasten, der mit ölgetränktem Seehundfell ausgeschlagen war. »Und jetzt, Herr Lehrling«, knurrte er, »würdest du bitte mit mir hinuntergehen und mir beim Tragen der größeren Truhe dort helfen. Aber paß diesmal besser auf!«

Alv folgte ihm behutsam, und als er ins Wasser hinuntertrat, fiel sein Blick auf etwas ein Stück weiter unten am Strand, schwarz inmitten des Schaums, der es umspülte. Als er ein paar Schritte näher hinging, erkannte er voller Entsetzen, daß es der alte Schmied Hervar war, den man einfach hatte liegenlassen, wo er hingefallen war; seine versengte Zunge hing heraus, und die verkohlten Arme waren in einer stummen, bedeutungslosen Geste hochgeworfen, als ob er den Himmel verscheuchen wollte. *Jemand, der ihn bald übertreffen könnte ...* Doch er war jetzt jenseits aller Feindseligkeiten. Alv drehte sich auf Ernans ärgerliches Grunzen hin um und beeilte sich, an der anderen Seite der langen schwarzen Truhe anzupacken — diesmal eine Ekwesh-Arbeit, den grellbunten Vogelmustern um das wuchtige Schloß herum zu urteilen. Sie wog jedoch nicht so schwer, wie ihr Aussehen vermuten ließ, und sie beide bewegten sich einigermaßen leichtfüßig durch die Brandung. Doch als Ernan an der Seite des Schiffs angekommen war und Alv die Truhe zum Dollbord hinaufstemmte, fiel sein Blick auf etwas Farbiges; ein Zipfel dessen, was die Truhe enthielt, war in der Spalte unter dem mit Scharnieren versehenen Deckel eingeklemmt. Er war soeben im Begriff, Ernan deshalb Bescheid zu sagen, als die Farbe des hellen Materials eine Erinnerung in seinem Gedächtnis wachrief. Es war weich und hell wie Hirschleder, doch mit einem Muster in grellen Farben bemalt, blau und weiß. Es war etwas, das er nicht vergessen hatte, dieses Muster aus gezackten Federn, denn er hatte es vor ganz kurzer Zeit noch gesehen, tanzend und wirbelnd am Bug des anführenden Kriegsschiffes, bis die Wolken aufrissen und die Blitze herabzuckten. Was machte der Schmiedemeister Mylio mit dem Donnervogel-Gewand eines Schamanen, mitten unter den Ekwesh? Er erinnerte sich an den Tänzer, der wie vor Erschöpfung zusammengebrochen war, das schweißgetränkte Haar an der hohen, blassen Stirn klebend. Doch dann zog Ernan ungeduldig an der Truhe, und Alv verstaute seine Gedanken in der Dunkelheit, fest entschlossen, nicht einmal den geringsten Zipfel herauslugen zu lassen; diese dunklen Augen sollten nichts davon zu sehen bekommen. Er mußte noch viel lernen, und er würde lernen, bevor er voreilige Fragen stellte. Als dann gegen Mittag die Ekwesh den Aufbruch vorbereiteten und der Schmiedemeister an Bord zurückkehrte, verhielt sich Alv still und grüßte ihn voller Hochachtung.

Als das beladene Schiff durch die zerschmetterte Seepforte glitt, wobei die Ruder in ihren Drehgelenken knarrten, stand er am Heck bei der gewaltigen Ruderpinne und sog den hundertfachen Gestank von Salz und Teer und getrocknetem Fisch in sich ein, und er fand keinen schlimmer als den der Ekwesh selbst. Er beobachtete die Flammen, die über die Dächer emporloderten, die für ihn niemals Heimat gewesen waren. Plötzlich bewegte sich die große goldfarbene Windfahne, der Steuermann auf der Kanzel schnupperte angestrengt in die Luft und schrie dem Anführer auf dem schmalen Vorderdeck etwas zu. Die Ruder wurden eingeholt, und das Deck bebte unter den nackten Füßen der Mannschaft, als die Männer losrannten, um das weit ausladende Rahsegel zu entfalten. Das schwarze Rechteck aus Hanf blähte sich auf und straffte sich, indem es sich gegen das Netz aus geteerten Seilen spannte, die es verstärkten. Ein kräftiger Wind frischte von Süden her auf; er fächerte den brennenden Gebäuden so viel Luft zu, daß sie eine Schmelzofenhitze entwikkelten, und gleichzeitig trug er den Jungen namens Alv weit weg von jenem Ort. So weit ihn die Wanderschaft seines Lebens auch noch bringen würde, die ihn letzten Endes zum Herzen der Welt führen sollte, so kehrte er doch niemals hierher zurück.

Zweites Kapitel

Der Lehrling

Die schwarzen Schiffe segelten vor dem Wind in nördliche Richtung, und jegliche Verfolger, falls es solche gab, ließen sie weit hinter sich. Die wenigen kleinen Boote, die sie sichteten, drehten ab und flüchteten zur Küste, denn es gab in diesem Gebiet keine Macht, die stark genug gewesen wäre, es mit ihnen aufzunehmen. So ging es zwei Tage und zwei Nächte lang, und während dieser Zeit war Alv sich selbst überlassen, denn Ernan lag seekrank im Achterschiff, und der Schmiedemeister war bei dem Anführer der Ekwesh. Andere Jungen in seinem Alter hätten sich vielleicht einsam gefühlt, doch Alv war daran gewöhnt, mit sich allein zu sein, und er war es zufrieden, sich zwischen die Fracht in ihren Hüllen aus fettigen Fellen zu kuscheln, seinen eigenen Gedanken nachzuhängen und sich außer Sicht zu halten. Es war dort wärmer — und sicherer. Ihm drohte allerdings keine wirkliche Gefahr von seiten der Seeräuber; die Ekwesh behandelten den Schmiedemeister mit Hochachtung und ließen alles, was er sein eigen nannte, unangetastet. Ein Fußtritt und ein Fluch waren das schlimmste, was er bekam, wenn er im Weg war, etwa wie ein streunendes Tier an Deck; ihresgleichen behandelten sie auch nicht besser. Doch von den anderen Booten, auf denen die Gefangenen befördert wurden, drangen Schreie herüber, die ihn erschaudern ließen. Die Ekwesh waren ein grausames Volk, eitel, stolz, streitsüchtig und brutaler als sonst eines in jener Zeit. Die Dinge, die er in den Tagen nach dem Überfall zu sehen bekam, nährten und verstärkten nur noch den Haß, den er für sie empfand, und er sollte ihm auch in der Zukunft niemals vergehen.

Doch endlich, nach einer Zeit, die wie eine Ewigkeit erschien, wurde der Bug des Häuptlingsschiffes auf den Sand eines schmalen Strandes zwischen hohen, kahlen Felsen gezogen. Dann wurden alle Güter des Schmiedemeisters behutsam an Land getragen und weit oberhalb der Wasserlinie aufgestapelt, und zwar unter dessen aufmerksamer Überwachung. Sobald das getan war, wurde ein scharfer Befehl erteilt, und die Krieger, die die letzten Kisten getragen hatten, rannten zum Bug und schoben ihn frei. Während sie noch über die Schleppseile an Bord kletterten, tauchten die Ruder spritzend ins Wasser; das Schiff stach durch die Brecher, die Ruderer nahmen einen rhythmischen Singsang auf, und ohne Zeichen oder Abschied glitt das haifischschlanke Kriegsschiff hinaus, um sich zu den anderen zu gesellen, die auf offener See warteten. Die Beobachter am Strand sahen, wie die schwarzen Segel gleichzeitig schlaff wurden und im Wind schlugen, während die großen Rahnocken gekippt wurden. Dann wurden die Segel wieder gerefft, und die Seeräuberschiffe drehten in den Wind; Dollborde tauchten in die Dünung und bewegten sich in rasender Fahrt in nordwestliche Richtung auf den Horizont zu, als ob sie vor dem bevorstehenden Sonnenaufgang fliehen wollten.

Alv zitterte. Der Schmiedemeister hatte ihm einen warmen Umhang und schöne pelzgefütterte Stiefel geschenkt — ohne Zweifel aus dem Beutegut der Ekwesh —, doch in der kühlen Morgendämmerung fehlte ihm der Schutz von Mauern oder sein Stapel Felle, wie schmutzig sie auch sein mochten, und die schwache Wärme der Viehleiber. Der Luft an diesem neuen Ort schien tatsächlich ein besonderer Hauch von Kälte anzuhaften. Neben sich konnte er Ernan mit klappernden Zähnen etwas murmeln hören. Nur der Schmiedemeister, ohne Kopfbedeckung und in leichter Bekleidung, merkte offenbar nichts von der Kälte; er blickte hinauf zu der dunklen Lücke in der Felswand, wobei er gleichmütig mit einem Armband an seinem Handgelenk spielte und lauschte. Einen Moment später hörte Alv das leichte Trappeln von Hufen, und kurz darauf sah er einen schwachen Laternenschein in der Düsternis. Ein Zug von Ponys kam den Weg herunter zum Strand.

Der Reiter auf dem Pony an der Spitze war schläfrig zusammengesackt, doch er schnappte nach Luft und nahm eine straffe Haltung an, als er den Schmiedemeister sah; dann sprang er, mit einem Wortschwall um Entschuldigung heischend, vom Pferd. Der Schmiedemeister hielt eine Hand hoch. »Du kommst keineswegs zu spät, mein guter Ingar. Es ist nur so, daß wir früher als vorgesehen eingetroffen sind, denn die Barbaren hatten es eilig, weiterzukommen. Nun aber an die Arbeit des Aufladens, denn auch wir haben es eilig!« Alv beobachtete, wie sich der Schmiedemeister entfernte und ein leises Gespräch mit Ernan führte, wobei beide Männer seltsame, geheimnisvolle Muster in den Sand zeichneten. Ihm war die große Erleichterung des Ingar, wer immer dieser sein mochte, nicht entgangen, die dieser zu verbergen suchte, als er freundlich begrüßt wurde. Es konnte einem offenbar zu großem Schaden gereichen, wenn man sich bei diesem merkwürdigen Schmied verspätete, wenn auch nur um ein geringes — er tat gut daran, sich das ins Gedächtnis zu schreiben.

Ingar war, wie sich herausstellte, der andere Lehrling des Meisters — ein kräftig gebauter junger Mann, etwa vier Jahre älter als Alv, mit dunkler Haut, ebenmäßigen Gesichtszügen und so blauen Augen wie die von Ernan. Er musterte Alv mit ähnlicher Neugier wie der Meister und nickte langsam. Seine Sprache unterschied sich kaum von der Alvs. »Sei willkommen, Junge. Zumindest können wir eine weitere Hand in unserer neuen Schmiede gebrauchen — und eine weniger ungeschickte, möchte ich wetten, als die unseres *Meisters* Roc hier.«

»Ungeschickt!« schnaubte eine verächtliche Stimme aus der Dunkelheit. Sie hatte einen barschen Beiklang, doch ihr Besitzer war offenbar kaum älter als Alv. »Wenn du dich vielleicht mal von deinen alten Büchern trennen und einmal am Tag einen Finger in der Schmiede krümmen würdest, dann würde sich herausstellen, wie gewandt du bist, *Meister* Ingar!« Der Sprechende trat schlurfend ins Licht der Laterne, und im ersten Moment glaubte Alv, ein rundes Stoffbündel mit Beinen vor sich zu sehen. Dann wurde ein Ende eines gewaltigen Schals zurückgeschlagen, und ein breites, blasses Gesicht blickte zornig heraus. »Was gaffst du so, du da? Ich kann nichts dafür, daß ich nicht mit Eis im Blut geboren wurde, wie all ihr rotbackigen Nordländer — mit Ausnahme von Ernan, er hat es mit dem Alter erworben. Drei Umhänge trage ich, und trotzdem knirscht es, wenn ich mich hinsetze — sofern ich jemals in den Genuß einer kleinen Rast kommen werde ...«

»Hör zu«, unterbrach ihn Ingar, »über das Hinsetzen brauchst du dir eine Zeitlang keine Sorgen mehr zu machen, wenn du zu spät beim Meister erscheinst. Komm jetzt, und du auch, Alv; die Ponys müssen sofort beladen werden. Wenigstens werden wir bald Sonne haben.«

Als sie aufging, strahlte sie hell, und Alv und Ingar wurde es schnell warm, während sie die Kisten auf die geduldigen Tiere packten; diese standen unbewegt da und fraßen die wenigen Flecken mit Dünengras ab, die sich innerhalb ihrer Reichweite befanden. Doch so heiß es auch war, Roc wartete lange, bis er auch nur seine Kapuze zurückschlug; als er es tat, zuckte Alv zusammen und stieß einen lauten Schrei aus. In der Sonne wirkte das Haar des Jungen wie ein wirrer Wust aus Flammen, in einer überwältigenden, unmöglichen Farbe — Rot. Darunter war sein eckiges, stupsnasiges Gesicht beinahe rein weiß, doch über und über gesprenkelt mit Tupfen in demselben unheimlichen Rot. Roc erwiderte seinen starrenden Blick. »Was gaffst du mich so fassungslos an, wenn ich mir die Kühnheit erlauben darf zu fragen? Du hast wohl noch nie einen so gutaussehenden Jungen wie mich gesehen.«

»Bestimmt hat er noch nie rote Haare gesehen, davon bin ich überzeugt«, schmunzelte Ingar. »Dann warst du also noch nie im Südland, wie? Dort unten sehen alle so aus, weißt du. Die Sonne läßt ihr Gehirn überkochen.«

»Quatsch!« sagte Roc. »Er ist doch selbst ein Südländer, oder etwa nicht? Braune Haare und grüne Augen — jedenfalls kamen sie mir grün vor ...«

»Nein«, sagte der Schmiedemeister, der so lautlos hinter ihnen aufgetaucht war, daß alle zusammenzuckten. »Alv ist nicht in dem Sinne ein Südländer, wie du einer bist, wenn er auch gleicher Abstammung ist. Er hat das Aussehen eines der alten Völker im Norden, bevor diese sich mit den braunhäutigen Menschen vermischten, die über das Eis nach Westen gezogen kamen. Und das ist eine höchst interessante Eigenschaft. Und jetzt, würdet ihr euch freundlicherweise wieder an die Arbeit machen ...«

Die jungen Männer beeilten sich zu gehorchen. »Altes Volk im Norden, wie?« höhnte Roc, während sie sich abmühten, um die Transportriemen um eine besonders breite Truhe zu befestigen. »Nun, Blutsbruder, du müßtest dich dort, wo wir hingehen, eigentlich sehr zu Hause fühlen. Weiter nach Norden würde kein Mensch jemals freiwillig gehen — vielleicht mit Ausnahme von einem oder zweien ...«

»Das reicht!« fauchte Ingar ihn an. Roc kräuselte die Lippen und schwieg.

Als die Ponys endgültig beladen waren, war der volle Tag heraufgezogen, und der Schmiedemeister stand vom Sand auf und wischte mit dem Fuß sorgfältig alle seine Zeichnungen aus. Dann gab er Ingar, der jetzt zu Fuß war, mit lässiger Hand ein Zeichen, und die kleine Gesellschaft setzte sich in Bewegung, den felsigen Weg durch den Engpaß hinauf. Er führte durch viele Windungen und über lange, steile Hänge, und Roc und Alv, die zu Fuß hinterhergingen, mußten häufig den Tieren zur Hilfe kommen und sie im Gleichgewicht halten oder sie sogar an ihren steifen, struppigen Mähnen über Geröll ziehen, das unter ihren Hufen wegrutschte. Endlich hatten sie den Engpaß überwunden, und sie traten einige hundert Schritt von der Felskante entfernt in eine weitläufige, sanft hügelige Landschaft der Art, wie sie Alv von jeher bekannt war. Doch nachdem sie die Kuppe des ersten flachen Hügels landeinwärts überquert hatten, glaubte er eine blaue Linie am Horizont zu bemerken, die zu massiv erschien, als daß es sich um Wolken hätte handeln können; an einigen Stellen sah es aus, als ob sie Schaumkronen hätte wie Wellen, doch die weißen, vor dem Blau des Himmels glitzernden Hauben überschlugen sich nie, brachen nicht. Er konnte sich keinen Reim darauf machen, was er da vor sich sah, und er hatte Angst, für dumm gehalten zu werden, wenn er Roc fragte, doch der Anblick rührte Gefühle in ihm auf — über die gewaltige Größe der Welt mit allem, was sie enthalten mochte, all die Dinge, die er in ihr finden mochte. Der Schatten der Ekwesh wich allmählich von ihm; er hatte Lust zu singen, doch er wußte nicht, wie der Schmiedemeister darauf reagieren würde. Während des Marschierens summte er leise vor sich hin, und auf jeder Erhebung des anscheinend viel begangenen Pfades hielt er begierig Ausschau nach der unveränderten Linie, um zu sehen, ob sie ihr näher gekommen waren.

Schließlich mündete der Pfad in eine Straße, und dort bogen sie ein, angeführt von dem Schmiedemeister, der an ihrer Spitze wanderte. Er trug jetzt das schwarze Gewand, das seiner Zunft und seinem Rang entsprach, und an seiner Seite hing ein schweres Kurzschwert. Auch Ingar war bewaffnet, und er ließ den Blick aufmerksam über jedes Dickicht und jeden Wall gleiten, an dem sie vorbeikamen. Als die Straße durch einen ausgedehnten Wald führte, fiel er zurück und ging an der Seite der jüngeren Knaben. »Ihr tut gut daran, in dieser Gegend die Augen offen zu halten, ihr beide. Der Schmiedemeister hat den Weg sorgsam ausgewählt, nach all den Karten zu urteilen, die er gezeichnet hat, doch in dieser Umgebung ist kein Pfad sicher. Räuber und Gesetzlose tummeln sich in der Nähe einer großen Stadt, denn sie wissen, welche Straße die Händler benutzen.«

»Befinden wir uns hier denn in der Nähe einer Stadt?« fragte Alv.

»So ist es, und noch dazu einer sehr großen, der letzten in diesem Landstrich; Harthaby wird sie genannt. Wenn wir unsere Marschgeschwindigkeit beibehalten, werden wir sie am frühen Nachmittag erreichen. Doch wir werden uns nicht lange dort aufhalten, wir haben noch einen weiten Weg vor uns. Da wir nicht alle Ponys als Lasttiere benötigen, brauchen wir zumindest nicht zu Fuß zu gehen. Bist du je auf einem Pferd geritten?«

»Nein«, gestand Alv. »Aber auf einem Bullen, ein- oder zweimal.«

Die anderen betrachteten ihn wieder einmal eindringlich. »Auf einem Bullen«, murmelte Ingar, als er merkte, daß der Junge es ernst gemeint hatte. »Nun, dann dürfte dir ein Pferd keine allzu großen Schwierigkeiten bereiten.«

Die Stadt Harthaby war tatsächlich sehr groß, etwa drei- oder viermal so groß wie Asenby. Alv hatte noch nie eine so große Ansiedlung gesehen; da sie zu ausgedehnt war, um auf einen einzigen Hügel zu passen, schlängelte sich ihre Mauer um drei oder vier Erhebungen herum, und jede war gekrönt mit einem Gebäude, das größer war als das Haus des Oberhauptes von Asenby, sogar größer als die dortige Getreidekammer. Doch als sie zur Hauptpforte kamen, war diese nicht eindrucksvoller als die Landpforte; etliche Wachen waren dort postiert. Eine ganze Meute von Menschen wartete darauf, eingelassen zu werden, doch der Schmiedemeister richtete einige Worte an die Wachen, und sie ließen seine Gruppe vor allen anderen passieren, sehr zu Alvs peinlicher Berührung, denn da es niemand wagte, einen so großen Schmied mit Pfiffen oder wütenden Blicken zu bedenken, hoben sie sich ihren Unmut für das am ärmlichsten gekleidete Mitglied seiner Reisegesellschaft auf. Doch er vergaß das im selben Moment, da er die Stadt betrat, denn so viele Straßen und ein solches Gewimmel von Menschen waren völlig neu für ihn, obwohl die anderen sagten, daß es im Süden noch viel größere Städte gäbe. Die großen Gebäude, erklärte Roc, waren die Zunfthäuser, wo sich die Mitglieder versammelten und Märkte abgehalten wurden; zu einem davon würden sie sich jetzt begeben, doch nur für die kurze Zeit, die das Abladen der Kisten und das Aufladen von Proviant und der nötigen Dinge für die Reise dauern würde. »Und wir werden was zwischen die Zähne bekommen — sofern unser edler Meister nicht gerade in einer seiner Fastenstimmungen ist.«

»Die Ekwesh haben mir ein wenig zu essen gegeben«, bemerkte Alv kläglich, »aber ich habe es nie gewagt, ihr Fleisch zu berühren ...«

Roc erschauderte. »Ach, dieses Dreckspack. Bei denen weiß man nie, wen man ißt, wie?«

Zum Glück gab es im Zunfthaus der Händler genügend Nahrung, obwohl sich andere am Gesindetisch bitterlich über Weizenbrei und Räucherfisch beschwerten und sagten, daß sie überhaupt keine ordentlichen Delikatessen mehr vorgesetzt bekämen, seit die Korsaren und jetzt auch noch die Ekwesh den Schiffsverkehr aus dem Süden terrorisierten. Alv kam sich vor wie im Himmel, während er seine Portion vertilgte, und er übertrumpfte mengenmäßig sogar Roc. Der Schmiedemeister und Ingar speisten mit den Meistern der Kaufmannszunft und wickelten ihre Geschäfte ab in bezug auf die Truhen, die sie von dem Schiff mitgebracht hatten. Während Alv ihnen nachsah, als sie hinausgingen, fragte er sich, wieviel des zurückerlangten Beuteguts wohl aus seiner Stadt stammen mochte und warum Harthaby, obwohl es viel reicher war, noch nicht überfallen worden war. Doch er behielt diesen Gedanken für sich. Er war hocherfreut, als Ingar ihn holte, damit er ein Bad nähme und einige neue Kleidungsstücke bekäme. Zu seiner Überraschung ähnelten diese denen Ingars, wenn sie auch schlichter waren — gute wollene Hemden, Wams und Beinkleider aus schwarzem Leder, dazu die schwarzen Stiefel und der Umhang mit Kapuze, die er bereits gehabt hatte. »Das ist die Ausstattung eines Lehrlings unserer Zunft«, erklärte Ingar. »Unsere Farbe ist Schwarz — vielleicht«, fügte er verschmitzt hinzu, »weil man darauf den Schmutz nicht so gut sieht.«

Alv sah zweifelnd an sich hinab; die Sachen fühlten sich beinahe unanständig weich und sauber auf seiner feuchten Haut an. »Ernan und Roc sind nicht so gekleidet ...«

Ingar zog eine Augenbraue hoch. »Natürlich nicht. Du kannst dich glücklich preisen, daß du so etwas tragen darfst, so jung und unerfahren, wie du bist. Der Schmiedemeister setzt großes Vertrauen in dich, das ist offenkundig.«

Wieviel, das wurde Alv erst klar, als er sich wieder zu den anderen gesellte und ihre empörten Gesichter sah. Ernan schnaubte mißbilligend, Roc pfiff leise und nickte, sagte jedoch nichts. Tatsächlich tat sich in diesem Augenblick eine Kluft zwischen ihm und Alv auf, und in vielerlei Hinsicht sollte sie sich nie wieder schließen, obwohl sie bald Freunde wurden. Als sie sich jedoch daran machten, die Ponys mit neuer Fracht zu beladen, verrichteten Lehrling und Gehilfe wie zuvor dieselbe Arbeit.

Als sie aufsaßen, konnte Roc sich das Lachen nicht

verkneifen bei Alvs Kampf mit dem Steigbügel und seinen verzweifelten Versuchen, das Gleichgewicht zu wahren, indem er sich an der struppigen Mähne des Ponys festklammerte; genauso erging es den Mädchen und den anderen Vorübergehenden auf der Straße, und mehr als einmal loderte in Alv jener düstere Zorn der Erniedrigung auf, den er glaubte überwunden zu haben. Er hielt den Blick gesenkt oder starrte geradeaus, ohne seine Umgebung anzusehen. Er wußte nicht, wieviel Zeit vergehen würde, bevor er diese oder irgendeine andere Stadt wiedersehen würde. Indem er Ingar nachahmte, schaffte er es jedoch, im Sattel zu bleiben und den Umgang mit den Zügeln zu erlernen, und als sie an der nördlichen Pforte ankamen, fühlte er sich auf dem Rücken des Pferdes bereits recht behaglich. Und das war auch gut so, denn ein langer Ritt stand ihnen bevor.

Am ersten Tag kamen sie auf gut ausgebauten Straßen zügig voran, und hin und wieder trafen sie andere Reisende, die einzeln per Wagen, Pferd oder zu Fuß unterwegs waren, oder kleine Gruppen von Händlern, die abgelegene Dörfer belieferten. In dieser Nacht lagerten sie innerhalb einer Steineinfassung mit einer Feuerstelle und einem Dach über dem Schlafbereich, offensichtlich als Wegestation für Reisende angelegt; doch es war dort sehr kalt und ungemütlich. Als sie am nächsten Morgen erwachten, war es an Alv, seine Kameraden auszulachen, denn alle außer ihm und dem Schmiedemeister waren steif und wund vom Reiten und vom Schlafen auf dem nackten Boden. In der zweiten und der dritten Nacht fanden sie ähnliche Unterkünfte, wenn diese auch noch notdürftiger waren. Die ganze Zeit über schlängelte sich die Straße unverändert zwischen den flachen Hügeln hindurch, doch allmählich wurde sie rissiger und überwachsener. Sie begegneten nur noch wenigen anderen Reisenden, und keiner davon war zu Fuß, indessen waren alle bewaffnet und mißtrauisch. Die Unterkunft, zu der sie spät am Abend gelangten, war eine Ruine, kaum mehr als eine niedrige Mauer mit einer Feuerstelle; am vierten Abend, nachdem es den ganzen Tag über in Strömen geregnet hatte, konnten sie die Wegestation überhaupt nicht erkennen, so überwuchert war sie. Schließlich ließen sie sich im Schutz einer großen Zeder nieder und wickelten sich in sämtliche ihnen zur Verfügung stehenden Decken, Felle und geölten Planen. Am Morgen zitterten alle und waren mißgestimmt, mit Ausnahme von Alv und dem Schmiedemeister. »Der bisherige Teil war der angenehmste unserer Reise«, erklärte der Schmied, während er sich das Husten und Fluchen der anderen anhörte und die Gruppe auf einen schmalen, durch dichtes Gestrüpp verlaufenden Pfad führte. »Von hier an wurde die Hochstraße während der letzten hundert Jahre nicht gepflegt, und die Natur fordert sie zurück. Wir werden unseren Weg statt dessen über das Starkenmoor fortsetzen — ein Ritt von einer guten Woche, durch ein Sumpfgebiet.«

»Steht dort Euer Haus, Schmiedemeister?« fragte Alv und sah sich dabei zweifelnd um, während sie sich der höchsten Stelle eines Hügels näherten. Der Baumbewuchs um sie herum wurde immer spärlicher, ebenso das Unterholz; vor ihnen lagen ausgedehnte Flächen mit hohem Gras, das im kühlen, feuchten Wind wogte.

»Bestimmt nicht — das Klima ist alles andere als gesund! Es liegt jenseits des Moors — ein oder zwei Tagesreisen durch den Wald, und dann noch mal zwei ins Gebirge — hoch über den Sorgen dieser Welt. Doch ich kann mir vorstellen, daß du noch nie ein Gebirge gesehen hast?«

»Ich habe davon gehört«, sagte Alv, ein wenig unbestimmt. Der Schmiedemeister lächelte milde und deutete mit der ausgestreckten Hand nach Norden. Alv folgte seinem Blick, als sie den Kamm des Hügels erreichten, und holte hörbar Luft. Die Woge, die er aus der Ferne gesehen hatte, schien jetzt hoch vor ihm aufzuragen, eine riesige Wand aus graugrünem Glas, das in der klaren

Luft funkelte und seine gezackten weißen Kämme in die blaue Unendlichkeit hinaufzucken ließ wie Gischt aus Felsgestein. Einen Moment lang ging eine solche Macht und ein solcher Schrecken von dem Schauspiel aus, daß er beinahe glaubte, diese ganze Masse über das Land heranschwappen zu sehen. Und dann erschien es ihm als noch viel größeres Wunder, daß eine so gewaltige und anmutige Form in diesem Augenblick der Bewegung erstarrt war.

»Schmiedemeister ...«

»Ja?«

»Wie sind die Berge entstanden? Sie waren doch sicher nicht schon immer da, oder? Sie sehen aus — als ob sie von irgendwo hochgeworfen worden wären.«

Der Schmiedemeister wandte sich im Sattel um und sah Alv an. »Ich habe mich nicht getäuscht, wie ich sehe. Du bist mit der Gabe der Wahrnehmung gesegnet, mein Junge, der echten Wahrnehmung. Ja, sie wurden hochgeworfen — wie eine Welle, und ich glaube, das ist noch gar nicht so lange her, gemessen an der Lebensspanne der Landschaft, denn die Kanten der Felsen sind noch scharf und kaum verwittert, und die Feuer unter der Erde brennen hier kräftig — wie du feststellen wirst. Doch nicht alle Berge haben dasselbe Alter, glaube ich, denn einige sind verwitterter als andere, und sie bestehen aus unterschiedlichem Gestein. Das alles wirst du zu gegebener Zeit lernen, Junge, denn ein guter Schmied muß in der Lage sein, sein eigenes Erz zu finden und abzubauen — damit es wirklich rein und wirklich sein eigen ist. Ich könnte mir denken, daß du Spaß daran haben wirst.«

Tatsächlich, Alv konnte es kaum abwarten. Allein schon in dieser Hinsicht würde er den alten Dummkopf Hervar übertreffen, denn der Graubart hatte sich während all der Jahre, soweit sich Alv erinnern konnte, nicht vom Dorf wegbewegt, ganz zu schweigen davon, daß er sich etwa auf die Suche nach Erz gemacht hätte.

Kein Wunder, daß er ums Leben gekommen war, wenn er so wenig aus seinem Handwerk gemacht hatte. Das war ein Fehler, den Alv nicht zu begehen beabsichtigte.

Im Laufe der nächsten Tage war es immer mehr er und nicht Ingar, der neben dem Schmiedemeister ritt und sich mit ihm unterhielt, wobei er diesem mit zahllosen Fragen zusetzte und jedesmal eine Antwort bekam, die das Feuer in seinem Denken neu schürte. Anfangs war er sich bewußt, daß er den älteren Lehrling beleidigte, doch Ingar seinerseits schien über die Erholungspause froh zu sein. Wenn es auch schwer zu glauben war, so empfand er die Gesellschaft des Meisters doch als Anstrengung, und er war glücklicher, wenn er mit Roc seine Späße treiben konnte. Ernan ritt mit schweigend zusammengekniffenem Mund dahin, was den anderen ebenso recht zu sein schien wie ihm selbst.

So legten sie also den Weg durch das Moor zurück, eine einsame, gespenstische Landschaft, in der sie keinen anderen Reisenden begegneten, und die einzigen Töne, die von Leben zeugten, waren dünne, kühle Vogelschreie, die durch die feuchte Luft hallten. Manchmal deutete der Schmiedemeister auf den kreisenden Flug eines Kondors, der sich hoch oben gegen die Wolken abhob, und einmal stieg bei ihrem Näherkommen ein Schwarm großer Geier von etwas auf — sie konnten nicht erkennen, was es war —, das sich in einer weitläufigen Morastfläche verfangen hatte und verweste. Dieser Eindruck schien noch lange danach dem Wind anzuhaften. Vielleicht bedeutete das, daß die Meute bald darauf auf sie losgehen würde.

Sie jagten wilde Tiere, die groß, doch nach dem strengen Winter mager waren. Diese erklommen in schnellem Lauf den Hügel, die langen Schwänze aufgerichtet und die Mäuler zu einem breiten reißzahnbewehrten Grinsen verzerrt, und sie stießen beim Anblick der Reisenden schrille Schreie aus. Katzenartig waren sie, Aasfresser, doch ebenso bereit, lebende Beute zu verzehren, denn sie waren dafür geschaffen, mit langen Gliedern und einem leichten, geschmeidigen Körper, der sich im Lauf biegen und strecken konnte. Doch ihre Schultern waren massig, um die schweren Köpfe zu tragen, mit so starken Kiefern, daß sie das Bein eines Ponys mit einem einzigen Biß durchtrennen konnten. Alv mit dem geübten Auge des Viehhirten zählte zwölf der abscheulichen Ungeheuer, und in dieser kahlen Landschaft gab es keine Möglichkeit, in eine Deckung zu flüchten. Der Schmiedemeister drehte sich blitzartig in seinem Sattel herum; Alv erwartete, daß er sein Schwert ziehen würde, doch statt dessen sprang er zu Boden, und mit ihm Ingar. Sie bedeuteten den anderen mit Gesten, zurückzuweichen; es mochte Wahnsinn sein, doch Alv, der sich seiner neuen Aufmachung deutlich bewußt war, riß eine Metallstange aus dem Gepäck und sprang neben ihnen zu Boden. Ingar ließ in ruhiger Gelassenheit ein seltsames Gerät knallen — ein Rad aus Feuerstein und Stahl, an dem eine dicke Seilschlaufe befestigt war —, bis die Ungeheuer beinahe zwischen ihnen waren. Plötzlich zischte das Seil und flammte auf. Der Schmiedemeister ergriff es und zog den Arm zurück, als ob er werfen wollte. Ingar drehte sich blitzschnell ab und bedeckte sich die Augen; Alv tat es ihm nach, doch eine Sekunde zu spät. Eine Wolke aus schwindelerregendem, grellem Licht loderte über der Meute auf, als ob die Sonne durch den Dunst züngelte; flammende Brokken regneten herab und setzten sich in ihrem Fell fest. Geblendet, von Schmerz gepeinigt und brennend, hasteten sie in einem wilden Durcheinander von Schreien und Fauchen hin und her, und der Gestank von verbranntem Haar mischte sich mit dem der Fleischfresser. Nur eins der Tiere, ein riesiges Exemplar mit grauen Strähnen im grünlichen Fell, erhob sich auf die Hinterbeine und schnappte bösartig nach dem Gesicht des Schmiedemeisters; Alv, noch immer benommen, hörte ein grauenvolles dumpfes Aufschlagen von Fleisch und

Knochen und sah, wie das Tier mit zappelnden Beinen am Boden lag. Eine zweite schnaubende Gestalt bäumte sich vor ihm auf; er schlug danach und hörte das Brechen von Knochen, und als sich seine Sicht klärte, sah er Ingar, der sich mit einer Zunderbüchse bückte. Diesmal schloß er die Augen, doch der Lichtstrahl züngelte grellrot über seine geschlossenen Lider, und die Meute machte kehrt und floh kreischend, die Schwänze fest zwischen die Beine geklemmt.

»Gut«, sagte der Schmiedemeister ruhig und wischte sein Schwert an dem noch bebenden Fell ab. »Da niemand verletzt ist, wollen wir unseren Weg unverzüglich fortsetzen, denn wenn sie sich wieder gefangen haben und beschließen, sich an uns heranzupirschen, werden wir in der Nacht keine Ruhe finden. Du hast gesehen«, fügte er an Alv gewandt hinzu, während sie aufsaßen, »wie nützlich die Verbindung von Raffinesse und Kraft ist. Vergiß das nie. Sie hatten mehr Angst vor dem Feuer als vor unseren Schwertern, obwohl es ihnen weniger schaden konnte. Auf diese Weise werden die Schwachen im Geiste geleitet oder angetrieben, seien es Tiere oder Menschen. Das Handwerk eines echten Schmieds kann in dieser Welt viel bewirken, und oft ist dafür nur die Anwendung einfachster Fertigkeiten erforderlich. Diese Flamme erschien gespenstisch hell, nicht wahr? Und doch war keine Zauberkraft dafür vonnöten — es mußten vielmehr nur zwei Dinge bekannt sein. Erstens, daß ein bestimmtes seltenes Metall auf diese Weise brennt, wenn es sehr rein ist. Zweitens, wie man es findet und reinigt. Ganz einfach — doch derlei Kleinigkeiten darf man über allem anderen nicht geringschätzen, wenn man eine höhere handwerkliche Meisterschaft erlangt hat. Wie es bei dir bald der Fall sein wird.«

»Meister ...« Alv spürte ein kaltes Kitzeln der Erregung hinter seinem Gürtel und ein noch eisigeres der Erkenntnis. Er mußte fragen, und doch hatte er Angst — Angst, daß er den Meister beleidigen und sich als dumm oder ungeeignet erweisen könnte. Doch der Schmiedemeister sah ihn mit fragenden Augen und gerunzelter Stirn an. Alv mußte es wagen. »Meister... warum? Warum ich? Was hat Euch bewogen, ausgerechnet mich auszuwählen? Warum seid Ihr so zuversichtlich, daß ich all diese Dinge beherrschen werde?«

Der Schmied dachte nach. »Empfindest du es als Belastung, diese Zuversicht? Gönne deinen Gedanken eine Ruhepause. Ich habe Gründe dafür, und einige hatte ich vom ersten Augenblick an, als ich dich sah.«

»Meint Ihr... weil ich wie einer der alten Nordländer aussehe?«

»In der Tat. Das allein war schon Grund genug, daß ich mich für dich interessierte. Sämtliche großartigen Zauberschmiede haben ihre Wurzeln in diesem Stamm, den letzten Überlebenden des Verlorenen Landes im Osten, denn dort wurde das Schmiedehandwerk besonders gepflegt und zur Vollendung entwickelt. Wahres Schmiedehandwerk ist eine Kunst, die weit über das reine Formen von Metall hinausgeht, ist außerordentlich selten und sonderbar, und nicht alle beherrschen sie im selben Maße oder sind ihrer überhaupt mächtig. Wenn ein Volk sie aus den Augen verliert, sie nicht mehr kultiviert, dann schwindet sie. So ist es bei Rocs Stamm geschehen, der so groß und so weise in materiellen Dingen geworden war, daß man das Gefühl hatte, dieses Handwerk nicht mehr nötig zu haben, und schließlich hörte man auf, daran zu glauben; man hielt es für einen barbarischen Aberglauben, den man den weniger weit entwickelten Vettern überließ. Im Nordland hingegen wurde es gepflegt und studiert, so wie die Südländer das Kriegshandwerk und den Handel und das Bauen mit Stein studierten. Doch selbst im Norden ist sein Wert geringer geworden, da die alten Leute sich an die zahlenmäßig überlegenen kupferhäutigen Menschen angepaßt haben, die vor der immer größer werdenden Macht des Ekwesh-Reiches über das

Eis nach Osten geflohen waren. Denn obwohl auch jene diese Kunst kannten, war es ein eher schlichtes Volk, das sich lieber mit der Erde, dem Fallenstellen und den Jahreszeiten beschäftigte als mit irgendeinem tiefergehenden Wissen. Also verringerte sich bei den meisten von ihnen die Kunst auf dieses Maß. Kluge Schmiede suchen sich daher ihre Lehrlinge unter jenen, bei denen die alten Stammeseigenschaften am stärksten vorhanden sind — Ingar zum Beispiel, mit seinen Augen und seinem Gesicht. Selten findet man jemanden von rein nordischer Abstammung, bei dem diese Begabung noch stark ausgeprägt ist. Du gehörst dazu, meine ich. Aber ich bin nicht auf reine Vermutungen angewiesen, was wohl in dir stecken mag. Wenn ich genau hinschaue, mit den Augen meines Handwerks, dann *sehe* ich es, auch wenn du selbst bis jetzt noch nichts davon weißt. Und auf das Gesehene vertraue ich. Du wirst einen guten Schmied abgeben — wie gut, das wird die Zukunft zeigen.«

Alv schüttelte verwirrt den Kopf. »Danke, Meister. Ich ... ich kann immer noch nicht ganz ... es ist nur so, daß ich genau das immer schon gewollt habe ...«

»Natürlich. Auch das ist ein Zeichen. Aber du wirst einiges verstehen, wenn wir zu meinem neuen Haus kommen. Wir sind nicht mehr allzu weit davon entfernt, den Merkmalen der Landschaft nach zu urteilen. Auch die Tiere deuten darauf hin, denn zu dieser Jahreszeit wird am Waldrand gejagt. Und in der Tat ...« Er richtete sich in seinen Steigbügeln auf und deutete in die Richtung der massiven Form des Gebirges, bislang nur ein Schatten, in hartnäckigen Dunst gehüllt. Alv, der es ihm zitternd gleichtat, sah einen langen Streifen in grünlichem Braun, nur ungefähr fünf Meilen entfernt, der die nächste Vertiefung ausfüllte und sich über die Hügel ausbreitete, um bei den Wurzeln des Gebirgszuges aufzusteigen. Der Gegensatz zwischen dem üppigen Teppich von Baumwipfeln und der kalten Unfruchtbarkeit jener Hänge war erstaunlich; es sah aus, als ob alles Leben von ihnen abgerutscht wäre und sich ins Tal ergossen und nur das nackte Gerippe übriggelassen hätte, damit es das eisige Wasser ertrug. Ein schmaler, schlammiger Weg führte die Reisenden durch dichtes Gestrüpp, das zwischen Zedern, Eschen, Ahorn, Fichten und Kiefern — viel höher als jene, die Alv an der Küste gekannt hatte — wuchs; hier und da, alles andere überragend, standen Gruppen von rotrindigen versteinerten Bäumen, die sich zu den Wolken emporreckten. »Und das sind nur schmächtige Ableger der Wälder im Osten«, bemerkte der Schmiedemeister. »Tapiau'la-an-Aithen, der Große Wald, der seinen Schatten über das Herz dieses gesamten Landes wirft. Stell dir das vor.«

Alv schüttelte den Kopf. »Das kann ich nicht, Meister. Aber ich würde ihn sehr gern eines Tages sehen. Habt Ihr ihn gesehen?«

Der Mund des Schmiedemeisters verzog sich zukkend. »Ja, das habe ich. Und ich hoffe, dir wird es auch eines Tages gegeben sein, obwohl du gut gerüstet und vorbereitet sein mußt, bevor du dich in das Reich des Tapiau wagst. Ich selbst bin ihm kaum lebend entronnen. Doch hier ist diese Macht gering. Du wirst mehr darüber erfahren — wenn die Zeit gekommen ist.« Alv verstand den Hinweis und verkniff sich alle weiteren neugierigen Fragen.

Ingar und die Gehilfen blickten sich nervös um, während sie im Schatten der Bäume dahinritten, doch außer kleinen grünen Vögeln bewegte sich nichts; diese hüpften von Ast zu Ast und neigten die Köpfchen, um die Eindringlinge mit gehörigem Argwohn zu beäugen. Alv und Roc warfen ihnen Krümel zu. Doch tief im Innern war der Wald von Geräuschen erfüllt; oft hörten sie das klagende Blöken von kleinem und großem Wild, das Schnauben von Wisenten und — stets in weiter Ferne — das tiefe, hustende Knurren von Fleischfressern auf der Jagd. Einmal, als Alv sich umwandte, sah er eine einzelne Hirschkuh, die lautlos über eine Lichtung huschte, die sie soeben überquert hatten. Als sie zu einem breiten Fluß gelangten, war ein Rascheln und Krachen im Unterholz zu vernehmen, als irgendein großes Geschöpf davonrannte; leuchtend blaue Vögel flatterten schreiend vor ihm auf. Kurz darauf trafen die Reisenden auf seine niedergemetzelte Beute an Ufer, einen riesigen Biber, der ebenfalls so groß wie ein ausgewachsener Mann war.

»Ein Dolchzahn«, murmelte Ingar und spielte nervös an der Zunderbüchse herum. Dolchzähne machten selbst unter den größten Tieren des Waldes Beute.

Der Schmiedemeister schüttelte den Kopf. »Schau dir die Luftröhre an — sie ist zerquetscht, nicht durchlöchert. Es war also eine der beißenden, nicht der mit den Krallen schlagenden Katzenarten — kleiner und weniger gefährlich. Wie auch immer, nicht einmal ein Dolchzahn würde einen Gegner von dieser Größe angreifen.«

Doch die anderen warfen weiterhin ängstliche Blicke zurück, während sie durch die Furt platschten, und in dieser Nacht lagerten sie innerhalb eines Rings aus Dornengestrüpp, wo sie zwei Feuer brennen ließen und abwechselnd Wache hielten. Von nun an wurde der Wald jedoch lichter, während das Land steil anstieg; das dichte Unterholz wurde spärlicher, und viele Baumarten waren nicht mehr zu sehen. Was nun entlang des Pfades wuchs, waren vor allem Kiefern, Föhren und andere robuste Nadelbäume. Gegen Ende des zweiten Tages wurde der Weg breiter und sein Boden fester; es war kein schlammiger Pfad mehr, sondern eine Straße mit glatter Oberfläche, deren Ränder mit behauenen Steinen gesäumt waren. Hier und da wurde der harzige Geruch des Waldes beinahe beißend, und als Alv sich umsah, bemerkte er die Stümpfe von frisch gefällten Kiefern, deren Späne noch herumlagen; das Licht flutete durch das geplünderte Laubdach auf neugeschaffene Lichtungen. Im Laufe der vergehenden Stunden stellte er fest, daß ein großer Teil des Holzes aus diesem Wald weggeholt worden war, einiges erst vor kurzem, und er fragte sich, wer dieses Baumfällen wohl durchführen lassen mochte. Vielleicht der Schmiedemeister, um sein Haus zu bauen oder seine Schmiede zu befeuern — doch es schienen selbst für einen solchen Zweck zu viele Stümpfe zu sein. Er hätte fragen können — doch das hätte womöglich dumm ausgesehen; es wäre besser, wenn er es beiläufig Roc gegenüber erwähnen würde, später. In dieser Nacht lagerten sie an einer Stelle, wo die Bäume unberührt hoch aufragten.

Während des ganzen nächsten Tages wurde der Baumbewuchs immer dürftiger und das Land steiler, bis von dem Wald nur noch kleine Baumgruppen und niedriges Gestrüpp übrig war, das sich an den Hang schmiegte; in einer davon lagerten sie. Als sie am nächsten Morgen aufstanden, bot sich den Reisenden eine klare Sicht zurück über den Wald und die Landschaft, die sie durchquert hatten. Alv stellte mit Erstaunen fest, wie hoch sie inzwischen waren; der Wald unter ihm erstreckte sich weit bis zur fernen Moorlandschaft und zeichnete sich schemenhaft vor dem dunklen Himmel ab, an dem gerade das Morgengrauen heraufzog. Er wandte sich um und blinzelte verdutzt. Er war jetzt im Gebirge, ohne Zweifel; die Berge erhoben sich rings um ihn herum, so dicht, so erschien es ihm, wie die Bäume im Wald gestanden hatten, und die Sonne vergoß Blut über ihre Hänge. Als die Reisenden ihren Weg fortsetzten, schwanden die letzten Baumgruppen, und schließlich hörte der Baumbewuchs ganz auf; die Hänge zu allen Seiten waren mit groben Grashalmen, Büschen oder Gestrüpp bedeckt, die schutzsuchend an ihnen hafteten, als ob sie fürchteten, weggeweht zu werden. Die einzigen Geräusche, die von Leben zeugten, waren das Summen stechender Insekten und die schrillen Schreie nicht zu sehender Raubvögel, deren Widerhall der Wind mit sich trug.

Gegen Abend waren auch die kleineren Pflanzen verschwunden, und die Straße führte sie über eine breite Böschung aus nacktem Gestein, zwischen zwei finsteren Gipfeln hindurch, die wie vom Himmel hingeworfene Wurzeln aussahen. Der Wind pfiff trostlos zwischen ihnen hindurch, und irgendwo in der Ferne war das Rauschen herabstürzenden Wassers zu hören; es erinnerte ihn an die kleinen Wasserfälle des Bergbaches, nur daß es viel lauter und tiefer klang. Während er ständig die Augen umherschweifen ließ, brach die Nacht herein, und die erschöpften Ponys trotteten durch das fahle Nachglühen der Sonne weiter. Doch der Schmiedemeister gab kein Zeichen zum Anhalten, und mit plötzlicher Erregung wurde Alv klar, daß sie sich bereits nahe genug am Haus befanden, um es noch an diesem Abend erreichen zu können.

Die Stunden verstrichen. Sterne kamen heraus, und der Mond ging auf; Köpfe sackten ermattet herab. Ernan schien in seinem Sattel fast eingeschlafen zu sein, und Roc schwankte im Sitzen hin und her. Doch der Schmiedemeister war hellwach, und — zu seiner eigenen Überraschung — Alv ebenso; er sog die Gebirgsluft in sich ein. Die Dunkelheit würzte sie noch kräftiger, sie war wie kühler, bitterer Wein. Der Mond sank am Himmel, als sie sich der Paßhöhe näherten, und genau in dem Moment, in dem sie die Spitze erreicht hatten, glitt er hinter die Gipfel. Doch statt der plötzlichen Dunkelheit, die Alv erwartet hatte, schien eine neue Strahlung vom Himmel auszugehen, fahler und noch klarer als der Schein von Mond oder Sternen. Der Gebirgskamm mit den einzelnen Gipfeln zeichnete sich scharf darin ab, und die schneebedeckten Kuppen fingen sie auf und glitzerten wie gefrorene Juwelen. Unvermittelt riß der Schmiedemeister an den Zügeln seines Ponys und schwang sich herab. Frost knirschte unter seinen Füßen. Er gab Alv ein Zeichen, der es ihm sofort gleichtat und zu ihm eilte.

»Schau, mein Junge!« zischte der Schmiedemeister leise, mit einer Begeisterung in der Stimme, die so sehr an Leidenschaft grenzte, wie es Alv bei ihm noch nie gehört hatte. »Siehst du es? Siehst du es, dort? Sieh es dir an, diese Pracht, dieses Lodern von der Erde zurück in den Himmel!«

»Ich sehe es, Meister«, hauchte Alv voller Entzücken. »Hinter den Bergen — es erstreckt sich, soweit mein Auge reicht — es leuchtet auf den Wolken wie die Spiegelung eines großen ruhenden Sees — aber ... was ist es, Meister?«

»Kein See, mein Junge. Du siehst in gespiegelter Herrlichkeit die Macht, die herabgekommen ist, um das Nordland zu bedecken, die Macht, die die Welt einst beherrscht hat, die viele Male zurückgedrängt und für besiegt gehalten wurde, und die sie dennoch in ihrem Griff hält. Und dieser Griff wird immer fester! Du siehst das Große Eis.«

Die Worte wurden über die Berge hinausgeschleudert, ihr hohles Echo ritt auf dem Wind wie Geisterstimmen. Das Leuchten wurde immer intensiver, und selbst Alv zitterte in seinen Stiefeln; der Wind saugte ihm die Wärme aus dem Blut.

»Nein«, sagte der Schmiedemeister nach einer Weile, und er hatte die Stimme zu einem tiefen Flüstern gedämpft, »du siehst es noch nicht, nicht wahrhaftig. Doch du wirst es sehen, eines Tages. Wie ich. Wenn du als Lehrling und als Geselle Dienst getan hast und deinerseits Meister geworden bist, dann wirst du allein und ohne Beistand über das Eis wandern, du wirst in der Leere immer weiter marschieren, wirst seine Unbilden ertragen und dich tapfer seinen Schrecknissen stellen, und diese Prüfung wird dich läutern. Und wenn du sie bestehst, dann wirst du letzten Endes zum Herzen des Ganzen gelangen und dich dort mit den Mächten, die dahinterstehen, unterhalten. In ihren Händen wirst du, der Meister, wieder zum Lehrling werden. Du wirst neues Wissen erwerben, neue Fähigkeiten, neue Ziele — neue Gedanken. Auf diese Weise wirst du selbst neu geschaffen werden — gehämmert, gehärtet, geschmiedet auf dem Amboß aus Eis!« Der Schmiedemeister drehte sich schwungvoll um und packte ihn heftig bei den Schultern. Seine Augen blickten tief in Alvs; das feurige weiße Licht loderte auf und kräuselte sich in ihrer Tiefe, und Alvs Gehirn wurde von einer stechenden Spitze des Schmerzes durchbohrt, wie als Antwort darauf. In einem Zustand zwischen Entsetzen und Ekstase spürte Alv, wie seine Füße sich vom Boden lösten. Der Schmiedemeister hob ihn mit ausgestreckten Armen, als ob er überhaupt nichts wöge, als ob er mit dem Wind davonflattern würde, wenn er ihn losließe. »Ja, mein Junge«, flüsterte der Schmied schließlich, »in dir steckt Macht, ohne Zweifel — große Macht. Doch das ist etwas, das du nicht als selbstverständlich hinnehmen darfst. Mehr als jede andere Eigenschaft muß sie entwickelt werden — und einer strengen Disziplin unterworfen sein! Sie muß sorgsam genährt werden, mein Junge, in einem Klima des Denkens, des reinen Denkens, wenn die Schwächen der Menschheit, die Leidenschaften des Affen, sich nicht in sie einschleichen und sie schwächen sollen. Das reine Denken ohne Arg oder Gift — *das* ist dort draußen. Das ist das Geheimnis, das das Eis in sich birgt.«

Er ließ Alv so unvermittelt los, daß der Junge beinahe auf den steinigen Hang gestürzt wäre. »Und deshalb bin ich hierhergekommen«, fuhr der Schmied in seiner normalen trockenen Stimme fort. »Um weg zu sein von der erstickenden Gegenwart der geballten Menschlichkeit, den bedeutungslosen Erfordernissen der Herde. Hier oben, wo kaum etwas lebt außer uns, erreichen wir vielleicht eine Verbindung zum Absoluten. Im Augenblick ist der Zugang dorthin noch durch die Barriere des Gebirges behindert, doch das wird nicht für immer so sein — nein, in der Tat nicht. Ich kann es mir leisten zu warten. Bevor es den Menschen überhaupt gab, legten diese Mächte die Hand auf diese Welt, und sie haben sie niemals davon zurückgezogen; in ihren Diensten können wir viel lernen und es zu großer Kunstfertigkeit und Macht bringen. Hier allein ist das wahre Leben, und hier habe ich mein neues Heim errichtet.« Er deutete mit einer umfassenden Bewegung in das Tal unter ihnen. »Dort steht mein Haus — und von nun an auch deins.«

Alv blickte hinunter in den Schatten. Ein Stück weiter im Tal war seine Begrenzung eine nackte Felswand, über die sich ein Gebirgsstrom von der Schneegrenze in gewaltigen Sturzbächen nach unten ergoß. Direkt dahinter, auf einem Vorsprung der Felswand, erhob sich ein trutziger, eckiger Turm aus Stein, umsäumt von einer Mauer. Er war oben offen und flach, mit hohen Zinnen. Auf der einen Seite ragte ein zweiter, breiter runder Turm mit einem Metalldach empor, der in dem klaren, blassen Licht kalt schimmerte. Hier und da leuchteten an der Seite des Turms Rechtecke in einem warmen gelben und roten Licht, und Wolken von Rauch oder Dampf schwebten wie Flaggen in die eisige Luft hinauf.

Alv konnte nur fassungslos starren. Noch nie hatte er etwas so Großes gesehen, außer den Zunfthäusern, und die waren niedrig und flach gewesen, nicht vielgeschossig wie dieses Gebäude. Und alles war aus *Stein!* Er hätte sich nie träumen lassen, daß es möglich sein könnte, vollkommen aus Stein zu bauen, und er erschauderte bei der Vorstellung, wie schwierig und gefährlich das sein mußte. Endlich fand er seine Stimme wieder, als sie aufsaßen und den steilen Weg in das Tal hinunterritten. »Meister — das ist unglaublich! Doch wie wurde all das erbaut — hier oben?«

»Es wurde für mich gebaut«, antwortete der Schmied trocken, »und zwar mit einer ziemlich ungewöhnlichen Hilfe. Ich mußte dafür bezahlen, und ich bezahle immer noch, wenn ich muß. Aber es ist ein robustes Gebäude, und es ist alles Nötige darin untergebracht, einschließlich großer Vorräte. Ich denke, du wirst es behaglich finden.«

Nach den Worten des Schmieds über das Eis und die bedeutungslosen Bedürfnisse der Menschheit neigte Alv dazu, das zu bezweifeln, doch als das hohe Tor aus poliertem Granit hinter ihm lautlos zuschwang und sich das Tor des Turms quietschend öffnete, ergoß sich eine freundliche Flut aus Licht und Wärme daraus, und dazu der Duft von frischgebackenem Brot. Das brachte ihn beinahe zum Weinen, trotz seiner neuerworbenen Würde, denn es erinnerte ihn an die Jahre, während denen er an so vielen Häusern vorbeigegangen war, die nicht seine Heimat waren, an Türen, an denen er nur betteln konnte und durch die er niemals in ein eigenes Zuhause hatte treten dürfen. Doch hier, nachdem der Schmiedemeister und Ingar eingetreten waren, traten Ernan, Roc und die runzelige alte Frau, die die Tür geöffnet hatte, beiseite, und sie ließen Alv vor ihnen eintreten. Der Hauptraum vor ihm war eher schlicht, mit Steinmauern und gepflastertem Boden und mit vereinzelten groben Teppichen ausgelegt; der große Tisch und die Bänke bestanden aus massivem, glattem Holz, ebenso wie die Sitze um den Kamin, der die gegenüberliegende Wand beherrschte. Doch ihm erschien es wie ein Palast, und er konnte es kaum glauben, daß es ihm wirklich beschieden war, vor einem Kaminfeuer zu stehen, um sich ungestört wärmen zu können, und sich dann zu den anderen am Tisch zu gesellen, um Brot und Fleisch zu essen und gewürztes Bier zu trinken. Das alles war neu für ihn, und er dachte, daß er sich sein ganzes Leben lang nichts Besseres würde wünschen können. Und tatsächlich, auch wenn anderen dieser Ort einsam oder unheimlich erscheinen mochte, war ihm das Glück beschieden, die gesamte Zeit bis zu seinem Erwachsensein in diesem Haus verbringen zu dürfen.

In seiner Art unterschied es sich von jeder anderen menschlichen Behausung in Nordeney zur damaligen Zeit; es war im Stil der großen Städte im Süden aus Steinblöcken gebaut, aber in den Ausmaßen entschieden größer und so zusammengefügt, daß selbst der grimmigste Winterwind nicht das geringste bißchen Schnee oder Eis durch die Ritzen hätte wehen können. Sie waren tief eingebettet in ein Fundament aus natürlichem Gestein, nicht nur wegen der Stabilität, sondern auch wegen der Wärmedämmung. Die Feuer unter der Erde brannten an diesem Ort kräftig und hoch, und oft zogen über die Berge ringsum große Schwaden von Rauch und Dampf, begleitet von einem furchterregenden Beben wie das Atmen eines riesigen Tiers; manchmal zitterte der Boden und bäumte sich auf, als ob sich jenes Tier unter dem unerträglichen Gewicht des Eises bewegte. Doch kein Beben konnte dem großen Haus des Schmiedemeisters etwas anhaben, obwohl sich an seinen Wurzeln ein breiter Spalt im Felsen auftat, durch den sein heißes Lebensblut floß; der Stein zog derartig viel Hitze von unten herauf, daß die Gischt der Sturzbäche sich sehr oft als Dampf auf den Mauern niederschlug.

Doch der Standort des Hauses war mit einer Klugheit gewählt und es war mit einem baumeisterlichen Geschick erbaut worden, die menschliche Fähigkeiten überstiegen, und deshalb blieb es während jeder Jahreszeit warm, in diesem unwirtlichen Land, wo Menschen anderenfalls niemals hätten leben können. An stillen Sommerabenden hallte das Knirschen und Krachen des Gesteins von der gegenüberliegenden Seite der Berge wider, wenn es sich unter der schonungslosen Umklammerung des Eises rührte. Während des gesamten halbjährigen Winters biß der Frost zu wie ein Schraubstock aus Stahl, und der schneebeladene Wind wehte heulend vom Eis her, um sich den kleinsten Spalt oder Riß zu suchen, um das alte Spiel des Steinbrechens zu treiben.

Doch es gab keinen Riß und keinen Spalt, so gut war die Arbeit ausgeführt worden; Frost und Schnee verdampften gleichermaßen zu nichts.

Im untersten Geschoß des Turms war die Hitze am größten, denn dort befand sich die Schmiede des Meisters, ein ausgedehnter Raum wie eine Höhle im natürlichen Gestein, doch mit einem seltsam behauenen, hohen Gewölbe. Als der Schmiedemeister Alv zum erstenmal hinunterführte, am Tag nach ihrer Ankunft, konnte der Junge den Gedanken an das große Gewicht der Steine über ihnen nicht gleich verdrängen. Doch während sich seine Augen allmählich an das flackernde rote Licht gewöhnten, wich seine Angst und machte der Bewunderung für diesen Ort Platz. Er war voller Bewunderung für die Schmiede des Dorfes aufgewachsen; dieser Ort übertraf sie in einem solchen Maße, daß ihn fast ein Gefühl der Anbetung überkam.

Der Raum hatte einiges mit Hervars Werkstatt gemein, unter anderem das Schmiedefeuer auf der einen Seite und die verteilten Ambosse darum herum. Aber hier waren es nicht zwei oder drei, sondern hundert oder mehr in allen Formen und Größen, von kleinen Formblöcken auf Werkbänken bis zu einem riesig großen Eisenblock, der ihm bis zur Schulter reichte und zu groß zu sein schien, als daß eine bloße menschliche Hand daran hätte arbeiten können; irgendein Held der alten Zeit, wie zum Beispiel Glaiscav, mochte hier vielleicht Pfeile geschmiedet haben, oder Vayde sein Schwert. Als er genauer hinsah, entdeckte er darüber in der Düsternis etwas Schwebendes, das seine Gefühle bestätigte: zwei gewaltige Metallhämmer mit Holzgriffen, die dicker waren als sein Schenkel.

»Du staunst wohl bei diesem Anblick?« sagte der Schmiedemeister. »Doch auch hier handelt es sich wieder um einfache Dinge, schlichte Diener des Schmiedehandwerks, nicht so sehr dessen Schöpfung.« Er schritt zur Wand und drehte ein dort angebrachtes großes Rad ein kleines Stück, und die Höhle füllte sich mit dem Dröhnen herabstürzenden Wassers. Unter dem Rad befanden sich Reihen von Hebeln im Boden, und er zog erst an einem, dann an einem zweiten. Es ertönte ein langgezogenes, lautes Knirschen und ein langsames Ticken, und im Schatten hinter dem großen Amboß bewegte sich etwas; das Schmiedefeuer warf einen zukkenden, hüpfenden Schatten an die Wand. Alv hatte kaum Zeit zu erkennen, daß es ein Schaufelrad war, bevor der Schmiedemeister noch einen weiteren Hebel bei dem großen Amboß bediente. Die schwebenden Hämmer zuckten, hoben sich und sausten abwechselnd auf den großen Metallblock nieder; das erzeugte ein gewaltiges Klirren, das den sandigen Belag auf dem Boden erschütterte, im Gewölbe der Decke widerhallte und vibrierend durch den Jungen hindurchfuhr, so daß sein Körper sich entmaterialisiert und hinfällig anfühlte. Der Schmiedemeister legte die Hebel nacheinander wieder in die alte Stellung zurück. »Auf diese Weise wird das widerstandsfähigste Erz zermalmt und das härteste Metall noch mehr gehärtet. Doch bevor du diese Einrichtung benutzt, schütze deine Ohren!«

Einen Moment lang stand er mit dem Anflug eines Lächelns im Gesicht da. »Wie du hier siehst, wird ein Teil des Wasserfalls durch ein Ventil so gesteuert, daß er das Rad dreht. Dadurch werden die Hämmer und andere Werkzeuge bewegt — Blasebalg, Schleifstein, Vorschlaghammer, Flaschenzug, Drehscheibe und Drahtzieher, alles mit mehr Kraft, als der Arm eines Mannes sie jemals aufbringen könnte. Und das ist noch nicht alles — Ingar!«

Der ältere Lehrling, der an der Esse stand, griff nach einem weiteren Rad, das in diesem Fall auf einer dicken Spindel am Boden angebracht war, und drehte es mit großer Sorgfalt ein Stück. Plötzlich gab es ein tiefes, keuchendes Rumoren, die Flammen des Feuers züngelten und loderten zu ihrer doppelten Höhe auf und spuckten eine Säule aus dunklem Rauch zur Decke, wo eine große Öffnung ihn verschluckte.

»Siehst du? Der Felsen blutet eigens, um uns beim Schmieden zu helfen.« Der Schmiedemeister nickte, und Ingar drehte das Rad schleunigst zurück, wobei er Alv angrinste.

»Eine Schmiede, die den Göttern angemessen wäre!« rief er aus. »Alle vier Elemente gehorchen unserem Befehl! Der Fels um uns herum, der Wind in unseren Luftschächten, das Wasser in den Rädern, und das hier...« Er verschloß den Schacht mit einem Bolzen. »Besser, als einen Drachen an der Leine zu besitzen. Hier können wir Wunder bewirken.«

Roc, der feinen Sand um ein unvorstellbar zartes Wachsgebilde in einer Gußform herumschüttete, lachte verächtlich. »*Wir?*«

Ein einziger kurzer Blick des Schmiedemeisters ließ ihn verstummen, und Ingars wütende Erwiderung erstarb in seiner Kehle. Der Mann lächelte. »Ingar ist ein fähiger Handwerker, aber er interessiert sich mehr für die Theorie der Schmiedekunst. Er zieht es vor« — er deutete auf eine niedrige Bogentür auf der rechten Seite —, »sich dort drin zu vergraben.«

Die Tür bestand aus Bronze und war sehr schwer, und als sie sich öffnete, entstand das Geräusch von angesogener Luft. Alv trat hindurch und stand blinzelnd in verändertem Licht, klar, kalt und aus keiner erkennbaren Quelle stammend. Als sich die Formen und Farbtupfen ringsum an den Wänden stabilisierten, war er noch immer geblendet.

»Du weißt, was das ist, nicht wahr?«

»Ja, Meister, natürlich! In der Stadt hat es auch welche gegeben, drei oder vier, sehr alte — man war stolz darauf ... Aber — haltet Ihr mich für dumm? Ich hätte nie gedacht, daß es so viele davon geben könnte!« Vom Boden bis zur Decke und quer durch die Mitte war der Raum gefüllt mit Büchern. Bücher aller Art, von den üblichen Schriftrollen und fächerartig gefalteten Leporellos bis zu einzelnen Seiten aus Papier, Pergament oder sogar Baumrinde, zu ungeschickten Bündeln oder, seltsamerweise, an einer Kante zusammengeheftet.

»Nein«, sagte die trockene Stimme, »ich halte dich nicht für dumm. Das ist eine ungeheuere Ansammlung von Wissen, mehr, als du in irgendeiner anderen Bibliothek finden wirst, mit Ausnahme jener von Kerbryhaine, die heutzutage kaum noch beachtet wird, oder jener des untergegangenen Morvan. Und doch ist es nur ein ganz geringer Teil, ein Körnchen dessen, was es alles zu wissen gibt. Ingar betätigt sich lieber als Gelehrter und macht sich als solcher nützlich. Doch ein wahrer Meister der Kunst, wie ich einer bin und wie meiner Einschätzung nach du eines Tages einer sein wirst, muß beides in ausgewogenem Maß beherrschen, das Geistige und das Handwerkliche. Ich gehe davon aus, daß du lesen kannst?«

»Ein paar Schriftzeichen habe ich mitbekommen — meinen Namen, das eine oder andere Wort kann ich schreiben ...«

»Das geht, für deine Verhältnisse. Aber es ist höchste Zeit für dich, mit dem Lernen aus Büchern anzufangen, und dies ist eine Tür, durch die du recht bald treten mußt. Aber laß dich warnen. Man kann Wissen nicht in sich hineinschlingen wie Nahrung. Es muß einem in Schüben, nach und nach, vermittelt werden, je nachdem, wie aufnahmefähig und verständnisbereit man ist. Sonst erstickt man daran, oder es ergeht einem noch schlimmer! Die tiefen Geheimnisse unseres Handwerks dürfen nicht zu leicht genommen und müssen gehütet werden. So — nun kannst du dir irgendein Buch zum Lesen aus dem Regal an der südlichen Wand oder dem in der Mitte nehmen, wie du willst. Doch die anderen sind mit einem Siegel versehen, das sicherer ist als ein Schloß mit Schlüssel, und ich rate dir, es nicht zu brechen. Für die Regale an der östlichen und westlichen

Wand mußt du zuerst den Zugang von mir erbitten, und er wird selten verweigert. Aber vergreife dich auf gar keinen Fall an der nördlichen Wand!« Der Ton der leisen Stimme war so eindringlich wie das Glitzern des Eises. Alv erschauderte und nickte. »Dann geh jetzt zu Ingar, er wird dir das Lesen beibringen. Er besitzt einige Ritterromane und Heldenepen, die für den Anfang leicht genug sein müßten. Komme in drei Stunden zu mir an den Amboß, wenn du genug hast. Aber du mußt bis zum kommenden Frühjahr lesen können, und zwar gut — länger darf es nicht dauern!«

Noch vor dem Winter konnte er fließend lesen und schreiben. Der Frühling war in ihm selbst, all seine aufgestaute Energie und Intelligenz brach mit der ungestümen Ungeduld einer Saat, die nach Licht und Luft drängte, durch die Kruste seiner Anfänge. Und im Laufe der folgenden Jahre schien es ihm, als ob es überhaupt keinen Winter geben würde, denn er spürte, wie er selbst wuchs und zu neuer Kraft und Zuversicht erblühte, sowohl körperlich als auch geistig.

Über die acht Jahre seiner Lehrzeit kann nur wenig gesagt werden, denn es ist nur wenig überliefert bis zu den Ereignissen, die ihr unheilvolles Ende herbeiführten; in seinen Mannesjahren war er alles andere als stolz darauf. Nur über eine geringe Zeitspanne seiner anfänglichen Ausbildung, das Erlernen des einfachen Schmiedehandwerks, wird etwas erwähnt, und zwar hinsichtlich der Veränderung, die das bei ihm bewirkte. Die vielen Stunden harter Arbeit am Amboß, Schraubstock und an der Drehbank, das Schwingen des schweren Hammers, der Gebrauch von Stanze, Zange und Abschroter stählten seinen Körper; es war eine Plackerei, die einen Leibeigenen vielleicht umgebracht hätte, doch dank reichlicher und guter Ernährung und dem Einsatz all seiner Willenskraft, seines inneren Antriebs, verdoppelte die Arbeit seine angeborenen Kräfte.

Er wuchs nur zu mittlerer Größe heran, doch er war

muskulös und wohlgestaltet, besonders auch sein Gesicht. Es waren die feinen Arbeiten, die seine Schultern beugten und die Augen verkniffen machten, das zeitaufwendige Schneiden von Gravuren in Stahl, das Einziehen weicher Gold- oder Silberdrähte in Führungen, endloses Wachen über winzigen Gußformen, in denen ein klitzekleiner Tropfen einer Gold-Silber-Legierung zitterte und Stück für Stück durch die Vibrationen eines darüberstreichenden Fingers tiefer glitt. In einer Minute mußte er ein grobes Werkstück aus Eisen, das bis zum Glühen erhitzt war, aus dem Feuer holen und unter den gewaltigen Hammer legen, in der nächsten ging es darum, mit aller Behutsamkeit einen kunstvoll eingelegten Schwertgriff aus einem Miniatur-Brennofen zu bergen.

Wenn der Schnee des Winters draußen unmerklich dahingeschmolzen war, pflegte er mit dem Schmiedemeister und Roc in die Berge hinauszuziehen und neue Adern und Metallager zu suchen. Sie wanderten in alle Richtungen, nur die Nordseite der Berge ließen sie aus, an der sich die ersten Ausläufer des Eisgletschers rieben. Roc schien sehr froh zu sein, daß sie nicht dorthin zu gehen brauchten, doch Alv fühlte sich davon um so mehr angezogen. Manchmal, wenn sie sich weit im Süden befanden, führte sie der Meister tief in Stollen hinein, die offensichtlich von anderen angelegt worden waren und die ebenso offensichtlich noch benutzt wurden. Doch wer sie angelegt hatte und benutzte, sagte ihnen der Schmiedemeister nicht, und sein Verhalten ermutigte nicht dazu, Fragen zu stellen. Dort fanden sie jedesmal ein reiches Vorkommen von hochwertigem Erz, das sie nur von der Oberfläche abzutragen oder von Haufen, die einfach liegengelassen worden waren, mitzunehmen brauchten. Aber obwohl Roc sich dabei stets nervös umschaute, sahen sie niemals eine Spur der Bergleute, und nur ein einziges Mal hörte Alv aus unbestimmter Ferne das Scharren und Klirren von Arbeiten im Fels.

Oftmals standen bei ihrer Rückkehr von derartigen Expeditionen Pferde an der Pforte, manchmal sogar einige Wagen, denn der Schmiedemeister war kein Einsiedler; viele Besucher scheuten offenbar nicht vor der langen Reise zurück, um zu dem Haus zu gelangen, und sie waren von sehr unterschiedlicher Art. Es gab Überbringer von Botschaften, die der Schmiedemeister mit kühler Höflichkeit begrüßte, dann aber in die Küche verwies, damit sie dort auf eine Antwort warteten. Manche Männer erschienen bei Nacht, von Kapuzen oder Masken verhüllt, und blieben lediglich für eine kurze Unterredung an der Pforte. Es gab bleiche Reisende aus fremden Gebieten im Süden, deren Aufträge so geheimnisvoll wie ihre Sprache waren. Viele Besucher waren schlichte Kaufleute, die gekommen waren, um etwas feilzubieten oder mit dem Schmiedemeister einen Handel über eine besondere Arbeit abzuschließen, obwohl er das eher geduldig ertrug als gern erledigte; er brauchte nicht unbedingt noch mehr Wohlstand. Gelegentlich kamen Männer in prächtiger Kleidung, mit hochtrabendem Gehabe und bewaffnetem Gefolge, um Waffen oder Rüstungen in Auftrag zu geben, oder auch feine Juwelen. Doch häufig geschah es, daß ein hoher Herr oder ein Kaufmann, der eine Arbeit mitgenommen hatte, wiederkehrte, wohlhabend und dem Schmiedemeister Mylio zu Dank verpflichtet, und dann erlebte Alv, wie sich ihre Beziehung zu ihm verwandelte; sie wurden Vertraute, Partner, die den Rat eines Mannes suchten, den sie hochschätzten. Wenn sie das nächstemal wiederkamen, geschah das in der Eigenschaft als Klienten, die einen Schutzherrn aufsuchen — als Vasallen vor einem Lehnsherrn. Der Schmiedemeister pflegte sie in seiner üblichen Art zu empfangen — zuvorkommend, vernünftig, großzügig. Dennoch waren viele blaß und zitterten, wenn sie ihn verließen, oder sie wirkten gebückt wie unter einer großen Last.

Alv erforschte seinen Meister ebenso eingehend, wie

er sich in sein Handwerk oder seine Bücher vertiefte, und er erkannte allmählich aufgrund solcher Vorkommnisse bei ihm das Eisen unter der Goldauflage. Dann erwachte zum erstenmal die Erinnerung und die Rätselhaftigkeit des Donnervogels, der engen Bindung an die Ekwesh und das Handeln und Schachern über der Asche von Asenby. Doch die Jahre der Ausbildung bewirkten auch Veränderungen in Alvs Denken; seine Gedanken waren nicht mehr so einfach, sein Haß nicht mehr so direkt.

Wie es geschah, ist nicht bekannt — ob es sich um ein bewußtes Vorgehen seines Meisters handelte, oder ob es etwas war, was der Junge selbst heraufbeschworen hatte. Vielleicht waren Zauberformeln eingewoben in die langen monotonen Beschwörungsgesänge, die er angehalten war zu lernen und die zu verbessern, zu ergänzen und schließlich sich selbst auszudenken ihm später beigebracht wurde. In diesen Gesängen, die während ihres Schmiedens intoniert wurden, lag die wahre Magie der Schmiede der alten Zeiten — um den Dingen, die sie schufen, bestimmte Eigenschaften einzugeben, ihnen Kräfte zu verleihen, die in ihrer höchsten Steigerung fähig waren, die Kräfte der Natur neu zu gestalten oder — im äußersten Fall — die Seelen von Menschen zu beherrschen. Es ist also möglich, daß Absicht und Schuld nicht ihm allein zugewiesen werden können. Ein solch starker Zauber war jedoch dazu angetan, den Geist zu zerbrechen, auf den er gerichtet war, und das Wachsen seiner Kräfte zu behindern. Doch während seine Lehrjahre vergingen, gediehen Alvs Können und seine Kunstfertigkeit zu immer größerer Vollendung, und damit auch sein hochstrebender, ungezähmter, forschender Geist.

Er war von einem unstillbaren Drang getrieben, dem Drang zu lernen, alles Wissen zu erwerben, das es zu erwerben gab. Wann immer er etwas freie Zeit hatte, vertiefte er sich in dieses oder jenes Buch und legte sich unzählige Fragen zurecht, die er an Ingar oder den Meister richtete. Um seine Beschränkungen bei der Auswahl seiner Lektüre zu durchbrechen, brachte er sich nicht nur die Schrift seiner nordländischen Muttersprache bei, sondern bald beherrschte er auch die Sprache von Südeney und viele andere des Südens und Nordens, die längst nicht mehr gesprochen wurden. Er konnte sogar einige Worte Ekwesh. Doch soviel er auch lernte, es stellte ihn niemals zufrieden. In seinen Träumen lüftete er alle Geheimnisse der Welt, von ihrem Innersten bis zu den höchsten Höhen, und er schrie Fragen zu den schweigenden Sternen hinaus.

Im wachen Zustand sehnte er sich danach, seine Lehrjahre zu beenden, sein eigener Herr zu werden, die Freiheit zu besitzen, hinauszugehen und die Welt zu erforschen. So sehr er seinen Meister auch bewunderte, so hatte Alv doch genug von diesen öden Bergen, von dem Haus, das er während sechs Monaten im Jahr nicht verlassen konnte, von den wenigen Gesichtern, die er jeden Tag gezwungenermaßen sehen mußte. Vor allem sehnte er sich danach, wieder einmal Frauen zu sehen, denn außer Ernans alter Gemahlin war nie eine bei ihnen erschienen, und diese eine war während seines dritten Winters im Haus gestorben. Das Wissen war der Weg, auf dem er entkommen konnte, sein Pfad in eine eigenständige Zukunft, und er sehnte sich mit der Inbrunst eines Liebenden danach. Das verbotene Regal an der nördlichen Wand der Bibliothek zog ihn an wie ein Magnet, und er war höchst erbost über dieses Verbot. Er pflegte sehnsüchtig mit den Händen über die dort lagernden Schriften zu streichen, das glatte dunkle Material der Rollen und ihre kühlen, geschnitzten Kreuzblumen zu betasten, als könnte er ihnen ihre leinengebundenen Geheimnisse mittels der Fingerspitzen entreißen. Beinahe hatte er das Gefühl, daß er das wirklich konnte, daß ein Großteil des verborgenen Wissens auf ihn überging und daß ihm nur ein einziger klärender Einblick fehlte, um es in seinem Geist freizusetzen — und daß dieser Einblick, dieser wesentliche Schlüssel, ihm rechtmäßig zustand. Er war ständig in Versuchung — doch er brachte nicht den Mut auf, es zu wagen. Noch deutlicher spürte er das Wort des Schmiedemeisters. Und vielleicht war es dieser Hunger und die einzige Quelle, die er kannte, um ihn zu stillen, die seine Gedanken auf etwas brachten, von dem er in seinem Innersten wußte, daß es böse war. Er fühlte sich selbst den anderen Mitgliedern des Haushalts nicht zugehörig, und er blickte stillschweigend auf sie hinab. Er verachtete Ingar, selbst nachdem der ältere Lehrling sein Gesellenstück vollendet hatte und zum Gesellen ernannt worden war; seinen liebenswerten Mangel an Ehrgeiz und seinen Entschluß, bei dem Schmiedemeister zu bleiben und weiter zu lernen, anstatt sich auf eigene Beine zu stellen, hielt Alv für feige und verachtenswürdig. Doch nach außen hin ließ er sich wenig von alledem anmerken, wobei er dem Beispiel des Meisters folgte wie in allen anderen Dingen.

Fest steht, daß es keines Anstoßes bedurfte, auf seine Herkunft herabzusehen und den Mann zu bewundern, der ihn aus seinem elenden Dasein herausgeholt hatte und ihn vielleicht noch höher hinausführte. Deshalb ist es vielleicht nur allzu verständlich, daß es ihm richtig und erstrebenswert schien, genauso hart und so gleichgültig zu sein wie sein Meister, Freude an der Herrschaft über andere zu empfinden und diese Freude mit eingeübter Höflichkeit und freundschaftlichem Gebaren zu bemänteln. Waren das nicht die Merkmale eines wirklich großen Mannes, eines Meisters? Doch er mußte die Erfahrung machen, daß sich nicht alle Besucher des Meisters diesem unterwarfen.

Es geschah im letzten Winter von Alvs Lehrzeit, als er vielleicht achtzehn oder neunzehn Jahre alt war, daß sein Meister nach ihm schicken ließ. Alv traf ihn an der Esse an, wo er ins Feuer starrte, als ob er etwas aus den

Flammen lesen würde; als sich Alv respektvoll neben ihn stellte, hob er nicht den Kopf, sondern fing in schroffem Ton an zu sprechen.

»Nun, mein Junge! Die Welt entwickelt sich weiter, und du mit ihr; du machst ausgezeichnete Fortschritte. Ich werde in allernächster Zeit weitere Helfer außer Ingar brauchen. Deshalb erachte ich dich für reif, auch wenn du noch reichlich jung dafür bist, dich an dein Gesellenstück zu machen.«

Alv geriet beinahe aus seiner anerzogenen Ruhe. »Mein ... Ihr wollt mich zum Gesellen machen?«

»Vorausgesetzt, ich bin mit deiner Arbeit zufrieden. Ich werde mich streng an die Regeln der Zunft halten, denn es könnte mir eines Tages von großem Nutzen sein, wenn du es zum Meister bringen würdest. Von sehr großem Nutzen ... Du mußt mir also beweisen, daß du über die höhere Kunst des Schmiedens verfügst — theoretisches Wissen sowie die Herstellung von Schmuck, Rüstungen und Waffen und ähnliches. Du wirst drei Prüfungsstücke in Angriff nehmen, zwei unter meiner Anleitung, doch das erste mußt du allein schaffen. Wir werden dafür ein Schmuckstück wählen, meine ich. Einen einfachen Armreif von der Art, wie ihn wohlhabende junge Gecken ihren Mädchen schenken — wenn sie sicher sein können, daß sie mit der Tugend der Treue ausgestattet sind. Sie würden ihre Seele für ein wirklich schönes Stück verkaufen — oder besser, ihren Einfluß. Schaffst du das allein?«

Alv schluckte. »J-ja, Meister. Mit Mochains Abhandlung über des Einlegen von Goldmustern ...«

»Von der östlichen Wand. Nun gut, dessen kannst du dich ohne Bedenken bedienen. Sorge dafür, daß der Reif schön gerät. Zierlich, nichts Plumpes, und das Muster soll klar heraustreten. Jetzt an die Arbeit!« Alv entfernte sich bereitwillig, da er halbwegs befürchtete, die Gedanken, die in seinem Kopf herumwirbelten, könnten unversehens herausplatzen. Er würde also Geselle werden — daran hatte er keinen Augenblick lang gezweifelt. Doch der Schmiedemeister setzte offenbar voraus, daß er bereit war, weiterhin hierzubleiben, Freiheit oder nicht; nun, es war besser, nicht einmal etwas anderes zu denken — jedenfalls fürs erste.

»Warum läßt er dich etwas so Blödes anfertigen?« fragte Roc, als er Alv dabei antraf, wie dieser gerade feinstes Bienenwachs für eine Gußform vorbereitete. »*Er* hat keine Verwendung dafür, das steht fest! Und wir ebensowenig, leider!«

Alv seufzte. Er fand Roc leichter zu ertragen als die anderen, aber manchmal konnte er schrecklich ermüdend sein. Dennoch, was er sagte, stimmte. Der Schmiedemeister hatte weder Verwendung für Frauen, noch hegte er irgendwelche andere körperliche Bedürfnisse; er war kalt, asketisch, und sparte sich seine Leidenschaft allein für seine Arbeit und seine Intrigen auf. Die Mitglieder seines Haushaltes mußten gezwungenermaßen genauso leben wie er, was den jüngeren Männern keineswegs gefiel. Selbst Ingar beschwerte sich manchmal — jedoch nicht, wenn der Meister in Hörweite war. »Wie soll ich das wissen? Vielleicht denkt er an einen bestimmten Kunden ...«

»Hier oben? Selbst die liebestollsten Burschen würden für so ein Ding nicht hundertfünfzig Meilen über gefrorenes Nordland geritten kommen!«

Alv schnaubte ungeduldig. »Nun, vielleicht geht es ihm darum, mir eine profitable Kunst beizubringen. Hol mir eine Stütze, damit ich das hier daraufstellen kann, ja? Und einen Satz Gravierwerkzeuge — die feinsten und schärfsten!«

Er summte vor sich hin, während er an dem Wachs herumschabte, eine gefällige, schwungvolle Melodie, die seiner Meinung nach den sanften Formen angemessen zu sein schien; bis jetzt hatte sie noch keinen Text. Er würde die Worte in den Zeichen finden, die er um die Schlangenform herum einzugravieren gedachte, Zeichen, die er jenem alten Buch und anderen Quellen seiner hingebungsvollen Studien entnehmen wollte. Es war ihm überlassen, diese Worte zu einem Lied zu verarbeiten, ebenso wie er nach Belieben die Zeichen zu einem harmonischen Muster zusammenfügen konnte. Der richtige Gesang, das richtige Muster, die richtige Legierung feiner Metalle, die sauber in die Gußform gegeben wurden, ohne Risse und Blasen — sie würden dem Einfluß der Macht ihres Schöpfers unterliegen und ihn in der Form, die er auswählte, verstärken. Als der leere Wachsmodel fertiggestellt war, legte er ihn sanft aus der Hand und wandte sich seinen Büchern zu, auswählend und zusammenstellend und auf seine Schieferplatten kritzelnd, stets mit der glatten Form vor Augen. Eine volle Woche nahm diese Arbeit in Anspruch, während der er wenig schlief und ihm nur dann in den Sinn kam, etwas zu essen, wenn Roc ihm irgendwelche Speisen unter die Nase hielt.

»Hier! Tauche deinen Rüssel zur Abwechslung mal in einen Eintopf!« Alv warf die schwere Schriftrolle mit einem mißmutigen Brummen aus der Hand und ergriff die Schale und die Scheibe Schwarzbrot. Roc beobachtete ihn belustigt. »Mach dir nur nicht die Mühe, danke zu sagen! Der Eintopf ist gar nicht so schlecht, das Tier ist erst seit einer Woche tot.«

Alv ermahnte sich, höflich zu bleiben, und murmelte eine Entschuldigung. »Ich war ganz in Gedanken versunken ...«

»Es ist doch nicht so ein Pappenstiel, wie du dir eingebildet hast, was?«

Alv bedachte ihn mit einem vernichtenden Blick. »Das verstehst du nicht. Es wäre gut genug, wie es jetzt ist — aber ich möchte sichergehen, daß es vollkommen ist, hörst du, *vollkommen!*«

»Ich höre. Dann werde ich wohl besser nicht aufbleiben und auf dich warten. Schlafe nicht über deinem Eintopf ein.«

Alv bekam kaum mit, was er sagte. Das war das eigentliche Problem — diese halbempfundene Erinnerung, die ihm so lebendig erschien, die jedesmal an ihm nagte, wenn er auf die Zeichen hinabblickte, die auf den Schiefertafeln vor ihm eingeritzt waren. Er hatte ein Muster, ein gutes Muster, und Teile davon hatten ihn viel Arbeit gekostet. Doch einige kleine Symbole schienen wie von selbst an ihre Stelle zu fallen, wie instinktiv; das Ergebnis sah gut aus, doch er kam nicht dahinter, warum, und fand auch keine zweite annähernd so zufriedenstellende Version. Das machte ihn mißtrauisch. Er war einem Schatten gefolgt, den etwas in sein Denken geworfen hatte, ein Schatten aus den Tagen seiner Kindheit, bevor er an diesen Ort gekommen war. Und das war lächerlich, denn damals hatte er keine Ahnung vom Schmiedehandwerk gehabt. Er fluchte und schleuderte die Schale quer durch den Raum, so daß sie an dem hohen Amboß zerschellte. Welches auch immer der Grund sein mochte, so und nicht anders hatte es zu sein.

Im Morgengrauen fand ihn Roc, eingeschlafen über den Schiefertafeln. Darauf waren die Zeichen zu einem einzigen fließenden Ineinander von Linien verbunden, und sein Gesang hatte einen Text bekommen. Er saß den ganzen Tag allein da, sang leise vor sich hin und ritzte das stilisierte Muster tief in das Wachs ein, er wischte Schnipsel weg, glättete rauhe Kanten und verfeinerte die Gestaltung hier und da durch eine zarte Punktierung. Spät am Abend bearbeitete er zwei kurze Wachsstöcke, um sie als Gußzapfen zu benutzen, und scheuchte einen gähnenden Roc hinaus, mit dem Auftrag, ihm einen bronzenen Gußkolben und einen Eimer voll mit feinstem weißem Ton zu bringen; Sand wäre für diese Arbeit zu grob. Als der Morgen anbrach, war der Ton trocken und der Kolben zum Aufheizen auf dem Feuer vorbereitet. Roc reichte ihm eine Zange, die in nasse Lumpen eingewickelt war; vorsichtig hob er den schweren Kolben an, neigte ihn behutsam über einer leeren Schale und goß das dampfende Wachs aus, das zuvor diese sanften Rundungen geformt hatte. Jetzt waren nur noch ihre Geister übrig, unsichtbar in der Hülle aus Ton. Er setzte den Kolben erneut kurz der Hitze aus, schob die Zange tiefer in das Feuer und griff nach einem schwarzen Tiegel. Die Luft darum herum flimmerte heftig, als er ihn anhob, und er hielt ihn unbeweglich auf Armlänge entfernt über den Kolben, den Roc mit einer Zange aufrecht hielt. Langsam, behutsam neigte Alv den Tiegel, und Flüssigkeit ergoß sich daraus, glühend wie die Sonne. Alv hatte das Gold aus dem tiefen Gewölbe des Schmiedemeisters genommen, zusammen mit winzigen Mengen seltener Metalle und anderer Substanzen, damit es etwas stärker und leichter formbar war. Nach und nach, wobei er seine Melodie summte, goß er den dünnen Fluß in eins der Zapfenlöcher, während Roc mit einer feinen Feile vorsichtig über den Rand des Kolbens fuhr, um das geschmolzene Metall in die feinsten Hohlräume zu rütteln und jegliche Luftblasen freizusetzen. Dampf stieg pfeifend aus dem anderen Zapfenloch, und Alvs Kehle zog sich alle paar Sekunden zu, da er fürchtete, die Gußform würde reißen. Dann wölbte sich eine kleine Kuppel aus Gold über jedem der beiden Zapfenlöcher, ohne abzusinken, und sie konnten wieder frei durchatmen. Jetzt war noch das langsame Abkühlen zu bewerkstelligen, indem der Kolben immer weiter zum Rand des Feuers gezogen wurde, bis er ganz heraus war und er ihn packen und in das Löschbad tauchen konnte. Das eiskalte Wasser brodelte auf und spritzte ihm auf die Hände, doch nach dem schmerzhaft beißenden und Narben erzeugenden Schmieden spürte er kaum etwas davon. Ein Schlag auf den losen Boden des Kolbens befreite die Gußform, ein zweiter ließ sie springen. Als er sie herauszog, zerfiel sie in zwei Hälften wie eine Eierschale, und das Muster leuchtete warm aus dem Ton zu ihm herauf.

Er streckte die Hand danach aus, doch eine fremde Hand hielt ihn fest. Der Schmiedemeister hob die Gußform an, und der Ton zerbröselte in dem harten Griff seiner langen Finger zu Staub, während er das Werk begutachtete. Alv beobachtete ihn atemlos und fragte sich, wieso es ihm gelungen war, genau im richtigen Augenblick zu erscheinen. Die dunklen Augen strahlten, während er das Muster ergründete, und sie spiegelten den Schein des Goldes und des Feuers mit einem seltsamen zusätzlichen gierigen Leuchten wider. Er betrachtete es lange schweigend, als ob er versuchte, hinter ein Rätsel zu kommen.

Schließlich nickte er und reichte Alv den immer noch stumpfen und mit pulverigem Ton überkrusteten Reif. »Ich habe mich nicht in dir getäuscht, mein Junge. Es ist ein hübsches Stück, es birgt eine echte Kraft — mehr als eine Tugend, eine Macht. Reinige und poliere es jetzt. Bring es mir heute abend, dann werden wir überlegen, welches deine nächste Arbeit sein soll.«

Doch an diesem Abend, gerade als die Dämmerung hereinbrach, trafen die Reiter ein. Es war Alv, der sie als erster sah, wie sie von Norden her den steilen Hang ins Tal heruntergaloppierten; er saß an der hohen äußeren Fensterbrüstung seines kleinen Zimmers, wie er es oft tat, und blickte hinaus in die letzten Strahlen des Sonnenuntergangs, die Funken auf seinem frischpolierten Reif aufblitzen ließen. Anfangs fühlte er sich nur etwas gestört, mehr nicht; solche in Umhänge und Kapuzen gehüllte Besucher waren nichts Ungewöhnliches. Selten jedoch ritten sie auf einer so schönen weißen Stute wie der erste Reiter; das andere war ein unauffälliges schwarzes Tier, doch beide legten ihren Weg über den unebenen, steinigen Boden mit erstaunlicher Trittsicherheit und Anmut zurück. Dann zog der Anführer heftig an den Zügeln, als er den Turm sah, und Alv richtete sich so rasch auf, daß er beinahe von dem Sims gefallen wäre. Die dunkle Kapuze wurde zurückgeworfen, und ein Wust von langen Haaren quoll hervor, im Licht der untergehenden Sonne weißgolden schimmernd. Die Stimme, die Begrüßungsworte an den Turm richtete, schallte hoch und hell wie ein Hammerschlag zwischen den kalten Felsen. Dann trieb die Frau ihr Pferd das letzte Stück den Hang hinunter zum Tor, und Alv eilte ins Innere des Hauses und zur Wendeltreppe, um nach Ingar und Roc zu rufen. Er sprang zwei Stufen auf einmal nehmend die Treppe hinunter und rannte hinaus in die große, kahle Eingangshalle. Ingar eilte über die Treppe aus der Bibliothek herbei, und Roc flitzte aus der Küche herein, wobei er mit vollem Mund mühsam versuchte, aufgeregte Fragen zu stellen.

»Pforte ..., keuchte Alv. »Reiter kommen — die Frau ...«

»Die Frau?« sagte Ingar und pfiff. Er wandte sich zur Küche und rief: »Ernan! An die Pforte — und sei höflich! Roc, hör auf zu futtern und gehe zum Meister, um ihm zu sagen, daß er dort unten eine ernste Aufgabe zu erfüllen hat. Und dann hole mir mein bestes Gewand — nein, warte!« Er sah Alv mit zusammengekniffenen Augen an. »Diese Frau — ist sie groß? Und blond, sehr blond — fast weiß?«

Alv nickte atemlos, und Ingars Gesicht sackte herab. *»Louhi!«* Er schüttelte den Kopf. »Vergiß die Sache mit dem Gewand, Roc. Was um alles in der Welt mag ausgerechnet *sie* jetzt hierhergeführt haben?«

»Eine alte Freundin von dir, diese Louhi?« erkundigte sich Alv spitzbübisch, wobei er sich bemühte, wieder eine würdevolle Miene aufzusetzen.

Ingar verzog den Mund, doch bevor er antworten konnte, ertönte das Trappeln von Füßen auf der Treppe zur Bibliothek. Sie beide waren höchst erstaunt, als sie den Schmiedemeister heraushasten sahen, und zwar so, wie ihn Alv noch nie gesehen hatte, mit zerzausten Haaren und verrutschtem Gewand sowie einem wilden Blick in den dunklen Augen. Er kam mit großen Schritten zu ihnen herüber und packte Alv bei den Schultern. »Bist du sicher? Hast du sie gesehen?«

»J-ja, Meister! Ganz deutlich, und sie hat gerufen. Sie kamen aus Richtung Norden herangeritten ...«

Wie zur Bestätigung seiner Worte erklang ein einziger Schlag auf der großen Bronzeglocke an der Pforte, und die Finger des Schmiedemeisters gruben sich tief in Alvs Arme. Dann ließ er ihn los, wobei er eine Entschuldigung murmelte, und wandte sich ab, um sein Wams und seinen Umhang zu richten und sich die Haare glattzustreichen. Von draußen drang das leise Rumpeln des sich öffnenden Steintores herein sowie das Klappern von Hufen auf dem polierten Granit. Der Schmiedemeister bedeutete den anderen mit einer Handbewegung, zur Mauer zurückzuweichen, straffte die Schultern, schritt zur zweiflügligen Tür der Halle und ließ sie weit aufschwingen.

Das große Roß hielt direkt davor inne, in der Abenddämmerung schimmernd. Mit einem Wallen und Rascheln von Stoff schwang sich die Reiterin herunter und warf die Zügel einem besorgt dreinblickenden Ernan zu. »Versorge ihn gut!« rief sie und trat in das warme Licht der Halle, wobei sie die behandschuhte Rechte dem Schmiedemeister entgegenstreckte. Er verneigte sich, nahm sie und führte sie zu einer leichten Berührung an seine Stirn und die Lippen. Alv hatte seinen Meister noch nie so ehrerbietig gesehen, doch er wunderte sich nicht darüber. Sie war die schönste Frau, die er jemals gesehen hatte. Hochgewachsen und schlank stand sie da, so groß wie der Schmied oder noch größer, und hielt den Kopf in stolzer Haltung hocherhoben. Ihre hohe Stirn und die feingeschnittenen Züge glichen im Farbton so sehr ihrem Haar, wie milchiges Eis, daß sie eine wundervolle Statue hätte sein können, abgesehen von den vollen Lippen und dem Glitzern in den blauen Augen unter den schweren Lidern. Sie ließ den Blick durch den Raum schweifen.

»Nun, Mylio«, sprach sie leise, und ihre Stimme hatte den Klang der Bronzeglocke, »du scheinst es dir hier recht behaglich gemacht zu haben. Und außerdem hast du deinen Haushalt vergrößert — guten Tag, Ingar. Inzwischen bist du also fast ein Mann geworden!« Alv sah Ingar neben sich, der sich mit der Übung einer guten Erziehung verneigte. Dann leuchteten die blauen Augen auf ihn, und er hätte die Verbeugung gerne nachgeahmt, doch er wagte nicht, seinen zitternden Beinen zu trauen. »Ich grüße auch dich, hübscher junger Lehrling! Ich weiß deinen Namen nicht ...?« Sie lächelte, und Alvs Kehle wurde trocken. Diese geöffneten Lippen hatten etwas ...

»Alv, wenn es Euch beliebt, verehrte Dame«, brachte er mühsam heraus, da ihm diese Höflichkeitsfloskeln aus einigen von Ingars Liebesromanen in Erinnerung geblieben waren, und er begleitete sie mit einer steifen, aber immerhin anerkennenswerten Verbeugung. Zu seiner Überraschung erwiderte sie sie mit einem ernsten Neigen des Kopfes, bevor sie sich an den Schmiedemeister wandte.

»Mir scheint, du hast eine vielversprechende Wahl getroffen, Mylio«, bemerkte sie. »Und du sollst mir sagen, was du von der meinen hältst. Denn Louhi hat sich ebenfalls einen Lehrling genommen — *Kara!*«

Ein weiteres Rascheln und Wirbeln von einer weißen Gestalt, die sich im Dunkeln bewegte und so schüchtern, wie Louhi selbstsicher war, auf der Schwelle stehenblieb. Die Kapuze war nicht zurückgeschlagen, der dünne weiße Umhang war schützend hochgeschlossen, doch Alv konnte erkennen, daß die Trägerin ebenfalls eine Frau war, dünner und kleiner als Louhi. Die Kapuze wandte sich für einen kurzen Augenblick in seine Richtung, und er erhaschte einen Blick auf große Augen und dunkle Haare. Das finstere Starren des Schmiedemeister schien die Gestalt noch eindringlicher zu mustern, denn es wanderte daran auf und ab, bevor er

Louhi einen Blick zuwarf und sich mit der Zunge nervös über die Lippen leckte.

»Dein Urteil stellt meines bei weitem in den Schatten, Louhi, wie immer. Darf dein ergebener Diener fragen, welches Anliegen dich zu ihm führt?«

Louhi lachte leise und glucksend wie ein Wasserfall. »Ich bitte dich um nichts Kostspieligeres als eine Stunde deiner Zeit, Mylio, und es wird zu deinem eigenen Vorteil sein. Es sind Dinge in Bewegung geraten, über die du Bescheid wissen solltest. Dann müssen wir weiterreiten. Komm, zeig mir die Aussicht von deinem Turm, und unterdessen können wir ungestört reden.«

Der Schmiedemeister verneigte sich schweigend und wies ihr mit einer Handbewegung den Weg zur Treppe. Sie schritt mit einer so selbstbewußten Haltung darauf zu, daß ihr Umhang wie eine Schleppe wallte. Hatte er wirklich einen Blick auf den Griff eines Breitschwertes über dem weißen Rock ihrer Reitkleidung erhascht? Kara folgte ihr auf den Fersen, doch der Schmiedemeister drehte sich ruckartig zu ihr um. »*Ungestört* sagtest du, Louhi! Nun denn — *sie* bleibt hier unten.«

Louhis Lachen gluckste anmutig. »Ach, Mylio, wie ungalant von dir! Man könnte meinen, du hättest Angst vor dem Kind! Nun, Mädchen, du kannst hier warten und dich inzwischen am Feuer wärmen, wenn du willst. Aber vergiß nicht, daß wir in einer Stunde aufbrechen.«

Das Mädchen eilte zum Kamin, und der Schmied folgte Louhi die Treppe hinauf. Ingar stieß ein tiefes, heftiges Seufzen aus und ließ sich gegen die Wand sakken.

»Was ist denn in dich gefahren?« fragte Alv mit scheinheiliger Arglosigkeit.

»Ich danke allen Mächten, daß sie weg ist!«

»Warum? Was stört dich denn an ihr?«

Ingar erschauderte. »Einfach ihre Gegenwart — und diese Augen — ich kann sie nicht ertragen, sie bringen mich um den Verstand. Hast du es denn nicht gespürt? Nein? Nun, das ist eben der Unterschied, nehme ich an. Dir ist sicher aufgefallen, daß Ernan und Roc sich aus dem Staub gemacht haben?« Er kicherte. »Vielleicht hat sie ein Auge auf dich geworfen; falls es so ist, kannst du sie meinetwegen gerne haben.«

»Hör mal, wer ist denn diese Louhi überhaupt? Auch eine Schmiedin?«

»Sprich nicht so laut!« fauchte Ingar ihn mit einem schnellen Blick zu der weißen Gestalt an, die sich jetzt zu dem großen Kamin hinbeugte. »Ich weiß es nicht. Ich habe sie erst einmal gesehen, an jenem Tag, an dem sie uns in unserer alten Schmiede in Esarka besucht hat, weit unten im Süden. Und danach schmiedete der Meister Pläne, um für immer hierher zu ziehen. Ich habe allerdings so einiges gehört — Gerüchte, geflüsterte Worte. Sie ist keine Schmiedin, das steht fest, denn sie hat sich vom Meister ein Schwert anfertigen lassen, ein besonders gutes. Eine Intrigantin, ein Störenfried — wahrscheinlich eine große Dame aus dem Süden. Ich habe gehört, dort unten läßt man die Frauen über die Stränge schlagen.«

Alvs Blick ruhte auf dem Mädchen. Wie als Antwort darauf hob sie die schlanke Hand und schob sehr zögernd ihre Kapuze zurück, um einen Kopf mit kurzgeschnittenen schwarzen Haaren zu enthüllen. Sie wandte langsam den Kopf um, als ob sie verstohlen ihrerseits einen Blick auf die beiden werfen wollte, doch dann begegnete sie Alvs Augen und wandte die ihren schnell ab. »Und das Mädchen?« fragte er mit lässiger Beiläufigkeit.

Ingar zuckte mit den Schultern. »Sie ist neu für mich — und sie interessiert mich auch nicht. Wenn sie zu Louhi gehört, dann ist sie nichts für dich oder mich. Das kannst du auffassen, wie du magst.«

Alv kräuselte die Lippen. »Niemand kann etwas dagegen haben, wenn ich nur mit ihr *rede* ...«

»Du kannst deinen blöden Kopf verwetten, daß jemand etwas dagegen hat!« raunte Ingar und stolzierte eilig zur Treppe der Bibliothek. Die Tür schlug hinter ihm zu; Alv sah, wie das Mädchen dabei zusammenzuckte, und gleich noch einmal, als er anfing zu sprechen.

»Habt keine Angst, edle Dame. Fühlt Euch hier ganz wie zu Hause. Darf ich Euch einen Stuhl bringen?«

Jetzt sah sie ihn an, und Alv bemühte sich, sie nicht mit offenem Mund anzugaffen. Sie war das Gegenteil von Louhi, und doch war sie auf ihre eigene Weise schön. Es waren ihre Augen, die ihn als erstes fesselten, groß und merkwürdig schräg und so grün wie die Brandung des Meeres. Ihre Wangenknochen und die gerade Nase ließen ihr Gesicht beinahe dreieckig erscheinen; es lief zu den vollen Lippen und einem kräftigen Kinn schmal zu. Ihre Haare waren in einem groben Schnitt gerade kurz genug gestutzt, um die Ohren sehen zu lassen, die klein und zierlich waren; ihre Haut war samtweich und brauner als die Louhis, üppige Sahne im Gegensatz zu Eis. Aufgrund dieser Haut und der Augen erschien es ihm einen Moment lang, als hätte er das Gesicht irgendwann im Unterholz des Waldes gesehen; sie hatte fast etwas von einem Tier — einem gejagten Tier, das vielleicht bereits in einer Schlinge gefangen war. Denn obwohl ihr Gesicht noch sehr jung war, war es tief von Ernst und bitterem Leid gezeichnet, und ein unsichtbares Joch schien auf ihren Schultern zu lasten. Die Wildheit, die aus den Augen sprach, war die pure Verzweiflung.

Alv brachte anfangs kein Wort heraus, denn etwas stieg in ihm auf, ein Schwall von Gefühlen, die dem Bild seiner selbst, das er versucht hatte zu erstellen, auf leidenschaftliche Weise fremd waren. Er packte eine der groben Sitzgelegenheiten, die an der Wand standen, und schob sie ihr fast wütend hin, wobei er sich vollkommen lächerlich vorkam. Doch sie ließ sich erschöpft darauf nieder, und ein Lächeln umspielte ihre Lippen. Überwältigt ließ er sich neben ihr niedersinken.

»Ich danke Euch, Herr. Mir scheint es sehr lange her zu sein, daß ich friedlich vor einem solchen Feuer gesessen habe ...« Ihre Stimme war erstaunlich, tiefer und weicher als die Louhis. Sie sah ihn beinahe belustigt an. »Und wem schulde ich meinen Dank?«

»Ich ... ich bin hier Lehrling — allerdings Gesellenanwärter! Man nennt mich Alv ...« Er zuckte mit den Schultern.

»Aber dieser Name gefällt Euch nicht besonders?«

Ihr klares Begriffsvermögen verdutzte ihn. »Ich hasse ihn! Aber bis jetzt habe ich noch keinen besseren gefunden — keinen, den ich annehmen könnte, ohne mir ... nun, töricht vorzukommen. Das wäre, als ob die Gewänder eines anderen an mir herumschlabberten, wie viel zu große Kleidung ...«

Sie nickte; ihr Lächeln war immer noch ernst, doch es war eindeutig vorhanden. »Darauf könntet Ihr nicht stolz sein. Doch seid geduldig, Ihr werdet Euren Namen finden, das weiß ich, und Ihr werdet ihn verdienen. Ihr habt ein gewisses Etwas an Euch, das spüre ich — und Louhi hat es ebenfalls gespürt, ich habe sie gehört. Ihr seid etwas Besonderes, etwas Einzigartiges, aus der Menge Herausragendes ...«

»Ihr ebenfalls! Ihr ebenfalls!«

Sie schloß für einen Moment die Augen, und ihr Lächeln verging. »Ja. Zu meinem Kummer.« Sie neigte den Kopf, und der Schein des Feuers zitterte auf ihrer Wange. Der Umhang klaffte auf; darunter trug sie ein schlichtes Kleid wie ein Bauernmädchen, jedoch aus einem weichen dunklen Material. Ihre schmalen Hände wirkten dagegen sehr weiß, als sie sie im Schoß verschränkte.

Das Wasser dröhnte, das Rad drehte sich, die großen Hämmer stampften, das Feuer jagte durch ihn hindurch. Er ergriff ihre Hände und hielt sie fest an sich gedrückt. »Edle Dame — ich werde Euch helfen. Sagt mir nur wie, und ich werde Euch helfen.«

Sie starrte ihn an, auch diesmal wieder mit großen Augen, doch sie zuckte nicht vor ihm zurück. Ihr Griff wurde so fest wie der seine, und mit einer Kraft, die ihn verblüffte, zog sie seine Hände an ihre Brust. »Das könnt Ihr nicht! Kein Schmied hat meine Ketten geschweißt, und selbst wenn Ihr der großartigste aller Männer wärt, könntet Ihr sie nicht lösen! Niemals!« Dann sank sie in sich zusammen und lachte ein wenig, doch ohne Hohn. »Doch eines Tages schaffe ich es vielleicht. Ich hatte den Glauben daran bereits aufgegeben — und auch keinen Sinn mehr darin gesehen. Doch zu wissen, daß es jemand versuchen möchte — schon das allein gibt mir so viel Zuversicht, so viel ...«

»Ich würde alles tun! Ich würde alles aufs Spiel setzen!«

Ihre Gesichtszüge entspannten sich etwas, und Licht erwachte in ihren Augen, ein Licht, das auf einen Teich in einem riesigen Wald fiel, viel größer als alles, was er je gesehen hatte. »Nein. Das verbiete ich Euch. Denn nicht nur Ihr würdet leiden. Und vielleicht liegt eine großartige Bestimmung vor Euch. Ich möchte diese Zukunft nicht vereiteln. In weniger als einer Stunde wird Louhi mit mir von hier weggehen — laßt sie!«

»Um Euch niemals wiederzusehen? Niemals zu erfahren, was ...« Wenigstens konnte er die Tränen zurückhalten, so weit reichte seine Selbstbeherrschung, doch er merkte, daß seine Lippen wie die eines Kindes zitterten. Achtzehn Jahre alt, Kandidat für die Gesellenprüfung — er hatte sich kurzzeitig eingebildet, zum Mann herangereift zu sein. Jetzt kam er sich leer, hilflos vor.

»Ich verspreche Euch eines«, sagte sie gedehnt, mit großem Nachdruck. »Von nun an werde ich nie mehr verzweifeln. Ich werde auf der Hut sein und auf eine vernünftige Gelegenheit warten, um mich zu befreien.

Und dann werde ich Euch suchen, wo immer Ihr sein mögt, und Ihr werdet es wissen! Glaubt mir, und gebt Euch damit zufrieden.«

Flammen züngelten im Kamin auf, eine Kohle knackte und fiel in sich zusammen. Der Gedanke überkam ihn flutartig. Er konnte sich am nächsten Tag immer noch im Spiegel ansehen. Er konnte immer noch ein Wagnis eingehen. Er spürte die Wärme des Feuers in seinem Lächeln. »Ich glaube dir, Kara — ich werde mich durch dein Versprechen gebunden fühlen! Wenn du ein Unterpfand von mir annimmst.«

Und er streckte ihr den Armreif hin.

Sie zögerte einen Augenblick lang, dann nahm sie ihn und drehte ihn bewundernd in der Hand hin und her. Das Gold schien im Schein des Feuers röter, und die Flammen tanzten über sein Muster. »Diesem Gegenstand wohnt eine besondere Eigenschaft inne«, sagte sie mit zitternder Stimme. »Mehr als alle anderen sollte ich mich vor so etwas hüten, sollte lange mit mir zu Rate gehen, bevor ich mich damit verbünde. Ich sollte zögern, es mir anzulegen ...« Dann schob sie mit einer heftigen Bewegung die Hand durch den Reif; dieser ließ sich weit den nackten Arm hinaufschieben, über den Ellbogen, und dort saß er fest.

»Mögest du dein Versprechen ebenso wohlüberlegt abgegeben haben«, sagte Alv trocken, und sie beide brachen in schallendes Gelächter aus, jene närrische Fröhlichkeit, die die Seile der Angst kappt. Sie taumelten gemeinsam, und einen Augenblick lang vermischte sich ihr Atem mit seinem, ihre Lippen strichen aneinander vorbei — und dann wichen sie ruckartig voneinander zurück, denn sie hörten leichte Schritte auf der Treppe sowie das Rascheln von Louhis Gewand. Ihre Hände ergriffen flüchtig die seinen, dann waren sie getrennt.

Als Louhi und der Schmiedemeister in die Halle kamen, saß Kara allein am Kamin, den Kopf gesenkt wie zuvor. Die große Frau sah sich um und ließ ein leises angewidertes Schnauben hören. »Jetzt, nach der sauberen Luft, riecht es hier drin nach Tier! Und nach Ruß, nach Essen und heißem Metall — ich sehne mich wieder nach dem Freien! Komm, Kara!«

Alv stand an der geöffneten Küchentür und sah, wie sie sich erhob und folgte, sah, wie die Torflügel weit aufschwangen, und hörte das Klappern von Hufen auf den Pflastersteinen, als ob sie auf seinem Herzen herumtrampeln würden. Doch er blieb achtungsvoll stehen, und als der Schmiedemeister Louhi hinausdrängte und selbst folgte, schoß Karas goldbereifter Arm unter dem Umhang hervor und berührte seinen. »Das wird mir helfen«, flüsterte sie ihm leidenschaftlich zu. Der Umhang fiel zurück, und er sah zum erstenmal, wie in einem Traum, daß er mit unzähligen feinen schwarzen Federn gefüttert war.

Das Trappeln der Hufe entfernte sich, das äußere Tor schob sich quietschend zu, und der Schmiedemeister kehrte zurück und rieb sich die Hände. Er sah blaß und mitgenommen aus, aber auch erleichtert, als ob eine drückende Last von ihm genommen worden wäre. Er saß etwa eine Stunde lang schweigend vor dem Feuer, dann rief er Alv zu sich. »Also, mein Junge, jetzt wollen wir deinen Armreif einmal genau betrachten.«

»*Meinen* Armreif, Meister? Heißt das, Ihr schenkt ihn mir?«

Der Schmiedemeister sah ihn mit leichtem Mißtrauen an. »Ja — wenn du es wünschst, da es deine Arbeit ist, obwohl das Gold mir gehört. Doch nur dieses eine Stück, merk dir das! Du tust gut daran, dich nicht zu sehr in deine eigenen Werke zu verlieben, sondern sie ihrem eigentlichen Nutzen zuzuführen.«

»Ihr habt recht, Meister«, sagte Alv und verneigte sich. »Ich habe den Reif bereits verschenkt.«

»*Was?* Wem denn?«

Alv holte tief Luft und sagte es ihm. Einen Moment

lang verdüsterte ein Zorn, wie er ihn noch nie gesehen hatte, die Stirn des Meisters, und dann begann der Schmied überraschenderweise leise zu lachen. »Dann haben wir also Louhi ein Geschenk gemacht! Denn was das Mädchen hat, das landet auf jeden Fall bei Louhi, dessen können wir sicher sein. Und welche wertvolle Gegengabe hast du dafür erhalten? Nein, erspare mir rührselige Einzelheiten, ich ahne es!« Er lachte erneut, ein eisiges kleines Lachen, und Alv biß die Zähne zusammen, so sehr verletzte ihn dieses Lachen. Der Schmied kräuselte die Lippen. »Nun, der Preis war in der Tat sehr hoch für eine solche — Angelegenheit, aber zumindest hast du dafür gezahlt. Wenn du dich schon mit Frauen abgeben mußt, dann solltest du lernen, es als einen Handel zu betrachten und zu verhindern, daß sie dem eine unangemessene Bedeutung zumessen. Das würde dich nur von ernsten Dingen ablenken.« Er wurde nachdenklich. »Louhi selbst würde den Nippes sofort als solchen erkennen und den Schmuck nicht tragen. Aber wer weiß, wenn das Mädchen den Armreif zufällig behält ... Vielleicht kommt es uns sogar zugute, einen Zugang zu jemandem zu haben, der so dicht bei Louhis Geheimnissen weilt. Man kann nie wissen!« Er klatschte streng in die Hände. »So, jetzt ins Bett, denn morgen fängst du mit deinem zweiten Stück an — und das ist Teil einer Rüstung. Du wirst mir einen Helm aus feinstem Kettengewirk herstellen, und er soll die Eigenschaft der Tarnung, der Verwandlung, der geschmeidigen Bewegung und der Unsichtbarkeit in sich bergen. Beschäftige dich im Traum damit!«

Doch Alv träumte überhaupt nicht; er konnte nicht schlafen. Sein Kopf brannte auf dem harten Kissen, seltsam verdrehte Bilder von den Ereignissen des Tages spulten sich in seinem Denken ab. In einer Minute kochte er vor Wut auf den Schmiedemeister, weil er ihm unterstellte, er hätte Kara betatscht — auf die Art, wie es das alte Stadtoberhaupt mit seinen Dienerinnen zu tun pflegte —, und im nächsten ärgerte er sich über sich selbst, weil er es nicht getan hatte. Das war es doch, was er wollte, oder etwa nicht? Was verursachte jetzt diesen dumpfen, wachsenden Schmerz in ihm? Es hätte ihr wahrscheinlich auch recht gut gefallen; sie hätte gekichert und ebenso mitgespielt, wie es die Dienerinnen taten. Mit dem Geschenk, das er ihr gemacht hatte — für was, für den Schatten eines Kusses? —, hätte er den Körper einer edlen Dame wie den von Louhi fordern können oder für seinen Gegenwert in Gold hundert Straßenmädchen. Zumindest hätte er mehr dafür herausschlagen können. Und dann wälzte er sich auf seinem Bett herum und stöhnte. Wenn er solche Gedanken hegen konnte, dann war die falsche Einschätzung des Schmiedemeisters ein verständlicher Fehler, dann hatte er seinen Charakter nur allzugut durchschaut. Das war genau das Vorgehen, das er sich vorgestellt, das er versucht hätte — wenn es sich um ein anderes Mädchen als Kara gehandelt hätte. Doch warum quälte ihr Bild dann immer noch seinen Körper und hinderte ihn am Schlafen?

Schließlich schwang er sich aus dem Bett, tapste zum Fenster und öffnete es weit. Die kalte Nachtluft strömte herein, selbst gegen Ende des Winters noch immer frostig genug, um seine Lunge beinahe zum Bersten zu bringen. Er beugte sich nach draußen, sog tiefe Atemzüge in sich ein, betrachtete das glitzernde Eis und überlegte, wie friedvoll es wäre, dort draußen zu sein, kühl und steril, befreit von den Qualen des Körpers — und dennoch sehnte er sich irgendwie nach ihnen. Dann hörte er unten das leise Zuschlagen der Tür der Halle und das Knirschen von Stiefeln auf den Steinplatten. Verblüfft blickte er hinunter und sah den Schmiedemeister, der durch den Innenhof auf das Haupttor zuschritt. Es war spät in der Nacht, bestimmt schliefen alle — natürlich außer ihm. Alv biß sich auf die Lippe. Könnte es sein, daß der Schmied nach einigem Überlegen beschlossen hatte, Louhi und Kara nachzugehen und den Armreif zurückzufordern? Sicher nicht — aber …

Der Geist der üblen Tat packte Alv. Er war bereits ein Risiko eingegangen, und er war damit durchgekommen. Er zog sich hastig etwas an, griff nach Umhang und Stiefeln und tapste barfuß die ausgetretenen Stufen hinunter; vor dem warmen Kamin in der Halle blieb er stehen, um sich die Stiefel anzuziehen, dann schob er vorsichtig den Riegel vor der Eingangstür zurück.

Das Rasseln und Quietschen von Riegeln und Scharnieren tönte ohrenbetäubend durch die Stille der Nacht, doch niemand rührte sich als Reaktion darauf. Das vordere Tor war durch ein festes Schloß gesichert, doch er hatte das Handwerk des Schlossers vom Hersteller dieses Modells gelernt, und es war nur von außen gesichert. Er huschte wie ein Geist hindurch, das Tor bewegte sich, und dann blickte er hinunter auf eine Spur von Fußabdrücken im tiefen Schnee. Er zögerte einen Moment, dann folgte er leise und leichtfüßig der Spur, wobei er sorgsam darauf achtete, mit den Füßen in die vorhandenen Vertiefungen zu treten, um keine zweite Spur zu hinterlassen. Auf jedem Hügel oder Buckel kauerte er sich hinter einem Schutz nieder, um die Strecke vor ihm zu erkunden. Und daran tat er gut, sonst hätte er die Stimmen in der Rinne ein Stück weiter vorn nicht gehört. Er kroch zum Rand, spähte hinunter — und erstarrte.

Der Schmiedemeister war dort, aber nicht allein. Um ihn herum im Schnee versammelt war ein Halbkreis aus Schatten, formlosen Wesen — doch mit Stimmen, tief, dunkel und kehlig. Die größte von ihnen war etwa einen Kopf kleiner als der Schmied, und sie überragte steif und würdevoll die plappernde Gruppe. Die Stimmen erhoben sich plötzlich wie im Zorn, doch als der Schmiedemeister ein oder zwei Worte in schroffem Befehlston sagte, verstummten sie sofort. Dann wandte sich der Schmiedemeister ab, als ob er sich entfernen wollte, und Alv zog den Kopf ruckartig zurück. Wenn der Schmiedemeister zum Haus zurückkehren würde, müßte er vor ihm dort sein. Er drehte sich um und rannte zum Tor zurück, und erst als es sich hinter ihm schloß, konnte er wieder einigermaßen erleichtert atmen. Jetzt hatten seine Gedanken etwas Neues, um das sie herumwirbeln konnten, während er vorsichtig durch den Innenhof schlich. Wer waren diese Schattengeschöpfe; waren sie wirklich, lebendig, oder nur eine Art von finsteren Schneegespenstern? Sie glichen keinen Menschen, von denen er jemals gehört hätte, und ein Schauder durchfuhr ihn bei der Vorstellung, wie unerschrocken der Meister mit ihnen umging. Er schlich in die Halle und wagte es, sich einen Augenblick an dem weit heruntergebrannten Feuer aufzuhalten; er malte sich aus, er würde ein Magiermeister werden, dessen Wirken finstere Geister in der Nacht herbeirufen könnte, um ihm jeden Wunsch zu erfüllen, um ihm jedes Mädchen zuzuführen, das er begehrte. Und war das eine so abwegige Hoffnung? Bald würde er Geselle sein, vielleicht sogar noch in jungen Jahren es zum Meister bringen. Dann brauchte er nachts nicht mehr wachzuliegen — jedenfalls nicht allein. Jedes Mädchen, das er begehrte ... aber andererseits war da Kara. Denn bestimmt würde er sie suchen, bevor er sich mit einer anderen einließe, und er würde sie zu nichts zwingen.

Er seufzte und drehte sich um — und stieß mit widerhallendem lautem Gepolter den Stuhl um. Schuldbewußt hob er ihn auf und wartete, daß die Tür auffliegen und wütende Schreie ertönen würden; sollte er zur Treppe flüchten oder versuchen, sein Hiersein mit einer Erklärung zu rechtfertigen? Beide Verhaltensweisen würden verdächtig aussehen, und die Kunde davon würde recht bald dem Meister zu Ohren kommen — und was dann? Zumindest würde er mißtrauisch werden.

Doch keine Türen wurden geöffnet, keine Rufe erschallten, und die Stille beunruhigte ihn beinahe. Waren denn alle anderen ebenfalls verschwunden? Er spähte in die Küche. Ernans leises Schnarchen drang ungestört aus dem kleinen Raum dahinter. Alv schlich auf leisen Sohlen zur Vorratskammer und hörte Rocs lautes Schnarchen; er brummte sogar im Schlaf. Alv berührte seine Schulter, bekam keine Reaktion, schüttelte ihn und stieß ihn schließlich unsanft an. Roc schnarchte nur noch lauter, wachte jedoch nicht auf. Alv wandte dieselbe Methode bei Ernan an, der sich ebenfalls nicht rührte. Aus Angst, der Meister könnte zurückkehren, schlich er sich auf Zehenspitzen wieder über die Treppe hinauf — und dann an seinem eigenen Zimmer vorbei in dasjenige Ingars. Dort brannte Licht, doch niemand antwortete, als er klopfte. Er fand den Gesellen flach ausgestreckt auf seinem Bett vor, mit einem Buch auf dem Gesicht und einer stinkenden und tropfenden Lampe neben ihm. Der Schlaf hatte ihn offensichtlich während des Lesens übermannt, und er ließ sich nicht von ihm abschütteln. Alv blies die Lampe aus und zog sich erschüttert in sein eigenes Zimmer zurück. Der gesamte Haushalt lag unter einem übermächtigen Schlafbann, und er ahnte den Grund — damit niemand etwas von dem nächtlichen Treiben des Meisters bemerkte. Vielleicht geschah das häufig, und Alv war ebenfalls Opfer dieses Bannes geworden, oder er hatte auf natürliche Weise so tief geschlafen, wie er es normalerweise tat. Aber heute nacht ...

Heute nacht hatte der Aufstand in seinem Gemüt ihn wach gehalten. Oder hatte er etwas freigesetzt, eine Kraft in ihm, die sich der Verzauberung durch den Schmiedemeister zu widersetzen vermochte? Dann war er mit Sicherheit ein geborener Magier! Mit dieser verheißungsvollen Aussicht und unter der lebhaften Vorstellung von allerlei sinnlichen Wonnen fand er endlich Erleichterung und schließlich den Schlaf. Doch das letzte Bild vor seinem geistigen Auge war der Anblick von Karas Gesicht.

Drittes Kapitel

Das Schwert

Alv erwachte am nächsten Morgen beim ersten grauen Schimmer der Morgendämmerung mit einer drängenden Unruhe in der Seele. Einen Moment lang war er so verwirrt, daß er sich nicht erinnern konnte, was geschehen war; die Ereignisse der Nacht hatten seine bisherige Welt vollkommen auf den Kopf gestellt. Dann fiel es ihm wieder ein. Sein zweites Prüfungsstück! Der Schmiedemeister hatte angeordnet, daß er heute mit der Arbeit daran beginnen sollte.

Plötzlich fühlte er sich sehr leer und hilflos, die Rätsel der Nacht wichen vor einem neuen und unmittelbaren Problem zurück. *Ein Helm aus feinstem Kettengewirk, mit der Eigenschaft der Tarnung, der Verwandlung, der geschmeidigen Bewegung und der Unsichtbarkeit* ... Das waren in der Tat wundervolle Eigenschaften! Einige waren ihm bekannt — wie man zum Beispiel eine Juwelenfassung so verzaubern konnte, daß sie diebische Augen von sich abwandte, wie man ein Schwert bearbeitete, damit beim Gebrauch die Klinge vor den Augen eines unachtsamen Gegners in Flammen aufging. Doch das waren geringere Kräfte, kleine Zauber, die einer größeren Arbeit hinzugefügt wurden, von minderem Nutzen, sobald der Verdacht auf ihre Existenz bestand. Sie stark zu machen, sie als lebendiges Herz eines Stückes in Einklang zu bringen — diese Schwierigkeit ragte vor ihm auf wie eine unüberwindliche Mauer.

Er geriet in Panik. Er hatte nicht die blasseste Vorstellung, wo er anfangen sollte. Doch andererseits, wenn er jemals eine Chance haben sollte, Kara wiederzufinden, dann mußte er es schaffen. Er sackte mutlos in sich zusammen. Eine derartige Aufgabe erschien ihm äußerst ungerecht — bestimmt hatte der Schmiedemeister Ingar dem Bücherwurm, Ingar vom Pergament-Amboß, nichts annähernd so Schwieriges aufgegeben. Dann hob sich die Last so plötzlich von ihm, daß er laut lachen mußte. Natürlich, das zweite und das dritte Werkstück waren keine Gegenstände, die ein Lehrling ganz allein zu schaffen hatte. Sie waren dazu bestimmt, ihn nicht nur auf die Probe zu stellen, sondern auch, sein Wissen zu erweitern. Nun, in diesem Fall würde es so sein. Und nun, da er in der Lage war, etwas klarer darüber nachzudenken, glaubte er, den Schlüssel in der Form zu erblicken — ein Kettengewirk. Ein Ganzes, das aus Tausenden von winzigen einzelnen Stücken bestand.

»Wie die Elemente eines lebendigen Körpers«, sagte der Schmiedemeister und nickte. »Du durchschaust die Dinge, wie ich es immer gesagt habe. Jedes Glied eine eigene Arbeit an sich, mit seinen besonderen Eigenschaften, einige so gestaltet, einige anders — für sich allein genommen schwach, denn es ist schwierig, solche negativen Eigenschaften stark werden zu lassen. Doch wenn sie zu einer Einheit zusammengefügt werden, mit einer eigenen Identität — *dann* werden sie stark.«

Alv nickte und fuhr mit dem Finger den überlieferten Worten auf der großen Schriftrolle nach, die vor ihnen ausgebreitet war.

Eynhere elof hallns styrmer
Stallans imars olnere elof ...

»Es entsteht ...«, übersetzte er langsam und fuhr mit dem Finger von Wort zu Wort, »... ein Ding allein ein Ganzes ... *zu* einem Ganzen, will ich sagen ... mit der Macht ... stärker als ... viele ... in der Verbindung — warum wird ›ein Ding allein‹ wiederholt? Ein Fehler beim Abschreiben?«

»Wohl kaum«, erwiderte der Schmiedemeister spöttisch, »da ich selbst das Abschreiben besorgt habe. Das ist eine poetische Form von *alofer*, eine ältere Bezeichnung für Schmied — wörtlich ›Former‹. Hier steht sie im Dativ und wurde als Wortspiel benutzt, um den vokalischen Gleichklang der Zeilen zu verstärken. Ich neige zu der Ansicht, daß das bei deiner Zauberformel wichtig ist — halte dich an diese Zeilen, und strebe nach soviel Gleichklang wie möglich. Begreifst du jetzt die Bedeutung? ›Der Schmied macht einzelne Dinge stark, indem er sie zu einer größeren Identität vereint.‹ Vergiß nicht, die Identität ist wichtig; je ausgeprägter diese ist, desto größer sind die guten Eigenschaften eines Gegenstandes. Wenn ein Teil des Helms schlecht gefertigt ist, dann taugt das Ganze nichts, und du mußt noch einmal von vorn anfangen.«

»Und wenn es zerstört wird, Meister?«

»Das würde von dem Ausmaß und der Art der Zerstörung abhängen. Einige zerbrochene Glieder würden nicht das Ganze vernichten, doch sie würden es schwächen; ersetze sie mit peinlicher Sorgfalt — dann wird es wieder zum Leben erweckt. Doch alles, was seine Identität als Helm zerstören würde, würde sicher seine Eigenschaften insgesamt zerstören. Auch wenn du es nicht als Rüstung tragen wirst, um Schläge abzufangen, muß es hinsichtlich des Metalls und des Rahmens stark sein, wie es das Muster zeigt. Bringe die Arbeit so weit voran, wie du kannst, erbitte meine Hilfe, wenn du sie brauchst, und wenn ich der Ansicht bin, daß du eine ausreichende Leistung erbracht hast, werde ich das Werk vollenden. Doch zuerst mußt du dich kundig machen. Es gibt einen Text über Kettenrüstungen in der Sprache der Südländer, der dir von Nutzen sein könnte; du findest ihn irgendwo in dem Regal an der östlichen Wand, sowie verschiedene Abschnitte hier und dort in anderen Büchern. Und du mußt einige Abhandlungen über die Mächte der Tarnung und der Verwandlung von

Formen lesen. Du wirst einige Hinweise auf dem Schiefer unter dem Musterstück finden. Zu deiner inneren Zufriedenheit könntest du die erste Schriftrolle des Alhvarthen lesen. Und meine eigenen Notizen über die *Fjoth*-Symbole, die dem dritten Kapitel des *Buches der Tarnung* zugefügt sind. Während du mit den Vorbereitungen zu deinem Werk beschäftigt bist, finde ich vielleicht noch einige andere Quellen. Mach dich jetzt an die Arbeit!«

Das erste, was Alv tat, war, die riesige Schiefertafel mit dem wertvollen Muster zur Hand zu nehmen und eifrig allen Vermerken nachzugehen. Es gab viele Texte von der östlichen und der westlichen Wand, die zu lesen ihm bisher nicht gestattet gewesen waren, aber von der nördlichen Wand waren immer noch keine dabei. Er vertrieb beharrlich die Wolke der Enttäuschung, die ihn einhüllte; wieso konnte er von seinem Meister erwarten, daß er seine unter Mühen erworbene Kunst ohne weiteres einem Lehrling vermittelte? Sicher bestand der schnellste Weg, um das nötige Wissen zu erlangen, in der Erledigung der vorliegenden Aufgabe, und zwar bis an die äußersten Grenzen der eigenen Fähigkeiten. Und das beabsichtigte er zu tun.

Diesmal dauerten die Vorbereitungen nicht eine Woche, sondern vier. Er versenkte sich in jeden sein Thema betreffenden Text, den er finden konnte, bis er sich manchmal gewaltsam von den Büchern losreißen mußte, da sein Kopf brummte und er sich Erleichterung bei einfacheren Arbeiten verschaffen mußte. Roc beobachtete all dieses mit zynischer Erheiterung, brachte Alv dann und wann etwas zu essen und segnete die Mächte, die ihn davor bewahrt hatten, jemals ein Zauberschmied zu sein. Doch bei all seiner Konzentration nagten noch andere Gedanken an Alv. Einige galten Kara, obwohl er diese verdrängen konnte, indem er sich ins Gedächtnis rief, daß der schnellste Weg, sie wiederzusehen, darin bestand, seine Arbeit durchzuführen. Doch es gab andere, so nebensächlich sie auch erschienen, denen er nicht entfliehen konnte, denn fast jede Seite oder jede Spalte auf den Schriftrollen erinnerte ihn daran. Irgendwo auf ihnen, meistens im linken unteren Teil, fand er fast immer leichte kreideartige Schmierer. Er wischte sie stets sorgsam weg, aus Angst, man könnte ihn für den Verursacher halten — der Schmiedemeister legte großen Wert auf einen ordentlichen Zustand seiner Bibliothek —, und rätselte einigermaßen verwirrt über ihren Ursprung. Er war allerdings zu dem Zeitpunkt, als er glaubte anfangen zu können, noch nicht dahintergekommen.

Mit den Drahtziehwerkzeugen des Meisters hatte er riesige Rollen aus dicken Drähten in vielerlei Metallarten gewickelt — Kupfer und Gold und feine Stahllegierungen. Er hatte Vorlagen von Mustern, die mit größter Genauigkeit um die Kanten jedes einzelnen Kettenglieds herum eingraviert werden würden; er hatte Symbole, zu denen die Glieder in sorgsam ausgewogenen Verbindungen verwoben werden würden, sowie Muster, die um den Rahmen des Helms herum eingelegt, eingehämmert oder emailliert werden sollten. Und während jeden Arbeitsganges würde er eine spezielle Formel aufsagen, klar unterschieden und doch so eng verbunden wie die fertigen Glieder.

Als erstes fertigte er jedoch den Rahmen, und das war eine ziemlich einfache Angelegenheit; er ähnelte dem der gewöhnlichen leichten Helme, die Krieger zum Ausschwärmen oder Kundschaften trugen, also zu Gelegenheiten, bei denen Schnelligkeit ihr bester Schutz war. Ein Band aus feiner Bronze lag um die Stirn, zwei Reifen führten von vorn nach hinten sowie von einer Seite zur anderen über den Oberkopf; dazwischen war eine feine Lederfütterung und darüber kam eine Schicht aus Panzerkettengliedern. Die Glieder hingen in einer Art Vorhang herunter, um den Nacken zu schützen, und konnten vor der Kehle oder der unteren Gesichtshälfte geschlossen werden. Dann begann er mit der zeitaufwendigen Arbeit der Herstellung der Glieder, indem er Stücke von Stahldraht bearbeitete und formte, und zwar nicht zu schlichten runden Ringen, sondern zu seltsam verzerrten Gebilden, die sich leichter vermaschen ließen und dichter anlagen, was sowohl die Eigenschaft als Rüstung als auch die magischen Kräfte günstig beeinflußte. Diese fügte er in minutiöser Kleinarbeit Stück für Stück zu dem Muster zusammen; manchmal durchwirkte er sie mit kleineren Ringen aus Gold und Kupfer, um die Reihen ausdrucksvoller zu gestalten. Es war eine zeitaufwendige Arbeit, die beinahe einen Monat in Anspruch nahm, und als das Kettengewirk vollendet war, hielt er es im Licht des Schmiedefeuers hoch. Es war, als ob ein Wasserfall über den Raum hereingebrochen wäre, denn die Maschen warfen eine riesige schimmernde Woge von Licht zurück an die dunklen Wände, und die Ringe klingelten und glucksten wie Wasser, das über Steine sprudelt. Einen Augenblick lang dachte Alv an die Gebirgsbäche seiner Kindheit, und er empfand Wehmut an diesem dunklen Ort ohne Jahreszeiten. Dann zuckte er mit den Schultern und wandte sich wieder dem Rahmen seines Helms zu; er befestigte den Kettenpanzer an dem Lederfutter, paßte beides zusammen dem Rahmen an und schlug sodann mit einem Prägestock die letzte bronzene Niete flach, wobei er gleichzeitig ein bindendes Zeichen hineinprägte. »Nun?« fragte Roc, der den Prägestock für ihn gehalten hatte. »Das ist alles, was in der Vorlage des Meisters enthalten war. Worauf wartest du eigentlich noch?«

Alv betrachtete seine Schöpfung eine Weile lang zweifelnd. Dieser glitzernde Gegenstand war alles andere als unauffällig. Und doch … Er hob ihn hoch, um ihn sich auf den Kopf zu setzen …

In diesem Moment fuhr die Hand des Schmiedemeisters dazwischen und nahm ihn ihm behende ab. Er betrachtete den Helm kurz mit Erstaunen, dann setzte er ihn sich selbst auf den Kopf und glättete die Ketten um seinen Hals herum. Die Ringe klingelten leiser, sonst schien sich nichts zu ändern — doch dann hob der Schmiedemeister die Hände und schloß den Kettenpanzer vor seinem Gesicht. Die Glieder glänzten noch genauso hell im Licht des Schmiedefeuers, doch irgendwie wurden die winzigen Lücken zwischen ihnen krasser, tiefer, schwärzer, bis die Nacht aus dem Helm zu sikkern schien wie dicke Tinte. Die funkelnden Glanzlichter waren noch da, doch dahinter schien es, als ob die Maske an sich sowie auch ihr Träger immer weiter in die Dunkelheit zurückwichen, verschwammen, verstummten, undeutlich wurden. Es war, als ob ein Teich in die Dunkelheit versickerte und austrocknete und nichts weiter als einige glitzernde Pfützen zurückließe. Da sie wußten, daß jemand dort stand, strengten Alv und Roc die Augen an und konnten ihn mit Mühe ausmachen. Sonst wäre von ihm nicht mehr zu sehen gewesen als ein körperloser Schatten, von der Dunkelheit geschaffen. Im Wald oder in irgendeiner düsteren Umgebung hätte er ungehört, unbemerkt und so gut wie unsichtbar herumlaufen können.

Hinter den jungen Männern schwang die Tür der Bibliothek auf. Ingar trat ein und blieb beim Anblick von Alv und Roc unvermittelt stehen. »Habt ihr den Meister irgendwo gesehen — was starrt ihr zwei denn so fasziniert an?«

Es erklang ein plötzliches Klirren von Metall, und der Schmiedemeister stand ohne Kopfbedeckung vor ihnen; der Helm baumelte an seiner Hand. Jetzt war Ingar an der Reihe mit Starren, während die beiden jungen Männer in schallendes Gelächter ausbrachen. Alv wurde jedoch sofort wieder ernst, als er das Aufflackern einer tiefen Besorgnis im derben Gesicht des Gesellen bemerkte.

»Ein recht ordentliches Prüfungsstück, Ingar, meinst

du nicht auch?« erkundigte sich der Schmiedemeister mit ruhiger Genugtuung.

»Eine gelungene Arbeit«, antwortete Ingar ebenso ruhig. »Darf ich mir das Stück ansehen?« Der Schmiedemeister musterte ihn kurz, bevor er es ihm reichte. Er drehte es zwischen den dicken Fingern hin und her, hielt den Kettenpanzer ins Licht hoch und ließ ein langgedehntes Pfeifen vernehmen. »In diesem Ding steckt mehr als eine einzige magische Kraft, wenn man richtig damit umzugehen weiß. Stelle es fertig, und ...«

»Das war meine Absicht«, sagte der Schmiedemeister und nahm es ihm aus der Hand. Sie wechselten einen Blick, den Alv zwar sah, aber nicht deuten konnte. »Das übersteigt Alvs Fähigkeiten, wenigstens zur Zeit noch. Dein zweites Gesellenstück ist mit Lob und Ehre angenommen, mein Junge. Doch jetzt zu deinem dritten! Ruhe dich erst einmal aus, und was du lernen sollst, erfährst du morgen früh. Auch ihr, Ingar und Roc, begebt euch zur Ruhe, es ist spät. Schlaft gut.«

Doch Alv konnte nicht schlafen. Sein Gehirn hatte sich daran gewöhnt, auf Hochtouren zu arbeiten, und ohne die Anstrengung einer anstehenden Arbeit, die ihn ablenkte und erschöpfte, hielt es ihn viele Stunden in der Nacht wach, während deren er sich über alles mögliche Gedanken machte, kleine und größere Dinge. Was müßte er wohl als nächstes herstellen? Warum hatte sich Ingar heute so seltsam verhalten? War er vielleicht eifersüchtig? Was konnte der Helm noch tun? Und, wie jede Nacht, dachte er an Kara. Wo war sie jetzt? Er lachte verbittert in sich hinein. Wie groß war die Welt? Er hatte sie verloren, er hatte versagt ...

Ein Donnerschlag rüttelte ihn auf, und er richtete sich kerzengerade im Bett auf. Ein Gewitter? Aber er hatte keinen Blitz durchs Fenster gesehen. Der Donner wiederholte sich, und diesmal vernahm er ihn ohne jeden Zweifel. Er kam von weit unten. Die großen Hämmer waren in Betrieb. Er saß da und lauschte eine Weile.

Dann schlüpfte er in sein Hemd und ging zur Tür. Warum war bei diesem Lärm nicht das ganze Haus in Aufruhr geraten? Trotz des Polterns und Dröhnens konnte er Ingars gleichmäßiges Schnarchen über die Treppe herunterschweben hören. Es mußte also wieder einmal der Schmiedemeister selbst sein, der mit irgendeiner geheimen Arbeit beschäftigt war ...

Er schloß die Tür seines Zimmers und stand unschlüssig da, hin- und hergerissen zwischen dem Wunsch, hinunterzuschleichen und herauszufinden, was sich dort abspielte, und der Angst, daß seine Immunität gegen den Schlafbann herauskäme. Es war nicht vorhersehbar, was der Schmiedemeister dann tun würde. Warum sollte er jetzt irgend etwas riskieren, da er seinem Ziel so nahe war? Doch der Drang erwachte erneut in ihm, dieser Drang, der sein ganzes Leben bestimmen sollte, dieser Drang nach Wissen, und einen zögernden Schritt nach dem anderen trieb er ihn die kalten Stufen hinab, durch die Halle und hinunter zu der widerhallenden unterirdischen Schmiede.

Die Tür war verschlossen, und er wagte nicht, den Riegel hochzuheben; das Geräusch und die Bewegung hätten bemerkt werden können. Er bückte sich zum Schlüsselloch hinunter; es war groß, und er konnte die ganze Schmiede überschauen. Dort waren die herunterfallenden Schatten der Hämmer, doch kaum hatte er sie im Blick, verstummten sie, und er wich zurück, aus Angst, der Schmiedemeister hätte ihn irgendwie bemerkt. Doch dann hörte er das gewaltige Zischen von etwas, das in den Löschzuber getaucht wurde, und danach das Raspeln einer großen Feile. Er wagte wieder zu schauen und sah den Meister ganz deutlich, wie er sich jetzt über seine Werkbank beugte und etwas bearbeitete, das in einen großen Schraubstock gespannt war. Nach kurzer Zeit löste er es aus dem Schraubstock, hob etwas anderes hoch, verglich die beiden Stücke miteinander und nickte still vor sich hin. Dann nahm er einen

Hammer und ein Werkzeug, das wie ein Prägestock aussah, und machte sich daran, damit die Nieten flachzuklopfen.

Etwas klirrte und plätscherte, während er arbeitete, und Alv spürte, wie ihm ein Eissplitter ins Rückgrat drang — es war der Helm, der Schmiedemeister stellte ihn fertig! Und um jeden Zweifel auszuschließen, hielt er ihn nach der Vollendung hoch, genau wie Alv es getan hatte, und drehte ihn in alle Richtungen, um zu prüfen, ob er irgendwo den geringsten Makel aufwies. Alv starrte fassungslos. Der Helm hatte jetzt ein Vorderteil, eine Augenmaske, die aussah, als bestünde sie aus Silberstahl, und die wie bussardartige funkelnde Augen geformt war. Diese waren umrandet von einem dicken Seil aus gedrehten Drähten, die abgeflacht auf dem Metall angebracht waren; das Hämmern mußte wohl mit dieser Arbeit zusammengehangen haben und mit dem Aufschweißen auf die Maske. Der Schmiedemeister betrachtete sein Werk eine Zeitlang, dann hob er den Helm und setzte ihn sich mit behutsamer Feierlichkeit auf den Kopf, wie eine Krone. Er machte keine Anstalten, den Tarnpanzer zu schließen. Eine Minute lang schritt er auf und ab, wobei er immer wieder an dem schmalen Guckloch des Schlüssellochs vorbeikam; Alv sah, wie sich seine Lippen bewegten, doch er hörte keinen Laut. Dann fuhr eine Hand hoch, um das Gesicht mit dem Kettenpanzer zu verhüllen. Die Schatten schienen sich zu vertiefen, und er schritt aus dem Blickfeld. Alv wartete, daß er wieder erschien, doch das geschah nicht. Der Augenblick dauerte länger und länger, und Alv fühlte sich an seinem Platz immer weniger sicher; der Schmiedemeister — sichtbar oder unsichtbar — mochte jeden Moment zur Tür herauskommen. Schließlich streckte er die verkrampften Beine und schlich auf Zehenspitzen, langsam und vorsichtig die Treppe wieder hinauf. Doch als er die Halle erreichte, erstarrte er vor Entsetzen. Er hörte Tritte auf der Treppe! Er huschte zurück in den Schatten neben der Eingangstür und kauerte sich dort nieder, zitternd vor Angst, als er den Schmiedemeister sah; dieser trug immer noch den Helm, doch die Maske war jetzt geöffnet. Er kam die letzten Stufen der Treppe herunter, schlenderte lässig über die Steinplatten und jene Stufen hinunter, über die Alv soeben heraufgekommen war! Diese Stufen, die der einzige Zugang hinunter zur Schmiede waren ...

Nachdem Alv in sein Bett zurückgekehrt war, lag er wach und grübelte. Der Schmied hätte leicht in die Bibliothek hinauf und über die Treppe dort zur anderen Seite der Halle gehen können — doch dann hätte Alv seine Schritte oder das Quietschen der schweren Außentür der Bibliothek gehört. Konnte der fertiggestellte Helm jetzt auch Geräusche verbergen? Welche weiteren seltsamen Kräfte wohnten ihm außerdem noch inne? *Der unmerklichen Bewegung* ... Er entschwebte in den Schlaf und versuchte, sich mit dem Bild Karas vor seinem inneren Auge zu trösten — aber warum war ihr Blick so grausam — raubtierartig — bussardähnlich?

»Man nennt diese Technik Musterschweißen«, sagte der Schmiedemeister. »Erinnerst du dich, daß du etwas darüber gelesen hast?«

Alv verdrehte die Augen nach oben. »Ja, Meister, ich erinnere mich. Eine uralte Methode, um eine kräftige Klinge zu schmieden, in Zeiten, als guter Stahl rar und eine solche nicht leicht herzustellen war.«

»Genau«, sagte der Schmiedemeister und fuhr mit der Hand über das kurze Seil aus gedrehtem Draht. Bis jetzt war noch nicht erwähnt worden, wofür der Rest verwendet worden war, und Alv hatte nicht die Absicht zuzugeben, daß er Bescheid wußte. »Doch allein das Alter dieser Methode macht sie zu etwas Außergewöhnlichem, denn im Laufe der Zeit hat sie sich zu einer großen Kunstfertigkeit verfeinert. Den ersten großen Schmieden unserer Art wurde sie von jenen des Altertums übermittelt, und diesen wiederum war sie von

Mächten eingegeben worden, die sie zunächst verehrt und dann verworfen hatten. Wie das Handwerk des Schmiedens von Rüstungen verlangt sie eine umfassende Vielfalt, die zur Einheit wird, doch in diesem Fall ist die Vielfalt größer und die Einheit stabiler. Jene, die die Fertigkeit besitzen, können großartige Eigenschaften hineinarbeiten. Also — als Prüfungsstück im Waffenschmieden wirst du mir ein Schwert fertigen! Doch ein Schwert von der Art, wie du es eines Tages vielleicht für Könige herstellen wirst, ein Schwert, dem die Eigenschaften Befehl und Gehorsam, Ordnung und Unterwerfung innewohnen. Du wirst alles vorbereiten und die Klinge formen, doch die Vollendung ist eine Arbeit, die äußerstes Geschick erfordert, und sie wird mir überlassen sein. Dieses Werk wird lange Zeit in Anspruch nehmen, viele Monate, davon bin ich überzeugt — doch wenn es getan ist, wird auch deine Lehrzeit zu Ende sein. Und dann werden uns alle große Dinge erwarten, denn die Welt ist in Bewegung, in Bewegung...« Er hielt inne und lehnte sich zurück, wobei er in eine unbestimmte Ferne starrte. Schließlich streckte er die Hand aus und tippte auf eine Pergamentschriftrolle auf dem Tisch. »Einige Hinweise, die dir am Anfang deiner Studien nützlich sein werden, mein Junge. Es ist mehr Wissen, als eine oder zwei Schiefertafeln enthalten, wie du feststellen wirst. Öffne sie und lies!«

Gebannt, die Mysterien, die sich um ihn herum zusammenballten, vergessend, entrollte Alv das spröde, knisternde Material und las die hingekritzelte Schrift. Eine Seite hier, eine Seite dort, Notizen — ein Kapitel — allein das Lesen würde Wochen in Anspruch nehmen. »Und das ist noch lange nicht alles«, sagte der Schmiedemeister mit düsterer Miene. »Du wirst den uralten Text *Ysthihain* benötigen, dessen erster Teil sich mit den Symbolen befaßt, die mit Befehlsgewalt und Herrschaft zusammenhängen. Ich habe einige Anmerkungen über die Gestaltung gemacht, wie ich sie bei den Schamanen der Ekwesh gesehen habe; dem ersten Anschein nach ähneln sie den unseren sehr, doch es sind archaischere, reinere Formen. Außerdem das *Skolnhere-Buch,* das von einem großen Schmied aus dem Osten vor vielen Jahrhunderten hinterlassen worden ist; es befaßt sich auf einigen Seiten mit dem Musterschweißen, auf anderen mit den Kräften der Befehlsgewalt.«

Alv sah ihn an. »Ich kann mich nicht erinnern, jene Bücher in den Regalen gesehen zu haben, Meister, geschweige denn, sie gelesen zu haben.«

»Stimmt in der Tat«, erwiderte der Schmiedemeister trocken, »und es hätte dir auch wenig genützt, wenn du sie gelesen hättest. Sie befinden sich an der nördlichen Wand.«

Alv riß die Augen weit auf und setzte an, etwas zu sagen, doch der Schmied hielt eine Hand hoch. »Warte! Ich gewähre dir keinen freien Zugang dazu — noch nicht. Komm jetzt mit mir!« Sie schlängelten sich zwischen Ambossen und Maschinen hindurch zur Bibliothek, wo Ingar, der wild auf einer Schieferplatte herumritzte, ihnen keinerlei Beachtung schenkte, als sie an ihm vorbeigingen. Der Schmiedemeister blieb vor den Regalen mit Schriftrollen an der nördlichen Wand stehen, zog eine heraus und hob einen schweren Faltband von einem hohen Brett. Alv bemerkte, daß lange Pergamentlaschen aus beiden herausragten. Der Schmied trug sie zu einem Tisch und öffnete sie vorsichtig. Er berührte die Pergamentlaschen. »Ich habe in der vergangenen Nacht diese Merkzeichen für dich angebracht. Schau, von hier bis hier in dem *Ysthihain*-Schriftstück — und im *Skolnhere-Buch* zwischen diesem Zeichen und dem Ende dieser Seite.« Er deutete auf das Ende eines Blattes, das vollgeschrieben war mit schwarzen Buchstaben in einer altertümlichen schrägen Schrift, unterbrochen von penibel ausgeführten kleinen Zeichnungen von Symbolen oder kunstvoll verzierten Zeichen in Rot und Schwarz. Eines, das die verzerrte Fratze eines zusammengekauerten Tieres darstellte, lugte neben der Hand des Meisters hervor. Die breiten Ränder waren mit Bemerkungen in seiner fließenden Schrift vollgeschrieben. »Bis hierher und nicht weiter! Laß deine Augen auf keinen Fall zu einer vorherigen oder späteren Seite abschweifen, oder gar zu einem anderen Buch — nicht einmal zufällig! Es würde dir nicht guttun, wenn du noch irgend etwas anderes lernen würdest.« Alv nickte, ein wenig widerwillig. »Nun gut. Und nimm sie nicht mit in die Schmiede, sie sind zu wertvoll.«

Das klang vernünftig, doch während Alv dem sich entfernenden Rücken des Meisters nachsah, verspürte er keine geringe Lust, ungehorsam zu sein, einfach aus Trotz. Es war, wie wenn einem nach dem ersten Schluck ein Getränk von den Lippen gerissen würde. Was er bis jetzt erreicht hatte, mochte seinen Meister zufriedenstellen, ihn selbst jedoch nicht. Er hatte das Gefühl, fast nichts daraus gelernt zu haben — jedenfalls nicht genügend, um zuversichtlich auf eigenen Beinen zu stehen, wie er es beabsichtigte. Mit etwas Glück könnte es ihm vielleicht gelingen, noch einmal einen solchen Armreif herzustellen, wenn er sich das Gold beschaffen könnte. Mit dem Helm war es jedoch etwas anderes. Das erforderliche Wissen war ihm wohldosiert und abgemessen verabreicht worden, so daß er einigermaßen darüber Bescheid wußte, was er tat, jedoch nur eine sehr unklare Ahnung hatte, warum es so geschah; er konnte nichts davon auf eine andere Arbeit anwenden. Und es war ihm nicht einmal gestattet gewesen, das Werkstück bis zur Vollendung fertigzustellen und in den Genuß all jener Mächte zu kommen, die seine eigenen Fähigkeiten ihm eingegeben hatten! Und jetzt geschah dasselbe wieder. Warum? Um sicherzugehen, daß er bleiben würde? Um ihn fest an die Schürzenzipfel seines Meisters zu binden?

Daran wollte er nicht glauben. Er zügelte seinen Mißmut und rief sich die Dankbarkeit und Bewunderung in den Sinn, die er für den Meister immer noch empfand; er fürchtete sich vor voreiligen Urteilen. Doch die Zweifel schwebten noch immer düster um ihn herum. Er sah hinüber zu Ingar, der voller Hingabe damit beschäftigt war, seine Notizen auf Pergament zu übertragen. *Fühlt er sich auch manchmal so wie ich — eingezwängt — mit falschen Hoffnungen eingelullt — betrogen?* Wahrscheinlich nicht. Er war von keinem Ehrgeiz getrieben, er hatte keinen Grund zu solchen Gefühlen; Schürzenzipfel waren ihm ganz recht.

Ingar ließ seine Schreibfeder auf die Steinplatte fallen, streute feines Pulver auf die nasse Seite und warf sie mit einem zufriedenen Grunzen zur Seite. Dann griff er sich seine Schiefertafeln und rieb sie mit einem Stück seines linken Hemdärmels sauber. Er ließ sie fallen und begegnete Alvs Blick. »Eine schlechte Angewohnheit«, sagte er, keinesfalls um Entschuldigung heischend. »Wenn ich mitten in der Arbeit bin, mache ich mir einfach nicht die Mühe, das Tuch zu suchen.«

»Es schaut dir aus der Tasche«, entgegnete Alv und bemühte sich dabei, seine Stimme im Zaum zu halten. »Ingar, ich habe dich nie gefragt, welcher Art deine Gesellenstücke waren.«

»Das kann ich dir nicht sagen — erst wenn du ebenfalls Geselle bist. Die Regeln der Zunft, du erinnerst dich sicher — und der Meister achtet streng darauf — *Er darf Hilfe oder Rat weder suchen noch bekommen, ausgenommen von seinem eigenen Meister ...*«

»So meine ich es nicht, du Blödkopf. Ich wollte nur sagen, ich kann mich nicht erinnern, dich jemals über einen Amboß gebeugt gesehen zu haben.«

»Hoffentlich nicht!« knurrte Ingar. »Die Zunftregeln bewerten Gelehrsamkeit sehr hoch, anders als Tölpel deiner Art. Du kannst zwei anspruchsvolle Werkstücke durch das Schreiben von Abhandlungen ersetzen, wenn dein Meister einverstanden ist. So habe ich es gemacht.« Er entrollte mit betontem Aufheben die nächste Seite des Schriftstücks, das er gerade studierte, und beugte sich in seiner üblichen Lesehaltung darüber.

Alv nickte langsam und blickte auf die Seite hinunter. Da war der leichte Kreidefleck, ziemlich ähnlich wie die anderen und zweifellos auch wie derjenige am Fuße der Spalte, die Ingar gerade las. Der pingelige Schmiedemeister würde mit Kleidung oder Büchern niemals so umgehen. Also — hatte Ingar dieses Territorium vor ihm abgegrast. Und er hatte beinahe jede der Seiten gelesen, die Alv so spärlich zugeteilt worden waren.

Alv holte tief Luft. Er ahnte, womit sich diese Abhandlungen beschäftigten.

Im tiefsten Innern seines Denkens wurden seine Zweifel zur Gewißheit, fast schneller, als er sich es selbst eingestehen konnte. Der Schmiedemeister trachtete danach, sie beide an sich zu binden, nicht nur, indem er das Wissen, das er ihnen jeweils vermittelte, begrenzte, sondern es auch sorgsam trennte und jeden von ihnen dazu anhielt, sich auf sein Spezialgebiet zu beschränken — Ingar, der Gelehrte, der sich Kenntnisse aneignete, ohne sie je in die Praxis umzusetzen, Alv, der geschickte Handwerker, dem der Zugang zu dem Wissen verwehrt wurde, mit dem er seine Fähigkeiten hätte ausnutzen können. Jeder von ihnen beiden war kein vollständiger Schmied, jeder von ihnen war vom Meister abhängig, dazu bestimmt, seine Talente in seinen Dienst zu stellen, so wie er sie beliebte, anzuwenden.

Schwarzer Zorn stieg in Alvs Kehle auf sowie das schlimme Gefühl, vollkommen hilflos zu sein. Was konnte er tun? Es gab nicht einmal jemanden, mit dem er darüber hätte reden können. Ingar hatte es bereits durchschaut, spätestens vergangene Nacht, wenn nicht schon früher. Alv erinnerte sich an seinen seltsamen Gesichtsausdruck, als er sich der mächtigen Realität des Helms gegenübergesehen hatte, dem seine Studien Form verliehen hatten. Er hatte ihn gesehen und sich damit abgefunden — vielleicht hatte ihm der Gedanke sogar gefallen, denn dadurch war ihm ein leichtes, angenehmes Leben mit geistiger Arbeit beschert, ohne daß er über einem Amboß schwitzen mußte. *Das mag ja für ihn gut und schön sein — aber für mich? Wohin führt mich das?*

»Direkt durch unseren Kamin hinauf«, sagte Roc und lachte heiser. Alv starrte ihn an. Er mußte mit jemandem reden, und obwohl er es immer vermieden hatte, mit dem Schmiedegehilfen allzu vertraut zu werden, war Roc der einzige, der für ihn annähernd so etwas wie ein Freund war. Deshalb hatte er schließlich seinen Stolz hinuntergeschluckt und ihm seine Ängste verraten — indem er die Sache im günstigsten Licht dargestellt und nicht um Rat gefragt hatte. Doch natürlich war das erste, was Roc sagte, folgendes: »Wenn du meinen Rat hören willst ...« Er schien darauf zu warten, daß Alv dankend ablehnte. »Wenn du meinen Rat hören willst ...«, wiederholte er unerbittlich. »Halte durch, solange es nötig ist, und dann seile dich ab. Es geht darum, daß du Geselle wirst, daß du Brief und Siegel darüber bekommst. Dann mach dich aus dem Staub und suche dir ein anderes Loch!«

»Vielleicht weiß ich noch nicht genug ...«

Roc zuckte mit den Schultern. »Erweitere dein Wissen später, im Laufe deiner praktischen Arbeit. Es ist der Status, auf den die Leute Wert legen. Nimm mit, was du kriegen kannst, und benutze es. Das ist meine Meinung.«

»Vielleicht hast du recht«, räumte Alv ein. Schließlich entsprach das seinen ursprünglichen Plänen, oder vielleicht nicht? Doch ihm widerstrebte die Vorstellung, von hier wegzugehen, ohne wenigstens einiges von dem einzigartigen Wissen erworben zu haben, das hier vorhanden war und das ihm verwehrt wurde. Sein Zorn verflog etwas und machte einer kühleren, berechnenderen Einstellung Platz. »Vielleicht hast du recht«, wiederholte er, und Roc bedachte ihn mit einem schlauen Blick.

Doch von da an behielt Alv seine Gedanken für sich, obwohl er nicht aufhörte zu grübeln. Gehen würde er sehr wohl, doch nicht ohne zumindest einen Teil dieses besonderen Wissens, ein Wissen, mit dem er verläßlich seinen Lebensunterhalt verdienen und nach Kara suchen konnte. Und er würde es erlangen, indem er die eigenen Methoden die Meisters seinerseits gegen diesen anwandte; da Ingar so überaus zufrieden damit war, von seinem Meister benutzt zu werden, warum sollte Alv ihn da nicht gleichermaßen benutzen?

Also warf er sich auf die schwerste Arbeit seines bisherigen Lebens. Während der langen Wochen des Lernens kehrte er immer wieder und wieder zu jenen Texten von der nördlichen Wand zurück. In ihnen fand er endlich einen Vorgeschmack auf das Wissen, nach dem er so sehr dürstete, das in Wahrheit so wichtig für ihn war wie Fleisch für den Verhungernden, so heftig verlangte die handwerkliche Fertigkeit in ihm danach, sich in Vollendung äußern zu können. Der geringe Teil, den er erlernte, erweckte seinen Appetit nur um so mehr, ohne ihn je zu stillen. Oft war er verlockt, ja innerlich getrieben, den Anweisungen des Meisters zuwiderzuhandeln, doch obwohl er sich nicht sicher war, vermutete er immer noch, daß die Bücher bewacht wurden, und er wagte es nicht, auch nur eine einzige verbotene Seite aufzuschlagen oder sie auch nur zufällig aufblättern zu lassen. Das Erlaubte jedoch las er immer wieder und immer wieder und sog die letzten kleinsten Tropfen an Kenntnissen davon und von des Meisters Bemerkungen am Rand in sich ein. Diese stammten aus vielen unterschiedlichen Quellen, doch diejenigen, die ihm am meisten verrieten, beruhten offenbar aus dem Vergleich mit dem Kunsthandwerk der Ekwesh.

»In der Tat«, sagte der Schmiedemeister ernst, als Alv eines Tages Rat bei ihm holte. »Ihr Schmiedehandwerk ist in vielen Dingen derb und wild, denn es ist ihren Stammes-Schamanen vorbehalten, und diese fungieren außerdem als Priester, Chronisten, Barden, Heilkundige und Berater der Häuptlinge, sowohl im Frieden als auch im Krieg. Ihre Metallverarbeitung ist schlicht und weiß wenig von feinen Legierungen und wertvollen Metallen. Doch sie verfügen über einige besondere Fähigkeiten, die in zivilisierteren Gegenden wenig angewandt werden; eine davon ist die Benutzung von Masken, in denen der Träger zu seinem eigenen lebendigen Symbol wird. Doch diese fertigen sie bis jetzt immer noch aus Holz an. Ich habe Versuche unternommen, ihre Fähigkeiten mit den unseren zu vereinigen, und oft waren die Ergebnisse sehr überzeugend.«

Alv dachte an den Donnervogel, den wundervoll ausgeführten metallenen Totenkopf darin und die eindringliche kalte Maske, die jetzt die Vorderseite jenes seltsamen Helms bildete. Er nickte mit höflichem Interesse, sagte jedoch nichts. »Sie beschäftigen sich außerdem«, fuhr der Schmiedemeister fort, »mit dem Beugen des Willens, und aus diesem Grund ist ihre Arbeit für uns von Bedeutung. Bei ihren Stämmen, wo der Häuptling alle Macht des Lebens und Todes über sein Volk genießt, werden solche Dinge ungezwungener und offener erforscht als bei uns, und sie werden höher bewertet. Ich bin also der Ansicht, daß unter Berücksichtigung ihrer entsprechenden Symbole unsere Zeichen stellenweise auf diese Weise abgewandelt werden könnten ...«

Das war nicht der erste und nicht der letzte Rat, den er ihm erteilte. Er lungerte niemals um Alv herum, doch wann immer er gebraucht wurde, war er zur Stelle. Sein Rat erwies sich immer als gut, er war immer hilfreich, wenn Alv eine Entscheidung zu treffen hatte. Doch hinsichtlich der Begründung einer bestimmten Entscheidung wurde er mit den oberflächlichsten Gedanken abgespeist, die er kaum oder gar nicht auf andere Arbeiten anwenden konnte. Alv war sorgsam darauf bedacht, niemals unzufrieden oder mißvergnügt zu erscheinen, und er schluckte seine Enttäuschung stets hinunter.

Und in Wahrheit vergaß er sie oft selbst, während das Schwert zwischen den Stapeln von Schieferplatten und Pergamentschriftrollen vor ihm Gestalt annahm. Mehr als einmal träumte er davon, mit der Hand über einen Wust von Papier zu streichen und kaltes Metall zu berühren — allerdings Metall, das bei seiner Berührung erbebte und durch die raschelnden Schichten hinwegglitt wie eine Schlange zwischen gefallenem Laub.

Doch mit jedem Tag wich das Bild des Schwertes weniger vor ihm zurück, es wurde wirklicher, bis es sein Denken fast so sehr beherrschte, daß alles andere ausgeschlossen war. Er hatte seine anderen Sorgen nicht vergessen, seine Ängste und Hoffnungen und seine verzweifelte Liebe, doch es war, als ob er sie in eine einzige Gußform zusammengeschüttet hätte und versuchte, sie alle auf demselben Amboß zu bearbeiten, wo er das Schwert schmieden würde. Es war jetzt bereits so klar vor seinem geistigen Auge entstanden, daß seine Arme sich strafften und anspannten, während er dasaß und ungeduldig darauf wartete, die ersten ernsthaften Schläge vollführen zu können. Doch er wußte, wozu die Ungeduld führte, und welche Flamme in seinem Innern auch auflodern mochte, er erstickte sie mit der kühlen Genauigkeit, deren er vor allen anderen Tugenden am meisten bedurfte. Denn keine einzige seiner Arbeiten, die er bis jetzt ausgeführt hatte, nicht einmal der Helm, war so heikel und kompliziert gewesen. Und als er schließlich alle Muster zusammenfügte und seinen endgültigen Entwurf mit einer feinen Feder mit Silberspitze auf gelbes Pergament aufzeichnete, erbebte er fast unter dem Gewicht der Aufgabe, die auf ihm lastete.

Fünf Metallstäbe würden für das Schwert gebraucht; einer für den Rücken, zwei für den Körper der Klinge und zwei, länger und dünner und aus härterem Material, als Einfassung, um die feinen Kanten zu gewährleisten, die für eine gute Waffe wesentlich sind. Jeden dieser Stäbe würde er aus vielen einzelnen Metallsträngen anfertigen, die er wie Seile verdrehen würde, und diese Stränge wiederum würde er aus vielen feineren Schnüren aus verschiedenen Metallsorten und Legierungen verzwirnen, wobei er mit einzelnen Fäden anfangen würde, die dünner als seine feinen Haare waren. Und jeder davon würde seine besonderen Zeichen tragen, mit seinen speziellen Eigenschaften ausgestattet sein, damit er mit einer passenden Formel in das Ganze hineingesungen werden konnte.

Er hielt plötzlich inne, und die Feder schwebte über dem Papier wie der große Kondor, dem sie einst gehört hatte. Sie alle waren wohl durchdacht. Er beherrschte die Gesänge, die Zeichen, die Metalle, und mit Sicherheit hatte er vor allem das erforderliche Geschick. Was war es also, das er nicht tun konnte? Was fehlte ihm, daß der Schmiedemeister seine Werke vollenden mußte?

»Du wirst die fünf Stäbe herstellen, wie du es geplant hast«, sagte der Meister anerkennend. Seine dunklen Augen funkelten, während der das verschmierte Pergament betrachtete. »Und obwohl ich nicht jeden Lehrling damit betrauen würde, sehe ich keinen Grund, warum du nicht den Rücken und den Körper der Klinge anfertigen solltest.«

»Und die Schneide, Meister?« Alv bemühte sich angestrengt, sich nicht eifriger als normalerweise anzuhören.

Der Schmiedemeister lächelte schwach. »In der Schneide eines Schwertes steckt Macht. In der Schneide eines Schwertes steckt das, was seinem Dasein Bedeutung verleiht — eine Kraft, die zu einer messerscharfen Dünnheit verfeinert wurde, um den Hieb an einer Stelle auszuführen, wo er am meisten Nutzen bringt, die letzte Billigung, die die erteilten Befehle bekräftigt. Der Körper ist der Befehl, die Bedrohung — die Schneide ist die Bekräftigung. Die Durchführung. Ohne die Schneide wäre ein Schwert nur eine stumpfe Bedrohung, allenfalls eine Keule, seine Gewalt wäre verstümmelt, wirkungslos. Also ist die Schneide entscheidend, und sie muß mit besonderem Kraftaufwand angefügt werden. Es ist nicht nur nötig, daß die Formeln dazu gesungen werden, sie muß auch noch mit anderen Zeichen versehen sein.« Er schüttelte traurig den Kopf, und seine langen Haare ließen den üppigen Kragen seines Gewandes rascheln. »Damit kann ich dich nicht betrauen, jetzt noch nicht. Diese Formeln stehen nur mir zu Gebote, und sie sind schwierig anzuwenden — vielleicht sogar gefährlich. Ich werde diese Arbeit also selbst übernehmen ...« Er lächelte breit. »Aber ich bin sicher, daß der Gesellenbrief wenigstens etwas Balsam für deinen Stolz sein wird. Wir werden sehen. Nun aber an die Arbeit in der Schmiede!«

Die ersten Tage waren lang und ermüdend, und sie dehnten sich zu Wochen aus, während Alv gegen das Metall ankämpfte, das unter seinen Händen einen eigenen Willen zu entwickeln schien. Für ihn maß sich der Ablauf der Zeit im Schlagen des Hammers auf den Amboß, im langsamen, tiefen Schnaufen des Blasebalgs und in den Versen der Beschwörungsgesänge, die bleiern auf seiner trockenen Zunge hingen. Der Schmiedemeister hatte ihm vorausgesagt, daß er viele Rückschläge erleiden würde, und so war es auch — meistens kurz vor dem Erfolg. Es geschah ausgerechnet in solchen Augenblicken, daß eine überbeanspruchte Faser erschlaffte oder riß oder verschweißte Stränge bei einem Schlag auseinanderfielen. Alv pflegte dann die traurigen Überreste einfach anzustarren und beiseite zu wischen. Wenn es gerade Zeit war zum Essen oder Schlafengehen, dann tat er es, ansonsten fing er mit nicht nachlassender Geduld wieder von neuem an. Er lebte nach strengen Regeln, niemals arbeitete er übermäßig lang oder ließ Mahlzeiten aus, denn er erkannte, daß unangemessene Eile ihn nicht weiterbringen würde. Später würde sie ihm aufgezwungen werden, und er mußte seine Kräfte schonen, um sie dann zu ertragen. So vergingen Monate, bis er auch nur die langen Stränge aus Eisen und Stahl fertiggestellt hatte, im Umfang so dick wie seine Daumen, die die fünf Stäbe ergeben würden. Einige waren von Fäden aus Bronze und Gold durchzogen, andere mit feinsten Geweben aus seltenen Metallen und feinen Legierungen. Doch jene für die Kanten und die Schneide bestanden alle vollständig aus Stahl, der mit Spuren von fremdartigen Metallen und anderen Substanzen gehärtet war.

»Bis jetzt hast du deine Sache gut gemacht«, lobte ihn der Schmiedemeister, »und schneller, als ich befürchtet hatte.« Alv blickte interessiert auf, seine Augen trafen Rocs; der Schmiedegehilfe zuckte vielsagend mit den Schultern. War es von Bedeutung, wie lange er brauchte? Der Schmiedemeister hatte das mit keinem Wort angedeutet. Doch er vertiefte die Frage nicht; der Schmied sah jetzt irgendwie merkwürdig aus — besorgt, fast ängstlich, wenn das bei einem solchen Mann vorstellbar war. Diese Stimmung hatte sich offenbar seit einiger Zeit in ihm entwickelt, vielleicht seit jener Nacht im Schnee damals. Er sprach oft vom Südland, obwohl er jetzt nicht mehr auf Reisen ging. Alv fiel wieder ein, was Ingar gesagt hatte, daß nämlich Louhis letzter Besuch die Pläne des Meisters, hierherzuziehen, ausgelöst hatte. Was hatte sie diesmal in Bewegung gesetzt? Der Schmiedemeister legte das Stück Metall aus der Hand, das er geprüft hatte. »Du kannst dich nicht länger mit den Stäben aufhalten. Jetzt geht es in die entscheidende Phase!«

Nun mußte der Blasebalg kräftiger arbeiten, und Roc war ständig damit beschäftigt, Kohle und Holzkohle auf das Feuer nachzulegen sowie Silbersand, um Feuer und Metall sauberzuhalten, bis die Luftschächte kaum noch damit fertig wurden und der Gestank von Ruß und Schwefel in der Luft hing.

Alv verband sieben der steifen Stränge, die er sorgsam ausgesucht und angepaßt hatte, mittels dünnem Draht miteinander und schob ihre Spitzen in die Glut der Feuerstelle, zog sie kurz darauf heraus und schlug sie auf dem Amboß zusammen. Dann wurden sie wieder ins Feuer gehalten, bis sie rot glühten, ein Tuch wurde darum herum gewickelt, und sie wurden in eine ringförmige Senke an der Seite des Ambosses geschlagen. Alv setzte einen Hebel unter ihnen an, stellte den Fuß darauf, und durch die schiere Kraft von Armen und Schultern verdrehte er die dicken Metallstränge jeweils um etwa eine Handspanne umeinander; dazu sang er die Worte der entsprechenden Formel zischend durch die Zähne. Dann erstarb die Glut, und die Stränge kamen wieder ins Feuer. Der Blasebalg keuchte, und wieder strengte sich Alv an, bis ihm er Schweiß in Bächen über die Stirn rann. Die einzelnen Stränge verdrehten sich noch einmal um etwa eine Handspanne umeinander und wurden zu einem dicken Seil, gewunden wie eine Schraube und mit grauer Asche vom Feuer bedeckt. Während Alvs Feuer und seine Kraft und sein Gesang darauf einwirkten, riß die Umhüllung, fiel herab und gab das reine glühende Metall frei, dessen Fäden immer enger und enger verdreht wurden, bis sie zu einer Einheit wurden und eine glatte Oberfläche bildeten, die nur noch die Andeutung einer Spirale aufwies, die von den früheren Strängen zeugte. Und nach zwanzig Stunden schonungsloser, ununterbrochener Arbeit war der erste Walzdraht entstanden. Jeder weitere dauerte ebenso lange, doch am zehnten Tag danach waren alle fertig. In dieser Nacht schlief er den tiefen Schlaf der Erschöpfung.

Am nächsten Tag stieg Alv bei den ersten Strahlen der Morgendämmerung hinauf anstatt hinunter, vorbei an Ingars Zimmer und den vielen Gemächern des Schmiedemeisters, bis ganz hinauf in die Turmspitze. Jetzt war die Zeit gekommen, da das Schwert vollendet werden mußte, und er wollte seinen Geist von allem

Ballast befreien, bevor er sich aufs neue ans Werk machte. Und als die große Steinplatte am oberen Ende der Treppe zurückgewichen war und er hinaustrat auf die gepflasterte Plattform, war er verblüfft, nur ganz wenig Rauhreif auf den zum Mosaik ausgelegten Steinen und lediglich kleine Reste von Schnee auf den Türmen des Schmiedemeisters und den Felsen ringsum zu sehen. Er ließ die Muskeln spielen und spürte, wie neue Kraft seine Arme durchflutete. Der Wind blies aus Süden, und er trug den Geruch von Wäldern und Ebenen und Küsten mit sich, ganz frisch, ganz neu. Er atmete tief durch, blinzelte ins Tageslicht, denn es war lange her, seit er es zum letztenmal gesehen hatte; er hatte den ganzen Winter über gearbeitet, und der Frühling nahte bereits.

Er sprang auf, als er hinter sich ein hohles Quietschen hörte. Die Tür zum Turm schwang auf, und der Schmiedemeister trat heraus. Auch er blinzelte im Licht, und sein Gesicht wirkte müde und besorgt; sein aufwendiges blaues Gewand war zerknittert, und er sah aus, als hätte er nicht geschlafen. Doch als er Alv sah, verbarg er seine Erschöpfung hinter seiner üblichen Leutseligkeit. »Du suchst also ebenfalls die Weisheit in der Höhe, mein Junge? Ich hege keinen Zweifel, welche Arbeit du heute in Angriff nehmen wirst. Benötigst du nicht vielleicht meinen Rat? Gut, das freut mich, denn ich muß dich für einen oder zwei Tage allein lassen. Ich tue es nicht gern, ausgerechnet zu diesem Zeitpunkt, aber es muß sein. Die Welt übt Druck auf mich aus, was ich gehofft hatte zu unterbinden, als ich mich an diesen Ort zurückzog.«

Alv lächelte kläglich. »Es tut mir leid, Meister. Es wird schwierig werden, aber ich bin ausgeruht und gut vorbereitet.«

»Gut. Dann versuche, deine Arbeit morgen, bei meiner Rückkehr, vollendet zu haben.«

Alv neigte den Kopf, um das Grinsen zu verbergen,

das er nicht unterdrücken konnte. Er hätte es sich nicht besser wünschen können! »Jawohl, Meister, ich werde mich bemühen.«

Danach schien die Düsternis der Schmiede noch schwerer um ihn herum zu hängen, mit einer zusätzlichen Spannung in der Luft. Eine Zeitlang wühlte er um den Amboß herum, wählte nervös Hämmer aus, schärfte Werkzeuge und legte sie in Reichweite zurecht und befestigte unzählige Blätter mit Notizen an jeder Fläche, die in seinem Blickfeld war. Doch schließlich nahm er den Stab auf, der den Rücken des Schwertes abgeben würde, sowie die anderen, aus denen der Körper entstehen würde, und leierte in einem langsamen, monotonen Singsang lange Formeln über ihnen herunter, während er sie fest mit Metallbändern vereinigte und sie dann ins Feuer schob. Jetzt änderte sich der Rhythmus des Blasebalgs, denn große Hitze war vonnöten. Alv ließ Roc an den Kolben des handbetriebenen Blasebalgs arbeiten, und dessen schnelles, keuchendes Luftholen war ein Echo seines eigenen Atmens, während er die Stäbe mit einer Zange packte und sie in den kleinen Kreis der blauweißen Flamme bugsierte. Dann zog er sie mit einem Funkengestöber heraus, führte drei kräftige Schläge mit dem schweren Hammer aus und schob sie wieder ins Feuer. Nach einigen Minuten wiederholte er diesen Vorgang und bedeutete Roc mit einer Handbewegung, aufzuhören, um den radbetriebenen Blasebalg weitermachen zu lassen.

Er sang, wann immer er konnte, in einer gespenstischen Harmonie mit dem leisen Singen der Holzkohle, wobei er zu seinen Notizen hinblinzelte und auf den Augenblick lauschte, da das Schwert selbst anfangen würde zu singen und einige Funken zu versprühen — die ersten Anzeichen dafür, daß der Stahl anfing zu brennen, was nicht sein durfte. Er sang von einem Baum, der einst gewachsen war, der den Wind und das Licht der Sonne in sich aufgesogen hatte, und wie er sich seiner bemächtigt, ihn gefällt und zu Holzkohle verbrannt hatte, da die Zeit für ihn gekommen war, die Luft und das Feuer zurückzugeben. Er sang von dem Metall, das tief in den Adern der Erde geschlummert hatte, unbearbeitet, ungesehen, bis er die Herrschaft darüber gewonnen, es ausgegraben, gereinigt und ihm befohlen hatte, andere Gestalt anzunehmen. So wie sie beide ihren Herrscher gefunden hatten, sollten sich Holz und Metall vereinen, um Herrschaft zu bekräftigen; so wie sie einer größeren Macht gehorcht hatten, sollten sie ihrerseits Gehorsam lehren. Seine Worte fielen im Takt mit dem riesigen, starken Atem des Blasebalgs.

Dieser Aschenbaum, so mächtig,
Er lodert kühn und hell;
Die edlen Flammen so prächtig,
Die Funken hüpfen schnell!
So kehrt er zurück mit Macht,
In diese Klinge fährt seine Kraft.
Blasebalg, blase recht gut,
Und erhelle seine feurige Glut.

Als die dünne Stimme aus dem Stahl ertönte, waren die Noten im Einklang mit seinem Gesang. Es war geschafft! Er zog den Körper des Schwertes heraus, dessen Spitze ein sprühender Brunnen aus gelben Funken war, und schlug, schlug, schlug, schlug, schlug — bis der gewaltige Amboß klirrte und auf seinem großen Holzfundament schwankte; er drehte den sprühenden Stahl auf dem Amboß in diese und in jene Richtung und verengte die Augen zu Schlitzen, um sie gegen die explodierenden Lichtringe des sonnengrellen Metalls zu schützen. Als es sich verdunkelte, schwang er es in Rocs Richtung, der sofort an den Blasebalg eilte, und er schob es tief hinein in die Holzkohle und drehte es hin und her, um es zu reinigen. Dann, während er keuchend einen Vers nach dem anderen vorbrachte, zog er es mit einer schwungvollen Drehung wieder heraus und schlug mit Hämmern aller Formen und Größen darauf. Hin und wieder nahm er sich eine Seite mit seinen Notizen vor oder rannte in die Bibliothek, während er sich die Hände an irgendeinem alten Lumpen abwischte, der gerade in seiner Reichweite war. Ein- oder zweimal, als er sich von der Arbeit, die er gerade verrichtete, nicht entfernen konnte, brüllte er Ingar durch die geöffnete Tür etwas zu; dieser brummte und machte einiges Getue, doch er war hilfsbereit genug, um ihm einen bestimmten Abschnitt vorzulesen oder ein Zeichen zu kopieren. Meistens wurde er zu der nördlichen Wand geschickt, zu jenen Seiten des *Skolnhere*-Buches, das der Schmiedemeister mit seinen Anmerkungen versehen hatte.

Alv schuftete, daß er glaubte, der Rücken müsse ihm durchbrechen, doch während er viele Stunden am Tag arbeitete, hellte sich seine düstere Miene ein wenig auf; trotz seiner Erschöpfung grinste er vor Entzücken, als er endlich den Stahl aus dem Feuer zog, ihn auf den Amboß legte, eines seiner ausgewählten Stampfwerkzeuge zur Hand nahm und mit größter Behutsamkeit die Schlacke abstach, um die Spitze zu verengen und zu formen. Roc erwartete ein Jubelgeschrei, als Alv schließlich den Stahl in den Löschzuber tauchte, doch als sich der Qualm verzogen hatte, betrachtete er die schmale, dunkle Klinge, die er in der Hand hielt, lediglich mit der Andeutung eines Lächelns. Er fuhr mit einem Finger über den nach oben gerichteten Rücken und spürte, wie glatt er sich mit der abgeschrägten Oberfläche der Klinge verband.

»Ist es gelungen?« fragte Roc. Er tauschte einen besorgten Blick mit Ingar, der das Zischen gehört hatte und um die Ecke der Bibliothekstür spähte. »Du hast gar nicht ...«

»O nein«, sagte Alv ruhig. »Es ist gut gelungen, genauer gesagt, es ist vollkommen. Jetzt braucht es nur noch ...« Er nahm zwei der übrigen Stäbe auf und ließ sie gegen die dicken, stumpfen Seiten klirren. »Das hier. Hältst du noch ein paar weitere Stunden Arbeit durch?«

Roc starrte ihn an. »Wenn du es kannst, kann ich es auch, ja — wenn ich zuerst einen Schluck zu trinken und etwas zwischen die Zähne bekomme, will ich sagen. Aber — heißt das, daß du es ganz vollenden willst?«

»Ja, natürlich. Aber jetzt verschwinde schnell, wenn du etwas essen möchtest — und bring mir etwas mit, das ich hier zu mir nehmen kann ...«

Roc flitzte davon, doch Ingar blieb und runzelte die Stirn. »Wollte nicht der Meister persönlich ...«

»Wie es scheint, ist es ihm damit sehr eilig«, sagte Alv. »Du erinnerst dich doch, daß ich ihm am Morgen vor seinem Aufbruch auf dem Turm begegnet bin? Er hat mir gesagt, daß er es bei seiner Rückkehr morgen fertig vorzufinden wünscht. Also wird es fertig sein.« Er hielt die abkühlende Klinge mit ausgestrecktem Arm von sich und ließ den Blick mit zusammengekniffenen Augen darübergleiten, um möglicherweise winzige Unzulänglichkeiten zu entdecken; dabei trafen seine hellen Augen die Ingars. Gleich darauf wandte sich der Geselle ab und schüttelte verwirrt den Kopf.

»Was du nicht sagst! Nun, ich begebe mich wieder an meine Arbeit.«

»Oh, könntest du zuvor noch diese Zeichen für mich prüfen«, rief Alv ihm nach, »meine Hände sind ganz von Ruß verdreckt ...« Er streckte die Hand aus und löste zwei Blatt dünnes Pergament von einem Regalbrett, wo er sie angeheftet hatte. Doch da ihn die Klinge behinderte, war sein Griff nicht fest genug; sie flatterten in den Abzug der Feuerstelle, stiegen wirbelnd auf und waren gleich darauf von den Flammen verzehrt. Alv starrte ihnen fassungslos nach und brach in einen Schwall von Flüchen aus, bei denen sich Ingars dunkle Augenbrauen hoben.

»Meine Güte«, sagte er in besänftigendem Ton und

mit seiner artigsten Stimme, »wirklich, du mußt deine Rindviecher damals ganz schön schockiert haben. Nun, mach dir nicht allzuviel daraus, wenn du dir die Stellen gemerkt hast, kannst du sie noch einmal abschreiben ...«

»Bevor das hier abkühlt? Ich muß die Kanten noch anpassen.«

Ingar seufzte tief. »Na ja, gut, wenn es so wichtig ist, kann ich sie ja für dich abschreiben — das kann man eigentlich nicht als echte Hilfe bezeichnen. Wieder die nördliche Wand? Das *Skolnhere*-Buch? Welche Seite?«

Alv erinnerte sich an die Seite, die seinem Wissen Grenzen gesetzt hatte, sah den häßlichen, höhnischen Gesichtsausdruck und den verbietenden Finger des Schmiedemeisters vor sich, der auf der langen Pergamentlasche ruhte — jenem Merkzeichen, das er an jenem Morgen angebracht und, ohne das Buch weit genug zu öffnen, um ein Lesen zu ermöglichen, um einige Seiten nach vorn verschoben hatte. »Alles, was nach dem *Nakina*-Zeichen kommt!« rief er und hielt den Atem an.

Aus der Bibliothek wehte die Stille wie eine eiskalte Wolke herüber. Dann war plötzlich ein Rascheln von Papier zu hören, genau wie in Alvs Traum. Er sprang mit einem heftigen Satz auf — doch dann schallte Ingars Stimme fröhlich herüber. »Nun, das sind nur noch vier oder fünf Zeichen, bevor das Kapitel endet — und sie sind sehr einfach. Möchtest du auch die Anmerkungen hören?«

»Wenn es geht, ja!« rief Alv zurück und versuchte, seiner Stimme einen festen Klang zu geben. Vier oder fünf, nur so wenige? Sein Verdacht hatte ihm demnach also reiche Früchte beschert. Alle anderen Zeichen aus diesem Kapitel waren in das Schwert eingegangen, in dieser oder jener Form, und waren nun tief eingegraben in sein verdrehtes Herz. Es konnte also gut sein, daß es die paar verbleibenden waren, die der Meister in die Kanten einzuarbeiten plante — wie logisch und wie typisch für ihn, daß es nur vier oder fünf waren. Und darauf hatte Alv gesetzt — entweder gab es wirklich keine geheimnisvolle Kraft, die die Bücher abschirmte, oder Ingar war dagegen immun, weil er sie im Laufe seiner Forschungsarbeit bereits alle durchgegangen war, wie die Kreidespuren zeigten. Der Schmiedemeister hatte sich nicht die Mühe gemacht, *ihn* von den entscheidenden Seiten fernzuhalten, denn er verfügte bei weitem nicht über die praktischen Fähigkeiten, dieses Wissen in die Tat umzusetzen. Ein logisches Spiel, und ein gutes — falls er gewänne!

Alv nahm einen ölgetränkten Lumpen und wischte damit über die rußige Klinge, wobei er die dicken Kanten auf Unregelmäßigkeiten hin überprüfte, die sich beim Schweißen als hinderlich erweisen würden — alles nur, sich beschäftigt zu halten, sich anderen Gedanken zu widmen. Er übergab die dünnen Kantenstäbe am Rand der Esse der Hitze, befestigte die Klinge im Schraubstock auf der anderen Seite des Ambosses und machte sich daran, die Kanten zu einem sanften Bogen zu hämmern, damit sie sich der Klinge anpaßten. Der reinere Stahl war um einiges schwerer zu bearbeiten, und er war gerade erst mit der ersten Seite fertig, als Ingar ihm auf die Schulter tippte. Er lachte, als Alv daraufhin krampfartig zusammenzuckte. »Gehe nicht so vollkommen in deiner Arbeit auf. Sonst verdirbst du noch alles, wenn du so wilde Sätze machst. Das ist es doch, was du brauchst, nicht wahr?«

Alv schluckte und zwang sich, den Blick auf die Schiefertafeln zu senken, die Ingar mit seiner plumpen Hand umklammerte. »J-ja, das ist alles, was ich brauche — ich muß allerdings ein paar meiner Verse neu erarbeiten ...«

»Nun, das mußt du selbst erledigen. Ich bin nur ein Kanal — du weißt doch. Ein Leitungsrohr. Ich trage nichts zur Arbeit bei.«

Möge dir das dein weiches Fell retten, dachte Alv, *wenn*

der Meister dahinterkommt, daß seine Machenschaften aufgedeckt sind!

Doch laut sagte er: »Ich danke Ihnen, Herr Geselle. Wenn ich das hier schaffen sollte ...«

»Oh, du wirst es schaffen, du wirst es schaffen«, ermutigte ihn Ingar väterlich. »Nun, du magst die ganze Nacht durcharbeiten, aber ich brauche das nicht. Ich bin ein müdes Leitungsrohr — und ein trockenes, bei all dem Rauch hier drin. Ich genehmige mir noch ein Gläschen südländischen Wein, und dann gehe ich zu Bett.«

»Schlaf gut!« sagte Alv und war überrascht, daß die Dankbarkeit in seiner Stimme einigermaßen echt klang. Ingar mochte ihn in vielerlei Hinsicht ärgern, aber im Herzen war er kein schlechter Kerl. Vielleicht konnte man es ihm nicht zum Vorwurf machen, daß er es vorzog, dem Schmiedemeister zu dienen, anstatt sich auf eigene Beine zu stellen; er hatte einfach niemals für etwas zu kämpfen brauchen. Und weil er dem Schmiedemeister gegenüber niemals ungehorsam gewesen war, war es ihm gar nicht in den Sinn gekommen, daß Alv so etwas getan haben könnte. *Wenn du dich von einer Person ausnutzen läßt, werden es auch andere tun. Das ist nun mal der Lauf der Welt.*

Er stellte die Schiefertafeln auf seine Werkbank und las sie sorgfältig durch, wobei er sich anstrengte, Ingars Schrift zu entziffern, die schlampig wurde, wenn er in Eile war. Und während Alv damit beschäftigt war, wuchs in ihm die Überzeugung, daß dieses seltsame wilde Gekritzel die endgültigen Zeichen waren, die einzigen, die auf der Oberfläche des Schwertes zu sehen sein müßten — um die Kanten herum eingraviert, vielleicht sogar, zugunsten einer besseren Wirkung, eingelegt, doch das konnte warten. Solange sie nur dort waren ... Aber *warum* war er denn so sicher? Und wie, um alles in der Welt, war die richtige Anordnung? Schwierig ... vielleicht sogar gefährlich ...

Roc brachte ihm eine Schüssel mit etwas Heißem und

Fleischigem, und er schlürfte es geistesabwesend in sich hinein, während er las. Die Anmerkungen waren quälend, da sie lediglich etwas aussagten über die Form der Zeichen und kaum etwas über ihre symbolische Bedeutung oder Wirkung. Und doch, während er die verbotenen Zeichen betrachtete, glaubte er sie in einer bestimmten Ordnung zu sehen, einer eindeutigen Gruppierung. Er raufte sich die Haare. Da *war* etwas, das er erkannte, eine Erinnerung, die er nicht richtig fassen konnte, doch er spürte, daß sie schrecklich wichtig war. Ein Muster, ein Netz von Zeichen, die in Metall eingelassen waren ... In Gedanken verfolgte er immer wieder die Spuren alles Gelesenen, an das er sich erinnern konnte, und fand nichts Entsprechendes. Es war eine so schwache Erinnerung — sie schien aus der Zeit zu stammen, bevor ... Bevor er hierher gekommen war? Aus seiner Kindheit? Unmöglich. Wo sollte er damals Zugang zum Schmiedehandwerk gehabt haben?

Und dann schwappte die Erinnerung mit dem klaren, kalten Schauder der Wellen, in denen er einst gespielt hatte, über ihn. Dieser uralte Gegenstand, der Viehtreiberstock! Die Zeichen darauf! Er sah sie deutlich vor sich, wie sie in der Sonne glitzerten — kein Wunder, da er sie so lange Zeit vor Augen gehabt hatte. Es waren Zeichen von derselben Art, wie er sie jetzt anwandte — eins oder zwei der gebräuchlicheren hatte er bereits ausgewählt. Sie glichen, wie er sie jetzt vor sich sah, sehr denjenigen, mit denen er den Armreif ausgestattet hatte; vielleicht hatte die Erinnerung seine Gestaltung inspiriert. Doch darüber, eingeschlossen in einem verschlungenen Muster, waren Gegenstücke zu den Zeichen, die er in diesem Moment betrachtete — von schlichterer Art, aber unverkennbar. Möglicherweise handelte es sich um eine schlichtere Macht — doch die Art, wie sie einander zugeordnet waren, das Muster ...

Sein Geist schien buchstäblich um sich selbst zu wirbeln, die Zeichen huschten über die Schieferplatten und prallten in einem aufgewühlten Teich aufeinander und ordneten sich von selbst zu einem Muster, das kompliziert, aber logisch, flüssig war — *vollkommen!*

Etwa eine halbe Stunde lang kritzelte er fieberhaft auf seinen eigenen Schieferplatten herum, von der Angst getrieben, daß er, während er ein Ding niederschrieb, ein anderes vergessen könnte. Doch das Muster fügte sich mit einer ihm selbst innewohnenden Kraft zusammen, und er hatte alles, einschließlich des begleitenden Gesangs. Dann sprang er auf und hastete zu seinem Amboß. Die Schüssel mit dem Essen kullerte scheppernd und unbeachtet über den Boden.

In kürzester Zeit hatte er die zweite Kante fein und fest gearbeitet, und er band beide mit Draht und Metallbändern an den Körper der Klinge. Ohne der sengenden Hitze Beachtung zu schenken, beugte er sich über das Feuer, um eine saubere Stelle zu finden, und langsam und behutsam schob er die Stücke, die verbunden werden sollten, hinein. Dies war der schwierigste Teil. Bei gewöhnlichen mustergeschweißten Schwertern wurden die Kanten an den Körper geschweißt, bevor sie mit dem Rücken verbunden wurden, doch die Einheit, die diesem Schwert seine Kraft verlieh, mußte von innen nach außen wachsen, wie bei einem Blatt. Und wenn es nach dem Schweißen zerbrechen würde, dann würde es wie ein Blatt welken und sterben, und all seine Mühe wäre umsonst gewesen. Mit einer langen Zange hob er die Stücke heraus, doch er fluchte und schob sie wieder hinein.

»Es muß heißer sein, viel heißer!«

»Dann schieb sie doch weiter hinein!« keuchte Roc und japste wie der handbetriebene Blasebalg, den er bediente.

»Dieses Risiko kann ich nicht eingehen — man verliert dabei zu leicht die Kontrolle!« Alv kaute einen Moment auf der Lippe herum, dann rannte er zu dem Rad, das in den Boden eingelassen war, und verstellte es mit großer Anstrengung um eine halbe Umdrehung. Große Hitzeschwaden strömten mit Getöse von unten herauf, durch die Schichten von Kohle und Holzkohle, und ließen eine hohe Flamme aus dem Herzen der Esse auflodern, die bis zur Gewölbedecke hochzüngelte. Alv wandte sich dem Rad zu, das die Wasserzufuhr regulierte, doch diese ließ sich nicht weiter öffnen. In einem hemmungslosen Zornesausbruch schlug er die Hebel des großen Blasebalgs herum und bediente sie selbst. Schweiß tropfte von ihm ab, er hörte, wie seine Schultern bei der Anstrengung knackten, doch der Luftstrom rauschte schneller durch die Esse, als das Rad ihn antreiben konnte. Ein weißes Glühen kroch nach außen zum Rand, zischend und knackend, und breitete sich um die halb begrabene Klinge herum aus.

»Es kommt, Roc, es kommt! Nur noch ein bißchen — pumpe, Junge, pumpe, und schwitz das Schweinefett aus deinem Körper! Ich breche mir hier das Rückgrat, und du sitzt herum und drehst Däumchen …«

Roc, mit puterrot angelaufenem Gesicht und heftig keuchend, warf sich mit dem ganzen Gewicht gegen die Kolben des handbetriebenen Blasebalgs. Das Feuer war in seinem Zentrum weißglühend, und der Stahl sang wieder. Alv riß ihn heraus, schwang ihn zum Amboß hinüber und nahm den großen Hammer zur Hand. Vor Rocs verdutzten Augen schien er bei jedem Schlag in einem Sprühregen von Funken zu verschwinden, und jeder Hieb klirrte so laut wie von einem Maschinenhammer. Doch noch lauter und klarer erklang seine Stimme, obwohl nur wenige seiner Worte zu verstehen waren.

Wie ich dich zerrissen fand,
In dem flackernden Feuer,
Wie ich dich zum Ganzen band,
Binde ich dich aufs neue,
Schwert, nimm Gestalt an in den Flammen!
Umgib deine Klinge mit scharfem Stahl!

Bevor Roc richtig bemerkte, was los war, befand sich die Klinge wieder in der Hitze, und er senkte und hob erneut den Hebel des Blasebalgs, bis sich seine Sinne vernebelten. Dann klirrte wieder ein Hammer, und die Stimme gab das Echo zurück, doch diesmal gelassener, und von Zeit zu Zeit war zu hören, daß ein Werkzeug weggelegt und ein neues ergriffen wurde. Die Klinge lag verschweißt auf dem Amboß, die Hitze verwandelte die rauchige Luft in einen gekräuselten Samtvorhang. Alv, der sich darüberbeugte und um den Rand herumtapste, wirkte wie eine merkwürdig buckelige Gestalt, und seine Stimme war nicht mehr als ein Flüstern, während er die Kette von Zeichen um die Klinge herum einarbeitete.

Meister, mein Hammer,
Dieses sture Stück Stahl,
Lehre ihn das Wissen;
Mein Geschick ist Befehl —
Der seinerseits den Willen
Hinter seines Formers Hand
Darin einhämmern wird …

Dann war das Stück wieder für einen kurzen Augenblick im Feuer, mit ein paar Schlägen wurden Zapfen abgeflacht, um als Nieten zu dienen, die glühende Form schwebte über dem Löschzuber — und dann ertönte ein lautes, sengendes Zischen, wie eine kreischende Stimme. Ein Qualmwolke puffte nach oben und zerplatzte an der Decke; kochendheiße Tropfen regneten mit einem Zischeln und Brüllen auf den Amboß und die Feuerstelle herab und spuckten gefährlich auf schweißüberströmte Haut. Große Dampfschwaden schwebten durch die stinkende Luft und legten sich mit düsterer Schwere wie schwarzer Regen auf jede Metallfläche. Während der Qualm allmählich verflog, stand Alv mit der Klinge in der Hand da und schlug damit auf den flachen Teil des Ambosses, der wie eine furchteinflößende Glocke läutete. *»Es ist vollbracht!«*

Es war schon kurz vor dem Morgengrauen, als die erschöpften jungen Männer endlich die Stufen von der Schmiede hinaufstiegen. Die Klinge hatte noch mit einem leichten Hammer und einer Feile den letzten Schliff bekommen und für einige Stunden in ein Bad aus einer schwach ätzenden Flüssigkeit getaucht werden müssen, um Unreinheiten auf der Oberfläche zu entfernen. Inzwischen schufteten Roc und Alv, um die Schmiede in Ordnung zu bringen und zu reinigen, worauf der Meister stets bestand, um sie für seine Rückkehr vorzubereiten. Alv war sich seines kühnen Ungehorsams sehr wohl bewußt, und bei nüchternem Überlegen in der kühlen Morgendämmerung erschien ihm das Ganze nicht mehr eine allzu gute Idee. Aber er hatte es geschafft, das Werk war vollbracht, und niemand war dafür zu schelten — nicht einmal er, denn der Schmiedemeister mochte zwar toben, doch er konnte die Macht, die der Arbeit innewohnte, nicht leugnen.

Als Alv die Klinge herausnahm und wusch, glaubte er einen eigenartigen Schimmer zu sehen, eher in als auf dem Metall, und er fragte sich, ob er sein Werk mit den Augen eines echten Schmieds betrachtete; Roc sah nichts. Alv schärfte die Schneide der Klinge zuerst mit dem Schleifstein und dann mit dem feineren Wetzstein, dann rieb er die Klinge sehr vorsichtig mit einer stärker ätzenden Flüssigkeit ein und polierte diese sofort wieder weg. Die gekräuselten Schweißmuster, Überbleibsel der vielen Stränge, aus denen das Schwert hergestellt worden war, verliefen in seltsamen Bögen und Windungen über die Klinge; wenn er sie auf eine bestimmte Weise drehte und ins Licht der Lampe hielt, schienen sie Tiefe und Perspektive zu haben, wie eine jener merkwürdigen Zeichnungen in den südländischen Büchern des Schmiedemeisters, doch es war eine sehr eigenartige Perspektive, die dem Auge eine riesige Entfernung vorgaukelte und versuchte, den Betrachtenden in die Tiefe zu ziehen. Es war fast so, wie wenn man von einer steilen Klippe hinuntersieht. Wenn er sie anders hielt, fiel das Licht wellenförmig über das Muster, und es erinnerte ihn plötzlich an die Windungen und Verschlingungen in den Darstellungen des menschlichen Gehirns, die er in dem großen Anatomie-Buch des Schmiedemeisters gesehen hatte. Wenn das Licht auf eine noch andere Weise darauffiel, dann glich das Muster einer uralten dunklen Schrift — es war *wahrhaftig* wie eine Schrift, er konnte sie jetzt fast lesen, ganz bestimmt verstand er das eine oder andere Wort —, und neigte er die Klinge leicht, dann wurde das Muster wieder zu jener unheimlichen Andeutung des absoluten Nichts. Schließlich wickelte er sie in weiches Leder ein, klemmte sie sich unter den Arm und bedeutete Roc mit einer Handbewegung, daß er ihm folgen sollte.

»Frühstück?« erkundigte sich der Schmiedegehilfe hoffnungsvoll, als sie in die Halle traten.

»Ja, ich sterbe vor Hunger! Aber zuerst wollen wir Ingar aus seinem schönen weichen warmen Bett scheuchen. Ich möchte wissen, was er dazu sagt!«

»Er wird uns vermutlich damit aufspießen! Na gut, ich mache mit ...«

Alv trommelte vergnügt an die Tür zu Ingars Zimmer. Sie waren nicht besonders überrascht, als keine Antwort erfolgte, und er trat mit dem Fuß gegen die Tür. »Aus den Federn, Geselle, begrüße deinen neuen Meister!« Doch dann hielt er inne, einigermaßen überrascht. Ingar lag friedlich in seinem Bett und schlief auf der Seite, ganz so wie üblicherweise. Doch obwohl sein Gesicht der Tür zugewandt war, hatte er sich überhaupt nicht gerührt. Alv trat zu ihm, packte eine seiner kräftigen Schultern und schüttelte ihn — um gleich darauf mit einem Aufschrei des Entsetzens nach hinten zu fallen.

Mit einem trockenen Rascheln, genau wie das Geräusch in Alvs Traum, wie jenes in der Bibliothek, war

Ingars Körper da, wo er lag, in sich selbst eingesunken, zusammengebrochen und zerbröselt zu einer Ansammlung dunkler Bruchstücke, wie ein Haufen trockener Blätter im Wind.

Roc taumelte mit weit aufgerissenen Augen langsam rückwärts aus dem Zimmer und hinaus auf den Treppenabsatz, bis er nicht weiter zurückweichen konnte. Alv stand schwankend auf und stürzte halb gegen den Türrahmen und dann hinaus, wo er stehenblieb, um zurück in das Zimmer zu starren — das anzustarren, so wußte er jetzt, was er selbst angerichtet hatte. Er drückte sich den Handrücken gegen den Mund und biß hinein, um einen Schrei zu unterdrücken. Die Klinge fiel ihm aus der Hand und landete mit einem dumpfen Klirren am Boden ...

Und der Schmiedemeister bückte sich, um sie aufzuheben. Ob er die Stufen von oben herunter oder von unten herauf gekommen war, vermochten sie nicht zu sagen. Jetzt war er hier; er schlug das zusammengefaltete Leder auseinander, und die dunklen Augen in seinem ausgemergelten Gesicht waren weit aufgerissen und glitzerten, als er das vollendete Schwert darin sah. Dann wanderte sein Blick zu ihnen hoch und weiter zu dem, was sie gesehen hatten. Eine Zeitlang stand er ausdruckslos da, dann betrachtete er die Klinge in seiner Hand, und vollständiges Begreifen dämmerte in seinem Gesicht. Er warf den Kopf zurück und lachte — ein herzhaftes, sorgloses Lachen, das Lachen der plötzlichen Erleichterung. Dann ging er unvermittelt um sie herum.

»Nun«, lächelte er, und seine Augen strahlten immer noch voller Fröhlichkeit, »so sehr warst du also entschlossen, dich zu beweisen! Und deine Entschlossenheit hat mich einen Gesellen gekostet — obwohl du vielleicht nicht so recht an meine Überwachung geglaubt hast. Jetzt mußt du mir glauben. Obwohl mir scheint, daß ich einen anderen Gesellen gewonnen habe, um jenen zu ersetzen ...« Die Stimme des Schmiedemeisters klang jetzt geistesabwesend, fast wie im Traum, als ob er seine Gedanken laut ausspräche. Er hob die schaftlose Klinge hoch, und Alv zuckte unwillkürlich zusammen, obwohl es ihm in Wahrheit sehr gelegen gekommen wäre, wenn sie ihn in diesem Moment niedergestreckt hätte. Doch der Schmiedemeister musterte sie nur prüfend. »Ja — ja — und hier, ja — eine vollkommene Leistung ... hier haben wir also einen neuen Gesellen, und zwar einen, so scheint mir, der das Zeug dazu hat, sowohl Ingars Platz als auch seinen eigenen einzunehmen. Mein Junge, diesem Stück wohnt eine große Kraft inne — es ist ein Meisterwerk ...«

Dann war er plötzlich wieder er selbst; er betrachtete Alv auf dieselbe eindringliche Weise, wie er es bei ihrer ersten Begegnung getan hatte. »Wer bist du, Junge?« flüsterte er, und seine Hand fiel schwer auf Alvs Schulter. »Woher stammst du? Wer war dein Vater? Deine Mutter? Zu welcher sonderbaren Stunde, an welchem abgelegenen Ort bist du zur Welt gekommen?« Die Hand fuhr zu Alvs Kinn und neigte es so kraftvoll nach hinten, daß Alv auf seinen schwachen Beinen schwankte.

In diesem Augenblick erklang ein Ton, wie ihn Alv nie zuvor gehört hatte; er hallte durch die hohen Fenster des Turmes, weit entfernt, doch tief und klar, wie der Geisterklang einer großen Glocke. Die Hand des Schmiedemeisters fiel herab. Alv taumelte und wäre beinahe die Treppe hinuntergefallen, doch der Schmied bemerkte es kaum.

»Mein Junge, das geschieht zur rechten Zeit!«, sagte er leise. »Du hast mich in höchstem Maße zufriedengestellt — vergiß jenen Narren, er hat den Preis für seine eigene Dummheit bezahlt. In einigen Stunden werde ich dich in aller Form zum Gesellen ernennen. Doch jetzt begib dich zuerst einmal zu Bett und ruhe dich aus, und du auch, Roc! Bis später.«

Er schwenkte die Klinge, und Alv taumelte die Treppe

hinunter; er wußte kaum, was er tat, doch er wollte nichts anderes, als von diesem Ort wegzukommen, zu entfliehen, zu rennen, bis er nicht mehr weiter rennen könnte. Doch als sie zu seinem Zimmer gelangten, schob Roc ihn energisch hinein und schlug die Tür hinter ihnen zu.

»Du ...« Der Schmiedegehilfe rang um Worte, und fast hätte er Alv flach aufs Bett geworfen. Alv vergrub den Kopf in den Händen, unfähig zu denken, sogar unfähig zu weinen. Der Schmiedegehilfe ließ sich auf den einzigen Stuhl sacken. »Was hat er dir angetan, daß er *das* verdient hätte? Ich nehme an, wenn er nicht so bereitwillig mitgemacht hätte, dann hättest du versucht, mich dazu zu überreden.«

Und dann ratterte Rocs Stimme plötzlich aus wie ein Spinnrad, langsamer, verschwommener, schwächer werdend. Alv blickte verdutzt auf und sah, daß der Schmiedegehilfe auf seinem Stuhl schwankte; seine Augen waren glasig, und er war im Begriff, vornüber zu Boden zu stürzen. Die Überraschung löste etwas in Alv aus; er machte einen Satz nach vorn und zischte Roc ins Ohr: »Das ist ein Zauberbann! Ein Fluch! Irgend etwas dieser Art! Kämpfe dagegen an ...«

Roc starrte ihn an und murmelte etwas. Alv schüttelte ihn, schlug ihm ins Gesicht — und plötzlich war der Schmiedegehilfe wieder wach; seine Augen waren vor Entsetzen weit aufgerissen. »Ich wäre fast eingeschlafen ... Ich konnte es nicht verhindern ... Ich war einfach ... Als ob mich etwas nach unten gezogen hätte.«

»Ein Zauberbann«, knurrte Alv. »Er ging hinaus ...«

»Ach«, hauchte Roc. »Und zwar auf dieses Läuten hin, was immer es war.« Er schüttelte den Kopf. »In jenem Moment war er im Begriff, dich umzubringen, weißt du das? Weil du das Schwert vollendet hast, anstatt ...«

Alv erschauderte. »Ja. Ich wünschte, er hätte es getan ...«

»Könnte sein, daß dein Wunsch sehr bald erfüllt wird. Inzwischen sollten wir besser das Weite suchen!«

»Wir ...«

»Ja. Komm! Er wird uns beide aufspießen, so sicher, wie die Sonne aufgeht — mich nur so, für den Fall. Und falls er es nicht tut, dann passiert irgend etwas anderes, wenn wir hierbleiben — du hast doch auch gemerkt, wie besorgt er seit einigen Wochen ist. Was mag es mit dieser Glocke auf sich haben? Ich mache mich also davon, und mir allein gebe ich keine allzu großen Überlebenschancen in den Bergen; also komm mit, hörst du?«

»Ich höre«, murmelte Alv. »Wenn du meinst, ich könnte dir eine Hilfe sein, dann komme ich.«

In Wahrheit, so stellte er später fest, war Alv überhaupt keine Hilfe, denn es war Roc, der bei allem die Führung übernehmen mußte. Es war Roc, der angespannt lauschte, bis die große Tür leise zufiel, Roc, der ihr zaghaftes Hinunterschleichen anführte, mit Alv im Schlepptau, der ihm in jeder Hinsicht wie ein Schatten folgte, Roc, der Kleidung und Umhänge und Stiefel und Schwerter auftrieb, sowie mit Proviant gefüllte Beutel aus der Küche, während Ernan nebenan friedlich schnarchte. Alv tat, wie ihm geheißen, ohne eine erkennbare Empfindung oder Regung, mit einer Ausnahme. Das war, als Roc unten in der Schmiede verschwand und mit einem Bündel zurückkehrte, das metallisch klang und das er Alv zuwarf. Alv wich entsetzt aus, als enthielte es eine giftige Schlange. Es waren Alvs persönliche Werkzeuge, die er, wie jeder Schmied, zu Anfang seiner Lehrzeit eigenhändig angefertigt hatte und die ihm besonders gut in der Hand lagen.

»Du bist wohl zu zimperlich geworden, um deine eigenen Sachen zu tragen, wie?« bemerkte Roc höhnisch, während er die verstreuten Gerätschaften auflas.

»Ich werde sie niemals mehr berühren!« fauchte Alv heftig. »Sie sind besudelt ...«

»Ach, ach, kann schon sein, aber besudelt oder nicht,

sie müssen uns unseren Lebensunterhalt verdienen, sobald wir von hier weg sind! Wir können es uns nicht leisten, zickig zu sein — dabei fällt mir ein«, fügte er hoffnungsvoll hinzu, »du könntest nicht vielleicht diesen Tresorraum aufbekommen, was? All das viele Gold ...«

»Du hast erlebt, wie er sein Wissen bewacht«, knirschte Alv. »Bildest du dir ein, er würde seine Reichtümer weniger gut bewachen?«

»Schade«, brummte Roc. Er lud sich die Werkzeuge selbst auf die Schulter, warf Alv jedoch beide Proviantbeutel zu. »Ach ja, er würde uns dann bestimmt zur Strecke bringen. Wirst du mit dem Tor fertig? Also, es sei! Machen wir uns auf den Weg!« Er ließ die Tür weit aufschwingen, hielt jedoch inne und sah sich um. »Das war kein schlechtes Plätzchen, wenn man sich mit den Besonderheiten abfinden konnte. Und mit Ernan. Ich hoffe, mit dir wird es besser.« Alv glitt hinter ihm hinaus, ohne auf seine Worte einzugehen.

Am Tor wurden sie eine Weile aufgehalten, weil Alv sich lange an dem Schloß zu schaffen machte. Seine Finger schienen so taub zu sein wie sein Herz, und er stellte sich schrecklich ungeschickt an, als ob er sich innerlich dagegen sträubte, diesen Ort zu verlassen. Seine Hände spiegelten damit einen Teil seines Wesens wider, denn zum ersten Mal in seinem Leben hatte er hier eine echte Heimat gefunden, und zum ersten Mal war er mit einiger Menschlichkeit und Würde behandelt worden. Doch endlich glitt es auf, und das kahle Tal lag im letzten Licht des schwindenden Mondes vor ihnen. »Aufwärts!« sagte Roc mit Bestimmtheit. »Er wird denken, wir hätten den Weg durch den Wald eingeschlagen, falls er sich die Mühe macht, uns zu verfolgen.« Er blickte hinauf zu den Kaskaden des Wasserfalls und dem abgestuften Felsen daneben, der jetzt, bei zunehmender Schneeschmelze, nicht mehr von Eis überzogen war. Vom höchsten Punkt der ersten Stufe führte ein langer Sims zurück zum Paßkamm. »Auf diese Weise ersparen wir uns vielleicht einen Schritt. Vorausgesetzt, wir verfehlen keinen anderen, wenn du weißt, was ich meine. Also, bist du bereit?«

Alv war alles ziemlich gleichgültig, und er kletterte gehorsam hinter Roc den Hang hinauf. Dank ihrer Ausflüge mit dem Schmiedemeister waren sie beide erfahrene Kletterer und um einiges kräftiger als die meisten Männer ihres Alters. Rocs schweres Gepäck wirkte sich nachteilig für ihn aus, und er ächzte und keuchte, bevor sie den Gipfel erreicht hatten, während Alv die Anstrengung kaum zu bemerken schien.

Er saß geduldig da und wartete, während Roc sein gerötetes Gesicht im Wasserfall kühlte und ob der Eiseskälte aufschrie, und als sie sich wieder in Marsch setzten, trottete er wieder hinter ihm her, ohne ein Wort zu sprechen. Als sie sich der Paßhöhe näherten, gerieten sie in hohen Schnee, denn in dieser Jahreszeit lag die Schneegrenze noch um einiges tiefer. Alv stapfte hindurch, ohne davon Notiz zu nehmen. Doch als sie kurz vor dem Gipfel waren, stürzte er sich plötzlich auf Roc, packte dessen Arm und warf ihn gewaltsam in den Schnee. Mit grauem Gesicht und stoßweiße nach Luft schnappend, deutete er auf die Paßstraße unter ihnen.

Rocs wütende Beschimpfung erstarb ihm auf den Lippen. Etwa hundert Fuß unter ihnen ragte ein großer Felsbrocken auf, genau an einer Stelle, wo der Weg über den Paß an einem steilen Abhang vorbeiführte. Der Mond war jetzt hinter den Bergen versunken, doch das Glitzern des Schnees und der helle Himmel reichten aus, daß er die Gestalt erkennen konnte, die in seinem Schatten kauerte. Eine menschliche Gestalt, das Gesicht verborgen — nicht jedoch das dunkle Gewand, und er erkannte ihn sofort. »Unser ehemals geliebter Meister!« flüsterte er. »Soll er dort warten, bis er erfriert!«

Er machte Anstalten aufzustehen, doch Alv zog ihn herunter. »Er wartet nicht auf uns. Sonst würde er auf der anderen Seite des Felsbrockens lauern — *pssst!*«

Roc riß die Augen weit auf, und er drückte sich flach in den Schnee. Etwas tiefer am Hang, direkt unter dem Sims, war eine Gruppe von Gestalten um die Biegung herum aufgetaucht, und sie marschierte sicheren Fußes den steilen Schneehang hinunter zur Straße. Alv hielt die Luft an. Es waren unverkennbar dieselben merkwürdigen Gestalten, mit denen der Schmiedemeister sich zuvor schon abgegeben hatte und die er für Berggeister oder etwas in dieser Art gehalten hatte. Doch als sie unter ihnen vorbeigingen, hörten sie sich nur allzu körperhaft an, mit dem lauten Knirschen von Stiefeln im Schnee. Er hörte auch ihre Stimmen, doch sie unterhielten sich in einer Sprache, die er nicht erkannte und die rauh und fremdartig klang, jedoch keineswegs böse. Es erklang sogar ein kurzes Gelächter, das jedoch schnell durch ein scharfes Wort von der Spitze der Gruppe zum Verstummen gebracht wurde. Sie mochten dreißig oder vierzig an der Zahl sein, und den großen Köchern, die viele von ihnen geschultert hatten, sowie dem leisen Metallgeklirre ihrer Ausrüstung nach zu urteilen, hielt Alv sie für eine Einheit von Kriegern. Sie gelangten zur Straße, und ihre Stiefel knallten und scharrten auf den uralten Steinen, während sie die Strecke den Paß hinauf einschlugen und das erste Leuchten der Morgendämmerung den Himmel erhellte.

Dann wurde Alv und Roc klar, wer es sein mußte, den der Schmiedemeister erwartete. Eine Art übler Vorahnung keimte in Alv heran, als er sah, wie der Schmiedemeister hinter dem Fels hervorkam und auf ihren Weg trat, obwohl sie noch einige hundert Schritte entfernt waren. Er sprach, und dann ergriff der Anführer der Gruppe das Wort — leise Stimmen, aber wütende Worte, soviel war klar. Dann sah Alv, wie der Schmiedemeister etwas von seiner Schulter riß und die Umhüllung beiseite warf, und das Eisglitzern strahlte von eben jener bemerkenswerten Klinge ab, die er selbst erst vor fünf oder sechs Stunden fertiggestellt hatte.

Einen Moment lang verzerrte sich Alvs Denken in wilden Strömen, die so verdreht waren wie das Material, aus dem sein Schwert hergestellt war. Sein Geschick, seine Fähigkeiten, alles was er gelernt hatte, ja sogar sein Leben an sich verdankte er dem Mann, der dort unten wartete, obwohl er längst alle Illusionen verloren hatte, warum ihm das alles gegeben worden war. Er war dem anderen nützlich erschienen, das war alles. Doch was immer seine Beweggründe gewesen sein mochten, es war der Schmiedemeister, von dem er zum erstenmal mit menschlichem Anstand behandelt worden war. Ein Metall, das einmal Bestandteil einer Legierung ist, läßt sich nicht so leicht wieder in seiner reinen Form zurückgewinnen; es bleibt immer eine große Verpflichtung bestehen. Und diese Nachtgestalten, was schuldete er ihnen? Sie waren viele gegen einen einzelnen, und sie waren gut bewaffnet gegen eine noch nicht erprobte Waffe einer anderen Art. Doch tiefer in seinem Inneren kam ihm eine andere Erkenntnis, sah er die Dinge klarer. Alles um den Schmied herum schien von Betrug gefärbt, schwärzer als der Schatten, in dem er sich verbarg, eine Bedrohung, die entschieden finsterer war als die offensichtliche Strategie der Krieger. Richtig oder falsch, Alv konnte es nicht länger ertragen. Bevor Roc ihn zurückhalten konnte, sprang er auf, hielt die gewölbten Hände vor den Mund und brüllte. Seine Stimme hallte zwischen den Berghängen. *»NEIN! Weicht zurück, verschwindet! Die Klinge birgt eine Macht in sich ...«*

Der kleine Haufen von Gestalten zerstreute sich im selben Augenblick, da die Klinge auf sie gerichtet wurde; sie flitzten mit der flinken Behendigkeit von Eichhörnchen die Berghänge hinauf. Nur der Anführer und drei oder vier andere schafften es nicht, schnell genug wegzurennen, oder sie hielten die Stellung, ungeachtet der Warnung. Soweit zu sehen war, geschah gar nichts, doch es hatte den Anschein, als würde etwas mit der Wucht eines Hiebs an ihnen vorbeizischen. Sie krümmten sich zusammen, taumelten und heulten laut auf, wie im Todeskampf oder dem Wahnsinn verfallen. Der Anführer stolperte zur Seite, hielt die Hände an den Kopf und trat über den Rand des Weges. Ein anderer rannte wild im Kreis herum, glitt aus und rutschte hinter ihm her. Die anderen stürzten mit fuchtelnden Armen in den Schnee, erbrachen sich und blieben reglos liegen. Und in der nächsten Sekunde schwang die Klinge zu Alv und Roc herauf.

Panische Angst senkte sich auf sie beide wie eine Wolke herab, und sie drehten sich um und flohen den Berg hinauf. Sie rannten und rannten, immer weiter, wobei sie ausglitten und im Schnee strauchelten und blindlings gegen Felsen und gegeneinander prallten, da sie kaum etwas sahen. Vielleicht war es reiner Zufall, daß sie in dieselbe Richtung rannten und hinter einem großen Vorsprung des Felsens in tiefen Schatten eintauchten.

Ohne Vorwarnung wurden sie von groben Händen gepackt und unter Zappeln und Strampeln zu Boden geworfen. Selbst unter Aufwendung all ihrer Kraft konnten sie sich nicht befreien und auch ihre Schwerter nicht erreichen. Ein Laterne flackerte auf, und ein greller Strahl von gelblichem Licht fiel ihnen in die Augen. Alv starrte in einen Kreis von Gesichtern, die sich über seins beugten — fremdartige Gesichter, alle von ähnlichem Schnitt, mit breiten, derben Zügen und wulstigen Stirnen; einige waren grausam oder mürrisch, einige rund oder verschrumpelt wie ein Winterapfel, und nur ein einziges hatte eine glatte Haut und eine Stupsnase — das Gesicht eines grinsenden Mädchens. Dann verschwand das Licht, und die starken Hände hoben sie hoch in die Luft und warfen sie von einem zum anderen, begleitet vom Knirschen und Malmen von Stiefeln im Schnee. Alv, der zu verwirrt war, um sich zu wehren, spürte, wie die eisige Luft mit unglaublicher Geschwindigkeit an ihm vorbeiströmte, und ihm wurde bewußt, daß er den Hang hinauf zum Gebirgskamm getragen wurde. Doch plötzlich wurde die Luft wärmer und der Widerhall lauter, und die Schatten um ihn herum verdunkelten sich zu einer mitternächtlichen Schwärze. Scheinbar stundenlang wurde er holpernd weitergetragen, und der einzig erkennbare Laut, den er außer dem Knirschen der Stiefel hörte, war der gelegentliche Protest von Roc, der sofort erstickt wurde. Dann wurde er gleichermaßen unvermittelt nach vorn gestoßen, und er fiel aufs Gesicht. Etwas Hartes schlug ihm ins Kreuz, als er versuchte aufzustehen, und dann schien der Berg auf seine Beine herabzustürzen. Doch als sich das Gewicht mühsam von ihm wegarbeitete, erkannte er, daß es sich um Roc handelte. Er setzte sich auf, und das Licht flakkerte erneut vor ihm auf. Das war das Gesicht des Mädchens mit einem frechen Grinsen sowie eine winkende Hand. Mit einem letzten schelmischen Heben der Augenbrauen zog sie sich in den Schatten zurück, und das Licht erlosch. Aus einiger Entfernung hörten oder vielmehr spürten sie einen leisen, schweren Aufprall und dann nichts mehr.

Alv war zu nichts anderem fähig, als dazusitzen und dumm in die Dunkelheit zu starren. Das alles war viel zu schnell abgelaufen. Nach einer Weile spürte er den Wind im Gesicht und wurde sich bewußt, daß er sich im Freien befand — immer noch oder wieder? Doch es war kurz vor dem Morgengrauen gewesen, als sie ihn gepackt hatten, und jetzt war es dunkel. Er blickte sich um und sah den Gipfel eines Berges, dessen Umrisse sich vor den grauen Wolken abzeichneten, sowie weitere zur linken und zur rechten Seite. Doch geradeaus vor ihm waren keine.

»Wir befinden uns auf der anderen Seite des Gebirgskammes«, sagte er verwundert. »Und tiefer unten. Die Sonne hat diese Stelle noch nicht erreicht.«

»Das ist doch Quatsch!« brummte Roc, der sich neben ihm aufrichtete. »Du weißt doch, daß das ein sehr langer Aufstieg vom Haus wäre — eine Woche, wenn man den Weg durch den Wald nimmt.«

»Red nicht und schau«, sagte Alv leise. »Die Morgendämmerung zieht gerade über uns herauf.«

Nach kurzer Zeit wurden die Wolken über ihnen weiß, der Himmel färbte sich grau und dann blau, strahlend blau, und das Land erstreckte sich in der klaren Luft vor ihnen. Sie saßen über einem Gebirgstal auf einem kahlen Felsen inmitten der letzten Schneefetzen. Nicht weit unter ihnen wuchsen grüne Pflanzen um einen kleinen See, und etwas tiefer dasselbe noch einmal, und darunter wieder, bis ganz hinunter ins Tal, wie eine riesige Treppe, bis sie schließlich nichts anderes mehr sahen als das Glitzern von blauem Wasser zwischen knospenden Bäumen.

»Wir sind entkommen«, flüsterte Roc mit tiefer Ehrfurcht. »Wir sind nur noch einen kurzen Marsch von der Ebene entfernt, wir haben einen gewaltigen Vorsprung. Wir sind in *Sicherheit!*«

»Ja«, sagte Alv. »Wir sind in Sicherheit.« Und er senkte den Kopf auf die Knie.

VIERTES KAPITEL

Der Schmied der Salzmarschen

So begann seine erste große Wanderung, in einem Leben, das davon bestimmt sein sollte. Und er fand das Wandern schrecklich, denn bisher hatte er stets an begrenzten Orten gelebt, zuerst im kleinen Asenby, wo er kein Glück gefunden hatte, und dann im Haus des Schmiedemeisters, wo er glaubte, es gefunden zu haben. Seine Flucht war in panischer Angst vonstatten gegangen, er war von einem starken Drang getrieben gewesen und hatte nur an das gedacht, was er in jenem Moment in den Augen seines Meisters gesehen hatte. Er hatte nicht überlegt, was er alles zurückließ. Erst später, während der Nacht und der darauffolgenden strengen Tage kam ihm das wahre Ausmaß des Verlustes zu Bewußtsein — seine bisherige Sicherheit, seine vielversprechende Zukunft. Vor allem war er jedoch froh über seine Freiheit, und die Last all des Kummers und der Schuldgefühle war ihm vom Herzen genommen, ebenso wie die Angst vor einer Verfolgung.

Um einer solchen zu entgehen, marschierten sie an jenem ersten Tag in südliche Richtung durch das Tal und dann in den Wald jenseits davon; sie hielten selten an, aßen im Gehen und sprachen wenig. Endlich legten sie eine Rast ein, als die Dunkelheit sie dazu zwang; der Mond war schon vor geraumer Zeit aufgegangen, doch er warf kaum Licht durch das dichte Laubwerk. Sie schlugen ihr Lager in einem Dornengestrüpp unter einem hohen Zedernbaum auf; Roc wollte ein Feuer entfachen, doch Alv hinderte ihn daran. »Wie du meinst«, brummte Roc und stopfte sich den Mund mit Trockenfleisch voll. »Unsere Umhänge werden uns einigermaßen warm halten, aber wir können nur hoffen, daß keine hungrigen wilden Tiere in der Nähe sind. Bärenhunde, Bären, der wundersame Dolchzahn ...«

»Besser wilde Tiere als suchende Augen. Außerdem haben wir unsere Schwerter, und die Büsche bieten uns einen gewissen Schutz. Trotzdem werde ich Wache halten, solange es noch dunkel ist. Ich habe keine Lust zu schlafen.«

»Es wäre ganz gut, wenn wir ein Tier erlegen würden. Wir haben noch einen langen Weg vor uns, bevor wir wieder in eine Gegend kommen, die von Menschen bewohnt ist.« Roc lachte. »Jetzt bist du also ein echter Wandergeselle!«

»Mach dich nicht über mich lustig!«

»Ach, ich wollte nur sagen, daß du dich auf eine schöne Wanderung eingelassen hast.«

»Ich weiß, was du sagen wolltest. Trotzdem hast du dich über mich lustig gemacht. Ich wollte unbedingt auf eigenen Beinen stehen — aber dazu brauchte ich den Gesellenbrief, und jetzt habe ich ihn nicht, und das quält mich — mehr als du ahnst.«

»Kannst du das Ding nicht einfach fälschen? Verdammt, ich wünschte, ich hätte nachgedacht, dann hätte ich den von Ingar mitgenommen. Er braucht ihn ja nicht mehr.«

»Kannst du dir vorstellen, daß ich *den* jemals benutzt hätte? Und übrigens, ich könnte keinen überzeugenden Gesellen abgeben, denn ich bin nicht in die dazugehörenden Geheimnisse eingeweiht. Jeder echte Geselle würde mich sofort entlarven.«

»Aha, ich verstehe. Und das Strafmaß für die Anmaßung der Rolle eines Zunftmitglieds soll angeblich unterschiedlich sein. Sie schlagen einem nicht in jedem Fall die Hände ab, wie ich gehört habe.«

»Nein, damit wäre man als Leibeigener ja nutzlos.«

»Na gut, wir werden etwas anderes versuchen. Ich werde mir jetzt ein bißchen Schlaf gönnen. Du solltest dasselbe tun.«

»Ich werde es später versuchen. Und Roc ...«

»Hm?«

»Danke.«

»Hmp. Du wirst sicher noch viele Gelegenheiten haben, dich zu revanchieren. Vergiß es nicht. Gute Nacht!«

Alv saß wach und lauschte auf die nächtlichen Geräusche des Waldes, das Herumhuschen kleiner Lebewesen zwischen den feuchten Blättern, das Rascheln größerer Körper, die unheimlichen Schreie der Raubtiere am Boden und in der Luft, die alles andere zum Schweigen brachten und seinen eigenen Atem ohrenbetäubend laut erscheinen ließen. In Wahrheit lastete die Erschöpfung schwer auf ihm, doch er hatte Angst, sich dem Schlaf hinzugeben, die straffen Zügel, mit denen er seine Gedanken steuerte, zu lockern. Ständig schwebte ein unheilvoller Schatten darüber und wartete auf eine Gelegenheit, die Macht zu übernehmen, und er scheute eine Auseinandersetzung. Doch bald übermannte ihn die Müdigkeit, der Kopf fiel ihm auf die Brust, und er versank in einen düsteren Traum aus Lärm und Feuer und Tumult, der eine Schlange ausbrütete, eine, die zum Angriff auf sein Herz ansetzte. Dann wühlte er wie ein Wilder in einem großen Stapel von Papieren in dem Versuch, jemanden zu finden, der darunter verloren war, ein schlanker Arm mit einem goldenen Reif tauchte daraus hervor, doch als er nach der Schulter griff, fiel er in sich zusammen wie verfaultes Holz und erzeugte dabei ein leises Rascheln ...

Er setzte sich auf und hörte sein eigenes Ächzen; dann wurde ihm bewußt, daß er auf einen ausgedehnten Schatten mit glühenden Augen und spitzen, flatternden Ohren starrte. Die Gestalt straffte und spannte sich, als er sein Schwert hochriß, drehte sich blitzartig um und verschwand mit eben jenem Rascheln hastig im Gebüsch.

Er sah sich um, vor Entsetzen zitternd — irgendein wildes Tier, das eher neugierig als hungrig war. Er hatte während der meisten Zeit der Dunkelheit geschlafen, und die Morgendämmerung färbte den Himmel grau. Was würde ihm das neue Tageslicht bescheren? Erleichterung? Hoffnung? Er verzog das Gesicht. Könnte er ihr jetzt ins Gesicht sehen, angenommen, er würde sie tatsächlich finden? Er drehte sich steif zur Seite, bettete den Kopf auf den Arm und schlief unruhig weiter.

Fast eine Woche lang wanderten sie durch bewaldetes Gebiet, über Pfade, die von Tieren herrührten, nicht von Menschen. Eines frühen Morgens trafen sie auf ihre Urheber, eine große Herde von Wisenten, die zwischen den Bäumen grasten. Ihr Atem dampfte um ihre struppigen Köpfe, während sie laut malmend wiederkäuten und donnernd rülpsten, und ihr tiefes Muhen erschallte, während sie den Neuangekommenen mit den Hörnern drohten. Alv, der an den Umgang mit noch viel größerem Vieh gewöhnt war, ging einfach um die Herde herum und vermied es, Bullen und Kälbern zu nahe zu kommen. Roc huschte aufgeregt von Baum zu Baum. »Sie sind nicht besonders gefährlich«, erklärte Alv ihm. »Man sagt, es gibt noch viel größere Tiere als diese in dem Großen Wald jenseits der Berge ...«

»Dann erspare mir die Reise dorthin!« zischte Roc und blickte nervös den Weg zurück.

»Man weiß nie«, entgegnete Alv trocken. »Wenn wir nicht bald irgendwo Arbeit finden ...«

»Es gibt genügend Städte, die einen dringenden Bedarf an einem guten Schmiedegespann wie uns haben. Das sagt einem doch schon die Vernunft!«

»Ach ja?« erwiderte Alv und marschierte weiter, ohne eine Antwort abzuwarten.

Seine böse Ahnung sollte sich als zutreffend erweisen. Der Baumbewuchs wurde immer spärlicher, und schließlich war das bewaldete Gebiet ganz zu Ende; statt dessen gelangten sie in viele menschliche Ansiedlungen am Fuße der Berge. Sie hatten keine konkrete Vorstellung davon, wo sie sich befanden oder wohin sie gingen, denn der Schmiedemeister hatte Alv zwar viel davon beigebracht, was unter der Erde war, aber wenig davon, was darüber lag, und in der Bibliothek hatte es nur wenige Landkarten gegeben. Dem Stand der Sonne und dem Aussehen der Landschaft nach zu urteilen, vermutete Roc, daß sie jetzt fast auf der Höhe von Harthaby sein mußten, doch sie umgingen es, aus Angst vor den Verbindungen des Schmiedemeisters, sondern hielten sich an die Dörfer im Landesinneren.

Das erste davon lag auf freiem, windgepeitschtem Moorland, nur wenig von der Tundra entfernt, die sich vor dem Eis im Herzen des Landes erstreckte, wo es keine Gebirgsbarriere gab. Schafe grasten auf dem Felsen aus Feuerstein, bewacht von Schäfern; sie begegneten den gutgekleideten Fremden mit Höflichkeiten, wiesen jedoch eilends darauf hin, daß ihre Dörfer bereits mit guten Schmieden versorgt waren, die zwar selten ausgebildete Zunftmitglieder waren, sich aber ausreichendes Können angeeignet hatten, um dem Zweck zu genügen. Häufig fanden sie in solch einer kleinen Schmiede eine Lagerstatt, jedoch keine richtige Bleibe, und sie mußten viele peinliche Fragen bezüglich ihrer Herkunft und ihrer Absichten über sich ergehen lassen.

Roc stellte sie beide als Schüler eines Meisters vor, der überraschend gestorben war, bevor er Alv seinen Gesellenbrief hatte ausstellen können; das brachte ihnen viel Mitleid ein, jedoch nicht mehr Hilfeleistung, und sie waren gezwungen weiterzuziehen. Sie wanderten auf kleinen Straßen, die oft nicht besser waren als Gebirgspfade, immer weiter in Richtung Süden; sie kamen in Städte und kleine bäuerliche Ansiedlungen von der Größe derer, in der Alv aufgewachsen war, und überall mußten sie feststellen, daß es genügend Schmiede gab. Dabei handelte es sich meist um ältere Gesellen, die keinerlei Ehrgeiz besaßen, es zum Meister zu bringen, und die damit zufrieden waren, ihr Tagewerk mit Leibeigenen als Gehilfen oder mit einheimischen Lehrlingen zu verrichten; letztere schickten sie dann irgendwohin zu einem Meister, damit sie ihre Ausbildung vollendeten. Sie wollten keine fremden Lehrlinge, wie geschickt diese auch sein mochten. Es gab ein paar Meister in einigen der Städte in der Nähe der Hauptstraße, aber die meisten von ihnen waren weniger fähig, als Hervar es gewesen war. Doch jeder musterte Alv argwöhnisch, sobald dieser durch seine Tür trat, und als in der Stadt Rasby sich endlich einer bereit erklärte, es mit ihm zu versuchen, kam Schreckliches ans Licht.

Der Name des Meisters war Hjoran; er war ein großer, lustiger Kerl, der fast so fett geworden war, daß er seinen Amboß nicht mehr erreichen konnte. Er genoß in der Stadt den Ruf, tolerant zu sein, denn er hatte einmal ein Mädchen als Lehrling bei sich aufgenommen, was zwar als befremdend erachtet wurde, aber nicht ohne Beispiel war. Sie war Goldschmiedin in einem benachbarten Marktflecken geworden. Doch er schien Alv gegenüber mißtrauisch zu sein; er beobachtete ihn ständig bei der Arbeit und musterte mit schrägen Blicken das Messer und die Axtklinge, mit deren Anfertigung er ihn beauftragt hatte.

»Gute Arbeit, Junge, wirklich nicht schlecht«, lobte er, während er die Stücke in den Händen drehte. »Vielleicht ein bißchen zu aufwendig gearbeitet. Aber um die Wahrheit zu sagen, ich kann mich nicht erinnern, jemals von einem Neuling etwas so Gelungenes gesehen zu haben. Aber …« Er schüttelte den Kopf. »Wo bleibt das Gefühl dabei? Welche Eigenschaften sind darin enthalten? Es sind einfach Stücke aus Metall, sie sind ohne jedes Leben.«

Roc holte tief Luft, und Alv sprang von der Feuerstelle auf, wo er sich erschöpft niedergelassen hatte. »Aber

— ich habe alles richtig gemacht! Ihr habt gesehen und gehört ...«

»Und übrigens«, fuhr Roc dazwischen, »ist das nicht die erste hervorragende Arbeit, die er geleistet hat!«

»Ich zweifle nicht daran.« Hjoran zuckte unbehaglich mit den Schultern. »Irgend etwas haben deine Werkzeuge an sich, das mir sehr fremd ist. Und kein Meister, der halbwegs bei Verstand ist, hätte dir die Dinge, die du weißt, beigebracht, wenn du nicht mehr als nur die Spur eines Talentes gezeigt hättest. Aber schau mal, Junge, siehst du es denn nicht selbst?« Er wühlte in seinen Regalen herum und zog eine ordentlich gearbeitete, aber wenig eindrucksvolle Axt heraus. »Das ist ein Stück, das Marja gemacht hat; ich habe es aufgehoben, um zu beweisen, daß Frauen dieses Handwerk fast genauso gut beherrschen können wie Männer. Ehrlich gesagt, es ist längst nicht so gut gelungen wie dein Stück, du hast eine wirklich ungewöhnlich geschickte Hand — aber welche besondere Eigenschaft hat es denn?«

Alv strich mit der Hand über die feine Zeichnung des Stahls und verfolgte ein Funkeln, das nicht allein von der Lichtspiegelung zu stammen schien. »Es erreicht stets das ihm vorgegebene Ziel, wie mein ...«

Hjoran zeichnete eine Linie auf seine unordentliche Werkbank und ließ die Axt sanft fallen. Sie blieb eine Haaresbreite neben der Linie stecken. Er versah Alvs Axt mit einem Griff und wiederholte die Prüfung. Sie landete drei Fingerbreit daneben und glitt seitwärts ab. »Da hast du es, Junge«, murmelte er. »Und du sollst nicht denken, es täte mir nicht leid.«

»Hört mal, Meister Hjoran«, entfuhr es Roc empört, »das letzte, was unser Meister zu ihm gesagt hat, war, daß seine Arbeit eines Meisters würdig wäre.«

Hjoran wog die Axt traurig in der Hand. »Auch daran zweifele ich nicht, Junge. Ich verstehe es genausowenig wie du. Ein Schmied verliert niemals die Macht, mit der er geboren worden ist. Vielleicht nutzt er sie schlecht oder überhaupt nicht — besonders, wenn er älter wird —, aber verlieren? So wie ein Feuer erlischt? Nein, niemals. Aber das ist jetzt egal. Ich bin kein reicher Mann, nicht so wie eure Schmiede in den großen Städten. Ich kann mir keinen Lehrling leisten, der nur ein halber Schmied ist. Ich kann nicht einmal dein Probestück gebrauchen.«

Alv war wieder auf den Steinrand der Feuerstelle gesunken; sein Gesicht war fahl wie die Asche, die den Boden aus gestampfter Erde bedeckte. »Was sollen wir also tun? Uns an einen der wohlhabenderen Schmiede wenden?«

»Um für eure Mühe einen Tritt in den Hintern zu bekommen? Sie *bekommen* Geld dafür, daß sie Lehrlinge aufnehmen, Junge, große Summen, und sie führen ihre Betriebe wie große Fabriken. Sie nehmen einen unbegabten Tölpel auf, sofern eine Familie gut bezahlt, für so einen gibt es immer irgendeine niedrige Verrichtung, aber zwei wandernde Kesselflicker — tut mir leid, aber so werden sie es sehen!« Hjoran betrachtete die beiden jungen Männer. Alv, dem vor Schreck und Verzweiflung die Schultern nach vorn gesackt waren; Roc, der sich aufplusterte und nervös herumhampelte. »Wenn ihr jedoch meinen Rat wollt ...«, setzte er nach einer Weile wieder an.

»Ja, Meister?« sagten sie im Chor.

»Na ja, ihr Kerle mit eurer hellen Haut, ihr habt etwas Südländisches im Aussehen. Es könnte vielleicht nicht schaden, wenn ihr euch ins Südland aufmachen würdet — ich meine nicht nur südlich von hier, sondern wirklich ins reiche Südland, nach Groß-Südeney jenseits der Marsch, Kerbryhaine, wie sie selbst es nennen. Nicht, daß ich jemals dort gewesen wäre, aber ich habe einige Händler kennengelernt, die dort waren, und sie haben erzählt, daß man dort nicht an das wahre Schmiedehandwerk glaubt. Die meisten haben niemals davon gehört, und jene, die davon gehört haben, legen keinen

Wert darauf. Sie halten uns für eine Horde von Wilden, die singend ihre Arbeit verrichten. Nun, ich habe noch nie ein geschmiedetes Stück aus dem Süden gesehen, wie ich gestehen muß, aber ich müßte mich sehr wundern, wenn ihr beide mit eurem Händchen für diese Kunst es denen nicht zeigen könntet. Ihr könntet ihnen das eine oder andere beibringen und vielleicht ein Vermögen machen.«

»Das ist es!« jubelte Roc und vollführte einen Satz in die Luft. »Das ist es! Vielen Dank, guter Meister, vielen tausend Dank! Alv, Alv, was sagst du dazu? Sollen wir nach Süden gehen, in das Land meiner Vorfahren? Du weißt, daß das immer schon mein Wunsch war!«

Alv blickte auf. Sein Gesicht war blaß, und seine Augen blickten geistesabwesend in eine unbestimmte Ferne, doch er nickte einigermaßen bereitwillig. »Wenn das dein Wunsch ist, Roc, dann gehe ich mit dir nach Süden.«

»Gut, ausgezeichnet!« keuchte Hjoran, der offenbar froh war, einer peinlichen Situation entkommen zu sein. »Das ist echter Pioniergeist, wie? Der Aufbruch zu neuen Ufern, ja, ja ... So, inzwischen ist es recht spät geworden. Ihr könnt mir hier in der Schmiede noch ein wenig zur Hand gehen und heute nacht auf meinem Dachboden schlafen — jetzt ist Marja nicht da, hahah —, und morgen macht ihr euch auf den Weg. Das wird euch neuen Auftrieb geben. Laß den Kopf doch nicht so hängen, Junge, du kommst eines Tages bestimmt ganz groß raus. Und dann mußt du den alten Hjoran mal besuchen, ja? Und er wird dich zum Meister machen, bevor du Lötmetall sagen kannst, du wirst schon sehen. So, jetzt laßt uns hier ein bißchen aufräumen!«

Am nächsten Morgen verabschiedeten sie sich von Hjoran. Er brachte sie bis zum Weg nach Süden und wies ihnen die Richtung, wo er in die Große Straße mündete, und ihre Rucksäcke waren vollgestopft mit Proviant, der für eine Woche oder länger ausreichte.

Nicht ohne auf seinen eigenen Vorteil bedacht zu sein, hatte er sie beinahe bis zum Umfallen arbeiten lassen, doch das Essen war eine angemessene Bezahlung dafür, obwohl er ihnen eigentlich nichts schuldig gewesen wäre. Alv war für die Ablenkung dankbar gewesen, für die Mühsal der schweren Arbeit, die ihm geholfen hatte, die Qualen der Leere, des Verlustes zu betäuben. Nacheinander waren alle Dinge, die er erlangt oder zu erlangen gehofft hatte, seinem Griff entglitten, zuletzt, so schien es, jene Überzeugung, die das Fundament seiner Selbstsicherheit gewesen war, der Sockel jener Säule, die ihn über die übrige Menschheit erhoben hatte. Und doch, nachdem der erste stechende Schmerz der Erkenntnis verflogen war, da er endlich frei war nachzudenken, stellte er jetzt fest, daß er in gewisser Weise sich mit dem Geschehenen abfinden konnte. Er hatte seine Gabe mißbraucht, er konnte sie nicht länger anwenden; darin schien eine natürliche Logik enthalten zu sein. Indem er betrogen, verletzt hatte, hatte er da nicht auch seinem eigenen Fleisch geschadet?

Roc, der genußvoll eine Wurst vertilgte, war voller Ideen und Vorstellungen bezüglich des Südens, an den er sich kaum erinnerte. Seine Eltern waren kleine Handelsleute gewesen, die mit dem Norden Geschäfte gemacht hatten; er war zum Waisen geworden, als die Pest die Karawane heimgesucht hatte, mit der sie unterwegs waren, und die Überlebenden der Karawane hatten ihn als Knecht verkauft. Doch das meiste von dem, was er erzählte, schien an Alv vorüberzugehen, und plötzlich brauste er auf. »Bist du denn kein bißchen aufgeregt, verdammt noch mal? Du warst es doch, der die Welt sehen wollte! Du warst es doch, der eine Chance bekommen wollte, um sein Glück zu machen ...«

Alv stieß mit dem Fuß gegen das Unkraut, das aus dem kiesbedeckten Boden der Straße wucherte. »Das war einmal. Aber das ist es nicht, was ich jetzt brauche.«

»Was dann? Den Mond?«

»Vielleicht würde ich dort finden, was ich brauche.«

»Also, was ist es dann? Und wo glaubst du es zu finden?«

Alv zuckte mit den Schultern, und Roc verdrehte die Augen gen Himmel.

Am zweiten Tag erreichten sie die Große Straße, und Alv, der allmählich aus seiner Benommenheit in die Wirklichkeit zurückkehrte, bestaunte die große Ausdehnung dieser mit Schotter bedeckten Spur, die sich wie ein blasses blaues Band über die Hügel erstreckte, bis sie direkt hinauf zu den Wolken am Himmel zu führen schien.

Doch als sie den Seitenhang hinaufkletterten, bemerkte er, daß sich die Straße in einem traurigen Zustand befand; sie war löcherig und rissig, und die Radfurchen hatten sich so tief eingegraben, daß sie den Untergrund aufgewühlt hatten, ohne daß jemand den Versuch einer Ausbesserung unternommen hätte. Hier und da waren tiefe Schlaglöcher, wo sich der Boden unter dem Bett gesenkt hatte; einige waren angefüllt mit Erde, und darin wuchsen ungestört Gras, Feuerkraut und blasse Lilien. Dennoch war es ein guter Pfad für Wanderer zu Fuß, und von nun an kamen sie schneller nach Süden voran. Allerdings wurde die Sache für sie nicht leichter, denn obwohl viele große Städte, wie Saldenborg, Arlaby und Thuneborg am Wege lagen und dort ein erheblicher Bedarf an guter Schmiedearbeit bestand, war die Zunft in solchen Städten am stärksten vertreten, und Alv und Roc mußten feststellen, daß sie nicht viel besser als Kesselflicker behandelt wurden. Sie sahen übrigens auch wie solche aus, denn ihre einstmals ordentliche Kleidung war inzwischen zerlumpt und dreckig, und sie verdankten es nur Alvs geschliffener Ausdrucksweise, daß man ihnen überhaupt Gehör schenkte. Hin und wieder trafen sie auf einen Meister oder Gesellen, der weniger Bedenken oder einen dringenderen

Bedarf hatte und der sie als Gegenleistung für ein Nachtlager kleinere Arbeiten verrichten ließ, doch meistens wurden sie unter Verwünschungen von dannen gejagt, und die Hunde wurden auf sie gehetzt. Bei einer solchen Gelegenheit ging Roc einmal auf einen höhnischen Lehrling los und versetzte ihm einen Fausthieb; sie entkamen mit äußerster Not der Stadtwache. Diese Nacht verbrachten sie, wie viele andere Nächte, wie Gesetzlose; sie schliefen im Freien unter Büschen und stahlen einem Fuchs die Beute, um etwas zu essen zu haben. Und am nächsten Tag setzten sie wie zuvor ihren Weg nach Süden fort.

In Wahrheit hatten sie keine klare Vorstellung, wohin sie eigentlich gingen; wenn sie schon wenig über das Nordland wußten, so wußten sie noch weniger über den Süden, und es gab wenige Leute, die ihnen sagen konnten, was vor ihnen lag. Nur selten unternahmen Nordländer noch die anstrengende Reise nach Süden, und es war noch zu früh im Jahr, als daß die Händler von dort heraufgekommen wären. Aber eines jedenfalls stellten sie fest: daß sich nämlich die Menschen änderten; ihre Hautfarbe war heller, die Gesichter länglicher, und dann und wann sah man grüne oder blaue Augen, lauter Merkmale, die sie auf unbehagliche Weise an Ingar erinnerten. Alv wurde immer wortkarger, und Roc hatte den Verdacht, daß er in manchen Nächten überhaupt keinen Schlaf fand. Die Städte wurden wieder kleiner und waren spärlicher gesät, und die Landschaft wurde wilder. Endlich, nach einem Marsch von mehreren Tagen durch eine völlig unbesiedelte Gegend, erreichten sie eine kleine, arme Stadt mit dem sonderbaren Namen Dunmarhas, wo viele die gleiche blasse Hautfarbe hatten wie sie selbst — was allerdings nicht bewirkte, daß man sie warmherziger aufgenommen hätte, denn die Leute schienen eine tödliche Angst vor allem zu haben, was jenseits ihrer Mauern war, und daran konnte auch keine noch so geschliffene Redeweise etwas ändern.

Doch immerhin schätzte man hier das schlichte Schmiedehandwerk, denn die Schmiede der Stadt waren wirklich schlechte Handwerker und hielten sich an keinerlei Regeln der Zunft. Als Gegenleistung dafür, daß sie ihnen einige einfache Fähigkeiten beibrachten, bekamen die Reisenden wenigstens etwas zu essen und eine harte Liegestatt an der Feuerstelle, und das erschien ihnen inzwischen sehr viel. Nachdem sie Dunmarhas verlassen hatten, stellten sie fest, daß sie die Berge allmählich hinter sich ließen und die Gebirgskette eine Biegung ins Landesinnere machte. Während die Landschaft abfiel und sich immer flacher vor ihnen ausdehnte, wurde das Klima feuchter und der Bewuchs immer dichter; einige hohe Nadelbäume ragten stolz aus einem Dickicht von Espen, Zypressen und anderen kleineren Bäumen hervor. Hartriegelsträucher, Farne und Riedgras wuchsen am Rand der Straße, Gänseblümchen, Lilien und Akelei gediehen in ihren breiten Ritzen, und Weiden hingen über die vielen kleinen Bäche und Flüsse, die sie überquerten. Nebel stieg auf und hing feuchtkalt um sie herum, und Schwärme von Insekten machten die Mittagsstunden zu einer Qual. Die Straße vor ihnen wurde zu einem langen, schnurgeraden Band und führte zu einem Horizont, wo es nichts gab — keine Erhebung, keine Senke, keine Mauer und keine Gebäude, keine Umrisse, die größer als die von gedrungenen, mißgestalteten Bäumen waren. Das Land war jetzt bedeckt mit hohem Gras, das in der feuchtkalten Brise rauschte und immer wieder von einer Fläche mit sanften grünen Binsen abgelöst wurde. Nebel und Dunst wurden immer häufiger, und der Wind brachte nicht selten den Geruch des Meeres mit sich, den Alv so gut aus seiner Kindheit kannte. Das Wasser der Flüsse war frisch, wenn auch bräunlich und scharf schmekkend, doch viele der stehenden Gewässer waren brakkig, und das Wasser, das in jeden Fußabdruck jenseits der aufgeschütteten Straße sickerte, wurde von Tag zu

Tag salziger. Es blieb ihnen nichts anderes übrig, als nachts auf der harten Straße zu schlafen, denn nirgends sonst war es trocken genug, und selten schien der Mond hell genug, um in seinem Licht weiterzuwandern.

Sie waren tagelang durch dieses Sumpfland marschiert, und ihr allerletzter Proviant war verzehrt, da gewahrten sie in der Abenddämmerung, während Nebelschwaden über die Straße wallten, das Flackern von Feuern vor sich. Alv war nicht scharf auf Gesellschaft, doch er schloß sich zögernd Roc an, der mit schnellen Schritten voranstürmte. Als sie näher kamen, sahen sie, daß sich vereinzelte Feuer entlang einer langen Karawane von mindestens vierzig oder fünfzig Wagen reihten; sie hatten neben der alten, hohlen Ruine eines Gebäudes haltgemacht, dem ersten, das sie seit geraumer Zeit zu Gesicht bekamen. Einige der Wagen waren kleine, zweirädrige Kippwagen, die von nur einem Pferd gezogen wurden, andere schwere vierrädrige, die von Pferde- oder Ochsengespannen gezogen wurden; einige wenige hatten sogar Anhänger. Viele Männer bewegten sich um die Feuer herum, in der Tat eine sehr umfangreiche Reisegesellschaft, doch als die beiden Wanderer aus dem Nebel auftauchten, erschallten Warnrufe und breiteten sich über das gesamte Lager aus, und Männer mit Schwertern und Bogen eilten herbei. Sie senkten die Waffen auch nicht, als sie merkten, daß sie sich nur zwei Männern gegenübersahen, die jung und zerlumpt und ebenso bleichhäutig wie sie selbst waren. Drängende Fragen hagelten von allen Seiten in einer Sprache auf sie herab, die sie zwar erkannten, deren sie in der Erregung des Augenblicks jedoch nicht mächtig waren. Es war zu befürchten, daß jeden Moment eine der gespannten Bogensehnen losschnellen würde. Dann bahnte sich ein großer, bärtiger Mann in einem pelzbesetzten Gewand den Weg durch die Menge, indem er die Leute zur Seite schob und etwas rief. Vier Bogenschützen sowie zwei oder drei aufwendig gewandete und mit Schwertern bewaffnete Männer blieben bei ihm, doch die anderen entfernten sich lauernd. Er selbst zog keine Waffe, sondern musterte etliche Atemzüge lang die beiden Fremden, bevor er in der Sprache der Nordländer das Wort ergriff.

»Ihr seid von unserer Hautfarbe, doch Ihr scheint unsere Sprache nicht zu beherrschen. Ist dieses dann womöglich die Eure?«

»Es ist diejenige, mit der ich aufgewachsen bin«, antwortete Alv, »und mein Begleiter hier spricht sie seit seiner Kindheit, obwohl er Eurem Volk angehört; sein Name ist Roc.«

»Und für Euch trifft das nicht zu?«

Alv zuckte mit den Schultern. »Ich genieße diese Ehre nicht, jedenfalls nicht daß ich wüßte. Ich war ein Findling und wurde als Nordländer erzogen; mein Name ist Alv. Mehr weiß ich nicht. Roc hat das meiste seiner edlen Sprache während seiner langen Verbannung vergessen, und ich kenne sie nur aus Büchern.«

Der Bärtige setzte ein Lächeln auf, das so undurchdringlich war wie eine steinerne Brustwehr. »Nun denn, mein sprachgewandter Findling, mein Name lautet Kathel Kataihan, genannt der Ehrliche, Händler in geringwertigen Gütern und der gewählte Anführer dieser jämmerlichen Gruppe von Hausierern, den Ihr hier vor Euch seht. Seid Ihr gekommen, um etwas zu verkaufen oder zu kaufen, oder was sonst können wir für Euch tun?«

»Gewährt uns in dieser feuchtkalten Nacht einen Platz an Eurem Feuer, Ehrlicher Herr«, säuselte Roc, »und vielleicht ein winziges bißchen zu essen, da es einige Zeit her ist, daß wir gespeist haben. Nichts Aufwendiges, versteht Ihr, da es zu dieser späten Stunde am Abend unserer Verdauung nicht zuträglich sein würde.«

»Ach, herrje«, antwortete Kathel volltönend, »wir sind nur arme Händler mit einem ganz geringen Vorrat an Lebensmitteln, eben ausreichend, damit wir durch dieses gottverlassene Land kommen, ohne direkt hungern zu müssen. Wenn Ihr uns in unserem bescheidenen Zuhause aufgesucht hättet, hätten wir mit Freuden unsere letzte Krume mit Euch geteilt, doch wie die Dinge nun mal sind, wagen wir es nicht, auch nur einen Brösel abzugeben, um die Lieben, die wir bei uns haben, nicht zu gefährden.«

»Ach, welches Versäumnis von uns, uns nicht zu erklären!« sagte Roc aalglatt. »Wir sind keine gewöhnlichen Bettler oder Tagediebe, wie Ihr sie vielleicht an einem solchen Ort anzutreffen erwartet, sondern ehrliche Handwerksleute, unterwegs nach Süden und auf der Suche nach anderen ehrlichen Menschen, die unsere in langer Mühsal erworbenen Fähigkeiten zu schätzen wissen, vor allem die Metallbearbeitung ...«

Kathel riß die Augen weit auf, und einer der anderen Männer, von kleinem Wuchs und mit kahlem Schädel, senkte sein Schwert. »Ihr seid Schmiede? Schmiede aus dem Norden? Aus dem hohen Norden?«

Roc gab wieder einmal seine Geschichte von dem unseligen Tod ihres Meisters zum besten, und der kleine Mann ging dicht zu Kathel und raunte ihm einige Worte zu.

»Ja, ich besitze die Fähigkeit, Räder und Äxte zu reparieren«, sagte Alv in gedehnt vorgebrachter südländischer Sprache.

»Und Ihr beherrscht tatsächlich unsere Sprache«, sagte Kathel. »Könnt Ihr unsere Wagen wieder betriebsbereit machen?«

»Das kann ich nicht sagen, bevor ich sie gesehen habe«, antwortete Alv trocken. »Ich habe mein Werkzeug dabei, verfüge jedoch nicht über die gesamte Ausrüstung einer Werkstatt. Ohne Schmiede ...«

Kathel deutete mit einer Kopfneigung auf die Ruine. »Das da ist eine Schmiede«, erklärte er mit einem Tonfall, als habe er es soeben so eingerichtet. »Jedenfalls war es eine. Deshalb haben wir hier haltgemacht. Wir haben versucht, sie wieder funktionsfähig zu machen, doch wir verstehen nicht mehr von dem Handwerk als das, was man im Laufe der Jahre während des Reisens aufschnappt. Vier unserer Wagen sind durch diese abscheuliche Straße so sehr beschädigt worden, daß wir sie kaum noch in einem Stück bis hierher ziehen konnten, und weitere zehn drohen den Geist aufzugeben, bevor wir Dunmarhas erreichen — nicht daß der beste der dortigen miserablen Schmiede uns von großem Nutzen wäre.«

Alv lächelte. »Vielleicht werdet Ihr sie eine Spur geschickter finden, seit wir dort durchgezogen sind. Laßt uns also den Schaden und die Schmiede in Augenschein nehmen, dann werde ich tun, was ich kann.«

»Wartet einen Moment!« widersprach Kathel. »Wir haben noch keinen Preis vereinbart.«

»Feuer, Essen, eine Schlafstatt«, sagte Alv. »Über den Rest werden wir später reden, je nachdem, wieviel Arbeit nötig ist. Wir werden nicht feilschen.«

»Ihr vertraut uns?« rief Kathel aus, als ob ihn diese Vorstellung beleidigte.

»Natürlich«, schmunzelte Roc. »Nennt man Euch doch den Ehrlichen.«

»O je, o je«, stöhnte der Händler, »wie weit ist es in dieser Welt gekommen? Nun denn, kommt und seht Euch an, was zu tun ist, und dann könnt Ihr an unserem kläglichen Mahl teilnehmen.«

Das klägliche Mahl erwies sich als das üppigste, das sie seit langem genossen hatten, und die Mengen waren sogar für Roc ausreichend. Alv aß nur wenig, doch die Aussicht auf Arbeit schien seine Stimmung zu heben.

»Also«, sagte Kathel, nachdem sie mit dem Essen fertig waren, »glaubt Ihr, Ihr könnt es machen?«

»Das meiste«, antwortete Alv, »sofern Eure Männer die Schmiede in Ordnung bringen und funktionsfähig machen können. Die zehn beschädigten Räder brauchen nur befestigt zu werden und einen neuen Eisenbeschlag zu bekommen; das kann Roc selbständig erledigen, er ist ein guter Handwerker.« Roc richtete sich auf und starrte ihn verblüfft an. »Und jene mit den verbogenen Achsen und Speichen kann ich so gut flicken und schweißen, daß sie Euch in diesem Jahr noch überallhin tragen werden — vorausgesetzt, Ihr bleibt auf der Straße. Doch die beiden mit den gebrochenen Naben — nun, ich kann sie vielleicht so weit herrichten, daß sie noch eine kurze Strecke durchstehen, mehr nicht.«

Der Händler seufzte herzhaft. »Zwei? Ach, das ist nichts, gar nichts. Wir brechen immer mit einigen zusätzlichen Wagen zu einer Reise auf, um für solche Vorfälle gewappnet zu sein; wir verstauen darin die Vorräte, die wir unterwegs aufbrauchen, versteht Ihr? Dann können wir das Gepäck einfach umladen und die geflickten nach Hause schicken. Aber wir könnten es uns nicht leisten, vierzehn einzubüßen, auf keinen Fall! Das würde den größten Teil des Gewinns einer Reise aufzehren. Mir scheint also, Ihr beide seid von Gott gesandt, ja, zwei Gottgesandte. Daß wir ausgerechnet Euch getroffen haben, als ein Schmied gebraucht wurde, nach der schlimmsten Wegstrecke! Ohne Glück ist man heutzutage einfach aufgeschmissen!« Er nippte an seinem Bier und sah zu der Ruine hin. »Hier hat einmal ein Schmied gelebt, vor einem oder zwei Jahrhunderten. Ein schöner Ort, versteht Ihr, obwohl er etwas einsam war, doch das ganze Jahr über herrschte reger Verkehr auf der Straße, und in der Wildnis geht so allerlei kaputt. Es befand sich also eine große Sattlerei hier am Ende des Großen Hochdamms, und als Ergänzung dazu eine Schmiede. Die Zeiten wandelten sich, es kamen immer weniger Reisende vorbei, die Sattlerei wurde nicht mehr gebraucht, doch die Schmiede blieb. Sie war zeitweise außer Betrieb, doch immer wieder kamen Schmiede und hielten sie für ein paar Jahre in Gang. Der letzte war noch am Leben, als mein Vater während seiner ersten Reise hier vorbeikam, das hat er mir erzählt. Daß muß, laßt mich überlegen, fünfzig oder sechzig Jahre her sein. Aber er ist gestorben, und bisher hat sich niemand bereit gefunden, die Werkstatt zu übernehmen.« Er betrachtete seine beiden Gäste eindringlich. »Das könnte durchaus ein guter Anfang für zwei junge Burschen sein, die keine schwere Arbeit scheuen. Wir alle, die ehrlichen Kaufleute, wären froh, wenn es hier wieder eine Schmiede gäbe! Es fiele reichlich Arbeit an, da den ganzen Sommer über Karawanen in beiden Richtungen vorbeiziehen ...«

»Und während des übrigen Jahres keine Menschenseele, nur die Sumpfgeister spuken herum!« knurrte Roc. »Nein danke, werter Herr! Zu menschenleer und zu einsam für uns, was, Alv?«

Doch Alv betrachtete die kahlen alten Mauern und die Dachbalken, die immer noch dick und stark waren. Eine winzige Flamme flackerte im Innern auf, wo einst das Schmiedefeuer gewesen sein mußte, und einer der Arbeiter fing an zu singen. Andere stimmten in die leise, melancholische Weise mit ein, und selbst Kathel summte mit.

Wund sind meine tapferen Füße,
Vom langen Marsch des Tages,
Vom langen Marsch des Tages!
Geschunden meine fleißigen Hände,
Von stundenlanger Arbeit,
Von stundenlanger Arbeit!
Und doch kann ich nicht ruhen,
Obwohl das Tagewerk vollbracht ist.

»Ich weiß nicht«, sagte Alv leise. »Ich weiß nicht ...«

Es schmerzt, mein brennend' Herz,
Bis ich noch mehr weiß,
Bis ich noch mehr weiß.
Was muß ich tun, wie weit noch gehn,

Um meine Liebe zu vergessen,
Um meine Liebe zu vergessen?

Doch er erwähnte nichts mehr davon. Kathel wurde bei dem Gesang gefühlvoll ums Herz, und er schniefte in sein Bier, doch unvermittelt kehrte seine Geschäftigkeit zurück, und er führte sie alle zur Schmiede, um die Instandsetzungsarbeiten zu beaufsichtigen. Roc hastete emsig hin und her und zeigte den Arbeitern, wie der verrostete alte Blasebalg mit einem neuen Leder versehen werden mußte, doch Kathel und Alv standen da und sahen sich in dem uralten Gebäude um. »Schöne starke Mauern!« sagte der Händler und schlug gegen die Steine. »Meine Männer könnten den Ort innerhalb eines Tages bewohnbar machen! Man braucht nur einige Holzbalken von den zusätzlichen Wagen zu nehmen, und damit und mit ein paar festen Streifen Torf läßt sich ein ausgezeichnetes Dach herstellen. Wenn man etwas zu essen braucht, hat man Flüsse voller Fische, Vögel schwirren überall herum, und dazu bekommt man allerlei Schleckereien und sonstigen Krimskrams von den Kunden. Und Ihr braucht Euch bei den Preisen nicht zu mäßigen! Da es innerhalb von hundert Meilen nach Süden und Norden keine Konkurrenz gibt, könnt Ihr verlangen, was Ihr wollt — mit Ausnahme natürlich von Eurem guten alten Freund Kathel. Ihr könnt ein Vermögen verdienen!«

Alv lächelte, sagte jedoch nichts, und auch in dieser Nacht lag er wieder einmal wach. Doch am nächsten Tag ließ er sich seine Müdigkeit nicht anmerken, und er verriet auch nichts von dem, was ihn im Innern beschäftigte, sondern er schuftete wie ein Wilder. Vom Morgen bis zum Abend eines feuchtkalten, regnerischen Tages schwitzte er bei der Instandsetzung der Schmiede; er brachte Räder und Achsen wieder in Ordnung, besserte die haarfeinen Risse und Schäden aus, die eine wertvolle Last mitten in einer Furt oder an einem steilen Hang hätten umkippen können. Es war grobe Wagenmacher-Arbeit, aber alle bewunderten seine Kraft und Ausdauer, vor allem Kathel, der ihn mit größter Lautstärke lobte. Nur Roc, der damit beschäftigt war, fein angepaßte Eisenringe auf die Holzräder aufzuschweißen, warf ihm ab und zu einen ärgerlichen Blick zu, der gleichzeitig Verwirrung und Sorge ausdrückte. Doch erst spät am Abend, als die Arbeit endlich getan war und sie sich alle schweigend auf ihre Lagerstätten zurückgezogen hatten, fing Alv an zu sprechen.

»Roc, mein Freund«, sagte er und hielt den Blick auf seinen Becher mit gesüßtem Wein gesenkt. »Ich glaube, Kathel hat recht mit dem, was er sagt.« Roc prustete, doch Alv hielt eine befehlende Hand hoch. »Dies ist ein guter Ort für eine Schmiede, ein nützlicher und ein ... lebenswichtiger Ort, und ich beabsichtige hierzubleiben, zumindest für einige Jahre.«

»Du hast doch wohl nicht auf die Worte dieses silberzüngigen Mistkerls gehört, oder?« brach es aus Roc heraus. »Du bist krank im Kopf, weißt du das?«

»In der Tat, ich bin krank im Kopf«, stimmte Alv traurig zu. »Und im Herzen und in der Hand und in allen Teilen, die fühlen können. Ich bin verbogen, und ich muß wieder geradegerückt werden. Und wenn ich mich nicht täusche, ist dies der geeignete Ort für meine Heilung, und kein anderer.«

»Ach, zum Amicac mit deinen krankhaften Wahnvorstellungen! Dieser Ort wird ihnen nur neue Nahrung bieten — oder dich davon und von allen anderen Dingen heilen! Du solltest ein paar von den Geschichten hören, die mir einige der anderen Jungen über dieses dreimal verdammte Sumpfland erzählt haben — es ist ein unheilvoller Brutplatz für Krankheiten und noch Schlimmeres. Jedes Sumpffieber und jede Moorkrankheit, die den Menschen bekannt ist, kann man sich hier zuziehen; sie werden deine Organe verfaulen lassen, deinen Knochen Schmerzen bereiten und dein Blut zum Wallen bringen. Und falls das nicht ausreicht, nun, sie stehen auch noch im Bunde mit Geistern und Gespenstern und ähnlichen schrecklichen Dingen, die vom Eis her den Fluß heruntergekommen sind; ja, so ist es!«

»Dennoch haben hier früher Menschen gelebt«, sagte Alv ruhig. »Es ist die trockenste Stelle entlang der Straße, und bis jetzt haben wir keine Schrecknisse bemerkt.«

»Die kommen noch früh genug«, brummte Roc. »Ach, sei doch vernünftig, Alv! Oder wenn nicht, dann bewahre dir eben deine Schrullen und versuche ausnahmsweise einmal, an mich zu denken. Was du gestern abend über mich gesagt hast, daß ich ein guter Handwerker sei — es war das erstemal, daß dir in den Sinn gekommen ist, so etwas zu sagen.«

»Weil ich nicht geahnt habe, daß dir etwas daran liegt; deine Gefühle sind schwer zu durchschauen. Glaube nicht, ich wüßte nicht, wieviel ich dir verdanke, Roc — und ich *denke* in diesem Moment an dich. Wenn das stimmt, was Hjoran gesagt hat, und dem Anschein nach ist es so, daß im Süden die Macht echter Schmiedekunst unbekannt ist, dann bist du für sie ein ebenso guter Schmied wie ich ...«

»Du weißt, daß das nicht wahr ist«, brummte Roc und senkte den runden Kopf. »Macht oder nicht Macht, du bist zehnmal so kunstfertig wie ich ...«

»Du mußtest das Handwerk erlernen, um unser Gehilfe sein zu können, obwohl wir dir wenig Gelegenheit gaben, dein Können anzuwenden. Doch im Süden kannst du es anwenden, in selbständiger Arbeit, und du brauchst nicht mehr als Gehilfe niedere Dienste zu verrichten ...«

»Ach, der Sumpf verwirrt dir bereits den Geist! Wenn das so ist, dann gilt das gleiche in zehnmal verstärktem Maße für dich. Dann bist du ein Meister und kein Lehrling mehr! Versenke diese Schatten in deinem Innern im Schlamm, wie Unrat, denn nichts anderes sind sie! Was geschehen ist, ist geschehen. Wenn ich dir etwas übel genommen hätte, dann hätte ich dir damals nicht aus der Patsche geholfen, sondern dich der Gnade unseres lieben Meisters überlassen, und zwar mit Wonne! Er hat alles darangesetzt, dich vor seine Kutsche zu spannen, denn er brauchte deine Kraft — das habe sogar ich erkannt. Und wer warst du, dich dem zu widersetzen, in deinem Alter? Für mich ist er der Schuldige — was du getan hast, geschah in seinem Schatten, so ist das.«

Alv nickte grimmig. »Ja. Und sein Schatten ist immer noch bei mir. Roc, mein Freund, wenn Kathel seine Wagen morgen nach Süden zurückschickt, solltest du mit ihnen ziehen. Ich komme jedoch nicht mit, noch nicht.«

»Dann zum Teufel mit dir!« fuhr Roc ihn an, wandte ihm den Rücken zu und sprach in dieser Nacht kein Wort mehr.

Er sagte immer noch nichts, als die Morgendämmerung des nächsten Tages strahlend hell und überschwenglich heraufzog, und er traf schweigend seine Vorbereitungen. Kathel war höchst überrascht über die Trennung der beiden Freunde, und noch mehr darüber, daß Roc ihm die Schuld dafür gab; als eine Art von Buße bedachte er ihn mit einer beträchtlichen Summe Geldes und reichlich guten Ratschlägen sowie den Namen von Leuten, die ihm zu Beginn seines Geschäfts nützlich sein konnten. Roc, der kein Narr war, nahm alles an, wenn auch zögernd. Schließlich schwang er sich auf einen der Wagen, mit dessen Lenker er sich bereits angefreundet hatte, und er warf keinen Blick mehr zurück, als die Wagen sich rumpelnd und quietschend entfernten. Einige hundert Schritte von der Ruine der Schmiede entfernt verließ die Straße das trockene Land und führte auf den flachen, breiten Bögen eines Hochdamms durch die Marsch. In dieser Art erstreckte sich die Straße weit hinein in die dunstige Ferne, nur gelegentlich auf kleinen Inseln festen Bodens fußend. Es gab zwei breite Säulen, zur Formlosigkeit verwittert, und neben einer dieser Säulen wartete Alv.

»Nun?« sagte Roc kühl.

»Nein«, antwortete Alv. »Aber lebe wohl, meine Freund, viel Glück. Ich kann dich niemals für all die Schwierigkeiten entschädigen, die ich dir bereitet habe, für all das Gute, das du mir beschert hast — aber ich hoffe, ich kann es eines Tages vielleicht wenigstens versuchen.«

Er streckte die Hand aus, und Roc griff danach und schüttelte sie kurz. Doch er sagte nur: »Wir werden nicht schnell vorankommen. Solltest du dir es im Laufe des Tages noch anders überlegen, kannst du uns leicht einholen. Schnelles Laufen würde dir guttun.«

Alv schmunzelte und hob die Hand. Er machte keine Anstalten zu folgen, als der Wagen sich quietschend in Bewegung setzte und auf die Straße rumpelte, sondern er stand da und sah ihm nach, bis er im sonnendurchfluteten Dunst verschwunden war.

Hinter ihm war lautes Arbeiten zu hören, da die Männer der Handelskarawane emsig damit beschäftigt waren, die Ruine der ehemaligen Schmiede wieder instandzusetzen. Die anderen Kaufleute hatten es Kathel gleichgetan und ihm alle möglichen ausgefallenen Versprechungen gemacht, in Verkennung der Tatsache, daß es nicht die Verlockung des Geldes war, die ihn zum Hierbleiben veranlaßte. Weit davon entfernt. Bevor er wieder frei über sein Leben verfügen könnte — sofern es jemals dazu käme —, mußte er eine schwere Schuld begleichen.

Den Tag über arbeitete er mit Kathels Männern an der Schmiede und saß dann bis spät in die Nacht hinein unter seinem neu gedeckten Dach, wo er mit den Kaufleuten über den Zustand der Welt redete und ihren gesüßten Wein trank. Es schien, daß die Welt immer finsterer wurde, die Strecken länger und das Wetter schlechter, die Kunden schwieriger und die Wegezölle unverschämter. Doch hinter den leicht dahingesagten gewohnheitsmäßigen Beschwerden hörte Alv den Unterton einer echten Beunruhigung heraus. Das Nordland hatte sich seit Kathels Kindheit tiefgreifend verändert, und er war jetzt erst in mittlerem Alter. Damals waren die Ekwesh nur ein geringe Bedrohung gewesen, indem sie von Zeit zu Zeit den hohen Norden heimsuchten; vor einheimischen Seeräubern und anderen Gesetzlosen mußte man sich viel eher fürchten, und die unabhängigen Städte hatten ein starkes Bündnis geschlossen, um ihre Bürger und den Handel zu schützen, von dem sie abhingen. Jetzt befanden sich die äußeren Ränder des Bündnisses in aufgeschreckter Unordnung, die Städte zogen sich hinter ihre eigenen Mauern zurück und leisteten den allgemeinen Aufrufen keine Folge; in diesem Durcheinander wurden die Ekwesh kühner denn je und weiteten ihre Streifzüge tiefer in den Süden aus.

»Wirklich, eine finstere Zeit für Handelsleute«, seufzte Kathel. »Sicher, unsere Geschäfte blühen, doch das liegt zum Teil daran, daß so viele Konkurrenten aufgegeben haben oder die lange Reise nicht mehr zu unternehmen wagen. Obwohl sich der Handel also verringert hat, braucht er sich nicht mehr auf so weite Entfernungen auszudehnen, und oft müssen Käufer das nehmen, was wir anzubieten haben, und sich mit unseren Preisen zufriedengeben, oder sie gehen leer aus. Doch das ist ein Vorteil, auf den ich liebend gern verzichten würde, wenn man die Ursache bedenkt; diese Entwicklung wird sich letzten Endes als verhängnisvoll erweisen. Trotzdem, diesen Sommer werden noch viele Karawanen vorbeiziehen, junger Freund, und in Eurer Schmiede wird es genügend Arbeit geben — auch wenn Ihr Torf verfeuern müßt anstatt feiner Kohle. Ihr werdet hier ganz gut zurechtkommen. Und jetzt ist Zeit zum Schlafen, denn wir müssen morgen früh aufbrechen, um möglichst viel Tageslicht auszunützen.«

Im nächsten Morgengrauen stand Alv in seiner Tür und blickte der langen Reihe von Karren und Wagen nach, die auf der Straße von dannen zogen; die Ochsen waren so gleichmütig wie immer, doch die Pferde wieherten und gebärdeten sich lebhaft, als ob sie froh wären, dem Marschland zu entkommen. Es dauerte lang, bis sie schließlich in der Ferne verschwanden, und noch länger, bis das Knarren der Räder und das Knirschen von Holz und die Stimmen von Menschen und Tieren vollkommen außer Hörweite waren. Doch danach legte sich eine große Stille auf den Ort, so kühl und grau wie der Himmel. Alv schloß die Augen und lehnte sich gegen den hohen Stapel von Torf, den sie ihm abgestochen hatten, und roch seinen üppigen Duft nach Erde. Um ihn herum schienen die Stimmen der Sümpfe lauter zu werden, das Rauschen des fließenden Wassers, das Blubbern und Gurgeln der stehenden Teiche und das heisere Quaken der Lebewesen darin, das hohe Sirren der Insekten und das ferne, klagende Schreien von Vögeln. Es war für menschliche Ohren wenig Wärme oder Trost in diesen kalten Stimmen, doch zum erstenmal, seit er vor dem Schmiedemeister geflohen war, enthielten sie für Alv zumindest die Verheißung von Frieden. Er fühlte sich vollkommen allein.

Nach einer Weile wandte er sich um und ging ins Haus — wenn man es Haus nennen wollte, denn es war lediglich ein überdachter Raum, die Schmiedewerkstatt an sich. Es war nicht viel mehr als eine Hütte, doch das Dach war stabil und die alte Eingangstür aus eisenbeschlagener Eiche noch immer stark; er würde die verfaulten Kanten mit weiterem Eisen einfassen und die verrosteten Scharniere durch neue ersetzen, bis sie der Verteidigung einer Burg würden dienen können. Wände, Dach, Tür und ein warmes Bett auf dem gemauerten Sims der Feuerstelle — mehr konnte er sich gar nicht wünschen. Er machte sich daran, die großen Mengen an Nahrungsmitteln zu ordnen, die sie ihm dagelassen hatten und die ihm für einen Monat oder länger reichen würden. Er hatte außerdem eine Angelleine und Haken;

später würde er zum Fischen gehen und trockenes Holz sammeln, um es als Zündscheite für den Torf zu benutzen. Weiter voraus brauchte er nicht zu planen; die Zukunft würde alles Weitere bringen. Doch noch während er das dachte, erschien Karas Gesicht vor seinem geistigen Auge, und eine Zeitlang fühlte er sich verwaist, aller Dinge und Menschen beraubt.

So begann sein Leben in der halbzerfallenen Schmiede in den Salzmarschen, und es sollte ein einsames Leben sein. Während der restlichen Monate des ersten Sommers bediente er die meistens in Karawanen vorbeikommenden Reisenden, indem er ihre Pferde mit Hufeisen beschlug, neue Messer und Waffen herstellte, um verlorengegangene und gebrochene zu ersetzen, Geschirre und Handelsgüter ausbesserte, ihre Wagen und Karren sowie gelegentlich die Kutsche eines bedeutenderen Reisenden reparierte. Er verrichtete diese Arbeiten gut, denn es handelte sich um Dinge, denen keine Macht innewohnte, und er hätte viel Geld einnehmen können. Doch häufig ließ er sich mit Metall bezahlen, mit Gegenständen, die für sein Handwerk nötig waren, oder mit Nahrungsmitteln, wovon alle, die durchs Marschland zogen, einen ausreichenden Überfluß für Notfälle dabei hatten. Er ergänzte seinen Vorrat, indem er Fische angelte und Vögel in Fallen fing — beziehungsweise schoß, nachdem er genügend starkes Holz gefunden hatte, um sich einen Bogen und Pfeile herzustellen. Im großen und ganzen war es ein karges Leben, denn während des ersten Jahres waren Reisende auf der Straße noch seltener als üblicherweise, und er fürchtete sich vor dem nahenden Winter, wenn sie ganz ausbleiben würden. Er wußte, daß er sich für diese Zeit einen Vorrat anlegen mußte, also räucherte er die gefangenen Fische über dem Schmiedefeuer oder konservierte sie in Salz, das er aus den Teichen gewann. Er hätte entschieden besser leben können, wenn er jene, die auf seine Hilfe angewiesen waren, übervorteilt hätte, wie

Kathel es vorgeschlagen hatte, doch das ging gegen seine Natur.

Sein Dasein war also armselig, armseliger noch als seine Kindheit, nach der er einige Jahre unter recht angenehmen Bedingungen gelebt hatte. Und das Marschland erschwerte dieses Dasein noch, denn es war ein wahrhaft feuchter und finsterer Ort. In der Hitze des Hochsommers schien er heißer zu sein als sein Schmiedefeuer, dunstig, fliegenverpestet und von drückender Schwüle; seltsame Fische bewegten sich träge in den lauwarmen Teichen, und stinkende Gase entströmten dem blubbernden Schlamm. Die höheren Gräser vergilbten und welkten, und gefährliche Sümpfe waren mit einer dünnen, trügerischen festen Schicht bedeckt, um den unaufmerksamen Fuß zu weit hinauszulocken. Die Straße glänzte wie ein Spiegel unter einem gekräuselten Vorhang aus Luft, und in ihm erschienen die sich nähernden oder entfernenden Reisenden wie Visionen und lösten sich wieder auf, aus dem Nichts und ins Nichts. Doch trotz all dieser Unbilden begann Alv, als sich der Sommer zum Herbst neigte und Reisende noch seltener wurden, immer weiter und weiter in die Marschen auszuschweifen. Er machte sich kaum Sorgen, daß er unterdessen einen Reisenden verpaßte, denn in der flachen Landschaft konnte er mit seinen scharfen Augen jeden in weiter Ferne ausmachen, der sich auf dem Hochdamm näherte. Anfangs machte er sich auf die Suche nach besseren Stellen zum Fischen und Jagen, und er fand auch solche. Doch außerdem hatte er die Kunde von den Metallen nicht vergessen, die er einst gelernt hatte, und er wußte, daß selten Steine mit gutem Erz in solchen ausgedehnten Marschgebieten zu finden waren, obwohl niemand wußte, wie und warum sie hierher gelangt waren. Es geschah während der Suche nach solchen Steinen, bei der er sich eines groben Rechens bediente, den er selbst angefertigt hatte, daß er die Stelle entdeckte, die er das Schlachtfeld nannte.

Es war eine ausgedehnte Sumpffläche, die etwa sechs Meilen entfernt in der Nähe der ersten Insel unter dem Hochdamm begann; er fand nie heraus, wo sie endete, denn sie schien sich über das gesamte Herz der Marsch zu erstrecken. Und gewiß war dieser Ort ein so schwarzes und gefährliches Herz, wie dieser grausame Ort es nur haben konnte, vollkommen zugewuchert mit einem dichten Gestrüpp schwarzer Sträucher, deren Blätter mit ihren Speerspitzen einem tiefe Wunden in Beine oder Hände rissen. Was noch schlimmer war, das gesamte Gebiet war durchsetzt von breiten, flachen Vertiefungen von bis zu hundert Schritt Durchmesser. Diese schienen den Verlauf einer Wasserader tief unter der Erde zu kennzeichnen, denn sie waren randvoll mit Schlamm, der ständig feucht war und alles verschlang, das in ihn hineinfiel, wie das Maul eines Riesen. Und sie waren nicht beständig, sondern veränderten sich von Woche zu Woche, als ob sich das Wasser immer wieder eine neue Bahn unter einem einstmals offenbar festen Boden suchte. Alv entdeckte sie, indem er durch eine dünne Schicht modernden Grünzeugs fiel und sich nur dank seines Rechens herausziehen konnte. Doch nachdem er sich ein wenig ausgeruht hatte, kam ihm der Gedanke, daß die Grube sehr wahrscheinlich ein reiches Eisenvorkommen in sich barg, und er durchkämmte sie mit dem Rechen, so weit es ging.

Er war sehr überrascht, als sich die Zinken gleich beim ersten Versuch an etwas verhakten, das unmöglich Eisenstein sein konnte. Doch es fühlte sich hart an, also zog er es heran und erwartete, eine halbverfaulte Wurzel oder einen Ast herauszufischen. Deshalb war seine Überraschung noch größer, als er vorsichtig die schwarz angelaufenen Überreste eines Brustpanzers mit zerfressenen Lumpen und den Fetzen eines Kettenhemdes daran aus dem Schlamm zog; die Machart glich keinem Stil, der ihm bekannt gewesen wäre. Es war noch genügend brauchbares Metall daran erhalten, also nahm er das Ding mit und machte sich wenig Gedanken darüber, bis er einige hundert Schritte weiter aus etwas festerem Boden ein Büschel farbenprächtigen Sumpffenchel zum Einlegen herauszog und zwischen den Wurzeln verklemmt eine Pfeilspitze fand. Als nächstes barg er die Spitze eines Eisenhelms, auch diesmal in einem Stil, der ihm unbekannt war. Er durchrechte noch eine Grube und brachte weitere Teile einer Rüstung zum Vorschein, doch zu seinem Entsetzen steckten in diesem Fall noch die Reste eines Körpers darin, ein kopfloser Rumpf, verdorrt, doch durch den Sumpf gebräunt und konserviert.

Er ließ ihn fallen und verließ diesen Ort, doch bald überwand er seine Abscheu dagegen so weit, daß er zurückkehrte, denn das ganze Gebiet war eine Schatzkammer voller Metall. Hier mußte einmal eine riesige Schlacht stattgefunden haben, oder vielleicht auch mehrere, und darüber hinaus noch andere Tragödien; die unaufhörliche Gärung des Sumpfes beförderte viele der traurigen Überbleibsel wieder ans Tageslicht. Einmal stieß er auf einen vollständigen Wagen, der aus dem Schlamm herausragte, an dessen Metallbändern noch Fetzen seiner Lederplane hafteten und an dessen Vorderseite das Pferdegeschirr starr baumelte. Und als er vorsichtig über halbwegs harten Boden zu der Stelle hinauswatete, fand er im Schlamm die Insassen des Wagens, die noch erkennbaren Leichen eines Mannes, einer Frau und zweier Kinder; ihre Haare leuchteten golden im Matsch, ihre Kleidung war allerdings bis auf einzelne Fasern zerfallen. Eine Hand des Mannes hielt noch ein Stück eines Lederriemens umklammert, das einst sicher zu den Zügeln gehört hatte, die andere jedoch griff nach den Bruchstücken eines Pfeils in seiner Brust.

»Ihr wart wohl auf der Flucht«, sagte Alv zu den dunklen Totengesichtern. »Wer weiß wovor oder warum? Aber sie haben dich erschossen, Mann, und dein

Wagen ist vom Weg in den Sumpf abgekommen. Dein Pferdegespann haben sie losgeschnitten und befreit, deinen Wagen und deine Familie haben sie dem Versinken preisgegeben …« Er spürte ein Jucken in den Augen, und in einem plötzlichen Anfall des Ekels bückte er sich, stemmte den Rücken gegen das verfaulende Holz und kippte den Wagen mit einem einzigen Schwung in das noch immer flüssige Herz der Grube. Der umgedrehte Wagen versank schnell aus der Sicht und vergrub seine Last unter sich. »Schlaft weiter!« sagte er mit rauher Stimme, während die blutroten Grasblumen im Wind rauschten. »Schlaft, und vergeßt. Es läuft genügend Ungerechtigkeit frei und lebendig am hellichten Tag herum.«

Je weiter der Herbst voranrückte und sich die Dunkelheit um den Tag schloß, desto unheimlicher wurde die Marsch für ihn. Regen ergoß sich wie aus Kübeln auf das Land und wusch einst feste Wege zu heimtückischen Rutschbahnen in die dunklen Teiche aus. Der Gesang der Spatzen und Drosseln verstummte, und die traurigen Weisen von Schnepfe und Regenpfeifer, das heisere Krähen von Rallen und die fernen Schreie von Möwen hallten über das flache Land. Der Nebel waberte vom fernen Meer heran, bis nur noch die kahlen Baumwipfel zu sehen waren, wie aufgerichtete knorpelige Klauenhände, und in diesem Nebel wirkten die Schatten gespenstisch und bösartig. Einige schienen aus eigener Kraft zu laufen; seltsame dürre Gestalten, die neben oder hinter ihm herumstaksten, in welche Richtung auch immer er sich drehte. Nachts erschollen unheimliche Schreie unter den dichten Wolken, fahle Lichter tanzten in der Dunkelheit neben dem Damm, und ein eisiger, stöhnender Wind schlug gegen seine Tür, als ob große Hände anklopften. Er ließ sie fest verriegelt und bewegte sich nur selten nach draußen. Als er es einmal tat, in einer eiskalten, klaren Nacht, sah er eine riesige Gestalt, die grau im Sternenlicht schillerte und wie Rauch im Wind über die gefrorene Grasfläche huschte. Er blieb wie versteinert stehen, bis sie vorbei war, dann wich er langsam ins Haus zurück, schloß und verriegelte die Tür und sank dahinter zitternd zu Boden.

Nicht lange danach, als der Herbst in einen bitterkalten Winter überging, wollte er sich gerade zur Nachtruhe hinlegen, da hörte er das unverkennbare Poltern und Rumpeln einer Karawane, die sich von Norden her näherte. Müde ging er zur Tür und beobachtete, wie die Laternen durch den Nebel heranschaukelten — es war eine kleine Gruppe, acht oder neun Wagen und eine Kutsche. Er war froh, als sich deren Schwierigkeiten als geringfügig herausstellten — ein einziger gespaltener Achsbolzen am Leitwagen, den er aus seinem Lager an vorbereiteten Teilen ersetzen konnte, indem er ihn innerhalb weniger Minuten zurechtfeilte und -hämmerte. Er wandte sich um, um die dicke Scheiben Schinken und die Kanne voll Wein wegzuräumen, worin sein Entgelt bestand, und schenkte der davonrollenden Karawane keine Beachtung mehr. Am halbgeöffneten Fenster der Kutsche ruhte ein schlanker Arm; der lange Ärmel flatterte zur Seite, und darunter erhaschte er einen Blick auf den wie eine Schlange geformten Armreif — seinen Armreif.

Was dieses Mädchen hat, hat Louhi ...

In verzweifelter Verwirrung stand er da. Wenn das Kara war — aber wenn es Louhi war ... Louhi konnte durchaus ebenfalls dort sein — unterwegs nach Süden — *warum?* Ihm fiel ein, wie Ingar sie genannt hatte — *eine Intrigantin, ein Störenfried — wahrscheinlich eine große Dame aus dem Südland ...* Befand sie sich auf dem Rückweg dorthin? Als die Kutsche auf seiner Höhe war, reckte er den Hals, um besser sehen zu können, und gewahrte im Innern eine zweite verschwommene Gestalt. Er konnte unklar das Gesicht der Frau am Fenster erkennen, eingehüllt in etwas Helles — ob es blonde Haare oder eine weiße Kapuze war, vermochte er nicht zu sagen. Die Frau sah ihn nicht; sie blickte starr geradeaus zum Hochdamm. Er hätte nur zu rufen brauchen — und wäre Gefahr gelaufen, eine Begegnung mit Louhi heraufzubeschwören. Das wäre vielleicht fast ebenso gefährlich gewesen wie ein Zusammentreffen mit dem Schmiedemeister. Zweifel ließen ihn einen Augenblick lang zögern, und die Kutsche rumpelte vorbei. Und während sie vorbeifuhr, bemerkte er, daß sich das verschwommene Gesicht umwandte; wer immer sie sein mochte, sie sah zu ihm herunter, doch ohne jedes Zeichen des Erkennens. Er stand wie erstarrt da, und erst jetzt wurde ihm bewußt, welche Veränderung das lange Wandern, die harte Arbeit und die Entbehrungen an ihm bewirkt hatten, und die Scham darüber trieb ihm Galle in die Kehle. In diesem Moment hatte er das Gefühl, daß er in seinem derzeitigen Zustand, selbst wenn es Kara wäre, es nicht gewagt hätte, sich zu bewegen oder zu sprechen oder sich zu erkennen zu geben. Er ließ die Kutsche vorbeiziehen. Doch ihr Blick schien auf ihm zu verweilen, und als die Kutsche den Hochdamm erreichte, hörte er, wie das Fenster schwungvoll ganz geöffnet wurde, und er sah, wie sich der weißumhüllte Kopf herauslehnte und zurückblickte.

Mit krampfhaft zuckenden Bewegungen wandte er sich ab, als ob ihn das Ganze nicht interessierte, und beschimpfte sich im Geiste mit allerlei Flüchen wegen seiner Feigheit. Er sah erst wieder hinaus, als das Knirschen der Räder in der Ferne verklang und die Karawane unter dem aufgehenden Mond wie ein Traum entschwand. Dann ging er steifbeinig zurück in die ärmliche Schmiede und sank auf sein Bett.

Gegen Mitternacht wachte Alv schweißgebadet auf, obwohl nur ein winziges Feuer brannte, und wurde von plötzlichem Schütteln gepackt. Als er versuchte aufzustehen, war es, als ob sich der Sumpf unter dem Boden der Hütte ausgebreitet hätte, so daß dieser nachgab. Seine Knochen schmerzten, die Zähne klapperten, und bald darauf schien seine Lunge in Flammen zu stehen. Als er auf seine Hand hinabblickte, glaubte er, das Licht des Feuers durch sie hindurch leuchten zu sehen, als ob er sich auflöste. Mit letzter Kraft holte er mehr Torf herein; er legte sich zusammengekrümmt darauf und verabreichte sich einen Aufguß von einem Mittel, das er aus der Rinde eines bestimmten Baumes hergestellt hatte und das gut gegen einige Arten von Fieber sein sollte, wie er gelernt hatte. Vielleicht war es das, was ihm über die schlimmste Krise seiner Krankheit half, doch sie dauerte viele Wochen lang und hätte ihn beinahe umgebracht. Manchmal lag er delirierend neben dem erlöschenden Feuer; er sah Gesichter in dessen züngelnden Flammen, die ihn heimsuchten. Die Toten von Asenby umkreisten ihn schillernd, mit dem Oberhaupt der Stadt und Hervar, sämtliche schwarz, als Anführer; sie stellten mit bösartigem Stolz ihre Wunden zur Schau. Die Familie aus dem Wagen versammelte sich um sein Bett und starrte ihn mit großen, ausgedörrten Augen an, und Kara bewegte sich zwischen ihnen, wobei sie ihren Umhang fallen ließ, um sich ebenso nackt und verwelkt wie die anderen zu zeigen. Und in den Ecken der Schmiede, mal hier, mal da, stand das bullige Gerippe von Ingar, der das Ganze schweigend beobachtete. Als Kara erschien, warf er den Kopf mit einem herzhaften Lachen zurück, und während er lachte, zerbrach und zerbröselte er langsam, ganz langsam. Alv spürte, wie ihm Rinnsale glühendheißen Silbers über die Wangen flossen, doch es waren nur Tränen.

Zum Glück kam er lange genug zu Sinnen, um Holz auf das Feuer nachzulegen, bevor es gänzlich erlosch, und einmal entzündete er es neu, obwohl er sehr schwach war und kriechen mußte. Hin und wieder würgte er eine Dosis des bitteren Medikaments hinunter, und manchmal nahm er sogar ein winziges bißchen Nahrung zu sich, wenn sein Magen nicht dagegen rebellierte. So hielt er sich am Leben, und eines Nachts, vor Ablauf des alten Jahres, sank das Fieber, obwohl er am nächsten Morgen zu schwach war, um sich zu bewegen. Den schlimmsten Teil des Winters hatte er noch nicht überstanden, und obwohl er ihm noch die allerletzte Kraft abverlangte und er kaum genügend zu essen hatte, kehrte seine Gesundheit ganz allmählich zurück. Eingehüllt in seine Decken, lag er zusammengekauert in der verräucherten Dunkelheit da, während draußen der Wind heulte und der Schnee leise fiel, und er gewöhnte sich an sein Unglück, er litt in ergebener Geduld und erwartete sein Ende in Frieden.

Und eines Morgens, obwohl die Marschen noch vor Eis glitzerten und Schnee an den Seiten des Hochdamms haftete, gelang es ihm, sich hinaus in die frühmorgendliche frische Luft zu schleppen und darin den Geschmack und die Verheißung des Frühlings zu finden. Er atmete tief durch, breitete die Arme weit aus, und in seiner Seele und in seinem Herzen hatte nichts anderes Platz als die pure Freude darüber, am Leben zu sein. Es war, als ob diese vielen Stunden der Krankheit ihm letztendlich zu Bewußtsein gebracht hätten, was ihn peinigte und seinen qualvollen Preis verlangte; die Flamme des Fiebers hatte es aus ihm herausgebrannt. Er litt immer noch unter dem, was er getan hatte, empfand einen eisigen Schauder des Entsetzens und des Bedauerns, doch es war jetzt zur Erinnerung verblaßt, nicht mehr. Er war nicht nur von seiner Krankheit geheilt.

Die Sonne ging prachtvoll auf, neu geboren aus dem alten Jahr, das vergangen war. Auch ich bin neu geboren, dachte er, ganz allein, hier. Bin ich noch der Junge, den man Alv genannt hat? Sicherlich nicht. Das war nie der richtige Name. Es ist besser, namenlos zu sein, der einsame Schmied der Salzmarschen — einer allein, aber ein ganzer ...

Und dann erinnerte er sich an die Zeilen aus dem alten Buch, die Worte in der alten Sprache, das er bei der Herstellung des Helms gefunden hatte, und an jenes eine Wort mit den zwei Bedeutungen: *Elof,* einer allein. *Elof,* der Schmied.

Das ist also mein Name! dachte er, als ob er es schon lange Zeit gewußt hätte.

Elof, der bis dahin Alv gewesen war, blieb im Licht der Sonne sitzen, solange sie schien, und bewegte sich nur wenig, denn er war wahrhaftig wie ein neugeborenes Kind; seine ganze überragende Kraft hatte ihn verlassen, und sie sollte nur langsam zurückkehren. Doch er war geduldig, und er aß so viel von seinen Vorräten, wie er wollte, in dem Bewußtsein, daß er bald wieder stark genug sein würde, um zu jagen und Nahrung zu sammeln, und daß in nicht allzu ferner Zeit die Karawanen wieder auf der Straße vorbeikommen würden. Schon eine oder zwei Wochen später zog die erste in südliche Richtung, und er begrüßte sie voller Freude, denn es war Kathel auf dem Rückweg, nachdem er im Norden überwintert hatte. Der Händler war ebenso angetan von dem Wiedersehen.

»Seht Euch das an! Nur noch dreißig Wagen von fünfundvierzig sind zugfähig. Räder, Naben, Achsen — manchmal hält sie nur der Dreck zusammen, so gehen diese hundsföttischen nördlichen Straßen mit dem Gewinn eines ehrlichen Mannes um. Nun, wie läuft es bei Euch? Ihr seid dünner geworden, aber auch glücklicher, Eurem Gesicht nach zu schließen ...«

»Ich war krank, aber jetzt geht es mir wieder besser. Und nebenbei bemerkt, mein Name ist Elof ...«

»Aha!« donnerte Kathel aufgekratzt, lächelte spöttisch und tippte sich mit einem Finger gegen die Seite seiner rotgeäderten Nase. »Dann hattet Ihr also wirklich etwas zu verbergen und habt mir Euren richtigen Namen verschwiegen. Habe ich es nicht immer gesagt, Meister Ourhens?« Er stieß den kleinen glatzköpfigen Mann kräftig in die Rippen. »Na, habe ich es nicht gesagt? Alv — das ist doch kein Name für einen Mann! Ein Wechselbalg, wahrhaftig! Nun, nichts liegt mir ferner, als es einem Burschen übelzunehmen, wenn er anfangs vorsichtig ist. Wenn das einer versteht, dann ich! Laßt uns darauf einen trinken!«

Elof ließ ihn in der Annahme, daß es sich so verhielt, denn Kathel konnte man nur unter großen Mühen von etwas abbringen, das er sich einmal in den Kopf gesetzt hatte, und er hatte genug Mühe, seine Wagen wieder in Ordnung zu bringen. Die Durchführung sämtlicher Reparaturen dauerte beinahe vier Tage, und Kathel gab ihm in seiner Dankbarkeit so viele Nahrungsmittel, daß der kleine Raum der Schmiede damit beinahe vollständig ausgefüllt war. Und als sich die Karawane in Richtung Süden in Bewegung setzte, mit vielen gerufenen Versprechungen, im nächsten Frühling, wenn möglich, wiederzukommen, spürte Elof plötzlich, daß er sich darauf freuen würde, auch wenn damit die Aussicht auf einen weiteren Winter dazwischen verbunden war. Trotz all der fremdartigen Eigenheiten, trotz des Frostes, der morgens lange nicht wegtaute, und trotz der Stürme, die Hagel und Regen vom fernen Meer herantrugen, wurden die Marschen allmählich eine Heimat für ihn, fast so etwas wie ein Schutz vor den grimmigen Anforderungen der Welt. Hier brauchte er sich nur um seiner selbst wegen Sorgen zu machen, und das nun auch nicht mehr in so großem Maße. Jetzt, da der Frühling nahte, war es ein angenehm friedlicher Ort, und selbst das Echo von uralten Zwistigkeiten erklang zwischen dem hemmungslosen Zwitschern und Schnattern der Vögel weniger laut.

Doch später an diesem Tag erschallten sie noch einmal in aller Eindringlichkeit, denn als er sich am Rand des Schlachtfeldes auf die Suche nach weiterem Eisen zur Aufstockung seines zur Neige gehenden Vorrats an Radreifen und Hufeisen machte, stieß er auf einen ganzen Haufen von Leichen, die nach dem Tauwetter hochgetrieben worden waren. Die meisten davon waren bis zur Unkenntlichkeit verwest, doch eine große Gestalt lag ziemlich vollständig da, mit dem Gesicht nach unten und ein wenig von den übrigen entfernt, halb aus dem Schlamm ragend, als wolle sie jetzt noch versuchen zu fliehen. Anscheinend trug der Leichnam einen jener schwarzen Ringpanzer, die Elof für eine Wiederverwertung immer allzu verrostet erschienen waren. Dieser war offensichtlich in einem besseren Zustand als die meisten, doch als Elof unsicher hinauswatete, um ihn genauer zu untersuchen, entdeckte er etwas Glitzerndes in der mit einem Panzerhandschuh steckenden Hand, die aus dem Schlamm ragte.

Behutsam griff er nach unten, trennte die steifen Finger — und sah, wie der Schwertgriff, den sie umklammert hielten, im selben Augenblick in viele kleine Teile zerbröselte. Darunter sank etwas Schwarzes geschmeidig in den Schlamm zurück; er packte es — und schrie vor Überraschung und Schmerz auf. Doch er ließ nicht los, und mit großer Anstrengung gelang es ihm, es herauszuziehen und es am Gras sauberzureiben. Es war die Klinge, die zu dem Griff gehört hatte, schwarz wie das Panzerhemd, und sie hatte tief in seine Handfläche geschnitten. Ungeachtet seines Schmerzes pfiff er vor Bewunderung, während er das dunkle Metall in den Sonnenschein hoch hielt und sah, wie Blutstropfen an seinem Rand entlangrannen. »Und welcher Schmied des Altertums hat dich gefertigt, meine Schönheit, daß du immer noch ein so feuriges Temperament besitzt? Ich würde ihn gerne kennenlernen, um ihm zu sagen, daß du noch genauso gesund und scharf bist wie an dem Tag, da er dich hergestellt hat. Und um herauszufinden, wie er das gemacht hat!« fügte er mit einem tiefen Seufzer des Neids hinzu. Er hielt es am Dorn, wog es, balancierte es, bog es und ließ es schließlich in einem großen Bogen durch die Luft sausen, wobei er die Köpfe des nickenden Grases absenste.

Das brachte ihn auf einen Gedanken; er blickte auf den Haufen von verstümmelten Leichen und nickte nachdenklich. Es war schwierig, ihre Zahl zu schätzen, doch es mochten dreißig oder mehr gewesen sein. Er pfiff noch einmal, sah hinunter auf die dunkle Gestalt und machte Anstalten, sie umzudrehen, um demjenigen ins Gesicht zu blicken, der eine solche Waffe mit einer derartigen Wirkung eingesetzt hatte. Doch die geringfügige Bewegung und die Berührung seiner Hand störte das empfindliche Gleichgewicht. Mit einem leisen Schlürfgeräusch rutschte die gepanzerte Gestalt zurück in den Schlamm und wurde gleich darauf von diesem verschlungen. Nur die gepanzerte Hand ragte noch einen Augenblick hervor, dann verschwand auch sie in einem blubbernden Strudel. Zwei Atemzüge lang stand Elof in fassungslosem Staunen da, dann hob er sich in stillem Salut die dunkle Klinge an die Stirn.

Er nahm die Klinge mit nach Hause und arbeitete bis spät in die gewittrige Nacht hinein, um dafür den besten aller Griffe herzustellen. Er hatte das Verlangen, ein Stück zu fertigen, das dieses Schwertes würdig wäre, wenn auch nur, um sich einmal mit etwas Anspruchsvollerem zu beschäftigen als mit Wagenreparaturen. Aber wie sollte er das schaffen, im Geiste verkümmert, wie er war? Er seufzte wie der Wind in dem alten steinernen Kamin. Nicht nur, daß ihm die feinen Materialien fehlten, sondern auch die Macht, um daraus etwas angemessen Wertvolles zu schaffen. Also rackerte er sich ab, um Bruchstücke des feinsten Stahls, die er zusammenkratzen konnte, einzuschmelzen und neu zu schmieden; er seufzte oft dabei, und nicht nur wegen der mühsamen Schufterei. Doch im Laufe des Arbeitens, während er beobachtete, wie die Flammen zum Singen des Windes tanzten, fand er einen Rhythmus und eine Harmonie, die allmählich zu einer Melodie wurden, die er summen konnte, eine Weise, so umfassend und weitreichend wie die Sümpfe, denen sie entstammten, edel im Ton, doch mit einem dunkleren, traurigeren Beiklang.

Sie schien die Herkunft des Schwertes nur allzu deutlich wiederzugeben, und schließlich war er mit dem Griff, den er gefertigt hatte, zufrieden. Seine kühne Form paßte in vollkommener Weise zur klaren Linie der Klinge, und er hatte eine Spule mit Silberdraht gefunden, mit dem er ein feines Muster in den Griff weben konnte. Das allerwichtigste jedoch war, daß er das Gewicht genau berechnet und auf das der Klinge abgestimmt hatte; das neu entstandene Schwert lag wunderbar ausgewogen in der Hand. Es war der erste schöne Gegenstand, den seine Hände seit langer Zeit gestaltet hatten. Nachdem er die letzten Nieten, die den Griff mit dem Dorn verbanden, flachgeklopft und abgeschliffen hatte, legte er das Schwert auf den Amboß, setzte sich davor und betrachtete es lange Zeit; er beobachtete die seltsamen wolkenartigen Muster, die der Schein des Feuers über die enggewickelten Drähte des Griffes zukken ließ, als ob es ihm irgendwie gelungen wäre, den Himmel des weiten Sumpflandes in dieser Arbeit einzufangen. Oder war es nur der Schein des Feuers? Er drehte das Schwert in diese und in jene Richtung und verfolgte die winzigsten Glanzlichter wie Elritzen im Teich, wobei er sich gegen den geringsten kühlen Schauder der Hoffnung wehrte. Er schenkte dem neuen Lied des Windes wenig Beachtung, der mit einem eindringlichen, schaurigen Heulen über die Marsch fegte, das Feuer wie mit einer unsichtbaren Hand niederdrückte und an der Tür rüttelte.

Schließlich, als der größte Teil der Nacht vergangen war, dachte er widerwillig an sein Bett. Doch als er aufstand und den Amboß verließ, erbebte die Tür heftig, begleitet von einem Krach, der nicht vom Wind herrührte; es waren ein ungestümes Klopfen und eine brüllende Stimme.

»*Heraus mit Euch!* Heraus, Schmied von den Salzmarschen, verpaßt meinem Pferd ein neues Eisen! Der Tag bricht bald an, und ich muß weiter!«

Einen Moment lang stand Elof erschrocken und unentschlossen da, und alles Unheimliche, das er an diesem Ort gesehen und gespürt hatte, verdichtete sich um ihn herum. Doch dann nahm er all seinen Mut zusammen. Er hatte keine Wahl. Warum war er denn hier, wenn nicht zu dem Zweck, in einer solchen Nacht jemandem in Not zu helfen? Doch er nahm das Schwert vom Amboß, bevor er sich zur Tür begab. Er schob den Riegel zurück, öffnete sie einen Spalt — um sie gleich darauf, von Entsetzen gepackt, wieder zuzuschlagen.

Dort draußen auf der Straße stand ein Pferd von ungeheuerlicher Größe, dessen Atem im Wind dampfte; es war ein richtiges Schlachtroß, und der stattliche Reiter im Sattel paßte ausgezeichnet dazu, denn er war größer, als ein sterblicher Mensch sein konnte. Er war in einen dunklen Umhang gehüllt, doch auf dem Rücken trug er einen langen, spitz zulaufenden schwarzen Schild, und er ließ einen langen Speer in die Halterung am Sattel zurückgleiten; sein Knauf hatte seine Spuren an der Tür hinterlassen. Dann sprang er schwungvoll vom Pferd, und dabei öffnete sich der Umhang, Metall klirrte leise, und der Feuerschein schimmerte auf der schwarzen Rüstung darunter.

Doch während Elofs Hand sich gegen die Tür drückte, ertränkte eine heiße Welle verächtlicher Wut seine Angst. Was nützte es, sich hinter einer Tür zu verschanzen? Sollte es von ihm aus der aus der Schlammgrube auferstandene Krieger sein, er würde sich nicht anmerken lassen, daß er auch nur das geringste bißchen Angst hatte. Er zückte sein neues Schwert und riß die Tür weit auf. Und als der Ankömmling vortrat, sah Elof, daß er einen Brustpanzer trug, der so leuchtend schwarz war wie ein mondbeschienener See, ganz anders als jener seltsame dunkle Ringpanzer. An seiner Seite hing ein großes Breitschwert in einer Scheide von derselben Farbe, und als er die Kapuze zurückwarf, enthüllte er einen hohen schwarzen Helm. Das Visier ließ seine Augen wie dunkle Löcher erscheinen, doch darunter hatte das blaßhäutige Gesicht einen gebieterischen Ausdruck, mit einer großen Adlernase und einem buschigen schwarzen Bart über einem harten Mund, der zu einem ironischen Lächeln verzogen war. Hinter ihm wieherte das große Pferd ungeduldig und scharrte über die Straße, und langsam senkte Elof sein Schwert. »Wohin zu dieser Stunde? Und mit solcher Eile?«

Ohne das Visier zu heben, musterte der große Mann Elof von Kopf bis Fuß, bevor er sprach; seine Stimme war tief und streng. »Die letzte Nacht habe ich in Nordeney verbracht, und bevor der Tag anbricht, muß ich im Südland sein.«

Eine Entfernung von mindestens hundert oder hundertfünfzig Meilen! Elof sah ihn an und konnte ein Schmunzeln kaum unterdrücken. »Nun, das würde ich Euch gern glauben, wenn Ihr Flügel hättet ...«

Das Gesicht des großen Mannes zeigte keine Regung, auch blieben die Lippen verzogen, doch nun sah es weniger wie ein Lächeln aus. »Wenn der Wind das kann, dann kann das auch mein Pferd.« Er hob den Kopf und ließ den Blick über den Himmel schweifen. »Doch schon jetzt werden die Sterne blasser! Also, heraus mit dem Hufeisen, und schnell an die Arbeit!«

Elof spannte sich vor Zorn, doch der Wahnsinnige hatte recht, er verschwendete Zeit. Je eher er ihn wieder los wäre, desto besser. Er zuckte verächtlich mit den Schultern, hakte sich das Schwert an den Gürtel und ging zu dem Regal mit Hufeisen, die er auf Vorrat angefertigt hatte. Dann warf er einen zweifelnden Blick auf das Ungetüm draußen und hielt das größte ins Feuer, wobei er den Blasebalg bediente, bis das Eisen glühte. Der große Mann drehte sich ohne ein Wort um und ließ das Pferd vor der Tür der Schmiede kehrt machen.

Indem er die Schulter gegen den Rumpf des großen Tieres drückte, packte Elof dessen Bein und knickte es ab, um sich den Fuß aufs Knie zu legen. Sein Gewicht war gewaltig, das Spiel der Muskeln hart und straff — ein echtes Schlachtroß, geeignet, diesen gepanzerten Riesen von einem Mann zu tragen. Doch es fügte sich still, während er feststellte, daß das alte Eisen sauber abgelöst war, ohne Nägel in dem wuchtigen Fuß zu hinterlassen, und daß kein Dreck eingedrungen war. Dann nahm er die Zange und zog das Hufeisen aus dem Feuer, wobei die Luft darum herum flimmerte. Doch als er es dem Pferdehuf anpassen wollte, mußte er feststellen, daß es um mindestens ein Drittel schmaler war, als erforderlich gewesen wäre. Und er hatte kein geeignetes Metall, um ein größeres herzustellen, außer wenn er mehrere kleine einschmölze. Mißmutig hob er es hoch, um dem Reiter das Problem zu zeigen, doch dieser sah ungerührt darauf hinab.

»Es ist zu klein ...«, setzte Elof an, doch er verstummte gleich wieder und verschluckte die weiteren Worte ungläubig. Die erhitzte Luft, die um das rotglühende Hufeisen flimmerte, verformte dieses wie ein Zerrspiegel, machte es hier und da dicker oder dünner, bis es sich fast zu biegen schien — wuchs — sich ausdehnte ...

Elof traute seinen Augen nicht und hielt das Eisen erneut an den Huf. Eine Rauchwolke zischte hoch, doch das riesige Tier rührte sich nicht. Und als sich der Rauch verzogen hatte, sah sich Elof einem perfekt angepaßten Hufeisen gegenüber.

Der Wind heulte durch die offene Tür, das Schmiedefeuer flackerte und erlosch, und Elof spürte, wie sich seine Nackenhaare aufstellten. Ohne aufzublicken, schnappte er sich Hammer und Nägel, die er sich bereitgelegt hatte, und indem er sich nach Kräften bemühte, die Schauder, die ihm über den Rücken und durch die Eingeweide fuhren, nicht zu beachten, nagelte er geschwind und fachmännisch das Eisen fest.

Er ließ das Bein los, dem Blick des Fremden ausweichend, und griff nach der Raspel, um den erforderlichen Feinschliff durchzuführen, doch ein Panzerhandschuh schloß sich eiskalt um seinen nackten Arm. Er mußte aufblicken und sah, daß der Fremde den Kopf schüttelte. Das Schlachtroß wieherte und stampfte wie wild, und der Riese sprang in den Sattel, wobei das Schwert an seiner Seite klirrte.

»Ein Streitroß wie für einen Gott! Euch eine gute Nacht — Meister Elof!«

»Ich bin kein Meister!« preßte Elof zwischen den Zähnen hervor, und dann, weil das Lächeln eindeutig boshaft wurde und er merkte, daß der andere mit ihm seinen Spaß trieb, schrie er durch den immer stürmischer wehenden Wind: »Was habt Ihr getan, verdammter Kerl?«

Der große Mann lachte, und das hörte sich an wie eine hohe Brandung, die auf einen Kieselstrand klatscht. »Ich? Gar nichts. Alles, was geschah, habt Ihr bewirkt. Aber im Osten wird es bereits hell, und die Schlacht treibt mich zur Eile — hier ist Euer Honorar, Meister Schmied.«

Die in dem Panzerhandschuh steckende Hand kam unter dem Umhang hervor, und eine dicke Silberscheibe wurde ihm zugeworfen. Sie stieg und fiel in einem langsamen Bogen, wie in Wasser oder Öl — sehr langsam, jedoch mit einer schwindelerregenden Drehung, die seinen Blick bannte. Er streckte die Hand danach aus, sprang hoch, wollte die Finger darum schließen — und etwas Schwarzes fuhr dazwischen und schnappte sie ihm weg. Er fiel taumelnd in den Schlamm, während ihm ein kreischendes, höhnisches Krächzen in die Ohren drang. Zwei große Raben beugten sich über ihn und stritten um die Münze, die der eine von ihnen im Schnabel hielt, dann schraubten sie sich in steilen Kreisen hoch und verfolgten das Pferd, das davonpreschte und dröhnend über die Straße zum Hochdamm jagte. Elof, schwindelnd und benommen, sprang auf, stürmte hinterher und brüllte wer weiß welche verrückten Beschimpfungen in den Rachen des Windes. Doch das vierbeinige Ungetüm galoppierte nicht auf den Hochdamm, sondern sprang leichtfüßig den seitlichen Hang hinunter und hinaus in den Sumpf. Und Elof in seiner Aufgebrachtheit rannte hinterher, während die Raben über ihm kreisten und ihn verhöhnten. Das sonderbare Roß hastete dahin, über Land, über Sumpf, über Wasserflächen, und schien mühelos immer weiter zu galoppieren, während Elof hinterherrannte. Der Sturm frischte hinter ihm wieder auf und trug ihn in großen Schüben voran, bis er nicht mehr wußte, ob seine Füße den Boden berührten oder ob er sich in der Luft bewegte. Jetzt flogen die Raben vor ihm, und sie wurden immer schneller, doch sie konnten den Reiter nicht einholen. Ein großer Lichtschein umgab den schwarzen Helm, und der dunkelgraue Umhang hob sich hinter ihm, im Wind seines Rittes flatternd und sich ausbreitend, bis er den gesamten Himmel ringsum zu bedecken und alles Licht abzuschirmen schien, so daß er plötzlich in vollkommener Schwärze dahinrannte und schwankend und keuchend widerwillig stehenblieb. Er hatte keine Ahnung, wie lange er gerannt war oder wohin, auch wenn er sich nur leicht außer Atem fühlte. Sicher konnte es nicht mehr lange bis zur Morgendämmerung sein ... Er unternahm einen zögernden Schritt nach vorn, hörte ein Platschen und fluchte, als er merkte, wie eiskaltes Wasser seine Knöchel umströmte. Dann blickte er auf, und die Schwärze hatte sich in Grau verwandelt, doch es war das Grau des Abends, nicht des Morgens. Er sah sich mit wildem Blick um. Es war das gewohnte Sumpfland, das er sah, mit Dunstschwaden, die über das Gras waberten, und kleinen Vögeln, die tief darüber hinwegschwirrten und in den Regen riefen. Doch es war ein Teil, den er noch nie gesehen hatte. Er war allein inmitten der Marsch und des Nebels, die Nacht senkte sich herab, und er hatte keine Ahnung, in welcher Richtung der ausgedehnten Weite sich die Schmiede oder der Hochdamm befinden mochten; die Rückkehr war ihm unmöglich gemacht.

Fünftes Kapitel

Die Korsaren

Einen Augenblick lang glaubte er, wieder in seinem quälenden Fieberwahn gefangen und nur Opfer eines weiteren Streichs zu sein, den dieser seinen Sinnen spielte. Dann machten sich seine tauben Füße bemerkbar; es war kein Traum, obwohl es durchaus hätte sein können, daß er soeben aus einem solchen erwacht war. Er trat dankbar aus dem eisigen kleinen Fluß, in dem er gelandet war, und ließ sich am Ufer nieder, um das Wasser aus seinen Stiefeln zu kippen und sie mit dem trockenen Gras, das er finden konnte, auszustopfen. Es war derbes Schuhwerk, das er einmal von einem Händler bekommen hatte, und er war froh, daß er es angehabt hatte, ebenso wie seinen Umhang, als er an die Tür gegangen war, um zu öffnen. Er war müde und fror, und Hunger nagte an ihm, ein quälender Hunger. Er hatte kaum etwas dabei, noch weniger als damals, als er in die Salzmarschen gekommen war; nicht einmal mit seinem wertvollen Bogen zum Vogelschießen und seinen Angelschnüren war er ausgestattet. Plötzlich kam ihm ein Gedanke, und er tastete an seinem Gürtel herum. Sein Schwert war nicht da, und er wurde kurz von panischer Angst gepackt, bis er feststellte, daß es ein Stück stromaufwärts lag, vermutlich dort, wo er zuerst aufgekommen war. Das war wenigstens etwas, das mindeste, um ihm ein Gefühl von Wärme und Schutz zu geben. Als er sich bückte, um es aufzuheben, sah er daneben einen einzelnen breiten Hufabdruck im Schlamm, in den immer noch Wasser sickerte. Er sprang auf und blickte sich um, doch nirgendwo im Gelände oder am Himmel war ein Reiter zu sehen. In seinen Ohren tobte und rauschte das Blut. »Du Hundesohn!« murmelte er, während er den Schwertgriff fest umklammerte. »Was hast du mit mir gemacht? Wohin hast du mich entführt? Wie ...?« Aber dabei beließ er es. Er wagte nicht, die Frage zu stellen, wie er jemals zurückgelangen könnte; möglicherweise gab es darauf keine Antwort.

Eins nach dem anderen. Er mußte sich in seiner Umgebung umsehen, mußte zumindest irgendeinen Anhaltspunkt finden, wo er überhaupt war. Nach dem Stand der Sterne vielleicht — doch in dieser Nacht würden keine zu sehen sein, ebensowenig wie der Mond. Irgendwo dort hinter den Wolken ging die Sonne unter; er konnte ungefähr ahnen, wo, und merkte sich die Richtung, während er zu seinen Stiefeln zurückstapfte. Sie waren alles andere als trocken, doch er konnte es sich nicht leisten, zimperlich zu sein. Er holte das Gras heraus und fluchte, als es mit feinem Sand bedeckt war — *Sand?*

Er starrte den Wasserlauf an und grub mit der Hand in seinem Bett. Das weiche, schwere Zeug rann ihm zwischen den Fingern hindurch, und ein salziger Geruch nach Seetang stieg ihm in die Nase. Er hob den Blick und ließ ihn an dem gewundenen Ufer entlangschweifen. Das Schilf war hier viel höher, an manchen Stellen sogar kopfhoch, und hatte breitere Blätter. Zwischen den hohen Stämmen wuchsen Speergras, Salzwarte, Strandklette und leuchtende Sandverbenien, alles Pflanzen, an die er sich aus seiner Kindheit erinnerte, die er jedoch am Hochdamm niemals gesehen hatte.

Er schluckte, schnupperte erneut in die Luft und lauschte. Der Geruch in der Luft war kräftig, entschieden kräftiger als der schwache Hauch, an den er gewöhnt war. Das tosende Geräusch — es war nicht von seinem Blut erzeugt worden, nicht ausschließlich. Irgendwo, nicht weit entfernt, mehr oder weniger in der

Richtung, in der die Sonne verschwunden war, brandeten Meereswellen an einen Strand. Er schluckte noch einmal mit Mühe, denn seine Kehle war sehr trocken. Einmal, als sie sich darüber unterhalten hatten, daß die Ekwesh ihre Raubzüge immer weiter ins Landesinnere ausdehnten, hatte er Kathel und seine Leute gefragt, ob der Hochdamm an einem so einsamen Platz sicher sei. Und Kathel hatte mit einem Lachen erwidert: »Ziemlich sicher! Die Marschen sind in Wirklichkeit ein Flußdelta, das sich immer weiter ausdehnt, je näher es dem Meer ist. Deshalb hat man den Hochdamm ziemlich weit im Landesinneren errichtet, damit er möglichst kurz geriet. Weißt du, wie weit deine Schmiede vom Meer entfernt ist? Annähernd zweihundert Meilen! Das gibt dir hoffentlich ein Gefühl von Sicherheit!«

Damals hatte er dieses Gefühl gehabt. Damals. Jetzt zerschmetterte es ihn. Nun wußte er, wie weit entfernt die Schmiede lag; er konnte hinmarschieren, indem er einfach immer darauf achtete, daß der Sonnenaufgang vor ihm und der Sonnenuntergang hinter ihm war. Aber zweihundert Meilen! Wenn man an einem Tag in strammer Marschgeschwindigkeit über sumpfigen Boden etwa zwei bis höchstens drei am Tag schaffte! Er ließ sich schweigend nieder und lauschte verzweifelt der Brandung.

Doch nachdem sich seine Ohren etwas an das Tosen gewöhnt hatten, hörte er nach und nach andere Geräusche hindurch, hohe Töne, die das Schreien von Vögeln oder Robben hätten sein können — oder von Menschen. Er verharrte nur noch einen Augenblick lang, bevor er aufstand und vorsichtig durch den Nebel watete, der aufstieg und dahintrieb wie ein fliehender Geist. Menschen bedeuteten Feuer und Nahrung und Gesellschaft, eine Überlebenschance an diesem schrecklichen Ort. Es konnte natürlich sein, daß sie ihm feindlich begegneten — doch er hatte sein Schwert.

Er mußte weniger weit gehen, als er erwartet hatte,

bis der ebene Boden von grasbewachsenen Dünen abgelöst wurde, durch die sich kleine Wasserläufe auf die gleiche Weise einen Weg bahnten, wie größere Flüsse durch Berge schnitten. Durch eine dieser Furchen hörte er die Stimmen deutlicher. Der Nebel war inzwischen immer dichter geworden, doch als er um den Rand einer Düne auf den offenen Strand spähte, sah er den roten Schimmer eines Feuers wie ein freundliches Leuchtsignal schimmern. Eine undeutliche Schattengestalt verdeckte die eigentlichen Flammen, ein schlanker Hals erhob sich aus einem dunklen Rumpf im Sand — dem Anschein nach der hohe Bug eines Schiffs. Es schien nicht von der Bauart der Ekwesh-Boote zu sein; doch das bedeutete nicht unbedingt, daß es ungefährlich war, sich ihm zu nähern, und er hielt das Schwert vorsichtig in Bereitschaft. Der Schmiedemeister hatte ihn in den Umgang mit einem Schwert und andere Kriegskünste ausreichend eingeweiht, damit er beurteilen konnte, was ein gutes und was ein schlechtes Schwert war, doch er hatte niemals eines im Zorn benutzt, und er fühlte auch keinerlei Verlangen danach, es zu tun. Es gab hier überhaupt keine Deckung; der Sand war so flach, daß er sich nicht hätte verbergen können, selbst wenn er auf dem Bauch gekrochen wäre. Es blieb ihm nichts anderes übrig, als sich ganz offen zu nähern, und er konnte nur auf sein Glück hoffen.

Er hakte sein Schwert wieder an den Gürtel, doch während er entschlossen über den knirschenden feuchten Sand schritt, verharrte seine Hand in der Nähe des Griffes. Hin und wieder spielten helle Lichtstrahlen mit den Schatten vor dem Nebelvorhang, wenn unsichtbare Gestalten vor den Flammen hin und her huschten. Doch er gelangte ohne Zwischenfall zur dunklen Seite des Schiffsrumpfes, wo er einen Augenblick lang stehenblieb und eine Hand zu den muschelverkrusteten Planken hob. Sie fühlten sich fast glitschig an, und Stücke von Seetang klebten daran. Als er an dem Schiff entlangschlich, sah er Ranken von halbgetrocknetem Tang, die von der Masse gebogenen Metalls an der Ausbuchtung des Bugs herabhingen; offensichtlich lag es noch nicht lange am Strand. Er konnte Stimmen auf der anderen Seite hören, verstand jedoch keine deutlichen Worte; seine Notlage ließ ihm nichts anderes übrig, als ein Risiko einzugehen.

Vorsichtig trat er um die Kante des Bugs herum — und sah sich inmitten eines Kreises erstaunter, vom Feuerschein erhellter Gesichter, die ihn anstarrten.

Es waren zum größten Teil blasse Gesichter, jedoch so wild und wölfisch wie die der Ekwesh. Sie rissen die Augen weit auf, und in der nächsten Sekunde waren allesamt, zwanzig oder mehr an der Zahl, auf den Beinen und hatten mit lautem Zischen ihre Waffen gezogen. Elof hielt die Hände empor, dann duckte er sich schnell, als eine Axt an seinem Kopf vorbeiflog und gegen den Schiffsrumpf prallte. Schnell wich er mit dem Rücken zurück an das Holz und zückte ebenfalls sein Schwert, während sich ein bedrohlicher Halbkreis von Männern um ihn schloß. »Stehenbleiben!« schrie er. »Ich will euch nichts …«

Eine schwere Klinge holte zum Schlag auf seinen Kopf aus, und er wehrte sie mit einer zweihändigen Parade ab, die sie dem Hiebführenden aus der Hand schlug. Seine Angreifer zogen sich einen Schritt zurück, doch ein dicker, hellhaariger Mann in der Mitte brüllte, machte einen Satz nach vorn und sprang mit einer Hellebarde auf ihn zu. Als Elof zur Seite auswich, wurde der Angriff zu einem seitlichen Hieb, und er mußte sich blitzschnell umwenden, um ihn abzuwehren; die Hellebarde bohrte sich in den Schiffsrumpf, wurde herausgezogen und wieder in seine Richtung gestoßen. Elof wehrte sie mit wirbelndem Schwert ab, und der Dicke taumelte rückwärts. Voller Zorn, weil ihm trotz seiner friedlichen Absichten so übel mitgespielt wurde, stieß Elof einen Schrei aus und vollführte einen Ausfallschritt nach vorn, wobei er die schwarze Klinge pfeifend durch die Luft peitschen ließ; seine Gegner stolperten in ihrer Eile, sich aus dem Staub zu machen, wild durcheinander. Er hörte, wie eine Stimme in der Sprache der Südländer nach Speeren und Bogen schrie. Der Dicke gewann wieder an Boden; Elof beschloß, daß er ihn unschädlich machen mußte. Er brachte einen gezielten Streich von oben nach unten an, bei dem der andere eigentlich einen entsetzten Satz hätte machen müssen, doch statt dessen hielt sein Widersacher die stumpfe Seite der Hellebarde hoch, und Elofs Klinge glitt klirrend über die Eisenbänder, mit denen sie zusammengehalten war. Die Hellebarde wurde blitzschnell herumgedreht, und die Schneide sauste wie eine Sense auf seine Kehle zu. Elof schlug mit verzweifelter Kraft gegen den Schaft, und seine Schwertklinge schnitt durch Eisen und Holz; der Dicke stand da und starrte seinen wertlosen Knüppel an. Elof stieß die zu Boden gefallene Klinge mit dem Fuß hinter sich und trat ein paar Schritte zurück. Vielleicht würden sie ihm jetzt zuhören ...

Er hörte das Stapfen der Füße einen Wimpernschlag zu spät, sah, wie seine anderen Angreifer zurücksprangen, und wirbelte herum, um sich dem Mann entgegenzustellen, der um den Bug herumrannte. Er sah nur verschwommene, geduckte Umrisse, wuchtig und stämmig, und ein Aufblitzen von roten Haaren. Dann zuckte ein langes Schwert hervor, um sich mit seinem anzulegen. Elof hieb mit aller Kraft darauf ein wie auf einen Baum, und allein schon die Wucht des Aufpralls ließ den neu Dazugekommenen taumelnd zurückweichen. Doch er erholte sich sofort wieder, drehte sich blitzschnell auf dem Absatz um, und sein Schwert schoß aus einer unerwarteten Richtung auf Elof zu. Elof gelang es gerade noch, den Hieb abzuwehren, doch die Klinge des anderen schien geschmeidig zu werden wie eine Schlange und seine zu umfließen, bis sie ihm das Schwert mit einer plötzlichen heftigen Drehung aus dem festen Griff entwand. Jeder Muskel und jedes Glied von Elofs Hand schrie vor Schmerz über dieses Beinah-Ausrenken auf, und er schwankte rückwärts, wobei er sie sich unter den anderen Arm schob. Sein Schwert klatschte dumpf in den Sand. Ein schwerer Stiefel stellte sich darauf.

Die anderen Männer erhoben ihre Waffen und hasteten mit Gebrüll heran, doch dann blieben sie unvermittelt stehen, als sie die flach am Boden liegenden Klinge erreicht hatten. Der später Dazugekommene hielt sie zurück, während er Elof von oben bis unten musterte. »Speere und Bogen, um gegen eine einzige Waffe anzugehen?« fragte er die Meute mit kalter Stimme und in sehr klarer südländischer Sprache. »Gegen einen einzigen Mann?«

Der Blick des Dicken funkelte böse. »Sofern das 'n Mann ist! Für mich sieht er nich' geheuer aus. Er is' aus den Marschen hier aufgetaucht. Wir könn' kein Risiko eingehen ...«

»Ich meine, wir könnten sein Abschlachten so lange aufschieben, bis wir ihm eine oder zwei Fragen gestellt haben. Nun?« sagt der Neugekommene forschend und wandte sich dabei an Elof. »Habt Ihr mich verstanden?«

»Ja«, antwortete Elof. Er nahm sich eine Sekunde Zeit, um sein Gegenüber abschätzend zu betrachten, bevor er weitersprach. Der Mann hatte ihn aus einer Stellung angegriffen, die ihn klein erscheinen ließ, ein schwieriges Ziel — der Trick eines meisterhaften Schwertkämpfers. Jetzt, da er voll aufgerichtet vor ihm stand, war er einen ganzen Kopf größer als Elof, doch schlanker und schmaler, mit harten und alterslosen Zügen. Seine Kleidung, die aus einem dunkelgrünen Wams und Kniehosen in derselben Farbe bestand, schien schlichter, doch vernünftiger als die verrückte Zusammenstellung von Lumpen und schmutzigem Firlefanz der anderen; sie unterstrich die gewisse Würde in seinem Antlitz. Er hatte den gleichen Gesichtsschnitt wie Roc oder Kathel, allerdings weniger rundlich, sondern vielmehr länglich und hart, mit einer strengen, geraden Nase, hohen Wangenknochen und einem kantigen Kinn; die helle Haut hatte von der Sonne eine goldene Tönung bekommen; seine Haare waren von einem dunklen Bronzerot und seine Augen von einem kalten Blaugrau wie das des Meeresnebels, und sie waren ebenso undurchschaubar. In ihrem Blick lag eine schweigende Abschätzung, die Elof unangenehm an den Schmiedemeister erinnerte, doch irgendwie wirkten sie weniger beunruhigend. »Ich hege keine feindlichen Absichten«, erklärte Elof. »Ich habe mich beim Wandern in den Marschen verirrt. Ich hätte dort draußen ohne Feuer und schützenden Unterschlupf nicht lange überleben können. Deshalb bin ich gekommen, um Hilfe zu erbitten.«

»Mit gezücktem Schwert?«

Elof rang um Selbstbeherrschung. »Erst nachdem Eure Freunde auf mich losgegangen sind! Ohne mir Gelegenheit zum Sprechen zu geben! Ich habe versucht, mich zivilisiert zu verhalten, aber ...«

»... es wurde Euch unmöglich gemacht. Ich verstehe.« Mit erhobener Augenbraue warf er dem Dicken einen Blick zu, der dabei war, mürrisch die Bruchstücke seiner Hellebarde aufzuheben. »Nun, es mag sich so abgespielt haben, wie Ihr berichtet, doch nehmt es diesen Burschen nicht allzu übel. Ihr wißt offenbar, was für eine Art von Ort die Marschen sind; Reisende hegen stets die nervöse Befürchtung, daß ihnen etwas Schlimmes widerfahren möge. Und das mit Recht! Wie kam es, daß Ihr Euch dort verirrtet?«

»Ich lebe in jenem Gebiet«, erklärte Elof, und unter den Männern erhob sich ein Raunen. Einige wichen zurück, andere zückten die Waffen. »Ich bin kein Gespenst!« fuhr er unbeirrt fort. »Am Hochdamm ...«

»Was treibst du dich dann hier herum?« brummte der Dicke.

Es hatte keinen Sinn, diesen abergläubischen Menschen die ganze Gesichte zu erzählen. »Ich habe in weit entferntem Gelände nach Metall gesucht und mich dabei verlaufen.«

»Metall?« entfuhr es dem Schwertkämpfer, und sein Gesichtsausdruck war der eines Vogels, der auf eine Beute hinabstößt.

»Ja«, antwortete Elof ruhig. »Eisen und alte Rüstungen, die ich für mein Handwerk brauche. Ich bin Schmied.«

Unter den Anwesenden regte sich sichtliches Interesse, oder vielleicht sogar Erleichterung. Der Dicke kam näher heran, doch der Schwertkämpfer hielt ihn mit einem Fingerschnippen zurück. »Am Hochdamm? Stimmt, ich habe davon gehört, daß es dort seit einem oder zwei Jahren wieder einen Schmied geben soll ... Und Ihr habt die Muskeln eines Schmieds, daran besteht kein Zweifel.« Er wandte sich an den Dicken. »Was sagst du dazu? Endlich eine glückliche Fügung?«

»Das wär' mal was anderes. Wenn er wirklich das is', was er sagt. Wenn wir ihm trauen können. Wenn er was taugt. Almi hat getrunken, aber zumindest wußte man, wo man mit ihm dran is'. Ich meine, was kann das schon für'n Schmied sein, der sich ausgerechnet dort niederläßt?«

»Ihr könntet mich doch einfach mal auf die Probe stellen«, schlug Elof mürrisch vor; er fror und hatte Hunger und war über alle Maßen verärgert.

»Ein bewundernswerter Einfall, Schmied«, sagte der Schwertkämpfer. »Eurer Sprache nach zu schließen seid Ihr ein Nordländer. Kennt Ihr Euch ein wenig mit Schiffen aus?«

Elof schüttelte den Kopf. »Ich bin erst ein einziges Mal auf einem gefahren, und das gegen meinen Willen. Ich habe nicht die geringste Ahnung von ihrer Herstellung.«

Der Schwertkämpfer seufzte. »Nun ja, unser letzter

Schmied auch nicht, und Ihr könnt nicht schlechter sein als er. Hört, Schmied, wir haben in einer Seeschlacht erheblichen Schaden erlitten und konnten uns mit Mühe und Not an diese unsere Küste zurückschleppen, und der einzige Schmied, den es unter uns gab, ist verstorben — nicht im Kampf, sondern aufgrund seiner Trunksucht. Kommt und seht selbst — wenn Ihr gestattet, Schiffer?«

Der Dicke murrte, ließ sie jedoch vorbeigehen und heftete sich gemeinsam mit den anderen Männern an ihre Fersen. »Die Holzarbeiten konnten wir selbst durchführen«, erklärte der Schwertkämpfer, »obwohl es nur ganz wenige gute Bäume in dieser Gegend gibt. Aber die schlimmste Beschädigung ist dort, am Bug.« Er deutete auf eine Stelle direkt unter der nach außen verlaufenden Biegung des Bugs, wo an der Verbindungsstelle zwischen dem langen, durchgehenden Kielsparren und dem nach oben gerichteten Bugbalken ein tiefe Kerbe klaffte, die mit dicken Holznägeln notdürftig geflickt war. Hier waren die Wurzeln des Wirrwarrs von Metall, das um beide Hölzer geschlungen war. Elof, der an dem Seetang vorbeisah, erkannte, daß das Metall einst die Spitze einer großen Harpune aus Stahl gewesen war, mit einer Reihe von Widerhaken entlang des dicken Schaftes. Wenn die Ramme von der Bugspitze hinausragte, würde sie das gesamte Schiff in einen riesigen Speer verwandeln, doch jetzt hing sie schlaff herunter, und die Widerhaken waren verbogen oder abgebrochen. »Unsere Rammvorrichtung«, sagte der Schwertkämpfer. »Das, was Ihr Nordländer *Ianskekke* nennt, glaube ich — der Eisenbart. Ohne das haben wir gegen größere Schiffe keine Chance. Wenn Ihr es reparieren könnt, seid Ihr eingeladen zu einem Feuer und einer Decke und dem, was wir an Essen anbieten können. Also?«

Elof trat dichter an das Wrack heran, um es genau in Augenschein zu nehmen, wobei er sich wütend fragte, wer diese Männer wohl sein mochten. Der Dicke und die anderen hätten leicht Korsaren sein können, doch dieser große Schwertkämpfer sprach wie etwas Besseres als ein Pirat, oder zumindest wirkte er intelligenter. Elof war jedoch schlau genug, nicht unverblümt zu fragen, wenigstens vorerst; er widmete seine ganze Aufmerksamkeit der gebrochenen Ramme, indem er mit der Hand über das verbogene Metall fuhr. Einst war es vermutlich massiv und stabil gewesen, doch es war offenbar zu einem Aufprall zuviel gekommen... Plötzlich richtete er sich auf und fluchte. »Das ist schon einmal beschädigt worden, nicht wahr?«

Der Schwertkämpfer warf dem dicken Schiffer einen vielsagenden Blick zu, der mißmutig den Kopf einzog. »Ja, stimmt, vor ein paar Monaten. Almi hat es einigermaßen gut repariert...«

»Das hat er nicht! Die Stellen hier und da an der Ramme, das sind Risse, aber im Innern ist Rost und noch einiges andere an Dreck! Er muß das alles einfach überdeckt haben, so daß es kein Wunder ist, daß sie Euch jetzt den Dienst versagt hat. Und hier hat er die Bruchstelle einfach nur gelötet, anstatt sie wieder richtig zusammenzuschmieden...«

»Typisch«, murmelte der Schwertkämpfer. »Nun, Schmied, es spricht für Euch, daß Euer Auge so scharf blickt. Doch ist eine Reparatur jetzt noch möglich?«

»Oh, kein Problem...«, begann Elof leichtfertig, doch dann unterbrach er sich. Ein schmerzhaftes Gefühl der Hilflosigkeit und des Verlustes überfiel ihn mit solcher Wucht, daß man es ihm anmerken mußte. Die Miene des Kapitäns verfinsterte sich, und er sah seine Männer bedeutungsvoll an, doch Elof fing sich wieder. »Das heißt, es wäre kein Problem, wenn ich mein Werkzeug hier hätte. Selbstverständlich habe ich es nicht mit mir herumgetragen, als ich... mich verirrte.«

»Selbstverständlich«, sagte der Schwertkämpfer ungerührt. »An der Feuerstelle werdet Ihr Almis Gerätschaften finden. Ich war drauf und dran, sie notfalls selbst zu gebrauchen, doch ich habe mir lediglich aus Büchern Kenntnisse in diesem Handwerk angelesen. Ich könnte mich niemals mit einem richtigen Schmied messen, und schon gar nicht mit einem aus dem Norden. Werden sie Euch genügen?«

Elof begutachtete sie verächtlich. »Zum größten Teil ist es jämmerliches Zeug; die einzigen guten Stücke darunter sind unsäglich alt und abgenutzt. Und keinem einzigen Gegenstand wohnt auch nur der geringste Hauch von Kraft oder auch nur ausgeprägter Persönlichkeit inne.« Erst jetzt, da ihm der Verlust vollends bewußt wurde, erkannte er, wie stark all das in seinem eigenen Werkzeug und dem des Schmiedemeisters vorhanden gewesen war. »Ich kann mir gar nicht vorstellen, wie Eure südländischen Schmiede zurechtkommen ohne solche ...«

Doch die Männer um ihn herum, selbst die dunkelhäutigsten, zeigten Mienen, die etwas zwischen Verwirrung und Verachtung ausdrückten; selbst der Schwertkämpfer hatte einen wohlwollend-erheiterten Gesichtsausdruck, wie etwa aufgrund eines allgemein verbreiteten Aberglaubens. Also hatte sogar ein einigermaßen belesener Südländer — ein sehr belesener, wenn er die Schmiedekunst studiert hatte — nichts mit der wahren Kunst dieses Handwerks im Sinn. Wenn er ihnen nur hätte zeigen können ...

Vielleicht könnte er es ihnen zeigen.

»Sie werden ausreichen«, sagte er. »Ja, ich kann die Reparatur durchführen. Aber ich brauche einen geeigneten Amboß ...«

»Almi besaß einen kleinen Metallklotz, den er als solchen benutzte«, knurrte der Kapitän. »Er hat ihn auf einen Baumstamm oder irgend etwas Passendes gestellt. Wird das gehen?«

»Ganz gut, nehme ich an. Und dann brauche ich noch ein besseres Schmiedefeuer — man kann hier am

Strand eins errichten, mit einigen Steinen, etwa so ...« Er zeichnete einen viereckigen Feuerplatz in den Sand. »Was den Blasebalg angeht, können wir uns irgendwie behelfen. Sollte der Wind auffrischen, können wir auf der rechten Seite einige Steine aufschichten und ihn in die entsprechende Richtung lenken.«

»Klug!« murmelte der Schwertkämpfer. »Und wie lang ...«

Elof zuckte mit den Schultern. »Einen Tag, vielleicht einen Tag und eine Nacht ...«

»Zu lang!« polterte der Schwertkämpfer mit plötzlich aufbrausender Wut, die bei Elof dieselbe Reaktion auslöste.

»Das ist, verdammt noch mal, nicht meine Schuld!« fauchte er zurück, stand auf und starrte mit geballten Fäusten zornig in das magere, harte Gesicht des Schwertkämpfers. Seltsamerweise war es der Kapitän, der beschwichtigend einschritt.

»Laß ihn machen. Almi hätte eine Woche gebraucht, und du oder ich noch länger, wenn wir es überhaupt geschafft hätten. Wenn du ihn zur Eile antreiben willst, dann mach's so, daß es was bringt. Es besteht immer noch die Chance, daß wir sie rechtzeitig einholen.«

Allmählich lockerte sich die straffe Miene des Mageren, und Elof wurde bewußt, daß er die ganze Zeit über angespannt und besorgt gewesen war. Die vielen Furchen auf seiner Stirn glätteten sich, und plötzlich sah er nur noch ein paar Jahre älter aus als Elof, höchstens Mitte Zwanzig. »Also gut«, sagte er. »Ich stimme dir zu; wir sollten dankbar sein für das, was wir haben. Nun denn, an die Arbeit, Fremder!«

»Nachdem ich gegessen habe, wenn Ihr so freundlich sein wollt«, sagte Elof ruhig, »und ein bißchen geschlafen. Ich brauche das, um meine beste Leistung zu erbringen. Oh, und ich möchte bitte mein Schwert zurückhaben. Ich kann sowieso nicht viel tun, bevor die Feuerstelle errichtet ist.«

Der Kapitän stieß einen mürrischen Fluch aus, doch der Schwertkämpfer lachte plötzlich. »Sehr wohl! Ich setze Vertrauen gegen Vertrauen. Ihr werdet essen und ausruhen, während wir arbeiten, das ist ein gerechter Ausgleich für die schlechte Behandlung, die Ihr durch uns erfahren habt. Das Schwert jedoch ...« Er drehte sich um und hob es aus dem Sand auf, um es bewundernd in der Hand zu wiegen. »Eine schöne Klinge. Und ich muß gestehen, daß ich sie begehre ...« Elof runzelte die Stirn. »Doch das läßt mich Eure Sorge darum um so besser verstehen. Ich war im Begriff zu sagen, daß Ihr es zurückbekommt, wenn Ihr die Arbeit vollendet habt, doch vielleicht kommt Ihr ohne es nicht zur Ruhe. Hier!«

Er überreichte es formgerecht, den Griff über einen Arm. Elof nahm es und verneigte sich ebenso formgerecht. »Ihr seid großzügig, und ich werde mich Eures Vertrauens würdig erweisen. Ich werde mein Bestes in der geringstmöglichen Zeit tun.«

Der Schwertkämpfer nickte. »In Anbetracht Eurer Kühnheit seid Ihr ein sehr wortgewandter Schmied. Mein Name ist Kermorvan, Zweiter Befehlshaber über diese jämmerliche Mannschaft unter unserem Kapitän Ermahal hier. Darf ich den Ihren erfahren?«

»Elof, Schmied vom Hochdamm, derzeit ohne Zunft oder Meister.«

»Um so besser für Euch, davon bin ich überzeugt«, sagte Kermorvan leichthin. »Nun, Elof, Ihr wollt bestimmt unbedingt etwas essen und Euch dann ausruhen — Maile, geh und besorge ihm etwas. Ihr anderen sammelt große Steine, möglichst flach, wenn es geht, und bringt sie hierher an den Strand ...«

Später, als sein Bauch voll war und er sich in einer rauhen Decke am Feuer räkelte, überdachte Elof all die Dinge, die sich ereignet hatten. Am Anfang hatte sich dieser Ort hier als recht gefährlich dargestellt. Doch er hatte gut daran getan, diesem Kermorvan kühn gegenüberzutreten; er war offenbar der eigentliche Kopf der Mannschaft. Er hatte bekommen, was er wollte, oder etwa nicht? Mit gelindem Schrecken wurde ihm bewußt, daß die Großzügigkeit und Höflichkeit des Schwertkämpfers die ganze Szene in seinem Kopf umgewandelt hatten, genau wie es berechnet gewesen war. Jetzt war er diesen Leuten verpflichtet, anstatt umgekehrt. Einen Moment lang erstarrte er bei diesem Gedanken, doch dann seufzte er. Nur ein Mann von Ehre würde sich durch diese Abmachung gebunden fühlen — was bedeutete, daß Kermorvan ihn für einen solchen hielt. Das war in gewisser Weise eine Ehrenbezeugung, wenn auch eine sehr zwiespältige, da er keine Ahnung hatte, wer diese Halsabschneider waren und welchen Gebrauch sie von jener furchterregenden Ramme machen würden. Doch darüber konnte er sich jetzt einfach keine Gedanken machen, da sein gesamter Körper bleiern und schmerzend vor Erschöpfung war. Der weiche Sand rieselte unter ihm davon.

Zu seiner Überraschung erwartete Kermorvan ihn bei der neuerrichteten Feuerstelle und schlug versuchsweise auf den kleinen Amboß, der daneben aufgestellt worden war. Der klare Klang schnitt wie ein Messer durch Elofs Kopf; er hatte nicht mehr als eine oder zwei Stunden geschlafen, nachdem er eine oder wer weiß wie viele Nächte übersprungen hatte. Doch der Schwertkämpfer war eifrig darauf bedacht, daß die Arbeit so bald wie möglich in Angriff genommen wurde. Zuerst mußte das Metallgewirr vom Bug entfernt werden. Das bedeutete, daß oben und unten Teile weggehämmert werden mußten, damit die rostigen Bolzen zugänglich wurden, und während Elof auf einem Stapel von Schiffstruhen thronte und an einer davon herumzerrte, schlug seine Hand schmerzhaft gegen ein Seil, das sich wie Holz und nicht wie Metall anfühlte. Als er in das Durcheinander hinabgriff, stellte er fest, daß es sich um den Pfeil eines Katapultes handelte, der in den Planken des Schiffsrumpfs feststeckte, und er lockerte ihn mit der Zange. Doch als er ihn herauszog, stieß er einen überraschten Schrei aus, denn er erinnerte sich an diese schwarzen und weißen Federn nur allzu gut. Kermorvan blickte von dem Bolzen, den er gerade bearbeitete, auf und nickte. »Ja, Schmied, das sind unsere Feinde. Und wenn ich richtig vermute, auch die Euren. Es sind die Ekwesh, gegen die wir kämpfen. Und deshalb haben wir es auch so eilig!«

Gemeinsam schleppten sie die gelöste Ramme über den Sand bis zur Schmiedestelle. »Uns ist zu Ohren gekommen«, keuchte Kermorvan, »daß vor Einbruch der morgigen Nacht eine starke Flotte an diesem Küstenstreifen entlang nach Norden fahren wird, und es würde mir das Herz brechen, wenn ich sie unbehelligt vorbeiziehen lassen müßte!«

Elof nickte leidenschaftlich und drehte sich um, um das Schmiedefeuer zu schüren. »Dann werde ich mich nach Kräften beeilen. Und ich werde alles andere in die Arbeit einbringen ... was ich kann.« Er erinnerte sich an einige Worte, an Bruchstücke von beschwörenden Gesängen, einige Reime, die mit der Schlagkraft von Speerköpfen zu tun hatten. Wenn einige davon in die Ramme eingearbeitet werden konnten, wenn er wirklich mehr als nur den Schein des Feuers in jenem Schwertgriff gesehen hatte ... Plötzlich durchzuckte ihn ein Gedanke, und in tiefer Verwirrung drehte er sich um. »Sagtet Ihr *nach Norden?* Das heißt, die Ekwesh befinden sich auf dem Heimweg? Warum habt Ihr sie nicht auf dem Weg nach Süden angegriffen, bevor sie ihre abscheulichen Raubzüge ...« Dann bemerkte er den Ausdruck in Kermorvans Gesicht. »Oh«, sagte er, »ich verstehe.«

»Das ist die einzige Möglichkeit, diese Leute hier zum Kämpfen zu bewegen«, sagte Kermorvan verteidigend und mit düsterem Gesicht. »Wenn Beute zu machen, Gewinn zu erringen ist. Schließlich sind diese Burschen Piraten; ich kann ihre Charaktereigenschaften nicht auf einen Schlag ändern. Und sie sind gering an der Zahl, müssen an verschiedenen Stellen im Nebel lauern, hier ein Boot und da ein Boot überrumpeln. Aber wenigstens werden sie *kämpfen*. Und das ist mehr, als irgend jemand sonst zu tun bereit war, den ich finden konnte.«

Elof stand entsetzt da; die Wucht der Bedeutung dessen, was er soeben gehört hatte, traf ihn erst mit Verzögerung. »Wollt Ihr sagen, daß die Ekwesh so weit gekommen sind, und sogar noch weiter, bis hinein in den reichen Süden? Und niemand stellt sich ihnen entgegen, selbst dort nicht?«

»Nicht nach den Greueltaten, die die ersten erlitten haben, die es versuchten. Jedes Jahr wurden sie kühner und wagten sich an unserer Küste entlang näher an Kerbryhaine heran, das Ihr Südeney nennt, bis schließlich eine gewaltige Flotte auftauchte, um unsere nördlichen Häfen zu überfallen. Der Markward jener Gegend, ein mächtiger Herr und in seinem Herrschaftsgebiet ein kleiner König, drängte ungeduldig darauf, daß der Rat handeln sollte. Als nichts geschah, machte er seine eigenen Streitkräfte gegen die Plünderer mobil, ohne auf Hilfe von der Stadt zu warten. Gemessen an ihrer zahlenmäßigen Überlegenheit hätten sie sie zehnmal besiegen müssen. Doch die Streitkräfte wurden in einem grauenvollen Massaker bis zum letzten Mann vernichtet. Jetzt will also niemand mehr gegen diese Räuber ins Gefecht ziehen.«

»Aber ... wir haben das Südland immer für so reich und mächtig gehalten, umgeben von hohen Mauern, hinter denen es sich ruhig leben läßt, und Armeen, mit denen es kein Anführer wagen würde aufzunehmen ... das verstehe ich nicht.«

Kermorvan zuckte mit den Schultern. »Wir haben Armeen, aber keine Kämpfer; wir haben Kapitäne, aber keine Heerführer. Wir haben zu lange im Frieden gelebt, mußten uns nicht mit dem Bösen auseinandersetzen, so daß wir ihm jetzt nichts mehr entgegenzusetzen haben.

Das Ratskonsortium der Städte ist die einzige Regierung, die wir jetzt noch haben, ein Haufen dicker Männer, die sich ohne eine Vollversammlung nicht einmal über die Tageszeit einigen können. Der Markward, dem die Aufrechterhaltung des Friedens an unseren nördlichen Grenzen oblag, hatte mehr Erfahrung in der Kriegsführung als die meisten, doch nur aufgrund kleiner Scharmützel mit Grenzverletzern im Umstrittenen Land und Korsaren wie den ... wie uns. Und die Ratsmitglieder kauern hinter ihren Stadtmauern, denken sich Ausflüchte gegen den Einsatz von kämpfenden Truppen aus und hoffen, daß der große Angriff nicht in ihre Amtszeit fällt.« Er holte tief Luft. »Und da man ihnen die Angst nicht austreiben kann, stecken sie jeden anderen damit an, der ... vergeßt es! Es muß jedoch etwas geschehen, wie wenig es auch sein mag, um die Barbaren davon zu überzeugen, daß ihnen das Südland nicht so leicht zufällt wie Nordeney ...«

»*Meine* Leute sind nicht einfach vor ihnen zu Boden gefallen!« warf Elof in scharfem Ton ein, wobei er die schwere Zange mit einem gebrochenen Metallglied sinken ließ und sich wunderte, wie leicht er den armen Menschen von Asenby jetzt vergeben konnte. »Sie haben gekämpft!«

»Na ja«, sagte Kermorvan, »als es gar nicht mehr anders ging, möchte ich wetten. Zweifellos werden sich meine nicht anders verhalten, wenn der Feind vor den Toren steht. Doch dann wird es zu spät sein, denn inzwischen wird er die Landbevölkerung auf seine Seite gebracht haben, wie es bei Euch geschehen ist, anstatt daß diese ein festes Bollwerk gegen ihn bildet. Wenn es dem Angreifer gelingt, die Truppen des Markwards ohne wesentliche Verluste für sich selbst zu zerschlagen, dann kann sich keine Region oder Stadt, nicht einmal die Hauptstadt, allein gegen ihn behaupten.«

Elof nickte und erinnerte sich an die selbstzufriedene Wohlgenährtheit von Harthaby, während die Ruinen von Asenby, nur ein paar Schiffstagesstrecken entfernt, noch immer qualmten. Stand Harthaby noch unversehrt? »Ihr habt recht, genauso hat es sich bei uns abgespielt.«

Zu seiner Überraschung schüttelte Kermorvan den Kopf. »Ich mache Eurem Land keinen Vorwurf. Es war niemals vereint und hatte auch kaum eine Chance, es jemals zu sein. Die ersten Siedler dort zogen bewußt die Unabhängigkeit einer Regierungsherrschaft vor, und ich möchte nicht behaupten, daß sie damit vollkommen falsch lagen.«

Elof sah ihn überrascht an. Dies war in gewisser Weise ein Mann des Geistes und kein schlichter Schwertkämpfer. »Anscheinend kennt Ihr Euch in der Geschichte des Nordens besser aus als ich. Ich habe immer geglaubt, mein Meister hätte mich tief in das Wissen eingeführt, und das hat er auch — doch auf einem sehr schmalen Pfad, wie ich jetzt erkenne. Vermittelt mir etwas von Eurem Wissen, während ich arbeite!«

»Während *wir* arbeiten«, berichtigte ihn Kermorvan vergnügt. Und anfangs tat er sein Bestes, um seinem großen Spruch gerecht zu werden. Beim Auseinandernehmen der beschädigten Ramme war seine drahtige, unermüdliche Kraft von großem Vorteil, doch er hatte kaum noch Atem, um zu reden. Als das getan war, konnte er nicht mehr viel helfen, sondern nur noch dastehen und Elof beim Feilen und Hämmern und Schleifen zusehen und sich erforderlichenfalls an dem großen Blasebalg zu schaffen machen. Unterdessen, während die Nacht verstrich, erzählte er tatsächlich viele Geschichten, sowohl in der Sprache des Südens als auch der des Nordens, die er offenbar gleichermaßen flüssig beherrschte. Elof konnte sich nur wundern, wie wenig er bisher über Nordeney und Südeney sowie auch über die Welt ringsum gewußt hatte.

Der Schwertkämpfer erzählte vom Land Kerys, jetzt nur noch ein Name aus der Legende, und davon, wie das erste Erscheinen des Eises vorausgesehen worden war und wie sich damals zwei beherzte Menschen über den weiten Ozean auf den Weg gemacht hatten, um sich im Osten dieses ausgedehnten Landes, in dem Gebiet, das sie Brasayhal nannten, niederzulassen, in der Hoffnung, daß ihre Kinder für immer frei von seinen Unbilden leben könnten.

»Doch es sollte nicht so kommen«, berichtete Kermorvan, und das dunkle Grollen des Nordens klang so tief in seiner Stimme mit wie bei nur irgendeinem Eingeborenen. »Und als nach vielen Generationen das Eis sich seinen verhängnisvollen Weg bis zu ihnen hinunter bahnte, entstand ein Bruch im Staate. Unser heutiges Südland formte sich damals um eine große Stadt als Mittelpunkt — Strandenburg heißt sie in Eurer Sprache, Stadt am Wasser; sie war das Herz und das Gehirn des Reiches, und die anderen Städte, selbst die ersten einflußreichen Siedlungen an der Ostküste, waren lediglich Außenposten davon. Die Menschen liebten diesen Ort, der großartig und strahlend war und etwas vom verlorenen Glanz von Kerys widerspiegelte. Doch viele, die Angst vor dem Eis bekommen hatten, wollten ihr Land verlassen und nach Süden und Westen fliehen, trotz der Gefahren in den Wäldern und Gebirgen im Herzen dieses Gebiets, durch das sie entweder tapfer hindurchziehen oder es umgehen mußten. Doch sie wußten weder, wie lange das dauern würde, noch ob es überhaupt möglich wäre oder ob ihre Wanderung sie letzten Endes in eine bewohnbare Gegend führen würde; viele entschieden sich zu gehen, viele entschieden sich zu bleiben. Jene, die blieben, kamen ursprünglich aus dem nördlicheren Bereich von Kerys und vertrugen die zunehmende Kälte vielleicht besser. Ihre Könige stammten jedoch aus beiden Teilen des vielmals vermischten Volkes; *sie* blieben und versuchten, so viele wie möglich zu überreden oder zu zwingen, dasselbe zu tun. Doch die anderen flohen.«

Er verstummte für eine Weile, während Elof einen Singsang aus holperigen Versen über einem der Zacken des Kammes herunterleierte, und starrte in die Flammen des Schmiedefeuers.

Leuchtender Stahl! Geist des Falken!
Speerspitze, nimm meine Worte in dich auf!
Wie ein Strahl der Sonne,
Der das Wolkendach durchbohrt,
Sollst du wirken, wohin man dich schickt!

»Manche bezeichneten sie als tapfer«, fuhr Kermorvan schließlich fort, »weil sie eine so gefährliche Reise unternahmen. Andere sagten, daß sie durch ihre Flucht sich lediglich dem Willen des Eises gebeugt hätten, und nannten sie Feiglinge und Narren, weil sie sich dafür entschieden hatten, das Risiko einer ungewissen Zukunft auf sich zu nehmen, anstatt alles zu tun, um ihren unter Mühsal errungenen Lebensbereich zu erhalten. Ich bin mir nicht ganz sicher, wie ich selbst mich verhalten hätte, aber ich glaube, ich wäre geblieben. Wie sich die Dinge entwickelten, gab es schließlich auf beiden Seiten viel Tapferkeit. Denn diejenigen, die geflohen waren, erreichten erst nach vielen Schicksalsschlägen die wärmeren Gefilde des Südlandes, und gut die Hälfte von ihnen ließ auf dem Weg ihr Leben. Es gibt viele Erzählungen über großes Heldentum und schwere Opfer während der Reise und des Aufbaus des neuen Reiches.

Doch auch im Osten gab es Helden. Damals, wenn überhaupt je, lebten Vayde und die Träger vieler anderer großer Namen. Sie hielten das Reich noch für zwei weitere Generationen zusammen, während die Kälte um sie herum immer schlimmer wurde und das Eis und alles, was es mit sich brachte, über ihre nördliche Grenze hereinbrach. Doch schließlich trieb es eine gewaltige Vorhut nach Süden, die Gletscher erreichten die stolze Stadt am Wasser und zermalmten sie unter sich zu Pulver.

Und dort liegt sie noch bis heute begraben. Danach wandten sich die Verlassenen voller Bitterkeit von ihren Königen ab, die sie zum Bleiben überredet hatten, und auch sie flohen. Einige zogen in die kleineren Städte im Osten, doch eine große Zahl folgte dem Strom ihrer Brüder nach Westen und Süden. Viele gingen zugrunde, einige schafften es, doch zu einem noch höheren Preis als ihre Vorgänger, denn ihre Zahl war geringer, und sie waren schlechter vorbereitet. Auch das war eine Zeit der Helden. Doch sie wurden in dem neugeschaffenen Reich Kerbryhaine mit wenig Begeisterung empfangen, da die bösen Worte und Beschimpfungen, die einst gefallen waren, nichts von ihrer Kraft eingebüßt hatten; es wird sogar berichtet, daß noch einige lebten, die die Schmähungen selbst hatten ertragen müssen. Dem Heldentum stand also große Grausamkeit gegenüber, sowie auch Verrat und Schurkerei auf beiden Seiten. Schließlich verließen die Neuankömmlinge ihre Brüder und brachen in das nördliche Gebiet zwischen den Bergen und dem Meer auf, in dem die ersten Siedler, die ein wärmeres Klima vorzogen, keine Lust gehabt hatten, sich niederzulassen. Dort vermischten sie sich im Laufe der Zeit mit anderen Flüchtlingen, einem braunhäutigen Volk aus einer weit entfernten Gegend im Westen, jenseits des Ozeans und des Eises. Und das war der Anfang Eures Nordlands.

Die neuen Bewohner lebten in weit verstreuten Siedlungen, denn die Nordländer waren immer schon die Einsamkeitliebenden von Kerys und dem Ostland gewesen. Doch ohne die Schirmherrschaft einer Stadt blieben sie arm und schwach, und obwohl die Feindseligkeiten zwischen dem Norden und dem Süden seit langem abgekühlt waren und seit vielen Jahrhunderten zwischen uns ein gewisses Maß an Freundschaft besteht und Handel getrieben wird, bringen es die Städte des Nordens immer noch nicht fertig, sich zu einem Verteidigungsbündnis zusammenzuschließen, und schon gar nicht mit uns. Man hat sich zu sehr an die Unabhängigkeit gewöhnt.«

Elof nickte ernst, während er beobachtete, wie das jeweilige Ende zweier zu verschweißender Stücke im Feuer zu glühen begann. »Ich erinnere mich an meine eigene kleine Stadt. Die einzige Verbindung zur Welt jenseits der Mauern stellten die Zünfte und Händler dar, und das Wort des Oberhauptes und des Ältestenrats war das einzige Gesetz. Ihnen wäre niemals in den Sinn gekommen, sich einer größeren Stadt zu unterstellen.«

»Ja. Diese Einstellung wurde nur verstärkt durch das braunhäutige Volk, denn sie flohen vor dem blutigen Vormarsch des Reichs der Ekwesh und fürchteten nichts mehr, als ein weiteres derartiges Reich heraufzubeschwören. Es waren friedliche Bauern und Fischer, nicht daran gewöhnt, den Blick jenseits von Ackerboden, Meer und Jahreszeiten zu richten, und sie hatten ihren Tribut in Blut entrichtet, um diesen Frieden zu erlangen. Damals erkannten die Siedler, wie gering ihre Zahl im Gegensatz zum gefürchteten Süden war und wie langsam sie zunahm; kein Wunder also, daß sie die stämmigen Neuankömmlinge willkommen hießen. Die heutigen Nordländer sind ein gutes Volk, dessen Stärke jedoch nicht die Sicht auf das Wesentliche ist. Und das ist gefährlich, wenn das Eis einen mit seiner verheerenden Bösartigkeit bedroht.«

Elof legte für einen Augenblick den Hammer aus der Hand und sah ihn an. »Mein Meister hat vom Eis genau wie Ihr gesprochen, als ob es etwas Lebendiges sei ...«

Kermorvan riß die Augen weit auf. »*Aber es ist etwas Lebendiges!* Mehr hat er Euch nicht darüber erzählt?« Er schüttelte verwundert den Kopf. »Dann war es nicht nur ein schmaler Pfad, auf dem Euch Euer Meister geführt hat, sondern ein verschlungener. Hierzulande lernt das jedes Kind! Es steckt in der Tat ein lebendiger Wille hinter dem Eis, und zwar ein bösartiger. Es — oder sie, denn es wird behauptet, es könnten vielleicht mehr als ein Wesen sein — haßt alles Lebende; ich weiß nicht warum, aber so ist es. Am meisten haßt es uns Menschen und das wenige an Ordnung und Zivilisation, das wir uns errungen haben. Vielleicht benutzt es die Menschen eine Zeitlang für seine Zwecke, doch es trachtet letzten Endes danach, uns zurück auf die Stufe wilder Tiere zu treiben, damit es uns so hemmungslos wie diese zerstören kann. Deshalb haßt es besonders uns von Kerbryhaine, da wir am weitesten von seinem Zugriff entfernt sind und uns am heftigsten gegen seinen Einfluß wehren. Das Eis ist seine Waffe, die langsam, doch unausweichlich zuschlägt. Habe ich Euch nicht erzählt, wie es allmählich nach Süden vordrang, um die Große Stadt unter sich zu begraben? Nirgendwo sonst hat es sich bis jetzt so weit vorgewagt, obwohl es ständig an den Bergen nördlich Eures Landes kratzt ...«

»Das ist mir bekannt«, sagte Elof leise, während er die Stücke aus dem Feuer nahm und sie, begleitet von einem Funkenregen, zusammensetzte. »Ich habe es gehört.«

»Ihr habt es gehört ...« Kermorvan schüttelte erneut den Kopf, da ihm vorübergehend die Worte fehlten. Dann sprudelte er los: »Aber wie konntet Ihr es wagen, ihm so nahe zu kommen? Das Eis ist nicht leer, sondern von schauderhaften Ungeheuern bevölkert, zottigen wilden Tieren und anderen schrecklichen Dingen, für die ich keinen Namen weiß. Jener bösartige Wille treibt sie, wie er alle unheiligen Dinge treibt; sie fahren auf dem Eis, wie man vielleicht auf einem Schiff fährt, sie reisen ihm als Vorhut voraus und verbreiten Tod und Schrecken. Sie kommen überall dorthin, wo seine Macht stark ist, manchmal mit dem Schmelzwasser sogar bis herunter in die Marschen. Wie konntet Ihr es *wagen?*«

Elof schwieg eine Weile. Der Hammer verharrte halb erhoben in seiner Hand, ohne herabzusinken. Denn er dachte nach, erinnerte sich, wie es lange nicht geschehen war, an das erste Erscheinen des Leuchtens am

Himmel, an die Erzählung des Meisters von seiner Pilgerreise, an seine neue Lehre, das Umformen, das Nachschmieden …

Auf dem Amboß aus Eis.

Ungestüm hämmerte Elof auf das Schweißstück ein, mit so schnellen und kräftigen Schlägen, daß die Funken um den kleinen Amboß herum tanzten und durch die Luft stoben und die Teile aus heißem Stahl zu einem einzigen zusammenzufließen schienen. Er blickte auf und sah, daß Kermorvan ihn mit eindringlichen Augen anstarrte. »Ich bin vom Weg abgekommen«, sagte er lediglich, ohne weitere Erklärung.

Kermorvan zuckte mit den Schultern. »Wer kommt in dieser Welt wirklich vom Weg ab, frage ich mich. Es wird behauptet, daß es noch andere Mächte als die des Eises gibt. Gewiß war es ein Verirren zur rechten Zeit, das Euch zu uns geführt hat.« Er sah Elof forschend an, als ob er im Begriff stünde, ihm eine direkte Frage zu stellen. Elof wandte sich schnell ab und senkte das zusammengefügte Metall in den improvisierten Tauchbottich; er war dankbar für die aufsteigende Dampfwolke, die ihn einhüllte. Es gab zu viele Fragen, die er jetzt noch nicht beantworten wollte, nicht einmal sich selbst — und schon gar nicht diesem Fremden, der so sehr darauf bedacht war, so wenig wie möglich von sich selbst preiszugeben.

Und es war, als ob Kermorvan das spürte und damit einverstanden war, denn er fügte hinzu: »Zur rechten Zeit, sofern ich uns nicht von der Arbeit abhalte.« Er sah sich um und bemerkte den ersten schwachen Anflug von Grau im Nebel. »Der Morgen dämmert bereits. Wie lange …?«

»Sieben Stunden, vielleicht acht. Und eine weitere Stunde, um die Ramme wieder am Schiff anzubringen. Die Halterung müßte auch noch verstärkt werden.«

Kermorvans Miene verdüsterte sich. »Wir wollen hoffen, daß uns soviel Zeit bleibt. Diese Beschwörungsformeln, die Ihr sprecht, diese Zeichen, die Ihr einritzt ... Wird dadurch wirklich etwas bewirkt?«

Elof lächelte, während er zwei weitere Metallstreifen auswählte und sie ins Feuer warf. »Das wird sich herausstellen. Sie verzögern meine Arbeit nicht wesentlich, höchstens um ein paar Minuten.«

»Nein? Aber es könnte vielleicht gerade auf diese paar Minuten ankommen!« Sein Tonfall war schroff, obwohl er sich bemühte, seine Ungeduld zu zügeln. »Also, macht weiter! Ihr müßt so arbeiten, wie Ihr es für richtig haltet.«

»Ich danke Euch«, sagte Elof und meinte es auch so. Wieder ein Kompliment, wieder die Last der Verantwortung; dieser Kermorvan verstand es, Leute für seine Zwecke einzuspannen. »Ich glaube ... ich glaube, es ist den Versuch wert, obwohl sie bei Stücken, die nicht neu hergestellt werden, weniger wirkungsvoll sind. Versteht Ihr, ich zweifele nicht an der Macht der Handwerkskunst, sondern an mir selbst.«

Kermorvan, der sich plötzlich wieder leutselig gab, rieb sich mit dem Daumen über das stoppelige Kinn. »Ich glaube, dann braucht Ihr keine Bedenken zu haben.«

Elof zuckte mit den Schultern und drehte das Metall im Schmiedefeuer um. »In einigen Stunden werden wir es wissen.«

»Vielleicht. Und wie geht es dann weiter, Elof?«

»Ihr werdet aufbrechen, um gegen die Ekwesh zu kämpfen.«

»Und Ihr?«

»Ich? Ich werde mich auf den Heimweg machen.« Elof hob das längere Stück heraus und machte sich daran, es zu glätten. »Wenn Ihr mich also oberhalb oder unterhalb des Herzens der Marschen an Land absetzen könntet, würde sich mein Weg kürzer und sicherer gestalten ...« Er zögerte und wußte nicht, warum.

Kermorvan tat so, als ob er es nicht bemerkte. »Wir

können dieses Gebiet nicht verlassen, bevor wir in den Kampf ziehen; hier herrscht ständiger Nebel, der uns einhüllt. Und wir können danach erst Wochen später hierher zurückkehren; die Flotte bleibt uns vielleicht auf der Spur, um ausfindig zu machen, wo wir leben; oder sie lassen eine Truppe zurück, um uns in die Falle zu locken. Wir können Euch also nur dann an Land absetzen, wenn Ihr die ganze Zeit mit an Bord bleibt.« Er beugte sich mit einem leidenschaftlichen Funkeln im Blick nach vorn, und der rote Schein des Schmiedefeuers spiegelte sich in seinen eindringlichen grauen Augen. »Warum nicht, Elof? Unsere zahlenmäßige Stärke ist unausgeglichen genug — fünfzig von uns gegen vielleicht hundert von ihnen. Jemand wie Ihr könnte das Verhältnis verändern.«

Elof schnaubte. »Ich bin kein Krieger ...«

»Nein? Wenn Ihr keiner seid, wer ist dann einer? Ihr seid außergewöhnlich kräftig, selbst für einen Schmied, und schnell. Ihr könnt zumindest einigermaßen mit dem Schwert umgehen. Und Ihr haßt die Ekwesh, das ist eindeutig. Also, kommt mit uns!«

»Jawohl. Komm mit!« brummte der Kapitän, der durch den Nebel heranstampfte. »Dann lernste mich mal von meiner besseren Seite kennen, und es gibt nich' viele, denen das vergönnt is', was, Kermorvan? Und da wir gerade davon sprechen, wenn du vielleicht 'n Moment Zeit hättest, könnteste mir nich' die Bänder an 'nem neuen Hellebardenschaft anbringen ...«

Elof lachte schallend. »Das zumindest kann ich tun, und zwar welche, die nicht so leicht brechen. Was das andere angeht — wir werden sehen. So, jetzt muß sich mal jemand mit diesem Blasebalg befassen, sonst wird das hier nie was ...«

Als er fertig war, war die Sonne bereits über den höchsten Punkt des Mittags hinweggewandert, und der Nebel hatte sich zu einem schweren Dunst gelichtet. Eine neue, stärkere Halterung wurde angebracht, und die nachgeschmiedete Ramme glitt geschmeidig an ihren Platz. Gleich darauf eilten die Korsaren auf Geheiß des Kapitäns emsig umher, um den Masten aufzurichten und das Schiff mit ihrer Ausrüstung zu beladen, doch Kermorvan konnte sich offenbar nicht von der Waffe trennen; fasziniert fuhr er mit den Händen über den bedrohlichen dunklen Schimmer des Metalls. »Ich nehme meine Worte zurück«, sagte er mit leiser Freude. »Ihr habt aus diesem Ding etwas Besseres gemacht, als es jemals war — es ist jetzt kräftiger, schärfer. Und es hat einen seltsamen leichten Schimmer ...«

Elof, der erschöpft auf dem warmen Sand ausgestreckt lag, brauchte einen Augenblick, um zu begreifen, was er hörte. Dann rollte er sich schwungvoll herum und rappelte sich auf; es drängte ihn, sich selbst davon zu überzeugen, obwohl er es kaum wagte. Was sah der Schwertkämpfer da? Konnte es sein, daß auch er einen Hauch der Kunst im Blut hatte?

»Wie Fische, die in einem Teich hin und her flitzen«, fügte Kermorvan begeistert hinzu. »Als ob das Licht der Sonne mit hineingeschmiedet worden sei, so wie man es von den Duergar-Schmieden des Altertums ... ach, ich vergeude Zeit! Doch jetzt haben wir eine echte Chance!« Er wandte sich um und wies die Leute an, die Seile und Rollen vorzubereiten. Behutsam streckte Elof die Hand aus, um das warme Metall zu berühren; er betrachtete es, blickte in es hinein. Unter dem grünlichen Glanz des Stahls tanzte in der Tat ein Licht, mal stärker, mal blasser, pulsierend wie Blut in den Adern. Das Werkstück, so derb es auch war, war unter seinen Händen zum Leben erwacht.

Eine innere Eingebung veranlaßte ihn, sein Schwert von der Stelle aufzuheben, wo es neben seinem Umhang und Wams im Sand lag, und den Griff, den er angefertigt hatte, genau zu betrachten. Wolken schimmerten darin, obwohl der Himmel klar war; sie wogten und glitten durch das Maschengeflecht, flüchtig wie Gedanken. Die Erkenntnis, das Aufsteigen einer Hoffnung, die er absichtlich verdrängt hatte, war beinahe schmerzhaft, wie die Bewegung einer lange nicht benutzten Gliedmaße. Doch es gab kein Entrinnen vor diesem Schmerz, und er bereitete ihm auf unerklärliche Weise Freude. Er hätte es in jenem Augenblick ahnen müssen, als er den klobigen alten Hammer und die Zange berührt und die Leere in ihren gespürt hatte; es war ihm nicht einmal bei der Arbeit für Hjoran aufgefallen. Es bedurfte der Macht, um Macht zu erzeugen — und den Mangel an gewissen Eigenschaften. Mit einem Freudenschrei warf er das Schwert wirbelnd in die Luft, fing es wieder auf und schloß die Finger um das kühle Glitzern des Griffes, um es an sich zu drücken. Wozu die Macht befähigte, wußte er nicht, doch diesem Griff wohnte eine besondere Eigenschaft inne. Er hatte seine Kunstfertigkeit zurückerlangt, sein langwieriger Heilprozeß war vollendet.

»Mit einemmal bietet Ihr wahrhaftig einen kriegerische Anblick!« lachte Kermorvan, der über den Strand herangeschritten kam. »Nun, Herr Schmied? Habt Ihr nun vor, uns zu begleiten und an unserer Seite zu kämpfen, oder wollt Ihr Euch drücken und in Eurer Schmiede verfaulen — vorausgesetzt, Ihr findet jemals wieder dorthin?«

Elof stach die schwarze Klinge senkrecht in den Sand, wo sie wie eine düstere Pflanze stecken blieb. Wie sonderbar, daß er dem Griff eine besondere Eigenschaft eingegeben hatte, ohne die Bestimmung zu kennen. Doch andererseits, was wußte er über seine eigene Bestimmung? Sollte er in die Marschen zurückkehren und weiterleben wie bisher? Das Sumpfland war ihm einst als der richtige Platz für ihn erschienen, ein Ort, an dem er sich verstecken konnte, nicht so sehr vor dem Schmiedemeister als vielmehr vor seiner eigenen Abscheu vor sich selbst — ein bitteres Mittel, um einen erkrankten Geist zu reinigen. Er hatte Bestrafung im Leiden gefunden und vielleicht einiges an Wiedergutmachung geleistet; es gab viele Reisende, die sich jetzt in Sicherheit befanden, was ohne ihn nicht der Fall wäre. Und das, so scheint es, hatte ihm die Heilung gebracht. Trotz seiner trostlosen Einsamkeit war das Sumpfland jetzt fast so etwas wie ein sicherer Himmel geworden, eine Zuflucht, wo er weiterhin ein schlichtes, nützliches Leben führen konnte, ohne Bedürfnisse, die über das reine Überleben hinausgingen, wo er seine Sorgen und Ängste vergessen konnte. Doch war es richtig von ihm, sie zu vergessen, nachdem er nun seine Gesundheit und sein handwerkliches Geschick wiedererlangt hatte? War es richtig, sich weiterhin zu verstecken? Die Welt drehte sich weiter und wartete nicht auf ihn, wenn er sich im Schilf verbarg. Was war mit seiner Rache an den Ekwesh? Was war mit seiner Schuld Roc gegenüber? Was war mit dem Gelübde, das er Kara geleistet hatte? Und was war mit der verhängnisvollen Macht, die er unwissentlich in die Hände eines ruchlosen Mannes gelegt hatte?

Einen Augenblick lang war er verwirrt, doch das ging schnell vorüber. Dann nickte er, gleichzeitig ärgerlich und erheitert. Welche unbekannte Macht ihn auch hierher geführt hatte, sie hatte den Zeitpunkt mit Bedacht gewählt. Die Ekwesh wurden immer unverschämter, und er half jenen, denen es nicht gelang, sich ihnen zu widersetzen. Was immer er in der Schmiede auch an Gutem tun konnte, er konnte auf jeden Fall mehr in der Welt draußen tun. Es gab noch so viel zu sehen, so viel zu lernen, und er war schließlich noch jung.

Er wandte sich zu Kermorvan um und zog dabei seine von der Sonne erwärmte Klinge aus dem Sand. Sein Weg zeichnete sich deutlich vor ihm ab. »Nun gut, südländischer Pirat! Ich komme mit! Allerdings unter einer Bedingung. Wenn der Kampf vorüber ist und ich mich dafür entscheide, Euch zu verlassen, dann seid Ihr mir einen Dienst schuldig. Ihr werdet mich in der Nähe einer Stadt an Land setzen und mich mit Proviant und der nötigen Ausrüstung versorgen, um dorthin zu gelangen. Abgemacht?«

»Abgemacht!« dröhnte Kermorvan mit Nachdruck. »Wir könnten es per Handschlag besiegeln, aber ich habe eine bessere Idee. Es ist zum Auslaufen noch zu klar, die Ekwesh würden uns von weitem schon erblicken. Wir müssen notgedrungen warten. Das strapaziert meine Geduld aufs äußerste, wir könnten also die Zeit dazu nutzen, aus Euch annähernd so etwas wie einen Schwertkämpfer zu machen. Sollen wir die Schwerter kreuzen?« Kermorvans Langschwert fuhr zischend aus der Scheide, grauer Stahl glitzerte vor Augen in der gleichen Farbe.

»Elof!«

Elof grinste, und die schwarze Klinge schimmerte in ihrer verhaltenen Großartigkeit. Er ahmte die Position nach, in der sich Kermorvan aufgestellt hatte.

»Kermorvan! Das nenne ich einen gerechten Ausgleich im Tausch gegen das Schmiedehandwerk, das ich dir beigebracht habe ...«

Also verbrachten sie mehr als eine Stunde dieses Nachmittags damit, herumzuwirbeln und Angriff und Abwehr zu üben, und ihre Schwerter trafen sich klirrend im immer dichter werdenden Dunst. Die müßigen Korsaren standen um sie herum, sahen ihnen zu und lachten, wenn Elof von der flachen Seite der grauen Klinge getroffen wurde oder mit dem Gesicht nach unten in den Sand fiel und die Brandung an ihm leckte wie ein aufgeregter Hund. Sie alle hatten unter dem Lehrmeister Kermorvan gelitten. Doch nach einiger Zeit, als sich der Nebel über die kleine Bucht legte, verstummte ihr Lachen; viele nickten nachdenklich und schlossen kleine Wetten über den bevorstehenden Beutezug ab. Denn Elofs bloße Kraft machte die Feinheit in der Schwertführung, die ihm fehlte, wett, und mit demselben scharfen Blick und der kräftigen Hand, mit denen er die Schläge so gezielt auf den Amboß sausen ließ, ging er gegen seinen Gegner vor. Schließlich stellten sie sich schwankend und keuchend Auge gegen Auge und Schwertgriff an Schwertgriff einander gegenüber. »Schon besser«, japste Kermorvan. »Eines Tages ... wirst du ein großer Haudegen sein ... wenn du den Willen dazu aufbringst!«

»Ich schlage ... lieber auf Metall ... als auf Menschen!« ächzte Elof. Der große Mann lachte und wollte gerade zu einer Erwiderung ansetzen, als von den hohen Dünen hinter dem Strand ein Ruf erschallte. »Segel in Sicht! Im Süden! Ein schwarzes Segel!«

»Fertigmachen zum Auslaufen!« befahl der Kapitän, während er aufsprang. »Los, bewegt euch! An die Leinen!«

Kermorvan klappte mit einer einzigen fließenden Bewegung seinen Gesichtsschutz herunter und schob sein Schwert in die Scheide; dann schoß er davon, um sich zu den anderen Korsaren zu gesellen, wobei er Elof hinter sich herzerrte. Ein Federtau, das zwischen dem Achtersteven, einem dicken alten Baumstamm und der Bugwinde gespannt war, zog das Schiff auf den Rollen vorwärts, während jene Mannschaftsmitglieder, die sich nicht an der Winde abmühten, hin und her eilten, um die Rollen unter dem Heck wegzuziehen und unter den sich vorwärts bewegenden Bug zu schieben. Elof, der über das Heck kletterte, wunderte sich, daß niemand zerquetscht wurde, doch es handelte sich um einen vielmals geübten Vorgang, und der lange, schlanke Schiffsrumpf glitt beinahe ohne einen Spritzer in das ölig-ruhige Wasser der Bucht. Die Nebelschwaden legten sich über das niedrige Dollbord und waberten um die Beine der Männer, die mit den Rollen beschäftigt gewesen waren und die jetzt an Bord gehoben wurden, als ob sie sie zurückhalten wollten. Viele der Männer umklammerten Amulette oder machten abergläubische Zeichen; selbst Kermorvan legte für einen Augenblick die Stirn gegen den Mast und murmelte leise Worte vor sich hin. Elof indessen blickte nur zurück zur Küste, die jedoch nur noch als Schatten im Nebel zu sehen war, und selbst der sumpfige Geruch verlor sich in dem vielfältigen Gestank des Schiffes, der von Teer und feuchten Schlafsäcken aus Robbenfell bis zu dem nicht zu beschreibenden Moder und Schimmel in der Bilge herrührte.

Der Kapitän förderte ein schweres Bündel aus Öltuch zutage, und als er es vorsichtig aufwickelte, fiel das Licht der Buglaternen auf einen großen geschnitzten und vergoldeten Tierkopf mit starren Augen aus rotem Glas und einem breiten Maul, in dem Reißzähne aus Messing blinkten. Er hob ihn hoch und setzte ihn in eine Halterung oben auf dem Vordersteven, so daß er über dem Bug thronte wie auf einem gebogenen Schwanenhals.

»Amicac, Gieriger Schlund!« brüllte die Mannschaft und brach in wilden Jubel aus. Elof erschauderte.

»Warum tragen sie diesen Allesverschlinger des Meeres so fröhlich als Galionsfigur?« flüsterte er Kermorvan zu.

»Was paßt besser zu Piraten?« erwiderte der Schwertkämpfer finster. »Schrecken, Geißel und Fluch, das sind unsere Insignien. Wir sind Gesetzlose oder Verbannte, und womöglich droht uns das Abgeschlachtetwerden genauso von unserem eigenen Volk wie von unseren Feinden.« Er stieß ein verbittertes Lachen aus. »Vielleicht haben wir ein Bündnis mit dem Verschlinger geschlossen. Entweder liefern wir ihm Nahrung, oder wir selbst werden hinabgeschickt, um von ihm verzehrt zu werden. Warum sollten wir nicht seinen Schutz anfordern? *Setzt die Ruder! An die Pinne!*«

Die Ruderer nahmen ihre Plätze auf den Bänken ein, und die langen, schweren Ruder an den dicken Zapfen schoben sich über das Schandeck hinaus. Für einen Augenblick verharrten sie in der Schwebe, als ob sie im Begriff wären, im Nebel zu rudern anstatt im Wasser, doch als der Kapitän den Befehl gab und dazu mit der Hellebarde auf das Deck stieß, wurden sie in vollkommener Übereinstimmung ins Wasser getaucht und hindurchgezogen. Das schlanke Schiff hob den Bug und glitt dahin, und das dunkle, glasige Wasser klatschte und gurgelte entzückt um die neue Ramme.

Jemand stimmte leise eine Melodie an, und bald darauf fielen die anderen mit ein; es war ein langsames, ziemlich trauriges Seemannslied im Rhythmus der Ruderschläge.

Ich fahre übers Wasser,
Schön ist die Meerjungfrau,
Schön ist der Körper der Saithana!
Ihre fließenden Locken,
So hell wie die Sonne,
Ihre Brüste weiß wie Schaumkronen,
Ihr Körper so schlank
Und blaß wie die Möwen;
Seidig durchgleiten ihre Hüften die Gischt!

Kermorvans klare Stimme übertönte den Chor.

Saithana, komm zu mir,
Laß mich nicht treiben,
Und so einsam schlafen,
Wo die Flut mich mit sich reißt,
Und kalte Klauen an mir zerren.

»Ach, sollen sie doch nach Saithana schreien, solange sie wollen«, brummte der Schiffer Elof zu, »denn du mußt wissen, Herr Schmied, sie is' die Verheißung für die Ertrunkenen. Wir müssen jetzt nämlich bei Nacht und Nebel herumirren und diese Schweine suchen, und das is' keine ungefährliche Sache!«

»Aber es muß bei Nacht und Nebel geschehen«, fügte Kermorvan ruhig hinzu, »denn bei Tageslicht und unter Segeln könnten wir es mit den Ekwesh niemals aufnehmen. Doch sie sind schlechte Navigatoren, die sich ausschließlich nach dem Verlauf der Küste richten, und darin besteht unsere Hoffnung. Sie müssen das Delta passieren, eine Gegend, in der immer irgendwo Nebel herrscht, und dort können wir sie überwältigen!« Er starrte hinaus in den immer dichter werdenden Nebel, wo Elof überhaupt nichts sehen konnte. Im nächsten Augenblick gab Kermorvan einen Befehl, und die Klänge des Seemannsliedes verebbten. Er legte ein Ohr auf das Dollbord, als ob er lauschte. »Wir fahren wohl gerade an den Felsen der Landzunge vorbei, der Dünung nach zu urteilen ... stimmt's, Schiffer?«

Der Kapitän lauschte einen Augenblick lang und nickte dann. Elof spürte, wie das sanfte Heben und Senken unter seinen Füßen langsamer und stärker wurde, je weiter sie in die offene See hinauskamen, obwohl immer noch nur eine ganz leichte Brise wehte.

»Also los!« fuhr Kermorvan fort. »Löscht die Laternen, dämpft die Ruderdolen, befestigt alles Lose und haltet den Mund, den von nun an wird es nur noch leise Befehle geben. Wir wollen diese Teufel hören, bevor sie uns hören, vergeßt das nicht. Macht eure Sache gut, dann werden wir alle am Ende dieser Reise reiche Leute sein!« Unterdrückter Jubel antwortete ihm, dann senkte sich Schweigen, dichter als der Nebel, über das Schiff. Er wandte sich an Elof. »Hab bitte keine schlechte Meinung von mir, weil ich Reichtümer verspreche. Ich selbst brauche ebenfalls welche.«

»Wie das?«

Seine Faust knallte hart auf die Pinne des Steuerruders. »Um mir eigene Schiffe zu kaufen und diese auszurüsten. Damit wir vor den Raubzügen unserer Feinde zuschlagen können und nicht wie die Aasgeier über die Beute herfallen müssen! Wir haben bis jetzt vier Ekwesh-Schiffe aufgebracht und drei gekapert, und ich, der mittellose Verbannte, der ich nun mal bin, habe alle meine Anteile an der Beute gespart — bisher recht wenig, aber damals war ich noch nicht Zweiter Befehlshaber. Heute nacht wird es sich entscheiden!«

Die Stunden vergingen, und das Schiff der Korsaren schlug diese und jene Richtung ein, auf der Suche nach irgendeiner Spur des Opfers. Kermorvan und der Kapitän machten ihre Position lediglich aufgrund der Gezeiten und der Strömung aus. Hin und wieder riß eine heftige Windbö den Nebel auf, doch während der meisten Zeit hing das Segel schlaff und leblos herunter, von der Feuchtigkeit benetzt, während die Korsaren sich an den Rudern abmühten und immer erschöpfter und mutloser wurden. Viele äußerten die Ansicht, daß die Ekwesh wahrscheinlich längst an ihnen vorbeigefahren waren. Elof übernahm eine Ruder- und eine Wachschicht, bei der er auf dem hohen Bug hinter dem abscheulichen Kopf stand und sich mit einer Hand fest am Vordersteven festhielt.

Er betrachtete die Ramme unter sich, an der sich die sanften Wellen brachen, und er war sich nun nicht mehr sicher, ob er richtig gehandelt hatte, indem er mitgekommen war, und ob er den Worten des Schwertkämpfers vertrauen konnte. Diese feuchte Kälte umnebelte seine Gefühle, alles um ihn herum war so unendlich öd, blaß und still …

Oder doch nicht?

Er beugte sich plötzlich vor und hielt den Atem an, um das schwache Geräusch, das er zu hören glaubte, nicht zu übertönen — Quietschen, Platschen, das Klatschen von Wasser unter einem Schiffsrumpf, wie ein Echo der Geräusche des Schiffes unter ihm, doch weit, weit entfernt in der Blässe der Morgendämmerung. War das vielleicht ein Streich, den ihm der Nebel spielte, indem er Geräusche zurückwarf und auflöste, so wie er es mit dem Licht tat? Doch er lauschte erneut und hielt den Atem diesmal so lange an, daß er beinah erstickt wäre; er glaubte, das Lachen rauher Stimmen gehört zu haben, als ob das Echo jetzt aus den dunklen Träumen seiner Jugend käme. Er ließ sich auf Deck zurückgleiten und ließ dem Kapitän und Kermorvan eine Nachricht übermitteln. Die Ruder wurden angehalten, die Mannschaft erhob sich und reihte sich lauschend am Dollbord auf; die Geräusche waren inzwischen lauter geworden, kamen immer näher heran, bis kein Irrtum mehr bestehen konnte.

»Aber wo denn?« fragte der Kapitän verstört. »Mal seh' ich sie dort, mal seh' ich sie hier ... das krieg' ich überhaupt nich' auf die Reihe ...«

»Dort vorn«, sagte Elof.

»An Backbord ...«

»Nein, an Steuerbord, und sie nähern sich ...«

»Aber die Winde ist doch hinten!«

»Still!« zischte Kermorvan plötzlich voller Zorn die Ruderer an. »Zurück an die Pinne, ihr verdammten Kerle! Und rudert! Rudert um euer Leben! Steuermann, nach Norden! Seid auf alles vorbereitet! Bogenschützen, nehmt Aufstellung! *Sie sind rings um uns herum!«*

Das Schiff der Korsaren schoß voran; eine vorübergehende Windbö erhob sich, und der Nebel blähte sich wie ein Segel und wurde für kurze Zeit dünner. In diesem Augenblick duckten sich alle Mann an Bord, mit Ausnahme von Kermorvan, der wie angewurzelt auf der Stelle stehen blieb. Im schwachen Licht huschten dunkle Schatten, um die Hälfte größer als ihr eigenes Boot, zu beiden Seiten durch die Dünung — nicht nur einer oder zwei, sondern mindestens zwanzig.

Dann flaute die Bö ab, und sie waren dankbar dafür, daß sich der Nebel wieder verdichtete. Es gab keinen Alarm, kein Angriffsgebrüll, kein Quietschen von Katapultkurbeln; die Wachen hatten sie nicht gesehen. Kermorvan packte Elof an der Schulter. »An den Bug, du und Maile, und lauscht angespannt! Eines der Schiffe fuhr in Richtung Küste, wir können es einholen, wenn wir schnell sind. Entermannschaft, bewaffnen! Steuermann ...«

Elof wankte zusammen mit Maile, dem Bootsmann, zu seinem Ausguck zurück, wo sie lauschten und hin und wieder geflüsterte Anweisungen an den Steuermann weitergeben ließen, wenn dunkle Schemen aus dem Nebel um sie herum auftauchten. Ein leises, rhythmisches Pochen trommelte an den Schiffsrumpf unter ihnen, und das Heben und Senken der Ruder wurde im gleichen Takt immer schneller. Der Bug hob sich und tauchte wieder in den dunklen Ozean ein. Das Schiff der Korsaren raste in einem wahnwitzigen Wettrennen durch die Flut, glitt durch Bugwellen und hüpfte über Kielwasser. »Nach hinten, Maile«, sagte Kermorvans Stimme hinter ihnen, »auf deinen Posten! Wir haben die meisten von ihnen hinter uns gelassen und sind dem einen auf den Fersen.«

Vor ihnen waren jetzt ein dumpferes, langsameres Ruderschlagen sowie der Klang einer Trommel und der Gesang rauher Stimmen zu vernehmen. Etwas oder jemand sang nicht, sondern jammerte in hohen Tönen vor großem Kummer. Alte Erinnerungen stiegen bitter in Elofs Kehle auf. Er wandte sich an Kermorvan. »Nun? Wohin soll ich ...« Er verstummte entgeistert.

Die Gestalt, die da vor ihm stand, hatte nichts mehr von Kermorvan. Ein hoher Helm aus dunkel schimmerndem Metall, reich verziert, saß auf seinem Kopf, und darunter war ein Visier wie eine Maske in der Form eines Gesichts, ebenmäßig und stolz, doch mit dem Ausdruck zügelloser Wut und Grausamkeit in den schrägstehenden Augen und den geblähten Nüstern. Ein glänzender Kragen aus Stahl lag um den Hals, und der Körper steckte von den Schultern bis zu den Zehen in einer Umhüllung aus dunklem Metallkettengewirk mit eingearbeiteten Platten an Schultern, Armen und Knien und in der Taille mit einem breiten Lederriemen umgürtet, in dem eine Axt und ein langer Dolch steckten. Ein langer Pelzumhang hing ihm um die Schultern, Panzerschuhe bedeckten die Füße, und Panzerhandschuhe aus Stahl mit schweren Stulpen schützten seine Hände, die ein großes zweihändiges blankes Schwert hielten. Nur der Mund und das Kinn waren nicht von Metall bedeckt, und die schmalen Lippen paßten gut zu der grimmigen Maske darüber.

Er wirkte in dem Nebel wie die zum Leben erweckte Statue irgendeines Kriegsgottes oder wie irgendeine tödliche Zerstörungsmaschine. Selbst seine Stimme hatte einen metallenen Klang. »Sie werden wirklich immer dreister, diese Menschenfresser. Sie lassen sich viel Zeit auf dem Nachhauseweg, während sie früher geflohen wären.« Er trat ein paar Schritte vor und hielt dabei den Umhang fest um sich geschlungen, um das Klirren des Metalls zu dämpfen. »Dennoch werden sie auf einen Kampf vorbereitet sein, und sie verfügen über eine tödliche Methode, mit der sie unseren Angriff beantworten können. Ihre Ruderblätter sind mit scharfen Stahlkanten versehen, sie können damit also einen Feind auf der ganzen Breitseite angreifen, was eine schreckliche Wirkung hat. Keine Entermannschaft kommt an ihnen vorbei — es sei denn, man schlägt sich gleich zu Anfang einen Weg frei, bevor ihre Bogenschützen Aufstellung genommen haben. Es ist ein mörderisches Unterfangen, dazustehen und auf die Ruder einzuhacken — man braucht dafür ein kräftiges Schwert und einen starken Willen. Ich weiß es, denn ich habe bei unseren letzten Angriffen diese Aufgabe übernommen, und viele sind umgekommen, weil ich die Entermannschaft nicht anführen konnte. Wirst du es diesmal tun?«

Elof sah ihn an, und gleich darauf nickte er. »Wo muß ich mich hinstellen?« fragte er mit plötzlich heiserer Stimme. Kermorvan führte ihn ein Stück weiter nach hinten, wo sich bereits zehn Männer versammelt hatten, bewaffnet mit allen Arten von Klingen und Äxten, geschützt jedoch nur durch leichte Stahlkappen und derbe Lederwämser, viele davon in Ekwesh-Art, und kleinen runden Schilden. Ihm war klar, daß viele von ihnen womöglich ihr Leben lassen mußten, wenn sie nicht von einem voll bewaffneten und gerüsteten Mann angeführt wurden.

»Wir haben eine Rüstung für dich, wenn du möchtest — nein? Also dann, hier ist dein Platz!« flüsterte der harte Mund. »Du steigst in dem Moment, in dem wir angreifen, auf das Dollbord und hältst dich hier an den Leinen fest. Du mußt mindestens zwei Ruder für uns unschädlich machen, am besten drei, wenn es geht. Danach folgst du uns oder bleibst an deinem Platz, um jeden abzuwehren, der seinerseits versucht, uns zu entern. Wir wollen jedoch hoffen, daß sie zu sehr beschäftigt sind, um uns einen solchen Streich zu spielen. Also — wir sind fertig. Haltet euch tapfer, ihr alle!« Die Maske starrte hinaus in den Nebel und dann nach hinten zum Steuerruder. »Sind wir in ihrer Reichweite, Schiffer? Also los! Ruderer, Rammgeschwindigkeit!«

Die Worte waren leise, doch mit großem Nachdruck gesprochen worden. Das Trommeln an Deck wurde eindringlicher, aufpeitschender; die Ruderer warfen sich in schnellem Takt vor und zurück und keuchten heftig, während sich ihre Rücken anspannten, bis das gesamte Schiff schnaubte wie ein gewaltiges Meeresungeheuer. Es schoß durchs Wasser, der Schlangenkopf am Bug bäumte sich wie eine Nachahmung des schrecklichen Originals auf, und der Nebel huschte in Schwaden an ihnen vorbei. Ein wahnwitziges Hochgefühl durchflutete Elof, und obwohl er sich der Gefahr sehr wohl bewußt war, sprang er auf das Dollbord und schlang einen Arm um den Jungfernblock, um zu sehen, wie seine leuchtende Ramme über das Wasser zischte, einem riesigen Pfeil gleich, der auf die hohe, aufgewühlte schwarze und weiße Wand geschleudert worden war, die vor ihm immer deutlicher aufragte. Dann schwoll die Bugwelle darunter ganz plötzlich an und wurde steiler, eingetrichtert zwischen den beiden Schiffsrümpfen ...

Der Nebel stieg explosionsartig auf, und eine riesige Hand umklammerte seine Beine und hob ihn vom Dollbord; das Deck sank unter ihm ab wie der Boden eines Galgens. Einen Augenblick lang hing er mit einem Arm am Jungfernblock, wobei er verzweifelt sein Schwert umklammerte, bis das Deck sich wieder hob, um ihn mit einem wuchtigen Aufprall, der ihn durch Mark und Bein erschütterte, wieder aufzunehmen. Er drehte sich blitzartig um und sah einen großen, flachen Schlangenkopf, der sich hob und auf ihn einschlug; er drosch wild auf den Hals ein, Holz splitterte, und das scharfkantige Ruder fiel herab. Er wirbelte an dem Tau herum, beugte sich so weit hinaus, wie er es wagte, und hieb auf das nächste Ruder hinab. Der Schaft zerbrach krachend, und das Blatt wurde abgetrieben, bis es gegen die Planken des Korsarenschiffs prallte und zersplitterte, während beide Schiffe von einer Woge hochgehoben wurden. Er war gerade dabei, sich zurückzuschwingen, um ein weiteres Ruder unschädlich zu machen, als an dem Tau in seiner Hand wie an einer Harfensaite gezupft wurde und eine Gestalt von oben an ihm vorbeiglitt und mit einem großen Satz in die Lücke sprang, die er geschaffen hatte, um polternd auf der Reling des Ekwesh-Schiffes zu landen. Mit dem Schrei *»Morvan morlanhal!«* schwang Kermorvan seine riesige Klinge, und Elof sah, wie zwei schwarzgewandete Körper über die Reling flogen und in das brodelnde Wasser hinunterstürzten.

Hinter ihm wurden Enterhaken geworfen, die sich in Holz gruben, und die Korsaren schwärmten hinüber, wo er den freien Platz geschaffen hatte. Dann zuckte das nächste Ruder blitzartig heran, und Elof konnte gerade noch seine Beine vor ihm in Sicherheit bringen, bevor es an der Stelle in das Deck schnitt, wo er gestanden hatte, und dabei eine tiefe, splitternde Kerbe in die Planken schlug. Seine Stiefel stampften auf den Schaft und rammten die Klinge tief hinein in das Holz des Decks, und er trennte das Blatt mit einem Hieb ab. An der Ekwesh-Reling erschallte ein Chor aus Schreien und Gebrüll, und er starrte ungläubig hinüber, als ein Schwall von Ekwesh-Kriegern sich auf die Entermannschaft stürzte und in wirren Strudeln gegen Kermorvans Schwert wogte. Jetzt rannte die maskierte Gestalt voran, gefolgt von der Entermannschaft in Keilformation, und dem riesigen Schwert hielt nichts stand, kein Schild, keine Klinge, kein menschlicher Körper. Kermorvan schlug eine breite Schneise entlang der Flanke des Schiffes bis zum Heck frei, wo er außerhalb Elofs Sichtweite verschwand.

Elof beobachtete, wie ein Bogenschütze der Ekwesh sich am Vorderdeck aufrichtete und anlegte, doch gleich darauf stürzte er über Bord, aufgespießt auf einem Pfeil, der vom Heck des Korsarenschiffs abgeschossen worden war. Ein zweiter Pfeil zischte durch die Luft, und einer der Ruderer röchelte und sackte an seinem Ruder zusammen; die anderen duckten sich und behielten ihre tödliche Geschwindigkeit bei. Bogenschützen stellten sich hinter der hohen Reling auf, bereit, einen Pfeilhagel auf das Korsarenschiff loszulassen und den Enterern den Weg abzuschneiden. »Es is' Zeit, daß wir springen, Herr Schmied!« blökte der Kapitän. Er brüllte seinen eigenen Bogenschützen etwas zu und machte einen Satz über den Spalt zwischen den beiden Schiffen. Er schaffte es kaum, hing mit den Händen an der Reling; zwei Ekwesh legten zum Schuß an und sackten mit Pfeilen in den Kehlen zusammen, während er hinaufkletterte.

So entsetzt Elof über das Blutvergießen war, etwas in ihm brodelte jetzt wild; er hangelte sich am Tau hinauf, bis er sich über dem wilden Gemetzel an Deck des Ekwesh-Schiffes befand; er wartete ab, bis sich das Boot gehoben und gesenkt hatte, dann sprang er. Ein Pfeil streifte ihn während des Sprungs an der Seite, er landete zwar an Deck, kam jedoch so ungeschickt auf, daß er sein Schwert verlor. Eine dunkel gewandete Gestalt ragte vor ihm auf, er rollte sich zur Seite, und eine Klinge bohrte sich neben seinem Ohr ins Deck. Er trat heftig mit den Füßen aus, das Gewand sackte wie ein Zelt in sich zusammen; es gelang ihm, sein Schwert wieder zu fassen zu bekommen, und er stieß mit voller Wucht zu. Das Gewand klappte schlaff darüber zusammen, zuckte einmal mit einem furchtbaren erstickten Schrei und verstummte. Er stand taumelnd auf und betrachtete angewidert und gleichzeitig fasziniert die leuchtend roten Flecken auf dem schwarzen Metall; er, er hatte dieses Blut vergossen, das war seine Vergeltung! Dann stürzte ein Ekwesh mit einem Speer auf ihn zu; er sah, wie sich der Speer hob und herabsauste, um ihn abzuschlachten, während sein eigenes Schwert durch die Luft schnitt und die gegnerische Waffe abwehrte. Der Speer flog in zwei Stücken zur Seite, sein Besitzer stand einen Augenblick lang mit einem breiten roten Striemen längs durch den ledernen Brustpanzer da, dann fiel er mit einem letzten gurgelnden Atemzug zu Boden.

Zerrissen zwischen Entsetzen und Begeisterung, taumelte Elof wie betrunken über das schwankende Deck; das Ekwesh-Schiff wurde erbarmungslos vom Rest der Flotte weggetrieben, während die Korsaren-Ruderer ihren kräftigen Schlag beibehielten und immer mehr Ekwesh-Ruderer die Bänke verlassen mußten, um zu kämpfen. Hoch oben auf dem Heckaufbau stand Kermorvan, umgeben von verstreut herumliegenden Leichen von Bogenschützen, eine grauenerregende Gestalt in Kettenrüstung, die blutrote Hiebe auf die Ekwesh herabregnen ließ, die vom unteren Deck heraufstürmten und niedergemäht wurden, bevor sie überhaupt am Kampf teilnehmen konnten. Andere kletterten von den Ruderbänken herauf, wurden jedoch von den Korsaren erledigt, sobald sie das Hauptdeck erreichten. Die Luft zitterte vor klirrenden Waffen, dem heiseren Kriegsgebrüll der Korsaren und dem nervenzerreißenden Geheul der Ekwesh. Blutlachen breiteten sich an Deck aus und bildeten einen glitschigen Belag, und Elof sah den vom

Kopf getrennten Körper eines Kriegers, der darüberrutschte und taumelnd in eine Luke fiel; hysterisches Geschrei drang von unten herauf.

Plötzlich befand er sich in Gedanken wieder in den Ruinen von Asenby, wo das alte Stadtoberhaupt tot zu seinen Füßen lag und die Frauen um ihn herum ihre Wehklagen hinausheulten, unter dem abschätzenden Blick jener grauenvollen Augen — und dann waren die Augen plötzlich direkt vor ihm, gelb und glühend vor loderndem Haß. Voller Entsetzen, das an Wahnsinn grenzte, holte er zum Schlag gegen sie aus. Etwas biß brennend in seine Schulter; er sah eine dunkel gewandete Gestalt, die radschlagend und wirbelnd über das Deck davonhuschte. Dann flogen Gliedmaßen in alle Richtungen, und erst da wurde ihm bewußt, daß er einen echten Menschen niedergestreckt hatte, nicht nur eine Illusion. Das Schwert, das seine Schulter gestreift hatte, fiel ihm scheppernd vor die Füße und rollte seinem Träger hinterher, der ausgestreckt am Fuß des Heckaufbaus lag. Elof taumelte weiter und erreichte den Aufbau genau in dem Augenblick, als Kermorvan die Leiter heruntergepoltert kam, dabei sein Schwert schwang, das auf der halben Länge der Klinge abgebrochen war, und ihn mit erhobener Hand grüßte. »Das war das! Das Schiff gehört uns!«

Elof ging an ihm vorbei und drehte den Körper des Mannes um, den er niedergestreckt hatte. Die Augen starrten ihn an, weit aufgerissen und sehr lebendig, trotz des tiefen Schnitts, der das Bein unbrauchbar gemacht hatte. »Ein Häuptling, seinem Gewand nach zu schließen«, sagte Kermorvan, wobei er es lässig mit seinem abgebrochenen Schwert hochhob. Etwas klirrte am Gürtel des Mannes, lang wie ein Dolch, und Elof bückte sich schnell, um es wegzureißen. Doch als der kalte Gegenstand seine Hand berührte, betrachtete er ihn voller Verblüffung. Es war ein Bronzestab mit einem gebogenen Griff, ein breiter Ring war durch das untere Ende gehakt, und die reiche Verzierung und die Zeichen darauf waren durch die Berührung vieler Hände und den Einfluß vieler Jahre beinahe vollkommen glattgewetzt. Er kannte ihn nur allzugut, doch nun sah er ihn mit anderen Augen. Er umklammerte ihn fest, diesen Gegenstand, an den er sich so lebhaft erinnerte, und das kalte gelbe Feuer, das ihm innewohnte, schien zwischen seinen Fingern aufzulodern und sie zu kitzeln, so heftig brannte es. Hatte der alte Ekwesh ebenfalls eine Besonderheit daran wahrgenommen und es für etwas Bedeutungsvolles gehalten?

»Das ...«, brachte Elof keuchend hervor. »Es stammt aus meiner Stadt ... er war das Tier, das sie geplündert hat!«

»Und zweifellos viele mit ihm. Wir wollen diesen Aasgeier fesseln und ihn lebend mit an Bord nehmen, Männer! Ich möchte mich mit ihm unterhalten, doch jetzt habe ich keine Zeit dazu.«

»Alle Mann ans Abladen!« dröhnte der Kapitän. »Bewegt eure Ärsche, oder wollt ihr es mit einer weiteren Schiffsladung von diesen Wilden zu tun bekommen? Nehmt alles mit, was nicht niet- und nagelfest ist!«

Die Korsaren flitzten emsig hierhin und dorthin, hoben zurückgelassene Waffen und Rüstungen auf, nahmen den Toten den Schmuck ab und hoben die Gitter hoch, die die Luken zum Laderaum abdeckten. Kermorvan beteiligte sich nicht an diesem Treiben, sondern ging langsam zur Reling, lehnte sich daran und nestelte mit blutverschmierten Fingern an seinem Helm herum, um den Verschluß zu lösen. Elof hakte die Viehtreiberpeitsche an seinen Gürtel, um ihm dabei zu helfen, und Kermorvan seufzte dankbar, während er die Maske abnahm; sie hatte einen tiefen, blau angelaufenen Striemen auf seinem Gesicht hinterlassen. »Kerys! Das war ekelerregend!« sagte er und leckte sich über die trockenen Lippen.

»Du hast den Eindruck erweckt, als hättest du Spaß

an der Sache«, murmelte Elof, während er versuchte, das Blut von seinem Schwert zu kratzen.

»Das mag bei dir während der Ausübung deines Handwerks und deiner geheimnisvollen Kunststücke ebenso der Fall sein«, entgegnete Kermorvan mit schwacher Stimme, »wenn du für eine gewisse Zeit vergißt, was das Schwert, das du gerade herstellst, vielleicht einmal anrichten wird. Ich bin kein wilder Berserker; ich bin nur froh, daß wir diesen Tieren ihre Grausamkeiten mit gleicher Münze heimzahlen konnten — ja, das gewiß. Aber Spaß daran haben, wie es bei denen der Fall ist — nein! Dies ist das größte Schiff, das wir jemals eingenommen haben, und besser bemannt — zum Teufel, was ist das?«

Unter Deck, wo die Korsaren mit Plündern beschäftigt waren, war plötzlich ein gewaltiger Lärm entstanden, und Elof fielen die Schreie wieder ein, die er gehört hatte. Doch bevor einer von ihnen die Hauptluke erreichen konnte, war das Trampeln von Füßen zu hören, und eine Gruppe von Frauen stolperte an Deck — hellhäutige Frauen, offensichtlich Südländerinnen, mit einigen Kindern, die sich an ihnen festklammerten. Beim Anblick Kermorvans in seiner furchterregenden Rüstung hielten sie unvermittelt inne, so daß die hinteren beinahe zurück in die Öffnung gefallen wären; sie kreischten erneut und drängten sich aneinander. Kermorvan selbst sah beinahe ebenso verwirrt aus; er machte hilflose Bewegungen und versuchte ihnen klarzumachen, daß sie in Sicherheit seien und nach Hause zurückgebracht würden.

Es waren seine roten Haare und die klare Stimme, die sie allmählich beruhigten, mehr als die gesprochenen Worte, sowie die besonnene Art, mit der er den Korsaren befahl, sich um sie zu kümmern; sie hatten vor den Korsaren offensichtlich fast ebensoviel Angst wie vor den Ekwesh. Schließlich wurden zweiundzwanzig Frauen nacheinander in das Korsarenschiff hinuntergelassen; einige kreischten und zappelten, während sie in den Gurten hingen. Es waren einfache Leute aus Bauerndörfern, und die meisten von ihnen waren noch nie auf einem Schiff gewesen, bevor die Räuber sie überfallen und entführt hatten. Große Ballen mit Beutegut wurden nach ihnen hinuntergelassen, und als letztes der alte Häuptling; einige der kühneren Frauen schmähten ihn durch Fußtritte, Kratzen und Spucken, während er als hilfloses Bündel hinabgesenkt wurde. Dann schwang sich Kermorvan selbst hinunter zum Bug des Korsarenschiffs. Zwei Mannschaftsmitglieder brachten Speere heran; gemeinsam mit ihnen und Elof befreite er die Ramme von gesplittertem Holz, und die beiden Schiffe trieben voneinander weg.

»So leicht war die Befreiung!« wunderte er sich. »Doch der Biß war tief wie der eines Dolchzahns. Und keine Spur ist davon zu sehen, keine einzige Zinke ist verbogen — Schmied, ich werde mich nie mehr über dein Gemurmel lustig machen.«

Doch Elof blickte hinauf zum Deck des Ekwesh-Schiffs, von dem ein dumpfer roter Schimmer ausging. Der Kapitän erteilte den Ruderern einen schroffen Befehl, und sie legten sich ins Zeug, um von dem anderen Schiff wegzukommen; doch bevor sie sich zwei Schläge weit entfernt hatten, loderten Flammen an der Takelage des Ekwesh-Bootes hoch, Feuer brannte rund um den Mast und leckte an dem eingerollten Segel. Sie ruderten trotz ihrer Erschöpfung noch schneller, aus Angst, Funken könnten auf ihre eigene teerige Takelage überspringen, und als der Schiffsrumpf in den Nebel davonglitt, sahen sie, wie die Rah in Flammen aufging und das Großsegel krachend herunterfiel, um sofort lichterloh zu brennen. »Ich hoffe, der Gierige Meeresschlund mag sein Fleisch gut durchgebraten«, sagte Kermorvan trokken. »Ich habe ein brennendes Feuer in einer Art Schrein auf dem Heckaufbau gesehen, sorgsam umschlossen von Metall und Backstein. Was dort als Opfergabe geräuchert wurde, möchte ich nicht aussprechen. Ich habe ihn umgestoßen. Jetzt sollen sie suchen!«

»Aber du willst doch in den Besitz weiterer Schiffe gelangen!« sagte Elof. »Wenn ihr jene eurer Feinde unversehrt kapern würdet ...«

»Ich kann sie für meine Zwecke nicht gebrauchen, und niemand würde so etwas kaufen. Damit kann man eine Flotte vielleicht leichter aufreiben, aber nach dem Kampf brauche ich kleinere, flinkere Boote, so wie dieses hier — mit zehn oder fünfzehn Rudern pro Seite, nicht mit dreißig! Schiffe, die auf kurzer Strecke den Ekwesh davonfahren können, so wie wir es jetzt tun müssen, und dabei noch genügend Fracht und Männer zu befördern in der Lage sind.« Er verzog das Gesicht. »Und Frauen. Ich sehe noch einige Schwierigkeiten vor uns, bis alles überstanden ist.«

Doch entgegen seiner düsteren Voraussage schienen sich die Frauen einigermaßen mit ihrer Lage abzufinden, um so mehr, als sie kein Zuhause mehr hatten, zu dem sie hätten zurückkehren können. Auch die Korsaren verhielten sich ruhig, denn sie waren vom Kampf erschöpft, und das Rudern strengte sie an. Sie hatten jedoch reichliche Vorräte bei den Ekwesh erbeutet, und sie hielten sich mit der erfreulichen Aussicht bei Laune, daß sie an Land ein rauschendes Fest feiern würden.

Sechs hatten ihr Leben lassen müssen, weitere zwei hatten lebensgefährliche Verletzungen erlitten, doch die anderen waren guter Dinge, aus lauter Freude darüber, daß sie noch am Leben waren. Kermorvan, Elof und der Kapitän übernahmen genau wie die anderen Männer der Besatzung Ruderschichten, und sie kamen mit ordentlicher Geschwindigkeit voran. Sie mußten noch einige Stunden lang durch Nebel fahren, doch schließlich lichtete er sich und löste sich bald darauf ganz auf. Sie konnten das Segel hissen und nach Norden zu einer ihrer geheimen Anlegestellen fahren, einem kleinen verborgenen Einschnitt zwischen den hohen Klippen der

Bucht, der vom Meer aus nicht zu sehen war. Dann rief Kermorvan zwei Mannschaftsmitglieder heran, damit sie sein und Elofs Ruder übernähmen, und er ging nach hinten, wo der Ekwesh-Häuptling in Fesseln lag, von einem Korsaren, der zu schwer verwundet war, um zu rudern, bewacht und vor dem Zorn der Frauen geschützt.

Eine Frau zupfte Kermorvan am Ärmel, als er an ihr vorbeiging. »Herr! Laßt uns zu ihm! Bitte! Er ...!« Ihre Stimme wurde von Schluchzen erstickt. »All unsere Männer, selbst die kleinen Jungen ... sie haben uns mit unseren Töchtern auf die Schiffe verschleppt ... meine war erst zehn ... und dann kam dieser ... er nahm ...«

Kermorvan sah Elof an. Unter den Frauen befand sich kein Mädchen dieses Alters, nirgendwo auf dem Schiff hatten sie ein solches entdeckt. Sanft berührte er die Hand der schluchzenden Frau. »Er bleibt nur lange genug am Leben, um uns zu sagen, was er weiß. Ihr habt schon genug Schreckliches gesehen; es tut mir leid. Ich werde dafür sorgen, daß Ihr angemessen gerächt werdet.«

»Ich oder du, einer von uns wird das übernehmen«, sagte er, zu Elof gewandt, während sie dem Wachtposten mit einer Handbewegung bedeuteten, sich zu entfernen. »Denn auch du hast mit dieser Kreatur eine Rechnung zu begleichen.«

Elof schüttelte den Kopf. »Du magst dir anmaßen, der Vollstrecker der Gerechtigkeit zu sein. Ich nicht. Und, was auch geschehen sein mag, ich sehe hier nur einen kranken alten Mann.« Er bückte sich, um die Fesseln zu lockern, und wurde dafür angespuckt.

»Du ... ich erinnere mich an dich!« Er sprach die Sprache der Südländer recht flüssig, als ob er sie gelernt hätte. »Es ist viele Jahre her, doch ich habe nichts vergessen ... du bist das Findelkind, das der große Schamane bei sich aufgenommen hat ...« Er stieß ein widerwärtiges Hohnlachen aus, und der Atem rasselte in seiner Kehle. »Man hätte dich damals ... abschlachten und ... deine Leber essen sollen ... und ihm hätte es nicht besser gehen sollen ... soll er verfaulen! Denn er hat mich in diese Lage gebracht, mich und meinen Stamm!«

»Wie denn?« sagte Kermorvan mit grimmiger Verblüffung. »Nur indem er dieses eine Leben verschonte?«

»Nein, du Narr!« keuchte der alte Mann. Er schien sich in seinem Kummer zu suhlen und war nur allzu willens, den Auswurf davon jedem ins Gesicht zu spukken, der bereit war zuzuhören. »Großer Krieger, selbst du wirst das begreifen! Du kannst von mir lernen ... ich bin kein Dummkopf! Ich wäre niemals so weit nach Süden gegangen, nicht so bald; es geschah nur auf sein Geheiß! Ein Rat von vollgefressenen Idioten im Norden! Zu weit, zu früh, zu schwach ...«

»Warum hast du dann der Aufforderung dieses Mannes Folge geleistet?« fragte Kermorvan und kniete neben ihm nieder. »Hat er einen mächtigen Stamm hinter sich?«

»Stämme!« Das Lachen klang wie Nägel, die über Schiefer kratzten. »Er zerstört Stämme ... erniedrigt Häuptlinge ... tritt die Traditionen des *Aika'iya-wahsa* mit Füßen! Wollte uns mit Otter, Adler und Frosch vereinigen, unseren alten Erbfeinden, um durch die bloße Übermacht andere zu zermalmen ... wie das Eis ... Einige waren bereit ... ich weigerte mich und sprach damit für viele ... bis er seine Macht einsetzte, dann brach die Nacht herein, Häupter neigten sich vor ihm ... Fürchte nichts, wage den Widerstand ... Eine Klinge, die niemals einen Streich ausführte ... Mein Fluch und der Fluch aller Ahnen meines Stammes möge ihn treffen, möge dich treffen, Dreck, der du bist ... Hundekot, Aasfresser, Tierficker ... *Maiyehsa' sekaw'hai* ...« Die Stimme des Häuptlings wurde bruchig und verebbte zu einem Gemurmel in seiner eigenen Sprache.

»Wohin war eure Flotte unterwegs?« verlangte Kermorvan zu wissen. »Auf direktem Weg nach Hause?«

Doch der Häuptling weigerte sich, in einer anderen

als seiner Muttersprache zu reden, selbst als Kermorvan ihm das Schwert an die Kehle hielt, obwohl er sie beide immer noch mit schnellen Kopfdrehungen und leidenschaftlich funkelnden gelben Augen abwechselnd anstarrte wie ein uralter Geier. Er hatte gesagt, was er zu sagen hatte, und er verstummte stur und dickköpfig in dem Moment, da ihm Fragen gestellt wurden. »Wir werden nichts weiter aus ihm herausbekommen, auch wenn seine Schmerzen noch so groß sind!« sagte Kermorvan schließlich. »Wir sollten ihm lieber ein Ende bereiten. Elof, willst du diese alte Schlange noch etwas fragen — Elof?«

Elof hörte ihn, doch er war auf einen Stapel an Deck niedergesunken.

»Was ist denn mit dir los?« fuhr Kermorvan ihn an.

»Du hast doch gehört, was er gesagt hat«, flüsterte Elof und umklammerte mit den Händen leere Luft. »Der Mann, der große Schamane ... fürchte niemanden, wage den Widerstand ... eine Klinge, die niemals einen Streich ausführt ... Kermorvan, er war mein Meister! *Und ich war es, der jene Klinge angefertigt hat!*«

Der alte Häuptling hörte und begriff, denn sein schepperndes Lache klang schrill durch die Luft. »Dann soll dein eigenes Werk dich aufspießen! Mögen die Brüste deiner Töchter in unseren Kochtöpfen schmoren ...« Doch Kermorvan war kein Mann, der Spielchen mit sich treiben ließ. Mit aufschäumender Wut und Verachtung wirbelte er herum, und Elof hörte das Pfeifen und dumpfe Zischen der Schwertklinge, die einmal, zweimal und noch einmal zustieß; das Lachen verwandelte sich in einen gurgelnden Schrei, der gleich darauf abbrach. Die Frauen hatten es ebenfalls gehört und brachen in lauten Jubel aus, und eine Stimme rief: »Er ist nicht leicht gestorben!«

»Werft diesen Abschaum über die Reling«, befahl Kermorvan schroff, während er sich zu Elof bückte und ihm auf die Beine half. »Ich habe nicht alles verstanden, was ich gehört habe, du aber offenbar schon. Du wirst es mir später erklären, wenn wir unter uns sind. Doch eines möchte ich jetzt schon sagen: Ich kann an dir nichts Böses erkennen. Wenn irgend etwas, das du getan hast, einem bösen Zweck gedient hat — nun, wer wäre besser geeignet, es rückgängig zu machen, als du selbst? Denke darüber nach!«

Zwei Abende nach dem Kampf steuerten sie ihr Schiff müde zwischen den hohen Klippen hindurch zu dem kleinen Einschnitt, zogen den Bug weit hinauf auf den silbernen Sand und sanken in tiefster Erleichterung nieder. Etwas später errichteten sie ein großes Feuer, denn die Klippen würden den Rauch verbergen, und die erschöpfte Mannschaft des Korsaren-Schiffs schlief, während die Frauen Essen zubereiteten und den Wein aus den Fässern, die die Ekwesh sich angeeignet und die sie ihnen abgenommen hatten, würzten und erwärmten. Dann aßen und tranken alle, auch die Frauen, und ihre Stimmung wurde immer fröhlicher. Elof, der sich zunächst abseits hingesetzt hatte, wurde als Bruder umarmt, sie ließen ihn mit Trinksprüchen hochleben und lobten seinen Mut und sein großartiges Geschick, mit dem er ihnen den Weg auf das gegnerische Schiff frei gemacht hatte. Er war der jüngste der Mannschaft, und er war allgemein beliebt; auch die Frauen umschwärmten ihn, die jüngeren taten ihm schön und forderten ihn zu ausgelassenen Tänzen um das Feuer herum auf.

Und er seinerseits gebärdete sich nicht als Kostverächter, denn der Wein hatte seine düsteren Gedanken vertrieben; bisher hatte er in seinem Leben noch nicht viel Erfahrung mit Frauen gemacht. Eine Zeitlang tanzte Karas Gesicht vor ihm in den Flammen, doch die Arme um seinen Hals waren fühlbar, die Lippen, die die seinen trafen, waren warm, wenn auch nicht so sanft, und die Körper in seinen Armen waren fest, wenn auch nicht so schlank. Die Dämpfe des Weins ließen seinen

Geist beschlagen wie Atem eine Glasscheibe; in seinem Kopf drehte sich alles, und zwei Mädchen hielten ihn fest, die eine schlank und rothaarig, die andere dunkel und stämmig, mit vergnügten Augen, aus denen Verheißung funkelte. Der Wein hielt das gesamte Lager fest im Griff, eine wirksame Mauer gegen die Schrecknisse der vergangenen Tage, und er bot ihnen eine innere Zuflucht und sorgte für eine niedrige Hemmschwelle; die Korsaren kannten ohnehin wenig Zurückhaltung, und die Frauen hatten ihre durch die Erlebnisse der Schlacht und der Verschleppung verloren. Bald lagen Körper ausgestreckt auf dem warmen Sand, verschlungen in einer anderen Art des Tanzes, blind für alles außer für ein inneres Bedürfnis. Elof schwankte und stolperte zwischen den beiden Mädchen, atemlos und vor Erregung kichernd; sie taumelten den Strand entlang zu einer flachen kleinen Höhle am Fuße der Klippen, wo sie sich anmutig auf den trockenen Sand des Bodens sinken ließen. Ihre Kleidung, zerrissen und vom Tod in vielerlei Form besudelt, fiel von ihnen ab und ließ nur noch lebendiges Fleisch und wallendes Blut zurück, und es gab keine Schranken zwischen ihnen. Dunkelheit und Vergessen brausten in seinen Adern, tobten in seinem Kopf, bis sein ganzes Bewußtsein erfüllt war von warmem Fleisch, das ihn umfing, von sanfter, feuchter Haut, die sich bebend an seinen Körper drängte, von Brüsten, die sich flach an ihn drückten oder wie weiche Früchte vor seinen hungrigen Lippen baumelten. Er wandte sich von einer zur anderen, nahm und gab ein tierisches Wohlbefinden, das alles andere verdrängte; und doch, während Atemzüge hastig und flach gingen, während das Feuer der Leidenschaft brannte und die Flammen bis zu ihrem höchsten Punkt aufloderten und der Hammerschlag sengende Funken erzeugte, um die aneinandergepreßten Körper zu verschweißen, da war es Kara, die er vor sich sah, Kara, die er in den Armen hielt. Kara war die Erscheinung in seinem inneren Feuer, eine flammende Vision, die ihn verzehrte, bis nur noch glühende Scheite übrig waren und bis er schließlich in einen tiefen Schlaf sank.

Er wachte vor dem Morgengrauen auf, glitt zwischen den beiden Mädchen heraus, deckte sie mit ihrer Kleidung zu und taumelte hinunter zum Strand, um ein Bad zu nehmen. Der Schock des kalten Wasser erweckte seine Lebensgeister neu, und er kam mit dem Gefühl heraus, innerlich und äußerlich gereinigt zu sein, jedoch fürchterlich frierend und hungrig. Er zog sich jene Stükke seiner Kleidung an, die zu tragen ihm noch nicht zuwider waren, und suchte sich andere aus dem Beutegut heraus; außerdem fand er Wein, Brot und Fleisch bei den Resten der Orgie. Als er am Strand entlangspazierte, traf er Kermorvan, der mit dem Rücken an einen Fels gelehnt dasaß und Kieselsteine ins graue Wasser warf; er grüßte ihn fröhlich. »Ich habe nicht gesehen, daß du dich gestern abend amüsiert hast.«

Kermorvan sah Elof mit ausdruckslosen Augen an. »Mich amüsieren? Bei *so etwas?*«

Die tiefe Verbitterung, die in seiner Stimme mitschwang, verwunderte den Schmied. »Was fehlt denn dem großen Krieger? Findest du keinen Gefallen an Mädchen?«

»Natürlich!« erwiderte Kermorvan entrüstet. »Aber nicht *so!*«

»Nun, wie dann?« erkundigte sich Elof ziemlich aufgebracht. »Vielleicht vor deiner Schwertspitze?«

Mit einem blitzartigen Satz war Kermorvan auf den Beinen, seine blassen Augen starrten in Elofs, und seine Faust schlug gegen das Wams des Schmieds. »Ich bin nicht dazu erzogen worden, Spott leicht hinzunehmen. Sei froh, daß deine Unterstellungen nicht stimmen, sonst könnte ich vielleicht Gefallen daran finden, dich am eigenen Leibe etwas Derartiges spüren zu lassen.«

»Du zeigst mir deine Verachtung mehr als deutlich! Bist du zu solchem Verhalten erzogen worden? Wem schadet das, was heute nacht geschehen ist, so derb das Vergnügen auch gewesen sein mag? Ich habe nicht beobachtet, daß jemand gegen seinen Willen zu etwas gezwungen wurde!«

Kermorvan mäßigte sich und murmelte. »Es zieht Heiliges in den Schmutz ... etwas sehr Bedeutsames zwischen Mann und Frau, das nur ihnen beiden gehören sollte ... Achtung, Hochschätzung, Anbetung ... Es auf dem Sand wie die Tiere zu treiben — aber Verzeihung, ich habe dich beleidigt, Schmied. Du verstehst das einfach nicht.«

»Was läßt dich dessen so sicher sein?« wollte Elof mit steinernem Gesicht wissen. »Ich mag ein Bauerntölpel sein, aber ich liebe eine Frau. Ich werde sie mein ganzes Leben lang anbeten, wenn ich sie nur wiederfinde! Aber sowohl sie als auch ich, wir haben Seelen, die in Körpern wohnen, und diese haben nun mal ihre Bedürfnisse. Und manchmal sind diese Bedürfnisse überwältigend, Krieger. Besonders angesichts dessen, was wir gestern durchgemacht haben.« Er musterte die Furchen im Gesicht des großen Mannes, die Schatten unter seinen Augen. »Du hast letzte Nacht bestimmt schlecht geschlafen, wenn überhaupt. Ich aber habe geschlafen, auch wenn ich weniger Gemetzel in der Welt gesehen habe als du.«

»Ach«, seufzte der andere, »ich habe zuviel davon gesehen. Und ich fürchte, du und ich, wir werden im Laufe unseres Lebens noch mehr sehen. Vergiß meine schroffen Worte, wenn du kannst, denn es ist durchaus möglich, daß du weiser bist als ich. Aber erzähle mir, du, der sich als Bauerntölpel bezeichnet, du, der von diesem großen Schamanen aufgenommen wurde — was *hast* du denn in deinem Leben schon gesehen? Was hat es mit dieser Klinge auf sich, die du hergestellt hast? Berichte mir davon, wenn es dir recht ist, denn ich fürchte, es betrifft alle, die es mit den Ekwesh aufnehmen wollen, und vielleicht sogar mit dem Eis.«

Elof musterte das Gesicht vor sich, aus dem Wißbegierde und gleichzeitig Besorgnis sprachen, mit den aufmerksamen, durchdringenden Augen eines Adlers. Wieviel von dem, was zu berichten war, würde er wohl verstehen? Dieser Verfechter der Gerechtigkeit, würde er Gnade kennen? Doch er hatte recht, unausweichlich recht. Es mußte berichtet werden, um jeden Preis. Und er begann mit seiner Geschichte.

»Mylio!« war die erste Reaktion des Schwertkämpfers. »Das ist ein Name, der bei meinem Volk bekannt ist, aber es haftet ihm nichts Gutes an. Er wurde von den Edlen des alten Nordens getragen, von denen einige in Bryhaine weiterlebten — doch der letzte wurde noch zu Zeiten meines Vaters verbannt, glaube ich. Ein Gelehrter, doch ein niederträchtiger, ehrgeiziger Mann, der seine Bauern über das Erträgliche hinaus schlecht behandelte. Handelt es sich um seinen Sohn?«

»Vielleicht. Oder den Mann selbst. In seiner Bibliothek fanden sich Abhandlungen über die Verlängerung des Lebens — all das stand an einer verbotenen Wand.«

Kermorvans Miene verfinsterte sich in plötzlichem Mißtrauen. »Dunkle Künste! Ich habe niemals daran geglaubt, nicht richtig, aber … aber du hast sie studiert!«

»Ja, das habe ich«, sagte Elof unbeirrt. »Höre mir bis zu Ende zu.« Kermorvan nickte, da er einsah, daß das nur gerecht war. Er lauschte jedem einzelnen Wort, drängte all die vielen Fragen zurück, die ihm auf der Zunge lagen, bis Elof von dem nächtlichen Schaffen, von der Glocke und der sonderbaren Versammlung von Kriegern berichtete, von jenem Ereignis also, das sie angekündigt hatte. »Kerys!« hauchte der Krieger. »Duergar … es kann nur so sein … die gefällten Bäume weisen ebenfalls darauf hin, und die Arbeit in einem Bergwerk. Das erklärt vieles, sehr vieles.«

»D-Duergar?« fragte Elof verwirrt.

»Man höre sich so etwas an!« keuchte Kermorvan fast lachend. »Er hat sich mitten unter Wundern bewegt und sie nicht erkannt! Hast du niemals etwas von den Alten gehört, dem Bergvolk? Nun, sie ... aber fahre fort, erzähle deine Geschichte zu Ende.«

Elof zuckte mit den Schultern und berichtete davon, wie die dem Schwert innewohnende Macht entfesselt wurde, von seiner Warnung und der seltsamen Flucht. »Du siehst also, wir sind auf irgendeine Weise auf einen leichten Weg gebracht worden, wir sind weiter und schneller vorangekommen, als ein Pferd uns hätte tragen können.«

Kermorvan nickte. »Du bist auf geheimnisvolle Weise *durch* die Berge hindurch, nicht über sie gebracht worden. Das ging natürlich schneller. Aber sprich weiter.« Sein Gesicht drückte Mitleid aus, als Elof ihm von ihrer beschwerlichen Wanderung erzählte, von seinem Verlust und seinem Entschluß, Heilung im Land der Marschen zu suchen. Kermorvan betrachtete das Schwert mit noch größerem Staunen, als er von seinem Ursprung erfuhr, doch er schwieg. Erst als Elof von dem merkwürdigen Reiter berichtete, fuhr er unvermittelt hoch, wie von einem Pfeil getroffen. »*Rabe!* Du hast Rabe gesehen!«

»Ich habe schon viele Raben gesehen. In der Nacht waren zwei ...«

»Ich meine den Mann, den ...« Er schluckte und sah sich mit wilden Blicken um. »Dein Besucher! Du ...« Er schüttelte heftig den Kopf.

»Du glaubst mir nicht, das merke ich«, sagte Elof scharf. »Nun, ich kann es nicht beweisen. Aber wer ist dieser Rabe eigentlich? Ich hätte da noch ein Hühnchen mit ihm zu rupfen ...«

Kermorvan brachte nur ein wenig würdevolles Stottern zustande. »Oh, ich glaube dir«, brachte er schließlich heraus. »Du würdest etwas so Lächerliches nicht sagen, wenn es nicht der Wahrheit entspräche. Aber nimm einmal an, ich würde erzählen, ich hätte die Jungfrau Saithana hier anschwimmen und an Land gehen sehen? Was würdest du dazu sagen? Das wäre nämlich etwa genauso wahrscheinlich.«

»Was soll das heißen?« rief Elof aus.

»Das soll heißen, du Schmied von den sonderbaren Wundern ...« Doch dann schüttelte er den Kopf und sah sich unbehaglich um. »Ich kann es nicht sagen. Ich muß erst nachdenken. Später, nicht jetzt.«

»Nicht jetzt?« stöhnte Elof. »Aber ich muß doch wissen, was ich tun soll, und zwar jetzt! Du siehst doch, was ich in Gang gesetzt habe!«

Kermorvan nahm sichtlich seinen Geist zusammen und überlegte. »Ja. Und ich finde einen gewissen Trost in dem, was du mir erzählt hast. Ich sagte, was geschehen ist, kann ungeschehen gemacht werden. Oder es kann zum Guten umgekehrt werden. Stelle eine zweite Waffe her, da du nun wieder über diese eigenartige Kunstfertigkeit oder Macht verfügst, und gehe damit gegen das Böse vor.«

»Aber wie?« fragte Elof atemlos. »Mir fehlt das Wissen ...«

»Über das dein früherer Meister verfügt. Das ist ein Problem, in der Tat. Aber ist dir nicht klar, daß auch ihm etwas fehlt? Nämlich die Macht! Die Kunstfertigkeit, oder wie immer du es nennen willst, sonst hätte er einen solch schrecklichen Gegenstand selbst hergestellt und niemals einen Lehrling damit betraut. Vielleicht hat er nicht damit gerechnet, daß er in deinen Händen gar so wirkungsvoll gerät ... aber ich frage mich ... Daß er ausgerechnet während jener Zeit abwesend war, paßte so verdächtig gut; vielleicht wollte er dich in Versuchung führen, um festzustellen, was du hervorbringen konntest. Vielleicht hat er sogar die Saat des Verrats an deinem Mitlehrling in deinem Geist ausgestreut, was dich von einem Teil der Schuld entlasten würde. Doch welches auch immer der Grund war, du hast offenkundig einen großen Vorteil — was diese sonderbare Kunst betrifft, bist du ihm überlegen.«

Elof saß mit offenem Mund, glotzend wie ein Idiot, da, während die klare, kühle Stimme die Wahrheit in ihn einhämmerte. Wogen schwappten durch ihn hindurch und brachen sich, wie die Brandung am Strand, und er spürte, wie etwas in seinem Innern keimte, wie es von den Zehenspitzen bis zu den Wurzeln der Haare hinaufstieg, so daß diese sich aufstellten. Seine Hand sank zu der Viehtreiberpeitsche an seinem Gürtel hinab und schloß sich um die Zeichen, an die er sich erinnerte. »*Ja!*« hauchte er. »So muß es sein! Er *wußte* ...«

»Also, dann ist dein Problem ziemlich leicht zu lösen. Suche dir einen besseren Meister, und lerne von ihm, was du wissen mußt.«

»Aber wie? Die meisten Schmiedemeister geben sich doch nicht mit einem Wanderburschen ab, wie ich einer bin — außer der alte Hjoran, und er weiß nichts über die Dinge, die ich lernen muß ...«

»Vielleicht findest du keinen Meister unter den Menschen — aber es gibt auch andere.«

»Andere?«

»Genau, und du bist ihnen bereits begegnet. Schon das allein erscheint wir wie die Begegnung in einem Traum, oder wie aus einem Kindermärchen. Wieder einmal hat dich dein Meister unwissend darüber gelassen, was dir in der Welt von Nutzen sein könnte. Denn es ist seit langem überliefert, daß in dem hohen Gebirge, das sowohl ans Nordland als auch ans Südland angrenzt, das Volk der Alten lebt, jene kleinwüchsigen Wesen, die in deiner Sprache Duergar heißen.«

»In meiner Sprache?« fragte Elof. »Aber ich habe diesen Namen niemals gehört, bevor du ihn gebraucht hast, nicht einmal in einem Kindermärchen. Obwohl man mir nicht viele Märchen erzählt hat ... nein, damals schon nicht.«

»Und doch weiß man selbst in unserem armseligen, weltabgeschiedenen Südland davon, wo keine Geschichten von Schmiede zu Schmiede weitergetragen werden. In dem wilden Gebiet unserer Marschen im Landesinneren, im Schatten der Berge und des Großen Waldes, wohnen nur wenige Menschen, Bergbauern und Jäger — im besten Fall von schlichtem Gemüt, häufig jedoch im Geiste beschränkt. Einige behaupten, sie wären den Berg-Alten gelegentlich an hohen Hängen begegnet, und sie verehren sie mehr als ihre zivilisierten Herren.« Er schüttelte den Kopf. »Es geht die Sage, daß sie großartige Meister der Schmiedekunst seien und einst unsere Vorfahren darin unterrichtet hätten. Es wird außerdem erzählt, daß es lebensgefährlich sei, sie aufzuspüren.« Er seufzte. »Aber wir sind in einer Zwangslage. Und dich, der du ein so fähiger Schmied bist, werden sie vielleicht freundlich empfangen, denn fest steht, daß sie nichts für den Mann übrig haben, dem du dich entgegenzustellen trachtest; einmal hast du sie sogar vor ihm errettet. Und, was das Wichtigste ist, du weißt etwas, das offenbar niemand außer dir weiß — du kennst ein Gebiet, in dem sie möglicherweise leben.«

»Das stimmt«, grübelte Elof. »Obwohl die Hilfe, die ich ihnen einst angedeihen ließ, längst abgegolten ist, ganz sicher, und es wäre eine lange und gefährliche Reise für einen allein ...«

»Das wäre es. Aber du brauchst nicht allein zu gehen. Ich möchte dich begleiten, sofern du, nach allem, was ich gesagt habe, mich noch ertragen kannst.«

»Dich *ertragen?*« Elof warf dem großen jungen Mann neben sich einen schrägen Blick zu, während dieser einen weiteren Kieselstein aussuchte und ihn mit Bedacht und Konzentration ins Wasser warf. Er dachte an einen fliegenden Sprung zwischen zwei Schiffen bei schlechtem Licht, in einer Rüstung, die normalerweise einen Menschen lebend in das Maul des Amicac hinunterziehen würde, wenn er auch nur ein klein wenig ausrutschte — und all das, um in den Reihen seiner Mannschaft Leben zu erhalten. »Aber du hast hier eine Aufgabe, bei den Korsaren ...«

»Meine Aufgabe ist es, gegen die Ekwesh zu kämpfen. Das hat mich von zu Hause weggetrieben und mich auf das bißchen Wohlstand und Einfluß, das ich dort genoß, verzichten lassen. Ich hatte gehofft, durch einen gezielten Einsatz dieses Schiffes weitere rekrutieren oder erwerben und daraus eine echte Verteidigungsstreitmacht formen zu können. Doch letzte Nacht habe ich endlich eingesehen, daß trotz all des Gemetzels, all der Toten, kaum die Oberfläche ihrer Rüstung angekratzt ist. Ein Schiff — der dreißigste Teil des zehnten Teils ihrer gegenwärtigen Flottenstärke, und die wiederum stellt nur einen zehnten Teil dessen dar, was ihre Streitkraft sein könnte, wenn sie sich unter einer Fahne vereinigten. Vor allem dagegen muß ich kämpfen. Und ich glaube fest daran, daß du mir geschickt worden bist, damit wir das gemeinsam tun. Du, Schmied, bist meine große Chance, und ich darf sie nicht ungenutzt lassen, ebensowenig wie du. Ich frage dich noch einmal, werden wir die Reise Seite an Seite antreten?«

»Wie alt bist du, Kermorvan?«

»Fünfundzwanzig Jahre.«

»Du siehst älter aus. Ich bin erst zwanzig, allenfalls einundzwanzig, und kaum erwachsen genug, so scheint es, frei in dieser Welt herumzulaufen. Wenn du mich erträgst — nun, dann möchte ich gern mit dir zusammen gehen.«

Sechstes Kapitel

Auf dem Amboß

»Finstere Aussichten, und eine lange Reise zu Fuß«, sagte Kermorvan, während er die abendliche Landschaft betrachtete, die sich vor ihnen ausbreitete. Unter dem Hügelkamm, auf dem sie standen, fiel das Land zu weiten Flächen mit dichtem Wald und kahlen Ebenen ab, ohne jedes Zeichen von Leben oder Besiedlung; der Wind heulte ungehindert darüber hinweg. Nur am fernen Horizont konnte man die zerklüfteten Gipfel hoher Berge ausmachen, düster und schattig unter einem düsteren Sonnenuntergang. Nicht ein einziges Mal sah er sich jedoch um, um zurückzublicken auf die Hügel, über die sie gekommen waren, und die Bucht, die jenseits davon lag.

Er hatte darauf bestanden, daß sie unverzüglich aufbrachen, bevor die Korsaren aufwachten. »Sonst versuchen sie womöglich, uns davon abzubringen. Sie könnten sogar töricht genug sein, es mit Gewalt zu versuchen.« Er lächelte. »Obwohl ich bezweifle, daß sie gegen dich und mich zusammen etwas ausrichten könnten.«

»Aber … hast du nicht das Gefühl, daß du sie im Stich läßt?«

»Mit soviel Beutegut? Diese Aasgeier sind jetzt reicher, als sie es verdienen, und zwar durch mich. Und wenn sie die Frauen zurückgeben, können sie sich von ihrer Gesetzlosigkeit loskaufen und mit der Welt im reinen sein, wenn sie klug sind. Nein, ich schulde ihnen nichts — obwohl ich zugeben muß, daß sie die Sache vielleicht anders sehen. Also, laß uns aufbrechen!«

Also hatten sie eilig Ausrüstung und Proviant zusammengetragen und sich aus dem Einschnitt hinaus und entlang der sandigen Küste der Bucht zu einer Stelle auf den Weg gemacht, wo sie mühelos die Klippen erklettern konnten. Kermorvan war außer mit dem Einhandschwert, das er stets bei sich trug, auch noch mit einem schweren Packstück ausgerüstet, das Elofs Vermutung nach sein Kriegsgerät enthielt, doch es schien ihn keineswegs zu behindern, wenn er mit einer Leichtigkeit von Fels zu Fels sprang, mit der es der Schmied mit seinen kürzeren Gliedmaßen nicht aufnehmen konnte. Während sie die sanften Hügel jenseits der Klippen überquerten, hielt Kermorvan diese anstrengende Geschwindigkeit bei und legte erst eine Rast ein, als die Sonne beinahe hinter den fernen Berggipfeln versank.

»Siehst du«, sagte er mit deutend ausgestreckter Hand, »unsere Suche führt uns nördlich der Marschen in das Umstrittene Land — dort liegen sie, die dunklen, nebligen Ebenen. Dort, im Nordosten, bereits im langgestreckten Schatten der Berge, verläuft der Weg nach Süden, den du mit deinem Freund genommen hast.« Elof dachte an Roc, wie er es oft tat, und fragte sich, wie es ihm bei seinen Leuten ergangen sein mochte. Was würde er von diesem eigenartigen Mann, seinem jetzigen Begleiter, halten, diesem Korsaren mit den Manieren eines hohen Herrn? Sie hatten eines gemeinsam, daran bestand kein Zweifel, und zwar ein weicheres Herz, als ihre rauhe Schale vermuten ließ. »Wir müssen jedoch einen schnelleren Weg nach Norden finden«, fügte Kermorvan hinzu. »Auch wenn er ein kleines bißchen gefährlicher ist. Wir werden also anfangs der Großen Straße folgen, die an der Küste entlang führt, und später in Richtung Gebirge abschwenken.«

Sein Blick wirkte jetzt abwesend, als ob er sich bemühte, weiter zu sehen, als das bloße Auge reichte. »Ich freue mich darauf, diese Berge wieder einmal zu sehen«, seufzte er. »An den unteren Hängen bieten sie eine angenehme Gegend, mit grünem Weideland und vielen hübschen Seen, und in größerer Höhe sind sie majestätisch. Oft wäre ich gerne weiter hinauf gestiegen, doch es erschien mir übermütig, mich ganz allein in die Nähe des Eises zu begeben. Und jetzt erzählst du mir, daß du dort viele Jahre gelebt hast!«

»In einem gut geschützten Haus, das zweifellos auf vielerlei Weise gesichert war. Aber ich wußte gar nicht, daß du die Berge kennst, Kermorvan. Du bist doch kein Nordländer, oder?«

»Ganz bestimmt nicht!« entgegnete der andere lachend. »Doch ein paar Jahre, nachdem ich von meinem Zuhause im Südland weggegangen war, reiste ich eine Zeitlang mit einigen Kaufleuten nach Norden. Ich wanderte dann an der Küste entlang wieder nach Süden, und ich kenne deshalb die Tücken des Weges dort — obwohl sie inzwischen bestimmt zugenommen haben. Damals sah ich die deutlichen Beweise dafür, was die Ekwesh im Schilde führten, und ich war weniger blauäugig als die meisten meiner Sorte. Kleine Städte waren so grausam zerstört und geplündert worden, daß mir das Herz blutete — die Baumwipfel verbrannt, die Felder verödet, die Gebeine der Verteidiger der Trauer des Himmels überlassen und das verwesende Aas der Tiere unbegraben.«

Elof nickte. »Vielleicht bist du auch durch Asenby gekommen, wo ich aufgewachsen bin und das ich vor etlichen Lenzen in diesem Zustand zurückgelassen habe.«

»Ich sah viele solcher Ortschaften und traf keinen einzigen Überlebenden an, der mir ihre Namen hätte nennen können. Eine gleicht mehr oder weniger der anderen. Komm! Wir haben einen weiten Weg vor uns, je mehr wir heute zurücklegen, desto weiter sind wir morgen!«

»Es ist fast dunkel ...«

»Stimmt. Aber möchtest du lieber auf einem kahlen Hügel schlafen, wenn es weiter unten einen hübschen

Föhrenwald gibt, mit Ästen, die guten Schutz bieten? Ich werde dir zeigen, wie man sich einen Unterschlupf baut. Komm!«

Und so verliefen die meisten der folgenden Tage, indem Kermorvan unzweifelhaft die Rolle des Anführers ihrer kleinen Gruppe übernommen hatte. Elof hatte dagegen nichts einzuwenden, denn der Südländer kannte den Weg sehr gut und war darüber hinaus ein erfahrener Waldläufer und erfolgreicher Fallensteller und Jäger. Elof dachte daran, wieviel erträglicher derartige Fähigkeiten für ihn und Roc damals die Wanderschaft gemacht hätten, und er bemühte sich, sie zu erlernen. In der ersten Nacht bildeten einige abgehauene Föhrenzweige das willkommene Dach ihres Unterschlupfs am Stamm eines dicken Baumes. »Die Kunst ist«, erklärte Kermorvan, während er sich in seinen dunkelgrünen Umhang wickelte, »das Dach steil genug zu machen, daß der Regen daran abläuft, aber andererseits so niedrig, daß die eigene Körperwärme die Luft über dir erhitzt.« Er bettete den Kopf auf seinen Packsack und murmelte einen Fluch, als es klapperte. »Es ist hier zwar vielleicht nicht so gemütlich wie in deiner Schmiede, aber es wird gehen.«

Meine Schmiede! Plötzlich überkam Elof starke Sehnsucht danach und übermächtiges Heimweh. Denn so karg sie auch gewesen sein mochte, so war es doch das einzige Zuhause, das er sich selbst geschaffen hatte, und ihm fehlten die Sicherheit und die Ruhe, die er dort gefunden hatte, selbst die Eintönigkeit, die damit verbunden gewesen war. Seine wertvollen Werkzeuge hingen immer noch dort, sofern sie nicht gestohlen worden waren. Warum war ihm das alles gewaltsam genommen worden? Warum sollte er nicht einfach den Heimweg dorthin antreten, tun, was er konnte, sich auf seine Weise nützlich machen? Diese Duergar-Geschöpfe — wie menschlich konnten sie sein, wenn sie unter den Bergen hausten? Wovon lebten sie? Sie hatten auf ihre Weise einigermaßen menschlich ausgesehen — doch auch kräftig und gefährlich, und sie hatten nicht viel gemein mit normalen menschlichen Wesen. Selbst der Schmiedemeister hatte sich vor ihnen gefürchtet, bis er das Schwert besaß. Sie aufzusuchen — eine wahnwitzige Idee, die ihm aufgezwungen worden war wie alles andere auch ... Er warf sich herum und wälzte sich in einem Anfall von Widerwillen auf den Föhrennadeln, die unter ihm leise Geheimnisse flüsterten. *Warum?* Und von wem? Welche Macht, welche Überheblichkeit? Er biß die Zähne zusammen bei der Erinnerung an jenes höhnische Lächeln und warf einen Blick zu Kermorvan hinüber. Am Morgen würde er von ihm verlangen, ihm zu erzählen, was er über Rabe wußte, und wenn er es aus ihm herausquetschen müßte. Mit diesem Vorsatz mußte sich Elof fürs erste zufriedengeben.

Schließlich döste er ein, eingelullt vom Rauschen des Windes in den Zweigen über ihnen und ihrem schweren Duft; weder störten ihn die Eulen, die herangeflogen kamen und sich auf ihnen niederließen, noch das Rascheln vieler kleiner Dinge zwischen den Föhrennadeln. Er wachte nur ein einziges Mal auf, als ihm der volle Mond ins Gesicht schien, und spähte zwischen den Zweigen hindurch, um einen kurzen Blick auf breite weiße Flügel zu erhaschen, die vorbeihuschten und verschwanden. Er sank wieder in den Schlaf zurück und träumte von Kara.

Am nächsten Tag, als sie aus dem Wald herauskamen und durch Wiesen weiterwanderten, mußte er feststellen, daß Kermorvan immer noch seltsam abgeneigt war, ohne Umschweife über den dunklen Besucher zu sprechen. »Irgend jemand hat es *dir* doch auch mal erzählt!«

»Ich stand damals nicht unter seiner Beobachtung!«

»Ist das bei mir so? Dann geht es dir nicht anders, solange wir zusammen sind. Es wäre zu meinem eigenen Schutz doch besser, wenn ich etwas über ihn wüßte, meinst du nicht?«

»Schutz?« Kermorvan schien verblüfft. »Rabe ist nicht böse. Das heißt, ich sollte sagen, derjenige, der Rabe genannt wird, denn das ist nur einer von vielen Namen, die man ihm gegeben hat; ich habe noch etliche andere gehört — Wanderer, Kapuzenmann, Vater des Sturms, Herr des Schlachtfeldes. Ich weiß nicht, welcher — falls überhaupt einer — sein richtiger ist. Eine solche Macht läßt sich nicht leicht mit einem einzigen Namen erfassen.«

»Eine Macht? Ein Herr des Eises?«

»Habe ich dir nicht gesagt, daß es mehrere gibt? Mächte, die das Leben verteidigen, während das Eis es zu zerstören trachtet? Niemand kann jedoch abschätzen, welche Seite von beiden die stärkere ist, ob sie vielleicht beide gleich stark sind oder ob beide womöglich einer übergeordneten Macht dienen. Doch es gibt solche Mächte, und mein Volk hat sie lange verehrt — vielleicht zu lange, denn sie sind zur Legende und Halbwahrheit verblaßt, Gestalten an Wänden und auf Fahnen, kaum erinnerte Lieder, nicht mehr. Saithana, falls es sie wirklich gibt, könnte eine davon sein. Aber Rabe gehört ganz gewiß dazu. Du mußt wissen, Schmied, daß du in jener Nacht das Roß einer großen Macht beschlagen hast. Wenn du willst, eines Gottes.«

»So ähnlich hat er sich auch ausgedrückt!« keuchte Elof aufgeregt. »Aber ... wenn es so ist, wie du sagst — und mir schwindelt bei der Vorstellung mehr als vom Wein —, daß er mich tatsächlich zu dir gebracht hat ... zu welchem Zweck?«

Kermorvan zuckte mit den Schultern. »Wer vermag das zu sagen? Aber irgendein Zweck steckte dahinter, und wir kommen der Erkenntnis mit jedem Schritt näher. Verstehst du jetzt, warum ich mir darüber keine allzu schwerwiegenden Gedanken gemacht habe? Jede Wahl, die ich treffe, jede Entscheidung, die ich fälle, beeinflußt unsere Sache in vielerlei Hinsicht. Und nicht unbedingt günstig! Der Rabe ist nicht böse, doch er hält zu keiner Seite mehr als zur anderen, so wird behauptet. Er ist der Verteidiger des Lebens, in all seinen Formen, und vor allem des menschlichen Lebens. Er ist oder war vielmehr einst für uns ein wichtiges Symbol, doch ich habe auch gehört, daß er inzwischen auch von vielen Ekwesh zumindest geachtet wird.«

Er marschierte eine Zeitlang schweigend weiter und ließ Elof das Gesagte verdauen. »Und selbst wenn er unserer Sache wohlwollend gegenübersteht, so hilft er uns vielleicht nicht in der Weise, wie wir es uns wünschen. Denn er ist ein Feind aller Trägheit und allen Stillstandes, so wird gesagt; er zieht die Veränderung und das Wachstum vor, selbst um den Preis des Kampfes. Er läßt es nicht zu, daß Menschen von ihm abhängig werden, außer vielleicht, um die Feindseligkeit des Eises auszugleichen. Also steuert er ihre Angelegenheiten auf eigenartige und willkürliche Weise, und zwar in der Verkleidung eines Gauklers — wie du es selbst erfahren hast!«

Nach einer Weile sagte Elof: »Allmählich begreife ich so einiges, und eine größere Welt eröffnet sich mir. Doch es ist eine wirre Welt, und sie ist noch gefährlicher, als ich gedacht habe — nicht nur voller gewöhnlicher und nicht zusammenhängender Gefahren, sondern ein ganzes Schlachtfeld von Kräften. Kein Wunder, daß der Schmiedemeister mir solches Wissen vorenthalten hat, er, der dem Eis dient und der danach trachtete, mich für seine Zwecke zu benutzen. Doch selbst aus meiner fernen Kindheit in Asenby erinnere ich mich an solche Überlieferungen.«

»Freilich, dort hat man nicht viel von solchen Dingen gehalten, da die Weisheit der Alten immer mehr an Bedeutung verlor und sich die Sorgen der Menschen mehr auf den Ertrag aus dem Boden und dem Meer richteten. Vielleicht war deine geheimnisträchtige Schmiedekunst dazu angetan, den Wert dieses schwindenden Wissens zu erkennen, da sie außerhalb der üblichen Alltagsgeschäfte der Leute gedeiht. Das war einer der Gründe, warum ich es anfangs für bloßen Aberglauben hielt. Jetzt ...« Er machte eine hilflose Handbewegung. »Auch mir hat sich eine größere Welt eröffnet, und sie ist in jeder Hinsicht verwirrend. Ich teilte die Ansicht der meisten gebildeten Männer — das heißt, was mein Volk betrifft —, nämlich den Glauben, daß die Mächte etwas Unfaßbares, Unpersönliches seien, die unsere Geschikke aus der Ferne lenken. Ich hielt Erzählung über ihr Erscheinen in menschlicher Gestalt bestenfalls für Gleichnisse und schlimmstenfalls für Lügen, auf die nur die Leichtgläubigen hereinfielen. Wie sollte solch ein nichtfaßbares Wesen sich eine menschliche Gestalt geben, zum Beispiel durch einen Umhang?«

»Er wirkte auf mich faßbar genug, dieser Rabe!« brummte Elof mißmutig. »Und dieses riesige Ungeheuer, sein Reittier! Oder war das alles nur eine Sinnestäuschung?«

»Vielleicht nicht«, sinnierte Kermorvan. »Ich habe immer wieder Geschichten von Mächten gehört, die zu Pferde von Ort zu Ort reiten oder es sich auf noch weniger geziemende Weise gutgehen ließen, so absurd oder blasphemisch das auch klingen mag. Aber ich habe einen Philosophen gelesen, der darlegte, daß die Mächte menschliche Gestalt annähmen, um uns besser begreifen und beeinflussen zu können — indem sie unsere gewöhnlichen Freuden und Kümmernisse, die Kraft und Hinfälligkeit unserer Körper teilen und ihre Größe und Macht verbergen. Ein anderer hielt dagegen, daß sie auf diese stoffliche Welt nur dann einen direkten Einfluß ausüben könnten, wenn sie irgendeine feste Form annähmen, und daß diese Form mehr oder weniger vorgegeben sei und ihre absolute Natur widerspiegele. Du kannst dir vorstellen, daß ich das damals alles für Unsinn hielt. Aber jetzt ...« Er zuckte vielsagend mit den Schultern. »Ich bin unschlüssig. Und das ist etwas, was ich selten so bereitwillig zugebe.«

»Das Pferd ritt schneller, als es jedes normale Pferd zu tun vermag«, sagte Elof nachdenklich. »Jedenfalls erschien es mir so ...«

Und so legten sie ihren Weg durch das unberührte Land zurück, redend und diskutierend und sich jeweils über die ganz und gar andere Ausbildung des anderen wundernd. Am Ende eines Tages stellten sie häufig fest, daß sie sich dadurch den Marsch erleichtert hatten und weiter vorangekommen waren, als sie erwartet hatten. Am nächsten Tag näherten sie sich der Grenze des Umstrittenen Landes, und bei Sonnenaufgang des darauffolgenden Tages war bereits die Große Straße an der Küste sichtbar.

»Ich habe ein wenig Geld«, sagte Kermorvan nachdenklich. »Vielleicht reicht es für zwei Pferde, wenn wir an einen Ort kommen, an dem welche verkauft werden.«

»Sollten wir es nicht besser für etwas zu essen aufheben?« gab Elof zu bedenken.

»Nein, der Meinung bin ich nicht. Schnelles Vorankommen wird uns helfen, zumindest eine Zeitlang. Wenn wir in einer Notlage sind, können wir die Pferde immer wieder verkaufen. Oder sie essen«, fügte er gedankenverloren hinzu. Elof verzog das Gesicht.

Doch es sollte noch lange dauern, bevor sie irgendwo etwas zu essen oder Pferde kaufen konnten, denn die erste kleine Stadt, zu der sie gelangten, lag in Schutt und Asche, und die nächste ebenso, und bei der nächsten war es wieder nicht anders. Vielleicht hätten sie irgendwo Nahrungsvorräte gefunden, die vom Feuer verschont geblieben waren, doch keiner der beiden Männer konnte sich überwinden zu suchen. Die Verwüstung hatte sich offenbar überall schon Monate zuvor ereignet, doch der Gestank von Feuer und Verwesung hing immer noch in der Luft, und unbegrabene Schädel grinsten sie aus der Asche und vom geschwärzten Boden an. Diese Städte hatten zwischen der Straße und dem

Meer gelegen; die nächste, Randeby, lag weiter im Landesinneren und war auf einem hohen Hügel errichtet; sie stand noch, mehr oder weniger jedenfalls, nachdem sie einen schweren Angriff unter großen Verlusten abgewehrt hatte. Doch hierher waren Flüchtlinge aus anderen Städten gekommen und hatten die ohnehin kargen Vorräte aufgezehrt. Hunger und Pest wüteten zwischen den Mauern, und Männer und Frauen mit ausgemergelten Gesichtern, die um die Stadttore herum lagerten, stürzten sich mit wildem Gebrüll auf die Reisenden, sobald sie dieser ansichtig wurden. Kermorvan mußte drei von ihnen niederstrecken, um die Meute zu vertreiben, und während des ganzen Restes des Tages schwieg er. »Arme Geschöpfe. Für die letzte kleine Münze in unserem Beutel oder den letzten Brotkanten in unserem Tornister werden sie zu Tieren!«

»Oder gar für das Fleisch auf unseren Knochen«, sagte Elof grimmig. »Das war an ihren ausgemergelten Fratzen abzulesen. Auf diese Weise ziehen uns die Ekwesh auf ihr Niveau herab.«

»Dabei gibt es rings um sie herum Nahrung, wenn sie nur auf die Jagd gingen. Aber ich will das Risiko nicht eingehen, sie in dieser Fähigkeit zu unterrichten.« Er stieß ein verbittertes Lachen aus. »Vielleicht war der Rabe freundlicher, als dir bewußt wurde. In diesem Jahr wird auf der Straße wenig Verkehr sein, selbst im Landesinneren, wenn das hier die Regel ist.«

Elof nickte. »Vielleicht hätte ich genau wie sie hungern müssen. Ich wünschte, ich könnte ihnen helfen.«

»Dann mußt du sie von den Ekwesh befreien. Denn sonst ist alle andere Hilfe sinnlos.«

In dieser Nacht schliefen sie zwischen dichtem Gebüsch, und auch die Nacht danach, um sich vor möglichen Verfolgern zu verbergen. Doch am darauffolgenden Tag, als die Straße weit vom Meer abbog, erreichten sie Tensborg, eine weitere, viel größere Stadt, die nicht angegriffen oder von Flüchtlingen besetzt worden war, und sie stellten fest, daß Nahrung dort zwar ziemlich knapp war, daß es jedoch reichlich Pferde gab, da diese für die Kaufleute aus dem Süden bereitgehalten wurden, die in diesem Jahr bisher ausgeblieben waren. Sie erwarben zwei einigermaßen gute Reittiere zu einem angemessenen Preis, und von da an kamen sie zügig nach Norden voran. Einen Monat lang ritten sie auf der Großen Straße entlang der Küste, während sich die nördliche Landschaft um sie herum allmählich veränderte.

Als die Straße weiter ins Landesinnere abbog, kamen sie durch die Ausläufer einer Hügellandschaft und dann in eine abwechslungsreiche Waldgegend. Die hohen Rotholzbäume und Pinien wurden weniger, statt dessen traten Schierlingstannen, Eichen, Föhren und Fichten an ihre Stelle sowie kleinere Rotholzgewächse. Auch das Unterholz wurde spärlicher; die hohen Farne verschwanden, die Anemonen und Rhododendronsträucher wurden immer kleiner und blasser und fehlten schließlich ganz. Doch als die Straße wieder näher am Meer verlief, hörte der Wald zwischen flachen, mit struppigem Gras bewachsenen Hügeln vollkommen auf, und auf den Dünen wuchsen nur leuchtende Verbenien und Seelavendel. In Küstennähe trafen sie auch wieder auf Spuren der Verwüstung, die die Ekwesh in den kleinen Städten angerichtet hatten. »Immer in der Nähe des Meeres!« bemerkte Kermorvan eisig. »Denn die Ekwesh sind keine guten Reiter, und sie haben es nicht geschafft, sich das Geschick des Kämpfens zu Pferde anzueignen — man braucht ordentliche Steigbügel dafür. Deshalb haben sie keine Pferde dabei und treiben sich nie weit entfernt von ihren Schiffen herum, es sei denn, sie werden von ihnen abgeschnitten.«

Elof blickte nach Osten, wo sanfte Hügel mit üppigem Grasbewuchs und kleine bewaldete Haine sich bis in die dunstige Ferne erstreckten. Dies war die Landschaft, in der er aufgewachsen war; sie konnten hier nicht allzuweit von Asenby entfernt sein. Doch er hatte keinerlei heimatliche Gefühle ...

»Die Städte im Landesinneren sind also sicher?«

»Nein! Obwohl sie sich für sicher halten, hier und im Süden. Wenn diese Barbaren auf keinen Widerstand stoßen, werden sie sich vermutlich immer weiter von ihren Schiffen entfernen und Pferde mitbringen oder welche stehlen — oh, ich habe so oft versucht, das den Menschen klarzumachen, Kaufleuten und Bauern und fetten kleinen Bürgern. Und mit welchem Erfolg? Sie *wollen* mir nicht glauben. Die Ekwesh sind immer das Problem der anderen, niemals das ihre.«

»Aber wenn es doch der Schmiedemeister ist, der sie immer weiter treibt, dann sollte man doch ihn unschädlich machen ...«

Der Schwertkämpfer schüttelte den Kopf. »Das könnte die Lage eine Zeitlang erleichtern, bedeutet aber keine dauerhafte Lösung. Er macht nur von seinem Vorteil Gebrauch, nutzt das aus, was seine Meister bereits vorbereitet haben, lange bevor du jene Klinge geschmiedet hast. Ohne ihn würden die Ekwesh einfach weitermachen wie bisher, und früher oder später würden sie im Süden zuschlagen. Andere, stärkere Kräfte haben in ihrem Reich das Sagen, und ob es in unserer oder irgendeines Menschen Hand liegt, diese unschädlich zu machen, weiß ich nicht.«

Schließlich kamen sie in ein Gebiet, in dem hohe Berge und tiefe Täler die Küste unzugänglich machten, und die Straße wich landeinwärts aus. Hier war sie in einem entschieden schlechteren Zustand, und sie kamen langsamer voran; Wochen vergingen, bevor die beiden Reisenden den Fuß des Gebirges erreichten, und hochsommerliche Hitze umgab sie. Es war die beste und sicherste Zeit, um sich ins Gebirge zu wagen, doch da sie nicht die Absicht hatten, auf den ausgetretenen Pfaden zu bleiben oder die üblichen Pässe zu benutzen, hatten sie keine Verwendung mehr für die Pferde. Sie verkauften sie in einer kleinen Stadt, die Elof von seiner ersten Wanderung her als einigermaßen ehrlich in Erinnerung hatte, und legten sich von dem Erlös Proviant zu. Elof hielt jedoch einige Münzen zurück, um beim Schmied der Stadt Metall zu erstehen und ein Entgelt für die Benutzung der Schmiede zu entrichten. Er nahm zwei dikke Knüppel und beschlug sie mit Metalldornen und kräftigen spitzen Haken, die so hervorragend gearbeitet waren, daß der Schmied dahinter den Plan vermutete, ihn als Handwerker in Mißkredit zu bringen; Elof mußte ihn mit vorgehaltenem Schwert davon überzeugen, daß dies nicht zutraf. »Zumindest hat mein Meister mir einige Kenntnisse im Bergsteigen mitgegeben. Pickel wie diese könnten uns an hohen Steilhängen das Leben retten.«

Kermorvan bedachte den vor Wut schäumenden Schmied mit einem verächtlichen Blick. »Dann wollen wir sie sofort erproben. Hier gibt es für uns sowieso kein sicheres Bett. Die Berge müssen uns eine Lagerstatt bieten.«

Sie schliefen in dieser Nacht in einem kleinen Wald, wie sie es oft taten, etwa drei Meilen oberhalb der Stadt. Doch als der Mond sank, wurden sie von einem lauten Rascheln in den Zweigen, die ihnen als Dach dienten, jäh geweckt, und als sie aufsprangen, sahen sie sich von Angesicht zu Schnauze einem riesigen Bären gegenüber. Er sprang bei ihren lauten Schreien zurück, und sie hatten Zeit, die Schwerter zu ziehen. Heulend vor Wut bäumte sich das Tier auf den Hinterbeinen zur doppelten Größe Kermorvans auf und stieß mit gewaltigen Tatzen nach ihnen. Der Schwertkämpfer griff nach seinem Packsack und zog seinen Kettenpanzer heraus, den er wie ein Netz schwang, um diese Tatzen einzufangen. Als der Bär merkte, daß sie nicht zurückwichen, ließ er sich mit einem mürrischen Schnauben auf alle viere sinken und tapste mit Gekrache zurück in den Wald. Kermorvan zitterte. »Ich dachte, wie wären sicher, wie wir es bis jetzt auch waren. Die meisten wilden Tiere fliehen vor einem schlafenden Menschen oder beachten ihn nicht.«

»Ja, genau«, bestätigte Elof nachdenklich. »Kleinere Bären gebärden sich manchmal vielleicht etwas wild, doch die größeren Arten, die in den Höhlen überwintern, essen kaum Fleisch, nicht einmal Aas. Was hat ihn so angriffslustig gemacht?«

»Bären haben einen etwas eigenwilligen Charakter«, antwortete Kermorvan mit einem Schulterzucken. »Also, laß uns unseren Unterschlupf wieder aufbauen und abwechselnd Wache halten. Ich übernehme die erste, bis zum Monduntergang.«

Elof nickte, schwieg jedoch. Dieser Angriff kam ihm sonderbar vor, wie das Anzeichen für eine heimtückische Krankheit, die im Wald herrschen mochte. Er rollte sich in seinen Umhang, der jetzt kalt und ungemütlich war, und bemühte sich einzuschlafen. Doch während der ganzen nächsten Tage, an denen sie an einem steilen Hang durch den Wald hinaufkletterten, kehrte das Bild von Krankheit immer wieder zu ihm zurück — in den verfaulten Bäumen, den seltsamen phosphoreszierenden Pilzen, die auf den abgestorbenen Baumstümpfen wuchsen, den großen Flächen mit Tollkirschensträuchern, die überall aus dem Boden zu schießen schienen. Ranken und Parasitenpflanzen schlängelten sich um ihre Hälse, Kriechgewächse griffen nach ihren Fußknöcheln, Dornen zerrissen ihre Kleidung und zerkratzten ihnen die Haut. Das waren vielleicht alles Kleinigkeiten, doch sie paßten zum Verhalten der Tiere. Mehr als einmal mußten die Wanderer mit schnellen Sprüngen ausweichen, wenn bronzefarbene Schlangen klappernd auf ihre Beine zuschossen, anstatt gleitend die Flucht zu ergreifen. Kermorvan, der auf einen sonderbaren Laut hin den Blick zu einem Baum hob, in dem Licht und Schatten tanzten, hätte beinahe ein Auge verloren, als eine große Ohreule auf ihn herabstieß und nur mit Mühe abgewehrt werden konnte. In der Hitze des Nachmittags umschwirrten sie unzählige Mücken in den schrägen Sonnenstrahlen und ließen sie keine Sekunde in Ruhe; gegen Abend hingen Blutsauger in surrenden Wolken um sie herum. All das war für eine bewaldete Gegend an sich schon ungewöhnlich, und erst recht in dieser Intensität. Elof hatte den Eindruck, daß eine Verwandlung, düster und schwer faßbar, in dem Wald vor sich ging, durch den er einst bei den Ausflügen mit dem Schmiedemeister gestreift war. Nur allzu oft veranlaßte sie der Schrei eines jagenden Dolchzahnes, der ihnen das Blut in den Adern gerinnen ließ, mit gezogenen Schwertern weiterzueilen.

»Wie viele solcher Scheusale mag es wohl geben?« ächzte Kermorvan. »So viele in diesem kleinen Gebiet würden sicherlich innerhalb einer Woche alles Wild gerissen haben! Oder handelt es sich um ein einziges beharrliches Tier, das nur uns jagt?«

Elof zuckte mit den Schultern. Sie schliefen in dieser Nacht in den Zweigen eines Baumes, indem sie sich mit den Tauen, die sie vom Schiff mitgebracht hatten, an Ästen festbanden. Elof lag auf seinem hohen Schlafplatz lange Zeit wach, obwohl er nicht allzu ungemütlich war, und starrte hinauf zu den Bergen, die am Rande der Nacht blaß schimmerten. Er dachte an die geballte Macht, die sie widerspiegelten. War die sich ausbreitende Krankheit, die neue Feindseligkeit des Waldes, eine andere Art dieser Widerspiegelung? Ein eiskalter Hauch kroch durch seinen Umhang; er zitterte und wandte den Blick ab. Doch bevor er vollkommen eingeschlafen war, hörte er ein leises Klatschen auf den Blättern über ihm, und große runde Tropfen trafen sein Gesicht. Er stöhnte auf, doch es wäre ein zu großes Risiko gewesen, am Boden Zuflucht zu suchen; er würde also den Regen ertragen und bleiben müssen, wo er war.

Der Wald in der tiefergelegenen Region bot schon ausreichend Unannehmlichkeiten, doch als sie an die höheren Hänge kamen, wurde alles noch viel schlimmer. Sie hatten die Nahrungsmittel, die sie mitgenommen hatten, längst aufgezehrt, und es war vor allem Kermorvans Geschick beim Fallenstellen zu verdanken, daß sie nicht verhungerten; sie fanden kaum Wild, das sie hätten erjagen können. »Ich wünsche mir fast, daß dieser Dolchzahn uns jetzt verfolgen würde!« murmelte Elof, während er sich bekümmert über das Fleisch eines kleinen spitzmausähnlichen Wesens hermachte. »Wir könnten mal kosten, wie seine Steaks schmecken.«

»Noch zäher könnte er bestimmt nicht sein«, stimmte Kermorvan zu und hielt seine Portion noch einmal in das kleine Feuer, damit es vielleicht noch etwas garer würde. Plötzlich sprang er auf, warf das Fleisch beiseite, trampelte das Feuer aus und zückte schwungvoll sein Schwert. *»Hau yma?«* flüsterte er. *»Was bewegt sich?«*

Anfangs hörte Elof es nur ganz schwach, ein leises Knacken, das Brechen eines toten Astes am Waldboden, das Rascheln von Büschen, die zur Seite geschoben wurden. Etwas bewegte sich tatsächlich im Zwielicht, etwas Langsames, aber Schweres. Und doch schien das Geräusch nichts Rhythmisches zu haben, keine einzelnen Schritte waren auszumachen.

»Es ... gleitet«, flüsterte er.

»Ah ...«, hauchte Kermorvan, und dann machte er plötzlich einen Satz zur Seite, stürzte sich auf Elof und warf sie beide in das Unkraut hinter einem dicken Baumstamm. »Klettere hinauf!« zischte er ihm zu und sprang zu einem der unteren Äste hoch, während Elof immer noch versuchte, seinen Geist zu sammeln. Kermorvan sah, wie er taumelnd aufstand, und schwang sich wieder auf einen tieferen Ast, um ihm die Hand zu reichen — gerade noch rechtzeitig. Plötzlich war ein lautes Knacken im Gebüsch zu hören, und etwas Riesiges glitt auf den kleinen runden Platz zwischen den Sträuchern. Keuchend hingen sie im Baum, wobei Elof gefährlich zwischen einem Ast und Kermorvans Hand baumelte. Von der Stelle, an der sie sich befanden, konnten sie nicht sehen, was zu ihnen gekommen war, bis ein lautes rasselndes Schnauben hörbar wurde und das Ding sich weiter heran bewegte. Dann glitt eine breite dunkle Flanke in ihr Gesichtsfeld. Das Ding verharrte am Boden wie eine Schlange, doch es war bei weitem größer als jede Schlange, die sie jemals gesehen hatten, und ein kurzes stoppeliges Bein ragte daraus hervor. Ein Fuß mit einer langen Klaue trat auf die Scheite ihres Feuers, und ein weiteres lautes Schnauben und das Scharren einer schuppigen Haut ertönten, während der Gestank von Fäulnis und Moschus die Luft erfüllte. Elofs Blut drohte zu erstarren, doch seine Neugier gewann die Oberhand, wie immer. Er löste sich aus Kermorvans festem Griff und beugte sich vor, um herauszufinden, um welche Art von wildem Tier es sich handelte. Doch leider — oder vielleicht auch zum Glück — hatte es das Gesicht von ihnen abgewandt, und sie sahen nur ein dickes Hinterbein, etwa zwölf Fuß hinter dem Vorderbein. Direkt vor ihm lagen ihre Packsäcke mit so vielen Dingen, auf die sie auf keinen Fall verzichten konnten ...

Elof ließ sich von dem Ast hinunter und hing für einen Augenblick an den Armen. Dann schwang er zurück, trat nach vorn aus und landete leicht wie eine Feder auf einer freien, von Piniennadeln bedeckten Stelle, die seinen Aufprall dämpften. Er bückte sich, hob die Packsäcke auf, betete im stillen, daß dasjenige Kermorvans nicht wieder klappern würde, und warf sich ins Unkraut, während sich die dunkle Flanke hob und das Bein austrat. Doch das Ding hatte ihn nicht bemerkt. Umgeben von einer Wolke von Gestank glitt es langsam weiter, indem es mit den kurzen Beinen ruderte, um sich hangabwärts zu schieben.

Es dauerte lange, nachdem das letzte Geräusch verstummt war, bis einer der Männer sich zu bewegen wagte.

Kermorvan schwang sich geschmeidig zu Boden. »Kerys! Das war eine tapfere Tat, mein lieber Schmied! Was, um alles in der Welt, war das denn?«

»Erwarte keine Antwort von mir. Vielleicht ein Drache?«

»Ich glaube nicht. Ich kann mich an die Drachen auf alten Wandbehängen bei uns zu Hause erinnern; sie waren von Leuten gemacht, die sie nur allzugut kannten, und keiner von ihnen sah so aus. Außerdem war das ein richtiges stumpfsinniges Ungeheuer, und Drachen wird nachgesagt, daß sie ... mehr sind als das. Es bewegte sich wie eine Eidechse — ein schnelles Huschen, dann eine Ruhepause.«

»Eine Mischung aus einer Eidechse und einer Schlange, und mit einem Bauchumfang wie ein Pferd. Ich habe ein solches Wesen noch nie im Wald gesehen oder davon gehört, daß es so etwas gibt.«

»Dann möchte ich wetten, daß es eine Ausgeburt des Eises ist, irgendein wildes Tier, das losgelassen wurde, um als seine Vorhut zu wüten. Laß uns von hier verschwinden, denn aus unserem Abendessen wird heute sowieso nichts mehr.«

Sie hatten noch andere unerfreuliche Begegnungen, bevor sie den Wald verließen, doch keine so unmittelbaren und furchterregenden mehr. Einmal, als sie sich gerade zum Schlafen hinlegten, sahen sie etwas dunkel Phosphoreszierendes zwischen den Baumstämmen unter sich herumhoppeln, und wohin es sich wandte, verstummte sogar das leise Murmeln der Nacht. Und später, als sie einen Weg suchten, um zu den Hängen weiter oben zu gelangen, kreuzte etwas unter Krachen und Poltern ihren Pfad in bergabwärtige Richtung; sie konnten es nicht erkennen, doch nach dem Zurückschlagen der Büsche könnte es sich um einen Menschen gehandelt haben, wenn auch einen sehr tolpatschigen. Da keiner von ihnen beiden neugierig genug war, um noch länger zu bleiben, schlugen sie sich mit so wenig

Lärm wie möglich durchs Gebüsch bis zu steinigen Hängen.

»Hier gibt es überhaupt keine Zuflucht mehr«, sagte Elof, während sie sich einen kahlen Hang hinaufschleppten, an dem der nackte Fels zwischen einer dünnen Erdkruste, etwas hartem Gras und geducktem Buschwerk hervorsah. »Ich erinnere mich an diesen Ort, wir befinden uns jetzt nicht mehr als vielleicht eine Tagesreise südlich des Passes oberhalb des Schmiedemeister-Hauses, und das heißt, daß wir sehr vorsichtig sein müssen; bei klarem Wetter war er oft unterwegs. Er hat uns niemals in eine Gegend außerhalb seines Tales mitgenommen; dort schiebt das Eis seine Gletscher tief in die Berge hinein. Die Stelle, wo uns jene Duergar-Wesen verlassen haben, liegt östlich um diese Gipfel herum, etwa einen Zweitages-Fußmarsch weit entfernt. Dort können wir so gut wie irgendwo anders mit der Suche beginnen.«

»Dann werden wir bis kurz unter die Schneegrenze hinaufsteigen«, sagte Kermorvan, »und uns einen Weg darum herum suchen.«

Es dauerte nicht lange, bis auch die letzten Spuren von Grün unter ihren Füßen aufgehört hatten, abgesehen von einigen wenigen schwächlichen Pflanzen in Erdritzen; sie marschierten über breite Grate aus massivem Felsen, oder sie rutschten und stolperten über breite Streifen aus losem Gestein und Schotter, oder sie kletterten über aufgetürmte Felsbrocken. Der Wind hatte jetzt einen Biß, der zu seinem Heulen paßte; er drückte ihre Umhänge flach an sie, zerrte an ihren Packsäcken und peitschte ihnen ins Gesicht, bis Tränen die Augen verkrusteten und die Nasenlöcher brannten. Er trieb die grauen Wolken wie eine Armee zusammen und stellte sie in Reih und Glied hintereinander über den nördlichen Gipfeln auf. Kermorvan warf einen besorgten Blick zu ihnen hinauf. Er zog einen Schal, der so lang war wie seine Arme, aus seinem Packsack, und band ihn sich vors Gesicht; als er feststellte, daß Elof keinen hatte, schnitt er ihn sofort mit seiner halbgezogenen Klinge durch und reichte diesem die Hälfte. Elof dankte mit einem kargen Nicken, denn er wußte nichts zu sagen.

Doch schließlich, gegen Ende des zweiten Tages, hatten sie den Gipfel umrundet und befanden sich auf der windabgewandten Seite. Der Wind umwirbelte sie immer noch in Böen, doch mit weniger Kraft, und sie gönnten sich eine kurze Ruhepause. Elof ließ den Blick über die Berge ringsum schweifen und erinnerte sich an verschwommene Augenblicke einer seltsamen Freiheit. Da waren die Seen, die Wälder, doch sie waren nicht mehr so freundlich wie einst. Das fahle graue Licht machte die Sache auch nicht besser Sie wandten sich dem Kamm über ihnen zu. »Jenseits davon liegen die Gletscher. Die Duergar können diesen Weg nicht genommen haben. Sie müssen irgendwo an diesem Hang verschwunden sein. Oder scheinbar verschwunden sein. Es war dunkel, und sie hatten die einzigen Laternen.«

Kermorvan trat mit dem Fuß gegen einen dicken Stein. »Mir war nicht klar, daß das Eis so nah ist. Das bedeutet nichts Gutes. Wenn sie hier so etwas wie eine Tür oder eine Pforte haben, etwas, das diesen tiefen Ton erzeugen konnte, den du gehört hast, dann werden sie es mit all ihrem Geschick getarnt haben — vielleicht zu gut für uns. Aber wir werden trotzdem suchen.« Er sah wieder zum Himmel hinauf, zum Aufmarsch der Wolken. »Laß uns hoffen, daß wir es bald finden. Denn in eine solchen Höhe kann ein derartiger Himmel selbst in dieser Jahreszeit Schnee bedeuten.«

Die Dunkelheit brach herein, während sie sich zum Grat hinaufschleppten, erschöpft, frierend und mit schweren Herzen. Sie hatten den gesamten breiten Hang in Quadrate aufgeteilt und abgesucht und keinen einzigen Stein, keinen Spalt in der steilen Felswand, keine Unterbrechung im Geröll gefunden, die nicht natürlich erschien. Es blieb nur der schmale Streifen des Kamms übrig, und dieser sah zu kahl aus, als daß dort auch nur ein Rattenloch hätte versteckt sein können, so erbarmungslos vom Nordwind plattgefegt, wie er war. Jenseits davon hob sich der düstere Schimmer stärker denn je gegen die grauen Wolken ab, und er erleuchtete wie eine Warnung selbst den vergänglichen Dunst ihres Atems. *Auch dieser könnte zu Eis gefrieren ...*

Kermorvan erreichte, wie immer, den Grat ein wenig vor Elof. Und Elof hatte Angst um ihn, denn er sah, wie der Schwertkämpfer innehielt, eine dunkle Silhouette gegen den hellen Schein, einen Augenblick lang dastand und dann sehr langsam auf ein Knie sank. Elof rannte, um aufzuholen, und er kam atemlos auf dem Kamm an, wo er wie gebannt stehenblieb bei dem Anblick, der sich ihm darbot.

Sie waren an den Rand eines tiefen Einschnitts in die Berge gelangt, ein steilwandige Furche, die wie von einem Schwerthieb in das Gebirge geschnitten zu sein schien. Irgendwo in seinem benommenen Geist wurde Elof bewußt, daß sie sich direkt gegenüber dem Tal des Schmiedemeisters befinden mußten, das von den jenseitigen Hängen desselben Gipfels abgehen mußte. Doch während die andere Seite lediglich öd und kalt war, befand sich diese Seite vollkommen im Griff des Eises.

So wurde Elof zum erstenmal des großen Widersachers ansichtig, und auch er sank ehrfürchtig auf die Knie. Es war ein großartiger und wunderbarer Anblick, und — was er am allerwenigsten erwartet hatte — er war schön und so ergreifend, daß seine Erhabenheit auch in seinen Adern Eis in Umlauf brachte. Unter ihm erstreckte sich bis in weite Ferne der Gletscher, in die Unendlichkeit des sich verbreiternden Tales, zwischen immer kleiner erscheinenden Gipfeln hindurch hinaus in eine gewaltige Ausdehnung eines sanft schimmernden Grau-Weiß. Die östlichen Wände des Gebirges versanken darin wie in einem Meer; hier und da ragte ein ferner Gipfel daraus hervor, wie als Verhöhnung früherer Größe, abgeflacht und zerbröckelnd wie eine geschleifte Festung. Jenseits dieser pathetischen Überbleibsel erstreckte er sich in eine so wesenlose unendliche Ferne, daß sich das Auge anstrengen mußte, um sich darauf zu konzentrieren, und die Sicht schmerzhaft verschwamm, da sie keinen Halt und keinen Bezug fand. Selbst ein Horizont war nicht auszumachen, vielleicht weil sich die grauen Wolken mit ihm vermischten. Was immer die Wahrheit sein mochte, der Anblick erfüllte Elof mit dem plötzlichen eisigen Gefühl, daß die gesamte warme, lebendige Welt auf der Erde nur eine dünne Schicht auf der Unendlichkeit einer sterilen, weißen Kälte war, ein Schmutzfleck auf der kalten Schönheit eines Edelsteins, der Gnade der leichtesten Bewegung oder Unregelmäßigkeit ausgeliefert, vollkommen unbedeutend. Selbst als er den Blick zu den hohen Gipfeln über sich hob und durch das Tal schweifen ließ, um in deren Kraft Trost zu suchen, erschienen sie ihm wie Dinge von schwacher und vergänglicher Natur, kein stärkerer Halt als ihre begrabenen Artgleichen gewesen waren. Ihr Dasein war nur von begrenzter Dauer, und das Eis konnte bereits viele frostige Jahre in seinem Herzen verbuchen. Was hatten die Menschen dem entgegenzusetzen?

Dann plötzlich blieb sein Blick an etwas haften, er starrte forschend in die Düsternis hinter dem Lichtschein. Er stand taumelnd auf, hielt tapfer dem Wind stand, der ihn peitschte, und hielt sich die Hand schützend über die Augen, bis er sicher war, was er sah. Er wandte sich um und bemerkte Kermorvan neben sich. Das Gesicht des Schwertkämpfers war blaß und ernst, voller Ehrfurcht und Bewunderung, doch ohne die leiseste Andeutung von Angst; es glühte wie ein Feuerstein, und das Leuchten seiner Augen, die die endlose Weite abtasteten, waren dieser Herausforderung gewachsen. »Hast du etwas gesehen?«

»Ich ... glaube schon. Dort draußen im Tal, zwischen den hohen Gipfeln jenseits seines Endes, sieh! *Sieh doch!*«

Kermorvan rieb sich die Augen, starrte in die Ferne und schüttelte den Kopf. Dann wandte er sich ab, blinzelte und blickte wieder zu einem bestimmten Gipfel hin. »Ich sehe ... einen schwachen orangefarbenen Schein ...«

»Tatsächlich?«

Kermorvan warf ihm einen zweifelnden Seitenblick zu. »Das könnte alles mögliche sein ...«

»Könnte es. Aber siehst du sonst noch irgendein hoffnungsvolles Zeichen?«

Kermorvan schüttelte grimmig den Kopf. »Nein, sehe ich nicht, denn dieser Hang unter uns scheint mir ebenso öd wie alles andere. Nun gut, laß uns aufbrechen, denn es wird ein mühsamer Marsch um diese Berge herum werden.« Er schwang sich seinen Packsack wieder auf die Schultern und war im Begriff, sich wieder den Hang hinab in Bewegung zu setzen, als Elof ihn am Arm packte.

»Nicht in diese Richtung«, sagte er. »Wir dürfen es nicht wagen, rundherum zu gehen. Ich kenne diesen Teil des Gebirges nur allzugut. Die Gefahr ist zu groß, daß wir dem Schmiedemeister über den Weg laufen und in der Nähe seines Hauses vorbeikommen.«

»Also gut, welchen Weg sollen wir sonst einschlagen?«

Elof biß sich auf die Lippe und wandte den Blick ab, hinunter in das Tal weit unter ihnen. »Es gibt nur einen einzigen. Über das Eis.«

»Wie bitte?« Kermorvan umklammerte mit einer Hand sein Schwert. »Ich werde es mit deinem verfluchten Meister aufnehmen ...«

Erneut hielt Elof ihn zurück, diesmal mit echtem Kraftaufwand. »Du Narr! Meinst du, wenn er es mit den Ekwesh aufnehmen konnte, könnte er dich nicht bezwingen, ohne daß du einen einzigen Schlag führst?

Und er würde dich nicht einfach abschlachten, sondern dich seinem Willen gefügig machen und dich auf die Bekämpfung all dessen ansetzen, was du jetzt zu erhalten trachtest. Ist das die *Chance,* die du wahrnehmen möchtest?«

Kermorvan stand wütend und unentschlossen da und sah abwechselnd hinunter in das ferne Tal und hinauf zu dem Grat und dem Glühen des Eises. Es war deutlich sichtbar, was er vorzog, doch er konnte sich der Logik des Schmieds nicht entziehen. »Ich habe gesagt, daß ich dich begleiten würde«, murmelte er. »Also zweifle nicht an mir. Aber gehen wir auf dem Eis nicht dasselbe Risiko oder ein noch schlimmeres ein?«

»Vielleicht ist es nicht ganz so schlimm, wenn wir uns hier am Rand halten!« sagte Elof beharrlich. »Du hast dasselbe gesehen wie ich. Nichts hat sich in diesem Tal bewegt. Und es ist nicht breit, wir könnten es leicht in einer Nacht durchqueren, wenn wir uns beeilen ...«

»Eine Nacht ...«, setzte der Schwertkämpfer zu sagen an und blickte dabei erneut in das Tal hinein, doch dann packte er Elofs Arm und streckte deutend die Hand aus.

Weit unten, am Rand des nächsten bewaldeten Hains, huschte etwas durchs Gestrüpp, etwas, das groß genug war, um die Büsche rascheln und beben zu lassen, ohne daß man es selbst sah. Doch dann, als die Büsche zwischen Felsen aufhörten, trat es für einen Augenblick in das Licht der Sterne und des Eises heraus und huschte über eine freie Stelle, um sich hinter einem großen, zerklüfteten Felsen zu verstecken. Es hatte die Gestalt eines Menschen, war jedoch auf grauenerregende Weise menschenunähnlich, mit breiten und kräftigen Schultern, einem hohen Oberkopf und langen Armen, die an seinen Seiten baumelten, während es weiterhüpfte.

»*Kerys!*« hauchte der Schwertkämpfer. »Meinst du, das könnte das Wesen gewesen sein, das uns durch den Wald verfolgt hat?«

»Es hat sich auf eine sehr ähnliche Weise bewegt —

aber hör mal!« Ein Stück weiter entfernt entlang der Linie des Gebüschs raschelte etwas anderes, und weitere Geräusche drangen aus der Tiefe des Waldes heraus, ein leises, kehliges Grunzen. »Wir haben es mit einer ganzen Bande zu tun!« sagte Elof leise. »Nun, Krieger, bist du immer noch dafür, diesen Weg einzuschlagen?«

»Plötzlich geht von dem Eis eine gewisse Anziehung aus«, gestand Kermorvan trocken ein. »Aber könnten diese Erscheinungen nicht eigens zu dem Zweck arrangiert worden sein, uns zu ihm hinzulocken?«

»Vielleicht. Aber das würde nur im äußersten Fall seinen Zweck erfüllen, wenn wir verängstigt, geschwächt und ohne Willen sind. Vermutlich rechnen sie nicht mit einem plötzlichen kühnen Vorpreschen ...«

»Ich würde einen schnellen Marsch von zwölf Stunden nicht unbedingt als Vorpreschen bezeichnen, so kühn er auch sein mag. Doch wie du meinst, Schmied. Übernimm du die Führung!«

Gemeinsam gingen sie zurück zum Grat und machten sich daran, so leichtfüßig und leise wie möglich den jenseitigen Abhang hinunterzuklettern. »Das ist nicht allzu mühsam«, flüsterte Elof.

»Genausowenig mühsam ist der Weg zum Fluß, wird erzählt«, entgegnete Kermorvan düster, »zumindest in einer Richtung.«

»Ach, spar dir deine Ermutigungen für das Eis auf, dort werden wir sie bestimmt nötig haben!« Überraschenderweise schmunzelte Kermorvan und setzte den Weg mit leichterem Schritt fort.

Auf den ersten Blick und von hoch oben betrachtet, hatte das Eis spiegelglatt und blendend weiß ausgesehen, doch als sie den steilen Hang hinunterkletterten, erschien der Gletscher, der das Tal ausfüllte, immer grauer und schmutziger. Elof sah, daß er in Wirklichkeit kein bißchen glatt und in der Mitte alles andere als weiß war; zu beiden Seiten verliefen breite Streifen, die fast so dunkel waren wie der Fels, an den sie angrenzten.

Als sie noch näher kamen, entpuppten sich diese als dunkle, unebene Erhebungen, die sich wie Streifen über die Oberfläche des Eises zogen wie Schichtgestein in einem gefrorenen Fluß. »Ich habe andere davon sprechen hören«, sagte Kermorvan. »Sie nannten das *Moränen*. Sie bestehen aus Stein und Geröll, die das Eis in seinem Lauf mitgerissen hat und die freigesetzt werden, wenn etwas von der Oberfläche bei wärmerer Witterung schmilzt. Zweifellos liegt so mancher stolze Berggipfel dort vor dir. Und sie werden unseren Weg nicht leichter gestalten.«

Die Moränen erstreckten sich durch die gesamte Länge des Tals, doch die Oberfläche bedeckten noch andere, feinere Flecken, an manchen Stellen kreuzweise schraffiert und von langen Schatten vertieft. »Das sieht aus wie verschrumpelte Haut«, sagte Elof. »Uralte Haut, verwittert und dreckig. Und schau dort, wo das Tal eine Biegung macht, da vertiefen sich die Furchen und vereinigen sich, wie es an einem Ellbogen der Fall sein könnte. Als ob der Gletscher die Gliedmaße eines abscheulichen Tierwesens wäre ...«

»Das sind bestimmt Gletscherspalten, fürchte ich«, sagte Kermorvan. »Breiter und tiefer am Ellbogen, wie du es nennst. Laß uns einen großen Bogen um sie machen. Es wird ohnehin schwierig genug sein, sie zu umgehen!«

Und in der Tat, als sie sich schließlich den Ausläufern des Gletschers näherten, fragte sich Elof, ob er sie nicht auf den falschen Pfad geführt hatte, so unwegsam sahen sie aus und so furchterregend heulte der Wind über die Moränen. Eine Frostschicht, klar, hart und hinterhältig, überzog alle flacheren Felsen, und rutschige Flächen schmutzigen Schnees lagen gefroren zwischen den Steinen. Nur einen letzten Schritt vom Rand entfernt stolperte er heftig und wäre fast gefallen; zitternd blieb er stehen. Dann setzte er sehr vorsichtig zum erstenmal den Fuß auf das Große Eis.

Einen Augenblick lang dachte er verrückterweise, er befände sich wieder in seiner Schmiede und sei auf ein heißes Eisenkolter getreten. Die sengende Hitze in seinen abgewetzten Schuhen war kalt, nicht wie von einer Flamme, doch das Gefühl war dasselbe, ein qualvolles Brennen, das sich bis in seine Waden hinaufzog. Er machte einen entsetzten Satz und trat mühsam auf Steine, um sich für einen kurzen Moment Erleichterung zu verschaffen, doch es war, als ob das Eis seine bloßen Nerven berührt hätte. Er zögerte und keuchte verzweifelt; am liebsten wäre er wieder auf das Gestein zurückgesprungen. Er wäre vielleicht noch länger so dagestanden und hätte sich damit selbst vernichtet, wenn Kermorvan nicht schnurstracks durch das gefrorene Geröll am Rand der Moräne gehüpft wäre, ohne innezuhalten. Das entband Elof von der Qual einer Entscheidung; es blieb ihm nichts anderes übrig, als die Zähne zusammenzubeißen und hinterherzustolpern.

Mit Verwunderung sah er, wie Kermorvan immer weiter eilte, wobei er seinen Weg im Zwielicht sorgsam wählte, dabei den Pickel schwang und mit seiner ganzen üblichen Energie abwechselnd von Eis auf Stein und von Stein auf Eis sprang. Elof wurde staunend klar, wie unerschrocken dieser Mann war, indem er mutig ausschritt und auf etwas zuging, das vermutlich ein Schreckgespenst seiner Kindheit gewesen war und für ihn als erwachsenen Mann die Mächte verkörperte, die er haßte. Im Innern mochte er zittern, doch seine Schritte waren entschlossen; er kehrte sogar um und half dem Schmied, als dieser mit Gepolter in dem düsteren Dämmerlicht eine hohe Erhebung hinabglitt. Inzwischen, nachdem eine Stunde vergangen war, hatte die Taubheit Elof soweit für die Schmerzen unempfindlich gemacht, daß er wieder sprechen konnte. »Spürst du es nicht?«

Kermorvan kauerte sich neben ihm zwischen verstreutem Felsgestein und Geröll nieder. »Was denn?« Offenbar spürte er nichts. Elof wunderte sich, gab jedoch keine Erklärung ab. Kermorvan zog seinen Umhang fester um sich. »Den Wind, ja! Und wir sind verdammt leicht auszumachen, auf dieser freien Fläche und von Licht umgeben! Es ist vielleicht mühsamer, den Weg im Dunkeln zurückzulegen, doch ich würde mir weniger Sorgen wegen feindlicher Beobachter machen. Hoffentlich ziehen diese Wolken dort vor Mondaufgang nach Süden und verdecken auch die Sterne!«

Doch sein Wunsch sollte sich nicht erfüllen, denn obwohl sich die Wolken am nördlichen Horizont zu gewaltigen schwarzen Ungetümen aufbauten, flaute der Wind ab, und keine Bewegung und kein Laut war mehr in der Luft. Der Himmel über dem Tal blieb frei und bösartig klar, und als die Sterne herauskamen, leuchteten sie hinunter auf ihre verzerrten Spiegelbilder auf dem Eis.

Plötzlich war ein heller Schein in der Luft hoch über ihnen, als ob ein riesiger Vorhang für kurze Zeit von einem Horizont zum anderen weggezogen worden wäre. Kermorvan sprang auf, japste und duckte sich, und Elof tat es ihm gleich. Ein Laut schwoll in der Stille an, ein schwaches, zorniges Knirschen am Rande des Hörbaren. Der Vorhang zuckte erneut vorbei, diesmal als blasses, gekräuseltes Flackern aus Rot- und Grüntönen, das immer eindringlicher wurde; Blau und Purpur leuchteten für einen Augenblick dazwischen, bevor der dunkle Himmel alles verschluckte. Schwache gelbe Streifen aus Licht bildeten Bogen, die die Dunkelheit überspannten, und verschwanden wieder. Ein ungeheuerlicher Kranz aus kaltem Feuer wallte zwischen den Sternen hindurch und ließ sie blaß erscheinen, ein Anblick von greller Großartigkeit.

»Was ist das?« fragte der Südländer atemlos und hielt sich die Hand schützend über die Augen.

»Die Nordlichter«, flüsterte Elof, während er sich an dem Bild weidete. Ein zweiter Streifen überquerte hinter ihnen den Himmel. »Begleitet von einem Regen von

Sternschnuppen. Ich habe so etwas schon einmal gesehen, aber aus der Ferne, und noch nie so gewaltig groß, niemals ...«

»Könnte das eine Vorankündigung von irgend etwas sein?«

»Nicht, daß ich wüßte«, antwortete der Schmied. »Und doch ... Der Schmiedemeister hat einmal gesagt, daß dadurch das Zusammentreffen verschiedener Kräfte angezeigt werden könnte — was sonst noch, kann ich mir nicht vorstellen.«

»Ein Zusammentreffen!« murmelte Kermorvan düster. »Dann wollen wir nicht dazwischen geraten!« Halb gebückt, um sich vor beobachtenden Augen zu verbergen, krochen sie auf der Moräne weiter, bis sie sich an der engsten Stelle zwischen ihrem und dem jenseitigen Hang befanden. »Jetzt haben wir keine andere Möglichkeit, als uns ohne Deckung auf die freie Fläche zu begeben, zwischen die Gletscherspalten«, fügte der Schwertkämpfer mit angespannter Miene hinzu. »Das wird die längste ungeschützte Strecke sein, die wir bis dahin zu überwinden hatten. Komm!«

Und so legten sie ihren Weg über die weißere freie Fläche des Gletschers zurück, indem sie an breiten Buckeln entlangschritten und über schmalere auf allen vieren krochen, mit absterbenden Fingern, die kaum noch die Pickel halten konnten; sie hörten, wie halbfester Schnee knirschend unter ihren Füßen wegrutschte und zu beiden Seiten in tiefe Spalten stürzte. Er kam mit einem leisen widerhallenden Klatschen auf und verriet ihnen, daß hartes Eis sie erwartete, falls sie hineinfielen, und nicht etwa weicher Schnee. Das kalte Feuer über ihnen schien auf sie herab, tauchte ihre Gesichter in eine sonderbare Färbung, verlieh den Schatten eine schwach flackernde Lebendigkeit, die es ihnen doppelt schwer machte, den richtigen Halt für die Füße zu finden, und die die Ferne mit düsteren Ahnungen von Bewegung erfüllte. Merkwürdige Figuren nahmen Gestalt an und tanzten auf den Flecken aus klarem Eis; einmal glaubte Elof, Karas Gesicht in den Spiegelungen zu erkennen, das ihn angstvoll und warnend anblickte, und etwas später sah er, wie sich Kermorvan die Augen rieb und murmelte: »Die Pforte! Die Hohe Pforte ...« Der Weg zwischen den Spalten hindurch erwies sich niemals als so eindeutig, wie er anfangs erschien, und sie mußten ständig wachsam sein, um einen neuen Pfad zu finden. Doch ihre Strecke führte sie immer weiter durch das Tal, weg von der Wand, und ihnen wurde eindringlich bewußt, daß wertvolle Stunden verrannen. Kermorvan rieb sich die eisigen Hände; Elof, der den Blick über die ungeschützte Weite des Tales schweifen ließ, bog die taub gewordenen Glieder und dachte an alles, was er über die Gefahren von Erfrierungen gehört hatte. Plötzlich blieb Kermorvan stehen, und zwar so unvermittelt, daß sie beinahe zusammengeprallt wären, und blickte das Tal entlang. Dann schüttelte er ungeduldig den Kopf und wollte sich gerade wieder in Bewegung setzen, als Elof ihn zurückhielt. »Nein! Ich sehe es auch!«

Gleichzeitig ließen sie sich in den weichen Schnee einer flachen Verwehung sinken, um Ausschau zu halten. Ein flüchtiger Schatten schien sich von der gegenüberliegenden Seite des Tales zu lösen und auf die ausgedehnte schwarze Moräne zu gleiten, und zwar so geschmeidig, als wäre sie ein polierter Fußboden. Mit langsamen, hüpfenden Bewegungen trieb der Schatten zur Mitte des klaren Eises, wobei er über die Spalten schwebte, als seien sie gar nicht vorhanden. Er hatte die Gestalt eines Menschen, so wie ein aufgehängter leerer Umhang menschliche Gestalt hat, war jedoch schlaff, spinnendürr und grau. Schnell drang er bis zur Mitte vor und schien dort zu schweben, schwimmend wie ein großes Blatt auf einem stehenden Teich, und die hohe Kapuze schwankte sanft hin und her. Langsam drehte er sich um, und die Wanderer duckten sich, doch er verharrte und hing wieder schwankend in der Luft. Er hatte das Gesicht nach Süden gewandt, zum Ende des Tales und den entferntesten Ausläufern des Eises hin.

Voller Angst, sich durch eine Bewegung unter der dünnen Schneedecke zu verraten, drehte Elof langsam den Kopf und spähte in die Ferne. Eine Weile lang war nichts zu entdecken, doch dann glaubte er das Zucken einer Bewegung wahrzunehmen. Es war wie ein sich verdichtender Schatten, der immer dunkler und schließlich zu einer festen Form wurde. Seine Kopfhaut prikkelte. Er beobachtete, wie dort etwas aus der leeren Luft körperliche Gestalt annahm; eine Gestalt bildete sich auf dem Eis, wo noch eine Sekunde zuvor nichts gewesen war. Es war jetzt dort und näherte sich ihnen. Doch es wirkte klein und unbeholfen, wie ein Insekt, das über Steine stolpert, im Vergleich zu dem Ding, das dort hing, keine tausend Schritte entfernt. Er wagte es, einen Blick zu Kermorvan hinüberzuwerfen; auch dieser blickte mit grimmiger Miene nach Süden. Wenn sie sich bewegten, um ihren Weg fortzusetzen, würde das Umhangwesen sie vielleicht nicht entdecken, aber der Neugekommene würde sie bestimmt bemerken. Sie könnten nur warten und wie Steine verharren, in der Hoffnung, für solche gehalten zu werden.

Langsam und tolpatschig näherte sich die neue Gestalt, ohne die gespenstige Anmut des anderen. Sie wirkte formlos, unvollständig, bedeckt mit einem stumpf schimmernden Kopfpanzer wie der eines Insektes. Elof brauchte einen Moment, um zu erkennen, daß sie menschlich war und sich tatsächlich mit ungewöhnlicher Leichtigkeit über einen sehr holperigen Boden bewegte. Die Formlosigkeit hatte ihre Ursache in einem weiten, dunklen Umhang oder irgendeinem wallenden Gewand, und der Kopfpanzer war ein Metallhelm.

Elof blieb die Luft weg. Sein Herzschlag drohte auszusetzen und pochte dann so laut in seiner Brust, daß er fürchtete, das ganze Tal müsse davon widerhallen. Der Helm war unverwechselbar, aus reich verziertem Kettengewirk, mit der Gesichtsmaske, doch er hatte nicht zu träumen gewagt, daß wahre Macht in ihn eingearbeitet war. *Die Eigenschaft der geschmeidigen Bewegung und der Unsichtbarkeit ...* Und der Gang war ihm ebenso vertraut, dieser entschlossene, gemessene Schritt, der die Gewänder wie dunkle Flaggen in der stillen Luft flattern ließ. Direkt ihnen gegenüber, höchstens zweihundert Schritt von ihnen entfernt, hielt die Gestalt an, und die bösartigen Augen des Helms wandten sich unbehaglich hierhin und dorthin. Weit darüber schwebte schwankend die Figur mit der Kapuze und wartete geduldig. Dann wurde das Kettengewirk der Maske zurückgeworfen und der Helm mit behandschuhten Händen gehoben; dunkles Haar, das wie von Eis überkrustet schien, ergoß sich auf breite Schultern, und Elof blickte erneut in die blassen, stolzen Züge seines ehemaligen Meisters. Wieder spähte der Schmiedemeister in alle Richtungen, als ob er sich von brennenden Augen beobachtet fühlte, doch dann hob er den Blick direkt hinauf zu dem rauchdunklen Schatten der schwankenden Kapuze. Er starrte eine Weile, und dann verneigte er sich sehr feierlich.

Ein Blitz über ihnen, plötzlich und erschreckend, riß Elofs Blick in seinen Bann. Die Sternschnuppen regneten jetzt dichter und schneller herunter; sie schossen zwischen den Sternen hindurch wie ausgelassene Kinder und zeichneten orangefarbene und rote Streifen an den Himmel, bis sie den Lichtern Konkurrenz machten. Doch dann blitzten auch diese auf, mit einer Kraft, die die Luft auflud, bis sie knisterte wie die Flammen eines Waldbrandes, und die Wanderer spürten, wie sich ihnen das Haupthaar aufstellte. Hinter den Lichtern schienen die Sterne in der verzerrten Luft zu tanzen und zu springen und sich zu einem gewaltigen Kranz zu winden, dessen Herz zwischen den Lichtern war. Sie schlangen sich einmal, zweimal, dreimal umeinander, immer heftiger, und dann war es, als ob sie sich miteinander verwoben und sich verfestigten, wie eine zu Boden fallende Hülle. Ein großer Keil aus heller Strahlung hing über dem Innenfeld des Eises in der Luft, pulsierend wie ein Herz, und sowohl der Mann als auch die menschenähnliche Gestalt wandten sich zu ihm um. In dieser Hülle nahm eine Figur Gestalt an, stattlich, hochgewachsen, blaß wie Perlmutt, dünn wie Rauch, vom eigenen Licht durchflutet. Die Gestalt einer Frau, unbekleidet, mit ausgestreckten Armen und langen Haaren, die sie umwehten wie in einem nicht fühlbaren Wind. Langsam, feierlich neigte sich die graue Kapuze. Doch der Mann verbeugte sich tief, immer tiefer, bis er auf die Knie und immer weiter nach vorn sank, bis er mit ausgestreckten Armen in unterwürfiger Anbetung mit der Stirn das glitzernde Eis berührte.

»Jetzt!« zischte Kermorvan, denn nun waren die Augen abgewandt. »Jetzt, es geht um unser Leben!« Er zückte sein Schwert und starrte es voller Entsetzen an, als etwas phosphoreszierend Grünes an seiner Spitze hüpfte und waberte und knisternd an der Klinge entlangrann.

Elof überschwappte ein Schwall panischer Angst. Er griff nach der flackernden Schwertklinge und drückte das lodernde Feuer mit den zu Fäusten geballten Händen aus. Kermorvan schob sie schwungvoll zurück in die Scheide, und sie rannten los. Sie rutschten die Schräge der Schneeverwehung hinunter und duckten sich dabei wie Affen, um in der fragwürdigen Deckung zu bleiben; sie hangelten sich mit ihren Pickelstöcken weiter, stolpernd und in tieferen Schnee sinkend, ohne sich um die Spalten zu kümmern, die zu beiden Seiten gierig den Schlund aufrissen. Keiner von beiden wagte einen Blick zurück, sondern beide rannten und rannten immer weiter, bis ihr Atem wie Feuer in den wunden Kehlen brannte und ihre Glieder vor Schmerz verrenkt waren. Einmal gerieten sie so sehr ins Rutschen, daß sie den Sturz in eine Spalte nicht mehr verhindern konnten, doch der Schnee, den sie vor sich herschoben, dämpfte die Wucht ihres Aufpralls; sie rappelten sich mühsam auf und setzten ihren Weg im Schutz der hohen Wände stolpernd fort. Das Herausklettern am Ende der Spalte war weniger leicht. Sie mußten Stufen in eine überhängende Wand hauen, doch nachdem sie es geschafft hatten und keuchend am Rand lagen, hatten sie das Leuchten im Herzen des Eises weit hinter sich gelassen, und es war nun lediglich ein kaltes Schimmern in der Ferne, in dem keine Einzelheiten auszumachen waren.

Schließlich rappelten sich die beiden Wanderer auf, aufgewühlt und zitternd, und ohne ein Wort zu sprechen, schwenkten sie ab und setzten sich mit schleppenden Schritten in Richtung der dunklen Linien der Moränen in Bewegung. Hin und wieder drehte Kermorvan sich um, um sich zu vergewissern, daß sie von nichts und niemandem verfolgt wurden; doch nur ein einziges Mal, als sie sich auf der Erhebung einer aufgeworfenen Moräne befanden, griff er nach Elofs Arm und streckte deutend die Hand aus. Sie warfen sich in den Schnee. Ein langer Schatten waberte über den Gletscher, doch die Gestalt, die er gegen das perlmuttfarbene Licht warf, deutete auf etwas Kleines hin, das sich nach Süden entfernte. Elof hatte den Eindruck, daß es einen kahlen Kopf hatte, doch es war zu weit weg, als daß er es genau hätte sehen können. Als sie sich erneut umsahen, stellten sie fest, daß es nicht verschwunden war; durch die Entfernung verkleinert, mühte sich eine winzige Gestalt immer noch über die Unebenheiten des Gletschers. »Dein ehemaliger Meister, nehme ich an«, unkte Kermorvan sarkastisch, obwohl seine Stimme etwas stockend klang. »Ich möchte wissen, warum er den Helm nicht mehr benutzt.«

Elof zuckte mit den Schultern, und sie marschierten weiter.

Der Weg war nicht so weit, wie es den Anschein hatte, denn die Moränen an der nördlichen Seite des Gletschers lagen näher beieinander und waren flacher. Sie überquerten sie mühelos in einer guten Stunde und waren froh über den Schutz, den sie ihnen boten. Der Wind frischte auf, und ein Blick hinauf zum Himmel zeigte ihnen, daß die Sterne hinter den schnell dahingleitenden Wolken verschwanden. Unter ihnen glitzerte das Eis nach wie vor leer und leblos.

Nach vielen Stunden neigte sich der Tag zur Abenddämmerung, fahl und grau, ohne sichtbare Sonne. Kermorvan schüttelte den Kopf wie ein Mann, der aus einem Traum erwachte. Vor ihnen ragten die Gipfel jetzt hoch auf, und selbst ihre schroffe Kahlheit erschien ihnen nun weniger unwirtlich als das Eis. Zwei Stunden nach Einbruch der Dämmerung verließen sie es, etwa wie man von Bord eines Schiffes geht. Sobald sein Fuß den ersten Schritt von der eisigen Oberfläche weg auf gewöhnlichen Boden getan hatte, wich das kalte Feuer aus Elofs Beinen, und zwar so unvermittelt, daß er vor Erleichterung beinahe gestolpert und gefallen wäre; nur ein normales und erträgliches Gefühl von Kälte blieb. Kermorvan schien auch jetzt wieder nichts Ungewöhnliches zu empfinden. Er blickte vielmehr hinauf zu den Wolken und schnupperte in die Luft. »Es riecht nach Schnee!« murmelte er. »Jetzt, da er uns nicht mehr abschirmen kann und die Kletterei vor uns liegt! Elof, mein Schmied, bete, daß wir unser geheimnisvolles Licht bald finden, sonst könnte das unseren Tod bedeuten! Komm!«

Der Wind umpeitschte sie heulend, während sie die Wand des Tales erkletterten. Sie war hier steiler als auf der anderen Seite, und sie mußten die Arme zum Klettern frei haben, so daß die Umhänge sie nicht gegen den beißenden Wind schützen konnten. Der Fels war zwar hart, jedoch an vielen Stellen durch die bittere Kälte des Eises brüchig geworden, und es geschah mehr als einmal, daß ein Sims, der aus festem Gestein zu bestehen schien, unter ihren tastenden Füßen wegrutschte und mit Gepolter hinunter auf den Rand des Gletschers stürzte. »Das verrät jedem sofort, wo wir sind, falls uns jemand folgt«, murrte Kermorvan. »Aber wenigstens wird der Hang allmählich sanfter. Jetzt fängt es an zu schneien!«

Und tatsächlich tanzten die ersten Flocken um sie herum, weitere stoben im Wind, streiften die Felsen zu beiden Seiten und wirbelten ihnen ins Gesicht, während sie ihren mühsamen Aufstieg weiter fortsetzten, bis sie endlich einen langen Hang erreichten, der zu dem Gipfel führte, den sie suchten. Bald bedeckte Schnee ihren Pfad, große, dicke Flocken, die nur an den Rändern schmolzen und sich unter ihren Füßen in hartes Eis verwandelten und den Stein mit einer spiegelglatten Schicht überzogen. Elof mußte aufpassen, daß er nicht auf den festgetretenen Schnee in Kermorvans Spuren trat. Als sie zu einem leichteren Teil des Hanges gelangten, lag dieser bereits unter einer hohen Schneedecke. Vereiste Klumpen blieben schwer und fest an ihren Stiefeln haften, und sie mußten sie mit den Pickeln losbrechen. »Wenn das Schneetreiben noch dichter wird, kommen wir womöglich vom richtigen Weg ab«, sagte Kermorvan besorgt, »und so etwas ist im Gebirge tödlich. Doch wir sind jetzt nicht mehr weit unterhalb der Stelle, wo du das Licht gesehen hast. Der eindeutigste Weg aufwärts wäre entlang dieser Felswand hier ...« Er berührte sie und zog die Hand mit einem überraschten Aufschrei zurück. »Sie ist warm! Zumindest wärmer, als sie sein dürfte. Und schau nur, dort oben auf dem Gipfel, diese Spalten, die wie große Lüftungsschächte aussehen — und Rauch steigt auf! Erdfeuer!« Er schlug seinen Pickel wütend in den Boden. »Das also war der Lichtschein! Wo die Feuer so stark sind, lebt bestimmt nichts unter der Erde! Wir haben uns ganz umsonst den Gefahren und Strapazen ausgesetzt!«

»Sei deiner Sache nicht so sicher!« entgegnete Elof in scharfem Ton, obwohl auch in ihm eisige Zweifel aufstiegen. »Das Haus des Schmiedemeisters war genau über einer solchen Stelle errichtet worden, und das Feuer wurde für die Schmiede genutzt. Könnten die Duergar nicht dasselbe tun?«

Kermorvan setzte zu einem Kopfschütteln an, doch dann zuckte er mit den Schultern und nahm seinen Pickel wieder an sich. Ein Vorhang aus wirbelndem Schnee wehte den Hang herunter und türmte die vorhandenen Haufen noch höher auf. »Jetzt kommt es auch nicht mehr darauf an!« übertönte er ein plötzliches Aufheulen des Windes. »Wir können uns genausogut mit eigenen Augen überzeugen ...«

Ein riesiger Schatten bäumte sich im Schnee auf. Ein gewaltiger Arm stieß hervor und umklammerte seine Kehle. Es geschah ohne jede Vorwarnung, und er wurde gegen den Fels geschleudert. Elof hatte jedoch gerade noch Zeit, sich zu ducken, und das Ding sauste an ihm vorbei, auf den Sims zu. Stein brach und stürzte, und ein durchdringender Schrei voller Schmerz und Wut erschallte. Elof bückte sich, packte Kermorvan und zog ihn von der Wand weg und ein Stück den Hang hinauf. Er blieb japsend liegen; Elof stand über ihm, zog sein Schwert und nahm den Pickel in die linke Hand. Einen Augenblick später rappelte sich Kermorvan auf und erhob sich taumelnd. »Was war das?« fragte er, während er nach seiner Schwertscheide tastete.

»Ein Schneetroll, glaube ich«, sagte Elof mit angespanntem Gesicht, »obwohl ich noch nie einen gesehen habe. Graues Fell, schwarze Klauen, und die Größe ...« Er fuhr sich mit der Zunge über die trockenen, aufgesprungenen Lippen und spürte, wie die Risse darin brannten. »Ich vermute, das war es, was uns durch den Wald verfolgt hat; sie begeben sich manchmal dorthin ...« Schnee stob auf, und hinter ihnen entstand ein plötzliches Toben, begleitet von einem weiteren Schrei. Elof drehte sich um, rutschte aus und fiel flach hin. Ein riesiger Schatten senkte sich auf ihn herab — und schnellte mit einem schrillen, wütenden Kreischen zurück. Etwas Heißes und Übelriechendes spritzte auf Elofs Wams, und als er sich strauchelnd erhob, sah er einen großen roten Fleck im Schnee; Kermorvan stand mit rauchender Klinge da. »Rücken an Rücken!« brüllte er. »Wir nehmen es mit ihnen auf! *Morvan morlanhal!*«

Ein Chor von Schreien antwortete ihm, furchterregende Formen ragten in dem Weiß ringsum auf und schlossen sich immer dichter um sie zusammen. Arme zuckten vor, und Elof schlug danach; dunkles Blut spritzte auf, und eine riesige Hand fiel zappelnd in den Schnee. Hinter ihm war ein Geräusch, als ob eine Axt sehr hartes Holz hackte, ein metallisches Scheppern, und Kermorvan prallte rückwärts taumelnd auf ihn, während ein riesiger Körper in den Schnee fiel. Elof, der aus dem Gleichgewicht geraten war, sah eine schreckliche Fratze aufsteigen, eine zähnefletschende, schneeverkrustete Maske wie die abscheuliche Parodie eines menschlichen Gesichts, und darüber einen scharfkantigen Steinbrocken, der von schwarzen Klauen umklammert wurde. Er warf sich an einem Bein von der Größe eines Baumstamms zu Boden, und noch während der Stein an der Stelle aufkam, wo er gerade noch gestanden hatte, versetzte er der Wade des Ungeheuers einen Hieb. Das Wesen zuckte krampfartig und sackte zusammen, wobei es ein entsetzliches Gebrüll ausstieß. Elof kam wieder auf die Beine und stieß das Schwert durch den sich am Boden windenden Körper. Dann machte er einen blinden Sprung nach vorn ins Ungewisse, dorthin, wo Kermorvan gestanden hatte; er war nicht mehr da. Ein grauer Haufen lag dort, aus dessen Schädel das abgebrochene Stück eines Schwertes ragte.

Schemenhafte Trollgestalten, mindestens drei an der Zahl, drängten bedrohlich gegen die Wand eines Felsabsatzes, und der Krieger, dessen eine Schulter blutüberströmt war, stand mit dem Rücken gegen den Fels und schlug mit dem Stumpf seiner Klinge um sich. Elof holte

mit seinem Pickel aus und schleuderte ihn auf die brei-
ten Rücken; dazu brüllte er herausfordernde Worte voll
wahnsinnigen Zorns in den Wind. Einer heulte auf, sie
wandten sich zu ihm um, und er drosch zweihändig mit
dem Schwert auf sie ein; die schwarze Klinge peitschte
zischend durch den Sturm. Er machte einen Schritt nach
vorn, und erstaunlicherweise wichen die anderen zu-
rück; er trat noch einen Schritt vor. Eine weitere sche-
menhafte Gestalt tauchte auf, wurde jedoch zur Seite
gestoßen, als die anderen wieder zurückwichen. Wäh-
rend Kermorvan die Böschung herunterglitt, setzte Elof
ihnen nach und führte jetzt gezielte Stöße aus. Sie dreh-
ten sich um und flohen. Seine Klinge schlitzte den Rük-
ken des Nachzüglers auf, und ein Schwall schriller
Schreie verebbte im Schnee. »Gut gekämpft, Schmied!«
rief Kermorvan ihm zu. »Aber sie werden wiederkom-
men, wenn sie den ersten Schreck überwunden haben!
Potzblitz, an einem der dicken Schädel habe ich meine
Klinge eingebüßt!« Er wühlte mit dem verwundeten
Arm hastig in seinem Packsack. »Ein Dolch ...«

»Vergiß es! Wirf das Ding weg, und komm weiter!
Wenn sie zurückkehren, müssen wir klettern. *Klettern!*
Verstehst du? Diese Luftschächte — vielleicht finden wir
einen, der sicher ist. Zumindest ist es dort warm.«

Kermorvan nickte, drückte jedoch seinen Packsack
schützend an sich. Elof gab auf und hastete zu dem
Felsabsatz hinauf. Kermorvan hielt sich ohne erkennba-
re Schwierigkeiten auf den Beinen. Rauhreif verkrustete
ihre Augenbrauen und die Haare um die von Schals be-
deckten Gesichter; er schmolz in ihrem Atem und lief
ihnen in kleinen Rinnsalen über die Wangen. Der Wind
heulte, und der Schnee peitschte ihnen in die Augen,
bis sie kaum noch die Wand sehen konnten, der sie
folgten. Doch plötzlich ragte eine neue Wand vor ihnen
auf, und an ihr erschienen dunkle Schatten und ver-
schwanden wieder, wenn Schneeböen sie einhüllten; sie
waren das einzige Dunkle in einer Welt, die im Weiß

verloren war. Emsig stapften sie voran in den breiten Schlund der Öffnung; sie spürten den Stein tatsächlich warm unter den Händen. Plötzlich prallte Elof gegen eine Felswand. »Sie ist versperrt!« rief er. »Laß es uns mit einer anderen versuchen!«

»Zu spät!« schrie Kermorvan. »Sie sind bereits da draußen!« Ein jämmerlicher Schrei antwortete ihm wie zum Hohn. Elof fuhr mit der Hand verzweifelt über den glatten Stein; träumte er, oder fühlt er wirklich immer noch, wie sich Luft um ihn herum bewegte wie eine warme Frühlingsbrise?

Kermorvan straffte sich und umklammerte den lächerlichen Stumpf seines Schwerts. »Versuche, zur nächsten Öffnung zu gelangen«, sagte er ruhig. »Oder dich ganz und gar aus dem Staub zu machen, solange sie hier mit mir beschäftigt sind. Und sie werden beschäftigt sein ...«

»Nein, du Wahnsinniger!« fuhr Elof ihn an. »Warte wenigstens! Hier ist irgend etwas Merkwürdiges ...« Seine Hand glitt über einen Vorsprung im Fels, und seine Finger schlossen sich darum herum. Er fühlte sich dünn an, zu dünn — und die Form ... Er bückte sich und spähte hindurch. Warme Luft, abgestanden und seltsam riechend, spielte um sein Gesicht und brachte den Rauhreif auf seinen Brauen und Haaren zum Schmelzen, so daß er kaum wußte, ob es Wasser oder Tränen waren, die herunterrannen. »Es ist Metall! Die Wand besteht aus Guß!«

»Wie bitte?«

»Sieh doch selbst! Ein Gitterwerk im Felsen, so gearbeitet, daß es wie Stein wirkt! So geschickt geflochten, daß man kaum hindurchsehen kann!«

»Kannst du es öffnen? Die da draußen kommen näher.«

»Hier, nimm mein Schwert! Und gib mir deins ...« Elof fuhr mit erfahrenen Händen über das Metall, klopfte mit den Fingerknöcheln dagegen und horchte auf den

Klang. Es war eine meisterhaft ausgeführte Arbeit, doch die Schwäche eines solchen Gusses war es, daß er wie der Fels aussehen mußte, in den er eingelassen war; diese eigenartige Form mußte unebene Stellen aufweisen, eine gewisse Spannung in sich bergen ... Er klopfte wieder und immer wieder und lauschte, und schließlich schlug er mit dem Schwertknauf kräftig auf eine bestimmte Stelle. »Schnell jetzt, sonst ist es zu spät!« zischte Kermorvan. Elof zögerte; sein Mund war vollkommen ausgetrocknet. Ein tiefer, hämischer Schrei erschallte am Eingang der Öffnung. Er stieß den Schwertstumpf tief in den Schlitz hinein, und gleichzeitig stemmte er sich mit aller Kraft dagegen. Er spürte, wie sich das abgebrochene Schwert bog und unter ihm knirschte. Dann ertönte plötzlich ein scharfes Klirren, helles Metall blinkte, und eine kleine Strebe des Gitters zersprang und bog sich nach außen. Das reichte nicht. In höchster Verzweiflung schob er die Hand durch die Lücke und zog; er spürte ein leichtes Nachgeben, stemmte sich mit den Füßen an der Wand ab und zog, bis die Muskeln seines breiten Rückens knackten.

Kermorvan drehte sich verblüfft um, als Metall quietschend über Stein ratschte. »Kerys! Eine Pforte!« Doch in dem Moment, als er den Blick in die andere Richtung wandte, entstand am Höhleneingang ein Rumoren und Poltern, und etwas Großes verdeckte das schneehelle Licht von draußen. Kermorvan sprang mit einem Satz darauf zu, Elofs Schwert zum kräftigen Stoß ausgestreckt. Ein gurgelnder Schrei erstarb plötzlich, und Kermorvan strauchelte rückwärts, wobei er das Schwert mit einer rücksichtslosen Drehung befreite, während ein riesiger Körper mit Getöse die Wand hinunterrutschte. Ohne innezuhalten, warf er Elof die stinkende und qualmende Klinge zu, griff nach seinem Packsack, und bevor der Schmied ihn aufhalten konnte, sprang er wie ein Taucher durch den schmalen Schlitz in die Dunkelheit; das Geräusch von etwas Rutschendem und das

Poltern von losen Steinen, die in die Leere hinabfielen, waren zu hören. Elof stöhnte und war im Begriff, ihm nachzutauchen, doch er wurde von einem eisernen Arm gepackt.

»Langsam, mein Schmied! Hier geht es gleich ziemlich steil abwärts! Jetzt laß erst einmal die Mäuse wieder ihr Loch verstopfen, bevor sich die Katzen erholen.« Gemeinsam schoben sie die Hände durch das Gitter und zogen, wobei ihre Füße auf dem Geröll einen unsicheren Stand hatten, bis die Pforte schleifend und mit widerstrebendem Quietschen an ihren Platz vor dem Felsen zurückglitt. Elof verkeilte sie mit herumliegenden Gesteinsbrocken.

Draußen war Bewegung zu hören, etwas streifte das Metall, brummend und schnaubend. Elof umklammerte sein Schwert mit festem Griff. Waren diese Wesen mit menschlicher Intelligenz ausgestattet? Würden sie die gebrochene Strebe finden? Auf jeden Fall waren sie kräftig genug, um das Tor wegzuschieben ... Er spürte, wie etwas mit aller Wucht dagegendrückte, dann erfolgte ein plötzlicher scheppernder Aufprall, der ihn beinahe umgeworfen hätte. Doch dieses Werk hier war so ausgeführt worden, daß es gewaltsamen Angriffen standhielt, und ein gequältes, zorniges Brüllen verhallte, verlor sich im Wind.

Er hörte Kermorvan in der Schwärze kichern. »Ich möchte wetten, da hat sich jetzt jemand einen Zeh verstaucht, indem er wie ein ungezogenes Kind, dem eine Süßigkeit vorenthalten wird, gegen die Wand getreten hat.« Der Schwertkämpfer verlagerte unter Schmerzen sein Gewicht. »Wir haben eine anstrengende Reise hinter uns, du und ich. Mein schönes Schwert, das aus meiner alten Heimat stammt, wurde zerstört und hat seine letzte Stätte auf dem Berg gefunden. Mein Breitschwert ist vor einiger Zeit schon zerbrochen worden, nun habe ich also keins mehr, und das ist für mich der größte Verlust, der mich mehr quält als die Verwundung meiner Schulter. Aber wenigstens sind wir jetzt an den richtigen Ort gelangt!«

»Ein kluges Werk, diese Pforte«, seufzte Elof dankbar.

»Und ein kluger Geist, der es durchschaute. Jetzt sieh dich noch einmal um, Schmied!«

»Umsehen?« fragte Elof zweifelnd, doch er drehte sich um.

Nach dem Lärm und dem wirbelnden Weiß dort draußen lasteten die Dunkelheit und Stille wie ein lähmendes Gewicht auf ihm. Doch seine Augen gewöhnten sich allmählich an die Umgebung. Es gab tatsächlich einen schwachen Schimmer, ein Tümpel aus düsterem Licht breitete sich vor ihm aus. Er streckte die Hand aus, doch Kermorvan hielt seinen Arm fest. »Hörst du das?«

Jetzt, da er sich darauf konzentrierte, hörte und fühlte er tatsächlich etwas; ein tiefes, langsames Pochen drang durch das Gestein unter ihnen herauf. Er dachte an die Räder, die sich in der Schmiede des Meisters drehten, und an die Hämmer, die das Haus erschütterten. Er erkannte, als er sich an die polternden Steine erinnerte, daß der Licht-Tümpel in Wirklichkeit eine Öffnung war, ein Schacht in eine ungewisse Tiefe. »Es geht steil abwärts«, wiederholte Kermorvan und bewegte sich kriechend vorwärts. »Aber sieh mal dort, diese gleichmäßigen Schatten! Das müssen Handgriffe sein; einige davon sind in den Fels gehauen, das andere sind Sprossen aus Eisen. Wir können hinunterklettern, auch wenn wir unsere Seile verloren haben.«

»Sollten wir nicht zuerst hinunterrufen, um uns anzukündigen und ihnen kundzutun, daß wir in friedlicher Absicht kommen?«

»Würden sie einem solchen Ruf Glauben schenken? Oder ihn auch nur begreifen? Man sagte, daß sie keinen Wert auf menschlichen Besuch legen, friedlich oder nicht. Wir sind zu leicht angreifbar, solang wir an diesen Sprossen hinunterklettern, sie könnten uns mit Pfeilen durchbohren und niemals über ihren Irrtum aufgeklärt werden. Es reicht durchaus, wenn wir über uns Auskunft geben, sobald wir wieder festen Boden unter den Füßen haben.«

»Du hast vermutlich recht«, räumte Elof ein. »Kannst du mit deiner verletzten Schulter hinuntersteigen?«

»Keine Frage. Es ist nur ein Kratzer. Obwohl ich erleichtert sein werde, wenn die Wunde gewaschen und versorgt ist; wer weiß, welcher Dreck diesen Klauen anhaftete? Aber laß uns den Abstieg beginnen.«

Der Schacht war steil, doch nicht ganz senkrecht, so daß das Klettern nicht allzu schwierig war. Das war gut so, denn sie beide waren doch erschöpfter, als ihnen bewußt gewesen war. Ihre Gliedmaßen zitterten, und Kermorvans Schulter ermüdete schnell. »Wenigstens sind die Griffe und Sprossen fest und sinnvoll angebracht — das Ganze ist nicht schlimmer, als wenn wir über eine steile Leiter hinabklettern müßten. Man kann sogar anhalten und eine Pause einlegen. Ich hatte befürchtet, sie könnten zu zierlich und zu schwach sein, wenn die kleinen Leute sie gemacht haben ...«

»Vielleicht sind sie gar nicht so klein, wie du anzunehmen scheinst«, warnte Elof ihn. »Ich kann schlecht abschätzen, wie groß jene waren, die ich zu Gesicht bekommen habe, aber sie wirkten ... nun, massig. Wir tun gut daran, ihnen mit Hochachtung gegenüberzutreten.«

»Selbstverständlich, denn es ist gefährlich, sie zu reizen, wird behauptet.«

»Ich meine mehr als das ...«, setzte Elof an, gab es dann jedoch auf. Kermorvan sprach von diesen Duergar wie von Dingen, nicht wie von menschlichen Wesen, doch Elof konnte diesen Kreis von Gesichtern nicht vergessen, mit ihren fremdartigen Zügen, aber voll pulsierenden Lebens und vollkommen menschlich in ihren Empfindungen. Hoffentlich würde er das bald mit eigenen Augen sehen, denn sie hatten den Boden des Schachtes nun annähernd erreicht. Er weitete sich und mündete in eine breite und dunkle Kammer mit einem

Boden, der dem Aussehen nach aus Erde zu bestehen schien. »Noch ein paar Schritte«, keuchte Kermorvan, »dann kannst du sie ehrfurchtsvoll grüßen, damit deine Seele Ruhe hat. Was mich betrifft, ich werde mich etwas erholen müssen ...«

Ein schriller Pfiff ertönte. Eine huschende Bewegung war wahrzunehmen, die Schläge eines großen Flügels rauschten zwischen ihnen, und Kermorvan war auf einmal weg. Metall klirrte und schepperte, als ob ein schmiedeeisernes Dach eingestürzt wäre, und der Krieger lag ausgestreckt am Boden der Kammer, verfangen in den Maschen eines glitzernden Netzes; dunkle Gestalten umringten ihn. Etwas schloß sich schmerzhaft um Elofs Beine und zerrte ihn von den Sprossen weg; der Handgriff, an dem er sich festklammerte, ächzte unter der Belastung, dann wurden seine Finger davon gelöst, und er fiel hart zu Boden, wo er gekrümmt liegenblieb. Ein schweres Netz senkte sich auf ihn herab; er zerrte daran und mußte feststellen, daß verwobene Metallstränge sich seinen Bemühungen widersetzten. Schroffe Rufe hallten in dem Schacht wider, kräftige Hände packten ihn und schlangen Seile um das Netz; er wurde hochgehievt und weggetragen. Licht tanzte und flackerte um ihn herum, der Boden aus Erde dröhnte unter schweren Schritten, abgelöst von dem hohler klingenden Stampfen über Holzbohlen, begleitet vom Rauschen fließenden Wassers. Unvermittelt wurde er nach vorn geschleudert und landete mit einem Krachen in etwas, das sich wie ein Holzkarren anfühlte. Er hörte Kermorvan, der irgendwo vor ihm schwach fluchte.

Ungestüme Wut wallte in Elof auf und ertränkte jegliche Vorsicht. Hatte er etwa unter großer Mühsal den weiten Weg hierher zurückgelegt, über unwegsame Strecken, unter härtesten Witterungsbedingungen, gepeinigt von den Schrecknissen des Eises, nur um wie ein wildes Tier in einem Netz gefangen zu werden, ohne daß ein einziges Wort gefallen oder eine Frage gestellt worden wäre? Nein, jetzt mußten sie ihm zuhören! Er bohrte die Finger in die Maschen des Netzes, faßte sie zu zwei Handvoll zusammen und riß das Gewirk zwischen den Seilen auseinander. Die gedrungenen Gestalten wichen entsetzt zurück, während er auf die Beine sprang und schrie: »Wartet ...«

Doch dann hielt er inne, und sein Mund klaffte vor Verblüffung auf. Er stand — jedoch nicht in einem Karren, sondern in der Mitte eines langen Bootes, das an einem hohen Holzsteg vertäut war; er war von strahlenden Lichtkugeln und mit üppigen Schnitzereien verzierten Pfosten gesäumt; dahinter lag eine Straße mit Häuserfronten, durch deren Fenster warmes Licht auf die Pflastersteine fiel. Und er war umgeben vom Rauschen eines breiten, schnell dahinfließenden Stromes ...

Ein Sturzbach in Rot brach in seinem Kopf los. Benebelt fiel er auf die Knie, sah, wie sich die Holzbohlen ihm entgegenhoben, und rollte hinüber in die Dunkelheit.

SIEBTES KAPITEL

Stein und Stahl

Die Geräusche wurden lauter, der Blasebalg dröhnte, Hämmer schlugen, die Luft war so heiß und das Licht so grell, daß er sich kaum dem Schmiedefeuer nähern konnte. Doch er mußte sich näher hinquälen, dem Schmerz und der betäubenden Hitze trotzen, um das glühende Metall zu ergreifen und zu hämmern, jenen Gegenstand zu hämmern, der hergestellt werden mußte ...

Er richtete sich mühsam auf einen Ellenbogen auf, ächzend und den Kopf schüttelnd, als ob er irgendwie den bohrenden Schmerz verlagern könnte. Das Licht tat ihm so sehr in den Augen weh, daß ihm zunächst nicht bewußt wurde, daß er sich im Halbdunkel befand. Das erste, das seine Augen wahrnahmen, war ein Becher neben ihm auf dem Teppich, und der Anblick rief einen abscheulichen Geschmack in seinem Mund hervor. Er nahm ihn auf und nippte versuchsweise daran, dann schluckte er den kräftigen Wein in einem einzigen Zug hinunter und hustete, als die bitteren Rückstände von Kräutern in seiner Kehle kratzten. Einen Augenblick lang toste das Blut in seinen Schläfen, sein Magen bäumte sich auf, und dann plötzlich erschien ihm der Raum in vollkommener Klarheit. Ihm gegenüber saß Kermorvan, den Rücken gegen einen hohen Stapel von Truhen und Körben gelehnt; er sah etwas mitgenommen und blaß aus, doch seine Schulter war säuberlich verbunden. Er erwiderte Elofs Blick mit einem müden, kalten Lächeln und hob einen Fuß etwas an. Darum war ein Ring an einer Kette befestigt. Elof sah zu seinen eigenen Füßen hinab; auch sie waren an den schmutzigen Boden gekettet. Erinnerungsfetzen tauchten in ihm auf, und er war im Begriff, einen Schwall von wütenden Fragen loszulassen, als er sah, wie Kermorvan die Augen vielsagend zur Seite verdrehte. Er warf einen unauffälligen Blick in jene Richtung und stellte fest, daß sie nicht allein waren. Genau gesagt befanden sie sich in den Händen der Duergar, und augenscheinlich auch in deren Verlies.

Zu ihrer Bewachung war nur ein einziger Mann abgestellt. Elof wunderte sich darüber um so weniger, je gründlicher er die stämmige Gestalt abschätzte, die behaglich in einer Ecke neben der Tür saß, deren Öffnung ebenso niedrig und breit war wie der Körperbau ihres Bewachers. Er trug keinen Kettenpanzer, sondern nur ein Wams und weite Hosen, doch ein stabil wirkender Helm bedeckte seinen gesamten Kopf und den größten Teil seines Gesichts, mit Ausnahme einer flachen, breiten Knubbelnase und eines wilden Wustes von Bart; hinter dem T-förmigen Schlitz im Visier funkelten Augen, die den Blick des Schmieds mit der gleichen gelassenen Abschätzung zu erwidern schienen. Dieses und die Tatsache, daß man sich um ihre körperlichen Beschwerden gekümmert hatte, waren in gewisser Weise einigermaßen ermutigende Anzeichen. Quer über den Knien des Wachtpostens lag jedoch ein bedrohlich aussehender Speer, und eine knorrige Faust umspannte beinahe nachlässig den Schaft, so daß er ihn mit einer einzigen Drehung zum Stoß hochreißen konnte.

Elof wandte den Blick wieder Kermorvan zu. »Hast du ihnen irgend etwas über unser Vorhaben erzählt?«

»Nur soviel, daß wir in friedlicher Absicht und als Gegner des Eises gekommen sind. Doch ich hätte genausogut auf einen deiner Ambosse einreden können, nach der Reaktion, die ich erhalten habe. Ich hielt es für besser, nicht mehr zu sagen, bis du aufwachst. Ich glaube, wir sollen irgend jemandem vorgeführt werden. Wir waren viele Stunden lang in jenem Kahn, und obwohl ich nicht viel mitbekommen habe, so benebelt, wie ich war, glaube ich, sie brachten uns an einen Ort weit entfernt von dem, an dem wir zuerst ...«

Er verstummte, denn der Wachtposten war plötzlich aufgestanden. Er sah sie kurz an, dann stieß er die Tür auf und ging geduckt hinaus. »Ein feines Verlies!« lachte Kermorvan. »Kein Schloß an der Tür. Obwohl es entsprechend schmutzig ist, und diese Fesseln sind ebenfalls passend. Hätte ich mein Schwert ...«

»Es würde dir wenig nützen«, sagte Elof und strich über den bläulichen Schimmer der Metallbänder um seine Fußknöchel. »Das ist ein äußerst haltbares Werk, das noch dazu ganz neu aussieht; die Befestigung ebenso. Als ob man diesen Ort von einem Lagerraum, wonach er eher aussieht, in einen Kerker verwandelt hätte ...«

Kermorvan runzelte die Stirn. »Warum? Weil sie noch nie zuvor einen gebraucht haben? Bestimmt nicht!«

Die Tür öffnete sich knarrend, und der Wachtposten erschien so unvermittelt, wie er gegangen war. Er ging zu Elof, schob dessen Hand zur Seite und löste das Metallband. Elof sprang auf und stand unsicher auf den Beinen, als weitere behelmte Gestalten in der Türöffnung auftauchten. Sie winkten ihn mit Handbewegungen heran, hielten jedoch Speere auf seine Brust gerichtet. Hinter sich hörte er Kermorvans Fesseln klirrend zu Boden fallen, und gemeinsam gingen sie in ungelenker gebückter Haltung durch die Tür und betraten vorsichtig den Gang dahinter. Der Anblick, der sich ihm dort bot, ließ ihn erschaudern. Zwar war er schmutzig und kahl, doch ihm war zunächst nicht klar, warum er ihm gar so großes Entsetzen einjagte, bis ihm bewußt wurde, daß er haargenau den Gängen im Turm des Schmiedemeisters glich. Nach dieser Erkenntnis fügten sich immer mehr Dinge in seiner Erinnerung zusammen. Doch er bekam keine Zeit mehr, um sich weitere Gedanken zu machen, denn Speerschäfte bohrten sich in ihre

Rücken und drängten sie vorwärts. Kermorvans Miene war finster und wütend, doch er hatte die Geistesgegenwart, zu schweigen. Sie wurden hastig geradeaus und dann um eine Biegung getrieben, danach eine steile Treppe hinauf und durch eine niedrige, schwere zweiflügelige Tür. Glatte Fliesen lösten die groben Pflastersteine unter ihren Füßen ab. Der Raum dahinter war so düster wie ihre Zelle und wie die Gänge, wenn er auch ein wenig mehr Platz bot, und immerhin war seine Dekke so hoch, daß sie sich in der Dunkelheit aus der Sicht verlor; selbst der obere Teil der hohen, dunklen Tür an der gegenüberliegenden Wand war nicht zu sehen. Wachtposten stellten sich neben dieser auf, und ebenso an der Tür, durch die sie gekommen waren; sie stützten ihre Speere am Boden auf und standen wartend da. Durch die plötzlich eintretende Stille hörte Elof das leise Raunen von Stimmen, das aus dem Nebenraum herüberdrang.

Kermorvan nickte. »Nun«, flüsterte er, »wir werden also tatsächlich einer bedeutenden Persönlichkeit vorgeführt. Laß uns hoffen, daß dieser Jemand uns wenigstens anhören wird.«

»Wieso bist du dir so sicher?« fragte Elof. »Kannst du denn verstehen, was sie reden?«

Kermorvan schmunzelte säuerlich. »Kein Wort. Aber bei Hofe geht es überall gleich zu, ob nun menschlicher Art oder nicht. Dieses Vorzimmer, die Wächter, das ganze Getue, das ist unverkennbar.«

Dann donnerten drei kräftige Schläge gegen die Flügel der hohen Tür, und die Wachtposten beeilten sich, sie zu öffnen. Rauchrotes Licht flutete herein, die Wanderer wurden hineingeschoben, und die Türflügel schlossen sich mit einem dumpfen Knall hinter ihnen.

Zunächst waren sie geblendet von dem seltsamen Leuchten und sahen nichts, doch sie hörten ein Stimmengewirr, und die starke Ausdünstung einer aufgeregten Menge um sie herum stieg ihnen in die Nasen. Es war ein feindseliges Stimmengewirr, und der Geruch war nicht der von normalen menschlichen Körpern. Auf Elof wirkte er fremdartig und beunruhigend, obwohl insgesamt nicht so störend wie der einer Menschenmenge, eher wie der saubere, angenehme Geruch des Viehs, das er gehütet hatte. Doch Kermorvan reckte den Kopf in die Höhe und rümpfte verächtlich die Nase. Als ihre Augen wieder klar sehen konnten, bot sich ihnen jener Anblick, für den sie so viele Strapazen auf sich genommen hatten — sie sahen den Hof der Duergar vor sich.

Es war ein hoher Saal, in dem sie sich befanden, tatsächlich der höchste, den Elof jemals gesehen hatte. Und doch hatte er den Eindruck, er könnte ebensogut unter den Wurzeln eines unglaublich riesigen Baumes stehen, denn die Säulen an den Wänden waren wie solche geschnitzt — knorrige, unregelmäßig wuchernde Formen, die sich weit oben zu einem dunklen Gewölbe vereinigten. Die Luft unter diesem seltsamen Dach erschien auf einmal frisch und würzig, wie an einem späten Herbstnachmittag. Der rötliche Lichtschein stammte von fackelartigen Gegenständen, die hoch oben an der Wand angebracht waren und beständiger brannten als irgendeine Fackel. Das Licht tanzte über die vergoldeten Schnitzereien, die die Tür bedeckten, und schimmerte auf den scharf ausgeprägten Mustern in dem polierten Stein der Wände und des Bodens, wo Sprenkel aus rosafarbenem Granit und grünem Basalt, purpurrotem Quarz und rötlichem Sandstein wetteiferten mit fremdartigen und seltenen Mineralien. Sie bildeten Formen und Figuren, eindrucksvoll, doch rätselhaft, mit Ausnahme einer Darstellung an der gegenüberliegenden Wand, über den Köpfen der undeutlich erkennbaren Menge. Dort bot sich ein Bild von solcher Eindringlichkeit, daß Elof bei seiner Betrachtung alles andere vergaß; es war eine hohe Schattenfigur, die von unten dargestellt war, wie ein Mensch aus der Perspektive einer

Ameise, eine wuchtige Gestalt, umgeben vom Schein einer glitzernden Flamme und mit einem erhobenen Hammer in der kräftigen Hand. Vor ihm war ein Amboß, und er schlug auf etwas, das er auf diesem festhielt, etwas Glänzendes und Gezacktes. Es hätte ein gedrungener, bulliger Mann sein können, diese Gestalt, oder eines jener fremdartigen Wesen, die sich jetzt dichter um ihn herum drängten.

»Nun, ihr Menschen?« ertönte ein kalte, schroffe Stimme, die sich der Sprache des Nordlandes bediente. »Weidet eure Augen, soviel ihr wollt. Ihr habt zweifellos viele Gefahren überstanden, um den Reichtum der Duergar zu finden. Wir gönnen euch, daß ihr euch daran sattseht.«

Sie waren, wie es Elof warnend vorausgeahnt hatte, nicht gar so klein. Die größten unter ihnen, die sich auf die Zehenspitzen erhoben hatten, um besser sehen zu können, waren um weniger als einen Kopf kürzer als er, obwohl viele auch um etliches kleiner waren. Es war ihr Körperbau, der sie so untersetzt aussehen ließ; sie waren breiter als die meisten Menschen, mit muskulösen Armen an breiten, geneigten Schultern und einem dikken Hals. Die Gesichter erschienen ihm jedoch fremdartiger als diejenigen, die er in Erinnerung hatte, denn jetzt lächelte nicht ein einziges. Der größte Teil von ihnen, die der Erwachsenen, sahen aus wie aus altem, gut abgelagertem Holz mit tiefen Kerben geschnitzt, denn fast alle waren eine Ansammlung von Furchen; jene, die von weißen Haaren eingerahmt waren, hätten leicht aus gebündelten Seilen hergestellt sein können. Doch es waren die bartlosen, die jüngeren Gesichter, die ihm am meisten auffielen. Bei ihnen zeichnete sich unter der Haut die nichtmenschliche Modellierung am stärksten ab, da sie nichts von dem bei Menschen und Duergar gleicherweise üblichen Zierat an sich hatten. Die Stirn war flach und fliehend, zum Teil überwuchert von buschigen Augenbrauen, die die gebogenen Wülste über den Augen bedeckten. Doch es waren die Augen, groß, weit geöffnet und tiefliegend, die alles Tierische aus diesen Gesichtern verbannten. Die Nasen waren fast ausnahmslos groß und leicht nach oben gebogen, ihre Formen jedoch so vielfältig wie bei den Menschen. Darunter jedoch wich das Duergar-Gesicht in einer großen Kurve zurück zu einem breiten Mund mit dünnen Lippen, und darunter kamen ausgeprägte, scharfkantige Kieferknochen ohne die Spur eines schützenden Kinns. Hohe Wangenknochen und starke Kaumuskeln ließen die Backen eingefallen erscheinen; die Ohren waren groß, ohne Ohrläppchen, und kringelten sich oben zur schwachen Andeutung einer Spitze. Wenn sie weit zurückgesetzt erschienen, so lag das daran, daß der gesamte Kopf länger und breiter als der eines Menschen war. All diese Dinge bemerkte Elof, und doch sah er zur selben Zeit gutaussehende Männer und hübsche Mädchen — oder die es hätten sein können, wenn sie nur gelächelt hätten. Doch es war kein Lächeln, das hier und dort große Zähne entblößte, und auch keine freundliche Neugier, die sie um die Wanderer herumwimmeln ließ.

Ein wütendes Murren erfüllte den Saal, während die Stimme sprach, und Wachen sprangen vor, um mit ihren Speerschäften einen Weg zu bahnen. Nun erst bemerkte Elof, daß der Saal die Form eines flachen Amphitheaters hatte, dessen Mitte eine schmale Plattform unter der riesigen Darstellung an der Wand bildete. Ein Podest erhob sich etwa bis zur Kopfhöhe der Duergar; am Fuß des Sockels saßen viele massige Gestalten, die schon durch ihr Gebaren und ihre Haltung ihre Wichtigkeit zum Ausdruck brachten. Kermorvan hatte recht: manche Dinge waren überall gleich. Entschieden eindrucksvoller war jedoch der Sprecher, obwohl er mit keinen dunkel schimmernden Gewändern und üppigen Pelzen angetan war. Er saß oben auf dem Podest auf einem Stuhl aus schlichtem grauem Stein. Sein gebogener

Rücken, auf den in dünnen Linien aus Gold nur die Umrisse einer einzigen Figur gezeichnet waren, war so hoch, daß der größte Mann daneben winzig wirken mußte. Der darunter Sitzende gehörte nicht gerade zur Sorte der großen Duergar; er war runzelig und vom Alter gebeugt, doch das machte ihn nicht geringer. Der Stein um ihn herum konnte nicht härter sein als seine Stimme.

»Wir wurden frühzeitig über euer Erscheinen unterrichtet, müßt ihr wissen. Die Flüsse übermitteln uns Botschaften, ebenso wie die Luft, denn in der Höhle weht ein Wind — aber vor allem der Stein.« Seine Hände liebkosten die rauhe graue Armlehne fast zärtlich. »Es ist immer der Stein. Unsere Außenposten im Norden sind jetzt gering an der Zahl, doch sie sind überaus wachsam; das müssen sie auch sein, denn sie beobachten das Eis! Deshalb konnten wir euch überrumpeln — euch *Menschen.*« Das Wort kam ihm voll Bitterkeit über die Zunge. »Menschen. Verflucht sei der Tag, an dem wir zum erstenmal mit eurer Gattung Mitleid zeigten! An dem wir, die Alten, zum erstenmal den Plan faßten, euch aus eurem Tier-Stadium zu erheben, so wie wir selbst vor langer Zeit erhoben worden sind. Jedesmal, wenn wir euch geholfen haben, wurden wir mit Unglück und Schmerz belohnt. Um die halbe Welt sind wir vor euch geflohen, und dennoch laßt ihr uns nicht in Frieden. Durch Glück oder Vorsehung seid ihr zu uns gelangt, was keinem Menschen jemals hätte beschieden sein sollen, und ihr habt unter uns mehr Angst und Unruhe geweckt, als ich im Laufe meines ganzen Lebens zu sehen wünschte. Und ich weiß sehr wohl warum.« Wütend zog er sich das schlichte Gewand aus silbernem Fell fester um die dürren Glieder. »Ich bin Lord Andvar, Oberster Herrscher über alle Duergar in diesen Bergen. Ich bin halbwegs in Versuchung, euch auf der Stelle töten zu lassen, damit die Sache erledigt ist. Doch ich möchte mir nicht nachsagen lassen, daß ich mich auf die Ebene euresgleichen herablasse. Also sprecht!«

Kermorvans Gesicht lief vor Zorn rot an, doch er behielt die Beherrschung und warf Elof einen Blick zu, woraufhin dieser vortrat. »Ich danke Euch, Lord, und ich bin sicher, Ihr werdet es nicht bereuen, uns angehört zu haben. Wir bedauern, daß wir Euch aufgeschreckt haben; der Weg, den wir eingeschlagen haben, wurde uns durch die bitteren Notwendigkeiten und die Verfolger, die das Eis auf uns hetzte, aufgezwungen. Doch wir kamen auf der Suche nach den Duergar in dieses Gebirge. Wir sind gekommen, um Euch um Hilfe zu ersuchen, nicht weil wir Eure Reichtümer begehren.«

Ein Raunen und spöttisches Gelächter erhob sich, und selbst Andvars dunkle Lippen zuckten. »Auch Hilfe kann man stehlen, wie wir erfahren mußten. Welches ist euer Anliegen?«

Elof hielt seinem Blick stand. »Eine Mission, die lebenswichtig für alle ist, die sich dem Vordringen des Eises entgegenstellen, ebenso wie dem der Ekwesh, seiner Kämpen. Und obwohl ich noch nie mit einem Angehörigen Eures Volkes persönlich gesprochen habe, habe ich doch zumindest einmal bewiesen, daß ich kein Feind von Euch bin, und zum Dank dafür wurde ich als Freund behandelt.« Ein interessiertes Rumoren wogte durch die Menge im Saal, und Elof hielt eine Hand hoch. »Ich bitte nur darum, daß Ihr meine ganze Geschichte anhört, bevor Ihr Euer Urteil fällt.«

Andvar schwenkte eine breite, ledrige Hand, schob sich eine Strähne grauen Haars aus der Stirn und lehnte sich auf seinem schmucklosen Thron zurück. »Nun denn, es sei dir gewährt. Alle hier sind deiner Sprache in ausreichendem Maße kundig, und du hast eine angenehme Art, dich auszudrücken. Doch üblicherweise kenne ich die Namen meiner Freunde.«

»Selbstverständlich, Lord«, antwortete Elof voller Unbehagen. »Das hier ist Kermorvan, ein großer Krieger aus dem Südland, mein Begleiter.« Kermorvan verneigte sich, doch mit einem merkwürdigen Lächeln um die Lippen, als ob bei der Beschreibung traurigerweise etwas Wesentliches weggelassen worden wäre. »Mein Name ist Elof ...«

Schallendes Gelächter erfüllte den Saal. »Ein wahrhaft bescheidener Name«, blökte Andvar. »Dieser uralte Titel: Der Schmied. Wisse, daß wir ihn nur jemandem zubilligen, der wirklich Einer Allein ist.« Er deutete zu dem gewaltigen Bild über ihm hinauf.

»Wenn ich Euch beleidigt haben sollte, bedaure ich es zutiefst!« hauchte Elof voll tiefstem Widerwillen. »Ich habe ihn in aller Unschuld ausgewählt, denn ich war ein namenloses Findelkind, und ich übe bei den Menschen den Beruf des Schmiedes aus. Ich wurde als Junge vom Schmiedemeister Mylio ...«

Er verstummte, da er die plötzliche Eiseskälte spürte, die sich im Saal ausbreitete. Andvars Augen verengten sich, und seine Finger trommelten auf die Armlehne seines Thrones. »Dieser Name ist keine Brücke mehr, um unser Wohlwollen zu erlangen.«

»Um so besser für mich«, entgegnete Elof trotzig. »Werdet Ihr Euer Wort halten und mir bis zum Ende zuhören?«

Andvar lehnte sich steif vor Wut gegen den Stein. »Sprich weiter! Schweigt alle, ihr anderen!«

Eine Weile lang hätten die lauschenden Duergar aus Stein gemeißelt sein können, so starr und still verhielten sie sich, bis Elof vom Schmieden der Prüfungsstücke berichtete. Dann änderte sich die Atmosphäre in dem riesigen steinernen Saal entschieden; das Schweigen war nun geladen wie vor einem Sturm. Als Elof mit seiner Erzählung über das Schmieden des Schwertes zu Ende gekommen war, war es Andvar selbst, der seinen eigenen Befehl mißachtete. »Du hast *dieses* Ding geschmiedet, Junge. *Du?*« Ein langer Finger winkte ihn heran. »Komm her, du Mensch-Schmied. Laß mich dich eingehender betrachten.«

Elof trat vor bis an den Fuß des Podestes. Die Lords

der Duergar, die dort saßen, erhoben sich und stützten sich auf große Stöcke; sie drängten näher an ihn heran, und ihre weit aufgerissenen Augen starrten ihn an und durch ihn hindurch. Er schritt auf unsicheren Beinen weiter, und das runzelige Gesicht des Obersten Lords der Duergar beugte sich über ihn. Uralte Augen, gelb, doch mit klarem Blick, begegneten den seinen; er hielt dem Blick stand, und mit Erstaunen bemerkte er ein rötliches Flackern tief in den großen Pupillen, das keine Spiegelung der Fackeln war.

Nach einer geraumen Weile sank Andvar auf seinem Thron zurück. »Es könnte so sein!« sagte er, und sein Tonfall war nachdenklich. »Es könnte sein. Die Handwerkskünste von Menschen und Duergar unterscheiden sich erheblich voneinander. Es sind fremde Feuer, die in dir brennen, aber sie sind heiß genug, in der Tat ...« Dann triumphierte die Wut in ihm über seine Neugier, und er sackte zurück und verschränkte die Hände. »Und welchen Anspruch auf unsere Gnade verleiht dir eine solche Heldentat? Wie sollen wir dich angemessen belohnen dafür, daß du ein solches Teufelsding hergestellt hast? Jetzt erscheint mir dein Ende zumindest nicht mehr ungerecht, denn für die vielen Angehörigen unseres Volkes, die ihr Leben lassen mußten, ist die Schuld noch nicht bezahlt, ebensowenig wie für den einen deinesgleichen, den du verraten hast. Ein passender Schüler bist du für so einen Meister! Er war anfangs unser Freund, und er diente unserer Sache, und als er den Wunsch äußerte, sich in unserem alten Wachturm niederzulassen, willigten wir ein, überwältigt vom Mitleid für einen von den Menschen verbannten Menschen! *Mitleid!* Wir haben sogar bei der Errichtung seiner Schmiede geholfen und ihm unser Wissen ohne Bedenken zur Verfügung gestellt! Und dann mußten wir feststellen, daß er in unseren Bergwerken herumstöberte und sich mit zweifelhaften Leuten abgab. Wir warnten ihn und legten ihm nahe, uns freiwillig zu verlassen. Er hielt uns viele Monate lang mit endlosen Versprechungen und flehentlichen Bitten hin, und schließlich sogar mit Drohungen. Selbst zuletzt, als wir ihn gewaltsam enteignen und vertreiben mußten, warnten wir ihn auf anständige Weise — und weißt du, wie er darauf reagierte?«

»Das weiß ich«, sagte Elof. »Ich war dabei, denn ich floh vor ihm und vor dem, was ich getan hatte. Ich hatte die Absicht, Eure Leute zu warnen, indem ich vom Hügel hinunterrief. Es tut mir leid, daß ich nicht mehr tun konnte. Dann lief ich davon, in panischer Angst, wie ich dachte — doch ich begreife jetzt, daß das Schwert der Grund gewesen sein mußte, dessen Wirkung durch die Entfernung gedämpft war. Einige Eurer Leute — ich nehme an, es waren die Überlebenden Eurer Truppe — fanden mich und meinen damaligen Begleiter und führten uns über unterirdische Wege in die Freiheit. Sie sahen in mir einen Freund, und ich bin ihnen dankbar. Wollt Ihr jetzt sagen, daß sie unrecht hatten?«

Andvar sah ihn erstaunt an, doch bevor er etwas sagen konnte, sprang einer der Lords hinauf auf das Podest, packte Elof an der Schulter und drehte ihn herum. Ein scharfkantiges Gesicht, weder alt noch jung, starrte einen Moment lang aus etwa derselben Höhe in seines. Ein fein gearbeitetes goldenes Band glänzte um seinen dicken Hals. Dann bekam Elof einen so wuchtigen Schlag auf die Schulter, daß er beinahe getaumelt wäre. »Dieser Mensch-Schmied sagt die Wahrheit!« schrie der Duergar. »Er hat sich verändert, aber ich würde ihn niemals vergessen. Er hat den größten Teil unserer Truppe gerettet, darunter mich und mein Mädchen Ils, deshalb haben wir ihn unter den Bergen hindurchgeführt. Er hat diese Hilfe verdient, und mehr, würde ich sagen!«

»Das stimmt!« rief eine weibliche Stimme aus der Menge, in der ein ungläubiges Raunen immer lauter wurde.

Andvar hob eine Hand, um dem Aufruhr Einhalt zu

gebieten. »Du hast es schon immer mit den Menschen gut gemeint, Ansker. Ich will nicht behaupten, daß du damals falsch gehandelt hast. Aber was dieser Mensch-Schmied entfesselt hat — und warum hat er ganze zwei Jahre gebraucht, um unsere Hilfe zu suchen? Wenn es noch mehr dazu zu berichten gibt, Mensch, dann tätest du gut daran, mit der Sprache herauszurücken!«

Bittere Verzweiflung stieg in Elofs Kehle hoch, obwohl Kermorvan ihn mit einer Handbewegung aufforderte fortzufahren. Was immer er ihnen erzählen würde, wäre dieses feindselige alte Geschöpf jemals bereit, einem Menschen zu helfen? Wenn es nach dem Willen seines Volkes ginge, dann wohl kaum, wie es den Anschein hatte; sein einziger Fürsprecher war vielleicht dieser Ansker. Er warf ihm einen verstohlenen Blick zu. Er wurde mit einem aufmunternden Nicken beantwortet, und das dunkelhaarige Duergar-Mädchen, zu dem Ansker etwas sagte, hob leicht die Augenbrauen und grinste, so daß er sich an sie ebenfalls erinnerte. Er grinste zurück und faßte neuen Mut.

Seine Worte sprudelten hinaus in die Stille, polterten wie ein Stein in eine tiefe Grube, bis er von dem seltsamen Reiter an seiner Tür berichtete. Da richtete sich Ansker mit einem ungläubigen Zischen auf, doch die Lords um ihn herum wichen zurück, und die Menge murmelte, ohne zurechtgewiesen zu werden. Nachdem Elof zum Ende gekommen war, betrachtete ihn der Oberste Lord der Duergar lange schweigend, und als er sprach, war seine Stimme belegt. »Was also erbittest du von uns?«

Elof hielt die Hände hoch. »Einen Schlüssel! Einen Schlüssel, um die Macht aufzuschließen, die hier liegt! Ich habe dieses Böse entfesselt, wie Ihr richtig bemerktet. Ihr selbst könnt es nicht rückgängig machen, sonst hättet Ihr es getan. Wer also kann es? Wenn irgend jemand, dann habe bestimmt ich die Macht dazu — aber mir fehlt das Wissen! Ich habe zwar meisterhafte Arbeit geleistet, aber ich bin immer noch Lehrling, ohne einen Meister. Seid Ihr jetzt meine Meister!«

Ein Tumult überflutete das Schweigen, als ob ein Damm gebrochen wäre, die Stimmen der Duergar dröhnten mit ihrem lauten Geschrei bis hinauf zu dem hohen Dach und schreckten die dort schlafenden Fledermäuse auf, so daß sie wie ein lebendiges Echo hin und her flatterten. Heftige Diskussionen brandeten auf, aufgebrachtes Geplapper sowohl in der Sprache des Nordens als auch in einer tiefen, rollenden Sprache ertönte, und viele drängten zum Thron; ein allgemeines Durcheinander entstand. Kermorvan wurde fast überhaupt nicht beachtet; es war Elof, dem der Aufruhr galt, und er drohte zu einem wilden Chaos auszuufern. Einer oder zwei stürmten die Stufen des Podestes hinauf und mußten zurückgeschoben werden. Andvars Miene verfinsterte sich mehr und mehr, bis er sich plötzlich kerzengerade aufrichtete und Ansker und den anderen Lords ein Zeichen gab. Sie schlugen mit den Stöcken in rhythmischem Klopfen auf das Podest und brachten die streitenden Stimmen im Saal zum Verstummen. Andvar lächelte grimmig auf das plötzliche Schweigen hinunter. »Hört! Menschen mögen ein seltener Anblick sein, aber das ist kein Grund, ihr Verhalten nachzuahmen! Wir werden meine Berater zu dieser Sache anhören, als ersten Ansker, der am meisten Umgang mit Menschen gehabt hat.«

Ansker machte eine Verbeugung in Andvars Richtung und wandte das Gesicht dem Saal zu. Das goldene Halsband strahlte wie ein Symbol der Autorität in das hagere Gesicht darüber, bekräftigt von der volltönenden Stimme.

»Lord Andvar, wir sollten ihm helfen. Wir müssen es!« Im Saal entstand ein wütendes Surren wie in einem aufgebrachten Wespennest, viele murrten, doch keiner wagte es, die Stimme unter dem strengen Blick ihres Herrn zu erheben. »Denkt darüber nach!« rief der große

Duergar leidenschaftlich. »Ihr habt gehört, welche Absichten diese Kreatur Mylio jetzt mit dem Schwert hegt — er will diese Wilden dazu aufstacheln, die Länder der Menschen ...«

Andvar zuckte mit den Schultern. »Was geht uns das an, mein guter Ansker? Hältst du es für wahrscheinlich, daß wir die Kriegsschiffe der Ekwesh auf unseren Gebirgsflüssen fahren sehen werden? Glaubst du, sie legen an unseren unterirdischen Kais an? Sollen die Menschen einander umbringen, dann können wir in unseren Bergen wieder ruhig schlafen.«

»Könnt Ihr das wirklich?« rief Kermorvan plötzlich, und die Wut in seiner klaren Stimme war erschreckend. »Oberster Lord der Duergar, schläft Eure Weisheit? Ich habe solche Worte in meinem Land aus den Mündern fetter Bürger gehört, als ich sie über die Bedrohung des Nordens aufzuklären versuchte. Ich habe sie von vielen leichtsinnigen Menschen gehört, die fest davon überzeugt waren, daß die Plünderer ihre Streifzüge niemals weit genug ausdehnen würden, um *sie* zu bedrohen. Und während der letzten Wochen habe ich gesehen, wie ihre Gebeine und die ihrer Kinder in der Sonne bleichten! Ich frage Euch also folgendes — wenn beide Reiche, das des Nordens und das des Südens, vor dem Schmiedemeister zugrunde gehen, was schirmt Euch dann noch gegen das Böse ab? Er weiß, daß Ihr hier seid, er kennt sich mit Eurer Art aus, er begehrt Eure Reichtümer, und mit Sicherheit ist es ihm verhaßt, daß Ihr Euch seinem Willen widersetzt! Und vor allem, er wird nicht nur von seiner eigenen Habgier angetrieben, der vielleicht irgendwo Grenzen gesetzt sind, sondern von den Mächten des Eises; welche Beschränkungen haben diese jemals von irgend etwas abgehalten? Mögen sich Eure Schiffsanlegestellen nun über oder unter der Erde befinden, wird er sie nicht früher oder später heimsuchen? Seid darauf gefaßt, daß das früher geschehen könnte, als Ihr denkt!« Er hielt inne und ließ aus seiner erhöhten

Perspektive einen kalten Blick über den Duergar-Hof wandern. »Und bedenkt auch dieses: Dieser Mensch-Schmied, wie Ihr ihn nennt, hat von Rabe persönlich Hilfe erhalten. Ihr könnt genausogut sehen wie ich, daß er nicht lügt. Weigert Ihr Euch, das zu geben, was die Mächte selbst so freizügig anbieten?«

Diese eindringlichen Worte schallten in die Stille hinaus, die so absolut war, als ob Andvar sie befohlen hätte. Zorn regte sich noch immer in ihr, doch er war jetzt von Zweifeln und Zurückhaltung durchsetzt. Die Köpfe wandten sich ihrem Obersten Lord zu, der zusammengesunken auf seinem großen Stuhl saß.

»Meine Weisheit schläft nicht«, erwiderte Andvar schließlich in eisigem Ton. »Ich fürchte niemanden, nicht die Ekwesh, nicht den Schmiedemeister, ja nicht einmal den Rabe-Wanderer. Ihr wißt nicht, welchen Schutz unsere Bergfestungen bieten, Mensch!«

»Doch«, sagte Kermorvan ruhig. »Ich bin ja hier!«

»Dank unserer Hilfe!« brüllte der alte Herrscher, um die aufsteigende Unruhe zu übertönen. »Und ihr wurdet sofort entdeckt und festgenommen! Was Rabe betrifft — angenommen, was du sagst, entspricht der Wahrheit —, nun, wir achten und ehren ihn, doch wir treten nicht in seine Fußstapfen!« Er deutete hinauf zu dem Bild, das seinen Thron überragte, und Elof sah jetzt, daß es einen unbezahlbaren Wert darstellte; schon allein die Flammen waren aus vielen Juwelen und edlen Metallen hergestellt. »Wir schulden nur einer einzigen Macht Ergebenheit, und das ist Der Schmied Ilmarinen, der einzige von allen alten Mächten, der seiner Überzeugung treu bleibt! Er hat uns vor langer Zeit unsere Zufluchtstätten gegen das Eindringen der Menschen geformt, und er wird uns jetzt nicht im Stich lassen!«

Da sah Elof das gezackte silberne Werkstück auf dem Amboß, und er verstand. »Er hat die Berge für Euch geformt, um Euer Volk und dessen Weisheit zu bewahren? Ich zumindest freue mich darüber, denn ich habe gelernt, große Handwerkskunst hochzuschätzen, und ich verehre jene, die sie beherrschen und für das Gute einsetzen. Aber, Oberster Lord der Duergar, habt Ihr jemals darüber nachgedacht, *warum* Euer Volk erhalten werden sollte? War es nur deshalb, damit Ihr im Innern und abgeschieden von der Welt, hier unten, gedeihen sollt, ohne etwas zur Welt draußen beizutragen? Ich weiß wenig über die Mächte, doch ich kann nicht glauben, daß sie Reichtümer auf solche Weise vergeuden würden. Könnte es nicht vielmehr sein, daß Euer alter Gott an einem Tag wie dem heutigen den dunklen Künsten des Eises, die wir beide so sehr hassen, etwas entgegensetzen möchte?«

»Das ist einleuchtend!« rief eine klare Stimme, und das Mädchen Ils sprang neben ihn hinauf auf das Podest. »Das ist vernünftig gesprochen!« Zu seiner Überraschung pflichteten andere Stimmen ihr bei, und sie wurden nicht niedergebrüllt. Ein nervöses Scharren regte sich im Saal, Laute des gespannten Unbehagens waren zu vernehmen.

Andvar, der mit offenem Mund dasaß und fassungslos gaffte, fing sich wieder und sagte höhnisch: »Brauchen wir Menschen und Kinder, die uns über unsere Bestimmung aufklären?«

»Anscheinend ja«, sagte Ansker leise. »Die Mächte dulden keinen endlosen Stillstand, das wissen wir. Lord, wir haben uns schon allzu lange untätig verhalten. Ich selbst halte mich für diesen Zustand ebenso für verantwortlich wie alle anderen. Wir müssen anfangen zu handeln, und welcher Ort und welcher Zeitpunkt wären geeigneter als hier und jetzt?« Das Raunen der Stimmen schwoll an, und Elof spürte mit einem Schauder der Erregung die Verwandlung darin. Andvar wandte sich abwechselnd von einem zum anderen seiner Ratgeber, und die Diskussion wurde immer hitziger.

»Hört!« sprach er schließlich, und Stille trat wieder

ein. »Wie ich sagte, meine Weisheit schläft nicht, und ich fürchte keinen Angriff von außen, weder vom Eis selbst noch von seinen Anhängern. Doch dieser Mensch-Schmied formt Zweifel ebenso geschickt wie die Waffen des Bösen, indem er mein Volk gegen mich aufhetzt. Nun, ihr sollt euren Willen haben. Ansker, du hältst dich für verantwortlich, sagst du? Dann trifft das für mich auch zu. Höre meinen Beschluß! Du kannst dich dieser Menschenkreatur annehmen und ihr alles beibringen, was dir beliebt, allerdings höchstens zwei Jahre lang. Das gibt uns ausreichend Zeit, uns ein Urteil über ihn zu bilden und zu entscheiden, ob wir ihn mit all dem Wissen, das er dann über uns haben wird, von dannen ziehen lassen können, ohne daß er eine Gefahr für uns darstellt. Doch in der Zwischenzeit müssen wir seiner sicher sein. Während der Dauer seines Aufenthaltes bei uns darf er kein einziges Mal unsere Behausung oder die Schmiede verlassen, sonst wird er mit dem Tod bestraft. Nun, bist du zufrieden?«

Elof hörte, wie Kermorvan hinter ihm ein verhaltener Aufschrei entfuhr. Auch er war erschüttert. Zwei Jahre ohne den freien Himmel, ohne frische Luft, ohne das Licht des Mondes und der Sterne ... Und was würde während dieser Zeit draußen in der Welt geschehen? Doch er hatte gefunden, weswegen er hergekommen war. Er verneigte sich tief vor Andvar und dann vor Ansker. »Wenn Ansker mich aufnehmen wird, so wird es mir eine Ehre sein.«

Ansker lächelte. »Hast du irgendwelche Arbeitsproben von dir dabei, Junge?«

»Ich fürchte nein, Herr. Außer den Griff meines Schwerts, das mir bei meiner Gefangennahme abgenommen wurde.«

Andvar gab ein Zeichen, und eine Wache trat vor und brachte Elofs Klinge sowie Kermorvans zwei zerbrochene herbei. Ohne zu zögern, nahm Ansker die dunkle Klinge an sich. »Die anderen sind südländische Arbeit«, sagte er gedankenverloren und schnaubte. Er betrachtete den Griff, fuhr mit der Hand darüber und neigte ihn zum Licht. »Welche Eigenschaften hast du ihm eingegeben?« fragte er.

»Ich weiß nicht, Herr. Ich habe ihn gefertigt, als ich ... als es mir nicht gutging ... und ich habe nicht versucht, ihm irgend etwas einzugeben.« Anskers Mundwinkel zuckten, und er wandte sich dem Mädchen zu. »Sieh dir das an, Ils!« Gemeinsam beugten sie sich für eine Weile darüber, dann brachen sie plötzlich in Lachen aus. »Oh, es hat durchaus eine gute Eigenschaft!« schmunzelte Ansker. »Die Klinge hast du jedoch nicht hergestellt?«

»Nein. Ich habe sie gefunden, im Sumpfgebiet des Umstrittenen Landes.«

»Aha!« schnaubte Ansker und nickte. »Ein seltsames Ding ist das. Aber der Griff ist eine gute Arbeit, dafür, daß ein Mensch ihn gemacht hat, Herr Lehrling.«

»Dann ist die Sache also abgemacht«, stellte Andvar grimmig fest. »Und ich nehme an, wir müssen unsere Vereinbarung auf diesen Südländer, seinen Begleiter, ausdehnen.«

»Euer Großmut ehrt mich, Lord«, sagte Kermorvan kühl und verneigte sich. »Doch nach dem warmherzigen Empfang, den Ihr uns bereitet habt, verspüre ich keinen Wunsch zu bleiben. Wenn Ihr also gestattet, werde ich mich entfernen ...«

»Ich gestatte nicht!« unterbrach ihn Andvar ungerührt.

»Ich bitte um Vergebung, Lord«, brauste Kermorvan hitzig auf. »Aber welchen Sinn hat es, mich hier gefangenzuhalten? Ich bin kein Schmied, ich kann Eurem Land wenig Nutzen bringen, und in der Welt draußen erwarten mich viele Aufgaben. Ich bin nur hier, weil ich meinen Freund auf einer schwierigen Wegstrecke geführt und beschützt habe ...«

»Wie auch immer, du bist jetzt hier! Und was das Führen und Beschützen betrifft, du würdest nicht weit kommen, wenn du versuchtest, ohne den Schutz deines Freundes zurückzukehren ...«

»Aber *er* hat *mich* beschützt!« erklärte Elof verwirrt.

»Glaubst du das wirklich?« entgegnete Andvar mit einem verächtlichen Lächeln. »Bildest du dir ein, unsere Luftschächte würden wirklich so hell leuchten und wären so einfach sichtbar? Glaubst du, die Eingänge dazu wären so wenig gesichert? Sie sind mit der Eigenschaft versehen, daß sie nicht von dem Stein, in den sie eingelassen sind, unterschieden werden können, außer von Angehörigen unseres Volkes. Und doch hast du, Elof, das Licht schon von weitem leuchten sehen, während dein Freund es erst bemerkte, als du ihn darauf aufmerksam gemacht hast. Du hast den Eingang sofort entdeckt und herausgefunden, wie die Pforte aufgebrochen werden konnte. Ich frage mich, was du während deiner Wanderschaft unwissentlich noch alles entdeckt hast, welche Bedrohung in der Macht, die dir innewohnt und die du im Zaume hältst, stecken mag.« Elof starrte ihn fassungslos an, bis ins tiefste Innere erschüttert. »Aber nun wieder zu dir, Bursche; keine Widerrede mehr! Du verläßt diesen Ort, wenn überhaupt, erst dann, wenn dein Freund geht. Obwohl ich dir darin zustimme, daß wir wenig Verwendung für dich haben. Ein Mensch-Krieger!« Er schnaubte. »Ich hätte zu so einem niemals genügend Vertrauen, um ihn Waffen für mich tragen zu lassen. Dennoch, wir werden eine nützliche Beschäftigung für dich finden. Vielleicht in den Bergwerken ...«

»Wollt Ihr Euch über mich lustig machen, Lord Andvar?« Kermorvans Gesicht war kalkweiß geworden, abgesehen von roten Flecken, die auf seinen Wangen brannten, und seine Augen waren so ausdruckslos wie das Meer. Den Duergar um etliches überragend, schritte er auf diesen zu. Wachen kreuzten vor ihm die Speere, sie wurden wie Grashalme zur Seite geschoben; die Klingen richteten sich auf seinen Rücken, doch er schenkte

ihnen keine Beachtung. »Haltet mich hier fest, wenn es Euer Wille ist. Laßt mich in Eurem Kerker verfaulen, wenn das Eure Laune befriedigt! Aber versucht nicht, mich zu Eurem Sklaven oder Lasttier zu machen! Ich wurde nicht zu diesem Zweck geboren, obwohl ich jegliche Unbilden dieser Welt zu ertragen fähig bin, solange sie nur ehrenhaft sind. Ich würde eher von hier zum Großen Fluß gehen, als auch nur den geringsten Sklavendienst zu verrichten!«

Die Menge murrte, und plötzlich fühlte Elof sich sehr allein zwischen ihnen, denn er verstand den Wutausbruch seines Freundes nicht. »Sei kein Idiot!« zischte Elof ihm zu. »Du hast schließlich mit mir an der Ramme gearbeitet ...«

»Das war notwendig, gehörte zu meinen Aufgaben als Soldat!« erwiderte Kermorvan frostig.

»Nun, das hier ...«

Doch Kermorvan war taub für alles, und seine Stimme klang so klar wie das gehämmerte Silber an der Wand. »Hört mir zu, Lord Andvar, und denkt gründlich nach! Ich bin kein gewöhnlicher Mann. Meine Vorväter haben während vieler Generationen ein hohes Richteramt eingenommen, so wie Ihr es jetzt tut; sie saßen auf einem Stuhl aus Stein, mit der Robe des Gesetzes bekleidet und mit dem Willen ihres Volkes ausgestattet. Sie haben Männer verurteilt, wie das Gesetz es vorschrieb, zu Gefängnisstrafen oder zum Tod — doch niemals zu einem Dasein als Lasttier! Wenn sie das getan hätten, dann hätten sie selbst eine schlimmere Erniedrigung erfahren und Amt und Würde wären von ihnen abgefallen wie ein zerfetzter Umhang; so verlangt es bei uns der Brauch. Und so könnte es auch Euch ergehen, Herrscher und König. Möchtet Ihr Euch nachsagen lassen, daß Ihr nicht nur auf unsere Ebene herabgesunken seid, sondern noch viel, viel tiefer?«

Kein Duergar rührte sich oder sprach. Kermorvan stand hoch aufragend zwischen ihnen, wie ein Baum, der einem gewittrigen Himmel trotzt, und sein Gesicht war hart und blaß wie Marmor. Elof starrte ihn an, denn so hatte er diesen Mann noch nie gesehen. Die Zeit hüllte ihn ein wie ein schwerer Mantel. Andvar wirkte alt, seine unterirdischen Hallen noch älter, und doch war es Kermorvan, der junge Mann, von dem die starke Ausstrahlung des Alten ausging, als ob er nur ein Glied einer großen Kette wäre, die ungebrochen bis in die Tiefe der Zeit reichte. Sein gebieterisches, sogar überhebliches Gebaren hatte sich zu etwas ungeheuer Starkem und Alterslosem verhärtet, wie bei Statuen vergangener Könige, über die er gelesen hatte, und der Zorn, der in den grauen Augen funkelte, war zur blanken, unbarmherzigen Gerechtigkeit geworden. Von diesen Augen schien sogar der Herrscher der Duergar eingeschüchtert und niedergeschmettert zu werden.

Als er sprach, bebte seine Stimme und hörte sich fast jämmerlich an nach dem vollen Klang Kermorvans. »Ich beabsichtigte weder, Euch zu erniedrigen, noch mich über Euch lustig zu machen«, murmelte er. »Die Arbeit in den Bergwerken wird bei uns als wertvoller Beitrag für die Allgemeinheit geschätzt, und jene, die sie verrichten, gelten als stark und hart.«

»Und als mutig!« fügte das Mädchen Ils mit fester Stimmer hinzu. Elof warf ihr einen Blick zu, und er spürte etwas in ihrer Stimme, etwas Unausgesprochenes, und er ahnte, was es war. Die Bergwerke waren etwas für die Tapfersten, sicher — aber nur für jene, die keine höheren geistigen Fähigkeiten oder eine andere handwerkliche Geschicklichkeit aufzuweisen hatten. Bei den Anbetern der Künste würden sie wenig Anerkennung finden. Kermorvan schien das jedoch mit einemmal nicht mehr so zu empfinden, denn er trat unvermittelt zurück, verbeugte sich steif vor Ils und dann noch einmal, weniger tief, vor Andvar.

»Ich danke Euch, Lady«, sagte er. »Und ich nehme Euer Wort an, Lord Andvar. Da es sich so verhält, werde ich die Aufgabe, obwohl sie mir sehr fremd ist, geehrt übernehmen.«

Das plötzliche Nachlassen der Spannung im Saal war beinahe faßbar, doch Elof war einen Moment lang hin- und hergerissen zwischen Vernunft und der Verpflichtung seinem Freund gegenüber. Er wollte nicht, daß Kermorvan zum Narren gemacht wurde, aber wenn er das ausspräche, dann wäre die Stimmung wieder angeheizt. Die Auswirkung könnte noch schlimmer sein, wenn dieser furchterregende Krieger selbst dahinterkäme. Er warf Kermorvan einen verzweifelten Blick zu — und bemerkte ein wehmütiges Blinzeln in den eiskalten Augen, das ihn verblüffte und gleichzeitig erleichterte. Kermorvan hatte sehr wohl begriffen, was nicht ausgesprochen worden war, obwohl er vorgab, es nicht durchschaut zu haben. Elof sprang von dem Podest herunter und schüttelte seinem Freund überschwenglich die Hand. »Glaube nicht, ich wüßte nicht, was du für mich tust.«

Kermorvan zuckte leicht peinlich berührt mit den Schultern, überrascht über sich selbst. »Nicht nur für dich. Zum erstenmal erscheint es mir klüger, mit dem Strom zu schwimmen, als darin zu ertrinken; es steht zuviel auf dem Spiel. Ich bin sicher, meine Vorfahren würden das verstehen. Laß es uns durchstehen, du hast wenigstens, was du brauchst; wir wollen hoffen, zwei Jahre sind ausreichend.«

»Das will ich meinen. Wir wollen außerdem hoffen, daß der Schmiedemeister in der Zwischenzeit dein Land nicht angreift.«

»Ja. Das hängt davon ab, ob er beschließt, zuerst den Norden vollkommen einzunehmen. Wenn ich er wäre, würde ich das nicht tun, denn die wahre Bedrohung für ihn liegt jetzt in meinem Land.«

»Und in unserem«, sagte Ils vergnügt. Kermorvan verneigte sich erneut, während Elof sie mit unverhohlener Neugier von oben bis unten musterte. Das fremdartige Duergar-Gesicht wirkte äußerst ansprechend; genaugenommen sah sie für jeden Geschmack hübsch aus. Ihr schwarzes Haar, kurzgeschnitten und lockig, fiel ihr fast bis zu den Augenbrauen herunter; ihre großen, intelligenten Augen waren sehr klar und braun; ihre Stupsnase ragte keck über einem breiten, ansteckenden Grinsen hervor. Sie trug Stiefel, einen kurzen Kilt aus schwerem Stoff und ein dunkles, ärmelloses Hemd, das in der Taille von einem reich verzierten Gürtel aus Leder und Ketten zusammengehalten wurde, an dem ein langes Messer in einer Scheide und verschiedene nicht ohne weiteres erkennbare Dinge hingen. Das Hemd, das große Flächen weißer Haut unbedeckt ließ, ließ sie für menschliche Augen erstaunlich drall erscheinen, enthüllte jedoch auch das Spiel harter Muskeln in den Armen und Schultern. Sie erwiderte Elofs Blick mit derselben Offenheit, und plötzlich streckte sie die Hand aus, zwickte ihn in den Oberarm und stieß ihn in die Rippen. »Du bist zwar nicht ganz so schwach wie die meisten Menschen, allerdings etwas unterernährt! Na ja, wir werden für dich sorgen ...«

»Das will ich euch auch geraten haben!« sagte Andvar streng. »Merkt euch, ihr beide seid mir für ihn verantwortlich! Den Krieger werdet ihr hinuntergeleiten zum Kai und ihn dort der Obhut von Bayls dem Bergwerker übergeben. Für diesen hier seid jedoch allein ihr zuständig! Und dir, Mensch-Schmied, erlege ich noch eine weitere Verpflichtung auf. Wir lassen dich eines Tages vielleicht zu deinesgleichen zurückkehren. Berichte dann über uns, was du magst, Gutes oder Schlechtes, das ist uns gleichgültig. Doch nur wir allein dürfen unsere Weisheit mit jemandem teilen. Schwöre bei deinem Handwerk, daß du ihre Geheimnisse niemals verraten wirst! Jetzt führt sie ab, ich will sie nicht mehr sehen! Und verbindet ihnen die Augen, damit sie sich den Weg nicht einprägen können!«

Kermorvan schnaubte mißmutig, doch Elof gelobte,

wie es von ihm verlangt wurde, und dann verließen sie den Saal. Sie bekamen Kapuzen über die Köpfe gezogen, die auch die Gesichter bedeckten, und wurden von Wachen durch lange Gänge und durch schwer klingende Türen an einen weiträumigen Ort geführt, wo die Luft frischer und kühler war und die Geräusche sich mehr im Unbestimmten verloren. Sie schritten über Pflastersteine, und das Rauschen von Wasser wurde immer lauter, bis ihre Schritte über so etwas wie Holzplanken stapften, die quietschend über Stein scharrten. Dort übergaben die Wachen Elof der Obhut von Ansker und Ils und Kermorvan der von Bayls, der schroff und kurzangebunden war und ihm sofort befahl, an Bord eines Schiffes zu gehen. Der Krieger lachte. »Jetzt geht es also los. Halte dich tapfer, Schmied, und lerne fleißig! Schlag dir nicht die Daumen auf dem Amboß flach! Trachte danach, daß wir das alles nicht umsonst auf uns nehmen!«

»Das werde ich!« versprach Elof eifrig und wünschte sich dabei, er hätte etwas Besseres zu versprechen gehabt. »Und paß du auf, daß du mit deinem hohen Kopf nicht an die Decke stößt!« Ils half ihnen beim Händeschütteln, und Kermorvan wurde an Bord geführt. Elof stand da und lauschte dem leichten Klatschen von Segeln, dem Knirschen des Schiffsrumpfes und dem Scharren der Taue, während das Boot fertig zum Auslaufen gemacht wurde; wieder fühlte er sich einsam und verloren, und er gab sich die Schuld für das erbärmliche Los seines Freundes. Plötzlich spürte er, wie ihm die Kapuze vom Kopf gezogen wurde.

»Jetzt sind keine Wachen mehr in der Nähe, denen wir etwas vorgaukeln müssen, also weg mit diesem Unsinn!« sagte Ils entschlossen.

»Na ja«, erklärte Ansker um Nachsicht bittend, »da wir dich nicht frei herumlaufen lassen dürfen, wäre es schade, wenn du nicht wenigstens jetzt einen flüchtigen Eindruck vom Duergar-Reich bekommen würdest. Also, sieh dich um!«

Elof blinzelte und blickte von ihm zu Ils, und betrachtete dann langsam und ungläubig seine Umgebung. Er hatte so sehr das Gefühl gehabt, an einem kühlen Sommerabend im Freien zu sein, daß er sich ständig gefragt hatte, wo sie sich wohl befinden mochten. Er stand auf einem Steg an einem breiten Fluß, auf dem emsige Betriebsamkeit herrschte; es war eine stabile Holzkonstruktion auf einer Steinaufschüttung. Weiße Segel wurden aufgezogen und blähten sich in der strammen Brise, die entlang des Flusses auffrischte. Doch dieser Fluß strömte durch eine dunkle Höhle in einem der Felsen, und ein Stück weiter verschwand er wieder in einer anderen Felswand. Elofs Blick wanderte den Felsen hinauf, immer höher, und er erwartete, einen Streifen Himmel über den steilen Wänden eines Tals zu sehen. Doch da war kein Himmel, und er mußte dagegen ankämpfen, nicht unter dem Gewicht, das auf seinem Geist lastete, zu schrumpfen, denn verglichen mit dem, was sich seinen Augen bot, mußten alle von Menschen geschaffenen Werke winzig erscheinen. Über dem Kai stiegen Straßen mit Häusern steil an; es waren kleine, aber massive Gebäude, deren Fenster im Dämmerlicht leuchteten, und darüber erhoben sich auf Hügelkämmen die Mauern und Türme einer wuchtigen Zitadelle, die sich an den Fels schmiegte. Die vielen Mauerkreise, so sehr in die Umgebung eingepaßt, daß sie ganz und gar aus dem Fels gehauen zu sein schienen, ließen sowohl die Häuser als auch die starken Türme und Galerien rund um die äußere Mauer zwergenhaft erscheinen. Doch so gewaltig, wie sie war, wirkte diese Zitadelle vergleichsweise wiederum klein. Denn die kleine Stadt und alles, was dazugehörte, stand innerhalb der Umgrenzung einer riesigen Höhle im lebenden Stein; es handelte sich um eine Berghöhle von ungeheuerlichen Ausmaßen, wie es schien, und darüber wölbte sich ein Dach aus ungebrochenem Stein, abgesehen von kleinen Spalten und Ritzen, durch die schwaches Licht fiel, weniger hell als das der Laternen am Fluß. Er fragte sich, wohin dieser Fluß wohl führen mochte; vielleicht zu anderen Stegen in anderen Höhlen unter den hohen Bergen. Und das Reich und die Macht der Duergar ragte gewaltig vor ihm auf, wie ein immenses Tier, das lange unter der Erde im Schlaf gelegen hatte und seit vielen Jahrhunderten fast vergessen worden war; das aber wieder erwachen könnte, um dem Tageslicht Scheu und Ehrfurcht einzuflößen.

»Siehst du«, sagte Ansker, der anscheinend nicht bemerkte, wie sehr ihn dieser Anblick beeindruckte, »die Hitze der Erde erwärmt in dieser Tiefe die Luft; diese führt einen ununterbrochenen Krieg gegen die kalte Luft der Berge, und so ist sie seit dem langen Bestehen unseres Reiches in ständiger Bewegung. Deshalb wird der Strom frischer Luft erhalten, und wir bekommen den Wind, mit dem unsere Schiffe segeln.«

Elof schüttelte betrübt den Kopf. »Ich frage mich, ob wir uns nicht töricht verhalten haben, Kermorvan und ich, indem wir so kühne Worte Eurem Herrn gegenüber gebraucht haben. Wie könnten die Ekwesh oder das Eis Euch so bald schon bedrohen?«

Ils schüttelte energisch den Kopf. »Töricht? Das darfst du nicht sagen! Zum erstenmal in diesem Jahrhundert hat jemand im Rat vernünftig gesprochen. Es hat mir gutgetan, das zu hören. Andvar macht seine Sache so recht und schlecht, mehr nicht, und er mag die Menschen nicht besonders. Er erinnert sich noch an die Zeit, da sie in unsere Ackerbau- und Jagdgebiete vordrangen.«

»Denn wir pflanzen den größten Teil unserer Nahrungsmittel überirdisch an, wie ihr es nennt«, erklärte Ansker, »auf hochgelegenen Gebirgsterrassen. Deshalb kann uns das Eis in dieser Hinsicht ganz erheblichen Schaden zufügen. Und in anderer Hinsicht ebenso. Das Eis kann im Laufe der Zeit sogar einen ganzen Berg abtragen. Hast du niemals in kalten Nächten das Bersten von Stein und das Schaben des Gletschers über den Fels gehört? Aber es braucht sich dieser Mittel gar nicht zu bedienen, es gibt eine viel schnellere Methode, um uns zu überwältigen. Wenn es die Kälte um uns herum beständig erhält, wenn unsere Winter streng bleiben und die Wärme des Sommers abgeschwächt wird durch kalte Winde und Nebel und Eiswasser in den Flüssen, dann wird jeder Schneegipfel des Gebirges immer größer werden, die Schneegrenze wird sich nach unten verschieben und die Kälte vor sich ausbreiten. Bald wird das Ganze ein einziger Gletscher sein — ohne Berge zwischen ihm und dem westlichen Teil eures Landes. Und jenseits davon wird es nur das Meer geben. Auf diese Weise pflanzt sich das Eis fort, wie zur Verhöhnung des Lebens, das es so sehr verachtet.«

»Und die Duergar?« fragte Elof heiser. »Meister Ansker, was wird dann mit Eurem Volk geschehen?«

»Wir werden begraben«, sagte der alte Duergar feierlich. »Vollkommen verschüttet — unsere Luftzufuhr erstickt, unsere Flüsse zugefroren. Blut und Atem unseres Reiches werden abgeschnitten, und die Kälte oder die grausamen Dinge, die das Eis auslöst, werden zweifellos unsere Weiden und Felder in Ödland verwandeln. Doch das wird nur langsam vonstatten gehen, denn das Eis bewegt sich nur dort schnell voran, wo sich ihm kein Widerstand von Herz und Geist entgegenstellt, wo Wissen und Handwerk nicht blühen, sondern nur Hader, Unterdrückung und Blutvergießen gedeihen.«

Elof nickte bedächtig. »Mir fallen wieder Dinge ein, die der Schmiedemeister mir sagte, als er mir zum erstenmal das Eisglühen am Himmel zeigte — wie es den Körper demütigt und den Geist stärkt, indem es danach trachtet, die niederen Leidenschaften zu besiegen und das reine Denken zu erhalten. Vielleicht wehren sich normale Menschen — und Duergar — dagegen; vielleicht kann es die Existenz einer so großen Menge von Wesen, die sowohl denken als auch fühlen, nicht ausrotten. Es kann also nur dann etwas gegen uns bewirken, wenn wir bereits geschwächt und uneinig sind.«

Ansker nickte. »Und deshalb wendet sich Mensch gegen Mensch und vielleicht Mensch gegen Duergar. Wir täten gut daran, unsere alte Zwietracht zu vergessen und unsere viel tiefer in der Vergangenheit wurzelnde Freundschaft zu erneuern. Möge dies die erste Stufe auf dieser Treppe sein! Denn obwohl wir euch zwangsweise festhalten, so seid ihr doch unsere geehrten Gäste. Komm jetzt!«

Der Steg zog sich am Flußufer entlang; seine Seiten waren von gewaltigen Steinblöcken, wie die im Turm des Schmiedemeisters, gesäumt. In regelmäßigen Abständen standen darauf hohe Säulen mit Fackeln, deren Widerschein rotgolden in dem immer noch dunklen Wasser schimmerte, und darunter waren Leitern und Stufen, die hinunter zum Wasser führten. All das war aus einem dunklen Metall gefertigt, das überaus gekonnt und gefällig verarbeitet war.

»Stein und Metall«, bemerkte Ansker, »das Fundament unseres Daseins und die doppelte Natur unserer Gattung. Andvar zum Beispiel, er ist ein Vertreter der Stein-Seite, ausgestattet mit dessen Eigenschaften — hart, verläßlich, dauerhaft. Ils und ich hingegen, so wie viele andere von uns, sind wie Metall — einerseits vielleicht robust, aber andererseits auch biegsam, zur Veränderung fähig und durch Zeit und Ereignisse formbar.«

Ils kicherte. »Und dennoch federnd genug, um wieder in unsere frühere Form zurückzuschnellen, wenn es erforderlich sein sollte. Du, so meine ich, gehörst ebenfalls zur Metall-Sorte, und dein Freund in gewisser Weise auch.«

»Das hoffe ich sehr!« sagte Elof, wobei er hinuntersah zu dem Boot, das bereit zum Auslaufen war. Es war ein sonderbares Gefährt, lang und schmal und glatt, mit einem niedrigen Mast und ausladenden eckigen Segeln und sehr leichter Takelage. Er winkte, obwohl er nicht damit rechnete, gesehen zu werden. Zu seiner Überraschung drehte sich eine große Gestalt an Deck um und winkte zurück.

Ansker schmunzelte. »Bayls der Bergwerker ist kein so harter Brocken, wie er sich selbst gern darstellt; er läßt niemandes Augen länger verbunden, als es unbedingt nötig ist. Ich glaube, du brauchst dir um deinen Freund keine allzu großen Sorgen zu machen.«

Elof seufzte. »Das tröstet mich.« Der sanfte Höhlenwind straffte die Segel, und das Schiff glitt hinaus auf den glasschwarzen Fluß, ohne die Wasseroberfläche merklich zu kräuseln — wie in einem Traum. Die Mannschaft sang mit tiefen Stimmen ein fröhlich klingendes Lied in der Duergar-Sprache, die Elof damals gar nicht bekannt gewesen sein konnte. Dennoch ist die Version eines solchen Liedes in der Sprache des Nordens in den Chroniken überliefert, und vielleicht handelte es sich tatsächlich um dasselbe.

Tief unterm Fels bläst eine kräftige Brise,
Hißt die Segel, denn nun beginnt unsere Reise,
Lebt wohl, ihr Liebchen mit Augen voll Wonne,
An unserem Ziel funkelt Gold, hell wie die Sonne.

Tief in den Höhlen rauscht das Wasser so munter,
An die Ruder, wir gehen im Strudel nicht unter,
Es springt und tanzt, wie kein Mägdlein je konnt',
An unserem Ziel lacht Silber, hell wie der Mond.

Tief unter den Bergen herrscht ständige Nacht,
Entzündet die Lampen, haltet aufmerksam Wacht,
Die scharfen Krallen der Kanäle drohen von ferne,
An unserem Ziel leuchten Juwelen, hell wie Sterne.

Es ist wenig davon überliefert, was Elof während der Monate seiner Ausbildung bei dem Schmied Ansker lernte, denn solches Wissen wurde im allgemeinen keinen Aufzeichnungen anvertraut, die jedermann zugänglich waren, und schon gar nicht von Elof. Er hielt sich gewissenhaft an seinen Schwur, so wie er sich an alles hielt, was er einmal versprochen hatte. Man weiß jedoch, daß vieles von dem, was er lernte, die natürlichen Eigenschaften von Dingen betraf und wie sie in Beziehung zueinander standen, und nicht so sehr das eigentliche traditionelle Handwerk. »Denn das ist in vielerlei Hinsicht ein Schatten der Mächte«, soll eine von Anskers Redewendungen gewesen sein, »die dir selbst innewohnen — und die sich in den Feinheiten des Formens und Steuerns dessen äußern, was von dir in die Arbeit einfließt. Das hast du schon einmal erlebt. Als eine schwere Schuld über dir hing, konntest du soviel Zeichen über einem Werkstück machen, wie du wolltest, doch keine Eigenschaft floß darin ein, denn du hattest im Innern deines Herzens Angst, etwas Ungewolltes zu entfesseln, und unwissentlich behinderte das deine Gabe. Diesen Schwertgriff hingegen hast du mit keinerlei Zeichen bedacht, und doch ist es ein machtvolles Werk geworden.«

»Welche Eigenschaft hat es denn, die ihr, du und Ils, erkannt habt?« fragte Elof. »Und warum habt ihr so gelacht?«

Anskar schmunzelte wieder. »Weil dir, mein Junge, wenn du berechnend gehandelt hättest, nichts Vertrauenerweckenderes hätte einfallen können, um uns von deiner Redlichkeit zu überzeugen. Ils! Sieh noch mal genau hin, und dann sag es ihm!«

Sie griff behutsam nach dem Schwert, behandelte die scharfe Klinge mit größter Vorsicht und hielt es ins Licht. »Ich erkenne keine ausgeprägte Eigenschaft; du hast es wahrhaft ungeformt gelassen, wie ein Lied ohne Worte.« Sie lächelte ihn schelmisch an. »Ich sehe *dich!* Oder ... oder eine Erscheinung von dir! Das, zu dem du im Marschland geworden bist. Deine Ziele ... die Dinge, gegen die du ankämpfst. Und gegen die du dich verteidigst.« Sie sah an dem Griff vorbei und blickte ihn an. »Du hast deine Mächte nicht gesteuert, als du dieses Schwert fertigtest ... es ist beinahe ein Teil von dir selbst. Das geschieht hin und wieder mit Dingen, die wir für uns selbst herstellen und lange im Gebrauch haben. Sie nehmen das Wesen, die Ausstrahlung ihres Besitzers an, wie es bei einem Hund in bezug auf seinen Herrn manchmal geschieht, wenn auch niemals so ausgeprägt.« Sie schüttelte verwundert den Kopf. »Dieses Schwert spiegelt deinen Willen wider, so stark, daß es beinahe zu sprechen scheint. Selbst jetzt gibt es einen angenehmen Ton von sich, der entstand, als du es zum erstenmal geschwungen hast, eine Art Gesang — habe ich recht?«

Elof blinzelte. »Bei seinem Einsatz herrschte ringsum schreckliches Getöse, eine Seeschlacht und ein Sturm — doch ja, zuletzt summte es, es gab einen tiefen Ton von sich ...«

Ansker runzelte die Stirn. »Das Schwert? Sicher meinst du nur den Griff, denn die Klinge ist nicht sein Werk ...«

»Dann sieh selbst!« sagte sie und legte es hin.

Anskers Finger glitten über das Metall und folgten dem ausdrucksvollen Schimmer seiner Schwärze. »Du hast recht!« sagte er schließlich. »Der Griff beherbergt die Macht, doch sie hat sich bis in die Klinge ausgebreitet. Wie kann so etwas geschehen? Vielleicht hat es einen alten Zauberbann in sich, der sich mit deiner Macht vermischt — aber so stark!« Er seufzte und sah seinen Lehrling eindringlich an. »Elof, du mußt vorsichtig sein! Du hast offensichtlich eine starke handwerkliche Quelle in dir, und anscheinend vergießt du immer mehr davon in deine Arbeit, als du selbst weißt. Zweifellos hoffte der Schmiedemeister lediglich auf eine Waffe, mit der er seine Feinde einschüchtern oder sie bestenfalls zum Straucheln bringen könnte — er rechnete nicht damit, sie als brüllende Herden in die Flucht schlagen zu können. Sei gewarnt.«

»Aber wenn das so ist …« Elof unterbrach sich. Er dachte an das Armband und die Eigenschaften, mit denen es ausgestattet war. Wenn er jenem dieselbe Macht verliehen hatte … und wenn nur *sie* davon wüßte, könnte es dann nicht dazu dienen, den Einfluß aufzulösen, den Louhi auf sie hatte? Ihm wurde bewußt, daß Ils ihn ein wenig seltsam ansah, und ihm fiel ein, daß sie Dinge gesehen hatte, gegen die er zu kämpfen wünschte — und gegen die er sich verteidigen wollte. Wie deutlich war ihre Vision gewesen?

Er schüttelte verwirrt den Kopf. »Wie kann ich jemals lernen, etwas zu beherrschen, das ich nicht einmal verstehe?«

»Lerne, die Materialen zu beherrschen, mit denen du arbeitest. Mache dich mit ihren Eigenarten vertraut, mit dem, was sie zu tun vermögen, und was nicht, und wende dein handwerkliches Geschick entsprechend an. Wenn es so mächtig ist, dann benutze es eher als scharfe Messerklinge anstatt als Keule, und ziele damit genauer. Weniger Handwerk, mehr Geschick!«

Also wandte sich Elof wieder dem Amboß zu und schuftete daran viele Monate lang; er mühte sich mit Metallen ab, die er einst für leicht zu bearbeiten gehalten hatte, und außerdem mit vielen anderen Materialien. Er erlernte die besonderes Feingefühl erfordernde Kunst des Legierens, durch die er etwas, das vorwiegend aus Gold oder Silber bestand, fast so robust wie etwas aus Stahl machen konnte; er lernte, Gegenstände aus Stahl beinahe so leicht wie Holz zu machen, indem er sie mit raffinierten Schliffen oder wie Honigwaben oder Netze ausführte, so daß die Stärke allein durch die Form gegeben war. Er lernte, fremdartige leichte Metalle zu verarbeiten, die sich normalerweise unter einem Hammer nicht formen ließen und bei der ersten Berührung mit dem Feuer in Flammen aufgehen würden.

Ansker unterrichtete ihn in der Lehre der Mineralien, Kristalle und Edelsteine, die der Schmiedemeister niemals verwendet hatte. Aber das Bemerkenswerteste ist, daß er der Überlieferung nach von dem Duergar-Schmied lernte, tief in die Struktur des Metalles zu blikken; er spürte deutlich, wie sich die Erschütterung jedes einzelnen Hammerschlages darin fortsetzte wie die Wellen auf einem Teich, er wußte um die Auswirkung des nächsten Schlages oder des Erhitzens oder Abkühlens auf das Werkstück, das er gerade in Arbeit hatte. Er machte sogar, so wird erzählt, im Laufe der Zeit Erfahrung mit der Beschaffenheit, den vielen Erscheinungsformen und Strukturen der Kristalle, aus denen alle Metalle bestehen, und am besten kannte er sich schließlich mit Eisen aus. Dieses Metall verachtete er allmählich beinahe, weil es so einfach zu verarbeiten war; doch bald erkannte er seinen Irrtum und hielt es für das großartigste von allen. Denn mit der anfänglichen Leichtigkeit ging eine unendliche Vielfalt einher, vor allem was das Legieren und Formen betraf, und im allgemeinen erforderte dieses unendliches Geschick und unermüdliche Geduld. Ausgerechnet in diesem schwierigen Bereich seiner Arbeit brachte er es zur höchsten Fertigkeit.

Um so viel zu lernen, bedurfte es strengster Selbstdisziplin, und er hatte kaum Zeit zum Müßiggang; ständig war er in Anskers Schmiede und Werkstatt beschäftigt. Diese bestand aus einer eigenen Kette von Höhlen, hoch in dem Berg, der die Hauptstadt der Duergar bildete. »Das hier ist ein uralter Ort«, erklärte der Schmied, »und er wird dementsprechend geehrt — diese Schmiede ist die Wirkungsstätte meiner Vorfahren seit jener Zeit, als die Duergar sich vor vielen Generationen in den Bergen niederließen. Es gibt mächtige Eigenschaften, die allein durch das Arbeiten an einem solchen Ort gewonnen werden, und es ist immer am besten, wenn man eine eingeführte Schmiede an einem festen Platz betreibt, wenn es sich machen läßt.«

Elof starrte in die lodernden Flammen. »Ich weiß nicht einmal, wer meine Eltern waren. Ich bin ein Wanderer in dieser Welt, nirgends für lange Zeit zu Hause. Ich wünschte mir, ich würde einmal einen solchen Ort finden! Doch mir schwant Böses, sobald ich nur daran denke!«

»Dann möge es niemals eintreffen«, sagte Ils leise.

Doch während Elof an Ort und Stelle blieb, war das bei Kermorvan nicht der Fall. Ils, die viel herumkam, brachte ihm Nachrichten von seinem Freund, wann immer sie konnte, und diese wurden von Mal zu Mal erfreulicher. Nachdem er zur Arbeit im Bergwerk abgestellt worden war, beeindruckte er die Duergar anfangs durch seine unermüdliche Ausdauer, die der ihren in nichts nachstand, und später durch seine große Tapferkeit und Unerschrockenheit. Dunkle Dinge trieben unter den Bergwerken ihr Unwesen, denn die uralten Stollen verliefen weit bis unter das Eis, und ihre Bewachung war keine leichte Aufgabe. Einmal sah sich sein Arbeitstrupp einem riesigen Schneetroll gegenüber, einem jener Sorte, die ihn und Elof im Gebirge gejagt hatten. Nur mit einem Pickel bewaffnet, verteidigte Kermorvan den Durchgang gegen das Ungeheuer, bis die Wachen eintrafen, und im Kampf führte er dann den Todesschlag aus.

Diese Heldentat brachte ihm viel Ehre ein. Zur Belohnung wurde er gegen seinen Willen selbst zum Wachtposten erhoben, und schließlich wurde er überall entlang der Grenzen des Duergar-Reiches eingesetzt, um bei der Bewachung der Bergwerker und der Eisenerzwaggons mit ihrer wertvollen Fracht zu helfen. Es wird jedoch berichtet, daß er sich in dieser Welt der Dämmerung stets nach der Sonne und der frischen Luft sehnte und jede Aufgabe übernahm, die ihn nur irgendwie in die Nähe einer Öffnung brachte, selbst im tiefsten Winter. Doch obwohl er sich manchmal weit genug im Süden aufhielt, um seine heimatlichen Gefilde erreichen zu können, brach er niemals sein Gelöbnis und blieb, um den Duergar treu zu dienen. Vielleicht brachte ihm das am meisten Ehre von ihrer Seite ein. Allerdings wurde ihm niemals gestattet, mit Elof zu sprechen. Ils überbrachte ihm jedoch Botschaften von seinem Freund, und auch diese waren höchst erfreulich. Elofs sich entfaltende Kunstfertigkeit erstaunte die Duergar, die Menschen niemals für so fähig gehalten hatten. Viele besuchten Ansker, um zu sehen und zu staunen, und sie gingen voller Bewunderung von dannen.

So gingen beide Männer auf ihre Weise ihren gedeihlichen Weg und gewannen das Ansehen zumindest einiger Mitglieder eines geheimnisvollen und mißtrauischen Volkes. Doch eines quälte sie beide, und das war das Fehlen irgendeiner Verbindung mit der Welt draußen. Die meisten Duergar kümmerten sich wenig um die Angelegenheiten der Menschen und vermieden jeglichen Kontakt. Die einzigen Nachrichten kamen von Einsiedlern, die auf beiden Seiten außerhalb ihrer jeweiligen Gemeinschaft lebten und die sich gelegentlich zufällig in der Wildnis um die Berge herum trafen, doch da diese gleichermaßen eigenbrötlerisch und exzentrisch waren, konnte man ihren Worten nicht unbedingt trauen. Einmal hatten sich einige junge abenteuerliche Geister unter den Duergar, die man für Menschen hätte halten können, für kurze Zeit auf der anderen Seite bewegt; Ansker war der wagemutigste derjenigen von ihnen, die noch am Leben waren. Doch Andvar hatte solche Praktiken seit langem verboten. Das Beste, was Elof und Kermorvan erfahren konnten, war die Tatsache, daß die Ekwesh, so mächtig sie im Norden auch waren, bis jetzt noch keinen entscheidenden Schlag gegen den Süden durchgeführt hatten, und damit mußten sie sich zufriedengeben.

Doch es kam der Tag, da wurde Kermorvan von seinem Posten abberufen; ihm wurde mitgeteilt, daß er in die Hauptstadt zu kommen habe. Während er per Schiff nach Norden unterwegs war, rechnete er die vergangenen Monate zurück, und ein seltsamer Schauder durchfuhr ihn, als ihm klar wurde, daß die ihnen gewährte Zeit sich dem Ende zuneigte. Große Erregung und kalte Angst stiegen in ihm empor, allerlei gemischte Gefühle durchtobten ihn. Er war froh, als er an die Tür von Anskers Schmiede gelangte; eine geräumige, vollgestellte Höhle tat sich vor ihm auf, in der verstreut Ambosse, Werkbänke und befremdliche Gerätschaften herumstanden. Er sah die bullige Gestalt seines Freundes an der groben Felswand; er ließ gerade den Hammer auf einen Gegenstand auf einem kleinen Amboß niedersausen, und seine Schläge wirkten kraftvoll und gleichzeitig haargenau gezielt. Erst nachdem er fertig war, legte Elof den Hammer aus der Hand und blickte auf.

»Kermorvan!« Sie brachen in freudiges Lachen aus und schüttelten einander heftig die Hände. »Willkommen, Wanderer! Du Narr, was stehst du so still hier herum? Du hättest dich laut bemerkbar machen sollen!«

Kermorvan verzog den Mund zu einem Lächeln. »Ich habe inzwischen gelernt, einen Schmied nicht bei der Arbeit zu stören. Diese Duergar-Leute bringen einem so einiges bei; die nachsichtigsten unter ihnen würden dich für so etwas skalpieren! Ich fürchtete, du könntest dir ihre Gewohnheiten angeeignet haben — und ehrlich gesagt, du hast etwas von ihrem Äußeren angenommen! Du bist magerer, dein Gesicht hat mehr Falten, und die einzige Farbe darin stammt vom Ruß des Schmiedefeuers, von der Hitze und vom Rauch.«

»Und wie findest du seine Augen?« fragte Ils schmunzelnd. »Siehst du darin nicht ein gewisses Feuer?«

Kermorvan lächelte und wandte sich um, um sich zu verbeugen, doch dann erstarrte er, wurde blaß und drehte sich blitzartig um, um ein Stück Rüstung zu betrachten, das auf der seitlichen Werkbank lag. Ils zuckte mit den Schultern und wandte ihm den Rücken zu. Elof bemühte sich, seine Erheiterung zu verbergen; es war nur vernünftig, daß sie bei dieser Hitze in der gleichen Aufmachung wie er und Ansker arbeitete, nämlich nackt bis zur Taille. Doch um seinem Freund die weitere Peinlichkeit zu ersparen, wechselte er das Thema. »Nun, ich kann auch nicht sagen, daß du dich nicht verändert hast, seit wir uns zuletzt gesehen haben. Ich hatte nicht geglaubt, daß deine Züge noch härter werden könnten, doch so ist es. Und wie bist du unter der Erde an diese Farbe gekommen, sag mal?«

Kermorvan lachte. »Sie dachten, ich könnte etwas frische Luft gebrauchen, also haben sie mich in diesem Frühjahr auf ihre Gebirgsweiden im Süden geschickt. Ich habe die Herden und die Felder auf den Terrassen bewacht. Stell dir vor, ich hatte die Aufsicht über Ziegen und Wild und andere Hirten! Aber mir war die Arbeit sehr willkommen. Dir hätte so etwas auch gutgetan, deinem blassen Gesicht nach zu urteilen.«

Elof nickte, und seine breiten Schultern sackten ein wenig in sich zusammen. Er lockerte das Stoffband, das er sich um die Stirn gebunden hatte. »Es scheint eine Ewigkeit her zu sein, seit ich das letztemal den Himmel gesehen habe. Und wie sehr habe ich den Meereswind zwischen den Bäumen, den Gesang der Vögel vermißt! Nur wenige von ihnen verirren sich hier herunter, wo nur die Fledermäuse glücklich sind.« Dann nahm er wieder eine straffere Haltung an, und der Widerschein der Flammen tanzte in seinen Augen. »Doch die Entbehrungen haben sich gelohnt. Ich habe hart gearbeitet — und nicht ohne Erfolg.«

Kermorvans Gesichtsausdruck wurde gespannt. »Hast du etwas gelernt?«

»Ich habe viele Dinge gelernt. Und ich habe sie nicht nur gelernt, sondern auch praktisch angewendet. Was mich daran erinnert ...«

Er drehte sich unvermittelt um und ging zu dem Amboß, an dem er gearbeitet hatte. Dort beugte er sich über etwas, wischte es mit einem Tuch ab und richtete sich auf, wobei er ein Schwert mit dunkler Klinge in der Hand hielt. Er warf es mit dem Griff zuerst in Kermorvans Richtung, der es geschickt auffing, es anerkennend in der Hand wog und verwundert die Klinge betrachtete. Das Metall war nicht glänzend, sondern grau, mit einem seltsamen goldenen Schimmer, und bei näherem Hinsehen erkannte Kermorvan, daß sie mit einem Muster aus feinen dunklen Linien verziert war, die glitzernd wie Wasser durch das Metall flossen.

»Ist das Zauberei?« rief er aus. »Eine Schwertklinge aus Seide, aus wasserdurchwirkter Seide?« Dann ließ er seine Finger darübertanzen, als fürchte er, sich beim Berühren zu verbrennen. »Ist das noch so eine dieser mit Zauberbann belegten Ungeheuerlichkeiten?«

Elof lächelte nachsichtig und schüttelte den Kopf. »Es handelt sich weder um Seide noch um einen Zauberbann; du kannst gefahrlos damit umgehen. Es gibt in der Tat nichts Gefahrloseres, denn ich habe es eigens für dich angefertigt.«

»Oh«, sage Kermorvan. »Ach ...«

Elof unterdrückte ein Lächeln. Schon wieder wirkte dieser Mann peinlich berührt, bei all seiner Abgebrühtheit! »Nun, ich dachte, ich schulde dir eins, da du deine beiden zerbrochen hast, und zwar eins davon, während du mir zur Hilfe kamst. Ich hatte keine Zeit, zwei anzufertigen, dies ist also eine anderthalbhändige Klinge. Ich war gerade dabei, den Knauf fertigzustellen, als du zur Tür hereinkamst. Doch du brauchst dich nicht unbehaglich zu fühlen; ihr haftet keine Magie an, da ich wußte, es würde dir so lieber sein.«

Ils kicherte. »Jedenfalls keine Magie, die du bei irgendeinem Anlaß als solche erkennen würdest. Dieses Muster stammt nicht von verdrehten Metallschnüren, wie beim Geistschwert, sondern von winzigen Anteilen von flammenreiner Holzkohle im Stahl, die ihr eine riesige Kraft verleihen.«

»Holzkohle?« fragte Kermorvan verblüfft. »Wird Metall dadurch nicht geschwächt? Oder ist hier doch so etwas wie Magie im Spiel? Sie macht zwar den Eindruck einer hübschen und ordentlichen Klinge ...«

»O ja, in der Tat!« bestätigte Anskers Stimme hinter ihnen. Der Schmied schlenderte die Treppe herunter und streckte eine Hand aus. »Willkommen, Kermorvan; ich freue mich, daß die Nachricht dich so schnell erreicht hat. Würdest du uns die Ehre erweisen, einen Humpen Bier mit uns zu leeren? Ich dachte mir, daß du zustimmen würdest. Ils, bewege dich, Mädchen, wir sterben vor Durst. Also, das ist wirklich ein gutes Schwert, und seine Herstellung war nicht leicht, doch ihm haftet keine Magie an. Die Holzkohle ist in das Metall eingekocht, so wie sie lebendig aus dem Erz gewonnen wurde, und sie haust in jedem seiner Kristalle. Dadurch wird es zwar hart, aber auch spröde — fast wie Stein. Die echte Kunst liegt nun darin, gerade genügend Kristalle zu brechen, um eine höhere Federkraft zu erreichen, etwa wie bei gewöhnlichem Stahl; auf diese Weise können die hervorragenden Eigenschaften in ein Gleichgewicht gebracht werden. Das bedarf einer umfassenden Schmiedekunst; starkes Erhitzen, kräftiges Hämmern, langsames Kühlen und schnelles Löschen sind erforderlich — eine umfangreiche Arbeit. Sieh nur, wie die Linien an der Klinge entlang verlaufen und doch hier und da immer wieder abgesetzt sind; an diesen Stellen hat der Hammer den letzten Schlag ausgeführt und das steinharte Metall mit dem federnden verbunden. Das Zeichen unserer doppelten Natur — Stein und Stahl. Nur wenige der lebenden Duergar-Schmiede könnten dir eine bessere Klinge als diese schmieden — wenn überhaupt.«

»In der Tat, höchstes Lob gebührt Schwert und Schmied!« stieß Kermorvan bewegt hervor und betrachtete es erneut voller Bewunderung. »Und für einen Krieger unter den Menschen ein großartiges Geschenk,

Elof. Ich danke dir, mein Freund, und möge ich es dir mit meiner Hand vergelten!«

Er ließ es mit einer Hand durch die Luft zischen, dann mit zweien. »Oder mit beiden Händen, denn du sagtest, es sei für mich eine angemessene Anderthalbhand-Länge. Ich wette, es würde am Schädel eines Trolls nicht zerbrechen!«

»Das nehme ich auch an«, stimmte Ils zu, als sie wieder erschien. Zu Kermorvans sichtlicher Erleichterung hatte sie ein gemustertes braunes Hemd angezogen und trug in jeder Hand zwei große Steinkrüge. »Aber als Beweis«, fügte sie hinzu, während sie die Humpen verteilte, »könntest du es an deinem eigenen Schädel ausprobieren. Da gerade kein Troll verfügbar ist.« Sie ließ sich auf dem großen Amboß nieder und nippte zierlich an ihrem Bier.

»Es ist kein Beweis nötig«, entgegnete Kermorvan steif, und Elof lächelte wieder still vor sich hin. Ils brachte diesen Südländer mit den geschliffenen Manieren offenbar mehr aus der Fassung als ein Berg voller Trolle. »Es ist ein Zeugnis der hervorragenden Ausbildung, die Elof bei euch genossen hat, und seiner eigenen Begabung.«

»Na ja, das kann man gelten lassen«, sagte Ils mit einem eigenartigen Gesichtsausdruck. »Doch es gibt ein viel besseres Zeugnis. Hat er es dir noch nicht gezeigt?«

Kermorvan warf Elof einen forschenden Blick zu. »Hast du noch eine Waffe hergestellt? Eine, die du gegen den Schmiedemeister verwenden kannst?«

Elof nickte. »Vielleicht. Jedenfalls ist es einen Versuch wert.«

Ils beugte sich vor, und die Aufregung in ihren Augen war nicht zu übersehen. »Er hat dein Schwert in der Zeit gefertigt, während der er auf das hier warten mußte. Während er wartete, daß die Kristalle wachsen ...«

Elof brachte sie mit einer Handbewegung zum

Schweigen. »Am besten zeigen wir es dir«, murmelte er. »Schließlich bist du der Krieger. Sag mir, was du hiervon als Waffe hältst.« Er schlenderte zu einer Werkbank, auf der allerlei Zeug herumlag, und nahm eins der verschiedenen Rüstungsteile auf, die Kermorvan betrachtet hatte. Es war ein großer Panzerhandschuh für die linke Hand, mit einer so hohen Stulpe aus glatten Metallplatten, daß sie einen Arm bis zur Schulter bedeckte, ohne Naht oder Scharnier, sondern nur mit feinsten Maschen zusammengehalten. Jeder Finger war ein Meisterwerk an Rüstungsschmiedearbeit, aus hellem, glattem Stahl geschaffen und bedeckt mit den seltsamen linearen Schriftzeichen der Duergar und der verschnörkelten archaischen Schrift des Nordens; die Glieder waren mit verschweißten Panzerringen, so dünn wie Stoff, zusammengehalten. So schwer der Handschuh auch aussah, Elof streifte ihn mit Leichtigkeit über und bewegte die Finger wie seine eigenen. Kermorvan starrte die Hand in ihrer Bewegung voller Staunen an, und dabei entdeckte er, daß in der Innenfläche etwas eingesetzt war, das wie ein großer weißer flachgeschliffener Juwel aussah, um den sich die Finger schlossen. Elof ließ den Blick durch die Schmiede schweifen, biß sich auf die Lippen und ging hinüber zum Feuer. Mit der freien Hand bediente er den kleinen Handblasebalg, bis dieser keuchte wie ein gejagtes Tier und die Kohlen im Herzen des Feuers unter züngelnden blauen Flammen rötlichweiß glühten. Ils hielt die Luft an, und Kermorvan sah mit ungläubiger Miene zu, während sein Freund die Hand ausstreckte, sein Gesicht schützend bedeckte und den gepanzerten Arm in die Glut senkte.

»Nein!« Der Schwertkämpfer war sofort aufgesprungen, doch es war zu spät, er war zu weit entfernt, um zu verhindern, daß sich diese stahlumhüllten Finger tief ins Feuer versenkten. Mit entsetztem Gesicht beobachtete er, wie sich die Hand, zur Faust geballt, aus den Flammen hob, wie Surturs Faust, die sich unter der Er-

de bewegt. Feuer troff davon herab, und der Stahl der Finger glühte unheilvoll. Dann öffnete sich die Hand, zunächst sehr langsam.

Es war, als ob die Tür eines Schmelzofens geöffnet würde. Feuer tobte in der Hand, als ob es noch immer vom Lufthauch des Blasebalgs angefacht würde. Funken sprühten zwischen den Fingern, Flammen loderten hoch und leckten an ihnen, und doch zeigte das Metall keinerlei Spuren von der Einwirkung der Hitze. Langsam, sehr langsam legten sich die Finger dachartig zusammen, und ein dünner Flammenkegel knisterte und zitterte auf ihrem Scheitelpunkt. Mit einem Grinsen im Gesicht und einer angespannten, triumphierenden Miene drehte sich Elof blitzartig um und ließ den Arm in einer trotzigen Geste vorschnellen, die Finger weit gespreizt. Ein Feuerzunge schoß durch die Schmiede, leckte an der Wand und hinterließ einen runden Brandfleck, bevor sie zu nichts verschwand. Kermorvan setzte sich verwirrt hin und starrte den kreisrunden Fleck an, denn obwohl er schon viel über die Schmiedekunst der Duergar gehört hatte, war ihm diese Macht noch nie so deutlich vor Augen geführt worden.

»Ein bemerkenswertes Stück«, sagte Ansker ruhig. »Es ist nach derselben Methode hergestellt wie unsere Laternen. Doch während der langen Zeit des Erlernens und Ausübens des Handwerks haben wir Duergar so etwas noch nie fertiggebracht.«

»Du siehst«, sagte Elof mit leicht bebender Stimme, »es besitzt die Eigenschaften des Fangens, Behaltens, Bindens. Es kann dasselbe mit den Sonnenstrahlen, dem Wind, fließendem Wasser oder dem Klang einer Stimme machen — mit jeder Kraft, mit allem, was Hitze oder Bewegung besitzt, die es fassen, sammeln und zurückgeben kann.«

»Einschließlich jener Kraft, die auf den Geist eines Menschen einwirkt?« fragte Kermorvan in scharfem Ton.

»Ich glaube schon ... ich hoffe es. Ansker und Ils konnten mir wenig darüber beibringen, selbst als ich ihnen jenen eigenartigen Viehtreiberstock und die Zeichen zeigte, die ich von ihm übernommen habe; die Duergar haben nie danach getrachtet, die Fähigkeit des Beherrschens anderer zu erlernen, nicht einmal, um sich gegen diese zu wehren. Im Gegensatz zu mir, wie ich zu meinem Bedauern sagen muß. Ich weiß, daß irgend etwas von diesem Geistschwert ausgehen muß, weil es so viele Gegner auf einmal zu schlagen vermag. Wie ich es am eigenen Leibe erfahren habe, verringert sich seine Kraft durch die Entfernung, genau wie es beim Licht einer Lampe oder bei einer Stimme der Fall ist, oder bei der Flugbahn eines Pfeils. Ist es also nicht auch eine Art von Macht?«

»Ein dunkles Licht, eine Stimme, die grausame Dinge ausspricht, ein Pfeil des Geistes«, sagte Ansker. »So habe ich es empfunden. So hatte es mich im Griff, auch als ich zu fliehen versuchte.«

»Bei mir war es genauso«, sagte Ils, und das Leuchten in ihren großen Augen schwand für einen Moment. Sie zitterte in der Hitze der Schmiede. »Ich möchte das auf gar keinen Fall noch einmal erleben. Es war schrecklich.«

Kermorvan sah Elof zweifelnd an. »Glaubst du — hoffst du, daß es funktionieren wird? Aber du wirst erst dann Gewißheit haben, wenn du wirklich gegen deinen Feind antrittst. Kannst du dieses Risiko eingehen? Ich hatte erwartet ... ich kann nicht genau sagen was, aber vielleicht eine andere Art von Schwert. Um Feuer mit Feuer zu bekämpfen?«

»Solche Mittel einzusetzen entspricht nicht meinem Stil!« entgegnete Elof schroff. »Ich kann nicht mit Angst und Schrecken spielen, um die Gemüter der Menschen in die eine Richtung zu beeinflussen, während der Schmiedemeister sie in die andere treibt. Denn was würde mit diesen armen Seelen geschehen, die zwischen zwei Mächten gefangen sind? Würden sie nicht geknackt und zerrieben werden wie Nußschalen zwischen zwei Steinen? Oder möchtest du, daß ich mit einer eigenen Armee gegen die Ekwesh in den Krieg ziehe und ein gegenseitiges Gemetzel anstifte?« Er starrte ausdruckslos in die Ferne. »Wie lang muß ein solcher Kampf dauern, wenn sich die eigentlichen Gegner hinter ihren Streitkräften verstecken wie hinter einer Mauer aus Menschen? Jahre, Generationen, die von Mord und Totschlag bestimmt sind? Der Preis ist Wahnsinn und Vernichtung, und wir werden mit nichts anderem belohnt als den kalten Freuden des Eises. Oder Schlimmerem. Wenn ich mich überwinden könnte, Menschen wie einen Schwarm kleiner Fische einem Hai zuzutreiben, und das Jahr für Jahr — selbst angenommen, ich würde meinen früheren Meister bezwingen —, würde ich ihm dann nicht immer ähnlicher und in seine Fußstapfen treten?« Seine Stimme klang vor Erregung belegt. »Es hat schon einmal nicht viel gefehlt, daß das geschehen wäre. Er hat mich auserwählt, und er hat sich nicht ganz und gar in mir getäuscht. Wir sind uns allzu ähnlich, er und ich.«

»Unsinn!« widersprach Kermorvan scharf, wobei er sein neues Schwert nervös zwischen den langgliedrigen Händen hin und her drehte. »Dieser Panzerhandschuh kann es unmöglich mit der Macht des Schwertes aufnehmen. Im besten Fall dient er zur Verteidigung. Du hättest eine Angriffswaffe herstellen sollen!«

Elof schüttelte den Kopf. »Nein. Ich kann mein Können nicht für solche Zwecke einsetzen, jedenfalls jetzt nicht. Ich würde mich innerlich dagegen auflehnen, wie es bereist einmal geschehen ist. Das hier ...« Er hob den Panzerhandschuh hoch. »Du hast meine Absicht falsch gedeutet. Das hier kann nicht von sich aus angreifen. Es kann nur einfangen und zurückwerfen, was es empfängt, und nur mit derselben Kraft, die sich gegen es richtet. Es kann diese Kraft sammeln, an sich binden und sie sogar bündeln oder verdichten. Doch es kann nichts von sich aus hinzufügen.«

Kermorvan drückte das Schwert an sich, und blanke Verzweiflung sprach aus seinen Augen. »Das reicht nicht!« beharrte er auf seinem Standpunkt. »Kerys, das kann doch nicht sein! Ein Spielzeug, ein billiger Trick ...«

Elof lachte leise und streckte die gepanzerte Hand mit der Innenfläche nach oben aus. Kermorvans verächtliche Worte schallten daraus wie ein Echo zurück, und er zuckte zusammen. Elof sah ihn spöttisch an. »Bist du so sicher? Vielleicht verdienst du einen überzeugenderen Beweis. Steh auf, dann bekommst du ihn!« Kermorvan erhob sich schwerfällig; Ils tat es ihm nach, wobei ihr Gesicht einen sorgenvollen Ausdruck hatte. Doch Ansker zog sie beiseite.

»Jetzt«, sagte Elof, ohne sich zu bewegen. »Nimm dein hübsches neues Schwert. Heb es hoch, ja, so. Wenn ich dir das Signal gebe, kannst du es auf mich niedersausen lassen.«

»Wie bitte?« schrie Kermorvan mit bebender Stimme.

»Tu, was ich dir sage!« fauchte Elof ihn an. »Schlage mit der Klinge auf meinen Kopf, und zwar mit aller Kraft! Dann werden wir ja sehen, wie der billige Trick funktioniert.«

»Elof!« stieß Kermorvan bestürzt hervor. »Es tut mir leid. Ich hatte nicht die Absicht, dich zu ...«

Doch Elof hielt die gepanzerte Hand hoch. »Sorge dafür, daß du gut zielst. Das ist alles. Bist du bereit? *Los!*«

Kermorvan war blaß geworden, hin- und hergerissen zwischen Wut und Beschämung und Angst vor dem, was er anrichten könnte. Er zögerte einige endlos erscheinende Sekunden lang, das Blut pochte in seinen Schläfen, dann ließ er das Schwert auf den ungeschützten Kopf seines Freundes sinken. Er schlug weder mit voller Kraft noch mit seiner üblichen Schnelligkeit zu, so daß er den Hieb vielleicht hätte ableiten können, bevor er getroffen hätte. Doch er bekam gar keine derartige Möglichkeit. Die gepanzerte Hand hob sich mit geöffneter Innenfläche dem Hieb entgegen, und die Klinge strebte dem hellen Juwel in der Mitte zu. Doch beim Auftreffen entstand nicht der geringste Laut, und der Hieb, der leicht den Ast einer Eiche durchtrennt hätte, ließ die Hand nicht einmal zucken. Die stählernen Finger schlossen sich mit festem Griff um die Klinge. Einen Herzschlag lang hielten sie sie starr in der Luft, während Kermorvan vor ungläubigem Staunen die Augen weit aufriß, dann drückte Elof sie mühelos zur Seite und nach unten. Anschließend lösten sich die Finger.

Kermorvans Schwert wurde ihm aus dem Griff gerungen, und zwar mit so viel Wucht, daß er taumelte und zu Boden stürzte. Es flog in hohem Bogen so schnell durch die Schmiede, daß es fast nicht zu sehen war, und mit ohrenbetäubendem Klirren prallte es auf den großen Amboß, hüpfte in die Luft und landete scheppernd am Boden.

»Du liebe Zeit!« ächzte Ils. »Ich bin froh, daß ich nicht mehr dort saß!« Kermorvan konnte nur sprachlos starren, und selbst Elof wirkte erschüttert.

»Ich habe meine Lektion erhalten«, sagte Kermorvan schließlich heiser, während Ansker herbeieilte, um ihm auf die Beine zu helfen. »Elof, bitte vergib mir meine Zweifel. Es ist eine sehr mächtige Waffe, die du da gefertigt hast — so mächtig, so scheint mir, wie ihr mächtigster Gegner!«

Elof sah besorgt aus. »Du bist es, den *ich* um Vergebung bitte, denn ich habe nie mit einer so heftigen Wirkung gerechnet. Ist dein Schwert unbeschädigt?«

»Ja, ist es«, antwortete Kermorvan, der die Fassung immer noch nicht ganz wiedererlangt hatte. »Aber der Amboß hat eine Scharte bekommen! Und du sagst, diesem Ding wohne keine Magie inne? Es ist etwas Furchterregendes!«

»Es darf nicht in die falschen Hände geraten«, sagte

Elof. »Aber glaube mir, auch ich habe so meine Zweifel. Jenes grauenvolle Schwert wurde vom Schmiedemeister geformt, auch wenn ich die handwerkliche Arbeit geleistet und es mit der Macht versehen habe. Es wurde nach seinem Willen gehämmert, mit einem Wissen, das ihm von einer dunklen Quelle eingegeben wurde. Du zweifelst mit Recht daran, daß ich es damit aufnehmen kann. Es wurde letztendlich auf dem Amboß des Eises geschmiedet.«

»Ja«, sagte Kermorvan. »Aber er ist es, der damit umgeht. Mir scheint, alles, was er hat, verdankt er anderen. Also kommt wenig aus ihm selbst, und das könnte ein Punkt zu deinen Gunsten sein.«

»Was du sagst, stimmt«, bestätigte Ansker. »Ich habe ihn kennengelernt, habe mit ihm gesprochen, mir ein Urteil über ihn bilden können. Obwohl er für einen Menschen durchaus über eine eigene starke Macht verfügt, fließt sie weniger üppig und frei wie bei dir. Für diese Maskenmagie der Ekwesh, die er anwandte, um den alten Zauberer fertigzumachen, mußte er in ihrem Stil bis fast zur Erschöpfung tanzen, um sie wirksam werden zu lassen, war es nicht so? Also! Nur wenige Schmiedemeister unter den Menschen hätten soviel Macht wie du in zwei solche Stück einfließen lassen können, und schon gar nicht in ein einziges.«

Kermorvan lächelte. »Heißt das also, daß Elof jetzt ein doppelter Schmiedemeister ist? Auch ein Schwert, das sich durch Eisen beißt, ohne Schaden zu nehmen, ist gewiß an sich schon ein Meisterwerk.«

Elof schüttelte ein wenig traurig den Kopf. »Ansker hat mir vieles beigebracht. Als Wandergeselle geht man über eine Brücke, die alle überqueren müssen, doch sie führt nicht zur Meisterschaft. Diese erreicht man nur, wenn man selbst als Meister arbeitet, wenn man jegliche Macht, über die man vielleicht verfügt, steuert und gezielt einsetzt; anderenfalls bedeutet die reine Handwerkskunst nichts. Und nur darin liegt meine Stärke, das ist alles. Zwei Jahre reichen nicht aus, um einen zum Meister zu machen.« Er schnaubte. »Vielleicht sollte ich in der Lage sein, ein Schwert herzustellen, das Ambosse spaltet, anstatt sie nur anzukratzen.«

»Wie auch immer, ich habe etwas für dich«, sagte Ansker ernst. »Ich erinnere mich an die Methode, wie solche Dinge bei deinesgleichen hergestellt wurden. Vielleicht finden sie das Zeichen darauf seltsam, denn es ist das meine, doch mit deinem Geschick können sie es nicht aufnehmen. Das Siegel eines Duergar-Schmiedemeisters könnte sich eines Tages als nützlich für dich erweisen.« Er hielt eine dünne Kette in der ausgestreckten Hand und brachte daran ein Siegel in Form eines in Gold gefaßten schwarzen Steins an.

»Der Stempel für einen Wandergesellen!« lachte Elof und fiel auf ein Knie. »Meister, ich danke dir!«

Ansker legte ihm die Kette um den Hals. »Danke mir, indem du es zur Meisterschaft bringst.«

»Das wird bestimmt bald der Fall sein«, lächelte Ils.

»Vielleicht«, erwiderte Elof. »Aber ich habe sie *jetzt* nötig!« Er verdrehte die Augen, als ob ihn etwas quälte. »Wenn ich an die Muster auf dem Schwert denke — ich kann mich so deutlich an sie erinnern, daß sie mich ständig verfolgen — es ist irgendwie lebensentscheidend, daß ich sie verstehe ... Und noch etwas anderes habe ich nötig, etwas von äußerster Wichtigkeit — ich spüre es — aber ich weiß nicht, was es ist.« Seine Stimme sank zu einem Flüstern herab.

»In dieser Hinsicht kann ich dir nicht helfen«, sagte Ansker ernst. »Und dir bleibt keine Zeit mehr. Deshalb habe ich dich rufen lassen, Kermorvan. Es bleiben nur noch etwa zwei Monate bis zum Ablauf eurer zwei Jahre, und ihr solltet euch auf die Abreise vorbereiten. Aber vielleicht wird das alles gar nicht so einfach.«

»Was soll das heißen?« fragten beide Männer gleichzeitig.

»Das soll heißen, daß Andvar vielleicht nicht damit

einverstanden sein wird. Es widerstrebte ihm von Anfang an, euch am Leben zu lassen, und es paßte ihm schon gar nicht, daß ihr von uns etwas lernen solltet. Noch schlimmer ist für ihn allerdings die Vorstellung, euch einfach wieder frei ziehen zu lassen, mit all dem Wissen, das ihr über uns habt. Er bedauert, daß er gezwungenermaßen so handeln mußte, wie er gehandelt hat, und obwohl ihr viele Freunde unter uns gewonnen habt, gibt es immer noch eine größere Zahl, die nach wie vor allen Menschen mißtrauen; mit ihrer Unterstützung kann er es sich leisten, den Beschluß des Rats zu umgehen. Ich fürchte, daß er versuchen wird, euren Aufbruch hinauszuzögern oder ihn sogar ganz und gar zu verbieten. Und genau das darf nicht geschehen, daß ihr aufgehalten werdet. Wir haben Botschaften von der Welt draußen empfangen, wo sich der Frühling wieder einmal zum Sommer hin neigt. Die Ekwesh unternehmen keine Beutezüge mehr nach Süden, sondern sie ziehen ihre Streitkräfte an der nördlichen Küste zusammen. Es ist, als ob sie etwas erwarteten. Und vor einigen Wochen haben unsere Beobachter gesehen, wie der Schmiedemeister bei Nacht und Nebel sein Haus in den Bergen verlassen und sich nach Westen begeben hat, in Richtung Meer. Bestimmt gesellt er sich zu ihnen. Der Angriff auf das Südland beginnt!«

ACHTES KAPITEL

Der Wind unter der Erde

Kermorvans Atem ging rasselnd. »Bist du sicher?« fragte er. »Es gibt so viele Gerüchte ...«

»Es handelt sich nicht um Gerüchte«, sagte Ansker entschieden. »Euer Auftauchen hier hat die gesamte Duergar-Nation aufgeschreckt und in Alarmbereitschaft versetzt, um so mehr, als ihr über unseren nördlichen Außenposten hereingekommen seid, der sich dem Eis am nächsten befindet. Merkwürdige Vorkommnisse sind dort in letzter Zeit wahrgenommen worden, und die unheimlichen Wesen, die durch das Gebirge streifen, werden immer mehr, so daß inzwischen kein Weg in den nördlichen Gefilden mehr sicher ist. Wir haben unsere Wachen erheblich verstärkt, für den Fall, daß auch ein Überfall auf unser Reich geplant ist, und wir haben Andvar sogar die Genehmigung für das Ausschwärmen von Kundschaftern abgerungen. Laut ihren neuesten Berichten sind in diesem und dem letzten Winter einige Ekwesh nicht nach Hause zurückgekehrt, sondern vielmehr in den nördlichen Landstrichen geblieben, nachdem sie sie verwüstet haben; jetzt erheben sie von den Städten im Landesinnern einen Tribut, indem sie mit einem erneuten Angriff drohen. Wir haben gehört, daß sie sogar Langhäuser gebaut und Leibeigene mitgebracht haben, damit sie das Land für sie bestellen. Es herrschen grauenvolle Zustände! Diese wütenden Banden sind noch schlimmer als die Ost-Menschen, die anfangs unser Gebiet überrannten!« Kermorvan verzog das Gesicht vor Wut, und der Duergar-Schmied machte eine beschwichtigende Geste. »Sie waren von deiner Sorte, ich weiß. Und nicht alle haben sich uns gegenüber schlecht verhalten. Die meisten jedoch schon, indem sie uns aus Gebieten vertrieben haben, in denen wir seit vielen Generationen Bergbau und Landwirtschaft betrieben haben, wobei sie uns als übles Pack beschimpften und viele von uns auf niederträchtige Weise umbrachten. Sie setzten einen Preis auf unsere Haut ...«

»Das kann nicht sein!« schrie Kermorvan auf.

»Es war so, ich versichere es dir«, sagte Ansker ruhig, »obwohl ich nicht alt genug bin, um mich an jene Zeiten zu erinnern. Selbst Andvar ist nicht alt genug, nicht ganz. Doch sein Vater hat sie persönlich erlebt. Ich kann ihm sein Mißtrauen gegenüber den Menschen nicht unbedingt verübeln.« Kermorvan hielt den Blick gesenkt und starrte in sein Bier. »Aber das ist jetzt unerheblich. Unser Anliegen ist es, euch so schnell wie möglich von hier weg und zurück zu euren Leuten zu bringen. Und zwar, bevor Lord Andvar es verhindern kann.«

Kermorvan machte ein nachdenkliches Gesicht. »Das wird nicht einfach sein. Ihr bewohnt ein riesiges umschlossenes Gebiet, das sehr gut bewacht ist ...«

»Aber wir werden euch helfen«, warf Ils ein. »Wir haben gemeinsam mit anderen Gleichgesinnten bereits Pläne geschmiedet ...«

»Ihr dürft euch nicht in solche Gefahr begeben!« sagte Elof, und Kermorvan nickte zustimmend. »Wenn Andvar dahinterkommt ...«

»Was könnte er tun?« lächelte Ansker. »Trotz seiner großspurigen Reden kann er uns recht wenig anhaben; wir sind zu viele, und wir sind nicht ohne Einfluß. Ihr seid es, die in Gefahr sind, und ihr solltet sofort aufbrechen, bevor ihm etwas zu Ohren kommt. Sobald ihr die Hauptstadt verlassen habt, wird es für Andvar schwierig sein, euch zurückzuholen. Also haben wir dafür gesorgt, daß euch ein Schiff am Kai erwartet, ein kleines, schnelles Gefährt, wie es euren Erfordernissen entspricht. Es müßte in einer Stunde da sein, gut ausgerüstet für eine lange Reise. Am besten fahrt ihr in südliche Richtung und verlaßt unser Gebiet durch eins der südlichen Tore, die nur noch selten benutzt werden.«

»Das ist sehr großzügig, Meister Ansker!« rief Kermorvan aus. »Und übrigens habe ich selbst einige Erfahrung in der Schiffahrt ...«

»Aber nicht in unterirdischen Gewässern«, unterbrach ihn Ils. »Du würdest dir den Schädel an einem Stalaktiten anhauen! Und du kennst unsere Wasserwege nicht. Ich selbst habe oft genug Besorgungsfahrten in den Süden unternommen und so manche Stromschnelle aus lauter Spaß bezwungen. Ich werde euch begleiten.«

»Aber ...«, setzte Kermorvan an.

»Aus diesem und aus anderen Gründen«, sagte Ansker unerbittlich. »Wir, die wir euch Menschen gerne helfen wollen, müssen besser darüber Bescheid wissen, was in eurem Land vor sich geht, vor allem in Südeney. Wir hören so dies und das von den Kindern Tapiaus und von dem einen oder anderen Einsiedler, aber das sind seltsame Schauergeschichten, selbst wenn man bedenkt, daß es um Menschen geht. Es bedarf eines klareren Blickes — eines beobachtenden Auges, das im grellen Licht der Sonne besser sieht als die meisten von uns. Ich selbst wäre früher dafür geeignet gewesen, aber jetzt lebe ich schon zu lange Zeit unter der Erde. Und es muß außerdem jemand sein, den die Menschen bei sich aufnehmen.«

Elof lachte. »Ils wird bestimmt bereitwillig aufgenommen werden — was meinst du, Kermorvan?«

Ils warf dem Schwertkämpfer einen Blick wie aus schwarzem Stahl zu und tastete nach dem Griff der schweren Axt an ihrem Gürtel. »Nun ja ... ja ... kann schon sein ... auf ihre Weise ...«, brachte er stotternd heraus.

»Wirklich?« sagte Ansker. »Es gibt Zeiten, da ringe ich verzweifelt um Verständnis für euresgleichen. Aber damit ist es also abgemacht.« Er schnaubte kräftig. »Jetzt kehrt bei mir vielleicht mal endlich etwas Ruhe ein. Es war schon laut genug mit nur einer jungen Person, die immer unruhiger wurde und die Welt sehen wollte, aber mit zweien … Ach ja. Vielleicht wird es mir dann allzu ruhig vorkommen.« Die weit geöffneten Augen des großen Duergar betrachteten sie über den Rand des Bierkruges hinweg. »Paß auf dich auf, Ils. Und auch ihr, ihr Menschen, denn wir haben euch beide schätzen gelernt. Elof vor allem deshalb, weil er so sehr wie wir ist, mehr, als ich es je bei einem Menschen für möglich gehalten hätte. Vielleicht ist unter deinen Vorfahren einer von unserer Sorte.«

Elof lachte. »Ich fühle mich geschmeichelt. Ich hätte eine höhere Meinung von meinen Ahnen, wenn das wahr wäre!«

»Ist so etwas möglich?« fragte Kermorvan. »Ihr stammt von unterschiedlichen Rassen ab …«

Ansker schüttelte den Kopf. »Es sind nur zwei unterschiedliche Erscheinungsformen. Einander so ähnlich wie die Facetten ein und desselben Edelsteins …«

»Einander so ähnlich«, grinste Ils, »wie Hund und Wolf … wenn ihr den Vergleich vergeben wollt!«

Sie lachten. »Glaube jedoch nicht, daß es nur die Artverwandtschaft ist, die zählt, Krieger«, fügte Ansker hinzu. »Obwohl es dir bei uns nicht allzu gut ergangen ist, hast du uneingeschränkten Einsatz geleistet. Das werden wir nicht vergessen.«

Kermorvan stand auf und verbeugte sich. »Ansker, ich danke dir. Mir scheint, du bist freundlicher zu uns gewesen, als wir es verdienen, und ich werde mit aller Anstrengung danach trachten, mich dessen würdig zu erweisen. Sollte, wenn alles vorüber ist, vom südlichen Reich noch etwas übrig sein, wird es vielleicht zu einem entspannteren Verhältnis zwischen ihm und dem Bergvolk kommen.«

»Wir wollen es hoffen«, nickte Ansker. »Doch jetzt

müßt ihr euch auf den Weg machen. Das Boot müßte jeden Augenblick hier sein, und ihr müßt sofort aufbrechen. In Kürze werden die südwärtigen Winde am stärksten wehen, nämlich während der frühen Abendstunden, also haltet euch bereit. Du wirst dort eine Scheide vorfinden, die zu deinem neuen Schwert paßt, Kermorvan; hast du deine übrige Ausrüstung? Gut. Und wie steht es mit dir, Elof, hast du die deine?«

»Alles bis auf diesen großen Hammer!« sagte Elof, während er ihn in Wachstuch wickelte und in seinem Werkzeugbeutel verstaute. »Das ist nicht die geringste Ausbeute, die ich von hier abschleppe, Kermorvan! Diese Werkzeuge sind entschieden feiner als jene, die ich zum Verrotten im Marschland zurückgelassen habe; sie sind ohne jeden Makel und bergen viel von Anskers Weisheit in sich. Kein Schmied unter den Menschen verfügt über bessere!«

»Und keiner verdient sie mehr als du, meine ich«, sagte Kermorvan. »Nun, Meister, gibt es einen Geheimpfad, den wir nehmen müssen?«

Ansker machte ein überraschtes Gesicht. »Wohl kaum. Wir können schlicht und einfach zur Anlegestelle hinuntergehen, niemand würde sich euch in den Weg stellen, solange ihr in meiner Begleitung seid. Wir werden uns dort voneinander verabschieden.«

Dennoch zögerte Ansker, als sie die große Galerie überquerten, die wie ein Wachturm über der nördlichen Einmündung des Flusses schwebte, und spähte aufmerksam in die Straßen, die sich entlang der Hänge unter ihnen erstreckten. »Es sind nur wenige Leute unterwegs, und auf dem Kai sind keine Wachtposten zu sehen. Alles scheint sicher zu sein. Wir wollen uns beeilen!«

Elof zitterte innerlich, während sie über die gepflasterten Straßen dahinschritten. Die Luft in der großen Höhle wirkte klamm und kühl nach der Hitze des Feuers in der Schmiede, und das Licht war düster. Vielleicht machte ihn all dieses nervös, doch er bemerkte, daß auch Ansker trotz seines gelassenen Verhaltens immer wieder stehenblieb und sich aufmerksam in alle Richtungen umsah, besonders was die südliche Galerie betraf, die jetzt fast über ihnen hing. »Wir müssen hier auf der Hut sein, denn dieser erhöhte Aussichtsplatz ist einer von Andvars Lieblingsplätzen, seit er in die Jahre gekommen ist. Er hockt dort wie ein alter Adler auf seinem Horst ...«

»Eine uralte Fledermaus in ihrem Glockenturm!« bemerkte Ils. »Nun denn, dort ist unser Boot; es legt gerade am Langen Steg an. Ein hübscher kleiner Flitzer, nicht wahr?«

Ein Mast ragte neben dem Kai auf, höher als die meisten der Handelsschiffe und mit anderer Takelage. Der Schiffsrumpf darunter war lang und schmal, etwa dreißig Fuß von vorn bis achtern, von schlanker Form, mit einem schlichten senkrechten Bug, der in einem hohen geschnitzten Holm auslief, und einer langen Ruderpinne, die über das Heck hinausragte. Es war voll überdeckt, mit einer Mannschaftskajüte hinten und einer geschlossenen Luke zum Stauraum direkt hinter dem Mast. Dieser hatte zwei Quersparren anstatt, wie meist üblich, nur einen, nämlich einen kurzen nahe am oberen Ende des Mastes und einen längeren nicht weit darunter, an dem die Duergar-Mannschaft bereits damit beschäftigt war, das Hauptsegel zu hissen, das sich am Fuße des Mastes weit bauschte. »Sogar ein Toppsegel!« sagte Kermorvan überrascht. »Ich hoffe, die Takelage ist kräftiger, als es für gewöhnlich hier der Fall ist, selbst wenn der Wind nicht allzu kräftig bläst.«

Ils schnaubte. »Kräftig genug, Krieger! Es handelt sich um einen Stufenmast, so daß man das Segel im Bedarfsfall tiefer setzen kann, und das gibt Stabilität. Setzt euch hin, haltet euch fest und überlaßt mir das Segeln. Ich bändige nicht zum erstenmal ein solches Schnellboot.«

»Daran zweifele ich nicht«, murmelte Kermorvan Elof mit finsterer Miene zu. »Wie würde es ein einfaches Boot wagen, ihr gegenüber ungehorsam zu sein?«

Ansker schmunzelte. »Nun, Leute, alles, was ihr braucht, befindet sich an Bord, und ihr solltet euch auch dorthin begeben. Ich werde keinen dramatischen Abschied veranstalten, aber ...«

Plötzlich schallte ein lauter Ruf von oben herunter, ein gekrächzter Befehl, zuerst in der Duergar-Sprache und dann in der des Nordens. *»Ihr da unten! Stehenbleiben!«*

Alle hoben gleichzeitig den Blick zu der niedrigen Brüstung um die Galerie, und Ansker fluchte. Dort stand Andvar, und er war nicht allein; eine Traube von Wachen mit grimmigen Gesichtern umringte ihn. Sein Zorn war beinahe sichtbar, und er ließ seine schnarrende Stimme zittern. »Ist es so weit gekommen, daß einer meiner Ratgeber, dem ich vertraut habe, sich zur Verschwörung mit unseren Feinden und Widersachern erniedrigt? Hast du geglaubt, ein solcher Plan würde mir nicht zu Ohren kommen und alle wären unserem Volk gegenüber ebenso untreu wie du? Wir brauchten euch nur bei der Ausübung der Tat zu überraschen!«

Ansker gab seiner Abscheu durch eine Grimasse Ausdruck und blickte hinunter zur Anlegestelle. »Irgendeiner spielt immer den Narren ... Hört zu, Leute, macht euch schnellstens mit dem Boot davon, solange ihr noch außerhalb der Reichweite ihrer Bogen seid.«

Elof schüttelte den Kopf. »Wir überlassen dich doch nicht diesen ...«

»Ihr überlaßt mich niemandem! Er würde euch mit Freuden erschießen, aber niemals würde er es wagen, Hand an mich zu legen!«

»Das stimmt!« zischte Ils. »Kommt!«

Doch bevor sie zehn Schritte die steile Böschung hinuntergehastet waren, schleuderte Andvar seinen Stock in die Luft, und mit einem tiefen Dröhnen rutschte etwas über die Brüstung der Galerie, der furchterregend vorgereckte Schnabel einer Gerätschaft, die zweifellos eine Waffe war. Andvar zupfte wütend an seinem Bart. »Bleibt, wo ihr seid!« kreischte er mit brüchiger, schriller Stimme. »Bis die Wachen kommen! Sonst werden wir euch und euer Boot zerschmettern.«

»Er hat völlig den Verstand verloren!« zischte Ils, während sie schliddernd zum Stillstand kamen. »Seht euch doch nur die Wachen an, ihnen gefällt das gar nicht!«

»Trotzdem hindert sie das vielleicht nicht daran, auf uns zu schießen«, sagte Elof. »Wenn sie der Ansicht sind, daß das Überleben eures Volkes davon abhängt ... und du kannst sicher sein, daß Andvar seine getreuesten Anhänger für diese Aufgabe ausgesucht hat.«

»Seid Ihr verrückt geworden, Lord?« schrie Ansker wütend. »Meine Tochter ist bei ihnen ...«

»Um so schlimmer für sie! Auch ihr Kopf muß rollen, wenn sie sich mit Menschen abgibt! Ich werde euch beide für dieses Vorgehen zur Verantwortung ziehen, was der Rat auch sagen mag. Ihr verratet euer Land und euer Volk an ...«

Seine Worte wurden von einem plötzlichen Laut unterbrochen, hoch und fern, der die Luft durchschnitt wie eine Klinge. Im nördlichen Tunnel hallte der metallene Schall einer Trompete von den Felswänden wider. Der Widerhall nahm Form an, und weitere Trompeten gesellten sich dazu, lauter, näher, und ein schmetternder Alarm setzte sich entlang des dunklen Flusses fort. Ils schrie auf und streckte deutend die Hand aus; sie sahen Blitze und flackerndes Licht in der Schwärze des Tunnels. Hoch auf den Türmen der Zitadelle drehte sich ein großer konkaver Spiegel, um das Licht einzufangen und verstärkt zurückzuwerfen, und in der Stadt jenseits davon erhob sich ein anschwellendes Geschrei, das Knallen zugeschlagener Türen und das Trampeln rennender Füße waren zu hören. Der dumpfe Klang einer Glocke drang aus der Zitadelle, hoch oben in den Höhlenwänden, und eine zweite antwortete mit mißtönendem Geläut.

»Die Wachen schlagen Alarm!« keuchte Ansker, der zu ihnen heruntergetrabt kam. »Als sie das letztemal dieses Signal gaben, verkündeten sie eure Ankunft! Aber was kann das jetzt bedeuten? Ils, übersetze mir die Botschaft!«

Die Blitze tanzten in ihren großen Augen. Ihre Lippen bewegten sich und sprachen die in dem zuckenden Licht enthaltenen Worte aus. *»Es naht von Norden ... bewegt sich an der Gebirgswand ... die Vorbereitung eines Angriffs ...«* Sie sahen einander an, während das Flackern langsamer wurde und schließlich aufhörte. Drei Atemzüge lang warteten sie, dann setzte es wieder ein. *»Angriff!«* quetschte Ils zwischen zusammengepreßten Zähnen hervor. *»Sie kommen!«* Dann schrie sie auf. Sie alle sahen, was geschah. Das am weitesten entfernte, schwächste Licht im Tunnel loderte mit einemmal auf und wurde grell, glühendrot wie ein plötzlich entfachtes Holzscheit. Für einen Augenblick züngelte der Feuerschein zu all den anderen Lichtern hin, hüpfte rot zu dem Spiegel hoch oben hinauf, und erlosch dann.

Lärm grollte aus der Dunkelheit, begleitet und gestört von seinem eigenen vielfachen Echo, ein anschwellendes, tierisches Rumpeln. Dahinter wehte ein pfeifender und röchelnder Wind, als ob die Dunkelheit um Luft ränge, und er brachte den Gestank von säuerlichem Moschus, heißem Metall und verbranntem Fleisch mit sich. Das halb aufgezogene Segel des Schiffes flatterte und schlug wie die Schwingen eines aufgeschreckten Vogels und fiel als schlaffe Leinwand herunter, als die entsetzte Mannschaft die Schoten losließ. Wieder erklang das Dröhnen und Grollen, die Lichter flackerten erneut, die Trompeten schmetterten eine Fanfare gegen das ferne Gebrüll von Stimmen, und ein roter Streifen zuckte in die Dunkelheit. Der Wind peitschte heiß in die Gesichter der Zuschauenden, und zwei riesige Schatten glitten aus dem Tunnel.

Angsterfüllte Stimmen wurden in der Stadt laut; die Schiffsmannschaft sprang an Land und stürmte davon. Im ersten Moment konnten Elof und Kermorvan nur das Schlagen riesiger Flügel in der Düsternis ausmachen und dazwischen dunkel schillernde, tanzende Punkte auf etwas Langem und sich Windendem. Sie stiegen hoch hinauf, huschten durch die Schatten an der Höhlendecke, und dann stieß eine der Formen herab und glitt auf schlagenden Schwingen davon, direkt hinunter auf die Dächer der Stadt.

Auf der Galerie über ihnen erteilte Andvars krächzende Stimme einen Befehl, und die Kriegsmaschine drehte schwungvoll ab und richtete sich nun auf das gewaltige fliegende Etwas. Doch das geschah langsam, zu langsam, denn die Form schoß nun wie ein Pfeil auf die Galerie zu.

Von allen Seiten erschallte ein einziger entsetzter Schrei, begleitet vom Stampfen rennender Füße. Doch Andvar hatte gerade noch Zeit, sich hoch aufzurichten, den Stab, auf den er sich nun nicht mehr stützte, über den Kopf zu heben und ihn wild fuchtelnd in Richtung des herabstoßenden Schattens zu schwingen. Dann zuckte eine Flamme nach unten und streifte die Brüstung. Der Herr der Duergar stand reglos da, eine dunkle Silhouette, die der tobenden Flamme trotzig Widerstand leistete, doch sie wallte über ihn, und er war verschwunden.

Kleine schwarze Gestalten hasteten kreuz und quer durcheinander und sprangen in ihrer Verzweiflung über die Brüstung, nur um mitten in der Luft in Flammen aufzugehen und wie Sternschnuppen auf das dichte Meer von Dächern unter ihnen hinabzustürzen. Im grellen Schein des Feuers wirkten die schlagenden Flügel durchsichtig, und der lange, schlangenartige Körper glitzerte und funkelte; die kurzen Beine zappelten in der

Luft wie die Tatzen einer Raubkatze, die auf ihre Beute einschlägt. Doch zwischen den Flammen kämpften Gestalten unter Einsatz der Kriegsmaschine; ein lautes, metallisches Klirren und Klatschen war zu hören, und das Ungeheuer ließ mit einem Sprung von seinem Spiel ab und verharrte taumelnd in der Luft; rauchgeschwärzte Streifen verliefen über die Galerie, wo der Stein gespalten war. Ein dröhnendes Gebrüll erschütterte die Luft, und Elof und die anderen warfen sich instinktiv zu Boden, während das Etwas mit weit ausgebreiteten, heftig schlagenden Flügeln auf sie herabstürzte. Es war von gewaltiger Größe, füllte die gesamte Höhlendecke aus; nun ging es in flachen Gleitflug über. Die Lichter des Kais fielen eine Sekunde lang auf glitzernde Schuppen, die wie kleine Schilde aussahen, dann erloschen sie im Luftzug der vorbeihuschenden Form. Flüssiges Feuer brodelte durch die Straßen; das Stampfen rennender Füße verlor sich in aufheulenden und schreienden Stimmen. Weitere Kriegsmaschinen schossen von den Mauern der Zitadelle herab, und ein Hagel von Harpunen ging prasselnd nieder. Eine stürzte qualmend aus der Luft und blieb zitternd im Schiffsdeck stecken. Von der Höhlendecke stürzte der zweite Schatten herab, noch größer als der erste, und griff die Zitadelle an, wobei sonderbare Schwaden vor seiner züngelnden Flamme herumstoben.

»Drachen!« keuchte Ansker, während er sich mühsam erhob. »Wir müssen zur Zitadelle gelangen, wenn wir irgendwie können. Ein ausgewachsenes Paar dieser Größe hat man in dieser Welt nicht gesehen, solange ich mich erinnern kann, und es gab wohl auch noch nie einen so dreisten Angriff. Sie sind an allen unseren nördlichen Städten vorbeigezogen, um direkt im Herzen unseres Landes zuzuschlagen. Kommt!«

»Das geht nicht«, sagte Kermorvan und zog sein Schwert. In der Straße vor ihnen wischte eine Flügelspitze kurz über ein Dach, und der Krach von zusammenstürzenden Mauern und ein dumpfer Schrei erstickten plötzlich das Donnergrollen. Eine grelle Flammenzunge loderte empor, zischte durch eine Straße wie ein tosender Fluß und entfachte zu beiden Seiten Feuer. Der kleinere Schatten drehte über ihnen seine Runden, schraubte sich in anmutigen Kreisen an den Höhlenwänden hinauf, huschte quer über die Decke und stürzte wieder auf die Dächer herunter.

»Der Wurm spielt mit unseren Leuten!« sagte Ils mit gepreßter Stimme. »Dieses dreckige Scheusal hat sich zwischen der einen Hälfte der Stadt und der Zitadelle aufgebaut, während sein Kumpan es auf die Festung abgesehen hat; jetzt kann es sie ganz nach seinem Belieben in Schutt und Asche legen. Vater, was können wir nur tun?«

»Wir? Uns bleibt nur die Hoffnung, daß das Ungeheuer seines Spiels überdrüssig wird und einen Weg freigibt, und wenn es nur für ein paar Augenblicke ist. Dann könnten die meisten Bewohner der Stadt sich immer noch in Sicherheit bringen — sofern die Tore der Zitadelle geöffnet werden. Die Drachen dürfen auf keinen Fall hineingelangen! Sie würden uns daraus verjagen, sich dort einnisten und brüten, ohne daß wir etwas gegen sie unternehmen könnten ...«

Der Lärm über ihnen war ohrenbetäubend, und das tiefe Grollen der Drachenschreie erschütterte den Fels so sehr, daß sich Gesteinsbrocken von der hohen Decke lösten und polternd auf die Stadt herabstürzten. Beim Läuten der Glocken, dem Gebrüll und dem Hämmern der Waffen war es schwer, einen klaren Gedanken zu fassen, und leicht, in Panik zu verfallen. Am anderen Ende des Kais hißte ein großes Handelsschiff plötzlich die Segel und glitt in die Mitte des Flusses hinaus; es fuhr auf seinem Weg zur südlichen Pforte an ihnen vorbei. Von der Decke stürzte der größere der beiden Schatten wie ein Stein herab, wobei sich der lange Schwanz schlangenartig wand, und baute sich zwischen dem

Schiff und der Pforte auf. Das Schiff wirkte neben dem Ungeheuer winzig. Ein Katapultgeschoß surrte über sie hinweg, und wieder warfen sich die Zuschauenden zu Boden, während der schwere Bolzen mit seiner dicken, blauflammigen Ladung abwärts an ihnen vorbeizischte und dabei ihr Boot am Kai nur um Haaresbreite verfehlte. Er klatschte zischend in den Fluß, und die Luft glühte noch immer blau, während er versank.

Der Schwanz der Kreatur zuckte hoch und peitschte dann herab auf das unselige Schiff, bevor er mit einem knallenden Hieb ins Wasser schlug. Es erwischte die Seite des Schiffes mit einem dumpfen Knirschen; Gestalten fielen auf das Deck, der Mast knickte und sackte ins Wasser. Der leckgeschlagene Kahn legte sich auf die Seite, und Schreie drangen zum Kai herüber, während die Mannschaft ringsherum im Fluß zappelte. Oben schlugen Flügel, der lange Kopf beugte sich nach unten, und die dünnen Kiefer teilten sich. Eine einzige Flamme wurde ins Wasser gespien, und diese breitete sich zu einem schwimmenden Feuerring aus; der Schiffsrumpf loderte lichterloh auf, und die Schreie verstummten. Das Ungeheuer stieg gegen einen Regen von Pfeilen wieder auf.

»Ein Entkommen per Schiff ist also aussichtslos«, murmelte Kermorvan. »Wo ist das kleinere Scheusal geblieben? Es hält die Stadt nicht mehr besetzt ...«

»Die Hauptstraße scheint frei zu sein«, keuchte Ils, während sie die Axt von ihrem Gürtel löste. »Vielleicht können wir davonrennen ...«

»Ich sehe keine bessere Möglichkeit«, sagte Ansker.

»Also komm, Elof — Elof?«

»Geht schon vor!« japste Elof, der sich an seinem Packsack zu schaffen machte. »Ich komme gleich nach!« Die anderen zögerten, doch er forderte sie mit einer Handbewegung auf zu gehen, und sie rannten los. Er stolperte hinter ihnen her, wobei er immer noch mit den Riemen seines Packsacks kämpfte.

Auf den Pflastersteinen am Boden tanzten Schatten im wechselnden Muster des Feuers und der schlagenden Flügel oben. Sie ließen eine Straße hinter sich, und dann noch eine, beide leer, und der Hang wurde steiler. Vor ihnen war die Ecke, um die sie biegen mußten, um die Pforte zu erreichen, doch sie hatten noch eine Strekke von einigen Minuten vor sich, als der kleinere Drache um sie herumschwebte und ihnen den Weg versperrte.

Kermorvan, der taumelnd zum Stehen kam, bemerkte als erster den Ausdruck in jenen Augen, die sich nun ihnen zuwandten, und er wußte, daß das Ungeheuer absichtlich nur darauf gewartet hatte, daß jemand auf diesem Wege einen Fluchtversuch unternehmen würde. Es waren widerwärtige Augen, im Verhältnis so groß wie die eines Vogels, doch heller, bösartiger. Sie blinzelten einmal, und zwar so langsam wie die einer Schlange, dann schob sich eine dicke, durchsichtige Schuppe wie ein Fensterladen davor, und dabei leuchteten sie vor entzückter Hinterhältigkeit. Die Flügel hoben sich und raschelten wie altes Leder, überspannten die gesamte Breite der Straße und falteten sich wieder zusammen, begleitet von einem Schwaden moschusartigen Gestanks; fettig-grünliche Schuppen klapperten zwischen Beinen und Körper, während es leichtfüßig, fast graziös vorwärtsschritt, ganz anders als ein unbeholfenes Tier im Wald. Die gebogenen Krallen scharrten über die Pflastersteine.

Als Elof sie eingeholt hatte, sah er, daß Kermorvan nicht zurückwich, während sich das Ding ihm näherte, sondern das neue Schwert beinahe mit Bedauern hob, wie jemand, der sich eine törichte Extravaganz leistete. Der Kopf zuckte hin und her, aus den Nüstern schlugen Flammen und drang Rauch. Elof machte einen Satz an Ansker und Ils vorbei und schob seinen Freund mit einem kräftigen Ellbogenstoß zur Seite. Mit einer schnellen Armbewegung fuhr er in den Panzerhandschuh, und während sich die auf Lücke stehenden Zähne teilten, ließ er ihn vorschnellen, und dabei kam ihm zu Bewußtsein, daß Andvar dieselbe Bewegung gemacht hatte.

Die Straße verschwand in einem tosenden Flammenmeer. Es brodelte und wirbelte vor ihm herum, seine Sicht war von schwindelerregender Helligkeit geblendet, doch er spürte nichts. Voller Staunen, beinahe geistesabwesend, fiel ihm ein, die Finger zu schließen. Das Feuer flackerte und erstarb, und dahinter begegneten seine halbblinden Augen dem vom Wahnsinn gezeichneten Blick des Drachen. Die Pflastersteine zwischen ihnen waren rutschig von etwas Gelblichem, Öligem, und ein beißender, säureartiger Gestank kratzte ihn in der Kehle. Er schwankte und umklammerte mit geballten Fäusten etwas, das zitterte und bebte, sah das Glitzern in den riesigen Augen; der Kopf zuckte wieder hin und her und wurde nach vorn gestoßen, und als die gezackten Zähne im Begriff waren zuzuschnappen, ließ Elof die Hand kraftvoll nach vorn schnellen, als wolle er sie tief in den grauenvollen Schlund schieben.

Die Welt explodierte in Licht und Lärm, und eine riesige Hand schien ihn zur Seite zu fegen. Dann wurde seine Sicht wieder klar, und er lag ausgestreckt am Boden, während abscheuliche Laute seine Ohren peinigten. Eine große Gestalt schoß an ihm vorbei, und während er sich aufrappelte, sah er, wie sich Kermorvan auf die brodelnde, tosende Masse warf, mit dem Schwert nach oben ausholte und auf das zappelnde Ding einhieb. Ein ohrenbetäubendes Gebrüll ertönte, und Feuer loderte auf. Er kam taumelnd auf die Beine, zog ebenfalls das Schwert und machte einen Satz nach vorn. Der riesige Kopf verdrehte sich vor ihm, von Ruß geschwärzt; die Kiefer klafften auf, ein Auge war versengt und in die Höhle gesunken. Kermorvan drosch erneut auf die hochgereckte Kehle ein, und eine Flamme züngelte über die Hautfalten. Der Körper zuckte krampfhaft, er wurde zur Seite gestoßen, und das unversehrte Auge starrte Elof an. Mit beiden Händen das schwarze

Schwert umklammernd — die linke Hand gepanzert, die rechte bloß —, schlug er auf den vorgereckten Hals ein, wo Kermorvans Hieb bereits getroffen hatte. Die Klinge fiel klirrend auf die Pflastersteine, Todesqualen durchströmten wie heißes Metall seine Hand, und der Kopf sackte herab; zwei Axtklingen stießen in den Spalt, danach Kermorvans Schwert, und dann fiel der Kopf zu Boden. Sie taumelten von dem krampfhaft zukkenden Körper zurück. Flammen loderten aus dem dreckigen Blut auf, das auf der Straße Pfützen bildete, und flackerten plötzlich auf ihren stinkenden Klingen. Elofs Arbeit in der Schmiede hatte ihn gegen die meisten Verbrennungen abgehärtet, doch plötzlich zuckte er zusammen und fuhr mit der versengten Hand zum Mund. Ein seltsam bitterer Geschmack war auf seiner Zunge, und er spuckte schnell aus.

»Es brennt von innen heraus!« schrie Kermorvan voller Ekel, während er seine Klinge an einem Stein abrieb, um sie zu säubern. »Welche Art von Tier mag das sein, das so leben kann?«

»Keins!« keuchte Ansker atemlos und hielt sich dabei die Seite. »Elof hat sein Feuer eingefangen ... und damit das giftige Zeug entzündet, das es speit ... solange es noch in seinem Maul war ...«

»Paßt auf!« schrie Ils. Sie sahen, wie über ihnen das andere Ungeheuer von der Festung abhob und mit wild schlagenden Flügeln hoch hinauf zur Decke schwebte, als es erkannte, was mit seinem Kumpan geschehen war. Einen Moment lang glaubten sie, daß es auf sie herabstürzen würde, doch dann schob sich eine lange, geschwärzte Röhre über die hohen Mauern der Zitadelle. Es ertönte ein zischendes Brüllen, lauter noch als das des Drachen; eine Kugel aus blauem Feuer traf den Flügel des Ungeheuers, so daß dieses plump zur Seite fiel. Ein Geschoßhagel umschwirrte es, und ringsherum erhob sich lautes Jubelgeschrei. Ein langes Schiff war aus dem nördlichen Tunnel herausgeglitten, bestückt mit vielen weiteren Kriegsmaschinen, und dahinter breitete sich das Segel eines weiteren aus. Der Drache wich seitlich zur gegenüberliegenden Höhlenwand zurück.

»Aus dem Norden!« sagte Ansker, der voller Erleichterung tief Luft holte. »Sie haben also mögliche weitere Angriffe abgewehrt und sind uns zur Hilfe gekommen. Ils, mein Liebes, und ihr beiden Burschen, das ist jetzt die Gelegenheit für euch! Schnell, ins Boot mit euch, und weg!«

Kermorvan und Elof sahen einander unschlüssig an.

»Seid nicht so verdammte Narren, ihr Menschen!« brüllte Ansker. »Glaubt ihr, wir könnten es nicht mit dem einen kleinen Drachen aufnehmen? Aber angenommen, ihr Burschen werdet verletzt oder eure wertvollen Waffen kommen zu Schaden? Wer soll dann eure Stadt retten?«

»Aber du ...«, sagte Elof und ballte die Hände zu Fäusten.

»Ich kann jetzt die Zitadelle erreichen, oder vielleicht nicht? Also, wollt ihr dastehen und herumquatschen, während Kerbryhaine brennt?«

Kermorvans Schwert fuhr klirrend in die Scheide. »Nun denn, lebe wohl! Unser Dank sei mit dir!« Ils warf ihrem Vater eine Kußhand zu.

»Paßt auf euch auf!« rief er. »Und laßt mir eine Nachricht zukommen, wenn es geht. Die guten Wünsche des Bergvolkes mögen euch begleiten!«

Elof hob die Hand und löste die Faust; das eingefangene Licht funkelte einen Moment lang aus dem Edelstein, während er winkte. Anskers Weg war hell erleuchtet. Der Duergar wandte sich um und stapfte den Hang hinauf zur Zitadelle. Ils war bereits losgerannt, doch als sie den Anlegesteg erreichten, sah er, daß sie einmal kurz stehenblieb, um zurückzublicken, und dann weiterrannte; da wußte er, daß sich die hohe geschnitzte Tür geöffnet hatte.

Das Deck des kleinen Bootes sank tiefer und schaukelte, als sie daraufsprangen. Kermorvan fluchte; eine Rauchwolke stieg von der Stelle auf, wo der Pfeil steckte, vom Drachenfeuer in Brand gesetzt. Elof rannte sofort hin und hackte auf die Planken ein; er überließ es Kermorvan und Ils, die schlaffen Schoten und Leinen zu ergreifen und das Segel zu sichern. Plötzlich lachte er und schloß die gepanzerte rechte Faust um den Pfeil; das Feuer erlosch sofort, er konnte ihn herausziehen und warf ihn über Bord. Eine kleine Flamme tanzte in der Innenfläche seiner Hand und war gleich darauf verschwunden.

»Gut gemacht, mein Schmied!« lachte Kermorvan, während er sich beeilte, die letzten Handgriffe zum Ablegen zu verrichten. »Man kann es auch noch zu etwas anderem verwenden, dein kleines Spielzeug, als dazu, Feuerdrachen ihren eigenen Geschmack kosten zu lassen.« Sie beide lachten, etwas übertrieben albern in ihrer plötzlichen Erleichterung. Kermorvan versetzte ihm einen Klaps auf den Rücken. »Ich muß sagen, das war ein Beispiel großer Tapferkeit! Du kannst dich jetzt als mächtigen Krieger bezeichnen, daran besteht kein Zweifel.«

»Ich lege keinen Wert darauf«, sagte Elof, während Kermorvan ihm eine Stange zuwarf. Ils stemmte sich mit aller Kraft gegen die Ruderpinne, und gemeinsam schoben sie den Bug hinaus in die Strömung. Er blickte zurück auf das Chaos aus Rauch und Flammen an der Küste, lauschte dem Lärm der Schlacht und des Gemetzels. »Ich möchte nichts anderes sein als ein Schmied, und als solcher in Frieden leben!«

»Dazu hast du noch Zeit genug, wenn du alt bist!« rief Ils von achtern her, während sie geschickt die Ruderpinne bediente. Vor ihnen wurde die Tunnelöffnung weiter. »Kermorvan! Du solltest die Falleine halten und das Toppsegel hissen, wenn du so lange leben möchtest!«

Kermorvan fluchte leise, beeilte sich jedoch zu gehorchen. Nachdem das Toppsegel gehißt war, nahm das kleine Schiff rasch Fahrt auf und schnitt flink durch das dunkle Wasser unter seinem Kiel. Allmählich glitten sie unter die hohen Bogen, und Dunkelheit breitete sich über ihnen aus. Die Tunnelmündung war nur noch ein Fleck aus flackerndem Licht, der hinter ihnen immer kleiner wurde, und der Lärm der Schlacht löste sich in ein widerhallendes dumpfes Dröhnen an der unsichtbaren Decke auf. »Die Laternen ...«, begann Ils und fuhr dann mit gedämpfter Stimme fort: »Nein. Es ist besser, wir legen einen möglichst großen Teil unseres Weges ohne Licht zurück. Im Augenblick kann ich noch ausreichend sehen. Dieser Abschnitt der Strecke ist viel befahren und tief, wir brauchen uns nur in der Strömung zu halten.«

»Werden nicht auch Schiffe aus den südlichen Städten kommen?«

»Ja, aber vorerst noch nicht. Die Höhlenwinde wehen ihnen jetzt noch entgegen, und auf einem schmalen Fluß gegen den Wind zu segeln ist ein mühsames Unterfangen. Sie müssen rudern, bis der Wind sich dreht, und werden demzufolge diesen Streckenabschnitt nicht vor morgen erreichen. Bis dahin, nehme ich an, wird der Drache besiegt oder sogar geflohen sein, wenn ihm das gelingen sollte. Wir erleben nicht zum erstenmal einen solchen Angriff, wenn von den bisherigen auch noch keiner so massiv war.«

Sie saßen eine Zeitlang schweigend da, und ihre erschöpften Körper bebten noch von dem Tumult der vergangenen Stunde, während das Schiff friedlich dahinglitt und das Schlachtgetöse allmählich erstarb. Ein Gefühl des Friedens breitete sich in Elof in dieser kühlen Dunkelheit aus, und trotzdem mußte er feststellen, daß er sich irgendwie dagegen auflehnte. »Ich weiß nicht, warum!« murmelte er, während er an Deck auf und ab schritt. »Meine Hand wurde von dem Blut dieses Scheusals verbrannt, sie tut weh. Doch da ist noch etwas anderes ...«

»Stört dich vielleicht dein Panzerhandschuh?« mutmaßte Kermorvan. »Zieh ihn aus, Mann, und entspanne dich!«

»Ausgerechnet du mußt so reden! Dabei lag deine Hand ebenfalls am Schwert, als ich zuletzt hinsah!« erwiderte Elof in scharfem Ton.

»Kerys!« fauchte der Schwertkämpfer. »Ich komme eben auch nicht zur Ruhe, nach allem, was wir erlebt haben. Mein Herz pocht immer noch wie verrückt, und es sagt mir, daß noch nicht alles überstanden ist. Die Laternen, Mädchen!«

»Wie du willst«, sagte Ils. »Ich kann ihre Abdeckung von hier aus wegziehen.« Der vertraute rauchrote Lichtschein flackerte langsam zu beiden Seiten vom Bug zum Heck auf, ebenso wie an der Mastspitze. »Es hat übrigens den Anschein, als würde der Wind auffrischen. Da ist es um so besser, wenn wir unseren Weg deutlich sehen. Ist es dort hinten nicht auffallend still geworden?« Und während sie sprach, blähte in der Tat eine kühle Windbö das Segel auf, und das kleine Schiff hüpfte und jagte dahin.

Plötzlich sprang Elof auf. »Allerdings, es ist still geworden!« zischte er, nahm eine Laterne von der Reling und beugte sich weit über das Heck, wobei er sich an einem geschnitzten Pfosten festhielt. Ein paar Atemzüge lang hing er so da und spähte angestrengt in die Dunkelheit — hatte er Halluzinationen? Die kalten Hände des Windes zerzausten seine schweißnassen Haare — *der Wind!* Er riß sein Schwert aus der Scheide und schrie: »Kermorvan! Komm her! Das Ungeheuer ist uns auf den Fersen!«

Ils sprang mit einem Schrei auf. Kermorvan taumelte über das Deck zu der Stelle, wo Elof stand. »Wie bitte? Ich sehe nichts ...«

»Der Wind! Und das Kampfgetöse dort hinten ist verstummt! Spürt ihr nicht die heftigen Böen?«

»Aber warum ...«, setzte Ils an.

»Seine Schwingen!« rief Elof, und damit war jede Diskussion zu Ende. Ein tiefes, keuchendes Rumoren hallte in der Dunkelheit wider, ein mächtiger Schwade des Drachengestanks hüllte sie ein, und es war, als ob sich jenseits des Hecks Schatten herabsenkten. Ein Feuerschweif peitschte direkt hinter ihnen ins Wasser, zerplatzte und verbreitete sich mit einer zischenden Rauchwolke auf der dunklen Wasseroberfläche. Blasse, augenlose Fische sprangen aufgeschreckt hoch und fielen sterbend zurück. Flammen schwebten über dem Wasser, und der Tunnel war erfüllt vom Feuerschein. Ein pulsierender, sich schlangenartig windender Schatten, der zweite Drache, glitt über die Höhlendecke.

Er stieß herab auf das kleine Boot. Doch bei seinem Näherkommen strafften sich die Segel, die Takelage ächzte, und das Schiff machte einen weiten Satz nach vorn, während sein Bug von einer plötzlichen Schaumkrone hochgehoben wurde. Der Drache, der auf die Stelle gezielt hatte, wo es zuvor gewesen war, sackte hinter ihnen in die Tiefe, wobei er verzweifelt mit den Flügeln schlug, um der kalten Schwärze dort unten zu entgehen. Das Boot erbebte und jagte vor der Feuersbrunst her, und Ils mußte das angespannte Hauptsegel etwas lockerer lassen, damit es nicht riß. Sie schrie unter Lachen: »Er treibt uns an!«

Das stimmte. Im entfalteten Zustand waren die Schwingen des Tieres gewaltig, um ein Vielfaches größer als die Segel, und der Wind, den sie erzeugten und der das Nahen des Ungeheuers angekündigt hatte, war in dieser schmalen Durchfahrt eingefangen. Je mehr es sich bemühte, sie einzuholen, desto schneller trieb es sie an, obwohl die Böen tückisch und schwierig zu nutzen waren. Doch schließlich schien es ihm zu dämmern, was es tat. Als sie einen breiteren Abschnitt des Flusses erreicht hatten, erhob es sich plötzlich, machte eine Drehung und ließ sich mit ausgebreiteten Flügeln langsam in Richtung Deck herabsinken.

Gerade noch rechtzeitig hob Elof die Hand, denn das Feuer war diesmal besser gezielt, und wieder waberte der Feuerdunst um ihn herum. Dann verging er, und eine schillernde Lache breitete sich auf dem Fluß aus, die noch einmal kurz aufloderte, als sie mit den anderen Flammen in Berührung kam. Elof schloß die Finger wie um einen unsichtbaren Schwertgriff, und eine Klinge aus Feuer schoß aus der Innenfläche seiner Hand, zu schnell, als daß das Ungeheuer an diesem schmalen Ort hätte entkommen können. Ein schmerzerfüllter Aufschrei ertönte, ein Riß klaffte am Rand einer der membrandünnen Schwingen, und das Ungeheuer taumelte schwerfällig zur Seite.

Kermorvans Stimme hallte herausfordernd von der Höhlendecke wider. »Spare deine Funken, Wurm. Du bekommst sie in gleichem Maße zurück.«

Und es war, als ob das Ungeheuer ihn verstanden hätte, denn ohne noch einmal Feuer zu speien, drehte es sich in der Luft um die eigene Achse und stürzte wie ein Raubvogel auf sie herab. Es ließ sich auf das Heck herab, und die langen Kiefer klafften auf, als ob es mit den Spitzen der Zähne die Fische aus dem Wasser reißen wollte. Ils warf die Ruderpinne in Windrichtung herum, die beiden Männer drehten sich blitzartig um, und eine graugoldene und eine schwarze Klinge fuhren hoch, dem Drachen entgegen. Elof, der sich an den Pardunen festhielt, gepeinigt vom Gestank und dem böigen Wind, hörte Kermorvan rufen: *»Morvan morlanhal!«*, und er drosch blindlings drauflos, während die riesige pfeilschnelle Masse mit glitzernden Augen und schnappenden Kiefern vorbeiflitzte. Elof hörte ein Krachen, spürte, wie sich die Pardunen hoben und ihm gegen den Arm schlugen, und dann war die Kreatur weg, nach oben davongeschwebt. Kermorvan lag lang hingestreckt an Deck, rappelte sich jedoch bereits wieder auf. Dunkle Tropfen rannen qualmend von seiner Klinge herunter, und Elof sah, daß es bei seinem eigenen Schwert nicht anders war. Er blickte hinauf zu dem Drachen, sah, wie dieser seine Kreise drehte und dabei mit den Tatzen wie wahnsinnig auf große sabbernde Fetzen um seine Schnauze herum einschlug.

»Noch ein solch wuchtiger Hieb, und er wird den Mast zerbrechen«, brüllte Ils. »Er wird jeden Augenblick zurückkommen! Bleibt wachsam! Es gibt hier in der Nähe alte Seitenkanäle ...«

Sie stemmte sich gegen die Ruderpinne und trat die Seilwinde rasselnd los. Die Segel flappten im Wind, das Schiff machte einen Satz, wendete langsam und glitt zwischen hoch aufragende Felsspitzen, die sich wie Wachtposten aus dem Wasser erhoben. Das Dollbord kratzte knirschend und splitternd an dem Felsgestein entlang, und der Schiffsrumpf hüpfte, als ob von unten etwas in ihn hineinbiß. Der hohe Mast rasselte und bog sich unter herabhängenden Felszähnen; einige schnappten zu und fielen wie Speere auf das Deck — und dann waren sie hindurch. Mit schlaff flatternden Segeln glitt das Schiff über eine Wasseroberfläche, die grün und schaumig unter den Laternen schimmerte, ein stehender Teich, und mit einem sanften Ruck kam es zum Stillstand, als es mit einem leisen Rumpeln gegen etwas prallte.

»Ils, es steckt fest!« rief Elof, der zum Bug rannte, wo etwas Sperriges aus dem Wasser ragte.

»Dummkopf!« schalt ihn das Duergar-Mädchen, wobei sie von ihrem Sitz aufsprang. »Hast du noch nie eine Schleuse gesehen? Kermorvan, nimm eine Stange und schließe das Tor unter uns!«

Als er nach hinten blickte, sah Elof die hohen Pfähle, die aus dem Wasser ragten, sowie ein Reihe von Ketten und Flaschenzügen, die zu etwas nach oben führten, das schwere Gegengewichte sein mußten. Kermorvan, der offenbar so etwas schon einmal im Gebrauch gesehen hatte, streckte einen langen Schiffsstaken hinaus und bediente einen Mechanismus. Die Gewichte fielen klackend herunter, und das schaumige Wasser brodelte, während sich das unter der Wasseroberfläche befindliche Tor schloß. Vor dem Bug war plötzlich das Tröpfeln von Wasser zu hören, das sich zu einem rauschenden Wasserfall steigerte. Doch auf dem Wasser hinter ihrem Heck züngelte eine Flamme empor, und ein breiter Flammenstreifen zog sich durch die Rinne zwischen den hohen Felsen. Einer davon wurde an der schmalen Spitze gespalten, als ein speerförmiger Schwanz ihm einen Hieb versetzte, dann kroch der Drache wieder von dannen.

»Das nächstemal kommt er durch!« rief Kermorvan, während er die Spiegelung betrachtete, die sich auf dem aufgewühlten Fluß kräuselte.

»Wir können nicht warten, bis das Becken leer ist!« brüllte Ils. »Elof, nimm dein Schwert. Schneide die Gegengewichte los ...«

Elof blickte hinauf. Im Licht der Buglaternen sah er eine weitere Reihe von Ketten und Gewichten über dem vorderen Tor. Mit dem Schwert in der Hand hangelte er sich am Vorderstag hinauf, holte so weit aus, wie er konnte, und schlug auf die herabhängenden Kettenschlaufen ein.

Selbst die Klinge, die er für Kermorvan gefertigt hatte, wäre dieser Anforderung wahrscheinlich nicht gerecht geworden, denn hier handelte es sich um Duergar-Stahl von unermeßlichem Alter, und er war mit der Eigenschaft ausgestattet, weder zu rosten noch brüchig zu werden; die Zeit hatte ihn noch mehr gehärtet. Doch die schwarze Klinge war noch älter, und sie schnitt kreischend durch eine Kette an Steuerbord und dann an Backbord. Langsam, majestätisch, wie die Stämme der Rotholzbäume, nach deren Vorbild sie geformt waren, kippten die Gegengewichte nach vorn. Eines fiel mit einem dumpfen Klatschen in die Dunkelheit jenseits der Tore, doch das andere landete direkt auf dem Tor darunter und schlug es in den Scharnieren hängend auf. Wasser rauschte und wirbelte durch die Öffnung, die Türflügel wurden von dem tosenden Wasser zur Seite geschoben, und das kleine Boot wurde auf einer sich überschlagenden Kaskade von Schaum und einer letzten gewaltigen Windbö vorwärtsgetragen.

Hoch über ihnen loderte Feuer in die Schwärze auf und zuckte an der Höhlendecke entlang, um schließlich einen flammenden Sprühregen auf die zerstörte Schleuse niedergehen zu lassen. Die Reisenden, die sich an allem festklammerten, was sich ihnen in dem dahinjagenden Gefährt bot, warfen einen letzten flüchtigen Blick auf den riesigen, bösartigen Kopf des in dem schmalen Durchgang steckenden Ungeheuers, wo es die Schwingen nicht voll ausbreiten konnte, und hörten einen letzten Wutschrei, der sich an den zerklüfteten Wänden brach. Es war ein tierischer Laut, und doch glaubte Elof beinahe, Worte darin zu vernehmen, obwohl er über ihre Bedeutung nur Mutmaßungen anstellen konnte.

Er sah, wie sich Ils an der Ruderpinne abmühte, wie Kermorvan an den Seilen hantierte und ihr nicht helfen konnte, und als sich der Bug hob, benutzte er die Gelegenheit und rutschte nach hinten zu ihr. Sie packten den schwankenden, auf und ab hüpfenden Holm, zwangen ihn zwischen die Zähne der Halterung und stemmten sich darauf, dicht beieinander und einander töricht angrinsend. Es war ein gutes Gefühl, ein sehr gutes Gefühl, gesteigert durch die erste Erleichterung über ihr Entkommen. Ils' große Augen strahlten heller denn je unter nassem, wirrem Haar, ihre nackten Arme berührten die seinen, und diese verrückte Jagd hinein in die Dunkelheit hatte etwas von einer sorglosen Heiterkeit, von der puren Freude darüber, am Leben zu sein, inmitten von Lärm und Gischt und Aufruhr und kühlem Fahrtwind.

Kermorvan war weniger glücklich. Das Segel war mit Wucht zurückgeschlagen und durch die plötzliche Beschleunigung gegen den Mast gedrückt worden, und es war nur seiner schnellen Reaktion beim Lockern der Leinen zu verdanken, daß es nicht gerissen war oder daß sie nicht gar den Mast eingebüßt hatten. Jetzt hing er mit seinem ganzen Gewicht an der flatternden Großschot und merkte, wie er bei jedem Schlingern des Bootes weiter ans Dollbord rutschte.

»Wir müssen dafür sorgen, daß diese kleine Nußschale, die nicht einmal einen Kiel hat, aufhört zu schaukeln«, rief er, »sonst kippt sie noch um!«

»Schon gut!« rief Ils zurück. »Der Tunnel wird jetzt jeden Augenblick breiter, die Strömung wird bald schwächer werden.«

Sie hatte den Satz noch nicht ganz ausgesprochen, da ließ die rasende Fahrt auch schon nach, völlig unvermittelt, wie wenn ein ungezogenes Kind plötzlich das Interesse an einem Spielzeug verliert, das es bis dahin heftig geschüttelt hatte. Das Schiff hüpfte und schlingerte ein paar Minuten lang noch so stark, daß einem übel werden konnte, und schwankte gefährlich unter den gezackten Auswüchsen an der niedrigen Decke, doch plötzlich lag es wieder gerade im Wasser und glitt in der Mitte der neuen Strömung sanft dahin wie ein Schwan.

Ils und Elof sanken keuchend zu beiden Seiten neben der Ruderpinne nieder, rappelten sich jedoch gleich darauf wieder hoch, um Kermorvan beim Befestigen des sanft flatternden Segels zu helfen. »Kerys!« sagte er, wobei er sich die Arme rieb und in die Dunkelheit zurückblickte. »Das nenne ich eine geglückte Flucht, Ils! Pech für uns, daß das Ungeheuer es vorzog, nach Süden anstatt nach Norden zu fliehen.«

»Pech?« fragte Elof zu Kermorvans Überraschung.

»Was sonst?«

»Dann war es wohl auch Pech, daß das andere Ungeheuer ausgerechnet uns auflauerte, während ihm die ganze Stadt ausgeliefert war.«

Kermorvan und Ils sahen ihn an, dann tauschten sie

Blicke. Schließlich zuckte der Krieger mit den Schultern. »Nun, ich sehe jetzt keine Spur mehr von dem Scheusal, es hat also den Anschein, daß wir ihm für diesmal wirklich entkommen sind. Aber ich wünschte, wir hätten diese Kreatur erschlagen, so wie wir es mit seinem Kumpan gemacht haben, ob es uns nun verfolgt hat oder nicht. Es gefällt mir gar nicht, daß es weiterhin im Reich deines Volkes sein Unwesen treibt, Ils. Bestimmt gibt es viele Stellen unter den Bergen, wo es sich verstecken kann …«

»Keine, wo wir es nicht aufstöbern könnten!« entgegnete Ils grimmig, und die kantigen Züge ihres Gesichts waren gespannt. »Keine Angst! Müssen wir nicht den alten Andvar rächen, und noch viele andere, ebenso wie unsere Häuser und die Schmiede, die in Schutt und Asche liegen? Mein Volk wird dieses Wesen ohne Unterlaß zu vernichten trachten, und wenn wir es von einem Ende des Gebirges bis zum anderen verfolgen müssen, bis es qualmend in seinem eigenen Feuer vor uns liegt oder in unseren tiefen Gewässern ertränkt ist. Nachdem sein Kumpan unschädlich gemacht wurde, kann es sich nicht vermehren, um andere heranzuzüchten, die ihm helfen könnten. Wir werden es schnappen!« Sie ließ den Blick über die Decke und die Wände ringsum schweifen. »Was uns betrifft, wir müssen uns um dringlichere Angelegenheiten kümmern.«

»Warum?« fragte Elof. »Weißt du denn nicht, wo wir sind?«

»Ich glaube es gut genug zu wissen, obwohl ich die Karten zu Rate ziehen muß. Ich mache mir vielmehr Sorgen darüber, wohin uns die Reise führen mag und wie wir an unser Ziel gelangen können. Das hier ist ein alter Kanal, der seit langer Zeit nicht mehr benutzt wurde, und wenn uns die Verzweiflung nicht die Wahl unmöglich gemacht hätte, hätte ich ihn lieber gemieden. Er wird uns irgendwie nach Süden bringen, aber nicht so wie die Hauptwege, die in die südlichen Gebiete und zu den dortigen Pforten führen. Er verläuft vielmehr nach Südwesten, ohne Abzweigung oder Nebenarm, den wir befahren könnten, und führt unter die flacheren Hügel, um schließlich an den Klippen an der Küste herauszukommen, nördlich des Umstrittenen Landes.« Sie biß sich auf die Lippe. »Irgendwo dort endet er an einer Öffnung nach draußen, soviel ist auf der Karte gekennzeichnet. Aber wo und wie, darüber habe ich nie etwas gehört.«

Kermorvan betrachtete sie voll unverhohlenem Mißbehagen. »Können wir nicht umkehren?«

»Nicht durch die zerstörte Schleuse«, antwortete Elof. »Es sei denn, wir lassen das Boot zurück und klettern an den Wänden entlang. Und dann? Möchtest du den Weg entlang des schmalen Ufers zu Fuß zurücklegen, während der Drache immer noch herumstreunt und schnuppernd unsere Fährte sucht?«

»Gewiß nicht!« gab ihm der Schwertkämpfer einsichtig recht. »Jetzt schon gar nicht, nachdem er die Erfahrung gemacht hat, daß es besser ist, etwas anderes einzusetzen als Feuer. Nun denn, unser Weg muß notgedrungen dunkel sein, in jeder Hinsicht. Dieses Ungeheuer hat uns einen größeren Schaden zugefügt, als es selbst weiß. Hoffentlich kommen wir noch rechtzeitig an unserem Bestimmungsort an. Wie weit ist es noch?« Ils nahm einen ganzen Armvoll aufgerollter Karten aus dem Spind. Während sie mit einem aufmerksamen Auge den Tunnel vor ihnen beobachtete, breitete sie sie auf Deck aus, und die Männer drängten sich heran, um sich ebenfalls ein Bild über ihre Position zu machen.

»Wie weit?« wiederholte sie. »Vielleicht sieben Segeltage, sofern wir auf der gesamten Strecke segeln können. Hier ist die Strömung als angenehm schnell dargestellt, von vielen Quellen gespeist und ohne Stromschnellen oder andere Unbilden, abgesehen von einer Stelle am Ausgang aus dem Gebirge, wo die Decke sehr niedrig ist. Dort müssen wir einige Male den Mast einholen und uns treiben lassen, was ein wenig länger dauern dürfte.«

»Und das in dieser erschreckenden Schwärze!« seufzte Kermorvan. »Wo wir außerhalb des Lichtscheins unserer Laternen nichts sehen können, nicht einmal eine eurer Städte, die wir passieren. Sieben Tage ohne Sonnenlicht! Wie sollen wir die vergehende Zeit ermessen?«

Elof zuckte mit den Schultern. »Es tut mir leid für dich, mein Freund. Aber wir haben während der vergangenen beiden Jahre wenig genug von der Sonne gesehen; ein paar Tage mehr machen bestimmt keinen großen Unterschied. Wenn schon nichts anderes, so haben wir wenigstens viel Zeit zum Ausruhen und Nachdenken.«

»Und zum Trinken«, sagte Ils und wandte sich von dem Kartenspind einem anderen zu. »Und zum Singen. Hier ist Wein, damit ihr euch den Drachengestank die Kehlen hinunterspülen könnt und unsere Reise in einem etwas freundlicheren Licht seht!«

Sie ließen sich mit etwas zu essen und zu trinken am Heck nieder, innerhalb der Reichweite von Ruderpinne und Winden. Kermorvan nahm die schwere Flasche, die ihm gereicht wurde, drehte den Korken mit kräftigen Händen heraus, schnupperte, hob die hellen Augenbrauen, setzte die Öffnung an die Lippen und nahm einen ausgiebigen Schluck. Dann ließ er die Flasche sinken und holte tief Luft. »In diesem Wein ist südliche Sonne, Sommersonne, die sich wärmend auf sanften Hügeln ausbreitet. Und Musik, und das Klirren von Waffen in einem ehrenhaften Wettbewerb, und das Aufwallen des Blutes. Damit, dazu in solcher Gesellschaft, könnte ich beinahe glücklich sein, selbst hier. Doch mein Herz hört nicht auf, sich nach meinem Südland zu sehnen, und eine innere Unruhe quält mich. Bryhaine!« rief er laut aus, und das Echo hallte vom Fels wider. »Kerbryhaine! Wie nahe sind dir die Plünderer? Wie stark sind deine Mauern, wie widerstandfähig deine Tore? Doch mögen sie auch so trutzig wie die Berge sein, so unbeweglich, so wird doch eine Macht kommen, die an deiner schwächsten Stelle zuschlagen wird, das weiß ich. Wie standfest ist deine Seele, meine Stadt?« Er ließ sich neben Ils an der Ruderpinne nieder und fing an, leise zu singen, eine alte Weise mit harten und bitteren Worten.

Kerbryhaine! Deine Sieben Türme sind von der Sonne vergoldet,
Unter deinen Mauern liegen grüne Felder, fließt Wasser zwischen Bäumen,
Doch welches Licht leuchtet in deinem Herzen, was wächst und blüht dort?
Wird die Seele kalt, lassen geschwächte Hände ihre uralte Macht entgleiten?

Kerbryhaine! Ich sehe dich jetzt, einst edel und großartig,
Vergangen deine Größe, dein Reichtum verflossen, du bist leer wie die Luft.
Welche verödende Krankheit hat das Fleisch unter der Haut befallen,
Hat mit einem Schlag Macht und Ehre genommen, daß du im Innern verwelkst?

Kerbryhaine! Ein edler Sproß, doch einer, der nicht wächst!
Einen größeren Baum hast du gefällt, doch jetzt verkümmert dein eigener Sproß!
Der Winter kommt über alles Lebendige, das Eis, das die Wurzel vernichtet —
Sollte der Frühling jemals wieder leuchten, wirst du noch austreiben können?

Kerbryhaine! Wenn noch etwas von deinem Wert geblieben ist,
Ein kleines Blatt, eine winzige Knospe, die aus der alten Rinde wächst,

Ist jedes Opfer recht, jede Schlacht angemessen, um dieses zu erhalten,
Doch wird dein Geist den heilsamen schmerzlichen Schlag aushalten können?

Noch ehe er ganz zum Ende seines Liedes gekommen war, lächelte Kermorvan um Entschuldigung heischend. Er trank erneut, als ihm die Flasche wieder gereicht wurde, und danach wirkte er fröhlicher; er stimmte in die Lieder mit ein, die Ils und Elof sangen. Ils sang mit ihrer tiefen, herb-süßen Stimme die eigenartigen Lieder der Bewohner des Reichs unter dem Felsen und übertrug den Text für die Männer in die Sprache des Nordens.

Kalt, kalt wehen die Winde durch die Höhlen,
Dunkel sind die Gewässer, die unter dem Fels fließen,
Doch sanft ist das Licht der Lampen am Ende der Reise,
Und das Gold strahlt wärmer als die Sonne.

Blaß, blaß sind die Blätter an den Ästen,
Wenn der Winter kommt, bis alle abgefallen sind.
Doch tief unter der Erde ist der Stein fruchtbar,
Und das Gold strahlt wärmer als die Sonne.

Fahl, fahl scheint die Sonne im Sommer,
Das Leben währt nur kurz, und die Liebe erkaltet,
Doch tief dort unten kennt die Liebe keine Zeit,
Denn ihre Augen strahlen heller als Gold.

Danach war Elof an der Reihe, einige Lieder zu singen, während sie durch die Dunkelheit glitten, doch seiner Meinung nach klang seine tiefe Stimme rauher und weniger angenehm als die der beiden anderen. Er brachte ihnen die alten Weisen bei, an die er sich aus seiner Kindheit erinnerte, schlichte, ausgelassene Liedchen, die vom Viehhüten und Fischen handelten, und außerdem ein paar fremde Liedfetzen, die er im Laufe seiner Wanderungen aufgeschnappt hatte.

Auf diese Weise legten sie ihren lichtlosen Weg fröhlich zurück, ohne sich wegen der Laternen oder ihres Lachens und Singens zu sorgen, denn in dieser dunklen Ader des Duergar-Reiches hörte sie niemand außer den vielen kleinen Wesen, die im Lichtschein herumhuschten, und den Fledermäusen an der Decke, die durch ihre Stimmen aufgeschreckt wurden. Sie waren jung, jeweils nach der bei ihresgleichen geltenden Einschätzung von Jugend, und Tag für Tag glitten sie von einer Gefahr zur nächsten, doch in diesem Moment hatten sie Frieden. Es herrschte nur hin und wieder Aufregung, wenn sie sahen, daß sich der Fels vor ihnen wie der Schlund eines riesigen Tieres verengte und sie mit Stangen und Rudern zum Abstoßen bereitstehen mußten. Doch als sich nach ihrer groben Berechnung der siebte Tag dem achten zuneigte, wurde Kermorvan, der Wache hielt, immer unruhiger, und er suchte, so gründlich es im Licht der Laternen ging, das Ufer mit den Augen ab. Schließlich weckte er die anderen, die es in der stickigen Luft vorzogen, an Deck zu schlafen.

»Ich hoffe, du hast einen guten Grund, uns aus dem Schlaf zu reißen«, murrte Ils in ihren Decken.

»Leise!« mahnte Kermorvan. »Du bist doch hier unten aufgewachsen, spürst du denn nichts? Eine Veränderung in der Luft ...«

Ils setzte sich auf. »Sie wird kälter, ja, das stimmt. Und sie bewegt sich!« Sie sah die anderen an. »Vielleicht nähern wir uns endlich dem Ende unserer Reise.«

»Und dann? Springen wir einfach an Land? Ich habe während der letzten zehn Meilen an diesen schroffen Felsen keine geeignete Stelle zum Anlegen gesehen. Oder haben deine Leute in einer sicheren Ecke einen ordentlichen Landungssteg errichtet?«

»Ganz bestimmt«, murmelte Ils. »Aber ich sehe weit und breit keine Spur davon, dafür höre ich ein immer lauter werdendes Geräusch, das mir ganz und gar nicht gefällt. Ich spüre es fast, ein tiefes Dröhnen ...«

»Stromschnellen?« fragte Kermorvan finster.

»Nein. Deren Geräusch kenne ich so gut wie kaum ein anderes ... dieses hier ist glatter, gleichmäßiger, kein Rauschen und Glucksen. Und wir haben keinen Platz, um den Mast aufzurichten!« Sie stand auf, immer noch in ihre Decken gehüllt, und sah sich aufmerksam um. »Ich habe das Gefühl, daß sich etwas verändert hat oder verändert worden ist. Wir müssen bereit sein, ihm zu entkommen, wenn wir können.«

Elof sah sich ebenfalls um. »Wohin? Ich sehe keine Stelle am Ufer, an der wir landen könnten, keine Höhle, nicht einmal einen Spalt in diesen Felswänden. Und wir treiben ziemlich schnell dahin ...«

»Du hast recht!« schnaubte Kermorvan. »Viel schneller als noch vor einer Minute. Die Strömung reißt uns mit sich ... und dieses Geräusch — Ils, bilden sich in euren Flüssen jemals Strudel?«

»In keinem von uns angelegten Kanal! Es handelt sich auch nicht um das Donnern eines Wasserfalls. Ein sehr eigenartiges Geräusch ... Wir werden bald wissen, was es ist, wie auch immer!«

Also sammelten sie voller Hast und Sorge all ihre wertvolle Ausrüstung zusammen und machten einige der versiegelten Fässer bereit, die das Schiff als Rettungsflöße an Bord hatte. Als das erledigt war, brachten sie die schweren Ruder in Position, obwohl sie wußten, daß sie das Boot gegen diese Strömung nicht halten konnten; allenfalls könnten sie es an Felsen vorbei steuern oder sich an ihnen abstoßen, um einen Aufprall zu vermeiden. Und dann warteten sie, denn etwas anderes blieb ihnen nicht übrig, während sie immer schneller durch einen Tunnel getrieben wurden, der immer bedrohlicher wurde; um sie herum ragten unvermittelt hohe Felsen aus dem Wasser wie spitze Zähne. Doch immer noch schien es, als hätten sie ihre Strecke gut gewählt, denn sie glitten sicher an allen Hindernissen vorbei und gelangten schließlich tief ins Innere der Höhle.

Dann stellte sich Ils auf die Zehenspitzen und rief Elof, der sich am Bug aufgestellt hatte, zu: »Licht! Ich sehe Licht! Du auch?«

Kermorvan rannte nach vorn. »Ich sehe nichts ... nur stockfinstere Schwärze.«

»Sie hat Duergar-Augen, und die sind wie die einer Katze!« erinnerte ihn Elof. »Und mir kommt es ebenfalls so vor, als wäre da vorn etwas ... ein Glitzern ...«

Dann bäumte sich das Boot unter ihm auf, und es fehlte nicht viel, daß er über Bord gegangen wäre. Kermorvan packte ihn und wäre beinahe an seiner Stelle ins Wasser gefallen, wenn er sich nicht an einem Laternenpfahl festgehalten hätte. Die Felsdecke schien sich auf sie herabzusenken, der Wutschrei eines Riesen dröhnte ihnen in die Ohren, und Ils kreischte gleichzeitig vor Angst und Entzücken. Ein Ruder sauste nach oben und prallte krachend gegen ein unsichtbares Hindernis. Vor dem Bug leuchtete eine winzige Lichtscheibe für kurze Zeit auf, während das Schiff darauf zuschoß wie ein Pfeil auf ein Ziel und auseinanderzubrechen drohte. Sie glitten in die Luft hinaus und sausten auf einem hüpfenden, schäumenden Gebirge aus Wasser nach unten. Einen verrückten Augenblick wähnte sich Elof, der ausgestreckt an Deck lag, wieder in der Schleuse, doch dann kam das Schiff wieder in eine gerade Lage, und er sah, daß von oben, obwohl dort immer noch gezackter Felsen war, graues Licht hereinfiel und sie mit gespenstischen Schatten foppte. Er hörte, daß Ils um Hilfe schrie, und sah, wie sie sich über die Ruderpinne beugte und sich dabei einen Arm vor die Augen hielt. Er taumelte nach hinten, und ein Lichtstreifen glitt mit ihm zusammen über das Deck, wie eine durchsichtige Welle, die über den Wald schwappt und das Grau vertreibt; die Laternen wurden zu schwachen Glühscheiten gedämpft, während grelle Reflexe auf dem Metall aufblitzten. Als er zu Ils gelangte, sah er hinter ihnen die unglaublich winzige Höhlenöffnung, die sie ausgespuckt hatte, den Schwall Wasser, der sie getragen hatte — alles so natürlich, doch zweifellos eine ausgeklügelte Anlage, wie auch mit Sicherheit die hohen Wände, zwischen denen sie hindurchglitten, sowie die großen Felsplatten, unregelmäßig und gefährlich aussehend, die die Decke bildeten. Oder gebildet hatten, denn sie waren nicht mehr da, und er wußte — obwohl er nicht wagte, direkt hinaufzublicken, um nicht so geblendet wie Ils zu sein —, daß über ihnen nur noch der offene Himmel war.

Wind peitschte um sie herum, und er zitterte, obwohl er die Luft normalerweise nicht kalt gefunden hätte. Mit den Gerüchen und Geräuschen, die der Wind heranführte, kam eine Flut von Erinnerungen zu ihm zurück, der Geruch von Salz und Tang, die Schreie der Möwen, die in der Leere widerhallten, der endlose Puls des Ozeans. Plötzlich wichen die Wände zurück, der Wind frischte auf, und das kleine Boot hüpfte und sprang in ein breiteres Gewässer, einen kleinen Fjord, dessen steile Klippen zu beiden Seiten schroff ins Wasser abfielen, ohne Strand oder Ufer oder eine auch noch so kleine Bucht. Der Wind wehte von vorn, doch da sie weder Mast noch Segel hatten, wurden sie leicht von der schnellen Strömung mitgerissen, zur Mündung des Kanals nicht weit vor ihnen. Und jenseits davon sah Elof das wogende Grau des offenen Meeres, weit und unergründlich.

Schnell half er Ils, sich von der Ruderpinne zu entfernen, doch auf Kermorvans Ruf hin drehte er sich um. Der Schwertkämpfer, der sich in der letzten Zeit häufig an der Erdoberfläche aufgehalten hatte, rang bereits mit den Rudern. »Könnt ihr sehen?« ächzte er. »Gut. Klemmt die Ruderpinne ein und kümmert euch nicht weiter darum. Küste leeseits! Landwärtiger Wind; unser Glück, daß er nur schwach ist! Wir brauchen unsere gesamte Muskelkraft, um gegen die Strömung anzukommen!«

Ils blinzelte mit zusammengekniffenen Augen. »Was hast du vor?« rief sie aufgebracht. »Wir können mit einem Boot wie diesem nicht aufs offene Meer hinausfahren!«

»Was bleibt uns anderes übrig?« fragte Elof. »Es gibt keine Stelle zum Anlegen. Dieser Ort dient sowohl als Versteck wie auch der Verteidigung dieser Meerespforte. Deine Vorfahren müssen ihn eigens ausgesucht haben ...«

»Jawohl, oder sie haben ihn entsprechend gestaltet!« sagte Ils, und Elof blickte mit plötzlich erwachter Ehrfurcht hinauf zu den hohen verwitterten Felswänden. »Bestimmt haben sie erwartet, daß jemand von unserem Volk, der hierherkommt, mit einem seetüchtigen Schiff unterwegs ist.«

»Wir müssen das Risiko aller Umstände ungeachtet eingehen«, sagte Kermorvan, »sonst werden wir zwischen den Felsen hin- und hergeworfen — sofern wir nicht vorher umkippen. Wir könnten vielleicht mit Segelkraft hinausgelangen, doch ohne Kiel würden wir bestimmt kentern. Es sei denn ...« Er starrte einen Augenblick lang geradeaus. »Der Mast!« rief er dann. »Holt die Ruder ein! Wir müssen sofort den Mast setzen!«

Mit raschen Bewegungen richteten sie den Mast auf und befestigten die Leinen, bis ihre Muskeln schmerzten. Kermorvan warf ständig besorgte Blicke auf das sich nähernde Meer, während sie das letzte Tau festzurrten. »Ihr müßt das Schiff eine Weile geradeaus in den Wind halten«, sagte er. »Wenn ich mich richtig erinnere, sind diese Höhlenboote mit reichlich Ersatzausrüstung versehen.« Er drehte sich um und kletterte polternd durch die Luke nach unten in den Laderaum.

»Was soll das?« sagte Ils ärgerlich. »Mir wäre es lieber gewesen, wir hätten es mit den Rudern versucht, als uns auf dieses Risiko einzulassen, was immer seine Absicht sein mag. Wenn ich doch nur etwas sehen könnte! Ich bin härter im Nehmen als alte Leute, ich kann sogar irgendwann die grelle Sonne ertragen — aber jetzt komme ich mir so hilflos vor ...«

»Bei Kerys Pforte!« schallte Kermorvans Stimme aus dem Laderaum herauf. »Damit könnte es gehen!« Er kletterte wieder an Deck und zerrte ein langes Bündel Holz hinter sich her, vier dicke Latten von gut zwölf Fuß Länge, die mit einem Eisenband zusammengehalten waren. Daran angebunden, vielmals umwickelt mit einem starken Duergar-Kabel, war der Schaft des zerbrochenen Ruders.

Ils blinzelte. »Die Planken aus dem Stauraum? Was hast du damit vor?«

Statt ihr eine Antwort zu geben, rief Kermorvan: »Hilf mir, Elof!«, und gemeinsam schoben sie das unhandliche Holzbündel über das Dollbord hinter dem Mast. Elof hielt es fest, während Kermorvan den Schaft des Ruders in eine Ruderhalterung legte und die Holzlatten mit einem Strick umwickelte. Dann ließ er das Ganze nach unten ins Wasser sacken, das bereits toste, da die Strömung gegen das windgepeitschte Meer ankämpfte. Schnell band er das Holz an der Reling fest und wandte sich wieder dem Mast zu. »Nur das Hauptsegel hissen, bis wir genügend Erfahrung haben, um die richtige Stellung zu finden. Diese Lattenkonstruktion da bedarf vielleicht einer gewissen Gewöhnung.«

Schnell zogen sie das Hauptsegel auf, und Kermorvan rannte nach hinten, um die Schoten zu straffen. »Elof! Zum Bug, und aufgepaßt! Verschaffe dir einen sicheren Halt, es ist durchaus möglich, daß das Schiff heftig schlingert! Ils, wie benutzt man diese Winde?«

Elof hörte das Rasseln und Quietschen der Kurbeln, während er vorwärtsstolperte, sowie das Knarren des sich aufspulenden Seils und das Donnern des sich straffenden Segels. Plötzlich schien das Boot unter ihm lebendig zu werden; es schoß durch das schaumige Wasser nach vorn, drehte sich langsam aus dem Wind und dann wieder hinein, während sich Kermorvan bemühte, das Segel in die richtige Stellung zu bringen. Elof erkannte, wie sehr sich Kermorvan anstrengte, das kleine Gefährt im Gleichgewicht zu halten.

Er kämpfte mit dem Segel, wie man sich vielleicht mit einem heftig zappelnden Fisch an der Angel abmüht, indem er es immer mehr in den Wind drehte, bis das Schiff bedrohlich krängte, ohne ihm jedoch ein Kentern zu erlauben. Die Holzbalken zitterten und ächzten in ihren Stricken, als ob eine gewaltige Kraft auf sie einwirkte, doch anscheinend hielten sie der Anforderung stand. Sie glitten allmählich zwischen den steilen Felsen heraus, und plötzlich war der Wind frischer, das Meer lebhafter. Die Wogen bäumten sich höher auf und waren von weißen Schaumkämmen gekrönt, die den Bug, der durch sie hindurchschnitt, wütend anzischten und hohl gegen die schlanken Seiten des Bootes klatschten.

»Wir haben es geschafft!« rief Kermorvan. »Unter uns ist tiefes Wasser! Wie hält das Brett?«

»Ausgezeichnet, würde ich sage!« rief Elof zurück. »Das war eine treffliche Idee zur rechten Zeit, mein Freund.«

Kermorvan zuckte mit den Schultern. »Es hätte mir früher einfallen können. Es handelt sich lediglich um ein schlichtes Seitenschwert, wie es in meiner Heimat bei kleineren Booten benutzt wird, wenn diese durch flaches Wasser fahren müssen, obwohl sie eigentlich für das Segeln in tiefen Gewässern gebaut sind. Man montiert sie auf Zapfen, jeweils eins an jeder Seite, damit sie sich nach Bedarf heben oder senken lassen.«

Ils klatschte in die Hände. »Natürlich! Ich habe davon gehört, daß wir eine solche Vorrichtung bei unseren wenigen seetüchtigen Schiffen benutzen, allerdings in der Mitte des Schiffsrumpfes angebracht, um auf diese Weise die Wirkung eines Kiels besser nachahmen zu können. Gesehen habe ich so etwas jedoch noch nie, ganz zu schweigen vom Umgang damit.«

»Wenn die Handhabung nicht leichter wäre als bei diesem Ding, wäre das keine Empfehlung! Immerhin sind wir damit bis hierher gekommen, und damit hat es seinen Zweck erfüllt. Siehst du vielleicht irgendeine Stelle, wo wir anlanden könnten, Elof?«

Doch Elof, der die Felsen bereits gründlich mit den Augen abgesucht hatte, schüttelte betrübt den Kopf. Es war eine rauhe und zerklüftete Küste, die Felsen ragten steil und unzugänglich auf, Strände waren selten und lagen eingezwängt zwischen den Klippen, abgesehen von einigen tiefen Buchten, wo einmündende Flüsse ihnen entgegenströmen würden. Kermorvan drehte sich um und spähte in alle Richtungen, dann neigte er den Kopf. »Ich kenne diesen Teil der Küste! Es gibt in dem Marschgebiet, etwas weiter südlich, Stellen zum Anlegen. Wir sind jetzt weit genug draußen; ich kann das Boot in die richtige Position bringen, damit wir diese Richtung einschlagen können. Haltet weiterhin die Augen offen!«

Elof merkte, wie das Segel schlaff wurde, als der Bug gegen den Wind gedreht wurde. Einen Moment lang dümpelte das Schiff hilflos in den Wellen, dann knirschte das Seil, das Segel straffte sich erneut, und das Boot drehte sich langsam und glitt gelassener nach Süden, sich gegen die Wellen wälzend. Sobald es einigermaßen ruhig im Wasser lag, kletterte er auf die Reling, um einen besseren Überblick zu haben; dort stand er und hielt sich an dem geschnitzten Vordersteven fest, der von salziger Gischt naßgespritzt war. Sie befanden sich jetzt also nördlich der Marschen. Er lächelte ein wenig verbittert und rieb sich das stoppelige Kinn. Es war eine lange Zeitspanne gewesen, die er dort verbracht hatte, gemessen an seinem jungen Leben. Irgendwo dort drüben zur Linken gab es ein zerfallenes Haus am Hochdamm — sofern es überhaupt noch stand —, dessen

Herd kalt war und dessen Werkzeuge unbewacht herumlagen, so daß sich jeder Vorbeikommende bedienen konnte. War Kara womöglich noch einmal gekommen, hatte die Tür lose im Wind schlagend vorgefunden und bei einem Blick ins Innere nichts als Verwahrlosung vorgefunden? Doch er hatte sie gesehen, sofern es wirklich sie gewesen war, unterwegs nach Süden in irgendeinem geheimnisvollen Auftrag, den sie im eigenen Interesse durchführte oder auch nicht, und im Süden würde er mit seiner Suche beginnen. Ein Gedanke nistete sich in ihm ein und verdunkelte seine Sicht. *Das mußt du als erstes tun ...*

Er erinnerte sich an den Schmiedemeister, wie ihn ein verängstigter Junge gesehen hatte, die Verkörperung von Macht und Geheimnis, und ein Teil von ihm verlor bei dieser Vision noch immer jeden Mut. Er suchte nach etwas, das er dagegenhalten konnte, und Ansker fiel ihm ein, ein handfester Bursche, frei heraus mit Worten und Taten, und doch eingehüllt in ein Geheimnis, das bei weitem größer war als das des Schmiedemeisters oder irgendeines Menschen, das Erbe eines geheimnisvollen, uralten Volkes. Er konnte Ansker und Ils als echte Freunde betrachten, dessen war er sich vollkommen sicher, und doch war er während der Zeit des Zusammenlebens mit ihnen nicht in der Lage gewesen, unter die Oberfläche der Duergar zu blicken, das wußte er; er hatte an ihnen nur das gesehen, was der menschlichen Rasse ähnlich war, nicht das Fremde. Vielleicht hatte er nicht genügend Zeit gehabt, denn was sind schon zwei Jahre für Wesen, deren Lebensspanne viermal so lang wie die der Menschen ist, oder sogar noch länger? Oder vielleicht war ihre Andersartigkeit schlichtweg zu fremd, um aus menschlicher Sicht erkannt zu werden, der sie sich so nichtssagend wie die nackten Felsen darboten, die er in diesem Moment betrachtete. Aus größerer Entfernung gesehen, mochten die schmalen Öffnungen, die Schwachpunkte der Festung, augenfälliger sein. Doch von hier aus wirkten sie wie eine massive graue Wand, so geschlossen wie der Streifen Dunkelheit am Horizont.

Doch während sich seine Augen darauf konzentrierten, vergaß er alles andere, Duergar, Strände, Felsen; er blieb starr stehen und spähte hinaus in das düstere Nachmittagslicht, als ob es ihn noch immer blendete. Als eine Hand an seinem Bein zog, wäre er vor Schreck beinahe umgekippt.

»Was ist los, Elof?« brüllte Ils ihn heiser an, und ihm wurde bewußt, daß seine Freunde schon mehrmals gerufen haben mußten. Doch im ersten Moment brachte er nichts anderes fertig als deutend den Arm auszustrekken. »Was?« schrie sie. »Ich kann dort nichts Besonderes sehen, außer einem schwarzen Streifen am Himmel, weit, weit entfernt. Bedeutet das, daß ein Unwetter heranzieht?«

»Genau!« sagte Elof kurz und sprang von der Reling. »Kermorvan, siehst du das?«

»Ich sehe es, obwohl meine Sicht immer noch etwas beeinträchtigt ist. Es scheint fast so, als würde es über dem Horizont hängen, wie der schwarze Rauch von Erdfeuern. Doch der Wind treibt es weg von uns, nach Süden, es kann keinen Schaden ...«

»Kann es nicht, meinst du?« schrie Elof. »Bist du unter der Erde ebenfalls blind geworden, daß du darin eine Wolke zu sehen glaubst? Schau genau hin!«

Kermorvan erhob sich und spähte in die angedeutete Richtung, dann sah er Elof an. »Das kann nicht sein! Nicht in diesem Ausmaß!«

»Es ist so, ich sage es dir! Meinst du, ich kenne diesen Anblick nicht? Schwarze Segel, schwarze Schiffsrümpfe, Masttopps, Wimpel, die zwischen hier und dem Sonnenuntergang flattern, und noch weitere davor! Du kennst ihre Flotte — hast du je eine größere gesehen?«

»Nicht, seit ich zum erstenmal mit dem Schwert in

der Hand gegen sie angetreten bin!« stöhnte Kermorvan. »Jetzt ist es also soweit, der große Angriff findet statt, der endgültige Schlag! Und wir kommen zu spät!« Einen Augenblick lang hatte es den Anschein, als wolle er die Ruderpinne und alles andere fallenlassen. Doch noch während Ils den Arm ausstreckte, um die Ruderpinne von ihm zu übernehmen, straffte sich sein Rücken wieder; dunkelrote Flecken flammten auf seinen Wangen auf, während er die schwarze Linie am Horizont abschätzend musterte, um sich ein Urteil über die Entfernung und die Zahl zu bilden. »Nicht zu spät! Noch nicht! Sie können die Stadt Kerbryhaine nicht an einem einzigen Tag überwältigen, nicht einmal in einer Woche, mit oder ohne die Waffen des Schmiedemeisters. Und jenseits davon liegt noch das gesamte Südland.«

»Aber wir sind noch nördlich der Marschen! Wir brauchen bestimmt mehrere Wochen, um in die Gegend südlich davon zu gelangen.«

Kermorvan nickte. »Ich glaube, wir müssen so lange wie möglich auf dem Wasser bleiben.«

Ils sah ihn an, wobei sie sich die Hand schützend über die Augen hielt. »Du kennst das Meer, im Gegensatz zu mir. Doch wie lange wird die leichte Bauweise dieses Bootes ihm standhalten? Nicht lange, befürchte ich. Es ächzt und stöhnt jetzt schon unter dem groben Spiel, das die Wellen mit ihm treiben.«

»Ja, und dabei haben wir immer noch verhältnismäßig günstige Wetterbedingungen. Doch ich sehe keinen anderen Weg. Ein paar Stunden, ein paar Tage, sogar eine Woche — wir müssen jede Möglichkeit der Zeitersparnis wahrnehmen, so gering sie auch sein mag.«

Elof spreizte die Finger, da er an den Panzerhandschuh dachte, der sorgsam in seinem Gepäck verstaut war. »Wir laufen Gefahr, alles zu verlieren, einschließlich unseres Lebens. Doch was wird uns irgend etwas davon nützen, wenn wir zu spät kommen?« Er dachte an Kara, gefangen in einem Käfig der Angst, und er ballte die Hände zu Fäusten. »Du bestimmst, was geschehen soll.«

Ils nickte bekümmert. »Jedenfalls ist es kein Wetter für einen Schiffbruch.«

Kermorvan ließ sich wieder an der Ruderpinne nieder und streckte die langen Beine mit einem zufriedenen Seufzer aus. »Dann segeln wir weiter«, sagte er ruhig, und das kalte Glitzern der Wellen spiegelte sich in seinen Augen.

Neuntes Kapitel

Die Stimmen

Die Chronik berichtet, daß sie sich in südliche Richtung aufmachten, während sich am Horizont vor ihnen die dunkle Linie von Segeln bewegte. Doch die großen Kampfschiffe der Ekwesh kamen entschieden schneller voran als das kleine Höhlenboot, und bereits am ersten Tag war die Linie vor Einbruch der Nacht verschwunden.

»Sie befinden sich jetzt in den Gewässern des Südlandes«, murmelte Kermorvan mit ausdrucksloser Stimme. »Sie segeln bestimmt so schnell, wie sie können, Tag und Nacht, damit keines unserer Schiffe Gelegenheit hat, eine Warnung abzugeben. Also müssen auch wir Tag und Nacht segeln.«

»Aber wir sind nur zu zweit!« protestierte Ils, die gerade die Ruderpinne übernahm, da die Dunkelheit hereinbrach, bei der sie besser sehen konnte. »Und ich bin wenig geübt im rauhen Fahren auf offener See. Wir müssen ab und zu anlegen, wenn wir uns ausruhen wollen!»

Kermorvan schüttelte den Kopf. »Mit dieser Nußschale anlegen? Womöglich bekommen wir sie dann nie mehr wieder flott. Es wird harte Arbeit sein, aber wir müssen sie auf uns nehmen ...»

»Bildet mich aus!« sagte Elof. »Ich kann doch nicht einfach dasitzen und zusehen, wie ihr beide euch bis zur Erschöpfung abplagt.«

Kermorvan wiegte zweifelnd den Kopf. »Du würdest feststellen, daß dieser verrückte kleine Kahn kein geeignetes Schulschiff ist ...«

»Ein Neuling ist immer noch besser als niemand«, sagte Elof beharrlich. »Anfangs kann ich gemeinsam mit euch Wache halten, und danach selbständig das Steuer übernehmen, sobald ihr es mir zutraut.«

Also hielt Elof mit Ils Wache und lernte zunächst einmal den Umgang mit einem Boot. Offenbar war er ein begabter Schüler, denn er konnte sofort die Ruderpinne übernehmen und bald darauf das Schiff allein steuern. Er übernahm die Wache im diffusen Licht während der Stunden zwischen Dunkelheit und Tag, denn anscheinend konnte er besser sehen als seine beiden Kameraden. Genau wie diese saß er stundenlang über die kleine Ruderpinne gebeugt da und beobachtete nicht nur mit den Augen, sondern er lauschte und spürte alle Veränderungen hinsichtlich des Windes oder des Wassers, die das kleine, schwankende Gefährt ständig zu kippen, das leichte Segel zu zerreißen oder den Mast umzuknikken drohten. Vor allem jedoch mußte er lernen, auf das Rauschen und Klatschen des Meeres unter den dünnen Schiffsbohlen sowie auf das Ächzen und Stöhnen, das diese als Antwort von sich gaben, zu horchen und auf den schwächsten Laut von nachgebenden Verfugungen oder splitternden Balken zu achten. Es war ein an die Nerven gehendes Geräusch, denn es brachte ihnen immer wieder zu Bewußtsein, wie anfällig die Schranke zwischen ihnen und der mißgünstigen See war. »Doch die Leichtigkeit des Boots hilft uns zu spüren«, erklärte Kermorvan, »wie es sich biegt und dreht. Es bewegt sich mit dem Wasser, wie ein lebendiges Wesen, und nicht etwa dagegen, und deshalb streiten die Wellen nicht mit ihm. Doch das kann nicht immer so bleiben. Jede Drehung lockert die Fugen ein wenig mehr, wir nehmen wieder einige Tropfen Wasser auf. Wenn erst einmal eine Verbindungsstelle vollkommen undicht geworden ist, können wir nur noch wenig tun, um das Wasser aus einem Gefährt von dieser Größe herauszuschöpfen. Die Zahl der Tage, die wir auf See verbringen können, ist bereits irgendwo niedergeschrieben, obwohl wir sie nicht lesen können. Wir dürfen es nicht wagen, uns zu weit von der Küste zu entfernen.«

Andererseits war auch dieses Unterfangen an sich ein waghalsiges Spiel, wie er Elof erklärte, denn es drohten ganz unmittelbare Gefahren, wenn man zu dicht am Ufer entlangsegelte. Felsen, Riffe und versteckte Untiefen, die durch keine Brandung verraten wurden, lauerten im tiefen Wasser, und alles, was hoch aufragte, Klippen, Hügel, selbst bewaldete Kuppen, trieben so manches Spiel mit dem Wind. Auch wenn Landratten das nicht unbedingt nachvollziehen konnten, so fanden es die meisten Seeleute doch sicherer, sich in einiger Entfernung vom Ufer zu halten. In diesem Fall mußten sie einen Mittelweg finden und vor den Gefahren der Küste auf der Hut sein. Schließlich entstand die größte Gefahr für sie jedoch aus dem offenen Meer, und sie kündigte sich während Elofs Wache an, in der dunklen, mondlosen Stunde vor dem Morgengrauen.

Es war der zwölfte Tag ihrer Fahrt, und inzwischen war er mit seiner Aufgabe sehr gut vertraut. Der Wind war, wie so oft zu dieser Stunde, abgeflaut, die Luft war ruhig und das Meer so unbewegt, wie er es bisher nur selten gesehen hatte, mit einer trägen, schwerfälligen, öligen Dünung. Das Wasser hob und senkte sich unter dem langsam dahingleitenden Schiffsrumpf mit zäher Behäbigkeit und erzeugte kaum einen Laut. Doch in der ungewohnten Stille vernahm Elof ein anderes Geräusch. Es war anfangs nur sehr schwach, als ob es aus weiter Ferne käme, doch es bewirkte, daß sich seine Haupthaare aufrichteten. Zunächst dachte er, Ils habe einen bösen Traum, denn es schien sich um eine weibliche Stimme zu handeln, die vor Kummer und Verzweiflung schluchzte. Doch dann glitt sie unvermittelt tiefer, unter den Tonbereich irgendeiner menschlichen Kehle, wurde zu einem tiefen, dumpfen, pochenden Stöhnen, als ob die Wellen unter der Last des Schiffsrumpfes, unter allen Sorgen dieser Welt jammerten. Eine zweite Stimme setzte in einer höheren Tonlage ein, ein schrilles Summen, das wahnsinnig oder töricht oder vollkommen unmenschlich klang, und dann noch ein dumpfes, pulsierendes Wummern wie das Pochen eines riesigen Herzens. Elof lauschte einen Augenblick und hielt dabei den Atem an, damit er deutlicher hören konnte. Er hatte den Eindruck, daß die Stimmen lauter wurden. Und dann vernahm er darin noch etwas anderes …

Er verhakte die Ruderpinne in ihrer Befestigung und sprang hinunter aufs Deck, um Kermorvans schlafende Gestalt zu rütteln. Wie stets, war der Schwertkämpfer sofort hellwach.

»Was ist los? Gibt's am Schiffsrumpf bedrohliche Geräusche?«

»Nein. Es ist ein Laut … ein sonderbarer, sehr erschreckender Laut. Wie Schreie, gleichzeitig hoch und tief.«

»Es könnte sich um Seehunde handeln«, sagte Kermorvan mit einem Schulterzucken. »Sie erreichen hier im Süden eine beachtliche Größe.«

Elof schüttelte energisch den Kopf. »Ich bin am Meer aufgewachsen, ich habe oftmals Seehunde gehört, auch Seelöwen, sogar die großen Walrosse und Tangrinder. Horch mal und sag mir, ob sich das nach ihnen anhört!«

Kermorvan lauschte, und seine Augen wurden groß. Bevor er etwas sagen konnte, kroch Ils aus der vorderen Kajüte heraus. »Hört ihr das?« zischte sie. »Der gesamte Rumpf wird davon erschüttert!«

»Ich höre es«, flüsterte Kermorvan verdutzt. »So etwas habe ich noch nie gehört … es sei denn … Ils, hören sie sich unter Wasser lauter an?«

»Was … oh … ja, das tun sie. Dann kommen sie also durch das Meer herauf?«

Die Töne wurden lauter, und es schienen inzwischen noch mehr zu sein. Für Elof, der zwischen Staunen und

Angst hin und her gerissen war, vermischten sie sich zu einer Art unmenschlichem Chor, der eigenartige Harmonien anklingen ließ und der wie die Schatten eines Nordlichtes herumhuschte. Und das Gefühl wuchs in ihm, daß darin tatsächlich mehr enthalten war, daß die unheimlichen Akkorde andere Klänge erzeugten, einzelne Silben in einer gewaltigen, verzerrten Stimme, einer verwischten Sprache, verschmiert wie Tinte von einer unachtsamen Hand. Ein Wort, ein einziges Wort dehnte sich und wiederholte sich immer wieder mit unendlich und zeitlos erscheinender Langsamkeit — ein Wort, daß er nur allzu deutlich verstand. Er schnappte nach Luft und umklammerte Kermorvans Arm. »Hörst du das?«

»Ich habe doch gesagt, daß ich es höre! Was bringt dich so aus der Fassung, Mann?«

»Nicht nur die Schreie. Hörst du es nicht ... hörst du nicht ... das Wort?«

»Das Wort?« knurrte Kermorvan schroff und lauschte erneut mit gerunzelter Stirn. »Kein Wort! Nur ... Schreie, merkwürdige Schreie ... sonst nichts ...« Er wandte sich ruckartig um, als ob ihm plötzlich ein Gedanke gekommen wäre, und spähte hinaus über das dunkle Wasser hinter ihnen.

»Sonst nichts«, bestätigte Ils wie ein Echo. »Elof, was glaubst du zu hören?«

Elof merkte, wie seine eigene Stimme sich zu einem brüchigen Flüstern senkte. »Meinen Namen.«

»Deinen *Namen?*« Ils stand verdutzt da, während der Lärm um sie herum immer lauter wurde. Das ganze Schiff erbebte unter einem dumpfen, anschwellenden Knurren, viel tiefer, als es irgendein Tier, das sie kannten, hätte erzeugen können; ein hohes Summen rüttelte an losen Metallteilen und brachte sogar ihre Zähne zum Klappern. Plötzlich stieß Kermorvan einen lauten Schrei aus und deutete mit ausgestreckter Hand nach hinten. In ihrem Kielwasser sprang etwas hoch, glitzerte und flackerte in der Luft und klatschte mit lautem Platschen ins Wasser zurück. Weiter draußen im Meer wiederholte sich dieses Platschen, und ein sonderbarer Wirbel brodelte in dem ansonsten ruhigen Wasser. Ein weiteres Etwas sprang hoch, und zwar nahe genug, um als großer Fisch mit Widerhaken an den Flossen und einem Körper, der in der Größe dem eines Menschen nahekam, ausgemacht zu werden. Doch noch während er in die Wellen zurückklatschte, tauchte etwas auf, wogegen er winzig wirkte, ein großer dunkler Klumpen, wulstig und grau gefleckt, von weißem Schaum gekrönt. Es machte einen Satz nach vorn, verschwand in der Böschung einer bleiernen Welle, nur um gleich darauf aus der nächsten Woge wieder herauszubrechen, begleitet von sprühender Gischt.

»Die Hunde des Niarad!« rief Kermorvan, während er zum Mast rannte und sich aus der Halterung darunter ein langes Ruder packte. Ein zweiter Klumpen tauchte in hohem Bogen nicht mehr als zwanzig Meter entfernt an Steuerbord auf. Er stand mit gespreizten Beinen in der Mitte des kleinen Bootes, das große Ruder über der Schulter und bereit, einen Satz zur einen oder anderen Seite zu machen. »Ihr beide, ans Steuer! Haltet den Kurs, bis ihr meinen Ruf hört, seid darauf gefaßt, daß ihr schnell reagieren müßt!«

Ils und Elof hasteten an die Ruderpinne, doch als sie danach griffen, spritzte kurz hinter dem Heck Gischt auf, und einer der Fische sprang in die Luft, höher als ihr Mastbaum. Doch er kam nicht wieder herunter. Aus der Welle darunter erhob sich mit fast lässiger Anmut ein riesiger, schaumbekränzter Kopf, um den schweren Fisch im Fallen zu abzufangen. Lange Kiefer mit speerspitzenförmigen Zähnen öffneten sich geschmeidig, schlossen sich wieder, und der Fisch verschwand ohne Zappeln; der gefleckte Körper platschte ins Wasser, begleitet von einer riesigen Kaskade, die nicht aufzuhören schien. Ein Schwanz in der Form einer abgeflachten

Halbmondsichel schlug auf die Oberfläche und tauchte unter.

»Das Scheusal ist doppelt so lang wie unser Boot!« flüsterte Ils. »Oder mehr! Und seht nur!« Sie spähte hinaus in den ersten Schimmer der Morgendämmerung; es war noch so düster, daß sogar Elof nicht weit sehen konnte. »Dort müssen Hunderte davon sein! Überall im Meer verteilt — Kermorvan, was sind das für Wesen?«

Er zögerte einen Augenblick. »*Valfis* werden sie von Elofs Leuten genannt, soviel ich weiß.«

»Wale?« keuchte Elof und starrte hinaus in die Düsternis. Dann lachte er. »Aber Wale sind nicht gefährlich, es sei denn, man unternimmt eine regelrechte Jagd auf sie oder kommt ihnen in die Quere! Das war jedem Fischer in meinem Dorf bekannt.«

»Dann wußten sie nichts von Niarads Meute! Das sind keine klugen Großwale, nicht einmal Killerwale. Seht euch doch nur diese Köpfe an, schmal und scharf wie eine Pfeilspitze. Das sind uralte, tödliche Ungeheuer, zu nichts anderem fähig, als sich in ihrem Zorn und ihrer Boshaftigkeit auszutoben. Es sind seine Wächter und Jäger. O möge er sie doch wieder von uns abziehen!«

»Sie haben meinen Namen gerufen...«, flüsterte Elof. Ein Lärm wie von einer Explosion ertönte, eine beißende Gischt sprühte rings um sie herum auf, und große, aufklaffende Kiefer, groß genug, um einen Menschen aufzunehmen, schnappten nur einige Fuß vom Heckbord entfernt zu. Es gab nur wenige Zähne darin, die in weiten Abständen standen, doch sie waren gewaltig groß und gefurcht, wie von Eisschollen bedeckte Berge, und glitzerten so kalt wie die Augen darüber, die größer waren und höher saßen als bei irgendeinem gewöhnlichen Wal. Dahinter streckte sich der Körper, und das gefleckte Grau war nicht Haut, sondern ein Schuppenpanzer, bestehend aus breiten Reihen schwerer, schildförmiger Schuppen, die in einer lederartigen Haut steckten. Es war ein Ungeheuer wie eine riesige gepanzerte Schlange, im Umfang so dick wie das Boot und beinahe dreimal so lang.

Es lag einen Augenblick lang einfach so da, nicht jagend wie seine Kameraden, sondern träge in der Dünung rollend. Es drehte sich halb auf die Seite, wobei es einen nackten weißen Unterbauch und lange weiße Flossen zeigte, und die großen kalten Augen starrten hinauf zu den Beobachtern an Deck. Dann rollte es sich wieder in die normale Lage, und aus Nüstern, die sich etwa in der Mitte der Schnauze befanden, ließ es eine gewaltige dunstige Fontäne aufspritzen, beißend und stinkend, und es tauchte den Kopf unter die Wasseroberfläche, glitt zur Seite …

»Es taucht unter den Schiffsrumpf!« keuchte Ils atemlos.

Kermorvan nickte zuckend, bewegte sich jedoch nicht von der Stelle. »Unternehmt nichts; wir dürfen es nicht erzürnen. Es ist viel zu stark …«

Das Boot hob sich auf der Dünung, die Erhebung des Rückens glitt darunter, und einen Moment lang hoffte Elof, es würde darunter hindurchtauchen. Doch dann durchfuhr das Boot eine heftige Erschütterung, es zitterte und ächzte, und das Splittern von Holz drang durch die offene Luke des Laderaums herauf. Das Schiff holperte über den gewaltigen Rücken wie ein Kinderspielzeug, das über ein Kopfsteinpflaster gezogen wird; die Ruderpinne sprang aus der Halterung und schlug wild hin und her; das Segel wurde schlaff und straffte sich gleich darauf wieder, das improvisierte Seitenschwert knirschte empört, als es gestreift wurde.

»Das Scheusal kratzt sich das widerwärtige Fell!« stöhnte Ils auf, während sie zum Heck rannte.

»Ob das wohl alles ist, was es mit uns vorhat?« murmelte Elof, der nach der ausschlagenden Ruderpinne griff.

Doch die anderen hörten ihn nicht, denn in diesem Augenblick ertönte ein lautes Krachen an Steuerbord, und das Geschöpf machte offenbar mit seiner ganzen Länge einen Satz aus dem Wasser. Es drückte sich von unten gegen den Rumpf des Schiffes und kippte es, bis die Reling sich ins tosende Wasser neigte. Mit flinken Bewegungen stemmte Kermorvan den Knauf des Ruders gegen die Schuppen und stieß das Schiff so sanft wie möglich ab. »Vielleicht merkt es nichts ...«, setzte er an, und dann schlug der Schwanz hoch, und das Boot bäumte sich heftig auf, so daß er ausgestreckt auf das wasserüberspülte Deck fiel. Ein lautes Klatschen schallte hohl durch die Luke herauf, und das Rauschen des Wassers wurde plötzlich lauter. Einen Augenblick lang schien es, als sei das Tier wieder im aufgewühlten Meer untergetaucht. Doch dann stieß Ils einen gellenden Schrei aus; ein wilder Strudel im Wasser breitete sich immer mehr aus, das Ungeheuer atmete erneut, sein gesamter vorderer Teil schoß nach oben, bäumte sich hoch, als wolle es sich auf das Deck herunterplumpsen lassen, um dessen Flanke einzudrücken oder gar das ganze kleine Boot zu zerschmettern. Elof taumelte über die nassen Bohlen; zog das schwarze Schwert aus seinem Gürtel, und dieses heulte ein wütendes Lied, indem es sich mit dem auffrischenden Wind maß.

»Hast du mich gerufen, Scheusal? Hast du meinen Namen gesungen? Nun denn, ich bin gekommen. *Elof ist hier!*«

Im Heruntersinken zuckte der gewaltige Körper krampfartig, drehte sich zur Seite und kippte schwerfällig ins Wasser. Er kam mit donnerndem Getöse auf, begleitet von einer üppigen Wasserfontäne, die wie ein Graupelschauer auf das Deck herniederprasselte. Die Welle erwischte sie alle drei, warf sie hoch und ließ sie mit solcher Wucht fallen, daß ihnen übel wurde. Elof landete kraftlos an der Reling und konnte mit Mühe und Not sein Schwert festhalten.

Das Schiff wälzte sich in wahnwitziger Schräglage in der Wellenmulde. Kermorvan hangelte sich am Mast hoch. »Wir nehmen Wasser auf! Steuerrichtung Küste!« Rutschend und schwankend und nach jedem erreichbaren Halt greifend schaffte er es bis zum Heck, wo Ils mit der Ruderpinne kämpfte. Gemeinsam warfen sie ihr ganzes Gewicht darauf, er trat mit dem Fuß gegen eine der Winden, und die Rahnock knirschte, während sich das Meer unter ihnen beruhigte. Die Morgendämmerung schimmerte in der durchnäßten Takelage und verstreute Glanzlichter auf dem nassen Deck. Die auffrischende Brise zerrte an dem durchtränkten Segel und rüttelte am Toppsegel, während Ils dieses hißte. Weit draußen auf See, in wilder Jagd die Fische verfolgend, die jetzt hüpften wie Juwelen im Licht der Sonne, flitzten die Meeresungeheuer dahin und schenkten dem krängenden Schiff keine Aufmerksamkeit mehr, während dieses klappernd und knirschend in einem letzten verzweifelten Rennen versuchte, zur Küste zu gelangen.

Als er sich umsah, war Elof erstaunt, wie nahe der Küste sie sich befanden. Sie ragte vor ihnen auf, dunkel und konturlos und sich doch vor dem leuchtenden Himmel abzeichnend. Der Zusammenprall mit dem Meeresungeheuer hatte sie ein ganzes Stück weiter an Land getrieben, als sie zuvor gewesen waren, und er hörte bereits das Donnern sich brechender Wogen. Doch noch lauter war das hohle Klatschen des Wassers, das unter Deck hereinschwappte, und er wandte sich um und rannte über das schräge Deck zur vorderen Kajüte. Dort war ihre gesamte Ausrüstung untergebracht, vor allem und als Wichtigstes der Panzerhandschuh; Wasser konnte ihm zwar nichts anhaben, doch er konnte leicht darin verlorengehen. Zum Glück war dort noch nicht viel Wasser eingedrungen, doch er hörte, wie es gegen das Schott klatschte, während er eilends ihre Säcke aufnahm und so viel von ihren verbliebenen Nahrungsmitteln zusammenraffte, wie er nur konnte. Er widerstand der Versuchung, den Panzerhandschuh anzuziehen; er war zu vielen Dingen nütze, jedoch nicht zum Schwimmen. Statt dessen schnallte er ihn im Innern seines Wamses fest und kletterte wieder an Deck hinauf, wobei er das Gepäck mit hinaufhievte.

Dort war es in der kurzen Zeit, die er unten gewesen war, noch schlimmer geworden. Das kleine Gefährt machte noch immer ordentlich Fahrt in Richtung Küste, doch es lag jetzt tief im Wasser, und bei jedem Eintauchen in ein Wellental schwappte eine kleine Gischt aus dem Laderaum herauf. »Gute Arbeit, meine Freunde!« rief Kermorvan, während er die Gepäckstücke an der Ruderhalterung befestigte. »Haltet jetzt Ausschau nach einer Anlandestelle. Wir müssen in Kürze am Ufer sein.«

Elof brauchte nicht gedrängt zu werden. Er befand sich bereits am Vordersteven und spähte durch das Dämmerlicht hinüber zu den zerklüfteten Umrissen der Küste. Dort war etwas, so schien ihm … »Ein Strand!« brüllte er.

»Wo?«

»Geradeaus … aber vorsichtig, es gibt Unterwasserklippen und Untiefen!

»Und wenn schon!« rief Kermorvan. »Das Boot ist bereits leck! Wir müssen durch!«

Einen schrecklichen Augenblick lang, während der Bug hüpfte und tief in die Wellen tauchte, glaubte Elof, daß sie kentern würden. Die Untiefen zischten und brodelten zu beiden Seiten, während er nach hinten taumelte; sie schlingerten kurz und kamen mit einem Ruck beinahe zum Stehen, während der Bug knirschend aufsaß, doch die nächste Welle hob sie wieder hoch und trug sie über das Hindernis, und sie schossen vor dem Wind dahin, schossen durch Wasser, das immer rauher, aufgewühlter wurde, gekrönt von Schaumstreifen und Mengen schwimmenden Seetangs, auf einen schmalen Kiesstrand zu, der sich am Fuße eines hohen, dunklen

Hangs entlangzog. Plötzlich gab es einen Schlag, und das Boot machte einen Satz, als sich das Seitenschwert in ein weiches Hindernis bohrte.

»Losschneiden!« rief Kermorvan, und Elofs Schwert fuhr krachend durch die Reling und durch Holzbohlen und Seile, einmal, zweimal, bis das Seitenschwert weggerissen wurde und in ihrem Kielwasser hüpfte. Dann war ein Knurren wie von einem weiteren Ungeheuer zu hören, das Boot wurde wie von Klauen gepackt, der Bug bekam einen heftigen Stoß und wurde krachend zerschmettert. Die Takelage sang einen mißklingenden Akkord und flatterte locker, Segel und Rah sanken als wirres Bündel herab, und der Mast brach und kippte auf das Deck. Sie alle wurden flach auf die Decksplanken geschleudert.

Nach diesem Augenblick des Schreckens und der lähmenden Verwirrung erschien das, was folgte, wie eine plötzlich widerhallende Stille. Erst als Elof vorsichtig den Kopf hob, nahm er allmählich wieder Geräusche und Empfindungen war. Die Geräusche waren rätselhaft, das Klatschen und Gurgeln einer Brandung gegen Stein; das Meer schwappte gegen einen Schiffsrumpf, der nicht mehr leicht und widerhallend, sondern dumpf, schwer, voll war. Und das, was er unter sich fühlte, war nicht mehr das Treiben auf den Wellen, sondern nur noch ein leichtes Schaukeln und Hüpfen, dafür verbunden mit einem andauernden Rutschen und Fallen. Er versuchte, sich hochzurappeln, und stellte fest, daß sich das Deck in einem unmöglichen Winkel nach Steuerbord neigte und sich nicht mehr bewegte. Er sah Wellen unter der Reling, die seltsam unbewegt aussah. »Wir sind auf Grund gelaufen!« sagte er.

»Wir sind auf den Strand aufgelaufen, wolltest du sagen.« Kermorvan, der aus einem Kratzer an der Stirn blutete, hangelte sich an der hinteren Reling entlang. »Zumindest mit dem Bug, und er ist aufgeplatzt wie eine faule Frucht. Es ist jedoch noch genügend Wasser unter uns, daß das Heck versinken und uns vielleicht mitreißen könnte. Wir tun gut daran, das Schiff sofort zu verlassen.« Elof nickte und erhob sich noch vorsichtiger. Das Heck tauchte bedrohlich ein, als er stand, und kam kaum wieder hoch. Ils, die nicht so leicht aus dem Gleichgewicht zu bringen war, stand aufrecht und auf stämmigen Beinen an der Ruderhalterung und band die Gepäckstücke los. Sie nahmen sie und stolperten nach vorn, wobei sie sich an der Reling, an Leisten und allem, was als Handgriff dienen konnte, festhielten. Eine gelockerte Bohle löste sich vollends unter Ils' Griff, und sie drohte, ins Wasser zu rutschen, doch Elof war schnell genug, um sie zu halten. Der Bug saß auf einer Kiesbank fest, etwa zwanzig Fuß vom Ufer entfernt, und sie mußten über das gesplitterte Holz hinunterklettern und halb watend, halb schwimmend die Strecke zum Strand zurücklegen und dabei darauf achten, daß ihre Ausrüstung nicht naß wurde. Sie taumelten auf den Strand und ließen sich jenseits der Wasserlinie auf die runden Kiesel fallen, keuchend vor Erschöpfung, und sie hatten das Gefühl, daß sich das Land, das sie seit zwei Wochen nicht berührt hatten, unter ihnen hob und senkte, so sehr waren ihre Körper inzwischen an die Bewegung des Schiffes gewöhnt.

Nach einer Weile drehte sich Kermorvan herum und richtete sich auf, um zu dem Wrack hinauszublicken. Und während er zusah, packten es die Wellen schließlich und zogen es von seinem schwachen Halt auf der Kiesbank. Es glitt davon, und sein zerstörter Bug hob sich noch einmal für einen kurzen Augenblick, bevor er eintauchte und verschwand. »Es hat uns im Stich gelassen«, bemerkte er voller Bitterkeit. »Den ganzen Weg bis hierher hat es uns gebracht, und dann versagte es auf dem letzten Stück. Wir müssen immer noch ziemlich weit von Kerbryhaine entfernt sein. Wenn es doch nur noch einen Tag oder zwei durchgehalten hätte ...«

»Du selbst hast gesagt, daß es niemals für eine solche

Reise gebaut worden ist«, erinnerte ihn Elof. »Du solltest lieber von einem Wunder sprechen, daß es überhaupt so lange durchgehalten hat und so gut gefahren ist. Obwohl dein und Ils' Können dabei eine ebenso große Rolle gespielt hat, davon bin ich überzeugt.«

»Ein Wunder?« warf Ils ein. »Nein, jedenfalls nicht nur. Die Schiffe der Duergar sind getreue Gefährte, sie wurden mit großartigen Eigenschaften versehen, nämlich denen der hervorragenden Reisetüchtigkeit und sicheren Ankunft. Es hat getan, was es konnte.«

»Ja«, bestätigte Elof. »Es wäre bestimmt fröhlich weitergesegelt, wenn wir nicht ans Ufer getrieben worden wären.«

»Getrieben? Meinst du ... absichtlich?«

Elof nickte mit düsterer Miene. »Hinter diesen Geschöpfen steckte ein Wille. Sie haben uns vor sich hergetrieben wie ihre Beute, in die Untiefen.«

»Bist du dessen so sicher? Weil du zu hören glaubtest, wie eins davon deinen Namen rief?«

»Nicht eins«, widersprach Elof. »Alle gemeinsam. Als ob die Rufe der gesamten Meute sich zu einer einzigen gewaltigen Stimme vereinigt hätten ... Mehr kann ich nicht sagen. Haben wir eine Ahnung, wo wir sind?«

»Das hoffe ich«, antwortete Kermorvan trübsinnig. »Ich hatte Zeit, etwas von dem Land zu erkunden. Wenn wir uns auf der südlichen Seite dieser Hügel hinter uns befinden, dann besteht noch Hoffnung; wenn nicht ... Doch wir müssen sie besteigen, um sicher zu sein.«

»Ach je«, sagte Ils mißmutig. »Aber nicht, bevor wir vollkommen getrocknet sind.«

»Und nicht vor einem Frühstück«, fügte Elof hinzu, während er in seinem Packsack wühlte. »Soviel habe ich nämlich von einem Freund namens Roc gelernt: 'Auch die schlimmste Lage stellt sich nach einer Mahlzeit erträglicher dar.«

Hoffnung oder Verzweiflung bedeuten wenig vor
dem Hungertod,
Hoffnung mag einen Menschen erhalten — eher jedoch
sein Brot.

Sie errichteten ein Feuer aus Treibholz, das sie an einem Felsen aufstapelten, obwohl Kermorvan Bedenken hatte, daß der Rauch bemerkt werden könnte. Doch Elof stülpte den Panzerhandschuh über und entzog ihm die Kraft zum Aufsteigen, so daß er sich träge über die Steine ins Wasser verzog, wie morgendlicher Dunst. Essen und Feuer erweckten tatsächlich ihre Lebensgeister wieder aufs neue, und nachdem sie sich etwas ausgeruht hatten und ihre Stiefel nicht mehr bei jedem Schritt vor Wasser quatschten, machten sie sich auf den Weg, um den Hang hinaufzuklettern, der vom Strand aus anstieg.

Es war eine mühsame Strecke, denn es gab keinen Pfad; das Gras und das Unterholz zu ihren Füßen wurden immer üppiger, und die Sonne schien sehr heiß. Kleine Vögel, blau wie Saphire, huschten durch das Laubwerk und kreischten unverschämt. Die Bäume waren hoch, standen jedoch nicht sehr dicht und spendeten wenig Schatten; von den meisten waren nur noch alte Stümpfe übrig, überwuchert von hohem Gras, das den Wanderern im heißen Wind etwas zuraunte. Sie konnten sich ihrer Umhänge und Wämser entledigen, nicht jedoch der Last ihres Gepäcks. »Das ist also das Südland«, keuchte Elof. »Ein Wunder, daß hier Menschen leben können!«

»Ach, kein Wunder, daß sie rote Haare haben«, fügte Ils mit belegter Stimme hinzu und hielt sich die Hand schützend vor die Augen. »Meins droht jeden Augenblick in Flammen aufzugehen.«

»Ihr solltet noch weiter nach Süden gehen«, sagte Kermorvan mit einem grimmigen Lächeln. »Denn dort macht die sengende Sonne den Boden hart und braun und brüchig und das Gras gelb, noch während es wächst. Und jenseits davon gibt es schrecklich verbrannte Wüstengegenden aus Stein und Sand, eine natürliche Schranke, die kein Mensch jemals überwinden kann, so wird behauptet. Fest steht, daß viele bei dem Versuch umgekommen sind, so weit nach Süden zu gelangen, nach Brasayhal, dem Mageren Land.«

»Seltsam«, lächelte Elof. »Hätten sie nicht einfach per Schiff dorthin fahren können?«

Kermorvan schüttelte den Kopf. »Unter den Seeleuten nennt man dieses Gebiet Niarads Ofen. Der Wind treibt die Schiffe dorthin, doch dann verschwindet er und überläßt sie einer Flaute, während die Wasservorräte ausgehen und die Mannschaften grausam verdursten. Niemand geht dieses Wagnis mehr ein.«

Elof zuckte mit den Schultern. »Das kann ich gut verstehen. Aber wer ist dieser Niarad, dessen Name so häufig fällt?«

»Weißt du das nicht?« rief Kermorvan erstaunt aus. »Aber natürlich, das kannst du ja gar nicht wissen. Nun ...« Er hielt inne und blickte zurück zu den Wellen, die weit unter ihnen wogten. »Er ist eine Macht, eine große Macht des Meeres. Du könntest ihn vielleicht als einen Vetter deines Freundes, des Raben, bezeichnen.«

Ils schüttelte energisch den Kopf. »Bei uns heißt es anders, daß die beiden nämlich von unterschiedlicher Sorte und Rangordnung sind. Erstens wird gesagt, daß Niarad entschieden älter ist als Rabe und mehr den ursprünglicheren Mächten, wie Tapiau, entspricht. Zweitens ist Rabe ein Wanderer, während Niarads Reich einzig und allein das Meer ist; man sagt, er *ist* das Meer, denn er lebt ständig darin und nimmt selten irgendeine körperliche Gestalt an, da er wenig vom Leben außerhalb seiner Grenzen hält.«

»Und doch ist überliefert, daß er bei der Gründung unserer großen Städte in vielerlei menschlicher Gestalt erschienen sei!« warf Kermorvan in scharfem Ton ein. »Und er wird bei uns in dieser und in keiner anderen Gestalt in Form von vielen Statuen angebetet.«

Ils zuckte mit den Schultern. »Vielleicht ist es so. Wer kennt sich mit den Mächten schon so ganz genau aus? Sie sind nicht von eurer oder unserer Wesensart, ihre Ziele sind selten durchschaubar. Jene sollen sich glücklich preisen, die es vermeiden können, näher mit ihnen zu tun zu haben.«

»Das Schicksal scheint mir jedoch nicht bestimmt zu haben, zu jenen Glücklichen zu gehören«, sagte Elof. Und während des restlichen Aufstiegs grübelte er lange und ausgiebig über die Stimmen und den Namen nach, den nur er gehört hatte.

Doch als sie schließlich den Gipfel erreichten, waren die Gedanken daran wie weggeblasen. Zunächst war es Besorgnis, die ihn alles andere vergessen ließ. Kermorvan hatte sich seit einiger Zeit mit einem Ausdruck dämmernder Erkenntnis eifrig umgesehen, und plötzlich rannte er den Hang hinauf, wobei ihm die Schritte seiner langen Jägerbeine einen großen Vorsprung vor den anderen verschafften. Und als er den Bergkamm erreicht hatte und hinunter in die Ferne blickte, sahen sie, daß er die Hände zu Fäusten ballte und zum Himmel hinauf schwenkte; dazu schrie er etwas mit schrecklicher Stimme. Verdutzt und beunruhigt strengten sie sich noch mehr an und hasteten japsend den steilen, grasbewachsenen Hang hinauf, um zu ihm zu kommen. Er wandte sich zu ihnen um, als Elof gerade den Kamm erreichte. »Verdammt soll dieses Seeungeheuer und all seine Artgenossen sein, verdammt zum Tode und ewigen Eis! Wir sind immer noch im *Norden* der Berge!« Er drehte sich um und erstarrte. »Und seht nur — bei den Pforten von Kerys, *seht* ...«

Doch Elof hörte ihn kaum, denn von seinem Standort aus konnte er auf die andere Seite jenseits der grasbewachsenen Berge sehen, und sofort war er verloren in der Bewunderung des Gebietes, das sich vor ihm ausbreitete.

Das Nordland hatte ebenfalls seine Reize, und er hatte im Laufe seiner Wanderungen viele davon gesehen. Doch der Norden sah selbst im besten Fall wie eine Wildnis aus. Das Land jenseits der Hügel jedoch war etwas, das er noch nie gesehen hatte, eine Landschaft, die durch und durch von Menschen gestaltet war. Es war ein Landstrich der kleinen Wasserläufe, und jeder davon war ein funkelndes silbernes Band, das zwischen sanften Hügeln in einer eigenen ausgedehnten Ebene verlief. Die Ebenen waren ein Fleckenteppich aus grünen und braunen und gelben Feldern, und die Hänge der Hügel in Terrassen mit Gärten und Weinbergen angelegt, unterbrochen von kleinen gepflegten, bewaldeten Hainen. Hier und da konnte er in den näheren Tälern Gruppen von Gebäuden ausmachen, die große Anwesen oder sehr kleine Dörfer hätten sein können, jedoch keine größeren Städte. Das Land sah insgesamt dicht besiedelt aus; er hatte das Gefühl, daß es irgendwie vibrieren müßte von der Aktivität der Tausende von fleißigen und geschickten Händen, die nötig gewesen sein mußten, um es zu gestalten und so zu erhalten. Es war ein Anblick des Meisterhaften, des Gedeihens, eines Volkes, das sich alles Lebende und Wachsende zunutze gemacht hatte. Selbst die Grasfläche, auf der er auf diesem nicht sonderlich gepflegten Hügel stand, erschien ihm gleichmäßiger, ebener, als sie im Norden gewesen wäre. Nirgendwo sah er die geringste Spur roher, ungezähmter Natur, bis er endlich die Augen von diesem erstaunlichen Anblick abwandte, um hinunterzuschauen in das tiefe Tal, das sich zu seinen Füßen erstreckte.

Es war in seiner gesamten Länge mit einem Streifen Wald bewachsen, der wie ein dunkler Überwurf wirkte; von allen Dingen, die sich seinen Augen darboten, sah nur dieser Streifen finster, wild und ungebändigt aus, ein wirr wachsendes Durcheinander. Er war größer als irgendein Wald im kalten Reich des Nordens, obwohl er nicht mehr Erhabenheit aufwies. Doch je mehr sich das Tal der Südküste näherte, desto schmaler und flacher wurde es, und dort schließlich, in Sichtweite zum Meer, wurde auch die dunkle Wand der Bäume geringer und erstreckte sich nicht weiter.

»Es ist ein schönes Land, euer Südland«, sagte Elof leise, und Ils, die neben ihm stand, nickte zustimmend.

»Schön, jawohl, ein edler Stamm. Doch wie ernährt sich die Blüte?« Kermorvans klare Stimme bebte. Er nahm Elof bei der Schulter und drehte ihn um, so daß er in Richtung der Südküste blickte. »Sieh dort! Betrachte Kerbryhaine-in-Bryhaine, die Stadt Kerbryhaine, die Schöne!« Seine Stimme sank fast zu einem Flüstern im Wind ab. »Und schau sie dir gut an, denn vielleicht siehst du niemals mehr davon. Wir kommen zu spät.«

Und Elof schaute, voll Bewunderung und Entzücken, auf das großartigste menschliche Werk, das er jemals gesehen hatte. Aus dieser Entfernung, leuchtend im dunstigen Licht, hätte es sich um ein winziges Spielzeug oder irgendein zierliches Kinkerlitzchen handeln können, das er auf seinem kleinsten Amboß geformt, in seinem feinsten Schraubstock bearbeitet hatte, eine anmutige Brosche aus polierten graugrünen Ringen, mit feinsten Elfenbeinintarsien, in der erhabenen Mitte mit Bronze und Gold gekrönt, am Rand mit Silber eingefaßt. Doch jetzt wirkte das Silber wie angelaufen, und Dunkelheit lag in der Luft, ein Hauch von Düsternis, der über dem Land ringsum hing wie der Qualm vieler großer Feuer.

»Kampf ist angesagt!« flüsterte Kermorvan beinahe tonlos vor Betroffenheit. »Und ich bin nicht dabei!«

»Kopf hoch!« sagte Ils mitfühlend. »Wir werden noch rechtzeitig dort eintreffen.«

»Rechtzeitig?« schrie Kermorvan aufgebracht. »Wenn das Boot durchgehalten hätte, wären wir in spätestens einem bis zwei Tagen dort gewesen. Jetzt haben wir noch einen Marsch von einer Woche oder mehr vor uns!«

»Sicher nicht!« rief Ils aus. »Sie kann nicht viel mehr als vierzig Meilen entfernt sein, deine große Stadt, und die Strecke führt zum größten Teil durch fruchtbares, leicht zugängliches Gebiet. Können so erprobte Wanderer, wie wir es sind, diesen Weg nicht innerhalb von drei Tagen zurücklegen?«

»Natürlich!« pflichtete Elof bei. »Die Küste verläuft in einer Biegung, um die wir hätten herumsegeln müssen. Auf dem Landweg brauchen wir ihr nicht zu folgen, sondern können eine so direkte Strecke wählen wie die Flugbahn einer Fliege. Wenn wir erst einmal diesen Wald hinter uns gebracht haben, was kann dann noch ...«

»Wir können nicht durch diesen Wald gehen«, unterbrach ihn Kermorvan ärgerlich und ließ sich schwer ins Gras nieder. »Das können wir nicht wagen!«

Elof blickte zu seinem Freund hinunter. »Was soll das heißen? Nicht wagen? Das sagt der Mann, der ganz allein die halbe Mannschaft eines Ekwesh-Kampfschiffs niedergemacht hat? Der es mit einer ganzen Bande von Schneetrollen aufgenommen und versucht hat, einen angriffslustigen Wal mit dem Ellbogen beiseite zu schieben?«

»Jawohl, und der bereit war, einen Drachen in die Knie zu zwingen!« klang Ils glockenhell. »Ausgerechnet dieser Mann hat Angst vor ein paar nichtigen Bäumen, wenn es darum geht, seine Stadt zu retten?«

Kermorvan verzog angewidert den Mund. »Ich habe keine Angst, nicht in dem Sinn, wie ihr es meint! Ich fürchte lediglich ein Mißlingen! Oder würdet ihr eine steile Klippe hinabspringen, um euch einen mühsamen Umweg zu ersparen? Das sind keine gewöhnlichen Bäume. Was du dort unten siehst, erstreckt sich ohne Unterbrechung zurück bis an die Ausläufer eurer Berge, Ils, und weiter durch das Land dort, nach Osten.«

Ils holte tief Luft. »Dann handelt es sich um einen Teil des Großen Waldes? Ich habe gehört, daß er sich fast bis ans Meer erstreckt, aber ich wußte nicht, daß er hier ist.«

»Jawohl, der Wald, Tapiau'la-an-Aithen, das schwarze Herz des ganzen Landes. Und wir erweisen keinem unserer Heimatländer, sei es im Norden, Süden oder unter der Erde, einen guten Dienst, wenn wir auf Nimmerwiedersehen verschwinden.«

»Verschwinden?« sagte Elof.

»In der Tat, und zwar spurlos. Das geschieht mit allen, die sich in dieses Schattenreich verirren. Kennt man bei euch im Norden nicht die Überlieferungen vom Reich der Bäume?«

»Einige«, sagte Elof. »Aber bestimmt gibt es ...«

Kermorvan schüttelte den Kopf. »Einst war es noch viel größer, es erstreckte sich durch alle Täler, die du im Süden gesehen hast, und einige Randbereiche waren weniger dicht und düster als der übrige Teil. Zu Zeiten unserer Stärke, als wir zu große Verluste durch diesen Wald erlitten hatten, erhob sich mein Volk dagegen wie gegen einen Eindringling oder Unterdrücker und säuberte eine Fläche von vielen Meilen davon. Doch es gelang uns niemals, diese Schlucht davon zu säubern, und bis zum heutigen Tag meiden wir sie, mit Ausnahme einiger übermütiger Narren. Und diese versuchen solche waghalsigen Unterfangen nie mehr als einmal.«

»Haben sie zu große Angst, sich ein zweites Mal auf ein derartiges Abenteuer einzulassen?«

»Sie kehren vom ersten nicht zurück.«

Ils schnaubte verächtlich. »Das ist doch albernes Zeug, Freunde. Die Duergar sind manchmal gezwungen, die Randgebiete des Großen Waldes zu durchqueren. O ja, es lauern dort jede Menge Gefahren. Doch für welchen Teil des Tapiau-Reiches trifft das nicht zu? Doch es gibt nichts so Unbezwingbares, so Allmächtiges, daß wir das Wagnis nicht eingehen könnten — nicht einmal, was die Kinder Tapiaus betrifft. Ich sage euch, ich würde eher wagen, dieses kleine Tal zu durchqueren, als zuzusehen, wie meine Heimat in die Hände von Menschenfressern fällt.«

»Dann haltet ihr mich also für einen Tölpel und Feigling, weil ich es nicht wage?« sagte Kermorvan verbittert.

Sie legte ihm vertraulich die Hand auf den Arm. »Ich glaube, die Verschwundenen waren nicht solche Männer wie du, Kermorvan, oder wie du, Elof. Wenn die Wale deinen Namen kannten, vielleicht werden ihn dann auch die Bäume kennen.«

Kermorvan riß sich sichtlich zusammen. Er saß einen Augenblick lang schweigend da, die Arme um die Knie geschlungen, und blickte hinunter auf die dunklen Rauchwolken, die um seine Heimatstadt herum aufstiegen. Er zitterte, trotz der wärmenden Sonne. »Ihr beide würdet also das Wagnis eingehen, für ein Land, das nicht einmal eure Heimat ist?«

»Du weißt, welches mein eigentliches Anliegen ist«, sagte Elof, und auch er blickte hinaus aufs Meer, wie er es einst getan hatte, vor langer Zeit. »Doch wenn ich warte, bis deine Stadt gefallen ist, dann wird mein Vorhaben in jedem Fall fehlschlagen. Und außer dir waren noch andere Südländer meine Freunde. Für sie, für dich, für meine Mission, ja, dafür würde ich es wagen.«

Ils schmunzelte. »Dein ehemaliger Meister hätte Ansker und mich um ein Haar genau wie die anderen in einen tiefen Abgrund gestürzt. Diese Rechnung ist noch offen, abgesehen von allen anderen, die mit dem Eis, dem er dient, noch beglichen werden müssen. Jawohl, ich wage es.«

Kermorvan lächelte still, wie jemand, dessen Sorgen plötzlich vertrieben worden sind, und er sprang leichtfüßig auf. »Dann kann ich ehrenhafterweise nicht weniger wagemutig sein! Kommt! Vor der Grenze des Waldes fließt ein Fluß, wir werden dort etwas essen und trinken und den besten Weg auskundschaften. Los, kommt! Worauf wartet ihr noch?« Und er schritt entschlossen los, den Hang hinunter.

Ils grinste Elof an, doch er hatte Mühe, ihre Heiterkeit zu teilen. Angst und Mut waren Dinge, mit denen er sich bald genug hautnah würde auseinandersetzen müssen, und er wunderte sich, wie wenig er sie verstand. Auf dem Ekwesh-Schiff und seither noch bei vielen anderen Gelegenheiten hatte er Kermorvan kühne Taten vollbringen sehen, und er hatte ihn schlicht für furchtlos gehalten, sich der Gefahren so wenig bewußt, wie Elof die Gefahr von Verbrennungen angesichts eines Schmiedefeuers bewußt war. Elof hatte diese Eigenschaft bewundert, doch sein Gefühl hatte ihm gesagt, daß es irgendwie übermenschlich, unerreichbar sei und er selbst niemals hoffen könne, selbst so zu werden. Doch hier und jetzt hatte sich Kermorvan ängstlich gezeigt. Er hatte vor etwas gescheut, das offenbar die schlimmste Gefahr war, die er kannte, es war eine Angst, die seit der Kindheit in ihm steckte, und dennoch schritt er, dem Anschein nach sehr ruhig, hinein in den Schatten dieser Gefahr. Wie hatte er das erreicht? Vielleicht, indem er eine Furcht gefunden — nein geschaffen hatte, die größer war als die vor dem Wald, die Furcht vor der Unehrenhaftigkeit. Elof seufzte. Welche größere Furcht könnte er in sich selbst finden als die vor einer Begegnung mit seinem ehemaligen Meister, bewaffnet mit der Frucht und dem Preis von Elofs eigener schlimmsten Tat? Wenn der Schmiedemeister sie gegen ihn anwandte, würde er lediglich der Gerechtigkeit dienen. Was sonst hatte er zu befürchten als das?

Die dunklen Spitzen der Bäume schienen sich von unten zu ihnen hoch zu bohren. Die Wanderer waren auf einer Höhe mit ihnen, lange bevor sie den Talboden erreicht hatten; sie staunten über ihre gewaltige Größe und die Dichte des Laubdaches, das sich über das Tal breitete. »Man meint, man könnte darüberlaufen«, rief Ils aus.

»Das wäre kaum weniger gefährlich«, erwiderte Kermorvan trocken. Obwohl es erst früher Nachmittag war, tauchte die Sonne bereits hinter die steile Wand des Tales, und eine uralte Schwermut hüllte den Wald wie ein Schattenschleier ein. Er haftete an den kahlen niedrigeren Baumstämmen, dämpfte alle Geräusche und ließ die Sicht verschwimmen. Nur an den Rändern schimmerten die Bäume hellgrün im Sonnenlicht; hinter ihnen ragte die Masse des Waldes wie eine Wand aus Dunkelheit auf. Doch als sie anhielten, um im Schatten der am äußersten Rand stehenden Bäume, Reihen sich neigender Erlen entlang eines Flußufers, etwas zu essen, erschien ihnen die Umgebung einigermaßen ruhig und friedlich. »Und an dieser Stelle kann der Weg hindurch nicht allzu weit sein«, bemerkte Elof ermutigend, nachdem sie ihr bescheidenes Mahl beendet hatten. Er bückte sich, um ihre ledernen Wasserflaschen aus dem Fluß zu füllen, der klar und flach neben ihnen den Hang herunterstürzte, um tosend durch den von ihm selbst gegrabenen Kanal zwischen den Wurzeln von hohen Tannen, die ihn wie Torpfosten säumten, zu rauschen. Kermorvan, der auf einem Stück geräuchertem Fleisch herumkaute, schwieg. »Höchstens ein paar Meilen«, fügte Elof hinzu. »Und dann folgt eine leichte Strecke durch eine hügelige Landschaft, wie es aussieht. Bei Einbruch der Nacht müßten wir es geschafft haben.«

»Wenn unser Weg ohne Hindernisse verläuft«, sagte Kermorvan und erhob sich. »Nun, wir haben nichts zu gewinnen, wenn wir hier herumtrödeln. Sind wir bereit? Nun denn! Aber Kerys! Wenn das nicht der einzige Weg wäre …« Und damit wandte er sich um und tauchte zwischen den Erlen hindurch in die Düsternis des Waldes, wie ein Taucher in tiefes Wasser; für die anderen, die ihm dicht folgten, war er bald davon verschluckt.

Sie eilten hinter ihm her und stellten fest, daß sie durch dichtes Unterholz stapfen mußten — Schwertfarn, Waldfarn, Fünffingerfarn, hoher Schachtelhalm, grell geringelt in Rot und Braun und Grün, wirr wuchernde Heidelbeerbüsche, Büschel von Iris und vieles andere, das sie nicht erkannten. Tiefhängende Zweige von Haselnußsträuchern, Ahornbäumen und Bergflieder streiften ihre Gesichter. Doch Kermorvan, der nur ein paar Schritte vor ihnen herging, glitt mit der Geschmeidigkeit eines geübten Waldläufers zwischen ihnen hindurch, und in seiner Spur war für sie das Durchkommen leichter. Ils hatte die geringsten Probleme von allen, da sie am kleinsten war, doch Elof, der sich ständig Blütenstaub aus den triefenden Augen wischte, griff nach seinem Schwert, in der Absicht, sich einen Weg freizuschlagen; dann fiel ihm jedoch ein, was er von Kermorvan hinsichtlich des Waldlaufens gelernt hatte, und er ließ davon ab. Es war nicht gut, wenn sie eine deutlich zu verfolgende Spur hinterließen, falls es Verfolger gab. Ihm wurde bewußt, daß der Boden unter ihnen wieder ein Gefälle aufwies, die Wände des Tals waren wieder schroff und steil, und als er sich umsah, war der Waldrand hoch über ihm; das Licht der Nachmittagssonne schien darüber wie über eine hohe Wand, durch die Baumstämme in dunstige Streifen gespalten. »Tief im Innern muß es Stellen geben, wo die Sonne niemals hinkommt, wo nie ein Lichtschein hinfällt.« Er sprach leise und zitterte dabei ein wenig. Selbst der Wind zwischen den Bäumen schien hoch über sie hinweg zu wehen, während es hier unten merkwürdig still war.

»Bestimmt gibt es die«, bestätigte Ils lachend. »Und was würdet ihr dort machen, wenn ihr nicht eine Duergar bei euch hättet, hm? Meine Augen sind ausgeruht wie noch nie, seit ich von euch Blinzlern verschleppt wurde! In diesem feinen Schatten sehe ich Muster auf Pflanzen und Steinen, die ihr nicht sehen könnt. Ich sehe allerlei kleine Dinge, die sich zwischen den Blättern bewegen. Die Pilze auf dem vermodernden Holz strahlen für mich in hellem Licht. Sagt mal ehrlich, habe ich keinen entscheidenden Vorteil gegenüber euch starken Schwertkämpfern?«

»Das hattest du schon immer!« schmunzelte Elof. Er war mit einemmal beinah schmerzhaft froh darüber, daß sie bei ihnen war, mit ihrer Ironie und guten Laune und ihrer steinernen Unerschütterlichkeit. In einem Anflug plötzlicher Zuneigung schlang er die Arme um sie. Sie schlug ihm mit der Faust in den Bauch, allerdings nicht besonders kräftig.

»Hände weg, du junger Mensch mit dem ausgeprägten Geruch! Zumindest bis du in etwas anderem als Meerwasser gebadet hast!«

Er war keineswegs beleidigt, sondern lachte. Sie waren seit ihrem ersten gemeinsamen Tag in Anskers Schmiede Freunde. Es war ihm niemals schwergefallen, Ils zu mögen und zu vergessen, daß sie von fremder Art war, von einer Rasse, die von den Menschen nicht allzuviel hielten, und daß sie zweifellos um einiges älter an Jahren war als er. Jetzt jedoch hatte sie ihn daran erinnert, auf ihre burschikose, halb scherzhafte Weise. Es machte ihm nichts aus, und er wurde auch den Gedanken nicht los, daß sie vielleicht vor allem sich selbst daran erinnern wollte.

Kermorvan ermahnte sie in strengem Flüsterton. »Hört auf, ihr zwei! Meint ihr, ihr macht einen Sonntagsspaziergang?« Sie wußten, daß er recht hatte, und verstummten. Der Wald war durchdrungen von den verschiedensten Lauten, auf die sie lauschen mußten, das hohle Plätschern von Sturzbächen, das Rauschen schwankender Zweige, das Rascheln von Blättern und das Knacken von Ästen am Waldboden, das Huschen und Flitzen kleiner Lebewesen, die Schreie von Vögeln. Sofern sich irgendeine Gefahr einstellen sollte, bestand die einzige Art von Warnung in diesen Geräuschen, indem sie sich plötzlich veränderten oder aufhörten.

Danach lauschte Elof, und während er lauschte, wurde ihm das Ausmaß des Waldes immer deutlicher bewußt. Die Geräusche schienen sich in die Unendlichkeit auszudehnen und jedes schwache Murmeln von der Welt draußen zu ersticken. Nach einer schwierigen Wegstrecke durch dichtes Gestrüpp blieb er atemlos zwischen einer Gruppe von Rotholzbäumen stehen. Er lehnte sich für einen Moment an einen dicken Stamm und blickte nach oben; vor Staunen erstarrte er. Sie ragten unglaublich hoch auf, diese schorfigen Baumstämme, wie Säulen, die den Himmel stützten. Sie wirkten sogar noch höher, wie sie so aus der steilen Böschung wuchsen, als sie ihm weiter oben am Berghang erschienen waren. Der kleinste davon war so groß wie der größte, den er in den Wäldern des Nordens jemals gesehen hatte, und sie standen enger zusammen. Die dicken Äste im oberen Teil der Stämme verbanden sich zu einem Geflecht und bildeten ein so dichtes Dach, daß nur ein wechselhafter Lichtschimmer auf den feuchten Boden darunter fiel, und an manchen Stellen nicht einmal das. Elof verstand das verschlungene Gewirr von Pflanzen, das er um sich herum sah; eine rankte sich an der anderen empor, und sie klammerten sich wie tobende Kinder an die Stämme der hohen Bäume, hauptsächlich Rothölzer, durchsetzt mit Tannen und Zypressen, die fast ebenso hoch waren. Es war der Kampf um einen Platz an der Sonne, der langsame, doch erbarmungslose Krieg sich drängenden Wachstums, dessen Eindringlichkeit, wenn man ihn erst einmal wahrgenommen hatte, beinahe erschreckend war. Es war, als ob man sich zwischen Statuen in kämpferischer Haltung bewegte und Blut fließen sah. Der Wald erschien mit einemmal als weit weniger friedlicher Ort, voller Eifersucht und bösartiger Lebenskraft. Er hastete weiter, um nicht hinter den anderen zurückzufallen, und er hatte das Gefühl, Kermorvan jetzt ein wenig besser zu verstehen.

Weitere Zeit verging, vielleicht eine halbe Stunde, und sie gingen immer noch bergab. Das Licht über ihnen erschien jetzt gedämpfter und grauer, die Bäume wirkten noch höher und überwältigender, falls das überhaupt möglich war. Ils spähte in das Dämmerlicht. »Wie tief unten liegt dieses Tal? Ich kann nicht einmal den weiteren Teil des Hangs sehen.«

Kermorvan nickte. »Wir werden nicht vor Einbruch der Nacht unten sein, fürchte ich. Elof ...«

Doch Elof bedeutete ihm mit einer Handbewegung zu schweigen, und sie standen sehr still da. Die Vögel waren beinahe gänzlich verstummt. Das Rauschen von Wasser drang jetzt lauter von unten herauf, doch es hatte noch einen anderen, sehr vertrauten Beiklang, ein zusätzliches Plätschern. Kermorvan hob den Blick, und Tropfen rannen ihm übers Gesicht. »Regen!« sagte er. »Nun, wir befinden uns hier unter so etwas wie einem Schutzdach, eine Stelle ist so gut wie die andere. Also können wir unseren Weg ruhig fortsetzen.« Sie legten sich die Umhänge um, zogen die Kapuzen tief ins Gesicht und marschierten weiter. Der Wind schaukelte die Baumwipfel und trieb die abgestorbenen Blätter des vergangenen Herbstes tanzend über den Waldboden, doch die gewaltigen Äste über ihnen bewegten sich kaum. Der Modergeruch wurde stärker, üppiger, schwerer, beinahe betäubend. Das Laubdach hielt tatsächlich den Regen ab, doch nur, um ihn in trägeren, dickeren Tropfen weiterzugeben, oder in Form eines Sprühdunstes, der sich überallhin einen Weg bahnte. Sie waren in kürzester Zeit vollkommen durchnäßt und taub für alles andere außer dem durchdringenden, unaufhörlichen Plätschern, ein Geräusch, das die Sinne einschläferte. Dann geschah es.

Elof hörte nur einen plötzlichen heftigen Windstoß, der wie ein großes Horn aufheulte, und das Krachen von Ästen über ihm, bevor etwas heruntersauste und auf seine Schulter prallte. Er drehte sich blitzschnell um und versuchte nach seinem Schwert zu greifen, doch statt dessen ergab sich die Notwendigkeit, mit einer großen Gestalt zu raufen und dabei die Hände in glatte nackte Haut zu krallen, die regennaß und glitschig war. Unvermittelt lag er ausgestreckt am Boden, mit einem Gewicht auf dem Rücken und einer harten Rute oder einem Stock wie eine Walze auf den Armen und dem Kopf, wodurch sein nach Luft schnappender Mund in die nasse Erde gedrückt wurde. Neben sich hörte er Ils japsen und fluchen; wild zappelnd richtete er sich ein wenig auf und erhaschte einen Blick auf Kermorvan, der noch auf den Füßen war und mit gezücktem Schwert einer Gruppe von unbestimmten Gestalten gegenüberstand. Ein Hieb traf seine Schädeldecke, und er sank benommen zu Boden. Dumpf hörte er ein Scharren, ein Klirren, Schreie und ein Klatschen, als ob etwas Schweres zu Boden geplumpst wäre. Dann wurde er grob auf die Beine gezerrt und stolpernd zu einer Seite gedrängt, während unsichtbare Arme seine Hände auf dem Rükken festhielten.

Mit verschwommenem Blick nahm er Ils wahr, zerzaust und zornig, doch ansonsten unversehrt, die auf ähnliche Weise wie er selbst vor ihm festgehalten wurde. »Wehre dich nicht!« raunte sie ihm zu. »Todesgefahr! Tapiaus Kinder!«

Erst da sah er die seltsamen Gestalten deutlich, die sie festhielten. Sie boten keinen erfreulichen Anblick. Sie sahen menschlich aus, doch sie waren unmenschlich groß und schlank, fast doppelt so groß wie Ils, mit sehr langen Gliedmaßen, und ihre Haut hatte die Farbe von hellem Honig. Man sah viel davon, denn sie waren nur leicht bekleidet, und auf ihn wirkten sie wilder als die Ekwesh. Um dieses festzustellen, reichte die Zeit soeben, bevor der wütende Kampf um Kermorvan auf ihn überschwappte. Ein Körper prallte mit Wucht gegen ihn, der Griff um seine Arme lockerte sich, und er stolperte nach vorn, einer weiteren rennenden Gestalt in die Quere, die ohne innezuhalten einen Satz über ihn hinweg machte und im Gebüsch verschwand. Rufe erschallten, ein Schrei gellte; er sprang auf, riß das schwarze Schwert mit einem kalten Pfeifen aus der Scheide und stürzte sich auf die Gestalten, die Ils festhielten. Sie ließen die Arme sinken und wichen tänzelnd zurück; einer holte mit einem Wurfspieß aus, er hieb mit dem Schwert danach und zersplitterte ihn. Dann waren sie ganz plötzlich verschwunden. Es war kein Trampeln im Unterholz zu hören, kein Geräusch des Fliegens; es war, als ob die Erde und der Schatten der Bäume sie verschluckt hätten.

Ils sprang hoch und streckte den Arm deutend aus. Elof wandte sich um und sah Kermorvan, der mühsam atmete, mit einem großen Blutfleck auf dem Umhang und noch mehr Blut an der Klinge. Zu seinen Füßen lag zuckend eins der fremdartigen Geschöpfe. Elof trat näher heran und riß erstaunt die Augen auf. In dem schmutzigen Harnisch aus metallbeschlagenem Leder steckte zweifelsfrei eine Frau.

»Mit welchen Walddämonen haben wir es denn hier zu tun?« keuchte Kermorvan. Er machte ein zutiefst bekümmertes Gesicht. Der lange Arm der Frau wies einen tiefen Schnitt auf, und eine Pfütze aus Blut sickerte in das Erdreich um die verstreut herumliegenden Splitter eines Gegenstands, der eine heimtückisch aussehende Pike mit Widerhaken gewesen war. Er und Elof sahen einander einen Moment lang hilflos an; das da war eine Feindin, doch konnten sie zusehen, wie sie vor ihren Augen verblutete? Sie waren ihrerseits nur festgehalten und nicht niedergestochen worden, wie es hätte geschehen können. Und sie könnte ihnen vielleicht irgendwie als Sicherheit dienen. Ohne daß ein Wort gefallen wäre, ließ sich Kermorvan auf die Knie nieder, drückte die Wunde mit seinen kräftigen Fingern zu, und Elof und Ils wühlten in ihrem Gepäck nach Verbandszeug und Salben.

»Dieser Schnitt müßte genäht werden«, brummte Kermorvan, »aber wir können keine Zeit für so etwas erübrigen. Das Anlegen eines Verbandes dauert nur einige Minuten, und fürs erste wird dadurch das Blut ausreichend gestillt; wir wollen hoffen, daß sich ihre Freunde auf das Behandeln von Wunden verstehen. Elof, sorge dafür, daß sie den Arm nicht verdreht. Ils, du hältst Wache. Was sind das überhaupt für Halbmenschen?«

Elof nahm den langen Arm in den Schoß, und fast hätte er ihn fallengelassen, als er die Hand sah. Sie war um die Hälfte länger als seine und auf befremdende Weise abartig. Es war, als ob eine gewöhnliche Hand gestreckt worden wäre, ohne jedoch dünner zu werden. Die vier Mittelhandknochen und die Finger daran waren alle unglaublich lang, und infolgedessen waren sie wie Haken nach innen gerollt, zur Handfläche hin. Der Daumen hingegen war kaum länger als seiner und etwas mehr seitlich an der Hand angebracht. Doch die Muskeln und Sehnen traten darum herum hervor, wie es auch bei den anderen Fingern der Fall war, und vermittelten ein eindrucksvolles Bild von drahtiger Kraft. Er stellte sich vor, wie jemand versuchen würde, mit solchen Händen Schmiedearbeit zu leisten, und schüttelte den Kopf. Kein Wunder, daß sie so primitiv waren! Doch etwas machte ihn stutzig; er warf noch einmal einen Blick auf den Harnisch und staunte. Es war kein grober Lendenschurz, wie er ihn zunächst an ihren Schenkeln zu sehen geglaubt hatte, sondern ein geformter Streifen weichen Leders um ihre Hüften, mit einem breiten Gürtel aus demselben Material. Kein übles Kleidungsstück, wenn es dem Träger nur um Schutz und nicht um Sittsamkeit ging, und das Leder war offenbar mit Mustern verziert. Mit Sicherheit waren solche auf den breiten beschlagenen Streifen, die vom Gürtel nach oben verliefen, um ihre Brüste zu bedecken, sie zu halten und als leichte Panzerung zu dienen. Wiederum ein Schutz, aber keine übermäßige Verhüllung. Das Ganze sah aus wie die Kampfausrüstung für einen Kundschafter oder Partisanenkämpfer, beschränkt auf das absolute Minimum. Aber auf jeden Fall würde sie Stiefel brauchen. Er blickte zu ihren Füßen hinab, und ein kalter Schauder durchfuhr ihn. Sie waren nackt, und sie waren ebenso seltsam geformt wie ihre Hände. Doch bei ihnen wirkte das irgendwie noch viel schlimmer. Wie mochte ihr Gesicht sein? Es war verdeckt von einem Wust wirren braunen Haars; zögernd schob er es zurück, und diesmal zuckte er wirklich heftig zusammen. Die Augen waren ein eisiggrünes Glitzern, groß, wild, schrägstehend, wie die eines Tieres; das Gesicht darum herum war straff gespannt, der Ausdruck zornig; die verzerrten Lippen entblößten gefletschte Zähne. Ihre Züge sahen so sehr wie die eines Tieres aus, daß er erwartete, sie würde sich auf ihn stürzen, doch dann erkannte er darin eine Grimasse der Angst, in einem Gesicht, das im wesentlichen so menschlich war wie seins. Er öffnete beruhigend die Hand, zog sie zurück und merkte, wie sie sich etwas entspannte. Kermorvan beendete das Anlegen des Verbandes und band den gebeugten Arm schnell an den Körper. »Das wird fürs erste verhindern, daß die Wunde aufs neue aufreißt. Jetzt sollten wir uns aber schleunigst wieder auf den Weg machen — und sie mitnehmen.«

»Ist das klug?« fragte Ils trocken. »Ist Geiselnahme etwas Ehrenhaftes?«

Kermorvan zuckte zusammen. »Es ist nötig. Es war richtig, daß wir ihr geholfen haben, doch es hat uns jene Zeit gekostet, die wir gewonnen hatten, indem wir die Wesen in die Flucht schlugen. Übrigens ist sie keine Geisel, ich werde ihr nichts zuleide tun. Aber das brauchen sie nicht zu wissen. Kommt jetzt!«

Erneut heulte eine Windbö durch die Bäume, und ein plötzlicher Regenschauer ergoß sich über sie. In den Bäumen war lautes Rascheln zu hören. »Zu spät«, zischte Elof mit zusammengepreßten Zähnen, und er verfluchte sich selbst. Jetzt war offenkundig, auf welche Weise die Geschöpfe so schnell verschwunden waren.

Vor allem er hätte darauf kommen müssen: diese Hand war ideal geformt zum Klettern auf Bäume, genau wie er seine Schmiedewerkzeuge dem Zweck entsprechend formte. Jetzt waren sie zurückgekommen, gemeinsam mit anderen; sie bewegten sich mit dem Wind, um nicht gehört zu werden, und ließen sich zu allen Seiten herab. Sie standen nun in einem großen Kreis um sie herum, lauernd und bedrohlich. Sie waren diesmal mit Bogen bewaffnet und dazu mit noch mehr Wurfspeeren; selbst Kermorvan unternahm keinen Versuch, sich zu bewegen.

Elof konnte ihre Gesichter jetzt deutlich sehen, und sie überraschten ihn. Zwischen denen der Männer und denen der Frauen bestand kein großer Unterschied; sie waren länglich, hell, mit klaren Linien und reiner Haut, mit hohen Wangenknochen und kantigen Kinnpartien. Es lag wenig Ausdruck darin, doch Wut zuckte um ihre Münder. Die Frau stand schwankend auf und stolperte hinüber zu ihnen, wobei sie ihren verbundenen Arm umklammerte.

»Wenn das ein Mann gewesen wäre«, brummte Ils empört, »dann hättet ihr ihn einfach seinem Schicksal überlassen.«

»Natürlich«, sagte Kermorvan geistesabwesend und machte gleich darauf ein leicht verdutztes Gesicht. Elof hielt ungeduldig die Hand hoch; die Frau hatte etwas zu den anderen gesagt, und er glaubte beinahe, es verstanden zu haben. Er straffte sich, als einer der Männer hervortrat, den Speer wie einen Stock ausgestreckt, und sie drei musterte. Er stand mit gespreizten Beinen und eingezogenen Schultern da, doch auch so wirkte er noch entschieden größer als irgendein gewöhnlicher Mensch, und er überragte sie alle. Dann sprach er, und seine Stimme war tief, jedoch weich und mitreißend. Elof neigte den Kopf, und der Mann wiederholte seine Worte.

»Er' Aika'iya-wahsa?«

»Er fragt uns, ob wir Ekwesh sind«, erklärte Elof. Ils

stieß ein kurzes verächtliches Schnauben aus, und Kermorvan ließ ein glockenhelles Lachen vernehmen, was bei ihm selten vorkam. »Nein! Wir sind keine Ekwesh!« dröhnte Elof und hoffte, daß er seinerseits ebenso gut verstanden würde. »Ekwesh ...« Er ballte die Hand zur Faust und machte eine Bewegung, als wolle er jemandem einen Boxhieb versetzen. »Versteht ihr?«

»Tapiaus Kinder hast du sie genannt, Ils«, sagte Kermorvan leise. »Habe ich nicht Ansker sagen hören, daß ihr Erfahrungen mit diesem Volk austauscht?«

»Nicht nur Erfahrungen«, sagte Ils mit angespannter Miene. »Das sind Bogen und Klingen von den Duergar — ein schwacher Trost! Wir haben jedoch wenig Kontakt mit ihnen, es ist ein seltsames Volk, und die Duergar haben keinen freien Zugang zu ihrem Reich. Ich habe sie noch nie mit eigenen Augen gesehen, und ich beherrsche ihre Sprache nicht. Eigentlich bin ich erstaunt, sie hier anzutreffen, denn sie leben hauptsächlich tief im Waldesinneren im Osten.«

Der Waldmann trat weiter vor, den Speer immer noch ausgestreckt, und bückte sich, um sie zu betrachten. »Das ist Lady Ils, sie ist eine Duergar«, erklärte Elof langsam und mit deutlicher Aussprache.

Der Waldmann wandte sich Kermorvan zu, der sehr aufrecht mit verschränkten Armen dastand. »Ich bin ein Krieger aus dem Südland«, sagte er ruhig, »mein Name ist Kermorvan.« Der Waldmann versteifte seine Haltung leicht, unterließ jedoch jede feindselige Geste. Für einen kurzen Moment lag der Schatten eines seltsamen, in die Ferne gerichteten Blicks in seinen Augen.

»Und ich stamme aus dem Norden«, sagte Elof und deutete den Berg hinauf. »Ich bin Schmied. Mein Name ist Elof.« Er tippte sich mit dem Finger auf die Brust, weil die Miene des Waldmanns keinerlei Regung zeigte. »Elof.«

Ruckartig senkte der Waldmann seinen Speer und rief einen Befehl. Die Bogen wurden ebenfalls gesenkt, doch die Waldleute schwärmten vor, und zwar so schnell, daß die Wanderer nicht darauf gefaßt waren. Bevor sie wußten, was geschah, befanden sie sich wieder im festen Griff von riesigen Händen, die stark genug waren, wie Elof inzwischen wußte, daß sich ein schwerer Körper daran von Ast zu Ast schwingen konnte. Er spürte, wie seine Füße sich vom Boden abhoben, seine Beine baumelten in der Luft, und dann hatte er den Eindruck, daß der Wald an ihm vorbeirauschte, während ihn die Waldleute in die Bäume hinauftrugen. Er zuckte zusammen, doch nichts schlug auf ihn ein, obwohl er von huschenden Mauern aus Grün umgeben war; er konnte nicht erkennen, wer ihn trug, ob die anderen dabei waren, ob er sich noch am Boden oder zwischen den Ästen der Bäume befand. Das wahnwitzige Wirbeln dauerte vermutlich nur ein paar Minuten, doch als er wieder klar sehen konnte, bewegte er sich durch einen vollkommen anderen Teil des Waldes. Er war von einer undurchdringlichen Düsternis umgeben, und als er nach oben blickte, war dort gar nichts, nicht die Spur vom Himmel oder einem Licht irgendwelcher Art. Irgendwo außerhalb seines Blickfeldes rauschte Wasser hohl und tief. Das Rascheln des Windes im Laubwerk war etwas sehr Entferntes, hoch oben und weit weg; über ihm bewegten sich die Zweige kaum, als ob der Wind von der Welt draußen sie kaum erreichen könnte. Es hätte genausogut sein können, daß er irgendwo in den tiefsten Gräben der Duergar verloren war und die wenigen riesigen Baumstämme, die allmählich in der Düsternis sichtbar wurden, dick genug, um die Wurzeln eines Berges zu sein, nichts anderes als Säulen waren. *»Ils?«* rief er. *»Kermorvan?«*

»Hier!« riefen Stimmen aus einiger Entfernung, und dann verstummten sie. Eine Hand schüttelte ihn grob, und er sagte nichts mehr. Vor ihm wurde ein schwacher Lichtschimmer immer größer, und er sah, daß seine Häscher sich am Waldboden bewegten, der jetzt frei von

Unterholz und mit nichts anderem bedeckt war als mit vermoderndem Laub, herabgefallenen Ästen und seltsamen Pilzen; das war kein Wunder an einem Ort, den das Licht der Sonne nicht erreichte. Doch weiter vorn war ein Streifen Helligkeit, einer grellen Helligkeit, eine Lichtung im tiefsten Wald. Dort wuchs nichts Höheres als eine Art Gras mit kleinen goldfarbenen Blüten, und in der Mitte ragte ein riesiger roter Baumstamm empor, allein und ohne Stütze, und er leuchtete im warmen Licht des Nachmittags. Dorthin wurde er gebracht, und er erwartete beinahe, daß man ihn daran festbinden würde. Doch statt dessen streckten sie seine Arme und legten seine Handgelenke flach gegen die Rinde. Dann setzten sie ihn beinahe ehrfürchtig ab und traten zurück. Er drehte sich halb um, um zu ihnen hinaufzublikken, und nahm dabei eine Hand von dem Stamm. Eines der Wesen, eine Frau, griff nach ihm mit einem Arm, der viel zu lang erschien, wie der einer Spinne, und drückte seine Hand wieder flach an. Dann trat auch sie wieder zurück.

Verwirrt wandte er das Gesicht dem Baum zu. Er roch den schwachen Duft des von der Sonne gewärmten Holzes und fand ihn angenehm. Die Rinde fühlte sich so ziemlich wie jedes andere Rotholz an, faserig und schorfig an einem stark gefurchten Stamm, der sich gleichzeitig weich und rauh anfühlte. Auch das war ihm angenehmer als normalerweise; es war ein schönes Gefühl, wie das Berühren eines Tieres mit weichem Fell, wie vielleicht damals bei seinem Vieh, wenn er das Lebendige unter der Haut, das Spiel der Muskeln, den Puls in den Adern spürte. Hier fühlte er das Leben des Baumes, die fließenden Säfte, die sich sonnenden Blätter, die trinkenden Wurzeln, den langsamen Rhythmus eines gemächlichen, unbehinderten Wachstums. Es war ein merkwürdiges, ein einzigartiges, aufregendes Gefühl, und er stellte sich einen ganzen Wald vor, in dem das Leben so wie hier pulsierte; sein Geist huschte von

Baum zu Baum, zu Büschen, Halmen, Farnen, Gräsern, Samen, Pilzen, Sporen. Und auch dort fand er Flecken einer schnelleren, heißeren Lebenskraft, zuckend wie das Funkeln der Sonnenstrahlen, die das Ganze mit Leben füllten, Gewürze, die einer Süßspeise das Aroma verliehen — animalisches Leben unter den Pflanzen. Er merkte, wie seine Erschöpfung, sein Schrecken in der Sonnenwärme schwanden, sein Durst verging, fast so, als ob auch er Wurzeln hätte, um den Flüssigkeitsspender Erde anzuzapfen. Dieser Kampf ums Dasein, wie er ihn jetzt wahrnahm, erschien ihm wie ein Tanz, ein Musikstück, das aus vielen Themen bestand, in dem alles sich einen eigenen Platz, eine Zeit errang und nicht wagte, diese zu überschreiten, um keine Disharmonie zu erzeugen. Alles würde vergehen, wenn die Zeit abgelaufen war, jedoch wieder neu wachsen. Er sah das verwobene Leben des Waldes in seiner Gesamtheit und das größere Ganze, zu dem sich seine Teile zusammenfügten. Ein Blatt zitterte, ein Baum knarrte, ein Bussard stürzte herab, Ameisen wimmelten herum; auf einer Lichtung, durch nichts aufgeschreckt, machte ein helläugiges Reh einen Satz und sprang davon. Ein Gedanke erwachte. Und er verstand.

Warum bist du hierhergekommen?

»Warum?« Er blickte sich wild um, doch er wußte, daß er diese Stimme nicht mit den Ohren gehört hatte. Es war ein gigantischer Laut, kalt, wie ein schallender Ruf aus weiter Ferne. Er hatte einen seltsam wilden Beiklang, an- und abschwellend wie das Heulen eines böigen Windes, wie die klaren Hörner der Jäger seines Dorfes; er erinnerte sich daran, wie sie in der Abenddämmerung in der Ferne ertönten. »Mein Name ist Elof ...«

Ich kenne deinen Namen. Warum bist du in mein Herrschaftsgebiet eingedrungen?

»Ich ... ich bin auf dem Weg ... in die große Stadt der Südländer. Sie wird von den Ekwesh belagert.«

Das ist mir zu Ohren gekommen. Was wollt ihr dort, du und deine Freunde?

Elof sah den Baum nervös an, sein Blick ging hinauf zu den untersten Ästen, die hoch über ihm waren. Ihm fiel auf, daß sein Wipfel spitz war, nicht gerundet, wie es bei so vielen Bäumen durch Blitzschlag der Fall war. Kermorvan hatte gesagt, der Wald sei der Urfeind seines Volkes; sollte er es wagen, dieser Stimme, die bereits so vieles zu wissen schien, von seiner Waffe, seiner Mission zu erzählen? »Ich ... und meine Kameraden ... wir wollen Hilfe bringen, das ist alles.«

Drei gegen Tausende? Sie können bestimmt gut auf euch verzichten.

Elof preßte die Lippen zusammen, um eine verbitterte Erwiderung zu unterdrücken. »Dann bist du also auch für die Ekwesh?«

Das Licht schien zu verblassen, und als er nach oben sah, stellte er fest, daß die Sonne hinter den Rand des Kreises von Bäumen gesunken war. Graue Wolken zogen quer über den runden Himmelsausschnitt. Irgendwo tief im Wald heulte ein Wolf, ein fernes Klagen voller Angst und Schmerz.

Ich? Ich habe nichts für die Aika'iya-wahsa übrig, auch nicht für ihren Anstifter, Louhis Weidmann. Kennst du mich denn nicht?

»Nein!« sagte Elof, der sich darüber ärgerte, daß mit ihm offenbar ein Spiel getrieben wurde, während er sich jedoch gleichzeitig fragte, ob er die Wahrheit sagte. Der Wind frischte auf, die Bäume schwankten und raschelten und verneigten sich vor ihm, als ob sie ihren Gehorsam bekunden wollten.

Ich bin Tapiau.

Elofs Finger gruben sich in die weiche Rinde. »Ich weiß nicht mehr von dir als diesen Namen.«

Ach nein? In den Worten klang beinahe Erheiterung mit. Ein großer Schwarm Tauben stob auf, schwirrte herum und ließ sich wieder auf den Ästen nieder. *Dann nehme folgendes zur Kenntnis, Einer Allein. Ich bin die Macht unter diesen Bäumen, dies hier ist mein Herrschaftsbereich, und ich habe dir nicht gestattet, ihn zu betreten. Du hättest einen anderen Weg nach Süden wählen sollen.*

»Das haben wir ja!« fauchte Elof voller Wut und Erregung. »Wir haben versucht, übers Meer dorthin zu gelangen, doch Wale zwangen uns an Land.«

Ach ja? Dann will Niarad euch also auch nicht in seinem Herrschaftsbereich haben. Aber ich werde mich gnädig erweisen. Geh, nimm deine Kameraden mit, und begebt euch auf den Rückzug.

»Aber es geht um Leben und Tod!« flehte Elof verzweifelt. »Was wir mitbringen ... ist von großer Wichtigkeit. Wenn wir die Südfeste nicht innerhalb weniger Tage erreichen, kommen wir zu spät!«

Der Wind zerrte an ihm, Blätter raschelten. Er sah nach oben, blickte sich um. Graue Wolken bedeckten jetzt den Himmel, und der Sonnenuntergang stand kurz bevor. Erneut platschten Regentropfen zwischen den Blättern hindurch. Es wurde kein Wort gesprochen, doch Elof spürte sofort jene Schattenwand, die er als erster gesehen hatte, eine große Gleichgültigkeit. Er schlug mit der Faust gegen die Rinde und war sich gleichzeitig im klaren darüber, wie sinnlos das war. Die Stimme war nicht in dem Baum; die Stimme war in dem gesamten Wald um ihn herum und reichte bis in die abgelegenste, ungeahnte Ferne. Der Baum war nur der Brennpunkt, örtlich begrenzt, wie ein Fenster, eine Tür. Und jetzt war er verschlossen, verriegelt, verbarrikadiert. Der Wald hatte sich von ihm abgewandt.

Er neigte den Kopf, und seine Hände rutschten am Baum nach unten. Er war im Begriff, sie von ihm wegzunehmen, als er von oben einen schrillen Schrei hörte und aus dem Augenwinkel einen zuckenden schwarzen Fleck sah. Er blickte wieder hinauf. Der Himmel erzitterte vor Licht, und in der Ferne dröhnte Donner. Es waren zwei; sie tanzten und wirbelten in den Böen der oberen Luftschicht und ritten auf dem herannahenden Unwetter wie zum Spaß. Dann kamen sie heran, Kreise und Spiralen drehend, sorglos krächzend und sich in Lauten verständigend, die er beinahe glaubte deuten zu können. Flatternd und kreischend brachen sie durch die Zweige des großen Baumes und ließen einen Hagel trockener, schuppiger Nadeln und Zapfen auf Elofs ungeschützten Kopf niedergehen, und mit einem letzten unverschämten Krächzen ließen sie sich auf einem dikken Ast nieder, der sich unter ihrem Gewicht bedrohlich bog.

Einer neigte den Kopf und betrachtete ihn mit sprudelnder Heiterkeit. *»Denken!«* krächzte er. Er hörte das Wort ganz deutlich.

»Erinnern!« krächzte der andere.

»Verspätung!« sagte der erste und plusterte sich auf.

»Gefahr!« sagte der zweite und fügte mit schriller, aufgeschreckter Stimme hinzu: *»Hilfe!«* Er klapperte laut mit dem langen schwarzen Schnabel und rieb ihn an der Rinde.

»Unwetter!« sagte der erste.

»Flieg!« krächzte der zweite, und mit wildem Flügelschlagen hoben sie ab. Erneut grollte Donner, erschrekkend nah, und wieder zuckte ein blasses Licht über den Himmel. Sie verschwanden mitten darin, wurden zu kleinen dunklen Punkten und waren nicht mehr zu sehen.

»Ich konnte sie verstehen!« sagte Elof laut, während er ihnen nachstarrte.

Jene, die das Blut des Wurms geschmeckt haben, verstehen nach und nach vielleicht einiges.

»Du schon wieder!« keuchte Elof. »Wie geht es jetzt weiter?«

Ich habe voreilig gesprochen. Du hast nicht viel über euer Vorhaben erzählt. Es ist wichtig, und ich will euch nicht behindern. Trotzdem dürft ihr nicht frei durch dieses Gebiet wandern und euch auch keinen Augenblick länger als unbe-

dingt nötig darin aufhalten. Meine Leute werden euch zur Südgrenze tragen, und zwar schneller, als ihr aus eigener Kraft dorthin gelangen könntet.

»Ich danke dir, Herr des Waldes!« sagte Elof mit stokkendem Atem.

So nennst du mich? Ich danke dir, und aus Dankbarkeit möchte ich dich warnen. Die Bäume knarrten leise. *Was ihr mitbringt, reicht nicht aus. Es ist noch etwas anderes vonnöten.*

»Mehr, Herr?« hauchte Elof, von plötzlicher Verzweiflung gepackt. »Ich habe nicht mehr zu geben ...«

Noch nicht. Aber ich werde eure Unternehmung unterstützen. Halte still! Ein hartes Krachen war zu hören, und etwas rutschte am Stamm herunter, um neben ihm am Boden zu landen. Er sah hin und stellte fest, daß es ein kleiner Ast war, eigentlich ein Zweiglein, das jedoch dick mit schuppigen Rotholznadeln bedeckt war.

Nimm das, und gib sorgsam acht darauf. Solange Nadeln daran sind, auch wenn sie verwelkt und abgestorben sind, haftet ihm etwas von den Eigenschaften des Waldes an. Es wird dich bei grellem Tageslicht nicht schützen, auch nicht bei klarem Mondschein oder zwischen den kalten Steingebäuden der Menschen; doch in der freien Natur, zur Zeit der Dämmerung oder der Dunkelheit wird es dich unsichtbar machen.

Elof bückte sich, um es aufzuheben, und er neigte den Kopf. »Wir werden es sinnvoll benutzen, Herr, und die Macht deines Reiches anerkennen. Aber was muß ich sonst noch ...«

Nichts, das ich dir geben könnte. Du wirst es wissen, meine ich, wenn du es am dringendsten brauchst. Geht jetzt!

Wieder spürte Elof, wie sein Arm gepackt und er herumgewirbelt wurde, und er sah, wie die Bäume auf ihn zueilten. Der stürmische Wind pfiff um ihn herum, die Äste schaukelten und nickten wild, und nun hörte die Bewegung nicht mehr auf, sondern setzte sich fort, ein wilder Taumel, der ihm den Atem raubte und ihn kaum zum Denken kommen ließ. Dann war der Rausch vorbei. Er sackte so plötzlich ab, daß ihm beinahe übel wurde, der Griff um seine Arme löste sich, Laub wirbelte um ihn herum, und er fiel mit einem Rascheln und Klatschen in eine Verwehung von modernden Blättern. Dort blieb er einen Augenblick lang sitzen und schüttelte den Kopf, ihm war schwindelig, und er war völlig verwirrt. Doch mit einer Hand hielt er immer noch einen langen Rotholzzweig umklammert.

»Elof!« schrie Ils, und während er sich aufrappelte und das feuchte Laub von sich abstreifte, sah er seine Freunde, die zwischen den Bäumen hindurch zu ihm gerannt kamen. Ils war als erste da und schlang so heftig die Arme um ihn, daß ihm die Rippen weh taten. »Wo bist du denn abgeblieben, du Idiot? Wir wissen nur noch, daß man uns verschleppt hat, wir hörten dich rufen, und dann wurden wir hierhergetragen.«

»Und fallengelassen«, sagte Kermorvan und bog dabei vorsichtig den Arm. »Aber sie haben uns all unsere Sachen gelassen. Allmählich glaube ich, es war nicht ganz dumm von mir, die Wunde dieser Waldhexe zu versorgen.«

»Das sind seltsame Leute«, sagte Ils.

»Das stimmt, noch seltsamer als das Bergvolk«, brummte Kermorvan, während sie sich ihren auf einem Haufen liegenden Sachen zuwandten und anfingen, sie einzusammeln. »Ich nehme an, Elof, du bist ihrem Häuptling vorgeführt worden?«

»Nenne ihn lieber ihren Vater«, sagte Elof.

»Wie bitte?«

»Später«, sagte Elof kurzangebunden. Er machte sich daran, den Rotholzzweig sorgsam in einer Seitentasche seines Packsacks zu verstauen und sich diesen aufzuschnallen. »Fragt mich später, wenn es unbedingt sein muß. Wir müssen sofort von hier aufbrechen.«

Kermorvan zuckte mit den Schultern. »Kein Problem. Wir haben das Tal hinter uns gelassen und befinden uns jetzt fast an der südlichen Grenze der Bäume. Nur einen

Marsch von ein oder zwei Stunden von hier entfernt gibt es einen Paß durch die Berge.«

Ils zitterte. »Aber das Wetter! Können wir nicht wenigstens die Nacht hier im Schutz der Bäume verbringen anstatt dort draußen in den Bergen, wo der Wind ...«

Das Geräusch, das sie zum Schweigen brachte, war nicht laut, aber es war sehr umfassend, als ob viele Bäume und Büsche gleichzeitig raschelten. Sie drehten sich um und bemerkten den Schatten, der sich langsam zwischen dem dichteren Grün hinter ihnen bewegte. Er sah aus wie eine sich bewegende Wand hinter den Blättern. Hände tasteten nach Schwert und Axt, während der Schatten langsam heranschlich, doch dann sanken sie unwillig wieder herunter, als sie die wahren Ausmaße des Dings erkannten. Der wuchtige Körper war mehr als doppelt so groß wie Kermorvan; es stand auf vier Beinen, das sich mit den Rotholzstämmen ringsum sowohl hinsichtlich des Umfangs als auch des Aussehens messen konnte, denn das Scheusal war von oben bis unten von spärlichem, zottigem Haar bedeckt, das am dünnsten an den kleinen dreieckigen Ohren war. Kleine, rotgeränderte Augen, in denen eine etwas boshafte Fröhlichkeit glitzerte, leuchteten aus dem knochigen Schädel mit dem langen Oberkopf, und darunter waren — am befremdendsten von allem — zwei riesige gebogene Hauer aus gelblichweißem Horn oder Zahnbein. Sie waren sogar noch länger als die vorderen Gliedmaßen des Tiers und kreuzten sich an den Spitzen, und dazwischen ragte eine gewaltige, sehr bewegliche Schnauze hervor, die schnaubend durch das dichte Laub schnüffelte.

»*Ein Mammut!*« flüsterte Ils. »Aber von einer Sorte, die größer ist als jede, von der ich jemals gehört habe, das steht fest.« Die Schnauze sah lächerlich aus, bis sie beobachteten, wie sie mit lässiger Kraft einen dicken Ast knickte, gegen die der Arm eines Trolls schwach erschienen wäre. Nicht weit entfernt war ein ähnliches Knacken und Rascheln zwischen den Bäumen zu hören. Die Wanderer wichen gleichzeitig zurück, sehr behutsam und zaghaft.

»Wollt ihr immer noch hier verweilen?« zischte Elof. »Tapiau fordert uns auf zu gehen!«

»Ich merke genau, wenn ich irgendwo hinausgeworfen werde!« murmelte Ils. »Die Berge gewinnen mit einemmal gehörig an Reiz!«

Also nahmen sie ihre übrigen Gepäckstücke auf, hüllten sich in ihre dunklen Umhänge und schlichen leise zwischen den Bäumen hindurch, bis sie schließlich in die wolkenverhangene Abenddämmerung hinausgelangten. Der Hang vor ihnen war steil, das Buschwerk dicht und schwer zu durchdringen, doch sie hielten nicht inne, sondern begannen mit dem Aufstieg, so schnell sie konnten. Hinter sich hörten sie einen trompetenartig schmetternden Schrei, doch nur Elof blieb für einen Moment stehen und drehte sich um, um zurückzublicken auf den stumpfen Glanz des Laubdaches, zu einer Stelle, wo es sich um die Spitze des höchsten Baumes herum ein wenig teilte, und er berührte kurz die rauhen Umrisse des Zweigs in seinem Packsack. Dann rief Ils ihn, und er eilte weiter.

ZEHNTES KAPITEL

Das Härten

So geschah es, daß die drei Wanderer noch in derselben Nacht die südlichen Hänge des hohen Gebirges überquerten und schließlich das schöne Land Bryhaine erreichten. Sie fanden den Paß ohne Mühe, und nach seiner Überquerung gelangten sie in ein Gebiet, das Kermorvan gut kannte. Selbst in der Dunkelheit, wenn der Mond nur ganz schwach durch die dichten Wolken schimmerte, war er in der Lage, sie auf vielen kleinen gewundenen Pfaden entlang der Hänge zu führen, und er führte sie so gut, daß sie bald darauf die Berge hinter sich gelassen hatten und schließlich am Eingang eines schmalen Tales ihr Lager aufschlugen. Neben ihrem Lagerplatz stürzte ein kleiner reißender Fluß über eine Treppe von Wasserfällen und unergründlichen Teichen in der Tiefe, und in der Morgendämmerung des folgenden Tages, nachdem sie in einem der Teiche gebadet hatten, brachen sie auf und folgten diesem Fluß. Er verlief in vielen Windungen zwischen kleinen Baumgruppen hindurch und über freie grüne Wiesen und kam schließlich zu einer niedrigen Steinmauer, die einen Weingarten als Eingrenzung umschloß. Im Vorbeigehen stellten sie fest, daß die Trauben bereits schwer an den Reben hingen. »Das sieht nach einem guten Jahrgang aus«, sagte Ils.

»Doch wer wird die Lese besorgen, frage ich mich?« sagte Elof. »Hört!«

»Ich höre nichts«, sagte Ils verdutzt.

»Nichts, genau!« bestätigte Elof. »Jenseits des Weingartens liegen Felder, ein Bauernhof. Und die Bauern hier sind bestimmt keine größeren Faulpelze als einige der Nordländer, die ich kannte. Zumindest müßten einige von ihnen jetzt bei der Arbeit sein. Hört ihr vielleicht das Klappern von Hufen, das Gackern von Hühnern, das Schreien von Tieren, die auf die Weide oder zum Melken geführt werden?«

»Nein, gar nichts«, sagte Ils, und so war es auch. Es war Hochsommer, und das Land stand in üppiger Reife, das Korn wartete auf ausgedehnten Feldern auf die Ernte, Früchte hingen prall in Obsthainen. Doch die einzigen Geräusche, die von Menschen zeugten, waren das dumpfe Dröhnen und Grollen entfernter Kriegshandlungen, und sie hallten in der Leere wider. Die Menschen waren geflohen.

»Einige wenige sind vielleicht weiter ins Landesinnere gezogen«, sagte Kermorvan, während sie zur ersten Furt durch den Fluß hinuntergingen. »Nach Westen, in das wilde Gebiet rund um die Berge, wo ich einige Duergar-Pforten vermute, Ils. Doch für uns ist das ein rauhes und unwirtliches Land. Die meisten halten sich jetzt wohl innerhalb der Stadtmauern auf, zehren die Nahrungsvorräte auf, verbrauchen das Wasser der Brunnen und leben so dicht aufeinander, daß sich Krankheiten ausbreiten. Ich hätte die Bauern nicht eingelassen, doch das Stadtsyndikat hat bestimmt anders entschieden.«

»Das scheint mir das gütigere Vorgehen zu sein«, sagte Elof nachdenklich.

»Für den Augenblick erscheint es gütig, doch für die Zukunft ist es schlecht. Sie behindern und schwächen unsere Verteidigungskraft, und vielleicht bringen sie das Verhängnis über alle anderen, während sie im Landesinneren genauso sicher oder gar sicherer gewesen wären.«

»Und wenn auch«, gab Ils zu bedenken, »könntest du sie davonjagen, wenn sie mit großem Wehgeschrei vor den Toren stehen?«

»Ich hätte sie von Anfang an gar nicht bis zu den Toren kommen lassen, sondern hätte Vorkehrungen getroffen, Befehle gegen jegliches unbedachte Verhalten erlassen und dafür gesorgt, daß diese verstanden werden. Und sie würden verstanden, wenn ihre Notwendigkeit überzeugend dargelegt würde. Wie sonst kann das Reich verteidigt werden? Doch das Syndikat hat bestimmt eine andere Einstellung, es möchte das arme, zartbesaitete Volk nicht beunruhigen. Nun, ich wette, inzwischen ist es äußerst beunruhigt.«

Er stampfte mit energischen Schritten platschend durch die Furt, ohne sich im geringsten von der starken Strömung beeindrucken zu lassen, die an ihren Fußknöcheln zerrte.

Für drei abgehärtete Wanderer war dies eine leichte Strecke, die Pfade und holperigen Wege empfanden sie als großen Luxus; sie kamen schnell voran, und es war noch nicht Mittag, als sie den Kamm der ersten der Hügelketten erreichten, die sie noch von der Stadt trennten. Nun war sie nur noch fünfzehn oder zwanzig Meilen entfernt, und sie konnten sie ziemlich klar erkennen, obwohl die Luft in der Mittagshitze flimmerte. Von der Form einer Brosche war sie zu der Form eines großen Schildes gewachsen, errichtet auf einem Schachbrettmuster-Wappen von Feldern und einem felsigen Hügel mit hohen Türmen als Mittelbuckel, von dem die elfenbeinfarbigen Mauern sich kreisförmig von innen nach außen fortsetzten, so wie sich die Kräuselung im Wasser ausdehnt, wenn man einen Stein hineinwirft. Zu Friedenszeiten wäre dies ein schöner Anblick gewesen, doch jetzt trugen sowohl Wappen als auch Schild die Spuren und Narben des Krieges. Rauch stieg in dicken Schwaden von vielen der Felder auf, die braun waren wie Narben einer sich ausbreitenden Krankheit inmitten der üppigen Grün- und Gelbtöne des Sommers.

Auch das Meer war gefleckt, sein Glanz getrübt durch unzählige schwarze Segel. So viele es auch waren, die hohen Mauern ließen sie winzig erscheinen, und innerhalb dieser stieg kein Rauch auf. Doch es war deutlich zu erkennen, daß die Stadt jetzt umzingelt war und die Belagerung begonnen hatte.

Es war gleichzeitig ein großartiger und schrecklicher Anblick, diese belagerte Festung. Kermorvan warf einen entsetzten Blick darauf und wandte ihn dann schnell ab, um mit entschlossenen Schritten den Abstieg ins Tal zu beginnen. Elof und Ils sahen einander an und rannten ihm dann hinterher.

Dieses Tal war breiter und sein Boden nicht so eben, doch Kermorvan schritt dahin wie ein Mann, den nur noch wenige Meter von seinen heimatlichen Gefilden trennen, während ein Unwetter naht. Die anderen mußten ihn beinahe gewaltsam zurückhalten und ihn daran erinnern, daß es nicht ratsam war, erschöpft und ohne die nötige Vorsorge in der Stadt anzukommen. Es war gut, daß er auf ihre Worte hörte, dann als sie ein kleines bäuerliches Anwesen durchquerten und um eine Ecke bogen, sahen sie sich plötzlich einer auf Raubzug befindlichen Gruppe von Ekwesh gegenüber, neun an der Zahl, die gemütlich zwischen den Obstbäumen herumlungerten und es sich bei Essen und Trinken gutgehen ließen. Einen Herzschlag lang waren ihre kupferfarbenen Gesichter starr vor fassungslosem Staunen, dann war Kermorvan zwischen ihnen, bevor sie die gestohlenen Weinschläuche fallen lassen und nach ihren Speeren greifen konnten; er stürzte sich auf sie wie ein heulender Windstoß. Drei streckte er mit zwei weit geschwungenen Hieben nieder, noch während sie im Aufstehen begriffen waren, und zwei sackten röchelnd zu Boden, als sie gerade in Kampfstellung gehen wollten. Dann griffen Elof und Ils ein und befaßten sich mit den anderen; die schwarze Klinge sang im Licht, als sie deren Speere zerschmetterte. Ils hieb einem von ihnen mit ihrer Axt die Beine ab, Elof durchbohrte einen anderen, als dieser Anstalten machte, auf sie einzustechen, und die anderen beiden ergriffen die Flucht. Doch Kermorvan holte sie an der Mauer des Bauernhauses ein, schickte einen mit einem Fausthieb zu Boden und ließ den anderen inmitten der Splitter der zerschmetterten Tür sein Leben aushauchen. Der zu Boden gegangene Krieger sprang auf und holte mit einem langen Messer zum Wurf aus, doch Ils' Axt traf ihn zwischen den Schulterblättern, und er stürzte. Kermorvan stieß sein Schwert durch ihn hindurch. »Denn keiner«, sagte er, »darf entkommen, um einen Alarm auszulösen, sonst würde man in kürzester Zeit Jagd auf uns machen. Ich zweifele nicht daran, daß sie sich überall auf dem Land breitgemacht haben, denn bestimmt haben sie nicht genügend Nahrungsvorräte für eine so große Streitmacht mitgebracht. Wir müssen auf der Hut sein. Jetzt haben sie also ein paar Mäuler weniger zu stopfen, und ich hoffe, bald werden es noch weniger sein. Sollen sie sich doch an ihren Freunden hier gütlich tun, wenn sie sie finden!«

Trotz Kermorvans Ermahnung, auf der Hut zu sein, führte er sie doch in schnellem Tempo über Land, und nur in der Nähe von Siedlungen und Behausungen ließ er mehr Vorsicht walten. Doch davon gab es nur wenige, und sie lagen weit verstreut. »Hat Bryhaine nicht noch andere Städte?« erkundigte sich Elof bei Kermorvan.

»Es sind insgesamt nur drei, die einigermaßen groß sind, eine Hafenstadt im Süden mit dem Namen Bryhannec, und zwei im Landesinneren gelegene. Unsere Häfen im Norden sind kleiner, sie haben etwa die Größe eurer großen Städte im Nordland. Die meisten Leute ziehen es vor, in einem großen Zentrum zu leben; vielleicht ein Vermächtnis aus jener Zeit, als wir über das östliche Meer zum erstenmal in dieses Land gekommen sind und uns allein zwischen riesigen Wäldern und Bergen befanden, ausgedehnter als jene, die wir hinter uns gelassen hatten. Selbst jetzt noch zieht es uns stets mehr an die Küste, wo immer wir uns niederlassen.«

Sie sahen noch drei weitere Ekwesh-Gruppen, bevor sie das Tal verließen, doch nur aus der Ferne; sie schlenderten dahin und erwarteten offensichtlich keine Schwierigkeiten, so daß das Ausbleiben der anderen allem Anschein nach noch nicht bemerkt worden war. Bei Einbruch der Nacht erreichten die Wanderer die Hänge der letzten Hügel und schlugen ein bequemes Lager in einer leeren Schäferhütte auf; sie aßen ausgiebig, entzündeten allerdings kein Feuer.

»Unsere Vorräte sind beinahe vollkommen aufgezehrt«, sagte Ils schläfrig.

»Und wenn schon?« entgegnete Kermorvan, der sich bereits in seinen fleckigen Umhang hüllte. »Morgen werden wir in die Stadt einziehen und ihr zum Sieg verhelfen, oder anderenfalls brauchen wir uns nie mehr Sorgen ums Essen zu machen. Es schadet also auf keinen Fall, wenn wir uns jetzt bei Kräften halten.«

»Morgen«, dachte Elof, während er um den Schlaf rang, den er niemals zu finden glaubte. »Morgen die Stadt — und dann? Werde ich es finden, dieses eine, das ich noch brauche? Kann ich es überhaupt rechtzeitig finden?« Doch dann überkam ihn doch unerwarteterweise der Schlaf, und er wanderte durch unruhige Träume. Gesichter drehten sich vor ihm, durchscheinend vor einer Dunkelheit wie mondbeschienene Wolken, die Gesichter von Ils, Kermorvan, Roc und immer wieder von Kara. Doch hinter allem war stets das Schwert; sein rätselhaftes Muster war nicht mehr beständig, sondern verlief wie Öl in Wasser, veränderte sich so, daß er es wie eine Schrift lesen konnte, und mit wachsender Erregung erkannte er, daß es ihm das Geheimnis verraten würde, das er erfahren mußte. Dann folgten ein Flimmern, Zittern und Wirbeln, und das Muster verwandelte sich erneut, diesmal in haßerfüllte Gesichter, die ihn verspotteten und höhnisch grinsten. Und immer noch näherte sich das Schwert, schwoll an und wuchs zu einer riesenhaften Größe, bis es ihn mit lautem Krach und einem dumpfen Grollen wie von einem einstürzenden Berg traf und er bis ins Herz hinein aufgeschlitzt war.

»Was war das?« schrie er und setzte sich mit einem Ruck auf. Dann wurde ihm bewußt, daß er geträumt hatte, und doch schien es ihm, als ob ein schwacher Widerhall seines Traums noch immer in der kühlen Luft der Morgendämmerung bebte.

»Ein einzelner Donnerschlag!« sagte Kermorvan leise von seiner Schlafstatt neben der Tür her. »Der Blitz hat mich aufgeweckt. So etwas ist bei unseren Sommergewittern sehr selten. Merkwürdig. Immerhin kam das Wecken genau zur richtigen Zeit. Wir müssen aufbrechen.«

Elof und Ils erhoben sich, wobei sie ein wenig murrten, und bereiteten mit ihrem letzten Proviant ein herzhaftes Frühstück zu, während Kermorvan in besorgtes und gereiztes Grübeln versunken war und kaum einen Bissen anrühren wollte. Er bemängelte gar die Verschwendung der Minuten, in denen sie sich vor dem Aufbruch an einer nahen Quelle Wasser ins Gesicht spritzten, doch jetzt hatte er eine vorsichtigere Gangart eingeschlagen; er hielt ständig nach allen Richtungen Ausschau und war sehr darauf bedacht, daß sie nicht gesehen wurden. So nahe an der Stadt wagten sie nicht, über den Hügelkamm zu gehen und sich gegen den Himmel abzuzeichnen, sondern sie folgten einem gewundenen Pfad entlang der Hänge, und sie waren ständig wachsam, um Anzeichen oder Geräusche, die auf eine Gefahr hindeuteten, wahrzunehmen. Daher war es bereits Nachmittag, als sie in ein kleines Wäldchen kamen, das den letzten und niedrigsten Hang säumte. Elof wußte, daß sie nun nicht mehr weit weg sein konnten, denn das Rauschen des Meeres drang ihm leise in die Ohren, und er roch es in der Luft. Doch es gab auch andere Geräusche und Gerüche, und zwar weniger angenehme. »Hier können wir eine kleine Rast einlegen und unseren Weg auskundschaften«, sagte Kermorvan. »Von der anderen Seite aus sieht man direkt auf die Stadt hinunter.«

Sie kamen zu einer Reihe von Bäumen, zwischen denen dichtes Buschwerk und hohe Farne standen; vorsichtig teilte er das Gestrüpp und spähte hinaus. Dann hörte Elof, wie er tief Luft holte, und es klang wie ein Schluchzen; ob aus Wut oder Kummer oder Verzweiflung hätte er nicht zu sagen vermocht. Er schob sich ebenfalls vor und blickte hinaus, und auch er holte bei dem Anblick, der sich ihm bot, tief Luft. »Das erinnert mich an mein Dorf«, sagte er leise und schluckte. »Das wird dir töricht vorkommen, da es doch in einem winzigen Winkel dieser großen Festung Platz gehabt hätte ...«

Kermorvan schüttelte heftig den Kopf, doch sein Gesicht war grau. »Nein. Das ist überhaupt nicht töricht! Auch im kleinsten Ort darf kein solches Gemetzel stattfinden, es trifft sie genau wie die großen. Es ist dasselbe und genauso von Übel, im Großen wie im Kleinen.«

»Er hat recht«, sagte Ils. Sie schnallte ihren Packsack ab und zog ein fein gearbeitetes, leuchtendes Kettenhemd hervor. »Mein Volk, deins, seins — jeder Tod wiegt gleich viel, und ein Ausgleich der Waagschalen geschieht auf grauenvolle Weise. Das muß aufhören!«

Sie waren nun nicht mehr als etwa zwei Meilen von den Stadtmauern entfernt, auf gleicher Höhe mit den höchsten Türmen, und die Stadt breitete sich vor ihnen aus. Nach Elofs Einschätzung erstreckte sie sich von einem Hügel in der Mitte nach allen Seiten hin in das flachere Land ringsum. Es war unglaublich, daß eine umlaufende Mauer, die hufeisenförmig vom Hafen ausging und auch dort wieder ankam, eine so große Ansammlung von weit ausladenden Dächern in allen Farbtönen von Schiefer über Graugrün und verwittertes Elfenbein umschließen konnte. Elof hatte den Eindruck, als könne man sein Dorf und alle anderen Dörfer, die er je im Leben gesehen hatte, in diese Stadt hineinpacken, ohne daß es aufgefallen wäre. Elfenbeinfarben waren auch die hohen Mauern, die mäanderartig hier und da zwischen den Dächern hindurch verliefen und einen Teil der Stadt von einem anderen trennten, und zwar auf eine Weise, die auf den ersten Blick sinnlos erschien, bis ihm klar wurde, daß daran die Geschichte ihres Wachstums abzulesen war, von innen nach außen, wie bei den Jahresringen eines Baumes. Wenn nach einigen Generationen zu viele Menschen außerhalb der Mauern lebten, um noch eine Verteidigung von innen gewährleisten zu können, baute man einfach einen weiteren Mauerabschnitt oder sogar einen vollständigen Mauerring. Manchmal wurde die innere Mauer danach abgerissen, aber meistens ließ man sie als zusätzlichen Verteidigungswall stehen. Elof ließ die Augen von außen nach innen über die Mauern wandern und staunte über ihre große Zahl. Diese Stadt war wahrhaft eine antike Stätte.

Und kein Teil wirkte älter oder edler als das Herzstück, der Ursprung all dieses Wachstums. Das Herz der Brosche, der Mittelbuckel des Schildes bestand aus einer felsigen Erhebung, zur schmalen, landwärtigen Seite hin auf einem sanften Hang geneigt, als schroffe Klippe zum Hafen hin abfallend. Oben drauf, wie der Kamm eines Helms, ragte eine große Festung mit sieben hohen Türmen auf. Die unteren Schrägen der Zitadelle waren grau, denn sie waren gänzlich aus dem natürlichen Felsen gehauen, während die Türme aus elfenbeinfarbenem Stein bestanden, ebenso wie die Mauern und Dächer dazwischen. Sie standen wie ein Diadem auf der Stirn des Felsens, und der höchste erhob sich direkt auf der Spitze der Klippe über dem Wasser. Die Turmspitzen glänzten in der Mittagssonne, strahlender noch als das Meer unter ihnen, denn sie alle waren mit Bronze gedeckt und von goldenen Firsten gekrönt.

Soviel hätte Elof gesehen, wenn er die Stadt Kerbryhaine zum erstenmal in Friedenszeiten erblickt hätte. Vielleicht hätten sich einige Schiffe mit weißen Segeln im Hafen bewegt oder Rauch hätte sich von der großen Herdstelle der Zitadelle gen Himmel gekräuselt, wo man für den Abend ein Festessen vorbereitete. Doch jetzt war es anders, ganz anders. Die Sonne tauchte noch immer die Turmspitzen in ihr mildes Licht, die vielfarbigen Banner, mit denen sie geschmückt waren, flatterten stolz im Wind, der von der See her wehte. Doch über sie erhoben sich größere Fahnen, die viel mehr verrieten; dunkler Qualm stieg auf, der von keinem freudig-festlichen Ereignis kündete, sondern vielmehr von dem verwüsteten Land ringsum.

Von hier aus war die Zerstörung, die der Landschaft angetan worden war, überdeutlich zu erkennen; die verstreuten Lager, Feuerstellungen, Schützengräben und eilends errichteten Befestigungsanlagen sowie die Reihen von schwarzgekleideten Kriegern, die dazwischen herumwimmelten wie Ameisen, verrieten genug. Von dem, was einst Gebäude außerhalb der Mauern gewesen waren, waren nur noch geschwärzte Ruinen übrig; was einst Felder und Weiden und Wiesen gewesen war, war niedergetrampelt und mit verstreutem Schrott von Kriegsgerät, Schutt, Trümmern und Beutegut bedeckt. Was einst liebliche Wäldchen vor der Mauer gewesen sein mußten, war abgeholzt worden, und die Stämme waren als Rammböcke oder Stemmbalken an den Toren benutzt oder zu großen Plattformen mit Leitern verarbeitet worden, die auf Rollen gegen die Mauern geschoben wurden, um Krieger hineinzuschütten.

Auch der Hafen war beschädigt, sein Wasser erstickte an den skeletthaften Wracks von Schiffen, von denen einige auf Grund aufgelaufen und andere vom verunreinigten Wasser ausgespuckt worden waren. Jenseits der Mauer am Meer waren die Segel, die das küstennahe Gewässer und die offene See dicht bevölkerten, allesamt schwarz. Die düsteren Schiffsrümpfe der Ekwesh lagen vor Anker, die lebensechten Gesichter, mit denen die Seiten bemalt waren, bedrohten die Stadt mit aufgerissenen Mäulern. Die Schiffsdecks waren genau wie die Stellungen an Land gesäumt von Katapulten mit schrecklichen Pfeilen, Harpunen und Stein- und Metallgeschossen.

Doch nicht nur von den Feldern und vom Meer aus wurden die Banner der Vernichtung in die Stadt getragen; überall flammten immer wieder neue Feuer auf. Die Zerstörung war ins Innere eingedrungen. Dem äußersten Mauerring, der noch einen Tag zuvor ein festes Bollwerk gegen den sich ausbreitenden Qualm und Gestank gewesen war, war jetzt eine schreckliche Wunde an der nördlichen Flanke zugefügt worden, eine große, gezackte Lücke klaffte über einem Haufen eingestürzter Steine, verkohlt und von Asche bedeckt wie nach der Einwirkung verheerender Hitze. Durch sie hindurch ergoß sich wie eine Seuche ein Strom der schwarzen und weißen Banner der Ekwesh. Auf der anderen Seite lagen graue und elfenbeinfarbene Dächer zerschmettert am Boden, und dazwischen tanzten triumphierende Feuer. Durch die mit Schutt und Asche bedeckten Straßen huschten Gestalten mit verzweifeltem Durchhaltewillen, stürmten vor und flitzten zwischen Gebäuden hindurch und rannten auf Teilen der Mauer entlang — Verteidiger, die immer noch versuchten, den Feind zurückzuschlagen, bis sie endgültig von beiden Seiten umzingelt wären. Doch die Banner drängten immer weiter vor, und weitere kamen von außen herein. Es war, als ob Mehltau eine schöne Blume befallen hätte und sich allmählich immer weiter nach innen ausbreitete, bis zum Herzen. Die düsteren Insignien flatterten bereits über einem hohen runden Turm am Ende der Mauer am Hafen, und hinter ihrer Brustwehr aus dem vom Meer weißgewaschenen Stein sammelten sich düster gewandete Gestalten. Die erste Mauer stürzte ein; überwältigt, nutzlos — der erste Kreis war eingenommen. Die Ekwesh hatten die äußere Verteidigung gebrochen und befanden sich in der Stadt.

»Wie konnte das geschehen?« flüsterte Kermorvan erschüttert. »Diese Mauer hätte noch viele Tage standhalten müssen, selbst bei einem solchen Ansturm. Und doch stehen sie bereits auf Vaydes Turm! Sie wagen es ... welche Zauberkraft hat das bewirkt?«

Elof betrachtete lange und eingehend die klaffende Lücke, und in seiner Erinnerung loderten Balken plötzlich lichterloh auf. Mit einemmal befand er sich wieder auf einem anderen Hügel, über einer anderen Stadt, mit dem Widerhall eines anderen Donners, der ihm noch immer in den Ohren klang.

»In der Tat, eine Zauberkraft!« stieß er keuchend hervor, und finsterer Zorn stieg in ihm auf. »Denn auf dieselbe Weise wurde meine Stadt eingenommen. Wenn jemals ein Zweifel bestand, dann ist er jetzt ausgeräumt. *Er* ist hier! Denn er hat die Blitze hervorgerufen, die unsere Mauern zum Einstürzen brachten.«

»Ist es das also, was wir gehört haben?« murmelte Kermorvan und schüttelte den Kopf. »Die äußere Mauer ist gefallen. Der Zustand der inneren ist bei weitem schlechter, warum greift er sie nicht unverzüglich an?«

»Weil ihn der Zauber erschöpft. Er muß sich dafür in einem schweren Kostüm und mit Maske durch einen wilden Tanz in Ekstase bringen und eine große Macht heraufbeschwören — hier eine noch größere als in Asenby, wo sein Angriff nur einem Mann galt, nicht einer Mauer. Heute wird er kein zweitesmal zuschlagen. Aber morgen ...«

»Morgen in aller Frühe«, knirschte Kermorvan, »wird sein Tanz für immer beendet werden. Sieh dort!«

Kermorvans Augen verengten sich zu Schlitzen, und er starrte angestrengt zum Dach des eroberten Turms, mit dem sie sich jetzt fast auf einer Höhe befanden. Elof folgte seinem Blick. Selbst aus dieser Entfernung zeichneten sich die Gestalten im klaren Licht deutlich ab; einige trugen Speere und schwarze und weiße Rüstungen, die meisten waren mit prunkvollen Gewändern und Kopfbedeckungen angetan, die sie als Oberhäupter auswiesen, doch unter ihnen war einer, dessen Gewand schlicht schwarz und ohne Verzierung war, obwohl er einen Helm mit einem riesigen Kamm trug. Er trat an die Brustwehr, stieg darauf, beugte sich vor und streckte einen Arm aus. Während er das tat und während die Trompeten einen anschwellenden Akkord schmetterten, glitzerte das rauchverhangene Licht der Sonne sonderbar trübe auf der Klinge, die er in weitem Bogen schwenkte, wie die Schreckenssichel einer unsichtbaren Macht. Eine der grob gezimmerten Belagerungsplattformen wurde rumpelnd gegen den von den Verteidigern gehaltenen Teil der Mauer gerammt. Die ersten Krieger waren im Begriff zu springen, als Haken von der Brustwehr schwangen und ein rauchendes Faß mit Öl oder Teer angestoßen wurde und mitten unter sie hinunterrollte. Es loderte sofort wie eine riesige Fackel auf, Schatten hüpften in den Flammen und fielen von der Leiter — Ameisen im Feuer. Dann wurden die Haken zurückgeholt, und die ganze notdürftig zusammengeschusterte Konstruktion machte einen Satz, neigte sich, klappte zusammen und brach über den fliehenden Ekwesh zusammen. Doch noch während sie zusammenbrach, wurden durch Winke mit den Bannern vom Turm aus Zeichen gegeben, und Katapulte, Steinschleudern und anderes Gerät wurden herbeigeschafft, um einen erneuten Angriff auf die Mauer zu unternehmen. Steine donnerten gegen das Mauerwerk, zerschmetterten die Brüstung und ließ todbringende Brocken durch die Luft sausen. Ein Pfeilhagel ging auf den Wall nieder, und getroffene Männer stürzten auf die Köpfe ihrer Erzfeinde. Eine weitere Plattform wurde herangeschoben, Reihen von Männern schwärmten darum herum, doch sie schienen einen Moment in ihrem Ansturm zu zögern, als sie in Reichweite eines brennenden Turms kamen. Wieder zischte das Schwert wie eine Sichel durch die Luft, und die Kampflinie verwischte sich, vermengte sich und strömte zusammen wie der sonst so geregelte Verkehr eines Ameisenhügels, wenn ein Kind mit einem

Stock darin herumstochert. Die neuen Angreifer schwappten durch die Ruinen des vorigen, als ob sie gar nicht vorhanden wären. Männer kletterten auf die Plattform, noch während diese geschoben wurde, und bevor sie schwankend gegen die Mauer prallte, sprangen sie direkt auf die Speerspitzen der Verteidiger hinunter und überfluteten sie in einer taumelnden, wahnwitzigen Woge. Flammen tobten von dem eingestürzten Turm aus über den trockenen Boden, und Qualm vernebelte das Schauspiel.

Elof legte sich die Hand vor den Mund und wandte sich ab. Eine tiefe Leere tat sich in seinem Innern auf, ein eisiges Nichts, von dem alle Gedanken und Gefühle gleichermaßen verschluckt wurden. Kermorvan sah ihn eindringlich und fragend an. Elof nickte einmal und spürte dabei, wie sich ein bitterer, salziger Geschmack in seinem Mund ausbreitete, ein übelkeiterregendes, blutiges Gift. Er spuckte in das Gestrüpp zu seinen Füßen und sah, daß es Blut war, und plötzlich spürte er einen Schmerz in der Hand; er hatte sich tief in den Daumenballen gebissen, ohne es zu merken.

»Dann bleibt uns nichts anderes übrig, als dich zu ihm zu bringen«, sagte Kermorvan ruhig. Seine kalten Augen trafen Elofs, und seine Miene war so ausdruckslos wie seine Stimme. »Dafür bin ich über das Eis und das Meer gekommen und habe viele andere Gefahren überstanden, ich werde jetzt nicht aufgeben. Wirst du aufgeben?«

Benommen schüttelte Elof den Kopf.

»Also gut. Wir warten hier, bis es dunkel wird, und dann werde ich dich durch die Linien der Ekwesh in die Stadt und zum Turm bringen. Aber du, Lady«, fügte er hinzu und wandte sich an Ils, »du bist weiter mit uns gekommen, als du beabsichtigt hattest. Am besten bleibst du fürs erste hier, von wo aus du immer noch nach Hause zurückkehren kannst, falls die Sache schlecht ausgeht.«

Sie sah ihn entrüstet an. »Ich soll hier Däumchen drehen, wenn die Dinge gerade anfangen interessant zu werden? Meint ihr, ihr wärt ohne mich so weit gekommen? Nein, mein Junge. Ich komme mit! Oder fürchtest du, man würde mir in deiner noblen Festung keinen freundlichen Empfang bereiten?«

»Doch, das wird man«, sagte Kermorvan grimmig, »weil du bei mir bist. Doch später müssen vielleicht erst einmal viele alte Irrtümer aufgeklärt werden.«

An diesem Tag sahen sie noch viele Male, wie das Schwert über der Stadt geschwungen wurde, und beobachteten, wie Visionen von Angst und Schrecken in seinem Schatten in die Tat umgesetzt wurden. Männer wurden in den Wahnsinn gestürzt und wie Spreu im Wind auf ihre Feinde zugetrieben, bis Blut in dunklen Strömen am warmen Stein hinunterfloß. Einige Male wurde das Schwert in Richtung Hafen geschwungen, und dann drängten noch mehr dunkle Schiffe heran; Ruder droschen wie wild in den schmalen Wasserrinnen zwischen den Schiffsrümpfen, als ob sie die Ertrunkenen aufwecken wollten. Schließlich wagte es ein kleines Schiff, direkt unter den Schatten eines hohen Turms zu segeln, und der Bogen seines Katapults war himmelwärts gerichtet. Ein Geschoß von der Größe einer Harpune drang durch ein Turmfenster mit einer breiten Galerie darunter, ein Seil wurde hochgehievt, und daran schwärmten Ekwesh mit Bogen und über die Schultern getragenen Speeren herauf. Sich halb mit den Händen hochhangelnd, halb auf dem Fels gehend, hatten sie beinahe die Galerie erreicht, etwa sechzig Fuß über dem Hafen, als sich das nächste Fenster öffnete; eine Pike drückte das Seil gegen den Fels und schnitt es durch. Die Kletterer hatten keine Chance, sondern stürzten mit ihm in die Tiefe, um zerschmettert auf dem Deck oder im Wasser zu landen. Die Ruder tauchten zum Rückzug wie verrückt ins Wasser, doch dann wurde ein Gegenstand von großem Ausmaß und Gewicht über die Brüstung der Galerie gekippt. Er fiel auf das Deck des unseligen Schiffs, wobei er sich um die eigene Achse drehte, traf das Vorderdeck und brach durch die Planken. Wasser spritzte auf, das Schiff schlingerte und neigte sich zur Seite, der Mast knickte, und links und rechts stürzten Körper ins Wasser. Die Verteidiger beugten sich unter jubelndem Triumphgeschrei über die Galerie. Doch das Katapult am Heck war noch immer bemannt, und ein Hagel schwerer Geschosse schlug rings um das Fenster ein. Die große Galerie knarrte, brach von der Mauer ab und krachte hinunter auf das sinkende Schiff und die Schwimmenden darum herum, so daß Verteidiger und Angreifer gleichermaßen ein vereintes Ende fanden. Elof, dem es übel geworden war, legte den Kopf in die Hände; nur vor den Geräuschen konnte er sich nicht verschließen.

Als die Abenddämmerung heraufzog, ließen diese allmählich nach, und es waren nur noch kleinere Feuer, die in der Düsternis aufloderten, während sich die Angreifer in ihre Lager zurückzogen. Doch es war kein Friede in der Stille, die sich über die belagerte Stadt herabsenkte. Es war eine gespannte, lauernde Stille, das verzweifelte Verharren des verwundeten Tieres, das in seinem Schlupfloch zittert. Und im Lager herrschte das Stillhalten des Jägers, abwartend, während der Blutgeruch bereits in der Luft lag. Die drei Wanderer spürten dieses lauernde Abwarten, während sie zwischen den Bäumen hindurchhuschten. Der Mond warf ein schwaches Licht; sie setzten ihren Weg mit größter Vorsicht fort, von Busch zu Busch, vom Schatten eines Baumes in die Deckung einer Hecke oder eines Zaunes, und sie krochen über die freien Felder. Die Felder waren jetzt nicht mehr mit Getreide, sondern nur noch mit Asche bedeckt, und darunter waren die Gebeine der vielen, die nicht mehr rechtzeitig Schutz gefunden hatten, sowohl Menschen als auch Tiere. Der erste Überfall war überraschend erfolgt, die Stadt war nicht darauf vorbereitet gewesen, soviel war deutlich zu erkennen, und Kermorvan knirschte mit den Zähnen. Viele der menschlichen Schädel waren klein. »Dafür muß bezahlt werden!« murmelte er. »Und nicht nur von den Ekwesh, wenn es nach mir geht.«

Es dauerte vielleicht noch zwei Stunden, bis sie in Sichtweite der äußeren Linie der Belagerer kamen, und sie sahen direkt vor sich eine breite Kette von eingezäunten Lagern, bei denen viele Männer in der Dunkelheit zwischen den Feuern patrouillierten. »Sie sind sehr wachsam«, bemerkte Kermorvan leise, während sie im Schatten einer eingestürzten Mauer vorankrochen, am geschwärzten Skelett eines Baumes vorbei. »Sieg oder Niederlage muß jetzt an einem seidenen Faden hängen. Morgen früh ...« Er sprach nicht weiter, doch die anderen wußten Bescheid. Am morgigen Tag würde wieder ein Geschoß ein weiteres Stück Mauer zertrümmern und damit vielleicht auch den erlahmenden Kampfeswillen der Stadt. »Und diese Wachsamkeit erschwert uns unsere Aufgabe beträchtlich. Um den Turm zu erreichen, müssen wir auf irgendeine Weise in die Stadt gelangen, und das bedeutet, wir müssen an den Wachen bei dem Durchbruch vorbeikommen — habt ihr deren Feuer gesehen? — und unbemerkt durch die Straßen schleichen. Das wird ein zeitraubendes und gefährliches Unterfangen! Es ginge schneller, wenn wir über die Mauer kletterten, aber ...«

Elof hüstelte zögernd. »Es gibt etwas, das uns die Sache vielleicht etwas erleichtert — zumindest bis zur Mauer. Ich bin nicht sicher ... ein Talisman ... ich habe ihn aus dem Wald mitgebracht.« Er griff in seinen Packsack und zog den kleinen Zweig heraus.

Die anderen musterten ihn voller Unbehagen. »Ein Talisman, sagst du?« flüsterte Ils. »Aber welchen Nutzen soll er uns ...«

Ihre unvollendete Frage wurde durch einen Geruch beantwortet, der sie umwehte, ein warmer Duft, harzig, schwer, zu Kopf steigend. Er durchflutete die Seele und sang dort das zarte Lied der Insekten im warmen, stillen Zwielicht. Elof hielt den Zweig hoch, und es war, als ob der tote Baum über ihnen zum Leben erwachte, die Geister seiner von Blättern schweren Glieder herbeirief und sie in einem unergründlichen Lufthauch schaukeln ließ, so daß sie in dem blassen Licht ihren früheren weiten Schatten warfen. Dann drehte Elof den Zweig um, und es schien, als breitete sich der Schatten von seinem Arm aus, fließend und in der Dunkelheit Pfützen bildend wie Blut, das in einer geheimen Schlacht vergossen wurde. Und er wurde durchströmt von einer die Sinne berauschenden Schwere, erfüllt von der Wohligkeit des leisen Raunens eines ruhigen Waldes, eines sicheren Ortes, um die müden Glieder niederzulegen, um Sorgen und Ängste zu vergessen, um den bleiernen Kopf für einen Augenblick weich zu betten und Frieden zu finden.

Die Wanderer bewegten sich durch die Düsternis, und sie hatten den Eindruck, als raschelten modernde Blätter unter ihren Füßen, als verringerten sich die schroffen Stimmen und das Klirren von Waffen und Rüstungen und selbst das Klatschen des Meeres zu den kleinen nächtlichen Geräuschen irgendeines Waldes, als verschwänden die Gerüche von Kochstellen, Blut und Tod zwischen den vielen starken Düften der Bäume. Es waren nicht die harten immergrünen Gehölze von Tapiaus Wald, die sie verströmten, sondern die blühenden Obstbäume, die hier noch vor kurzem gediehen waren. Vielleicht wurde auch für sie Rache an ihren Mördern geübt, denn die Wanderer glitten wie Gespenster zwischen den Reihen von Wachtposten hindurch und bewegten sich ungesehen zwischen Geschützständen und Gräben und Zelten aus dunklem Fell. Kermorvan hatte sich jede Stellung des Feindes gemerkt, jedes Hindernis auf ihrem Weg; er hätte in jedem Augenblick zu sagen vermocht, was vor ihnen war, obwohl sie nicht weit sehen konnten. Wenn er dennoch einmal im Zweifel war, dann konnte Ils, für die die Dunkelheit nicht undurchdringlicher war als die in den Höhlen der Duergar, diesen ausräumen. Doch jedesmal, wenn Elof den kleinen Zweig drehte und wendete, spürte er ein kleines Kribbeln auf der Hand, da wieder ein paar Nadeln abfielen.

So gingen sie durch die feindliche Linie und gelangten schließlich zu dem breiten Durchbruch in der Mauer; es sah aus, als wäre eine riesige flammende Speerspitze auf den Stein getroffen und hätte ihre Spur hinterlassen, zersplitternd, zerschmetternd, schmelzend. Die Wachtposten in schwarzen Rüstungen, die dort kauerten, waren mit gesenkten Köpfen eingenickt und träumten vielleicht von den dunklen, kalten Wäldern ihrer unwirtlichen Heimat, während ihr Feuer flackerte und im Waldschatten erlosch. In diesen wenigen Sekunden der vorübergehenden Dunkelheit schwebte der Tod über ihnen, ohne daß sie es jemals erfahren würden; sie achteten nicht auf den leisen, erstickten Laut, halb Schmerz, halb Zorn, der sofort abbrach, als Kermorvan die Beherrschung über seine Gefühlsregung wiedererlangt hatte. Danach war nur ein leises Scharren zu hören, das von Ratten hätte stammen können, die ihrer Beute nachjagten, und auch dieses wurde leiser und hörte dann ganz auf.

In der Dunkelheit schien die Mauer unendlich hoch aufzuragen. Elof bewegte sich wie benebelt, da er nicht glauben konnte, daß diese klippenartige Steilwand, die er hinaufkletterte, das Werk von Menschen war. Die massiven Gesteinsbrocken, über die er stieg und die fast so groß waren wie die des Turms des Schmiedemeisters, mußten wohl von jenen Wesen — Menschen oder Tieren — behauen und angehoben worden sein, die als gemeißelte Säulen auf den Häusern darunter standen. In ihren stolzen Zeiten waren diese Häuser vermutlich sehr prachtvoll gewesen, doch die gnadenlosen Strahlen des dahinziehenden Mondes entblößten sie wie hohle Zähne, nun ihrer Kronen beraubt, zertrümmert, geschwärzt, mit leeren Fenstern, klaffend oder noch glimmend, erbärmlich wie die Schädel auf den Feldern.

Leichen lagen unbegraben auf dem Geröll um ihre Fundamente oder hatten eine Art Grab unter dem Schutt gefunden; manchmal waren nur noch gespenstisch herausragende Gliedmaßen oder einfach ein Blutschmierer auf dem Pflaster zu sehen, von Dreck überkrustet und von vielen Füßen getreten. Bei dem Schmied erzeugte das eine Mischung von Staunen und Entsetzen, die zu mächtig für ihn war, die zu sehr einer ins Unheimliche gesteigerten Form des Alptraums seiner Jugend glich; er hüllte sich noch fester in die Dunkelheit, die er mit sich trug, um nicht mehr zu sehen, als er unbedingt mußte. Kermorvan kletterte weiter, mit zusammengepreßten Lippen, ohne sich umzusehen. Nur Ils schien wenig beeindruckt von der Stadt und den Spuren des Blutbades; sie schüttelte höchstens hin und wieder den Kopf und wunderte sich über die seltsamen Eigenschaften der Rasse Mensch.

Als sie den Scheitel der Mauer erreichten und über die herumliegenden Steine der zerschossenen Brüstung stiegen, blieb sie plötzlich zitternd stehen. »Ich habe das Gefühl, ziemlich hoch oben zu sein. Und ungeschützt. Versagt dein Schattending da allmählich?«

Elof sah sich um und nickte. »Es hat viele Nadeln verloren, inmitten soviel Gesteins.«

»Dann schone es jetzt!« sagte Kermorvan. »Verstaue es an einem sicheren Platz, denn vielleicht brauchen wir sein letztes bißchen Macht noch irgendwann. Hier oben sollte es uns gelingen, ohne es auszukommen, wenn wir uns hinter den Zinnen verbergen und uns leise genug bewegen.«

Anschließend huschten sie wie Gespenster hoch über den von Trümmern und allerlei anderen Dingen übersäten Straßen dahin, angestrahlt von der Glut der Feuer der Ekwesh-Wachtposten. Die Brustwehr war an vielen Stellen durch Katapultgeschosse durchbrochen; hier und da waren Steine aus dem Wall gebröckelt und hatten Lücken hinterlassen, die sie mit großen Sprüngen überwinden mußten. Viele der Verteidiger, die auf der Mauer gefallen waren, lagen immer noch dort, an manchen Stellen so dicht, daß sie Mühe hatten, zwischen ihnen hindurchzutreten; weiße Gesichter und aufgerissene Augen starrten zu den Wanderern hinauf. Elof hatte das Gefühl, sie fragten, warum sie so spät gekommen seien, und Kermorvans Gesichtsausdruck verriet ihm, daß er so ähnlich empfand. Es erschien ihnen wie ein Jahrhundert, obwohl es nicht länger als eine Stunde sein konnte, bis sie endlich die Südseite der äußeren Mauer erreichten — und feststellen mußten, daß ihnen der Weg versperrt war.

Hier, wie an vielen Stellen, wo die äußere Mauer nahe neben der inneren verlief, war eine kleine Brücke zwischen beiden gebaut worden, die an den Enden jeweils durch ein hohes Wachhaus mit Turm und Galerie quer über den Durchgang gesichert war. Hohe Tore aus Eisen, nichtssagend und schmucklos, versperrten den Weg über die Mauer. Elof erforschte sie mit scharfem Blick und fragte sich, wo sie wohl ihre Schwachstellen haben mochten, doch er wußte, daß er sie nicht leise genug aufbrechen könnte, um einen Alarm zu vermeiden.

»Verhaltet euch hier besonders leise«, ermahnte sie Kermorvan im Flüsterton. »Denn wir wissen nicht, wer diesen Teil der äußeren Mauer beherrscht; deshalb können wir auch nicht einfach klopfen. Ich habe keine Lust, durch meine eigenen Leute ins Jenseits befördert zu werden, falls sie sich nicht die Zeit nehmen, sich zu überzeugen, mit wem sie es zu tun haben, bevor sie schießen. Wir müssen sie zuerst sehen. Ich verlasse mich also auf deine Augen, Ils.«

Sie spähte in den tiefen Schatten unterhalb des Turms. »Ich sehe auf dieser Seite niemanden, weder auf der Galerie noch auf der Brücke noch an den Fenstern. Falls hier Wachen postiert sind, denn richtet sich ihr Augenmerk nach draußen. Aber woher nimmst du die Zuversicht, daß wir an ihnen vorbeikommen?«

»Wir klettern natürlich über den Turm zur Brücke hinüber«, sagte Kermorvan; er setzte vorsichtig einen Fuß vor den anderen und rollte ein Seil auf, das er aus seinem Packsack geholt hatte, während ihn die anderen ungläubig anstarrten. »Und von dort auf die andere Mauer. Die äußere Seite des Turms ist vollkommen glatt und bietet keinerlei Ansatzpunkte für einen Haken, aber die innere Seite ist gefurcht. Ich gehe als erster und halte das Seil für euch, sofern es lang genug ist.« Mit flinken Fingern knotete er es sich um die Taille und sprang behende hinauf auf die Brüstung, wobei er sich zusammenkauerte, um sich nicht gegen den Himmel abzuzeichnen. Als er die Furchen im Mauerwerk erreichte, reckte er sich schnell und kletterte spinnenartig hinauf, die langen Gliedmaßen ausgestreckt, das Gesicht flach am Stein. Die anderen hörten sein angespanntes Flüstern. »Das Seil ... ist zu kurz! Folgt mir, so gut ihr könnt — zuerst du, Ils, dann Elof!«

Ils schluckte hörbar, schaffte es jedoch mit Elofs Hilfe hinaufzuklettern. Danach hangelte er sich selbst hoch und vermied dabei angestrengt hinunterzublicken. Als er die Kante des Wachhauses erreichte, mußte er feststellen, daß sie vor Angst erstarrt war und sich nicht weiterbewegen konnte; ihr vom Mond beschienenes Gesicht war aschfahl. »Sei tapfer!« flüsterte er ihr zu. »Eure Berge sind höher, die Schluchten tiefer!« Aber nicht so ungesichert, vermutete er, und nicht ohne einen einzigen festen Halt, und er spürte, wie auch seine Handflächen bei diesem Gedanken feucht wurden.

»Kerys!« zischte Kermorvan. »Kommt jetzt endlich, ihr Narren!« Elof schluckte, löste einen Arm von dem Seil und faßte Ils um die Taille, um sie zu beruhigen. Auf diese Weise ermutigt, schob sie sich weiter voran, immer noch unsicher, doch mit zunehmendem Selbstvertrauen. Elof bemerkte, daß sie die Augen fest zuge-

drückt hatte. Er kletterte Zug um Zug hinter ihr, wobei ihm das Schwert hinderlich gegen die Beine schlug, und er fragte sich, ob er sie wirklich würde festhalten können. Sie war zwar von kleiner Statur, aber kräftig gebaut. Doch schließlich waren sie bei Kermorvan, der auf einem Wasserabfluß balancierte und die Hand hinunterstreckte, um ihr über die Brüstung und auf den Wall dahinter zu helfen. Während Elof sie von unten stützte, schwankte er ein wenig, und für einen alptraumhaften Augenblick sah er nach unten in die finstere Schlucht tief unter ihnen. Dann reichte Kermorvan auch ihm die Hand, und er fiel über die Brüstung auf den schmutzigen Stein.

Sie lagen einen Moment lang als keuchender Haufen im tiefen Schatten des Wachhauses und rangen um Luft, während sie erleichtert ein Nachlassen ihrer inneren Spannung spürten. Dann drängte Kermorvan sie in eindringlichem Flüsterton zum Aufstehen und wandte sich um, um den Turm auf der anderen Seite der Brücke zu überklettern. Doch als Elof im Begriff war, sich aufzurappeln, zischte ihm der Schwertkämpfer ins Ohr: »Pssst! Was ist das?«

Sie starrten in die Dunkelheit am anderen Ende der Brücke, wo sich etwas Schimmerndes bewegte und immer deutlicher wurde. Eine große Gestalt zeichnete sich ab, angetan mit einem glänzenden Kettenhemd unter einem dunklen Überwurf. Der Mann war damit beschäftigt, sich den Helm abzunehmen, wie ein erschöpfter Wachtposten nach getanem Dienst. Er blickte auf, fuhr heftig zusammen und zückte ein riesiges Schwert. Kermorvan seinerseits machte keine Anstalten, seine Waffe zu ziehen, sondern stand ruhig da und beobachtete den anderen. Der Gerüstete und Bewaffnete zögerte.

»Wer da?« fragte er. Er sprach dieselbe Sprache wie Kermorvan, bei ihm klang sie jedoch gröber, weniger elegant. »Sprecht, oder ich ...«

»Ist dir der Mond zu Kopf gestiegen, daß du mich

nicht mehr kennst, Bryhon?« unterbrach Kermorvan ihn.

Der Mann erstarrte in offensichtlicher Verwirrung. Das Mondlicht fiel ihm jetzt genau ins Gesicht, und Elof stockte der Atem eine Sekunde lang. Er war unglaublich groß, größer noch als Kermorvan und sicherlich älter, und sehr kräftig gebaut. Sein Haar war tiefschwarz und fiel in langen, glänzenden Locken vom Mittelkopf bis zu den Schultern, während seine rosafarbene Schädeldecke nur von ein paar dürftigen Strähnen bedeckt war; sein Bart war ebenfalls dicht und glänzend und stark gewellt. Die Augen unter den schweren Lidern zeigten keine Regung; die Nase war lang, gerade und dennoch stark ausgeprägt. Es war in gewisser Weise ein gutgeschnittenes Gesicht, doch auf Elof wirkte es im ersten Moment ausgesprochen erschreckend. Es bestand keine Übereinstimmung im Detail, doch die allgemeine Ähnlichkeit der Züge und der Farben war so überwältigend, daß er eine Sekunde lang den Mann namens Bryhon für den Schmiedemeister gehalten hatte.

Bryhon machte einen hüpfenden Schritt nach vorn. »Du!« blökte er, und sein Schwert zuckte hoch. Hinter der inneren Pforte waren das leise Klirren von Waffen und das Scharren von Stiefeln zu hören, und vier Männer in Kettenhemden stürzten auf die Brücke und ließen die kalten, lauernden Augen zwischen Kermorvan und dem schwarzgelockten Mann hin und her schweifen. Drei von ihnen hielten kurze Bogen bereits gespannt in den Händen, der vierte war mit einer Armbrust bewaffnet, und ihre Überröcke hatten die gleichen Klauenverschlüsse wie der Bryhons. Der dunkle Mann deutete mit einer Bewegung des struppigen Kopfes auf die Wanderer. »Seht euch das an, Jungs, es ist kaum zu glauben! Kermorvan, mein ehemaliger Herr, klettert bei Nacht und Nebel über Mauern!«

»Kermorvan?« krächzte einer der Männer mit rauher Kehle und schnappte hörbar nach Luft. Kermorvan, der keine Anstalten gemacht hatte, ebenfalls sein Schwert zu ziehen, neigte leicht den Kopf, als ob er einen Salut entgegennähme.

»Also, was glaubt ihr, warum tut er so etwas?« fragte Bryhon eisig. »Und um diese Zeit? Er lief natürlich Gefahr, seiner Verbannung zuwiderzuhandeln ...«

»Ich wurde niemals verbannt, Bryhon«, widersprach Kermorvan mit ruhiger Stimme. »Man kann keinen Mann in Abwesenheit verbannen.«

»Deshalb bist du ja so Hals über Kopf abgehauen«, lächelte Bryhon. »Woher weißt du, daß das Gesetz inzwischen nicht geändert worden ist?«

»So töricht sind die Leute bestimmt nicht, Bryhon.«

Bryhon zuckte mit den Schultern. »Ich will hier kein Wortgefecht mit dir anzetteln. Ich weiß nur, daß du sozusagen verbannt wurdest, und nach den letzten Neuigkeiten, die wir über dich erfahren haben, hast du dich einer Bande von Seeräubern angeschlossen, wie sie jetzt vor unseren Toren ihr Unwesen treiben.« Er schüttelte grimmig den Kopf. »Und gerade heute beschäftigte sich das gesamte Syndikat mit der Frage, wie eine Horde von Wilden unsere Verteidigungsanlagen so geschickt überwinden konnte. Jetzt wissen wir es, fürchte ich.«

Kermorvans Gesicht spannte sich, seine Augen verengten sich zu schmalen Schlitzen, die Nasenflügel bebten vor Wut, doch noch immer fuhr seine Hand nicht zum Schwert, und er sprach mit kalter Stimme. »Zu einem anderen Zeitpunkt hättest du mein Erscheinen mißbilligen können, Bryhon. Doch ich habe alles alte Unrecht und alle Feindseligkeiten vergessen, um hierher zurückzukehren und in großer Not zu helfen ...«

»Du wolltest uns mit einer Armee zur Hilfe kommen? Dann hast du sie wohl unterwegs verloren; ich sehe lediglich zwei Leibeigene, die genauso abgerissen sind wie du selbst ...«

»Ich bin kein Leibeigener!« brummte Elof mißmutig und bemühte sich, die kühle Gelassenheit des Schwertkämpfers nachzuahmen. »Mein Name ist Elof, ich bin ein reisender Schmied aus dem Nordland. Und das hier ist Lady Ils von den Duergar. Wir dienen keinem Herrn, sondern nur Freunden.«

»Welches Glück für einen Mann von so hoher Stellung«, spottete Bryhon, ohne auch nur von Elof Notiz zu nehmen, »einen herumziehenden Hufschmied und ähnliches Pack zu seinen Freunden zu zählen.« Er schüttelte den Kopf und lächelte in selbstgefälliger Zufriedenheit; seine gute Laune ließ seine Stimme weicher klingen. »Nein, mein Herr. Selbst wenn alles stimmt, was du sagst, können wir deine Rückkehr zu diesem Zeitpunkt nicht erlauben; du würdest lediglich einen Aufruhr bei den Wankelmütigen anheizen und die Autorität des Syndikats untergraben. Im Interesse des Volkes kann nicht geduldet werden ...«

»Du beziehst das Volk so bereitwillig ein, Bryhon«, sagte Kermorvan, und seine Stimme klang immer noch ruhig, jedoch mit einem angespannten Unterton, als ob er kaum glauben könne, was er hörte. »Warum befragst du es dann nicht?«

Der dunkle Mann schüttelte erneut den Kopf, und jetzt schwang deutlich höhnisches Frohlocken in seinem Ton mit. »Aber nein, das wird uns nicht möglich sein! Du würdest zu viele von ihnen durcheinanderbringen. Schon das Gerücht von deiner Rückkehr würde die Stadt in verschiedene Lager spalten. Es ist besser, sie erfahren nichts von dir oder lasten es den Ekwesh an, wenn man dich findet ...«

Kermorvans Schwert zischte aus der Scheide, und Elofs folgte ihm ohne Verzögerung; Ils hielt die Axt wurfbereit. Doch die Bogen waren bereits angelegt, die Entfernung war zu groß. Elof wußte, wie schnell Kermorvan auch war, er konnte niemals schneller sein als das Geschoß einer Armbrust. Bitterkeit stieg in ihm auf, während er sich zu einem letzten sinnlosen Vorstoß straffte. Waren sie so weit gekommen, hatten einen so beschwerlichen Weg zurückgelegt, um alles an einen kindischen Quatschkopf zu verlieren ...

»Halt!«

Die Stimme, die von den Zinnen widerhallte, hatte nichts von Bryhons zynischer Überheblichkeit, war jedoch befehlend genug, um sich Respekt zu verschaffen. »Halt! Der erste, der sich bewegt, wird den Kannibalen zum Fraß vorgeworfen! Was, in allen Höllenlöchern, geht denn da vor?«

Bryhon drehte sich zu der bulligen Gestalt in Kettenpanzer und Helm um, die über die Galerie des Wachhauses stapfte, und er verzog verunsichert das Gesicht, als sich die inneren Pforten öffneten und eine Gruppe von gleichermaßen gepanzerten Männern auftauchte. »Wer bist du, daß du dich meinen Befehlen widersetzt? Weißt du nicht, wer ich bin?«

»Doch, Syndikus, ich weiß«, sagte der Hinzugekommene mit fester Stimme. »Ein Bürger wie alle anderen, wie du uns immer wieder versicherst. Nicht einmal mit der Befehlsgewalt in diesem Viertel versehen. Was meine Person betrifft, ich bin Hauptmann der Wache. Würdest du mir vielleicht erklären, was du mit deinem Gefolge um diese Zeit hier treibst? Hat euch das Kämpfen während des Tages nicht gereicht, daß ihr euch auch noch nachts auf dem Wall herumtreiben müßt?«

»Ein Glück, daß wir uns gerade hier aufhielten, da deine Wachen geschlafen haben!« entgegnete Bryhon giftig. »Ich habe diese Verräter dabei überrascht, wie sie hier herumschlichen ...«

»Jawohl, das habe ich gesehen, da ich durchaus *wach* bin. Deine Einschätzung der Situation scheint mir ein wenig übereilt, wenn du mir diese Bemerkung verzeihst, *Sir*...«

»Hör mal, Hauptmann, wir befinden uns im Belagerungszustand, da können wir keine Zeit für Gerichtsverhandlungen verschwenden! Diese Geschöpfe sind unsere Feinde ...«

Der Hauptmann schüttelte den Kopf. »Da bin ich anderer Meinung. Es ist nämlich so — den Langen und die Kleine kann ich nicht beurteilen, aber der eine da ist kein Freund der Ekwesh, sondern ein alter Kumpel von mir — was, Alv?« Und er wandte sich an Elof und zog den Helm ab, der einen wilden Wust roter Haare und darunter ein rotes Gesicht entblößte. »Oder was habe ich gehört, wie nennst du dich jetzt? *Eh-lof?*«

Elof stolperte äußerst verwirrt und gleichzeitig entzückt auf den anderen zu. »*Roc!* Roc, du alter Schmiedesohn ...«

Der frühere Schmiedegehilfe grüßte ihn mit einem höflichen, würdevollen Salut und wandte sich an Bryhon. »Jedenfalls, *Sir,* ist dies ein Fall für ein Syndikatsmitglied, das für dieses Viertel zuständig ist. Ich habe nach einem schicken lassen, und er muß jeden Augenblick hier sein. Du kannst dich der Angelegenheit gemeinsam mit ihm annehmen, wenn du Wert darauf legst — nein? Dann wäre ich dir dankbar, wenn du mit den Deinen den Wall verlassen würdest, bevor die Räuber den Tumult hören und mit einem Katapult herumspielen, nur so zum Spaß ... wie?«

Bryhon bedachte ihn mit einem kalten, verächtlichen Blick. »Das werde ich mir merken«, sagte er leise, bedeutete seinen Männern mit einer Handbewegung, ihm zu folgen, und stolzierte an den Wachen vorbei durch die Pforte. Das Trampeln von Stiefeln auf Stufen verhallte in der Tiefe.

»Ach, du kannst mich mal ...«, murmelte Roc ihm nach und hielt gleichzeitig eine Hand hoch, um Elofs eifrige Fragen abzublocken. »Warte lieber einen Augenblick, bis der Syndikus da ist. Ich werde die Sache schon regeln.«

Nach der Anspannung auf der Mauer und der Begegnung mit Bryhon war diese Verzögerung qualvoll. Die Wanderer traten unter den Augen der Wachen ungeduldig von einem Bein auf das andere; beobachtet wurde vor allem Kermorvan, und zwar mit einer seltsamen Mischung aus Angst und Hochachtung, wie es Elof schien. Seine Abstammung von hier war offensichtlich, denn viele hatten einen ähnlichen, allerdings weniger feinen Gesichtsschnitt, auch wenn sie rote oder schwarze oder jene eigenartigen goldfarbenen Haare hatten, die in Elof die unbehagliche Erinnerung an Louhi wachriefen.

Es dauerte etwa eine halbe Stunde, bis das Herannahen weiterer Schritte zu vernehmen war, von denen einige sehr zögernd klangen. Weitere Wachen strömten aus der Pforte, und ihnen folgte ein stämmiger Mann von beträchtlicher Größe, bekleidet mit einem prächtigen, doch zerknitterten pelzbesetzten Gewand, der die Wanderer verschlafen musterte. »Nun, Roc, was für ein besonderes Gezücht haben wir denn hier, daß ich es mir nicht auch noch morgen hätte anschauen können?« Dann sah er genauer hin, und sein Kinn klaffte herunter, so daß sich sein roter Bart mit dem Pelzbesatz seines Kragens vermischte. »Bei Kerys' Pforte! Das ist ja Kermorvan!« Dann wandte er sich um, musterte Elof und brach in brüllendes Lachen aus. »Und beim schwarzen Hintern von Amicac, er hat den Schmied vom Hochdamm im Schlepptau! Und wir dachten, die Gespenster hätten dich geholt!«

Roc grinste. »So, wie er jetzt aussieht, würde er jedes Gespenst vertreiben!«

»Nun, dann müssen wir dankbar sein, daß er auf unserer Seite steht! Bring sie hinauf, Junge! Bring sie hinauf!«

Kermorvan schenkte Elof ein schiefes Lächeln, während sie in den Wachraum des Turms hinaufgeleitet wurden. »Offensichtlich bist du in meiner Heimat ebenso bekannt wie ich. Und besser angesehen, wie es scheint ...«

Elof schmunzelte. »Reines Glück, daß ich ausgerechnet den einzigen beiden Freunden begegnet bin, die ich hier habe.«

»Glück?« brauste Roc auf. »Du traust mir immer noch

nicht zu, daß ich einen Funken Verstand im Kopf habe, wie? Schließlich hängt deine Personenbeschreibung seit zwei Jahren an allen Wachstationen der Stadt, für den unwahrscheinlichen Fall, daß du dich hierher verirren könntest! Ein Preis ist auf deinen Kopf ausgesetzt! Kein hoher, aber immerhin, so etwas haftet im Gedächtnis. Gut, daß ich nicht weit weg war!«

Elof pfiff durch die Zähne. »Ja, sonst hätte dieser Bryhon unseren Auftritt verpatzt.«

»Oh, ich glaube, man hätte ihm Einhalt geboten. Nun, jetzt bist du jedenfalls hier; Kathel ist ein einflußreicher Freund, und es ist gut, einen solchen zu haben.«

Kathel grinste Elof breit an. »Man braucht Geld, um Syndikus zu werden, Junge. Einige erben es, wie Bryhon; ich habe es auf der letzten Reise erworben. Ich werde nicht vergessen, wer mir damals geholfen hat, weder ihn noch dich!« Er betrachtete Ils, die sich erschöpft auf einen Stuhl sinken ließ, und Kermorvan. Aus seinem Blick sprach lauernde Mißbilligung, aber er war nicht ausgesprochen feindselig. »Aber dann ist da noch diese ... Lady. Und mit dir ist es auch so eine Sache, Kermorvan. Warum bist du zurückgekommen? Willst du die Bestätigung, daß du schon immer recht hattest? Willst du das Syndikat in dieser Situation untergraben? Was hat dich hergeführt?«

»Die Notlage meiner Stadt«, sagte Kermorvan ernst. »Und Elof. Am besten erklärt er es dir selbst.«

Die Erklärung dauerte weniger lang, als Elof befürchtet hatte, denn Kathel hatte bereits einiges von Roc gehört. »Er ist jetzt mein Waffenschmied, verstehst du? Er hat seine eigene kleine Schmiede, hält jedoch vor allem die Rüstungen meiner Männer in Schuß. Sofern er nicht zu sehr damit beschäftigt ist, die Tiegel der Küchenmädchen zu flicken!« Er brach in ein kurzes schallendes Lachen aus, dann wurde er wieder ernst. »Nach deinen Worten ist es also dieser widerwärtige Mylio, der die Wilden aufstachelt?«

»Das sind nicht nur einfach Wilde«, warf Kermorvan grimmig ein. »Sie verfügen über ein großes Reich, jedenfalls nach deren Maßstäben, und es wird immer dichter bevölkert. Sie wären auf jeden Fall hier eingefallen, zuerst zum Plündern, dann, um sich hier anzusiedeln. Mylio hat sie lediglich bewogen, früher zu kommen, bevor sie wirklich darauf vorbereitet waren.«

»Wenn du es sagst. Und was hat es mit dieser Schwert-Geschichte auf sich? Auch von Vaydes Turm aus bekommen diese Schweine irgendwie Dampf!«

»Dorthin würde ich mich auch nicht gerne freiwillig begeben«, bestätigte Kermorvan und warf seinen Freunden einen Blick zu. »Ich habe viele Erzählungen über diesen Ort gehört, als ich jung war, und einige davon waren recht düster. Es war einst ein kleiner Palast, und auch jetzt birgt er noch große Reichtümer. Die Zunft der Seefahrer unterhielt ihn damals, als ich noch ein Junge war, und in Friedenszeiten weist ein Leuchtfeuer auf seinem Dach den Schiffen den Weg. Doch seit vielen Generationen hat dort niemand mehr gelebt, denn es ist kein Ort, an dem man gern schläft.«

»Wir haben nach Einbruch der Dunkelheit dort Lichter gesehen«, sagte Kathel. »Es hat also den Anschein, daß ihm das nichts ausmacht.«

Kermorvan lächelte dünn. »Vielleicht sehen die Ekwesh darin einen Beweis für Tapferkeit, oder Mylio fühlt sich unter ihnen zu Hause. Doch wenn Vayde immer noch dort umgeht, werden sie in ihm eine ruhelose Gesellschaft finden. Sie sollten sich vor ihm in acht nehmen!«

Kathel raffte den Umhang eng um sich. »Mit so etwas spaßt man nicht! Ich wünschte, Vayde würde zurückkehren, lebend oder ... anders. Er würde dieser ganzen dreckigen Bande ein Ende bereiten, mit dem Geistschwert oder auf andere Weise. Doch ihr glaubt, etwas Ebenbürtiges zu haben?«

Nachdem diese Frage beantwortet war, sah Kathel

Elof an und warf einen argwöhnischen Blick auf Ils, die auf ihrem Stuhl eingeschlummert war. »Du hast das Wissen verwertet, das du dir bei den Duergar erworben hast ... willst du dich etwa auf derart primitives Zeug verlassen?«

Ils öffnete ein Auge und sah ihn an. »Dieser Ort ist ein Irrenhaus! Wir sind gekommen, um ihnen zu helfen, und sie nennen uns Lumpenpack, behandeln uns wie Feinde oder Schlimmeres ...«

Kathel schüttelte den Kopf. »Es herrschen schwierige Zeiten ... Lady. Und verwirrende, für einen Mann, der nichts anderes versucht, als das Beste für seine Stadt zu tun. Noch vor einer Stunde war ich mir nicht einmal sicher, ob es solche Wesen wie dich überhaupt gibt. Und als ich den jungen Keryn Kermorvan das letztemal sah, waren er und seine Gesinnungsgenossen gerade dabei, die Stufen zum Syndikat von Bryhons Bande zu säubern, indem sie jeden Schädel einschlugen, den sie erwischen konnten, und auf die anderen die übelsten Flüche herabbeschworen. Das mußte zwangsweise Narben hinterlassen, und zwar nicht nur auf den Schädeln. Obwohl ich ihm zugestehen muß, daß er damals um einiges jünger war und die Entwicklung der Dinge ihm zum Teil recht gegeben hat. Die Frage ist, was, beim Feuer aller Höllen, soll ich jetzt tun?« Er stand auf und ging ans Fenster, obwohl es mit Brettern vernagelt war. »Von Rechts wegen müßte ich euch den Vollstreckungsbehörden der Stadt vorführen und das, was ihr mir berichtet habt, ans Syndikat weitergeben. Was alles in allem in der derzeitigen Situation mindestens einen weiteren Tag in Anspruch nehmen würde ...«

»Glaubst du, wir haben noch einen verdammten Tag Zeit?« verlangte Ils zu wissen.

Kathel sah sie an. »Nein. Nein, ehrlich gesagt, das glaube ich nicht. Mein Gefühl läßt mich Böses ahnen; wenn noch eine Mauer fällt, wird die große Panik ausbrechen, denn wer kann gegen einen Sturm ankämpfen?«

»Wir können es!« sagte Ils, und ihr Gesicht war dabei so stolz und hart wie der Fels, auf dem die Stadt errichtet war. »Wir drei!«

»Wir vier!« donnerte Roc. »Mit deiner Erlaubnis, Syndikus, jemand muß sich um diese Wilden kümmern. Ich habe noch das eine oder andere Hühnchen mit meinem früheren Meister zu rupfen. Wir vier!« Kermorvan lächelte kühl, doch er nickte.

Kathel musterte Ils lange mit zusammengekniffenen Augen, dann Roc und anschließend den Schwertkämpfer, und unterdessen zupfte er sich am Bart. Die Augen des Kaufmanns erwogen ihren Wert, doch der Geist des Draufgängers brannte dahinter. »Bei der Aufgehenden Sonne! Ich glaube euch. Wenn irgend jemandem, dann euch! Ihr seid aus der Vergangenheit aufgetaucht, so scheint es, und entsprecht den alten Vorstellungen von Helden. Ihr seid Männer voller Klugheit und Macht und Zauberkraft; niemals hätte ich zu hoffen gewagt, solche Menschen persönlich zu treffen. Ich hatte gezweifelt, daß es so etwas überhaupt geben könnte. Ich bin alt und schwerfällig und liebe das Leben, doch wenn ich mich an eurem Vorhaben beteiligen könnte, und wenn auch nur, um eure Speere zu tragen, dann würde ich, beim klaffenden Maul des Amicac, mitkommen!« Er seufzte. »Aber mein Platz ist hier, wo die Leute auf mich angewiesen sind. Und der Krieg duldet keinen Aufschub. Das einzige, das ich wagen werde auf meine Verantwortung zu nehmen, ist, euch eine Rast zu ermöglichen, euch laufenzulassen und euch Proviant, Waffen und jegliche Hilfe, die ihr benötigt, zu geben.« Er atmete tief durch, wie jemand, der eine Schwelle überschritten hat, vor der er sich gefürchtet hatte. »Macht sinnvollen Gebrauch von alledem.«

Kermorvan erhob sich schnell. »Ich danke dir, Syndikus. Proviant nehmen wir gern, doch auf eine Ruhepause werden wir verzichten. Es ist schon weit nach Mitternacht, und wir müssen unseren Weg jetzt schleunigst fortsetzen. Wir brauchen auch keine Waffen; Ils trägt einen Kettenpanzer, Elof wird außer dem Panzerhandschuh nichts dergleichen tragen, und ich habe meine Rüstung für den Einsatz zu dieser Stunde den weiten Weg über Land und Meer mitgebracht.«

Er zerrte an seinem ausgefransten Packsack, und ein schweres Bündel aus geöltem Leder plumpste auf den Tisch. Er entfaltete das matt schimmernde Kettenhemd und den Helm und nahm aus diesem ein kleineres Päckchen, das gleichermaßen gut umwickelt war. »Laßt uns jetzt essen!«

Es war ein hastig und schweigend eingenommenes Mahl. Elof und Roc bemühten sich mit kleinen anzüglichen Bemerkungen um den herzlichen Plauderton alter Freunde, die endlich Gelegenheit hatten, ungezwungen miteinander zu sprechen, doch das Bevorstehende stand wie eine Barriere zwischen ihnen und tötete jede Fröhlichkeit ab. Ils schien diese Stadt der Männer zu verwirren; sie sah sich voller Unbehagen um, schnupperte mißtrauisch am Essen und nahm nur das zu sich, was die anderen aßen, obwohl alles ziemlich gut schmeckte. Kermorvan, der bereits seinen Kettenpanzer trug, aß schweigend, doch seine Ruhe war eine andere als sonst, und er betastete ständig das kleine Päckchen; als Kathels Boten kamen, sprang er sofort auf und ließ seinen Teller halbvoll stehen.

Frische Kleidung erwartete sie, alles in dunklen Farben gehalten, und dazu schwarze Überwürfe. Ils fand etwas dunkles Wachs, um ihr leuchtendes Kettenhemd einzureiben; Elof ließ seinen Panzerhandschuh, wie er war, und schlug nur eine Falte seines Umhangs darüber. In Rocs Gürtel steckte ein langes Messer, und an seinem Handgelenk baumelte ein dicker Knüppel. »Das tut einem Mann von meiner gesunden Gestalt einen besseren Dienst als ein Schwert. Potzblitz, was für ein schreckenerregender Haufen wir sind! Jeder Ekwesh wird bei unserem Anblick vor Angst tot umfallen!«

»Oder vor Lachen, mein Junge, wenn er dich als ersten sieht«, sagte Kathel, während er sie aus dem Wachraum führte. »Nur gut, daß um diese Zeit nicht viele Leute unterwegs sind, sonst würde dein Anblick ihnen die Laune verderben.«

Doch es waren einige Leute unterwegs, denn als Kathel die kleine Gruppe wieder hinaus auf die Brücke führte, erhob sich ein Murmeln bei den inneren Mauern ringsum und stieg aus den untenliegenden Straßen herauf, wo viele Laternen und Fackeln die Dunkelheit vertrieben. Es war ein Rauschen und Rascheln, wie wenn der Wind durch Schilf weht, ein Wort ging in der Menge von einem zum anderen, ein Name: *Kermorvan.*

»Neuigkeiten verbreiten sich schnell!« murrte Roc mit einem mißbilligenden Unterton. »Aber andererseits betet die halbe Stadt darum, seit die schwarzen Segel zum erstenmal am Horizont auftauchten.«

»Und die andere Hälfte gibt mir zweifellos die Schuld daran, wie Bryhon es getan hat.« Kermorvan ließ den Blick aufmerksam schweifen. Die Stimmen wurden lauter, drohten zu lärmendem Geschrei anzuwachsen.

»Ist es wirklich Kermorvan? Kermorvan? Wirklich!«

»Lord Kermorvan, rette uns!« schrie eine alte Frau. »Nieder mit dem Syndikat!«

»Nein, hinauf damit!« brüllte eine rauhe Stimme. »Einen Strick für ihre Hälse, einen Strick für die fetten Syndikatsmitglieder!«

»Einen Strick!«

»Deren Machenschaften ...«

»Rette uns, Lord Kermorvan! Zerschlag die Wilden ...«

Kathel, der blaß vor Zorn war, versuchte, den Tumult niederzubrüllen, doch vergeblich. Immer mehr Menschen versammelten sich entlang der Brustwehr, die meisten bedauernswerte Gestalten in flammenversengten Fetzen und mit schmutzigen Verbänden. Sie wirkten nicht arm oder unterernährt, doch gerade deshalb um so verzweifelter, wie plötzlich aus einem sicheren Alltag zu Waisen gewordene Kinder. Elof hörte Kermorvan fluchen und sah, wie er schnell das Bündel aufwickelte und etwas zwischen die Schulterplatten seines Kettenpanzers schnallte. Kathel atmete zischend durch zusammengepreßte Zähne.

»Haltet eine Laterne hoch!« brüllte Kermorvan den Wachen zu und trat vor in den Lichtkreis. Der warme Schein tönte sein bronzefarbenes Haar golden, tauchte sein stolzes blasses Gesicht mit den hohlen Wangen unter hohen Knochen in ein sanftes Licht und verlieh seinen dunklen Augen ein loderndes Feuer. Die Menge auf der Mauer sog hörbar die Luft ein, und dann entstand ein anschwellendes aufgeregtes Raunen. Er warf ruckartig die Arme hoch und erzielte damit eine stärkere Wirkung, als wenn er geschrien hätte, denn das Licht der Laterne funkelte in der Brustplatte, die er dem Panzerhemd zugefügt hatte. Sie war von stumpfem Schwarz, dunkler als der Rest, doch auf der Oberfläche mit einem seltsamen Muster in Gold verziert. Es war die kunstvolle Darstellung einer hell strahlenden Sonne, und davor erhob sich, mit offenem Schnabel und den Augen eines Menschen, ein riesiger Rabe. Die Stille trat so unvermittelt ein, daß Elof das Scharren seiner Kettenglieder hörte; dann stieg aus der Menge ein gedehnter Seufzer auf. Kermorvan blickte sich mit ernstem Gesicht um und sprach mit seiner ruhigen Stimme, die dennoch wie das Schmettern ferner Trompeten klang. »Spart euch die Ausrufe! Macht keinen Lärm, überhaupt keinen, sonst macht ihr nur den Feind aufmerksam! Aber wie ihr seht, bin ich Lord Keryn Kermorvan von Morvan. Ich bin zurückgekommen, wie ich es versprochen habe, und ich werde alles tun, was ich zur Verteidigung von Bryhaine tun kann. Von ganz Bryhaine! Denn noch nie war die Notwendigkeit, daß wir zusammenhalten, so groß wie jetzt! Also, hört auf mit dem Geschwätz von Stricken; das Syndikat hat mir niemals nach dem Leben getrachtet, was sich andere auch gewünscht haben mochten.

Für diesen Moment also gilt: Folgt ihm, folgt diesem Mann Kathel. Und jedem, den er als seinen Stellvertreter benennt! Denn auch bei den Syndikatsmitgliedern finden sich gute Eigenschaften — es verhält sich damit wie mit Gold, man muß manchmal tief danach graben!« Lachen erschallte, und die Stimmung hatte sich geändert. Er zog den Umhang fester um sich und verdeckte das Zeichen. »Geht jetzt, mein Segen begleitet euch. Geht in Frieden!«

So schnell, wie sie sich zusammengefunden hatte, zerstreute sich die Menge auch wieder. Er wandte sich an Kathel. »Welches winzige bißchen Frieden ist ihnen noch geblieben, diesen armen Kerlen! Bist du zufrieden?«

Kathel nickte düster. »Anscheinend ist Gold verbreiteter, als ich gedacht hatte. Ja, ich bin zufrieden.«

»Dann nimm es auf dich, einen Ausfall und Angriff zu befehlen! Gib mir ein Horn, wie es die Wachen benutzen, und wenn du es von einem der Türme hörst ... Und vielleicht kommt auch der Rabe von der Festung geflogen.«

Kathel öffnete den Mund zum Widerspruch, doch er sagte nichts. »Also gut«, brachte er schließlich heraus. »Das sind keine kleinen Gefälligkeiten, die ihr da verlangt, ihr Helden! Ich werde es wagen. Doch was kommt danach?«

Kermorvan zuckte schnell mit der Schulter. »Andere Stimmen als deine und meine werden in dieser Sache den Ausschlag geben. Komm, wir vergeuden Zeit!«

Das Tor des äußeren Wachhauses wurde für sie geöffnet und schloß sich sofort wieder leise hinter ihnen. Sie befanden sich genau dort, wo sie sein wollten, nämlich auf dem letzten Stück der äußeren Mauer, das direkt zum Hafen und zu Vaydes Turm führte. Roc sah Elof voller Unbehagen an. »Das gefällt mir nicht. Unser geliebter Meister ist schon schlimm genug, aber was dieser Turm sonst noch bergen mag ... nun, mein Blut gefriert, wenn ich nur daran denke.«

»Aber ich dachte immer, Vayde sei einer eurer großen Helden!« sagte Ils. »Ist er nicht auf unserer Seite?«

»Ein ganz besonderer Held«, knurrte Roc. »Aber man sagt, er habe diesen Turm außerhalb der damaligen Stadtmauer erbaut, weil ... nun, er pflegte seltsame Bekanntschaften.«

Der Turm ragte vor ihnen auf, gewaltig im Umfang und in der Höhe, nichtssagend, lichtlos, dunkler als die Dunkelheit und ebenso unentrinnbar. Diese düstere Silhouette vermittelte nicht das Gefühl von Leere, überhaupt nicht; es schien eher so, als ob ihre Fülle überschwappen wolle, um sich mit der Dunkelheit zu vermischen, ihr den Beigeschmack von Bedrohung zu verleihen. Er zog den Blick auf sich, dieser Turm; wenn man sich zu lange von ihm abwandte, füllte sich der Geist mit seltsamen Ängsten vor dem, was sich dort inzwischen eingestellt haben mochte — irgendeine lauernde, fordernde Erscheinung. Doch wenn man zu lange hinsah, dann bevölkerte er sich mit flackernden Trugbildern, wie müde Augen sie erzeugen, und man lief Gefahr, sich den Hals auf der unebenen und von Geröll übersäten Brustwehr zu brechen. Es war ein mühsames Vorankommen, vor allem für Ils mit ihren kurzen Gliedmaßen, da sie klettern mußte, wo Kermorvan lediglich einen großen Schritt zu machen brauchte. Roc erging es nicht viel besser, und auf ihm lastete zusätzlich noch das Gewicht der vollen Rüstung. Doch als Elof, der einen Augenblick auf einem wackelnden Stein aus dem Gleichgewicht geriet, durch das Gewicht des Panzerhandschuhs zur Seite gezogen wurde und beinahe gestürzt wäre, waren es die starken Hände dieser beiden, die ihn hielten. Roc und Ils ...

Freunde. Als Junge hatte er nie Freunde gehabt. Er verspürte plötzlich den Drang, sie zurückzuschicken, ihnen den Rückzug zu befehlen, anstatt sie in dieser wahnwitzigen Unternehmung, die er sich selbst ausgedacht hatte, irgendwohin zu verschleppen. Das gleiche galt für Kermorvan, der nur gegen einen gewöhnlichen Feind kämpfen sollte und nicht gegen die übernatürlichen Kräfte der Schmiedekunst. Sollten doch die Zauberer zaubern und alle anderen in Ruhe lassen, sollte doch das gewöhnliche Volk, die unverdorbenen Leute ihr ganz gewöhnliches Leben weiterführen, wie es ihr gutes Recht war. Sein Recht hingegen war das nicht. Auf dem Amboß aus Eis hatte er den Vorgang des Schmiedens erfahren, und diesen Stempel sollte er niemals ganz verlieren. Wenn er hier nun Erfolg haben würde? Wie würde es weitergehen? Wohin würde er sich wenden?

Während er sich einen Weg zwischen Schutt und Geröll hindurch bahnte, fand er keine Antwort. Hier war der Kampf am heftigsten geführt worden, die Leute der Stadt bezogen Kraft aus dem Andenken an den heldenhaften Krieger. Wie viele der Toten, die hier herumlagen, hatten mit dem letzten Atemzug diesen Namen gerufen, fragte sich Elof, und mit sich trübendem Blick nach dem Zurückkehrenden Ausschau gehalten? Und welchen Namen würde er ausrufen, wenn er selbst an der Reihe wäre, sich zu ihnen zu gesellen?

Plötzlich streckte Kermorvan, der sie mit gezogenem Schwert anführte, den Arm aus und ging in die Hocke. In diesem Moment sah auch Elof, was vor ihnen war. Wie sie erwartet hatten, war eine grobe Barriere zwischen den unversehrten Zinnen aufgeworfen worden, und dahinter beleuchtete eine Holzglut die Umrisse von Ekwesh-Wachen, die erschöpft zusammengesunken waren. Sie hatten abgesprochen, wie sie sich in einer solchen Situation verhalten wollten, und als Ils und Roc sie eingeholt hatten, ließen sie sich für einen Augenblick nieder, um zu Atem zu kommen. Dann zog Elof das schwarze Schwert, darauf bedacht, dessen eigenartige Stimme zu dämpfen, doch es entstand lediglich ein lautloses, kitzelndes Zittern in seiner Hand.

Ils brachte die Axt in Bereitschaft, und Roc band sich

die Armbrust mit dem Riemen ans Handgelenk. Kermorvan wartete einen Moment länger als die anderen, klappte sein Visier herunter und sprang dann mit aufgeblähtem Umhang wie eine riesige Fledermaus von Stein zu Stein, hinauf auf die Zinnen und über die Barrikade, bevor die verschlafenen Wachtposten zu sich kamen. Es waren dort zehn Ekwesh, doch sie wurden wie von einer Sturmbö niedergeweht, bevor sie einen Laut herausbrachten; entweder brachen sie an der Stelle zusammen, wo sie gerade waren, oder sie wurden über die Brüstung auf die Dächer darunter gestoßen. Dann rannten die Wanderer über das letzte Stück der Mauer, in Richtung des dunklen Torbogens, der in den Turm führte.

Das Tor war nicht zugesperrt, denn sein Schloß war von innen herausgeschlagen, was zweifellos bei der Einnahme des Turms durch die Ekwesh geschehen war. Auf der anderen Seite sah Elof zunächst nur eine weiträumige Halle, die von einer einzigen flackernden Lampe erhellt wurde, und einige offenstehende Türen, hinter denen Dunkelheit war. Es war der Geruch des Ortes, den er am stärksten wahrnahm, ein Geruch nach abgestandener Luft, befrachtet mit Alter und Staub, und die eigenartige Ausdünstung von feuchter Kleidung. Dann erkannte er, daß die seltsamen massigen Schatten in den Ecken große zusammengeschobene Klumpen von Wandbehängen waren. Sie bestanden aus einem so schweren und staubigen Material, daß es im Dämmerlicht wie Stein aussah; die Farben waren verblaßt und die Darstellungen zu bedeutungslosen Klecksen verkommen. Spinnweben, gleichermaßen staubig, hingen wie zum Hohn darum herum, ebenso wie an dem großen achteckigen Tisch in der Mitte des Raums. Doch um diesen herum war von vielen Füßen eine Spur in den Staub gezeichnet worden. Auf der gegenüberliegenden Seite öffnete sich eine breite, doppelflügelige Tür zu einer breiten Treppenflucht hin, erleuchtet vom Licht des

Mondes, das durch hohe Fensterschlitze in der Turmmauer hereinfiel. Der Staub dort wies weniger Spuren auf, so daß einzelne Fußabdrücke noch deutlich zu sehen waren.

»Bestimmt pflegt er hierherzukommen«, flüsterte Roc leise. »Dieser Ort muß ihm wie zu Hause vorkommen. Aber auf welchem Weg? Herauf oder herunter?«

»In den Stockwerken unter diesem befinden sich die öffentlichen Räumlichkeiten, Säle und Empfangshallen, und darunter die Speisekammern und Unterkünfte der Bediensteten«, flüsterte Kermorvan. »Diese Stufen führen zu den Privatgemächern, die in vier Stockwerken untergebracht sind, zwei in einem Stock und eines ganz oben, mit einer großen offenen Galerie. Ich bin jetzt sicher, daß jemand darin wohnt. Die Ekwesh würden normalerweise einen solchen Ort vollkommen auseinandernehmen, um notfalls sogar nach Goldfäden in den Wandbehängen suchen, wenn sie nichts anderes fänden; doch hier ist nichts zerstört worden. Also ist es bestimmt niemand von ihnen, der hier oben haust.«

»Dann wollen wir uns mal auf die Suche machen«, sagte Ils vergnügt. »Ich werde den Weg auskundschaften, damit ihr nicht über die Möbel stolpert, einverstanden?«

In einer Reihe hintereinander gingen sie über den ausgedehnten Steinboden und traten mit äußerster Vorsicht auf, damit nicht einmal das leiseste Stiefelscharren sie verraten könnte. Roc fiel das schwerer als allen anderen, und mehr als einmal stolperte er und wäre fast aus dem Gleichgewicht geraten und gegen ein Möbelstück geprallt. Doch in dem halbdüsteren Licht, das auf der Treppe herrschte, erwies es sich wieder einmal, daß es Elof war, der am besten sehen konnte, und er übernahm die Führung. Es war eine breite spiralförmige Treppe, wie im Turm des Schmiedemeisters; drei Menschen hätten darauf Arm in Arm nebeneinander hergehen können, und die Decke war hoch und gewölbt und zum größten Teil in Dunkelheit gehüllt. Weitere Behänge bedeckten die Wände, und hier waren sie weniger staubig. Elof konnte ganze Szenen im wechselhaften Mondschein erkennen — Reihen von Wagen, Kampf und Gemetzel unter Bäumen und einmal eine große Ebene. Es war ein unheimlicher Ort, unheimlicher als jeder andere, an dem er bisher gewesen war, und er spürte, daß er seinen Freunden ebenso wenig wie ihm gefiel. Eine seltsame Eiseskälte durchfuhr seinen Körper von der Brust bis zu den Lenden, und seine Beine fühlten sich taub und schwach an. Wie mochte dieser Vayde gewesen sein, und wer mochte jetzt hier umherwandeln? Er stellte sich vor, wie es wäre, hoch oben Schritte zu hören, starke, schwere Füße, die unausweichlich durch die Dunkelheit die Stufen herunterkamen, wo sie nur über einen hinwegschreiten konnten oder *durch* einen hindurch ... Und doch jagte ihm diese Vorstellung keinen kalten Schauder ein. Er empfand eine andere Art von Schrecken an diesem Ort, ein beharrliches Gefühl des Kummers, der Traurigkeit, des endgültigen Verlustes, und dahinter schien ein verzehrender Zorn von den Wänden widerzuhallen wie ein uralter Schrei des Abscheus. Das erschreckte ihn, denn es paßte so erstaunlich gut zu etwas, das in ihm selbst war. Wenn er hier versagen oder geschlagen werden würde, würde er dann ebenfalls Teil davon werden? Würde die Stimme des Elends dann ebenfalls durch die lange Zeit hindurch schallen?

Er blieb stehen. Sie waren zu einem Treppenabsatz gekommen, und ein breiter Flur führte zwischen zwei Reihen von Türen hindurch; einige davon waren klein und schlicht, einige hoch und prächtig; besonders eine auf jeder Seite überragte die anderen; sie hatte zwei Türflügel und ein reich verziertes Fenster darüber. Der Staub in diesem Flur wies keinerlei Spuren auf. Sie sahen einander an, und Elof deutete mit einer Handbewegung die Treppe hinauf. Kermorvan nickte, und sie setzten ihren Weg fort. Das nächste Stockwerk unterschied sich nicht von diesem, es hatte den gleichen Flur und den gleichen Staub ohne Spuren, und im nächsten war es ebenfalls nicht anders.

Elof fragte sich, ob sie allmählich den Verstand verloren, ob der Schmiedemeister nicht friedlich draußen in einem der Zelte schlief, an denen sie in der Dämmerung vorbeigekommen waren. Er drehte sich zögernd um und überlegte, ob er nicht sofort hinuntergehen sollte, solange noch Zeit dazu war. Doch in diesem Moment spürte er die wahrhafte Gegenwart von irgend etwas im Turm. Die Dunkelheit klang wie eine Glocke, wie eine Stimme, ein gedehnter wortloser, abscheulicher Ton. Er sah die anderen an, doch sie blickten ihn lediglich ihrerseits zweifelnd an. Sie hatten nichts gehört, das war klar. Was konnte er tun, außer mit den Schultern zu zucken und weiter voranzugehen?

Im nächsten Stockwerk, dem letzten vor der Spitze, führten Linien im Staub nebeneinander zu der hohen Tür, wo sie sich trennten und jede in eine Richtung weiter verlief. Elof zog die Finger seines Panzerhandschuhs zurecht; Kermorvan nickte mit düsterer Miene und brachte sein Schwert in Bereitschaft. »Roc! Ils!« hauchte er in eindringlichem Flüsterton. »Es wäre ratsam, daß jemand die Treppe bewacht, bis wir sicher sind ...« Sie reagierten auf diesen Vorschlag mit mürrischen Gesichtern, nickten jedoch. Kermorvan hob fragend die Augenbrauen und schwenkte das Schwert von links nach rechts. Elof zuckte mit den Schultern und deutete zu der Tür auf der linken Seite. Vorsichtig, behutsam setzte er einen Fuß vor den anderen und ging so den Flur hinunter. Die Tür war nicht verriegelt; er legte das Ohr an den Spalt und hörte ein leises, gleichmäßiges Atmen, wie von einem Schlafenden. Er nickte Kermorvan zu, biß sich auf die Lippe und drückte die Tür ganz vorsichtig ein klein wenig auf, weit genug, um die Dunkelheit im Innern zu sehen und die Hand weit genug hineinschieben zu können, um das schwere Holz leicht anzuheben und es auf diese Weise zu bewegen, ohne daß die Scharniere quietschten. Dann hielt er eine Hand hoch, um Kermorvan zu bedeuten, er solle warten, wobei er auf seine Augen zeigte; es herrschte hier eine sehr mangelhafte Beleuchtung, und er konnte besser sehen. Kermorvans Mund straffte sich, doch er nickte als Antwort. Elof spähte vorsichtig durch die schmale Öffnung. Es war heller, als es zuerst den Anschein gehabt hatte, denn in der gebogenen Wand gegenüber waren seitlich zwei Fenster, eingelassen in tiefe Nischen und jeweils mit einer gepolsterten Sitzbank darunter. Dazwischen ragten beinahe bis zur hohen Decke die Pfosten eines riesigen Bettes auf, mit aufwendig geschnitzten Mustern und einem gewebten Baldachin, der nicht so verblichen war wie die Teppiche darunter. Der Baldachin war zurückgeschlagen, so daß er sah, daß in dem Bett eine Gestalt lag und daß das Haar auf dem weißen Kopfkissen schwarz zwar.

Er schluckte mühsam und ging halb in der Hocke näher, den Panzerhandschuh mit gespreizten Fingern ausgestreckt, das Schwert mit der anderen Hand fest umklammernd. Ein Schritt, zwei, drei — leicht und behutsam setzte er einen Fuß vor den anderen und durchmaß die freie Fläche des Raums, zwischen den Lachen aus Licht hindurch, die der blasse Mond durch die Fenster hereinwarf. Er hatte fast das eine Ende des Bettes erreicht, als sein Blick auf etwas fiel — ein zartes Gebilde, das sorgsam auf einen der Sitze unter den Fenstern gelegt worden war — ein Gewand, ein Überwurf, ganz in Weiß. Er schnappte unwillkürlich nach Luft, und in einem plötzlichen Wirbel von Stoff richtete sich die Gestalt im Bett auf. Er sah, wie die Bettdecke von einem schlanken Körper rutschte. Es war eine Frau, der Mond tauchte die kleinen Brüste in sein Licht und zeigte ihm das Gesicht. Es war gut für ihn, daß seine Kehle so ausgetrocknet war, daß sie seinen verblüfften Aufschrei erstickte. Er versuchte es noch einmal, brachte jedoch nicht mehr zustande, als ihren Namen zu flüstern.

»Kara.«

Sie zuckte zusammen und spähte in die Dunkelheit. »Wer ...« Und dann stieß sie einen kleinen atemlosen Schrei aus und erhob sich auf die Knie; der Armreif glänzte im Mondlicht, als er sich auf das Bett und in ihre Arme stürzte. Er drückte sie an sich, nahm voller Bewunderung ihre Wärme wahr, ihre Geschmeidigkeit, ihren süßen Duft, die erstaunliche Kraft der Arme, mit denen sie ihn umschlang. Sie plapperten einander sinnlose, alberne Worte ins Ohr, Tränen rannen über ihre Wangen, und sie wußten nicht und scherten sich auch nicht darum, wer von ihnen weinte; ihre Lippen trafen sich, konnten jedoch nicht beieinander bleiben, so atemlos waren sie. Er ließ sein Schwert fallen, seine Hand streichelte ihren Rücken, sie liebkoste ihn mit der ihren, und beide benahmen sich wie ein einziger Körper, handelten nach einem und demselben Willen.

»Es ist alles gut«, flüsterte er atemlos. »Es ist alles gut ...«, wiederholte er, ohne zu wissen, ob jemals irgend etwas wieder gut sein würde.

»Elof ...«

Verwirrt hielt er sie daraufhin auf Armeslänge von sich entfernt. »Woher weißt du denn meinen neuen Namen?«

»Louhi!« hauchte Kara und zitterte heftig. »Sie kennt ihn. Sie ist hier. Im anderen Zimmer ...«

Plötzlich holte sie tief Luft und machte sich von ihm frei, um an ihm vorbei zur Tür zu blicken. In der Mitte des Raums stand Kermorvan, und sein Gesicht war so ausdruckslos, daß es einen seltsamen Gegensatz zu seiner kampfbereiten Haltung und dem gezückten Schwert bildete. Er schluckte krampfhaft und war offenbar im Begriff, etwas zu sagen, als Elof ihn mit einer wütenden Handbewegung hinausscheuchte. »Und hüte dich vor der anderen Tür!« zischte er. »Ich komme nach. Hinaus mit dir!« Er wandte sich wieder ihr zu. »Das ist ein Freund. Er führte nichts Böses im Schilde ...«

»Dann sage ihm, daß er sich zu seinem eigenen Besten möglichst weit von hier entfernen soll«, sagte Kara verbittert und fuhr dann aufgeregt fort: »O Elof, sei vorsichtig! Du befindest dich in schrecklicher Gefahr! Ich habe gehört, wie sie sich mit dem Schmiedemeister über dich unterhalten hat ...«

»Dann ist also auch er hier.«

Sie nickte und schloß die Augen, als ob sie plötzlich ein Schmerz durchzuckt hätte. »Ich habe versucht zu fliehen. Ich habe es wirklich versucht, während einer Reise gen Süden! Ich habe mich gewaltsam befreit, aber ...« Sie zog die Beine unter der Decke hervor. Um jeden Fußknöchel wand sich ein seltsam geschlungener Ring aus Silber, und beide Ringe waren durch eine dünne, zierliche Kette miteinander verbunden, die nur einen kurzen Schritt zuließ. Elofs verengte Augen erblickten darin ein Glitzern, das keine Spiegelung des Mondlichts war. Wut, die der seinen entsprach, blitzte in ihren Augen auf. »Sie hat mich wieder eingefangen. Und auf ihr Geheiß hin hat er das da gemacht.«

In einem Anfall aufwallender Wut packte Elof die Kette und zerrte daran, als wolle er sie zerreißen, doch er schaffte es nicht, und selbst die schwarze Klinge hätte nicht mehr vermocht, als lediglich das Metall anzukratzen. »Eine Schmiede!« knurrte er. »Wir werden dich zu einer bringen, dann werden wir ja sehen, wessen Wille der stärkere ist! Und noch in dieser Minute wird Louhi sterben ...«

»Nein!« keuchte Kara entsetzt. »Du mußt verschwinden, sonst wird sie dich vernichten! Sie wird ihn auf dich hetzen! Überleg doch, wenn sie sogar ihn als Leibeigenen halten kann ...«

»Ich werde zuerst ihn unschädlich machen«, quetschte Elof zwischen zusammengepreßten Zähnen hervor.

»Dann werden wir beide uns miteinander beschäftigen, sie und ich! Wo schläft er, weißt du das?«

Sie deutete nach oben. »Im obersten Stock, im größten Raum. Dort wohnt er, aber ob er dort schläft? Ich glaube nicht, daß er überhaupt schläft. Er hat sich verändert, ist sogar noch seltsamer geworden, als er früher war. Ich glaube, das bewirkt sie bei all jenen, über die sie Macht hat ...«

»Aber dich verändert sie nicht?«

Kara nahm seine Hand und drückte sie sich auf die Brust, und er spürte, wie das Herz darunter hüpfte. »Ich bin anders als die anderen«, flüsterte sie und lächelte ihn durch die Tränen hindurch an. »Eine stärkere Kette als irgendeine, die er schmieden kann, lag bereits um mich. Ich werde mich nicht verändern.«

Er nickte. »Ich auch nicht.« Sie küßte ihn noch einmal, diesmal feierlicher. »Zieh dich jetzt an, du mußt mitkommen ...«

Sie schüttelte den Kopf und deutete auf ihre Fußknöchel. »Ich kann nicht.«

»Ich lasse dich auf keinen Fall allein hier zurück! Nicht jetzt, da ich dich endlich wiedergefunden habe ...«

»Du mußt! Wartet dein Freund nicht auf dich?« Sie starrte durchs Fenster hinaus, wo der fahle Mond unterging. »Aber hör zu, meine Liebe, mein Leben, sollte uns irgendein Schicksal oder eine Macht wieder trennen, folge dem Sonnenaufgang. Begib dich nach Osten. Und ich werde, falls ich mich befreien kann, in westlicher Richtung nach dir suchen, auf dem Pfad des Mondes! Ich schwöre es! Bei allem, was ich bin!«

Er nickte, denn er brachte kein Wort heraus, berührte ihre Lippen noch einmal und erhob sich, wobei er nach seinem Schwert griff. Er sah sie an, ihre Augen ruhten auf ihm, und er fühlte, wie sein Herz lichterloh in Flammen aufging, als ob sie es mit ihrem Blick entzündet hätte. Doch als er sich entfernte und sie zurücksank und in der Dunkelheit immer kleiner wurde, erstarb die Flamme, bis nur noch dunkle Glut übrig war. Mit einem letzten Blick zurück trat er durch die offene Tür — und hätte beinahe Ils umgerempelt, die starr wie ein Stein, mit einem schrecklichen Ausdruck im Gesicht, mitten im Flur stand. Er warf einen besorgten Blick auf die Tür am anderen Ende, doch sie war unverändert geschlossen, und er drängte sie mit einer ärgerlichen Handbewegung vor sich her.

Die anderen waren auf der Treppe versammelt. »Wer ist sie?« fragte Kermorvan. »Können wir ihr trauen ...« Seine Augen trafen Elofs, und er verstummte.

Roc nickte. »Ich habe sie schon mal gesehen, ein einziges Mal, und ich kenne A ... Elof. Wenn er ihr vertraut, warum sollten wir es dann nicht auch?«

»Eine berechtigte Frage!« gab ihm Ils recht. »Sie gehört zu Louhi und nicht zu dir, soviel habe ich gehört. Denke daran, unser Leben und das vieler anderer hängt davon ab. Wenn er nicht dort oben ist, wenn sie inzwischen Alarm schlägt, dann ist uns der Weg abgeschnitten. Wir können diesen Turm nicht fliegend verlassen!«

»Er ist dort!« entgegnete Elof kalt und sah sich um. »Ich hätte niemals daran zweifeln dürfen, das habe ich auf der Treppe gespürt. Selbst die Steine brüllen ihren Protest hinaus, jeder Metallbeschlag löst einen schrillen Alarm in meinem Innern aus. Sie hat mich gewarnt, wollte, daß ich fliehe.«

Kermorvan musterte Elof mit besorgter Miene. »Du kommst mir irgendwie seltsam vor an diesem seltsamen Ort. Ich würde nicht unbedingt glauben, was dieses zarte kleine Wesen behauptet, da ihre Seele in Fesseln liegt. Doch ich fürchte, wir haben keine Wahl. Wir müssen das Wagnis jetzt eingehen.«

Ils neigte den Kopf. »Ja, du hast recht. Wir sind also ihrer Gnade ausgeliefert. Übernimm die Führung!«

Die Nacht tauchte den letzten Treppenabsatz in tiefe Finsternis, denn der Mond war inzwischen untergegangen. Elof kletterte weiter, Stufe um Stufe, und die Warnung des Waldes dröhnte immer wieder in seinem Kopf. *Noch etwas anderes!* Er würde wissen, was es war, wenn er es am dringendsten brauchte. Angst, die eisige Angst vor dem Versagen, fachte die ersterbende Glut in seinem Herzen erneut an. *Tapiau, Rabe, ihr Unbekannten, ihr höhnischen Mächte, wann könnte ich es dringender brauchen als jetzt? Ich befinde mich innerhalb der Mauern meines Feindes, er hält das Mädchen, das ich liebe, als Leibeigene gefangen, ich werde ihm mit einer Waffe gegenübertreten, die er womöglich verächtlich beiseite wischt — wann denn, wenn nicht jetzt?*

Er bog um die letzte Ecke und trat hinaus in unvermittelte Helligkeit.

Es war kein gewöhnliches Licht von einer Lampe oder einem Feuer, kein gesunder Schein, sondern ein bläulicher, düsterer Schimmer wie in großer Meerestiefe, das Tageslicht Ertrunkener. Es ergoß sich durch eine breite geöffnete Falltür in der Decke über den Stufen, mit einem phantastischen Schattenmuster, das das geschmiedete Geländer zu beiden Seiten warf. Er schlich vorsichtig hinauf, bis seine Augen auf einer Höhe mit dem Stockwerk darüber waren, und sah sich schnell um. Die Gemächer dehnten sich hier oben über die gesamte Fläche des Turms aus, und ein großer Raum in der Mitte führte hinaus auf einen breiten, geschwungenen Balkon. Ringsum an der Wand des mittleren Raumes befanden sich hinter einem Kreis von geschnitzten Säulen verschiedene andere Türen, die alle geschlossen waren. Es war niemand zu sehen. In dem Raum selbst herrschte ein wildes Durcheinander, eine Ansammlung von alten Möbeln und verstaubten Wandbehängen wie im unteren Teil des Turms, durch vermischt mit neueren Gegenständen, die unordentlich herumlagen; das meiste davon waren wertvolle Sachen, Gerätschaften aus edlen Metallen, prächtige Kleider und Tücher, prunkvoll verzierte Waffen und Rüstungen, glitzernde Juwelen und allerlei Zierat, Schnitzereien und Gemälde. An einer Säule bei dem Balkon stand eine bekleidete Statue aus irgendeinem weißen Stein, und eine unheimliche Maske nach Ekwesh-Art war ihr lässig-schräg aufgesetzt worden. Eine Truhe mit Münzen stand geöffnet an der gegenüberliegenden Wand, und darüber ruhte in einem eigenartig geschmiedeten Ständer eine Kugel aus Glasfacetten, die das seltsame Licht ausstrahlte. Und überall lagen Bücher herum, ganze Stapel von gebundenen Büchern sowie ein Durcheinander von Schriftrollen und achtlos verstreuten Holztafeln. Tabletts mit halb aufgegessenen Speisen standen darauf. Die Luft war stickig und abgestanden, mit einem Hauch von Fäulnis, als ob der Raum eine Zeitlang einem Tier als Bau gedient hätte. Doch in all dem Wirrwarr regte sich nichts.

Langsam und vorsichtig stieg Elof die letzten Stufen hinauf, gefolgt von Kermorvan. Die Miene des Kriegers verfinsterte sich vor Wut, als sich ihm dieser Anblick bot; hier lagerte also das der Stadt geraubte Beutegut, aus dem kleinen Teil, der bis jetzt eingenommen worden war. Elof wußte, daß der Krieger darin nicht nur den Wert sah, sondern das Blutvergießen, die zerstörten Häuser und die vernichteten Leben, den Preis, mit dem jedes einzelne Stück bezahlt worden war. Kermorvan sah sich um und nickte heftig; es war ihm deutlich anzumerken, was er dachte: Dies war eine Behausung, die zu dem Schmiedemeister paßte. Ils' Gesichtsausdruck nach zu schließen, war sie derselben Ansicht. Doch Roc gab flüsternd seinem Zweifel Ausdruck und sprach damit aus, was Elof ebenfalls durch den Kopf ging. »Er war immer so verdammt ordentlich! Kann es sein, daß er jetzt in einem solchen Schweinestall haust?«

»Kara sagte, er habe sich verändert. Vielleicht meinte sie das damit …«

»Vielleicht, in der Tat!« sagte eine dünne, glatte Stimme, obwohl sie die Worte ganz leise einander ins Ohr gehaucht hatten. Gleichzeitig drehten sie sich um und sahen zur anderen Seite des Raums hinüber, zu der schwarzen Öffnung des Balkons. Und dort wandte sich auch die Statue um, ihnen zu. »Doch ich bedaure, daß euch diese Umgebung mißfällt. Dies sind die unerfreulichen Begleiterscheinungen einer Unternehmung mit weitestgehend unzivilisierten Verbündeten. Obwohl ich eingestehen muß, daß ich von Tag zu Tag in den alltäglichen Dingen des Lebens nachlässiger werde; die vorübergehende Unreinheit, den schmutzigen Boden, auf dem die Gedanken zur Zeit gedeihen müssen, nehme ich in Kauf.«

Elof und Roc, die den Mann von früher kannten, konnten ihn nur fassungslos anstarren. Die Stimme, die einst volltönend gewesen war, hatte einen dünnen, metallischen Klang bekommen, und alles andere an ihm war so welk, daß es dazu paßte. Die Haut seiner Hände war so weiß und leblos wie das glatte Wickelgewand, das er trug; die dünnen Strähnen seines Haars, das einst glänzend schwarz und lockig gewesen war, hätten die Fasern sein können, aus denen das Gewand gewebt war, so glatt hingen sie ihm ums Gesicht. Und während sie ihn betrachteten, klappte er die langschnabelige Maske eines Donnervogels zurück, und das Gesicht darunter war ebenfalls weiß; von seinem einst üppigen Bart waren nur noch ausgebleichte dürftige Zotteln übrig. Auch jetzt noch hätte es das Gesicht einer Statue sein können, oder vielmehr vielleicht eine Totenmaske, denn dieselbe blasse Reglosigkeit lag auf den geschlossenen Augenlidern und dem leicht lächelnden Mund. Dann schlug er die Augen auf, und auch diese waren weiß, verhangen und milchig hinter wimpernlosen Lidern.

»Er sieht aus wie eine Höhlenschnecke!« murmelte Ils. »Schleimig, blaß und augenlos, ohne einen Tropfen roten Blutes in den Adern!«

Doch der Schmiedemeister lächelte sie höflich an, und danach einen nach dem anderen von ihnen, wie als

Beweis dafür, daß er nicht blind war. »Seid willkommen, Lady Ils, Lord Keryn Kermorvan. Und auch ihr, meine Jungen, Roc und Elof, der immer noch der Alv ist, den ich kannte. Ihr seht, ich kenne euch alle, euer Kommen war nicht unangemeldet.«

Ils warf Elof einen vielsagenden Blick zu. »Es war nicht Kara, die uns angekündigt hat«, sagte er schnell. »Sie wußte nicht, wer bei mir ist, und kannte auch unsere Namen nicht. Die Kunde muß aus der Stadt gekommen sein.«

»Nicht unangemeldet, wie gesagt. Du bist ein Unschuldiger, mein Junge, treibend in einer Welt, die du nicht begreifst, im Spiel von Kräften jenseits deiner Wahrnehmung und jenseits deiner kindlichen Vorstellung von Gut und Böse, von Richtig und Falsch. Ist der Sturm nicht schuld am Ertrinken so mancher Seeleute? Und doch läßt derselbe Wind die Schiffe von vielen, vielen anderen in sichere Häfen voll blühenden Lebens segeln. Man kann nicht das eine ohne das andere haben, der angenehme Wind in einer Ecke des Ozeans tritt in einer anderen als Orkan auf. Die Welt ist ein einziges großes Zusammenspiel, eine verbundene Kette, die man nicht einmal ansatzweise erfassen kann, und selbst mir war nicht mehr vergönnt, als einen kleinen Teil davon zu erhaschen. Wenn hier großes Leid eintritt, dann geschieht das nur im Zuge der Reinigung des Lebens von all seinen animalischen Schrecknissen, damit die Herrschaft des reinen Geistes in einer gesäuberten Welt wiederhergestellt wird; von einem schönen Monument wird der Dreck abgewischt, mit dem Narren es beschmutzt haben. Das ist die Läuterung durch die Macht des Eises.«

Kermorvan knurrte etwas und machte einen entschlossenen Schritt nach vorn, doch Elof hielt ihn zurück. »Während meines Erwachsenwerdens habe ich dieses und vieles ähnlicher Art von dir gehört! Schöne Worte! Fast schön genug, um der Lust an Wohlstand und Macht Würde zu verleihen, selbst wenn der Preis dafür die Menschlichkeit ist. Beinahe, aber nicht ganz. Ich werde nicht ein zweites Mal in die Falle treten, in die ich damals geraten bin. Doch selbst wenn alles wahr wäre, was du sagst, bevorzuge ich immer noch meine kindlichen Vorstellungen und halte mich an meine Verpflichtungen denen gegenüber, mit denen mich Freundschaft verbindet. Ich werde sie niemals einem unsichtbaren zukünftigen Gott opfern, irgendeinem angenehmen Wind an einem anderen Ort. Wenn ein Orkan droht, dann soll man sich davor hüten!«

Das ausdruckslose Gesicht des Schmiedemeisters verzog sich kurz zu einer Grimasse. »Du hast deine Freunde ohnehin bereits geopfert. Jene, die gegen den Sturm ankämpfen, müssen seine Rache ertragen!« Er griff schnell zwischen die schweren Falten seines Gewandes und brachte eine Scheide und einen Griff zum Vorschein.

Und so geschah es, daß aus der Tiefe der Jahre das unheimlichste Werk, das Elofs Hände geschaffen hatten, sich gegen ihn selbst erhob.

Es schimmerte im winterlichen Licht, dieses Schwert, seine fließenden, rätselhaften Muster strahlten hell wie der Tag, an dem er sein Werk für vollbracht erachtet und gejubelt hatte, ohne daran zu denken, was später damit geschehen könnte. Und als es vor seinen Augen glänzte, hatte er das Gefühl, daß es unabhängig war von demjenigen, der es schwang. Er sah darin eher etwas wie sein eigenes Gesicht, das in einem zerschmetterten Spiegel verzerrt erschien, ein Facette seines Ichs, verformt und verdreht. Es geschah aus einer inneren Eingebung heraus, daß er den Panzerhandschuh hochschnellen ließ, um seine Sicht darauf zu verdecken, doch das erwies sich als sehr nützlich. Denn ihn überfielen nicht Angst und Schrecken, während Kermorvan, obwohl der sich kaum noch im Einflußbereich des Schwertes befand, krampfhaft zuckte wie vom Blitz getroffen.

Seine Hand schwenkte das graugoldene Schwert ziellos, seine Gliedmaßen hüpften, sein Rückgrat drückte sich durch, der Kopf wurde nach hinten geworfen, und aus weit geöffneten Lippen drang ein Schrei, laut und schrill, ein durchdringender, nervenzerreißender Laut voll animalischer Qual. Er taumelte zurück und drückte die Hand ganz unmännlich an den Kopf, als ob darin heißes Metall flösse; er torkelte gegen die Wand und prallte auf Ils und Roc, wodurch er sie vielleicht ein wenig abschirmte, obwohl auch sie furchtsam zurückwichen wie beim plötzlichen Öffnen eines Verbrennungsofens. Doch sie fingen den großen Mann auf, als dieser stürzte, hoben ihn schnell hoch und trugen den Zappelnden zur Treppe. Sein Schrei hatte jedoch seine Wirkung getan, denn aus der Dunkelheit unten schallten Rufe herauf, Türen wurden geschlagen, das Scharren stahlumkleideter Füße ertönte auf der Treppe.

Das Schwert änderte seine Richtung, schwenkte von Elof zu seinen Freunden. Kermorvan, mit grauem Gesicht und tobend, versuchte mühsam, sich zu erheben. Doch Elof folgte der Richtung mit einem Sprung und brachte sich zwischen das Schwert und die anderen. Er rief ihnen über die Schulter zu: »Hinunter mit euch, und nehmt ihn mit! Ihr schafft es vielleicht noch bis zur Tür ...«

»Unmöglich!« rief Ils. »Sie kommen! Wir werden dir helfen ...«

»*Das könnt ihr nicht!* Haltet die Treppe, erkämpft euch einen Weg hinaus, wenn es geht. Das hier ist ganz allein meine Angelegenheit!« Er sah, wie sie nickte und die Stufen hinunterrannte; Kermorvan stolperte hinter ihr her. Von unten drang das Klirren von Stahl auf Stahl herauf, begleitet von Rocs wütendem Gebrüll.

Jetzt wurde das Schwert nicht mehr geschwenkt, sondern es deutete direkt auf Elof, und er spürte, wie die pure Kraft um ihn herumströmte, als durchquerte er einen reißenden Fluß, der ihn jeden Augenblick von den

Füßen zu reißen drohte. Verzweifelt griff er danach und versuchte, es zu fassen zu bekommen, doch der Strom war zu heftig, zu stark, er flutete zwischen seinen Fingern hindurch, und seine tosenden Wellen voller Angst und Schrecken schwappten über ihn. Seine Haare stellten sich auf, sein Herz pochte wie wild, es schien, als ob der Boden unter ihm sich auftäte und eine tiefe Spalte klaffte; er selbst schwankte an ihrem Rand und hörte die Schreie, die von unten heraufschallten. Er kämpfte gegen den Strom an, keuchend und röchelnd wie ein ertrinkender Schwimmer, und seine Sicht vernebelte sich. Bilder voller Grauen huschten vor seinen Augen herum, anfangs unbestimmt, dann als Schatten, die sich verdichteten und vereinigten und auf ihn zuflogen wie dunkle Schwingen im Sturm.

Er holte mit dem Schwert in seiner Hand danach aus, und für einen Augenblick wurde auch dieses ein Werkzeug des Schreckens, behaftet mit morastigem Schleim, dem der ekelhafte Geruch eines aufgeschlitzten Körpers entströmte; er rann ihm über die Hand, bildete Pfützen um seine Füße, ließ ihn durch sumpfiges Marschland waten. Doch nur für einen kurzen Augenblick. Ein anderes Bild formte sich um die Marsch-Klinge; die Hand, die sie anfangs geschwungen und bis in den Tod umklammert hatte, diese Hand war nun nicht mehr geschwärzt und verschrumpelt, sondern stark, unheimlich, entschlossen, die Hand eines Mannes, der seine Feinde in Mengen niedermähte, sogar noch während sein eigenes Leben erlosch und der Sumpf seinen Körper verschlang. Elof hatte diese Klinge zur seinen gemacht, hatte sich in sie hineinversetzt, und damit hatte er unbewußt ihr schweres Vermächtnis übernommen. Er konnte sie jetzt nicht entehren, indem er weniger tat.

Er stürzte vor und warf sich mitten in das Grauen, dem er ausgesetzt war. Gedämpft hörte er die Geräusche, die durch das Treppenhaus schallten, rauhe Schreie, das dumpfe Hämmern von Waffen, das rasselnde Gurgeln, wenn Leben ausgehaucht wurde. All die finsteren Träume, die ihn je heimgesucht hatten, überfluteten ihn aufs neue, all die Fieberphantasien, die er damals im Marschland erlebt hatte, während er schweißgebadet in seiner verrußten Schmiede daniederlag — die Klauenfinger, die Leichen in dem Wagen, Ingar, der unter seinen Händen zerfiel, Kara als höhnisches Gespenst, alles ineinander verlaufend zu einer grauenhaften Form des Todes und des Verfalls, im endlosen Fließen des Lebens.

Er hatte das Gefühl, nicht mehr ertragen zu können, als ob sein Herz und seine Seele und sein Wille Sehnen einer mißhandelten Hand seien, bis an die Grenze ihrer Dehnbarkeit und darüber hinaus strapaziert und in Erwartung der letzten heimtückischen Drehung, um nach verzehrenden Todesqualen zu erschlaffen. Doch in keinem der Schrecknisse steckte diese endgültige Kraft. Sie waren nicht so neu für ihn, wie es eigentlich hätte sein sollen. Er war ihnen in seinen Prüfungen und in seinem Leid bereits ausgesetzt gewesen, und schon einmal hatte er darin das Schlimmste von sich selbst verkörpert gesehen. Und obwohl sie immer noch tief in sein Inneres drangen, stellte er fest, daß er es jetzt mit ihnen aufnehmen konnte. Voller Kummer und Bedauern stemmte er sich gegen sie, wie er es vielleicht bei einem Sturm gemacht hätte, und wie Blätter wirbelten sie um ihn herum, hafteten einen Augenblick lang an ihm und wurden weitergetrieben. Er konnte die Schuld, die in ihm war, anerkennen und gegen das aufwiegen, was er dort sonst noch fand. Er hatte eine Vorstellung von dem Preis, der gezahlt werden mußte, konnte eine klare Entscheidung treffen. Endlich war er seiner selbst sicher.

Noch etwas anderes?

Er stieß nach vorn wie ein Schwimmer, immer weiter, und er spürte einen Augenblick lang, wie die Woge des Schreckens an Wucht verlor, wie die Dunkelheit schwand. Seine Sicht klärte sich plötzlich, und er merkte, daß er fast direkt in das Gesicht des Schmiedemeisters blickte. Unter dem Rahmen der sonderbaren Maske war es eine weitere graue Maske der Angst, und Elof war dem Sieg darüber nun so nahegekommen. Der blasse Mann taumelte zurück, wobei er wild mit dem Schwert fuchtelte, um ihn abzuwehren, und dann holte er in äußerster Panik und Verzweiflung mit dem gemusterten Schwert aus und stieß mit aller Kraft, die der Arm eines Schmiedes aufbrachte, in Elofs ungeschützten Körper unterhalb des Brustbeins und durchbohrte ihn.

Elof knickte nach vorn zusammen, durchflutet von einem unbeschreiblichen Schmerz, und starrte fassungslos das Ding an, das in seinen Körper eingedrungen war. Durch die unerträgliche Qual losgelöst, schwebte sein Geist frei herum und beobachtete, wie sein eigenes rotes Blut über die Klinge quoll, als wäre es ein müßiges Schauspiel, ein interessantes Erlebnis, zu sehen, wie es über das Muster floß, das er selbst dort angebracht hatte; es verband die Linien, vereinigte sie endlich zu einer Schrift, die er lesen konnte, zu einem Muster, das er verstand, das ihm deutlich geformt in den Sinn sprang. Endlich erkannte er die ganze Bedeutung der Zeichen, mit denen er das Schwert versehen hatte.

Und wie aus weiter Ferne drang ein freudiger Ruf von der Treppe her durch das Brausen in seinen Ohren, ein Jubelschrei aus Ils' kräftiger Lunge sowie das Poltern eines Körpers, der die Stufen hinunterstürzt. Auch Roc schrie, und über all das erhob sich wie in triumphierender Rache der Ruf: *»Morvan morlanhal!«*

Dann zuckte er vor Schmerz wieder krampfartig zusammen, als das Schwert aus ihm herausgezogen wurde, und zwar mit einer grausamen Drehung, die ihn in tausend Fetzen zu zerreißen schien. Doch er lachte, lachte lauthals, während er die Hand auf die Wunde drückte und spürte, wie das Blut warm über den Panzerhandschuh rann. Das Stampfen vieler rennender Füße und abgehackte Angstschreie waren zu hören, und das Poltern weiterer stürzender Körper, die auf ihre Kameraden fielen, verebbte irgendwo in der Tiefe. Überall herrschte Panik, wilde Flucht.

»Der Bissige wurde gebissen!« keuchte er und taumelte gegen die Wand. »Der Räuber wurde beraubt, und das von eigener Hand! Hörst du mich, Mylio, hörst du mich? Es war noch etwas anderes vonnöten, hat er mir gesagt, und jetzt weiß ich, was das ist, ja, ich weiß es! Du, Meister, der du bist, du brauchst es noch viel dringender, und du hast eine Macht gestohlen, die du nicht begreifst. Du wolltest ein Schwert, das den Geist sich zu Willen macht, um die Angst eines Menschen gegen sich selbst zu richten und seine Vernunft in die eigenen schwarzen Abgründe zu stürzen! Doch die Schneide, die den Geist durchtrennt, wird durch gröbere Dinge stumpf gemacht; ein Geistschwert kann nicht auch den Körper schlagen. Doch du wolltest, daß es das tut — *und was ist daraus geworden?«*

Der Schmiedemeister richtete das Schwert auf ihn, doch Elof lachte nur um so lauter. Der graue Mann drehte sich um, rannte zur Treppe, zuckte zurück, richtete die Klinge auf das dunkle Loch und stach verzweifelt auf die Luft ein, als wollte er etwas von der Öffnung vertreiben. Doch Stufe für Stufe, in wohlbemessener Langsamkeit, unausweichlich wie das Schicksal, stieg die Gestalt Kermorvans in ihrer erbarmungslosen Schrecklichkeit herauf. Der furchterregende Krieger schwankte und stolperte nicht mehr. Er hatte den Helm verloren, war im Gesicht und am Bein verwundet, doch das Blut, das über seinen Kettenpanzer gespritzt war, das sein Schwert und seinen Schwertarm von den Fingerspitzen bis zur Schulter in Rot getaucht hatte, war nicht sein eigenes, und es leuchtete auch nicht heller als der Zorn, der in seinen Augen funkelte. Der Schmiedemeister wich zurück, wobei er immer noch sinnlos mit dem Schwert herumfuchtelte, und Elof traten vor Heiterkeit die Tränen in die Augen. «Wo sind deine Wachen, Mylio? Rufe sie zurück und gebiete ihnen, deine Feinde für dich niederzumetzeln. Warum sind sie geflohen? Was ist es, das aus ihnen gewichen ist?«

Der Schmiedemeister wirbelte blitzartig herum, und mit der Schnelligkeit des Wahnsinns stürzte er auf Elof zu, das Schwert, das jetzt nichts anderes mehr war als ein gewöhnliches Schwert, erhoben, um ihn in einem letzten hoffnungslosen Racheakt zu schlagen. Doch Elof holte seinerseits mit dem Schwert aus, wie es die Hand in seiner Vision getan hatte. Dann ließ er es mit der Kraft des Arms eines Schmieds, der sich bereits als noch stärker erwiesen hatte, herabsausen auf das Ding, das er selbst hergestellt hatte. Begleitet von einem Schrei, der dem eines Adlers glich, prallte die schwarze Klinge klirrend auf gemustertes Metall, hieb durch die Vergänglichkeit und die Vergangenheit, durch das bemalte Holz der Donnervogel-Maske, durch den stahlblauen Totenkopf darunter, durch die weichere Schädeldecke und immer weiter, tiefer, um den Schmiedemeister Mylio beinahe in zwei Teile zu durchtrennen.

Eine Hülse, ein leeres Ding, sackte auf die schmutzigen Steine. Die Hälften des gemusterten Schwertes fielen zu Boden und ließen Blut aufspritzen, und als Kermorvan voller Grauen angerannt kam, drehten und wanden sie sich darin wie ein sich suhlendes schmutziges Tier, bis die Metallbänder sich nach und nach abspulten, sich voneinander lösten und brachen.

Jetzt kam Ils mit einem Jubelschrei die Treppe herauf; ihr einer Arm war schwarz von Blut, und sie stützte Roc, den es am Bein und an der Schulter schwer erwischt hatte. Doch sie verstummte, als sie den Körper des Schmiedemeisters sah, obwohl sie ihn mit reglosem Gesicht und verächtlich schnaubend betrachtete. »Es wundert mich, daß dieses Ding immer noch rot blutet!«

Dann sahen sie Elof und schwankten zu ihm hin, ohne weiter an ihre eigenen Verletzungen zu denken. Er wies sie jedoch mit einer Handbewegung zurück, um mit seinem Schmerz allein zu bleiben. Kermorvan bückte sich, griff nach dem schlimm zugerichteten Leichnam und zog ihn hinaus auf den Balkon. Er blickte hinunter und sah, wie sich auf der zerschossenen Mauer schwarz gekleidete Männer versammelten, langsam und zögernd; hochgewachsene Anführer und Schamanen in gemusterten Gewändern brüllten sie wütend an. Dann brach Kermorvan in lautes Lachen aus, ein bitteres, kaltes Lachen, und er blies einen schmetternden Ton auf dem Horn, das er bei sich hatte; er schallte über die Dächer und hallte zwischen den Türmen wider. Andere Hörner antworteten, Hörner, die in vielen verschiedenen Tonlagen erklangen, in Silber und Gold, Messing und Stahl, das eigenwillige Plärren von Stierhörnern. Der Alarm hatte sich verbreitet, und viele warteten und schauten. Er hob die Arme hoch über den Kopf und mit ihnen das abscheuliche Ding, das ihr Erzfeind gewesen war, und man hatte den Eindruck, als würde das Blut den Himmel mit roten Flecken der Morgendämmerung sprenkeln.

Viele Rufe schallten von der Mauer herauf, und jenseits der nicht eingenommenen Mauern ertönten feierliche Fanfarenklänge; das erste schwache Tageslicht glitzerte tausendfach in sich bewegenden Reihen und spiegelte sich in glänzenden Klingen. Oben auf der goldenen Spitze des höchsten Turms stieg ein kleines Bündel am Mast empor, öffnete sich und flatterte lustig im Wind. Es war ein Schlachtbanner ganz in Schwarz, mit einer goldenen Sonne darauf und einem Raben, der zu ihr aufstieg. Kermorvan rief mit lauter Stimme, die zwischen den Mauern der Stadt widerhallte, die über die mit Schindeln gedeckten Dächer hüpfte und in den Fenstern der Türme zitterte: »*Morvan morlanhal!* Morvan, erhebe ich! Erhebe dich, Bryhaine, und schlage sie nieder! Denn du hast gesehen: *Sie sind schlagbar!*«

Und mit Schwung warf er den Leichnam des Schmiedemeisters über die Balkonbrüstung; dieser landete schlaff unten auf der zerbröckelten Mauer, um dort, zu Füßen seiner durch die Macht, die er so lange widerrechtlich benutzt hatte, in Bann gehaltenen, zusammengedrängten Anführer, zu einer formlosen Masse zu zerschellen. Für sie war es ein unbeschreiblich schreckliches Erlebnis, das, was sie für so mächtig gehalten hatten, so plötzlich fallen zu sehen. Sie wichen zurück, und mit ihnen ihre Gefolgsleute, und sie wischten aufgeregt das Blut ab, das an ihre Gewänder gespritzt war, aus Angst, es könnte sie mit dieser beängstigenden Umkehr der Geschicke beflecken.

»Kathel hat Wort gehalten«, sagte Kermorvan. »Und jetzt, Elof, müssen wir dich ...« Doch wo Elof gestanden hatte, lag nur noch das schwarze Schwert, traurig verbogen und verdreht, in einer Pfütze hellen Blutes, und von dort führte eine Blutspur zur Treppe.

Elof taumelte diesen letzten Treppenabsatz hinunter, von Übelkeit und Todesqualen gepeinigt, und versuchte, das Blut hinunterzuschlucken, das gurgelnd in seiner Kehle aufstieg. Von den Straßen unten drang das erste Klirren von Waffen herauf, da die Männer der Stadt neuen Mut gefaßt hatten und nun die Nacht vertrieben, um sich ihren Unterdrückern entgegenzustellen. In den Lagern der Ekwesh erklang abgehacktes Trommeln, drängend und unsicher. Doch Elof schenkte ihnen wenig Beachtung, denn sie und alles andere erreichten ihn jetzt nur noch wie durch einen dicken grauen Vorhang, und er sehnte sich danach, ihn wegzureißen, frei zu sein. Doch da war noch Kara; er sah sie um so deutlicher, nachdem alles andere verblaßt war, und er wußte, daß er in ihr Zimmer gelangen mußte. Er fand es, indem er an den Wänden entlangtaumelte und beinahe durch die Tür gefallen wäre, die er angelehnt gelassen hatte. Doch noch während er hindurchschwankte, sah er, daß das Bett leer war und die hohen Fenster weit offen standen, so daß die Flügel im Wind hin und her schlugen, und er schleppte sich zu ihnen hin. Unten strömten die Ekwesh, nun keine geführte Streitmacht und auch keine schlagkräftige Armee mehr, durch die Straßen, die sie erst vor kurzem eingenommen hatten. Unter den flatternden Insignien von Rabe und Sonne fielen die Männer der Stadt über sie her, ohne Gnade oder Zurückhaltung. Selbst Frauen und Kinder griffen nach den Waffen ihrer geschlagenen Feinde und versetzten ihnen im Rennen Hiebe, und wenn sie einen zu Fall gebracht oder in die Enge getrieben hatten, droschen sie erbarmungslos auf ihn ein. Die wenigen, die sich wehrten, waren schnell überwältigt und niedergetrampelt, bevor ihre Waffen etwas ausrichten konnten. Mauern aus Schutzschilden wurden durchbrochen, bevor sie vollends errichtet waren. Da sie nun nicht mehr zum Angriff getrieben wurden, nicht mehr zur Eintracht mit ihren uralten Feinden angehalten waren, des Willens beraubt, durch den sie sich so weit auf dieses Wagnis eingelassen hatten, nachdem die Zauberkraft nicht mehr auf sie einwirkte, die die Mauern vor ihnen zum Einsturz gebracht hatte, und sie Zeugen ihres Zusammenbruchs geworden waren, fielen die Anführer der Räuber in sich zusammen, bekamen es mit der Angst zu tun und rannten davon. Unter einem Banner nach dem anderen ertönte der Ruf zum Rückzug zu den Schiffen und der Freiheit des Meeres, wo sie sich noch einigermaßen in Sicherheit wähnten. Panik und Aufruhr machte sich breit, begleitet von Trommelwirbel, und jene, die sich noch innerhalb der Stadtmauern befanden, mußten zusehen, wie ihre Schiffe nur mit halber Besatzung vom Strand geschoben wurden, wie Anker gelichtet und Segel in aller Eile gehißt wurden. So kam es, daß schließlich alle nur noch danach trachteten, zum Hafen zu gelangen und zu entkommen, um nicht dem Zorn der Bewohner von Kerbryhaine ausgesetzt zu sein. Und sie trugen eine schaurige Mär von diesem Zorn mit in ihre Heimat, doch sie berichteten auch von ungesühnter Schmach und nicht gerächter Ehrverletzung, und darunter litten sie mehr als unter allen anderen Wunden, die ihnen zugefügt worden waren.

Doch Elof sonnte sich nicht in seinem Erfolg, sondern er blickte nach Osten, in das goldene Licht, das sich jetzt über die fernen Berge ergoß und das Land in seinem Schein badete, als wolle es dieses vom Schmutz des Krieges reinigen. Dort kreisten zwei riesige Schwäne, einer weiß, einer schwarz, und entschwanden mit langsamen, kräftigen Flügelschlägen. Um die Füße des schwarzen schimmerte ein silberner Glanz.

Dann wurde Elof schließlich von seiner Schwäche übermannt, und er sank auf den Sitz, wo der Umhang gelegen hatte. Seine Hand, die jetzt schwarz vor geronnenem Blut war, rutschte von der Brust. Und da standen Ils und Roc und Kermorvan und betrachteten ihn voller Mitleid und Entsetzen, aber auch mit seltsamer Bestürzung. Er senkte den Blick und zerrte plötzlich an den ausgefransten Rändern seines Wamses, um das nackte Fleisch darunter bloßzulegen. Es war nur von einer dünnen Linie gezeichnet, und diese verblaßte vor ihren Augen. Seine Wunde hatte sich geschlossen.

So kam Elof zum wahren Ende seiner Lehrzeit, und die kriegerischen Diener des Eises waren für eine gewisse Zeit aus dem Südland vertrieben. Mit diesen Begebenheiten endet jener Band der Winter-Chronik, der das Buch des Schwertes genannt wird. Schließlich wird noch berichtet, daß Elof geraume Zeit krank daniederlag, trotz seiner wundersamen Heilung, bis es wieder Frühling wurde und das Schlagen von Schwanenflügeln am Himmel zu hören war. Erst dann, so steht im Buch des Helms geschrieben, setzte er seine Wanderungen als Geselle fort, die ihm letzten Endes großes Wissen, großes Leid und eine große Liebe sowie den Namen Elof Valantor, Elof mit der Geschickten Hand, einbringen sollten; er wurde zum mächtigsten Zauberschmied jener dunklen Zeit des Altertums, des Winters der Welt.

Anhang

Über das Land Brasayhal, seine Form,
seine Natur und sein Klima sowie über seine Völker
und ihre jeweilige Geschichte, wie
sie in diesem Band der Winter-Chronik, genannt
›Das Buch des Schwertes‹, festgehalten ist.

Die Verfasser der Winter-Chronik haben, wie es Art der Menschen ist, für ihre eigene Zeit geschrieben; sie ließen viele Dinge unerklärt, von denen wir heute nichts mehr wissen, und geben — wenn auch seltener — zu manchen Sachverhalten langatmige Erklärungen, die uns heute selbstverständlich erscheinen. Außerdem waren sie zu recht bemüht, lebendige Erfahrungen zu erzählen und nicht nur Fakten folgerichtig und zusammenhängend niederzuschreiben. Um ›Das Buch des Schwertes‹ in eine derartige Form zu bringen, mußten viele Einzelheiten hinzugefügt werden — bei denen man oft, bei aller Sachkunde, auf Mutmaßungen angewiesen war —, während viele andere hingegen weggelassen wurden. Das Ergebnis kann das Verlorene nicht ersetzen, doch zumindest entstand ein abgerundetes Bild. Nur für die Erzählung unmittelbar relevante Dinge wurden aufgenommen; andere Erläuterungen, wie zum Beispiel zur Eigenart der Lebensform der Ekwesh, wurden ausgelassen, um an einer geeigneteren Stelle im Verlauf der Erzählung nachgeliefert zu werden.

DAS LAND

Zu Zeiten des Langen Winters waren die Ausmaße des Landes Brasayhal gewaltig; es bedeckte einen riesigen Kontinent, der sich an der breitesten Stelle viele tausend

Meilen von Ozean zu Ozean über die nördliche Welt erstreckte; die Entfernung von den Ausläufern des Eises bis zu den undurchquerbaren Wüstengebieten maß mindestens dreitausend Meilen. Innerhalb dieser Ausdehnung gab es viele Reiche, unter denen die der Menschen die geringsten waren. Die Geschehnisse, über die im vorliegenden ›Buch des Schwertes‹ berichtet wird, spielen sich ausschließlich entlang der westlichen Meeresküste ab, in jenem verhältnismäßig schmalen Streifen Land — etwa fünfhundert Meilen an der breitesten Stelle — zwischen Meneth Scahas, dem Schutzgebirge, und dem Meer.

Dies war damals das abgelegenste Siedlungsgebiet des Volkes von Kerys, und mit einem Alter von etwas über eintausend Jahre auch das jüngste. Eine natürliche Scheidelinie des westlichen Landstreifens bildete das Delta eines einst großen Flusses, inzwischen zu einem so flachen Sumpfgebiet verlandet, daß der Einfluß des Meeres viele hundert Meilen im Landesinneren zu spüren war; während das Wasser der fließenden Ströme frisch blieb, wurde das gestauter oder stehender Gewässer bald brackig und verwandelte die Gegend in großflächige Salzmarschen. Südlich davon erstreckte sich Land, das zum größten Teil eine freie Tiefebene war, vor allem fruchtbares Weideland mit nur einer einzigen Hügelkette entlang der Küste und einigen wenigen ausgedehnten Waldgebieten am Fuße des Schutzgebirges. Mit seinem warmen Klima und den häufigen Regenfällen war es ein ideales Land sowohl für den Akkerbau als auch für die Viehzucht, und das trockenere, heißere Gebiet weiter südlich brachte in überreichem Maße Früchte mannigfaltiger Art hervor. Die Ausbeute an Fischen aus dem Meer war eher spärlich, und es diente hauptsächlich der Seefahrt. Damit waren die ersten Siedler, wie im fünften Kapitel von Kermorvan berichtet, recht zufrieden, da ihr Leben eine stadtbezogene Kultur ermöglichte, wie sie sie im Osten gekannt hatten;

das Land nördlich der Marschen war offenbar zu wild, um ihnen zu behagen.

Dort war es nicht nur kälter, sondern es lag auch höher und war bergiger, und die Hänge zum Gebirge hin stiegen steiler an, immer wieder unterbrochen von dichtbewaldeten Gebieten, die ähnlich beunruhigend waren wie Tapiau'lan-an-Aithen, der Große Wald der Bösen Erinnerung. Außer in den Tälern war der Boden entschieden karger als im Südland. Der Bestand an Bäumen und Pflanzen war anders, alles erschien dürftiger und kleiner, und es gab viel mehr wilde und gefährliche Tiere.

Geraume Zeit blieb dieses Land deshalb unbesiedelt und unerforscht, außer von Einsiedlern und Gesetzlosen. Doch als später Flüchtlinge aus dem Süden hierher verjagt wurden, fanden sie das Nordland durchaus nach ihrem Geschmack, da diese Leute in ihrer Heimat vor allem den nördlichen Stämmen angehörten und weniger Gefallen an Städten hatten.

Trotz des kühleren Klimas war es im Sommer milder und feuchter, und wenn das Ackerland auch nicht so ertragreich war, so boten die Hügel doch üppiges Weideland, und der Wildbestand ließ für die Jäger nichts zu wünschen übrig. Auch der Fischfang war ergiebiger als im Süden, und kleine Fischerdörfer sprossen entlang der Küste aus dem Boden. Es wurde weniger Obst angebaut, doch ein behutsames Roden des Waldes lieferte wertvolles Holz und ergab weiteres Ackerland, ohne daß sich dieses jemals so sehr ausgedehnt hätte, daß das natürliche Gleichgewicht gestört worden wäre. Im großen und ganzen paßten sich die Siedler des Nordens, sowohl die Erstankömmlinge als auch die später zugezogenen braunhäutigen Menschen aus der Gegend jenseits des Eises, eher an das Land an, als daß sie es sich gefügig machten, wie es im Süden geschah. Die Bevölkerung blieb daher zahlenmäßig gering und lebte weit verstreut, und das Land zwischen ihren Siedlungen und Dörfern war wilder, selbst entlang der großen Straßen.

Sowohl im Süden als auch im Norden war die Besiedlung in den Gebieten direkt an den Gebirgshängen am dünnsten, obwohl es hier einst ziemlich gutes Land mit reichem Baumbestand gegeben hatte. Im Süden hatten die Siedler das Land den Duergar abgerungen, häufig unter Blutvergießen, und sie vertrieben. Aber nur wenige konnten sich behaupten, und so manche kleinere Stadt war bald der allmählichen Entvölkerung und dem Verfall preisgegeben. Im Norden wurde weniger gekämpft, denn die Siedler gierten nicht so sehr nach Land, und die Duergar waren inzwischen auf die Auseinandersetzung mit ihnen vorbereitet, doch der sich ausbreitende Einfluß des Eises auf die Nordenbergen-Kette hatte dieselbe Auswirkung.

So stand es also in jener Zeit um die westlichen Gebiete von Brasayhal. Von seinen anderen, noch größeren Landstrichen wird in späteren Büchern die Rede sein. Doch so ausgedehnt dieses Gebiet auch war, so lag doch ein noch einmal so großes jenseits seiner nördlichen Grenze, und das war das Reich des Großen Eises.

Der Lange Winter

Vielleicht erscheint es seltsam, daß das Land Brasayhal so annehmbare Lebensbedingungen bot und so fruchtbar war, so hoch im Norden gelegen und den Ausläufern des Eises so nahe. Die allgemeine Vorstellung von einer Eiszeit ist die einer Periode ewigen Winters, einer frostigen Welt unter einer Decke ewigen Schnees, ohne Sonne oder Jahreszeiten. Tatsache ist, daß während all der vielen Eiszeiten, die die Welt heimgesucht haben, nie etwas Derartiges eingetreten ist. Nur wenige Lebewesen konnten unter solchen klimatischen Bedingungen lange überleben, so sehr sie sich auch anpaßten. Auf dem Höhepunkt solcher Eiszeiten wurde es auf der Erde insgesamt tatsächlich kälter, doch nur um einige Grade, im Durchschnitt über einen längeren Zeitraum gerechnet. Selbst wo der Griff des Eises am festesten war, wechselten sich die Jahreszeiten immer noch ab. Von den jüngsten Eiszeiten wissen wir, daß die Temperaturen in verschiedenen Teilen der Welt um unterschiedlich viele Grade fielen. Die Auswirkungen waren deshalb sehr voneinander verschieden, und die ausgelösten Veränderungen gingen demnach auch sanft und allmählich vonstatten.

Eine solche Veränderung war das Absinken des Meeresspiegels, wodurch viel neues Land freigelegt wurde, sowie die daraus resultierende Störung des Kreislaufes des Wassers zwischen Luft, Flüssen und Meer. Dadurch wiederum wurde die Gesetzmäßigkeit von Wind und Wolken verändert, sowie der Kreislauf des Verdunstens und des Niederschlags, der sich daraus ergibt. An vielen Orten verursachte oder verschlimmerte das Dürrekatastrophen, so daß zwar heiße, jedoch fruchtbare und gut bewässerte Landstriche viel von ihrer Feuchtigkeit einbüßten, nicht jedoch von der Hitze, da sie weit vom Eis entfernt waren. Sie verdorrten, und die Wüste dehnte sich aus; das mag eine Erklärung dafür sein, daß die Äquatorialgebiete von Brasayhal sich in unbewohnbare, undurchquerbare Wüsten verwandelten, mit den entsprechenden windstillen Zonen im Meer.

Doch anders, als man vielleicht erwarten würde, hätten die Schäden, die die nördlichen Gebiete erlitten, leicht eingedämmt werden können. Von dem Land, das sich unmittelbar an die Gletscher anschloß, wäre bald nichts anderes mehr übriggeblieben als eine gefrorene Ödnis, die man Tundra nannte, so wie es tatsächlich im Herzland jenseits des Schutzgebirges geschehen war. Doch selbst dort erstreckte sich dieses Ödland vom Eis aus nicht so weit nach Süden wie die neuzeitliche Tundra, sondern im höchsten Falle vielleicht fünfhundert Meilen. Das lag wahrscheinlich daran, daß sich die Gletscher jenseits der kälteren nördlichen Breitengrade in eine wärmere, flachere Landschaft schoben, wo sich zwischen ihrer Kälte und dem ursprünglichen Klima eine Pufferzone entwickelte. Wo es eine natürliche Barriere gab, wie zum Beispiel die Nordenbergen-Kette, um die Gletscher aufzuhalten, waren ihre Auswirkungen offenbar noch weniger dramatisch. Das Nordland mit seinem gemäßigten Klima litt unter strengen Wintern, doch Frühling und Sommer, obzwar von geringerer Dauer, waren fast so warm wie früher. Außerdem zeigte es sich, daß eine große Eismasse dazu neigte, Wirbelstürme nach Süden auszusenden. Deshalb mochte die Witterung zwar vielleicht stürmischer geworden sein, doch zu jener Zeit regnete es im Norden mehr als sonst, und der Boden wurde fruchtbarer. Bestimmt gedieh um jene Zeit eine Art Regenwald im Norden, ähnlich jenem im Süden, doch mit einer anderen, gemäßigteren Vegetation. Und es ist überliefert, daß einige öden Wüstengegenden sich in grüne Flächen und Wälder verwandelten.

Alles in allem scheint es, daß die Gletscher nicht so sehr wärmere Landstriche überdeckt, sondern diese vielmehr dichter aneinander gerückt und ihre Verhältnisse extremer gestaltet hatten, indem sie die Entfernung zwischen den kältesten und den heißesten Zonen verringerten. Man konnte in viel kürzerer Zeit aus einem Gebiet mit ewigem Eis durch gemäßigt kühle Wälder bis zu warmem Ackerland und subtropischen Obsthainen reisen.

Doch damit soll die Bedrohung, die von dem Eis ausging, nicht geschmälert werden. Das Gleichgewicht der Welt ist empfindlich, und es bedarf keines drastischen Abfalls seiner mittleren Temperaturwerte, um bei allen Lebewesen eine beträchtliche Verwüstung anzurichten. Das mochte die anfängliche Wirkung des Eises gewesen sein. Doch es gab eine noch schlimmere, denn Eis bringt weiteres Eis hervor, und das auf vielerlei Weise. Eine große Masse davon führt zu mehr Weiß auf der Welt, und dieses spiegelt einen Großteil der Sonnenhitze und kühlt allmählich die Luft darum herum und davor ab.

Wenn diese Luft zu kalt wird, wie es auf dem Tiefpunkt eines strengen Winters geschieht, kann sich der Gletscher weiter ausbreiten, und er überzieht die Berggipfel mit Eishauben, bis auch sie immer weiter anwachsen und schließlich ebenfalls zu Gletschern werden, wie es von Ansker ausführlich beschrieben wird; vielleicht hat er diesen Vorgang während einer Reihe von Wintern beobachtet. Solche Gletscher konnten sich wiederum mit dem Großen Eis verbinden, um noch mehr Hitze zu reflektieren und den Kreislauf aufs neue zu beleben, ein Exponentialeffekt, der nur zu einem ganz bestimmten logischen Ende führen kann. Im Laufe dieses Vorgangs braucht es nur einen einzigen entscheidenden Punkt zu geben, an dem er sich verselbständigt, indem so viel Hitze reflektiert wird, daß selbst im Hochsommer in keiner der Hemisphären die Temperatur der Welt so weit ansteigt, daß das Eis zurückgedrängt werden kann, und schon beginnt es, sich ohne jahreszeitliche Einschränkung auszubreiten. Dann wäre keine Verbesserung des Klimas mehr möglich; in kürzester Zeit würde sich eine umklammernde Hülle aus Eis von den beiden Polen zum Äquator schließen, und das geläufige Bild einer Eiszeit würde auf verhängnisvolle und unabwendbare Weise Wirklichkeit.

Der entscheidende Punkt ist offenbar bis jetzt noch nicht überschritten worden. Doch in jenen Jahren, mit denen sich die Winter-Chronik befaßt, glitt er immer näher heran, ohne daß Elof etwas davon ahnte.

DIE VÖLKER

Das Volk des Südlandes

Die ersten Menschen, die ins Südland kamen, waren Piraten aus den östlichen Kolonien, viele davon Besitz- und Gesetzlose. Sie waren es, die als erste mit den in der Gegend lebenden Duergar aneinandergerieten, nachdem diese bis dahin nach Belieben durch jenes reiche Gebiet gestreift waren, ohne daran zu denken, es für sich selbst zu beanspruchen. Doch die Neuankömmlinge waren draufgängerische und skrupellose Männer, die die vielen Gefahren des Waldes überlebt hatten und nicht geneigt waren, irgend jemandem außer sich selbst Gutes zu wollen. Einige wenige kleine Siedlungen wurden gegründet, jedoch innerhalb kaum einer Generation wieder zerstört, entweder durch die Duergar oder durch interne Zwistigkeiten. Einige Überlebende schleppten sich mühselig den Weg zurück nach Osten und überbrachten Geschichten von einem wunderbaren Land, das nur auf ordentliche Siedler wartete.

Verständlicherweise jedoch war niemand allzu begierig, sich auf ein solches Abenteuer einzulassen, bis das Eis die östlichen Kolonien bedrohte und das Klima kälter wurde. Der Großteil der Siedler bestand aus Abkömmlingen der südlichen Kerys-Rassen, der Penruthya (in der Sprache des Nordens Arauthar genannt), und in ihnen lebte die Vorliebe ihrer Ahnen für ein wärmeres Klima weiter, in dem sie den Ackerbau betreiben konnten, den sie am besten beherrschten. Der Wunsch erwachte in ihnen, die Reise nach Südwesten zu unternehmen, doch ihre Könige verwehrten ihn ihnen; sie wußten, daß nur ein starkes Reich hoffen konnte, dem Eis Widerstand zu leisten. Doch die Uneinigkeit nahm zu, vielleicht angestachelt von geheimen Jüngern des Eises, während sich sein düsteres Glitzern immer näher an den Horizont heranschob. Verschwörerische Vereinigungen bildeten sich, um eine Flucht — oder ein Entkommen, wie sie es nannten — zu planen, und während eines Spätsommers und Herbstes verließen ganze Gemeinden ihr Land und machten sich auf dem einen oder anderen Weg in Richtung Westen auf. Der damalige König, Keryn IV., hätte sie mit seinen Soldaten aufhalten können, da diese im allgemeinen eine loyale Haltung beibehielten, doch er war nicht willens, einen Zwist anzuheizen, der nur dem Eis dienlich sein konnte.

Den schicksalshaften Verlauf solcher naiven und schlecht geplanten Expeditionen in das gefahrenvolle Herzland von Brasayhal kann man sich vorstellen. Kaum mehr als ein Drittel jener, die auszogen, schafften es bis zur Küste. Diese waren jedoch grundsätzlich die am besten Organisierten und Geführten, und diesmal suchten sie sich den Ort ihrer Siedlung mit Bedacht aus und legten sie sorgsam an, und zwar an einem natürlichen Hafenbecken auf fruchtbarem Boden und mit vielfältigen Voraussetzungen. Diese Siedlung nannten sie Bryhaine, das Land der Freiheit, und sein Herz bildete ihre ummauerte Stadt. Sie brachen mit allen Traditionen, die in Kerys gegolten hatten, denn die wohlhabenden und mächtigen Männer, die die Expedition angeführt hatten, lehnten jegliche Art des Königtums ab, sondern gründeten vielmehr ein Regierungsgremium, das sogenannte Syndikat, in das sich jeder durch Leistungen zugunsten der Schatzkammer als Mitglied einkaufen konnte. Das Syndikat ging noch weiter, indem es Kerbryhaine zu einer reinen Penruthya-Siedlung machte, wo nur deren Sprache gesprochen werden durfte. Ansonsten erlegten sie jedoch den mit ihnen gekommenen Leuten nördlicher Abstammung keinerlei Zwang auf. So wurde Bryhaine gegründet, und es gedieh von Anfang an.

Das Volk des Nordlandes

Der Stamm kam aus dem nördlichen Gebiet von Kerys und nannte sich Svarhath, von den Südländern wurde er jedoch Runduathya genannt. Die Menschen sahen ihren sudländischen Vettern recht ähnlich, sie neigten jedoch eher zu dunklen als zu roten Haaren, und ihr Körperbau war eher breit als hoch. Von Natur aus waren sie eher schweigsam und wortkarg, weise und nachdenklich anstatt fröhlich und ausgelassen. Sie beschäftigten sich mit Mystizismus und tiefgründigen Studien, die im schlimmsten Fall zu Fanatismus, Verrat und Kriegslisten ausarteten, sich im besten Fall jedoch in Form von Loyalität, Weisheit und Willensstärke äußerten. So geschah es, daß die meisten von ihnen beim Vormarsch des Eises zu ihrem Herrscher hielten. Doch Keryn wollte oder konnte nicht einsehen, daß sein Reich inzwischen zu schwach geworden war, und er war nicht bereit, irgendwelche Vorkehrungen zu treffen, um notfalls eine Flucht zu ermöglichen. Als dann schließlich das Eis den Osten überrollte, flohen die meisten derjenigen, die nicht zermalmt wurden, in einem ebenso erbarmungswürdigen oder noch schlimmeren Zustand als die ersten Flüchtlinge nach Westen. Einige wenige hielten die Stellung, fest entschlossen, die verbliebenen kleinen Städte des Reiches zu verteidigen, obwohl der König und die Hauptstadt gefallen waren.

Dank einer glücklichen Fügung fanden die Flüchtigen einen Anführer, wenn auch einen wider Willen, in der Person des großen Helden Vayde, der kurz zuvor erst von Kerys aus übers Meer zu ihnen gestoßen war, einer der letzten, dem dies gelingen sollte. Er war es, der sie ohne größere Verluste quer durch Brasayhal und schließlich nach Bryhaine führte. Doch dort war man über ihre Ankunft alles andere als begeistert, und im Laufe der Jahre steigerte sich die Abneigung zwischen den beiden Völkern immer mehr, um schließlich in einer schrecklichen Auseinandersetzung zu gipfeln. Vayde, bereits in einem Alter, das die übliche Lebensspanne eines Mannes weit überschritt, bewerkstelligte die Flucht seiner Leute durch die Marschen nach Norden, allerdings um den Preis vieler Menschenleben, einschließlich seines eigenen, so wird berichtet.

Das Reich von Nordeney entstand also aus Blut, und das war vielleicht der Grund dafür, daß es niemals ein wirklich gesundes Land wurde. Wenn Vayde noch am

Leben gewesen wäre, hätte er es vielleicht vereinigen können, doch ohne ihn strebten die Menschen auseinander, entkräftet und argwöhnisch und nur darauf bedacht, das eigene Leben in Frieden zu leben. Überall sprossen kleine Städte aus dem Boden, im allgemeinen um die Anwesen von wohlhabenden Männern und Anführern herum, doch sie blieben klein und lagen weit verstreut. Vielleicht war das Reich wirklich zu schwach, um lange zusammenzuhalten, doch etwa hundertundfünfzig Jahre nach der Gründung der ersten Siedlung fiel ein neues Volk in die nördlichen Territorien ein, ein kräftiges, stämmiges Volk mit seltsam geschnittenen Augen, schwarzen Haaren und einer Hautfarbe wie dunkles Leder. Sie kamen hauptsächlich in Schiffen, von kleinen, primitiven Booten aus Häuten bis zu Galeeren mit eleganten schwarzen Rümpfen, die entlang der gefährlichen Ausläufer des Eises fuhren und nach neuem Land suchten, um sich dort niederzulassen. Denn auch sie waren vor dem Eis geflohen, da es ihre Heimat im Westen eingenommen hatte, sowie auch vor der wachsenden Macht einer grausamen fremden Nation, die sich die allgemeine Unordnung zunutze machte. Die Nordländer, die sich an ihr eigenes unglückliches Schicksal erinnerten und die reichlich Land zur Verfügung hatten, hießen sie willkommen. Sie ernteten guten Lohn, denn die Neuankömmlinge, emsige und fleißige Menschen, die daran gewöhnt waren, in einer kalten Gegend nicht weit vom Eis entfernt ihr Dasein zu fristen, erlernten schnell die Lebensweise und die Sprache des Kerys-Volkes, und sie arbeiteten mit ihnen gemeinsam an der Vermehrung des Wohlergehens und der Kraft des Landes sowie des Wohlstandes der Städte. Einige wurden ziemlich groß, wenn sie auch niemals einen Bruchteil der Ausmaße und der Bedeutung von Kerbryhaine erlangten. Ohne die Neugekommenen hätte Nordeney vielleicht nicht überlebt. Nach und nach vermischten sie sich so sehr mit den ersten Siedlern, daß eine rein weiße Haut zur Seltenheit wurde (und manchmal nicht besonders angesehen war), vor allem in den nördlichen Gegenden.

Es waren der gegenseitige Handel und die Erfordernisse der Kaufmannschaft, die die Städte des Nordlandes immer enger aneinander banden, und das Zunftwesen, das aus dem Osten übernommen wurde, gewann immer mehr Bedeutung. Innerhalb einer Generation gedieh auch der Handel mit Bryhaine, das nun, da es sich nicht mehr bedroht fühlte, vielleicht ein wenig Scham und Reue wegen seiner früheren schroffen Verhaltensweise empfand. Während die Jahre in Jahrhunderte übergingen, gewöhnten sich die beiden Reiche an eine gegenseitige Achtung, obwohl die Bande der Freundschaft, auf denen einst die Stärke von Kerys beruht hatte, niemals erneuert wurden. Starke Verbindungen wurden durch die reisenden Kaufleute geknüpft, und diese überdauerten viele hundert Jahre. Doch ansonsten führten die beiden Reiche jeweils ihr getrenntes Leben, ohne viel vom anderen zu wissen oder sich darum zu kümmern, es sei denn, es betraf den Handel. Deshalb erkannte man auf keiner Seite den schleichenden Verfall, der sie beide befiel und der durch ein Aufbieten ihrer vereinigten Kräfte vielleicht hätte abgewendet werden können.

Die Gesetzgeber und die Zünfte

Die Zünfte bildeten fast die einzigen einflußreichen Einrichtungen, die dem Nordland und dem Südland gemein waren, und selbst diese Verbindung war brüchig. Sie hatten gemeinsame Wurzeln in beiden Reichen, und davor im Verlorenen Land des Ostens, doch zu Elofs Zeit hatten sie sich weit auseinanderbewegt, was besonders an dem Einfluß zu erkennen war, den sie genossen.

Die Wahrung von Recht und Ordnung war im Norden eindeutig jeder Stadt selbst überlassen; in größeren Städten regelte eine Art von gewähltem Rat für gewöhnlich die alltäglichen Angelegenheiten, doch in kleineren Städten war es üblich, jeweils ein mehr oder weniger sachkundiges Oberhaupt zu suchen, das dieses Amt entweder ererbte oder von einem Ältestenrat gewählt wurde. Das Gesetz war also eine Sache von rein lokaler Zuständigkeit; die Regeln und Richtlinien wurden von den Zünften festgesetzt, und die Städte waren nur ausführende Organe, sofern sie von einer gewissen Beständigkeit getragen waren. Das Gesetz umfaßte solche Dinge wie Kaufmannsehre, Qualität, Maße und Gewichte, Vertragstreue, Angestellte und Lehrlinge und war damit für fast alle Lebensbereiche maßgebend, was ihm einen starken stabilisierenden Einfluß verlieh. Die Zünfte stellten also eine wichtige politische Macht dar und kamen in ihrer Bedeutung einer Regierung in Nordeney recht nahe. Sie befürworteten ein Bündnis der Städte zum gegenseitigen Schutz und zur Verteidigung des Handels.

Im Südland hingegen lag die Macht geballt beim Syndikat. In Friedenszeiten war es grundsätzlich ein gesetzgebender Rat, üblicherweise unter der Vorherrschaft von einer oder zwei Persönlichkeiten, die als Stadtoberhäupter und Befehlshaber der Wache, einer bewaffneten Polizeitruppe, fungierten. Im Ernstfall jedoch, wie zum Beispiel bei dem Überfall der Ekwesh, wurde die Wache zum Kern der Bürgerarmee, und die Syndikatsmitglieder wurden unter der Anführung der Oberhäupter zu Kommandeuren, die, wenn sie des Kriegshandwerks kundig waren, die eigentlichen Kampfhandlungen leiteten, oder, wenn nicht, für die Wachtposten, den Munitionsnachschub und die Versorgung mit Lebensmitteln zuständig waren. Ansonsten genossen die einzelnen Syndikatsmitglieder Ansehen und Einfluß, besonders wenn sie als Richter am Gerichtshof der Stadt saßen, sie hatten jedoch keinerlei persönliche Machtbefugnisse. Ausnahmen bildeten die Markwarde, Syndikatsmitglieder aus der Klasse der Krieger, die für die Verteidigung der Grenzen verantwortlich waren; in der Praxis bedeutete das die Unterwerfung von Banden von Gesetzlosen und Korsaren und nicht so sehr die eigentliche Kriegsführung. Da das Syndikat immer selbstgefälliger und korrupter wurde, konnten starke Markwarde häufig innerhalb ihres Bereichs umfassende Macht an sich reißen.

In Bryhaine waren die Zünfte daher nichts anderes als Organisationen des Handels und Handwerks, und selbst ihre Statuten mußten vom Syndikat ratifiziert werden. Ihre politische Macht war gering, es sei denn, ihre Mitglieder verbanden sich zu einer Interessengemeinschaft zur Finanzierung eines Vertreters im Syndikat. Kathel Kataihan war ein solcher, denn obwohl sein persönliches Vermögen beträchtlich war, hätte er die erforderlichen hohen Zahlungen nicht aus eigener Tasche leisten können. Manchmal konnte eine mächtige Zunft Einfluß auf das Syndikat ausüben; die Zunft der Landwirte zum Beispiel genoß einiges Ansehen, denn viele Landbesitzer gehörten sowohl ihr als auch dem Syndikat an, und die Zunft der Seefahrer, ein direkter Ableger derjenigen von Kerys, behielt sich eifersüchtig das Recht der Gesetzgebung für die Seefahrt vor. Doch es bestand niemals der geringste Zweifel, wo letztendlich der Gipfel der Macht war.

Nur ein einziges Mal zogen die Zünfte beider Länder an einem gemeinsamen Strang, und das war in den Anfangszeiten, nachdem die Feindseligkeiten verblaßt waren, beide Reiche im Wohlstand lebten und der Handel sich ausdehnte. Damals verbündeten sie sich, versehen mit dem wachsamen Segen des Syndikats und der nördlichen Städte, um den großen Hochdamm durch die Sumpfgebiete zu bauen und das ehemalige verrückte Durcheinander von halb überfluteten Pfaden, kurzen Strecken befestigter Straßen und baufälligen Brücken dadurch zu ersetzen. Außerdem nahmen sie den Ausbau der Großen Straße nach Nordeney in Angriff, doch die Vollendung erfolgte erst in späteren Jahren allein durch die Nordländer.

Die Duergar

Der Stamm der Duergar ist so sehr geheimnisumwittert, daß es schwierig ist, sich ein klares Bild von seinem eigentlichen Ursprung zu verschaffen, obwohl in neueren Büchern etwas mehr über die Geschichte dieser Menschen zu lesen ist. Ihre seltsam undurchschaubare Lebensweise, ihre große Klugheit und handwerkliche Fähigkeit, ihre lange Lebensdauer, ihr kleiner Wuchs und ihr verschlossenes Wesen boten Stoff für viele Legenden, und in den Zeiten ihrer Macht war es nur wenigen außer Elof und Kermorvan gegeben, ein wenig hinter die Fassaden zu blicken. Doch trotz aller Mythen, mit denen sie umgeben waren, besteht kein Zweifel daran, daß sie ein uralter Sproß derselben sterblichen Rasse wie die Menschen sind.

Sie bezeichneten sich oft als die Älteren und beklagten ärgerlich das Auftauchen der Menschen, so wie man das Heranwachsen von undankbaren und ungezogenen Kindern beklagt. Einige Aufschlüsse liefern vielleicht auch die eingehenden Beschreibungen ihres Äußeren in der Chronik. Diese zeichnen ein anatomisches Muster auf, das sich mit einer speziellen menschlichen Rasse deckt, deren Gliedmaßen auf typische Weise kurz und leicht gebogen sind, mit sehr stark ausgeprägten Muskeln, die auf einen stämmigen Körperbau und eine bemerkenswerte Kraft hindeuten. Ihre Schädel weisen äußerlich nur eine flache Wölbung auf, mit fliehenden Stirnen, doch in Wirklichkeit ist die durchschnittliche Gehirnkapazität größer, als es den Anschein hat. Die schweren Kiefer und das kantige Kinn, weder zurückweichend noch hervorstehend, sind ebenso typisch für die spätere Erscheinungsform der einzigen allgemein anerkannten menschlichen Unterspezies, des *Homo sapiens soloensis* oder *neandertalensis.*

Die allgemeine Vorstellung vom Neandertaler ist immer noch reichlich verzerrt durch die frühen Forschungen an den ersten identifizierten Überresten, die durch die Voreingenommenheit der Wissenschaftler und ihr Unvermögen, zu erkennen, daß es sich bei den Knochen um die eines von Arthritis verkrüppelten alten Mannes handelte, stark beeinträchtigt wurden. Die Gehirnkapazität hätte sie aufmerken lassen sollen, doch das Bild eines gebückt tapsenden Höhlenmenschen, das sie geschaffen haben, erwies sich als schwer ausrottbar. Tatsache ist, daß ein Neandertaler unter späteren Menschen nicht auffallender erscheinen würde als ein Eskimo, und bei vielen individuellen Variationen des *Homo sapiens sapiens* findet man noch die Schädelform und die Gesichtszüge des Neandertalers — abgesehen allerdings von dem größeren Gehirn. Interessanterweise führen viele Fachleute die typischen Merkmale des Neandertalers auf ein ungewöhnlich kaltes Klima zurück.

Wenn eine solche Bestimmung möglich ist, stellt das einen bedeutenden Faktor bei der Datierung der Chronik dar, doch manchmal ergibt sich daraus auch ein Problem. Der Neandertaler verschwand vor 40 000 oder 35 000 Jahren als eigener Typus, also in der mittleren Phase der letzten Eiszeit. Einige Theorien besagen, er sei vom *Homo sapiens* ausgelöscht worden, andere meinen, daß er sich mit ihm vermischt habe — eine Ansicht, die von überkommenen Anzeichen, wie zum Beispiel dem flachen Knorpel in der hinteren unteren Schädelkuhle, unterstützt wird. Eine dritte Möglichkeit, auf die das wenige, was die Duergar von ihren Traditionen preisgeben, hinweist, ist die, daß ihre uralte Zivilisation einst vom Eis und dem Auftauchen der Menschen überfallen und nur durch das Eingreifen von Ilmarinen, die sie verehrten, erhalten wurde, indem sie in die Höhlen der Berge flüchteten. Wie aus späteren Büchern der Chronik hervorgeht, steckt wahrscheinlich in allen drei Mutmaßungen ein Körnchen Wahrheit.

Zu jener Zeit, in der die Chronik verfaßt wurde, läßt das Leben der Duergar, wie es im siebten und achten Kapitel beschrieben wird, auf eine zahlenmäßig verhältnismäßig geringe und weit verstreut lebende Bevölkerung schließen. Doch allein die Größe ihres unterirdischen Reichs, das sich über die gesamte Länge des Schutzgebirges erstreckte, deutete wiederum auf eine entschieden größere Bevölkerungszahl hin, und es kann kaum ein Zweifel daran bestehen, daß die Duergar in ihrer Isolation immer weniger wurden. Der Grund dafür ist unbekannt. Sie hatten ohne Zweifel ausreichend zu essen; sie bauten Nahrungsmittel auf unzugänglichen Gebirgsterrassen an, ähnlich jenen, die es um Inka-Städte herum gab, deren gesamte Erde auf den Rücken von Trägern die steilen Hänge hinauftransportiert werden mußte. Auch einiges Vieh, darunter Herden von Gebirgsziegen, wurde dort gehalten, doch Fleisch spielte keine große Rolle auf ihrem Speiseplan; ihre Eßgewohnheiten glichen eher denen des alten China, und sie ernährten sich im allgemeinen sehr ausgeglichen, vor allem mit Getreide, Gemüse und Fisch, den ihnen ihre Flüsse reichlich lieferten. Der Gesundheitszustand der Duergar war von Natur aus gut und der Stand ihrer Heilkunde hoch; es ist nichts von Seuchen oder verbreiteten Krankheiten bekannt. Der Grund für ihren Rückgang muß wohl eher auf geistiger denn auf körperlicher Ebene zu suchen sein, und wahrscheinlich traf Elof den Nagel genau auf den Kopf, als er ihren Daseinszweck auf der Welt in Frage stellte. Viele Duergar spürten offenbar das Fehlen eines Lebenssinns, und deshalb mißtrauten sie der Außenwelt so sehr, daß sie sich nicht überwinden konnten, auf sie zuzugehen. Ansker besaß ein ungewöhnliches Verständnis für die Menschen, und fraglos bemühten sich er und Ils nach Kräften, ihnen so natürlich wie nur möglich zu erscheinen; die übliche Persönlichkeitsstruktur der Duergar muß sehr viel fremdartiger und unbegreiflicher gewesen sein.

Andere Bevölkerungsgruppen

Das waren also die Hauptvölker des westlichen Brasayhal jener Zeit. Es lebten noch viele andere an seinen Grenzen, wie zum Beispiel die Kinder Tapiaus, deren eigentliche Heimat in einem anderen Gebiet des Landes lag, und die Ekwesh, die zu jener Zeit immer noch mit ihren Schiffen die westlichen Meere befuhren, auf dem Rückweg in ihre heimatlichen Gefilde. Von diesen wird an einer späteren Stelle in der Chronik noch eingehender die Rede sein.

Aber möglicherweise muß der menschlichen Rasse noch eine weitere hinzugefügt werden. Das sind die Schneetrolle, denn so merkwürdig und unheimlich sie auch aussahen, so hatten sie doch menschenähnliche Gestalt in einem Land, in das sich niemals ein Affe verirrt hatte. Doch da sie Geschöpfe des Eises waren, ist es durchaus möglich, daß ihr Ursprung weit im Westen lag, in der unwirtlichen Heimat der Ekwesh entlang der Ausläufer des Eises. Dort wurden einige Überreste gefunden, vor allem gewaltige Zähne, die von einem gigantischen, halb aufrecht gehenden Wesen stammen mußten, das einen entschieden größeren Rumpf als die Menschen gehabt haben mußte. Bezeichnenderweise wurde die Vermutung aufgestellt, daß der große Wuchs dieses Geschöpfes mit dem Namen *Gigantopithecus* ebenfalls wieder eine Art Anpassung an das Eis gewesen sei. Und obwohl sich solche Überreste, wie sie gefunden wurden, auf eine frühere Zeit des Langen Winters datieren lassen, ist es vielleicht gleichermaßen bedeutend, daß Legenden über ähnliche Wesen sich immer noch auf beiden Seiten des Westlichen Ozeans halten, und zwar jeweils in den entsprechenden Gebieten.

Die Originaltexte der Winter-Chronik sind in der Zeichenschrift von Kerys geschrieben, die sowohl im nördlichen als auch im südlichen Sprachraum weit verbreitet war. Da jedes Wort durch ein Ideogramm dargestellt und nicht in Buchstaben geschrieben wird, ist es manchmal unmöglich zu beurteilen, welche der beiden Sprachen in einem bestimmten Text benutzt wird. Ich habe mich jedoch in Mutmaßungen versucht, sofern der Zusammenhang das zuließ.

Darüber hinaus ist es nicht immer bekannt, wie die Worte klangen, selbst wenn ihre Bedeutung bekannt ist; direkte Parallelen zu irgendeiner lebenden Sprache können nicht ohne weiteres gezogen werden, wie es mit den ägyptischen Hieroglyphen und dem Koptischen geschehen ist, und hier liegt ein Problem. Jede Sprache hatte ihre eigenen, stark ausgeprägten Wesenszüge. Eine, das Svarhath, war von eindeutig ›nördlichem‹ Charakter, da sie etwas kantig und grob anmutet; die südliche Sprache, das Penruthya, war weicher und rollender und gleichzeitig in der Form gekünstelter. Die Worte und Wendungen, die uns in diesen Sprachen unbekannt sind, lassen keinen Zweifel daran, daß sie zeitlich lange vor den indo-europäischen Sprachfamilien angesiedelt werden müssen, besonders jene Abarten, aus denen sich die verschiedenen Sprachen des nordwestlichen Europas entwickelten (manchmal als die *Kentum*-Sprachen bezeichnet, abgeleitet von dem gebräuchlichen Ausdruck für hundert); insbesondere kamen sie den germanischen (oder skandinavischen) und keltischen Sprachfamilien bemerkenswert nahe. Zur Wahrung der Individualität mutete die Schreibweise von Namen und anderen Worten hier also skandinavisch oder keltisch an, was durchaus passend war. Man muß jedoch bedenken, daß diese Sprachen keineswegs so unterschiedlich sind, wie das Dargelegte annehmen läßt. Skandinavisch und Germanisch wäre in dieser Hinsicht wohl ein besseres Beispiel. Mehr als die Hälfte des Vokabulars stammt aus derselben Wurzel, wenn es sich auch unterschiedlich entwickelte und ausgesprochen wurde, und die grammatikalische Struktur wies weitreichende Ähnlichkeiten auf. Das gilt jedoch nicht für die gegenseitige Einschätzung; Penruthya-Sprechende fanden das Svarhath ›pelzig‹ und ziemlich plump, während die Svarhath-Sprechenden das Penruthya zwar für klar, aber aussageschwach hielten. Doch keine der beiden Gruppen hatte besondere Schwierigkeiten, die jeweils andere Sprache zu erlernen, vor allem in der geschriebenen Form, da dieselben Ideogramme für beide Sprachen galten. Das ist wahrscheinlich der Grund, warum die verschiedenen Niederschriften des Alphabets, die tatsächlich existierten, niemals allgemeine Anwendung fanden, sondern vielmehr beinahe für so etwas wie Kodes oder Geheimschriften gehalten wurden. Wahrscheinlich waren viele Bücher des Schmiedemeisters in den Buchstaben des Alphabets geschrieben.

Es ist interessant, daß an einer Stelle des ›Buches des Schwertes‹ Kermorvan, der sehr zurückhaltend und vorsichtig ist, ganz eindeutig Svarhath spricht, obwohl das Thema eher seine Muttersprache nahegelegt hätte. Es geht dabei um einen kurzen Bericht über den Niedergang der großen Stadt im Osten, in dem er die nördliche Form ihres Namens benutzt, nämlich Strandenburg, hier als ›Stadtbefestigung am Wasser‹ übersetzt. Seine Gründe werden im ›Buch des Helms‹ deutlich.

Andere Sprachen

Bis jetzt kann darüber wenig gesagt werden. Die meisten Duergar beherrschten die Sprache des Nordens; Andvar sprach eine alte und ziemlich poetische Form davon. Doch es ist bemerkenswert, daß die meisten Duergar sich einer derben Umgangssprache bedienten und offenbar in ihrer eigenen Sprechweise einen eher formlosen Ton bevorzugten. Elof und Kermorvan erlernten zweifellos die schwierige Duergar-Sprache bis zu einem gewissen Grad, doch davon ist nur sehr wenig überliefert. Dem ersten Anschein nach wirkt sie fast slawisch, doch außerdem hat sie eine unwiderlegbare Ähnlichkeit mit den finno-ugrischen Sprachen. Darauf, und auf die Ekwesh-Sprache, wird in späteren Büchern noch gründlicher eingegangen.

SCHIFFE

Beschreibungen der drei verschiedenen Schiffstypen sind im ›Buch des Schwertes‹ nachzulesen. Anhand dieser und vereinzelter Erläuterungen und an den Rand skizzierter Darstellungen war es möglich, einigermaßen authentische Nachbildungen anzufertigen.

Ekwesh-Galeeren

Die Piratenschiffe der Ekwesh waren die gefürchtetsten Kriegsschiffe ihrer Zeit. Da die Fahrzeuge, wie sie im ersten Kapitel beschrieben werden, offenbar nicht zur Bireme-Art gehörten — die wahrscheinlich auf dem offenen Meer nicht sehr seetüchtig gewesen wären —, ist es möglich, nach der Anzahl der Ruder auf jeder Seite eine grobe Schätzung ihrer Länge vorzunehmen. Beim gewöhnlichen Einsatz hätten diese jeweils etwa drei Fuß voneinander entfernt sein müssen, bei einem schnellen Kriegsschiff jedoch eher weniger; eine Länge von einhundert Fuß erscheint also als nicht abwegig. Da die Schiffe sehr schwer zu sichten waren, mußten sie wohl auch recht tief im Wasser gelegen haben. Wir wissen überdies, daß sie ziemlich schlank und schnittig und nur mit einem Teildeck ausgestattet waren, um die Fracht zu überdachen. All das fügt sich zu einem erkennbaren Baumuster. Diese Schiffe, wie so viele ›primitive‹ Kriegsschiffe, stellten raffinierte Weiterentwicklungen der Kanu-Form dar, doch ihre Geschwindigkeit und ihre Frachtkapazität wurden durch das Hinzufügen von Segeln enorm gesteigert. Die Segel, wie die meisten jener Zeit, hatten eine schlichte rechteckige Form. Beschreibungen in der Chronik sowie Einzelheiten, wie zum Beispiel die schweren Verstärkungen aus geteerten Tauen, lassen den Schluß zu, daß es den Ekwesh gelungen war, sie für den Einsatz quer zum Wind auszurüsten, und in manchen Fällen sogar gegen diesen. Etliche Erläuterungen und Skizzen am Rand, die zwar stilisiert sind, zeugen ebenfalls davon.

Die Kriegsschiffe, wie sie im ersten Kapitel beschrieben sind, scheinen typisch für die Anfänge der Ausbreitung der Ekwesh zu sein. Es ist jedoch bezeichnend, daß sie eindeutig um einiges kleiner sind als diejenigen, die im fünften Kapitel beschrieben werden. Selbst wenn sie voll mit Beutegut beladen waren, ragten sie immer noch höher aus dem Wasser als das Korsaren-Fahrzeug, und der Beschreibung nach waren sie mindestens eineinhalbmal so lang — wahrscheinlich eine gelinde Untertreibung. Sie waren mit einem Volldeck und so etwas wie einem Steuerhaus am Heck ausgestattet, und die Laderäume faßten jede Menge Gefangene und Beutegut. Offenkundig hatten die Ekwesh angefangen, größere und raffiniertere Schiffe zu bauen, um größere Piratenmannschaften und reichere Beute zu befördern. Einiges davon mochte auf den Einfluß des Schmiedemeisters zurückzuführen sein, doch es besteht kaum ein Zweifel daran, daß diese Entwicklung so oder so stattgefunden hätte.

Das Korsarenschiff

Dies war offenbar ein typisches kleines Wasserfahrzeug von Bryhaine. Der dornenbewehrte Rammsporn war typisch, eine nützliche Waffe, die nicht nur die Planken der feindlichen Schiffe durchbohren konnte, sondern die auch als Steg zum Entern eingesetzt wurde; die Ekwesh-Schiffe hingegen rammten nur, um zu versenken, entweder mit verstärkten tiefen Bugspitzen oder einem schweren metallumhüllten Balken, der häufig von federnden Planken abprallte. Die Anzahl der Ruder bei den Korsaren lassen auf eine Länge von etwa fünfundzwanzig Metern schließen, möglicherweise mehr. Wahrscheinlich waren ihre Schiffe robuster gebaut als die der Ekwesh, etwas breiter und weniger elegant, im Vertrauen auf ihre geringere Größe und eine proportional größere Segelfläche, um Geschwindigkeit herauszuholen. Dem Anschein nach hatten sie wenig Deck, nur kleine Plattformen am Bug und am Heck, um die Fracht zu überdachen, und die Rückreise mit zweiundzwanzig Frauen an Bord, wie sie im fünften Kapitel beschrieben ist, muß reichlich strapaziös gewesen sein — wenn auch sicher einem Aufenthalt in den Laderäumen der Ekwesh-Schiffe immer noch vorzuziehen.

Duergar-Kurierboote

Obwohl diese ausschließlich für die schnelle Fahrt auf ruhigen unterirdischen Wasserwegen gebaut worden waren, scheint es sich um eine Konstruktion zu handeln, die der damaligen Zeit weit voraus war, und das ist zweifellos auch der Grund dafür, daß dasjenige, das Kermorvan, Ils und Elof beförderte, so lange auf dem offenen Meer durchhalten konnte. Mit einer Länge von weniger als zehn Metern hatte es den typischen schmalen Rumpf von Booten, die vorgegebene Wasserwege befuhren, doch mit einem scharfen, senkrechten Bug und glücklicherweise etwas mehr Tiefgang. Das Volldeck mit den mit Bullaugen versehenen Räumen darunter verlieh ihm wahrscheinlich eine größere Stabilität. Die Takelage war ungewöhnlich und die Segelfläche viel größer und bauschiger als normal, um den sanften Windhauch in dem unterirdischen Tunnelsystem einzufangen. Dazu gab es ein zusätzliches kleines Toppsegel; dieses war im allgemeinen nicht aufgezogen, sondern zum Hauptsegel heruntergelassen, wie bei norwegischen *Femboring*-Booten. Bemerkungen im Text geben Hinweise darauf, daß die größeren Wasserfahrzeuge der Duergar meistens mit Mehrfachsegeln und wahrscheinlich mit einer ziemlich komplizierten Takelage ausgestattet waren, wobei alles zweifellos von einer ganz speziellen Machart war. Weitere ungewöhnliche Merkmale der Kurierboote waren eine schwenkbare Pinne anstelle eines Steuerruders sowie die Anwendung von Winden, damit eine einzige Person das Schiff ohne Hilfe steuern konnte, womöglich unterstützt durch irgendeinen Feder- oder einen Gegengewichtsmechanismus. Ohne diese Vorrichtungen wäre es wahrscheinlich unmöglich gewesen, bei starkem Wind auf hoher See die Kontrolle über ein solches Segel nicht zu verlieren. Doch selbst mit dem von Kermorvan notdürftig hergestellten Seitenschwert (wie sie heute noch bei traditionellen niederländischen Schiffskonstruktionen zu sehen sind) ist es bemerkenswert, daß das kleine Fahrzeug die drei Reisenden so weit gebracht hat, ohne zu kentern.

FLORA UND FAUNA

Es ist ein Hinweis auf die langsame Auswirkung des Eises, trotz der ›Verdichtung‹ der klimatischen Zonen, wie sie zuvor erwähnt wurde, daß sich das Leben in diesen Gebieten nur sehr wenig von den früheren Daseinsformen unterschied — nur daß es in vielerlei Hinsicht üppiger war. Was das Eis nicht zuwege brachte, erreichten die Menschen mit ihren Siedlungen. Viele Pflanzen und Tiere, die in der Chronik erwähnt werden, lassen sich leicht identifizieren und bedürfen keiner Erläuterung;

sie gleichen so ziemlich jenen, die in der Neuzeit in jenen Gegenden oder vergleichbaren Landstrichen anderswo vorkommen. Dies trifft besonders für Regionen wie das Marschland zu, dessen hartes und scharfes Binsengras (*Juncus gerardii* und *roemerianus*) überlebt hat, um Wanderer in vielen Salzmarschen der heutigen Zeit zu quälen. Doch eine ganz geringe Abkühlung des Klimas kann dramatische Veränderungen des Habitats auslösen, und viele sonderbare Geschöpfe fanden ihre Heimat in diesen Gebieten, während andere in andere Gefilde zogen oder ganz verschwanden.

Die Geschöpfe des Eises

Was die Tierwelt mit ihren fremdartigen und furchtsamen Geschöpfen betrifft, die durch das Eis beeinflußt wurde, kann wenig mit Bestimmtheit gesagt werden. Wenn sie nicht von ihm geschaffen wurden, dann wurden sie von ihm vernichtet und zerstört, eine lebendige Verhöhnung und eine Rache am Leben an sich. Es ist bezeichnend, daß sie in der Chronik mit Namen aus der Duergar-Sprache benannt werden, da dieses Volk sie seit langem schon kannte; der Drache hieß *Arachek*, das riesige Eidechsenwesen *Akszawan*. Es ist ein gewisses Zeugnis für den Schrecken, den diese Wesen verbreiteten, daß sowohl die Namen als auch die Bilder der Tiere auch heute noch erkennbar in der Folklore des einstigen Nordlands auftauchen. Das gleiche, das soll bei dieser Gelegenheit angemerkt werden, gilt für Amicac, den Gierigen Meeresschlund; doch obwohl er ein Ungeheuer war, so war er doch kein Diener des Eises.

Gezüchtete Pflanzen und Tiere

Die Chronik enthüllt uns verhältnismäßig wenig Einzelheiten darüber — ob die ›Ziegen‹ auf den Gebirgsweiden der Duergar nun eine Art Bergziegen oder Schafe waren, bleibt zum Beispiel ungeklärt. Doch in einem oder zwei Fällen ist es möglich, Genaueres zu sagen.

Pferde
Vielleicht waren sie eine Züchtung, die aus Kerys eingeführt worden war und die großen Veränderungen nicht überlebte. Doch an einer Stelle wird eine struppige Mähne und an anderer ihr kleiner Wuchs erwähnt, was darauf hinweist, daß zumindest einige davon der primitiven einheimischen Züchtung entstammten, die vermutlich dem Przewalski-Pferd ähnelte; sie verbreitete sich im ganzen Gebiet bis weit in den Süden, starb jedoch vor Anbruch der Neuzeit vollkommen aus.

Rind (Erstes Kapitel)
Das Vieh, das der Knabe Alv hütete, hat nichts mit den Züchtungen der Neuzeit zu tun. Die gewaltige Größe und die Spanne des Geweihs deuten darauf hin, daß es sich dabei um eine sehr früh domestizierte Sorte einer wilden Rinderart handelte, nämlich des Auerochsen. Dieser starb erst im Jahre 1627 aus, und alle Hausrinder stammen von ihm ab. Es ist interessant, daß die seltene, halbwilde Rinderart der Chillingham-Züchtung, obzwar um einiges kleiner, von der gleichen schmutzigweißen Farbe ist; außerdem sind diese Tiere so ungestüm, daß sie kaum gebändigt werden können, außer vielleicht mit einem jener Viehtreiberstöcke, wie erwähnt.

Wilde Tiere

Fleischfresser (Zweites Kapitel)
Die Tiere, die die Gruppe um den Schmiedemeister angriffen, können nicht mit Sicherheit identifiziert werden. Die Beschreibung paßt nicht auf die verbreitetsten Arten von Fleischfressern jener Zeit, *Canis dirus* oder Direwolf. Wahrscheinlicher ist, daß es sich um die selte-

neren *Chasmaporthetes* handelte, eine Abart der Hyänen, doch mit einem Körperbau und einem Gebiß, die eher an Geparden gemahnen.

Dolchzahn (Zweites Kapitel)
Zwei wilde Tiere könnten mit diesen Namen bezeichnet worden sein — entweder *Smilodon*, der klassische ›Säbelzahntiger‹, oder seine etwas kleinere Abart, *Homotherium*. Die ›beißende Katze‹, die den großen Biber *(Casteroides)* tötete, war vermutlich der direkte Vorfahr des Puma.

Wisente (Viertes Kapitel)
Wisent ist ein anderer Name für Bison, damals ein Neuling in jenem Gebiet, der sich offenbar seine Angewohnheiten als Waldbewohner bewahrt hatte. Erst nach dem Ende des Langen Winters zogen seine Nachfahren, die Büffel, über die freien Ebenen.

Niarads Hunde (Neuntes Kapitel)
Diese wurden richtigerweise als Wale identifiziert. Ihr gespenstischer Gesang, für den die Rümpfe kleiner Schiffe Resonanzkörper bildeten, kann auch heute noch Mannschaften in Angst und Schrecken versetzen; sie singen jedoch überwiegend in ruhigen Gewässern, und nicht während sie auf der Jagd sind. Auch hier paßt die Beschreibung auf keine lebende Spezies. Der langgestreckte Körper, der zweimal die Länge des Bootes hatte (also etwa zwanzig Meter), die breiten Kiefer mit den weit auseinanderstehenden Zähnen, die gepanzerte Haut und das offensichtliche Fehlen jeglicher Seitenflossen könnten jedoch auf ein Mitglied der *Archaeoceti* hinweisen, nach ihrem bekanntesten Vertreter oft einfach *Zeuglodon* genannt. Das ist eine alte Familie von Walen, eine parallele Entwicklung — keine Vorfahren — der neuzeitlichen Erscheinungsform, von der angenommen wird, daß sie seit einigen Millionen Jahren ausge-

storben ist. Das würde sie zu einem erstaunlichen Anachronismus in der verhältnismäßig kurz zurückliegenden Periode machen, mit der sich die Chronik beschäftigt, doch man sollte bedenken, daß schlangenartige Geschöpfe sogar heute noch kein seltener Anblick im Meer sind.

Mammut (Neuntes Kapitel)

Der eigentliche Name lautet *Ksalhat,* doch die alte russische Bezeichnung Mammut hat sich durchgesetzt, da dieses Tier sehr der Spezies des Wollhaarigen Mammuts gleicht, wahrscheinlich dem *Mammuthus columbi.* Entgegen den Rekonstruktionen, die es mit Vorliebe auf einer schneebedeckten Tundra zeigen, lebte es mit ziemlicher Sicherheit während der meisten Zeit des Jahres im Wald. Der einzige Zweifel beruht auf der Größe des beschriebenen Tiers; einige Wollhaarige Mammuts waren nicht größer als indische Elefanten. Vielleicht handelte es sich vielmehr um eine langhaarige Abart des Mastodon. Verschiedene Arten waren während des Langen Winters in Brasayhal nichts Außergewöhnliches, viele davon größer als die Wollhaarigen Mammuts und mit Stoßzähnen von furchterregenden Ausmaßen versehen. Interessanterweise nennen die Yukaghir-Stämme, die heute in dem Gebiet leben, das einst ein Teil des Ekwesh-Reiches gewesen sein mußte, dieses Tier immer noch *Xolhut.*

Die Wälder

Die riesigen Rothölzer *Sequoia sempervirens* und *Sequiadendron giganteum* scheinen zur damaligen Zeit den größten Teil des Baumbewuchses an der westlichen Küste ausgemacht zu haben — wie es tatsächlich bis vor noch gar nicht langer Zeit der Fall war. Es liegt daher nahe, daß die einstigen Wälder weitgehend den heute noch bestehenden geglichen haben, obwohl ihnen natürlich die eingeführten Arten, wie Eukalyptus, dessen Duft die Wälder der Neuzeit durchströmt, gefehlt haben. Hingegen mußten sie damals vor allem nach Harz gerochen haben, denn außer den Rothölzern wuchsen dort beinahe ebenso riesige Zedern und Föhren, wie man sie heute noch antrifft, sowie die Stachelpinie und viele andere immergrüne Hölzer. Laubbäume stellten eine Minderheit dar, wenn auch eine ganz wesentliche. In den nördlichen Gebieten wird jedoch ein Baum beschrieben, bei dem es sich nur um das sogenannte Rotholz handeln kann, *Metasequoia,* ein uralter Vetter der Riesen, und mit seiner Höhe von ungefähr sechs Fuß ein verhältnismäßig klein geratener. Er muß zur damaligen Zeit schon recht selten gewesen sein; bis vor kurzem, als einige Exemplare in China wiederentdeckt wurden, hatte man ihn für ausgestorben gehalten.

RELIGION

Zu diesem Thema etwas zu sagen ist am allerschwierigsten, denn obwohl die Völker von Kerys sich sehr wohl bestimmter Kräfte bewußt waren, die in der Welt wirkten, einige davon fürchteten und andere achteten, so beteten sie doch keine davon in aller Form an; wenn sie etwas anbeteten, so waren es in der Regel dunklere Mächte. Diese Neigung scheint sich in ihren Nachfahren fortzusetzen.

Zu jener Zeit, von der die Chronik handelt, verloren die Siedler im Norden jedoch bereits ihr Wissen um die Mächte, sowohl die wohlwollenden, als auch die feindseligen, und die Willenskraft, die davon ausging. Ihr Wissen ging auf in dem animistischen Glauben der Neugekommenen, der für eine schlichte bäuerliche Gesellschaft leichter zu verstehen war und eher mit der Volkslegende übereinstimmte. So zeigte zum Beispiel die Fahne des Verlorenen Landes einen Raben, der vor der Sonne herflog und die Menschheit zu ihrem Licht führte. Doch im Laufe der Zeit wurde daraus die Sage vom Raben, der für die Menschheit die Sonne stiehlt, und in dieser Form hat sie überdauert.

Im Südland hatte man sich mehr Weisheit bewahrt, doch sie verhärtete — oder verknöcherte — zu patriotischen und bürgerlichen Ritualen. Für einen aufgeklärten Südländer wie Kermorvan wäre das Erscheinen eines göttlichen Raben so gewesen, wie wenn eine Statue von ihrem Podest getreten, wie wenn Athene dem Perikles erschienen wäre.

Beiden Ländern gemein war jedoch die Vorstellung von einem Leben nach dem Tod, das sie den Fluß nannten. Darin sahen sie die Grenze zu einer Welt jenseits dieses Lebens, jenseits aller Wahrnehmung und jeder Möglichkeit der Rückkehr, außer vielleicht mit Hilfe dunkler Künste. Diese Vorstellung könnte zum Teil aus den finsteren Gebieten der Tundra- und Taiga-Wälder stammen, die sich stets vor dem Eis ausbreiteten, Landstriche, die von einem Netz von Flüssen aus eiskaltem Schmelzwasser durchzogen waren. Denn diese waren das Reich von Taoune, und dort waren die Toten für die Ewigkeit angesiedelt.

Die Religion der Ekwesh

Obwohl eine ausführliche Beschreibung der gesellschaftlichen Formen der Ekwesh sowie der seltsamen Kräfte, die in ihnen wirkten, späteren Bänden vorbehalten ist, soll doch an dieser Stelle in Kürze auf ihre Religion eingegangen werden. Ihre schwarze Seite war wohlbekannt, doch Kermorvan hatte offenkundig mehr darüber erfahren. In seiner ursprünglichen Form handelte es sich um den gleichen schlichten Animismus, wie er bei anderen Völkern in jenem Land herrschte, doch als die Ekwesh immer mächtiger wurden, übernahmen die Schamanen allmählich die Oberhand innerhalb der Religion, und deren Macht bei den Stämmen war schließlich so groß wie die der Häuptlinge; in einigen Fällen übten sie in der Praxis sogar mehr Macht aus. Ihre Riten umfaßten das Tanzen zu Trommeln sowie ekstatische, visionäre Wahnzustände, und die Verkündigungen, die sie dabei abgaben, wurden als Orakel betrachtet. In diesem Stadium hatten sie sich noch einige Anerkennung und Ehrerbietung für die Mächte bewahrt, doch allmählich schlich sich ein neues Element ein: die hingebungsvolle Anbetung des herannahenden Eises. Eine Art Geheimbund oder Mysterienreligion wurde von den höchsten Rängen des Stammes ins Leben gerufen, und nur eine auserwählte kleine Gruppe von Mächtigen wurden dazu zugelassen; der Charakter ihrer Gesellschaft veränderte sich grundlegend.

Der Kannibalismus, aufgrund dessen sie so zutiefst verachtet und gefürchtet waren, war offenbar eine uralte Gewohnheit, wahrscheinlich angestachelt durch die Verknappung von Lebensmitteln, während das Eis sich über ihr Land ausbreitete. Doch ursprünglich war es ein Bestattungsritual gewesen, dazu gedacht, die Toten zu ehren und indirekt weiterleben zu lassen, indem man ihre Weisheit und Tapferkeit in sich aufnahm. Der neue Kult machte daraus ein Ritual der Erniedrigung und der Ausübung brutaler Herrschaft, indem man sich an Leibeigenen gütlich tat. Das paßt in das Muster einer Gesellschaft, die sich systematisch korrumpierte und gegen die eigenen Nachbarn richtete. Und tatsächlich scheint es so, daß der Eis-Kult sich in seinen Ritualen absichtlich noch größerer Abscheulichkeiten bediente, um eine düstere Verbindung zwischen seinen Anhängern zu schaffen und ihre Ruchlosigkeit zu steigern. Ähnliche Gedanken wurden auch neueren Kulten zugeschrieben, wie zum Beispiel dem Thug-Unwesen in Indien und dem Anioto- und Mau-Mau-Kult in Afrika.

Echtem Schmiedehandwerk kam im Nordland eine unbestrittene religiöse Bedeutung zu; die Arbeit eines Schmieds war ein zweiter Schöpfungsakt, und ihre Werke vereinten die formenden Kräfte und ihren Schöpfer in sich. Obwohl zur Zeit der Verfassung der Chronik dieser Umstand etwas Selbstverständliches war, war er dennoch von großer sozialer und gesellschaftlicher Bedeutung. Der Schmied einer Stadt war ein privilegierter Bürger, der mehr seiner Zunft als den städtischen Behörden verantwortlich war; in kleineren Dörfern war er im allgemeinen der Mann mit dem höchsten Bildungsgrad, und während seiner Wanderjahre war er weit in der Welt herumgekommen. Er traute Paare über seinem Amboß, indem er sie durch die Ringe, die er für sie schmiedete, symbolisch vereinte. Später taufte er ihre Kinder, und in kleineren Städten ließ er ihnen sogar eine elementare Schulbildung angedeihen. Die meisten Schmiede jedoch blieben schlichte Handwerker und brachten es niemals zum Meister. Jene, die es schafften, mochten vielleicht einfach ausgezeichnete Könner in ihrem Fach sein, wie Hjoran, doch häufig gelangten sie zu solchem Wohlstand, daß sie sich über das Alltagsgeschäft einer Schmiede hinwegsetzen konnten und sich mit Politik, den schönen Künsten und sogar Philosophie und Naturwissenschaften beschäftigten. Einige wenige jedoch verfolgten ihre persönlichen ehrgeizigen Ziele.

Das Volk von Bryhaine betrachtete das Schmiedehandwerk als reinen Aberglauben, dennoch kauften sie massenhaft die Arbeiten der Schmiede aus dem Norden, die sie ihren eigenen vorzogen. Gewiß besaßen sie ein festes rituelles Fundament durch die Einbringung von Musik, Versen, Mustern und Formen in bestimmten Stadien des schöpferischen Prozesses; man glaubte, diese drückten die Macht oder die dem jeweiligen Schmied innewohnende Begabung aus und machten sie nutzbar. Dabei standen Musik und Dichtung an erster Stelle. Im allgemeinen wurde angenommen, daß die Musik einerseits die stärkste Auswirkung auf ein Werk habe, andererseits aber auch am wenigsten gezielt eingesetzt werden konnte; erst die Worte lenkten den starken Einfluß in eine bestimmte Richtung. Das Muster fing den so ausgedrückten Einfluß auf und band ihn an sich, und die vollendete Form eines Stücks verleih ihm die nötige Identität.

Bei den Duergar scheint die Macht echter Schmiedekunst gleichmäßiger verbreitet gewesen zu sein als unter gewöhnlichen Männern, mit weniger krassen Unterschieden zwischen den einzelnen. Dieser Umstand und die große Erfahrung, die sich im Laufe einer langen und stabilen Gesellschaft angesammelt hatte, verschaffte ihnen einen gewaltigen Vorteil gegenüber anderen. Doch ein wirklich mächtiger menschlicher Schmied konnte oft sogar noch mehr erreichen und Werke von überwältigender Eindringlichkeit schaffen, sofern er das praktische Geschick dazu besaß.

Echte Schmiedekunst war nicht automatisch gleichbedeutend mit der Fähigkeit, Metall gekonnt zu verarbeiten, doch je größer das praktische Geschick, desto überzeugender war die Kunst. Und zweifelsohne gab es zur Zeit der Verfassung der Chronik derartige Begabungen, besonders unter den Duergar, denn die Metallverarbeitung erreichte einen unvergleichlich hohen Standard. Die Anfertigung von Kermorvans Schwert, wie sie im siebten Kapitel beschrieben ist, liefert ein aufschlußreiches Bild von dem Vorgang der Herstellung von *Bulat*-Stahl, dem Geheimnis der alten Schwertschmiede von Damaskus; die seidig schimmernden Muster und der Goldglanz waren typische Merkmale. Durch diese Technik wurde ein Kohlenstoffstahl hergestellt, in dem sich Elastizität mit großer Kraft vereinte; Vergleichbares wurde selbst mit fortschrittlichen industriellen Mitteln nicht erreicht. Die Schmiede von Damaskus verstanden nicht, auf welche Weise sie mit ihrer Methode dieses Ergebnis erzielten, und genausowenig verstanden es die Forscher der Neuzeit, jedenfalls bis vor kurzem. Elof und seine Duergar-Meister durchschauten es offenbar voll und ganz.

Es muß angemerkt werden, daß die Metallverarbeitung lange Zeit als eine von allem anderen losgelöste und geheimnisvolle Kunst galt, selbst in Gesellschaften, in denen längst alle Erinnerung an wahre Schmiedekunst verlorengegangen war. Bei den Tuareg in Nordafrika bilden die Schmiede eine eigene Kaste, einerseits unter den anderen stehend, andererseits hoch geachtet; der Fluch eines Schmieds wird nicht auf die leichte Schulter genommen.

Und auch in unserer Gesellschaft nimmt der Dorfschmied in der Folklore einen wichtigen Platz ein, besonders auch in der volkstümlichen Heilkunde; er gilt aufgrund seines Berufes als ›weiser Mann‹.

DIE CHRONIK

In Kerbryhaine war die Niederschrift der Geschichte so etwas wie eine religiöse Handlung, die moralische Richtlinien festsetzte und Lektionen anhand der Fehler der Vergangenheit erteilte, und wahrscheinlich war es der Hauch des Überlebens, durch den die Winter-Chronik erhalten wurde, während soviel anderes verlorenging; zahllose Dinge mußten abgeschrieben und wieder abgeschrieben werden, auch wenn ihr Sinn längst verblaßt war.

Obwohl die Zeit, in der sie verfaßt wurde, heute nicht mit Bestimmtheit angegeben werden kann, so besteht doch kein Zweifel daran, daß die Welt, die in ihr beschrieben wird, gar nicht so weit von unserer entfernt ist. Während ihres langen Bestehens hat die Welt viele lange Winter durchgemacht, viele Zeitalter, in denen das Polareis seine Finger nach wärmeren Gefilden ausgestreckt hat. Doch nur während der vier großen jüngsten Eiszeiten gab es Menschen, um darüber zu berichten. Es gibt noch andere Hinweise, die die Mutmaßungen weiter einschränken. Wir haben festgestellt, daß die Welt, die in der Winter-Chronik beschrieben ist, viele Ähnlichkeiten mit der unseren aufweist; ihre Pflanzen und Tiere, die zwar in etwas abweichender und archaischer Form vorkommen, unterscheiden sich so wenig von den Arten, die der Mensch bisher verschont hat, daß sie leicht darin zu erkennen sind. Noch erstaunlicher sind die Landkarten in einigen Teilen der Chronik; wenn wir die unterschiedlichen Darstellungs- und Wiedergabetechniken übertragen und vereinheitlichen, wie es bei der Karte auf den Seiten sechs und sieben geschehen ist, und berücksichtigen, daß die größere Breite des Küstenstreifens damals durch den Abfall des Meeresspiegels verursacht wurde, dann ist die sich ergebende Form der Küste unschwer in einer heutigen wiederzuerkennen. All diese bemerkenswerten Ähnlichkeiten deuten darauf hin, daß wir es mit der jüngsten der vier letzten Eiszeiten zu tun haben. Bekannt ist sie unter dem Namen Würm-, Weichsel- oder, in Amerika, Wisconsin-Eiszeit, und es wird einhellig angenommen, daß sie ihren Höhepunkt vor etwa achtzehntausend Jahren erreicht hat. Sie baute sich sehr langsam auf und flaute sehr rasch ab. Und auf dem Höhepunkt einer solchen großen Eiszeit spielen sich die Ereignisse ab, die in dem ›Buch des Schwerts‹ erzählt werden.

Danksagung

Ich danke Deborah, wie immer, für ihr eifriges Mitwirken und ihre Unterstützung; außerdem Richard, Toby, Sarah und den anderen Mitarbeitern von Macdonald, denn sie alle haben einen Beitrag geleistet; dann noch Maggie Noach für die Erfüllung besonderer Aufgaben. Und den Schatten von Aloys Schreiber und Carl Loewe für ihre Balladen.